유리알 유희 1

Das Glasperlenspiel

세계문학전집 273

유리알 유희 1

Das Glasperlenspiel

헤르만 헤세

이영임 옮김

민음사

동방 순례자들에게 바친다

차례

서문

―유리알 유희의 역사를
일반인에게 알기 쉽게 설명하기 위하여

...Non entia enim licet quodammodo levibusque hominibus facilius atque incuriosius verbis reddere quam entia, verumtamen pio diligentique rerum scriptori plane aliter res se habet: nihil tantum repugnat ne verbis illustretur, at nihil adeo necesse est ante hominum oculos proponere ut certas quasdam res, quas esse neque demonstrari neque probari potest, quae contra eo ipso, quod pii diligentesque viri illas quasi ut entia tractant, enti nascendique facultati paululum appropinquant.

ALBERTUS SECUNDUS

tract. de cristall. spirit.

ed. Clangor et Collof. lib. I. cap. 28.

요제프 크네히트가 번역한 자필 원고에 의하면 다음과 같다.

……어떻게 보면, 경박한 사람들에게는 이 세상에 존재하는 사물보다 존재하지 않는 사물을 말로 표현하는 것이 더 쉽고 책임이 덜 느껴질지 모른다. 그러나 경건하고 양심적인 사가(史家)에게는 정반대이다. 즉 있음을 증명할 수도 없고, 있을 것 같지도 않은 어떤 것을 경건하고 양심적인 사람들이 어느 정도 실재하는 것처럼 다룸으로써 그것이 실제로 존재하고 생겨날 수 있는 가능성에 한 걸음 다가서게 되는 경우가 있는데, 그런 것들만큼 말로 표현하기 힘든 것도 없지만 또 그만큼 절실히 사람들 눈앞에 그려 보여 주어야 할 필요성이 있는 것도 없다.

알베르투스 2세
정신 형성에 관한 논고 제1권 제28장
클란고르와 콜로프 출판

유리알 유희 기록 문서에서는 유희 명인 요제푸스 3세로 불리는 인물, 요제프 크네히트에 대해 찾아낼 수 있었던 얼마 안 되는 전기적 자료를 이 책에 수록해 두려는 것이 우리의 의도이다. 이러한 시도가 오늘날 성행하는 정신생활의 규범이나 관습에 다소 위배되거나, 혹 그렇게 보일 수도 있다는 점을 모르는 바 아니다. 개인적인 것은 완전히 접어 버리고, 개개의 인격을 교육청과 학문의 성직(聖職)에 가능한 한 완전히 흡수시키는 것이야말로 우리 정신생활의 최고 원칙 중 하나가 아니던가. 게다가 이 원칙은 전통적으로 오래도록 아주 폭넓게 지켜져 왔기 때문에, 성직에서 뚜렷한 업적을 이룬 개개의 인물에 대해 전기적이고 심리적인 세부 사항을 찾아낸다는 것은 오늘날 매우 어려운 일일 뿐만 아니라 대개의 경우 거의 불가능하기까지 하다. 이름조차 확인할 수 없는 경우가 허다한 것이다. 어쨌든 우리 성직 조직이 익명을 이상(理想)으로 하고, 그 이상의 실현에 상당히 근접해 있다는 것은 우리 정신생활의 특징 중 하나이다.

그럼에도 우리가 유희 명인 요제푸스 3세의 생애를 일부만 이라도 확인하고 그가 지닌 인격의 윤곽을 어렴풋이나마 그려 내려는 시도를 고집해 온 것은 개인숭배 때문도, 관습에 대한 반항 때문도 아니었다. 우리 딴에는 오히려 진리와 학문에 기여하겠다는 일념에서였다. 오래된 생각이지만, 어떤 명제를 예리하고 엄격하게 공식화할수록 그것은 그만큼 더 필연적으로 반대 명제를 부르기 마련이다. 우리는 우리의 관청이나 정신생활이 지닌 익명적 특징의 기반을 이루고 있는 생각을 긍정하고 존경한다. 그러나 바로 이 정신생활의 과거사, 즉 유리알 유희의 발전사로 눈길을 돌려 보면, 어쩔 수 없이 분명해지는 사실이 있다. 즉 유리알 유희가 발전해 온 모든 국면, 모든 확장, 모든 변화, 모든 본질적인 계기는 그것이 진보적으로 해석되든 보수적으로 해석되든 늘 유일한 원래의 창시자에게서가 아니라, 실은 변화를 가져오고 유희의 개조와 완성에 도구가 되었던 인물에게서 가장 뚜렷한 면모를 드러낸다는 점이다.

물론 오늘날 우리가 이해하고 있는 인격이라는 것은 과거의 전기 작가나 역사가가 생각했던 것과는 아주 다르다. 그들에게는, 그리고 유난히 전기적 취향이 짙던 시대의 작가들에게는 인격의 본질이 어딘가 변칙적인 것, 파격적인 것, 유일무이한 것, 심지어는 종종 병적인 것이었던 듯하다. 하지만 오늘날의 우리는 모든 독자성이나 특이함을 넘어서 자신을 가능한 한 완전히 보편적인 것 속에 용해시키고, 초개인적인 것에 기여할 수 있었던 사람을 만나는 경우라야 비로소 중요한 인격을 논하게 된다. 좀 더 자세히 살펴보면, 사람들은 이미 고대에도 이러한 이상을 알고 있었다. 예를 들어 고대 중국 사람들 사이에서 거론된 '현자'나 '군자'의 모습 혹은 소크라테스적 도덕론의 이상은 오늘날 우리가 말하는 이상과 거의 다를 바 없다. 또 전성기의 로마 교회 같은 많은 거대한 정신적 조직도 이와 비슷한 원리를 알고 있었고, 이른바 성 토마스 아퀴나스*처럼 그런 조직의 가장 위대했던 인물 대부분은 초기 그리스의 조각상처럼 개개의 인물이라기보다는 어떤 고전적 유형의 대표자였다. 어쨌든 우리는 지금 20세기에 시작된 정신생활의 대변혁을 이어받고 있지만, 저 참다운 옛 이상은 그러한 변혁이 나타나기 이전에 거의 완전히 사라져 버렸다. 그 시대의 전기에서 우리는 주인공의 형제자매가 몇 명인지, 주인공이 유년기를 벗어나고 사춘기를 겪고 명성을 위해 싸우며 사랑을 구했던 일이 그의 영혼에 어떤 상처와 흔적을 남겼는지 장황하게 묘사된 것을 보고 놀란다. 오늘날 우리에게는 주인공의 병력, 가족사, 성생활, 소화, 수면 같은 것은 관심거리가 되지 못한다. 또 그가 정신적으로 어떻게 자라 왔고, 어떤 분야의 학문을 좋아했고, 어떤 책을 즐겨 읽었는가 하는 등의 교육적 배경조차 별로 중요하지 않다. 전기의 주인공으로서 특별히 우리의 관심을 끌 만한 가치가 있는 사람이란 개인의 향기와 가치를 만들어 내는 강하고 신선하고 경탄할 만한 충동을 잃지 않으면서도 천성과 교육에 의해 자기 개성을 성직의 직분에 거의 완전

---

* 중세 유럽의 스콜라 철학을 대표하는 이탈리아의 신학자. 경험적 방법과 신학적 사변을 합일시켰다.

히 용해시킬 수 있는 단계에 이른 사람뿐이다. 개인과 성직 사이에 충돌이 생기면, 우리는 이 충돌이야말로 한 인격의 크기를 잴 수 있는 시금석이라고 본다. 욕망이나 정열에 이끌려 질서를 깨뜨리고 만 반역자를 용인하지는 않으나, 그 대가를 치른 희생자로서 진정한 비극을 겪은 인물에 대해 회상하는 것은 그만큼 귀중하고도 값지다.

이런 주인공, 참으로 모범적인 이 인물에 대해서는 이제 우리가 그 인품이나 이름, 얼굴, 태도 등에 관심을 가져도 좋고, 또 그것이 자연스러운 일 같다. 왜냐하면 가장 완벽한 성직 제도나 전혀 마찰 없이 돌아가는 조직에서도 우리는 결코 죽은, 그 자체로는 어찌 되어도 상관없는 부품들로 이루어진 기계장치를 보는 것이 아니라, 여러 부분으로 이루어져 각기 나름의 특성과 자유를 가지고 생명의 기적에 참여하는 기관들로 살아 움직이는 하나의 생명체를 보기 때문이다. 이런 의미에서 우리는 유리알 유희의 명인 요제프 크네히트에 대한 정보, 특히 그가 쓴 모든 글을 입수하려고 애썼고, 읽을 만한 가치가 있다고 여겨지는 그의 자필 원고들을 구할 수 있었다.

우리가 크네히트라는 인물과 그의 생애에 대하여 말할 수 있는 것 가운데에는 수도회의 회원들, 특히 유리알 유희 연주자들 사이에서는 이미 전부 혹은 부분적으로 널리 알려져 있는 것이 적지 않다. 그러므로 이 책은 그들뿐만 아니라 이해력 있는 일반 독자들까지도 읽기를 바라는 마음에서 쓰인 것이다.

그 좁은 범위의 사람들을 위해서라면 이 책에는 서문이나 주해가 필요 없을 것이다. 그러나 수도회 바깥의 독자들도 주인공의 생애와 원고를 읽어 주기를 바라는 마음에서 예비지식이 거의 없는 독자들을 위해 유리알 유희의 의미와 역사에 대해 간략하고 대중적인 서문을 이 책 앞에 붙이는 쉽지 않은 과제를 떠맡게 되었다. 거듭 말하지만 이 서문은 대중적인 것이고, 또 그렇게 되기를 바라기 때문에 수도회 자체 내에서 논의되었던 유희의 역사와 문제점에 대한 의문을 밝히려는 의도 같은 것은 전혀 없다. 그런 주제를 객관적으로 다루기에는 아직 시기가 너무 이르다.

따라서 독자는 여기서 유리알 유희의 완전한 역사와 이론을 기대해서는 안 될 것이다. 우리보다 더 자격 있고 능숙한 작가라 해도 오늘날 그런 것은 쓸 수가 없다. 그 과제는 훗날을 위해 남겨질 것이다. 물론 자료와 정신적 전제가 그전에 흩어져 없어지지 않는 경우의 일이지만. 우리가 쓴 이 글을 유리알 유희의 교본으로 삼는다는 건 더더욱 말이 안 될뿐더러 그런 책은 결코 쓰이지도 않을 것이다. 유희 중의 유희라는 이 유희의 규칙을 배우기 위해서는 관례상의 규정된 방법을 따를 수밖에 없으며, 그러는 데만도 여러 해가 걸릴 것이다. 유희에 정통한 사람이라도 이 유희법을 더 배우기 쉽게 만들어 보겠다는 생각은 감히 할 수도 없는 것이다.

그 법칙, 즉 유희의 기호와 문법은 고도로 발달한 일종의 신비로운 언어를 구사한다. 거기에는 여러 학문과 예술, 특히 수학과 음악(내지는 음악학)이 관련되어 있으며, 거의 모든 학문의 내용과 성과를 표현하고 서로 연관 지을 수 있다. 다시 말해, 유리알 유희는 우리 문화의 내용과 가치 전체를 가지고 하는 유희이다. 예술 전성시대의 화가가 자기 팔레트의 물감들을 가지고 유희하듯 모든 것을 가지고 유희를 하는 것이다. 인류가 창조적 시대에 인식과 드높은 사상과 예술 작품에서 이룩해 내었던 것, 그 뒤를 이은 학구적 관찰의 시대가 개념화하여 지적 재산으로 만들었던 것, 정신적 가치의 이 엄청난 자료 전체를 가지고 유리알 유희를 하는 사람은 마치 오르간 연주자가 파이프오르간을 치는 것처럼 연주한다. 그런데 이 파이프오르간은 상상할 수 없을 정도로 완전한 것이어서 건반과 페달은 정신의 전 우주를 더듬고 음전(音栓)*은 거의 헤아릴 수가 없으며, 이론적으로 보자면 이 악기의 연주를 통해 정신세계의 모든 내용이 재현될 수 있다. 하지만 이 건반과 페달과 음전은 이제 고정되어 버렸기 때문에 그 숫자와 순서를 개조해 완전하게 해 보려는 시도는 사실 이론적으로만 가능할 뿐이다. 다시 말해서 새로운 내용을 받아들여 유희 언어를 풍부하게 하는 일은 유희 최고 지도 본부의 극도로 엄격한 통제를 받는다. 그 대신 이처럼 고정된 체계 안에는, 즉 위의 비유로 계속 말하자면 이 거대한 파이프오르간의 복잡한 장치 내부에는 연주자 각자가 온갖 조합을 해 볼 수 있는 하나의 완전한 세계가 있으며, 엄격하게 진행되는 수천 건의 연주에서 그저 피상적인 유사성을 제외한다면 단 두 건의 비슷한 연주도 나올 가능성이 거의 없다. 설사 두 연주자가 우연히 같은 주제를 택해서 연주한다 하더라도, 그 두 연주는 연주자의 사고방식이나 성격, 기분이나 숙련도에 따라 완전히 다른 모습과 흐름으로 나타나게 된다.

유리알 유희의 기원을 어디로 잡고 그 전사(前史)를 어디까

---

* 각종 음관으로 들어가는 바람의 입구를 여닫는 장치.

지 거슬러 올라갈 것인가 하는 문제는 결국 그저 역사가의 마음에 달려 있다. 왜냐하면 위대한 생각이 모두 그렇듯 여기엔 원래 시작이라는 것이 없으며, 생각이 있는 곳이면 유희는 늘 있어 왔기 때문이다. 우리는 유리알 유희가 생각이나 예감, 소망의 모습으로 이미 이전 시대에 몇 번이고 이루어졌던 것을 알 수 있다. 예를 들어 피타고라스에게서, 그 후 고대 문화의 후기에서, 헬레니즘 시대의 그노시스파*에게서, 또 그에 못지않게 고대 중국인에게서, 그리고 다시 아라비아인의 정신생활의 절정에서 그것을 찾아볼 수 있는 것이다. 그리고 다시 더나아가 스콜라 학파**와 인문주의를 지나 17세기와 18세기 수학자 아카데미와 낭만주의 철학, 그리고 노발리스***의 마술적 꿈인 루네 문자****에 이르기까지 그 전사의 자취는 계속 이어진다. 학문과 예술의 종합이라는 이상적 목표를 지향하는 모든 정신의 움직임에는, 모든 플라톤적 아카데미, 모든 정신적 엘리트들의 교류, 정밀과학과 보다 자유로운 학문을 근접시키려는 모든 시도, 학문과 예술 혹은 학문과 종교를 화해시키려는 모든 시도의 밑바닥에는 바로 저 생각, 우리에게선 유리알

---

* 기독교와 다양한 지역(그리스, 이집트 등)의 이교 교리가 혼합되어 만들어진 신비적인 종교철학을 신봉하던 일파.

** 중세의 기독교 교회나 수도원에 소속된 학교(schola)에서 학승(學僧)들이 공부했던 학교 철학, '신학의 시녀'로서 교회 공인의 교의를 합리화하고 옹호하는 철학을 따르던 무리.

*** 본명은 프리드리히 폰 하르덴베르크. 독일 초기 낭만주의의 대표적 시인으로, 『푸른 꽃』을 썼다.

**** 게르만인이 고대에 사용한 가장 오래된 문자. 표음문자인 동시에 표의문자이다.

유희라는 형태를 취하는 저 영원한 생각이 자리 잡고 있는 것이다. 아벨라르*나 라이프니츠**, 헤겔*** 같은 사상가는 의심할 여지 없이 정신의 전 우주를 집중된 체계 속으로 포착하고, 정신과 예술의 생생한 아름다움을 정밀한 규칙의 마술적인 힘과 결합시키려는 꿈을 알고 있었다. 음악과 수학이 거의 동시에 최고 단계에 이르렀던 그 시대에는 두 규칙 사이에 친밀하고 유익한 교류가 잦았다. 그리고 이백 년 전에 니콜라우스 폰 쿠에스****가 같은 분위기에서 쓴 다음과 같은 문장을 우리는 보게 된다. "정신은 모든 것을 가능성이라는 방식으로 재기 위해 가능성에 맞추어 스스로를 형성한다. 그리고 정신은 모든 것을 신(神)이 하듯 일괄적이고 단순한 방식으로 재기 위해 절대적 필연성에 맞추어 스스로를 형성한다. 또 정신은 모든 것을 그 특성을 고려하여 재기 위해 결합의 필연성에 맞추어 스스로를 형성한다. 마지막으로 정신은 모든 것을 그 현존을 고려하여 재기 위해 결정된 가능성에 맞추어 스스로를 형성한다. 그러나 한 걸음 더 나아가 정신은 수와 기하학적 도형들을 이용하며 그것들을 비유로 쓰듯이 또한 비교를 통해 상징적으로 잰다." 거의 우리의 유리알 유희를 가리키고 있다고 생각되거나 이 사유의 유희와 거의 비슷한 방향의 상상력에 들어맞

---

* 중세 프랑스 철학을 대표하는 철학자이자 신학자.
**독일의 철학자이자 수학자, 신학자, 역사가.
*** 관념철학을 대표하는 독일의 철학자.
**** 서부 독일의 쿠에스에서 태어난 철학자이자 신학자. 라틴어 이름은 니콜라우스 쿠자누스.

고 또 거기서 나온 것처럼 여겨지는 쿠자누스*의 이런 생각은 그런데 이것 하나만이 아닌 것 같다. 이와 비슷한 많은 여운이 그에게서 풍기는 것이다. 그가 수학을 좋아했고, 유클리드 기하학의 도형과 공리를 신학적 철학적인 개념에 적용해 비유적으로 설명할 능력을 가지고 있었을 뿐만 아니라, 그것을 즐겼다는 사실 또한 유리알 유희의 정신적 기질에 매우 가까운 것같이 생각된다. 때로는 그가 라틴어를 구사하는 방식까지도 유희 언어의 자유자재한 조형적 성격을 연상시킨다.(그는 이따금 라틴어 단어를 마음대로 만들어 내는데, 라틴어를 할 줄 아는 사람이라면 그것을 잘못 읽을 염려는 없다.)

이 논문의 모토에서 벌써 드러나고 있지만, 알베르투스 2세역시 유리알 유희의 선조 가운데 한 사람이다. 그리고 인용을 통해 증명할 수는 없지만, 우리는 수학적 사고를 바탕에 깔고 작곡을 했던 16세기에서 18세기까지의 저 박식한 음악가들도 유리알 유희의 사상에 영향을 받았으리라고 추측하고 있다. 옛 문헌들을 뒤지다 보면 여기저기에서 학자나 수도자에 의해 또는 정신적인 것을 즐기는 군주의 궁전에서 고안되어 행해졌다고 하는 지혜롭고도 마술적인 유희에 대한 전설을 접하게된다. 그것들은 예를 들면 장기와도 같은 형태인데, 다만 그 말이나 판이 일반적인 뜻 외에 별도로 숨겨진 의미를 가지고 있었다는 것이다. 대개 모든 문화 초창기의 기록이나 그에 관련된 동화나 전설을 보게 되면, 그저 예술적이기만 한 차원을 훨씬 넘어서 음악에 영혼이라든가 모든 민족을 지배할 수 있는

---

* 니콜라우스 폰 쿠에스의 라틴어 이름.

위력이 부여되어 있고, 음악을 인간이나 국가의 숨은 통치자 혹은 법전으로 삼도록 했음을 알 수 있다. 고대 중국에서부터 그리스 신화에 이르기까지 인간이 음악의 인도하에 비로소 이상적이고도 숭고하게 살아갈 수 있다는 생각은 매우 힘 있게 깔려 있다. 이러한 음악 숭배("노래의 숨은 힘은 끊임없이 모습을 바꾸어 지상의 우리에게 말 걸어 오네." — 노발리스)와도 유리알 유희는 실로 아주 깊은 연관을 맺고 있다.

유희의 이념이 영원한 것이고, 따라서 그것이 실현되기 훨씬 전부터 이미 늘 존재하고 활동했던 것임을 인정한다고는 해도, 그것이 우리가 알고 있는 형태로 실현되기까지는 일정한 역사가 있으므로, 이제 그 가장 중요한 단계들을 간단히 짚어 보고자 한다.

무엇보다 수도회의 설립과 유리알 유희라는 결실을 가져오게 된 이 정신 운동은 문화사가(文化史家) 플리니우스 치겐할스가 근본적인 연구를 하고 '잡문(雜文) 시대'라는 이름으로 불렀던 역사상의 어느 한 시기에 시작되었다. 이 이름은 적합하긴 해도 위험한 것이어서 과거 인간 생활의 어떤 상태를 잘못 보도록 유도하곤 한다. '잡문' 시대에도 사실 정신이 결여되었거나 정신적으로 빈곤했던 적은 한 번도 없었다. 그러나 이 시대는, 치겐할스의 말에 따르면, 정신을 쓰는 법을 몰랐던 것 같다. 아니, 그보다는 생활과 국가를 운영함에 있어 정신에게 합당한 위치와 기능을 부여할 줄 몰랐다. 솔직히 오늘날 우리 정신생활의 특징을 이루는 거의 모든 것이 자라 나온 기반임에도 우리는 이 시대에 대해 아는 것이 별로 없다. 치겐할스에 따르면 그때는 유난히 '시민적'이며 지나치게 개인주의를 숭배하던 시대였다. 이 시대의 분위기를 암시하기 위해 치겐할스의 표현을 빌려 몇몇 특징을 들어 보려 하는데, 여기서 한 가지 확실한 것은 이 특징들이 꾸며 낸 것이거나 본질적으로 과장되거나 잘못 기록된 것이 아니라는 점이다. 왜냐하면 그것들은 이 위대한 연구가가 수많은 문헌과 여러 자료를 통해 증명하고 있기 때문이다. 이때까지 '잡문' 시대를 진지하게 연구했던 유일한 학자인 그를 따라가 보려는 지금 시점에서 우리는 다음과 같은 사실을 잊지 않고자 한다. 지나간 먼 시대의 잘못이나 폐단을 비웃어 넘기기는 쉽지만, 그렇게 하는 것은 어리석은 일이라는 것을.

유럽에서 정신생활의 발전은 중세 말부터 두 가지 커다란 경향을 보이는 것 같다. 온갖 권력의 간섭으로부터 사상과 신앙을 해방시키려 했던 것, 즉 스스로의 우월과 독립을 자각한 이성이 로마 교회의 지배에 대항하여 싸웠던 것이 그 하나이고, 다른 한편으로 이러한 이성이 자신의 자유를 합법화하고 이성 자체에서 오는, 이성에 걸맞은 새로운 권위를 은밀히 그러면서도 정열적으로 추구했다는 것이 나머지 하나이다. 일반적으로는 다음과 같이 말할 수 있을 것이다. 원칙에 있어 서로 대립되는 두 가지 목표를 추구하는 이 놀랄 정도로 모순에 찬 싸움에서 정신은 대체로 승리를 거두었다고. 과연 이 승리가 엄청난 희생을 보상할 수 있을지, 즉 종교 재판과 화형식에서부터 발광과 자살로 삶을 마감한 수많은 '천재들'의 운명에 이르기까지 그 모든 고통과 경련과 비정상을 의미 있는 희생이라고 여기게 할 정도로 오늘날 우리 정신생활의 질서가 충분히 완성된 것이며 또 오래도록 지속될 것인지 우리는 감히 묻지 못한다. 역사는 이미 일어난 일이다. 그것이 좋았는지 아니면 차라리 일어나지 않는 편이 나았는지, 우리가 그 '의미'를 시인할 수 있는지 따위의 질문은 아무런 의미가 없다. 정신의 '자유'를 위한 투쟁들 또한 그렇게 일어났다. 그리고 그 결과로 바로 저 잡문 시대에 이르자 정신은 교회의 감독을 완전히 극복하고 국가의 감독도 부분적으로 극복한 가운데 실제로 이제까지 들어 보지도 못한, 저 스스로 감당하지도 못할 자유를 누리게 되었던 것이다. 그러나 스스로 마련해 존중하는 진정한 법칙이라든지 정말 새로운 권위나 정통성은 아직 찾지 못하고 있었다. 그 시대에 정신이 얼마나 품위 없고, 쉽게 매수당하고, 자포자기에 빠졌는지 예를 들어 보여 주는 치겐할스의 이야기를 들어 보면 어떤 것은 정말 놀라움을 금할 수 없을 정도이다.

그렇기 때문에 우리는 '잡문'이라는 이름을 붙이게 된 저 시대의 글들에 일률적인 정의를 내리기란 불가능하다는 것을 고백하지 않을 수 없다. 이러한 글들은 일간지의 소재들 중에서도 특히 애호되던 부분으로 수백만 부씩 찍혀 교양에 목말라 하는 독자들의 주요한 자양분이 되었고, 온갖 종류의 지식에 대해 보고를 했다기보다는 오히려 '잡담'을 늘어놓았던 것 같다. 이러한 잡문 작가들 가운데 좀 더 재치 있는 자들은 종종 스스로의 글을 웃음거리로 만들었던 것 같은데, 적어도 치겐할스의 고백에 의하면, 작가의 자조로 해석하지 않으면 도저히 이해가 가지 않을 글들을 수도 없이 보았다는 것이다. 이렇게 무슨 상품 생산하듯 쓰인 글들에는 숱한 아이러니와 자기 조소가 섞여 들었을 것이고, 그런 글들을 이해하기 위해서는 우선 실마리부터 다시 찾아야 하는 형편이었을 것이다. 이런 경박한 장난 같은 글을 쓰는 사람들 중에는 신문사 편집부에서 일하는 사람도 있었고, 일부는 '자유' 문필가, 때로는 시인이라고 불리는 사람까지 있었다. 그들 중 상당수는 학식 있는 계급에 속했고, 심지어 이름 있는 대학교수들도 있었던 것 같다. 그러한 글 가운데 인기 있었던 것은 유명 인사의 생활이나 그들의 편지 왕래에서 나온 일화들이었는데, 이를테면 「프리드리히 니체와 1870년대의 여성 패션」이라든가 「작곡가 로시니가 즐기는 요리」, 「유명한 정부(情婦)의 생활에서 애완견의 역할」 같은 것이었다. 그런가 하면 부유한 사람들의 현실적인 화제를 역사화하여 고찰하는 것도 즐겨서 「황금 인공 제조에 관한 여러 세기에 걸친 꿈」이라든가 「날씨로 물리적, 화학적 영향을 일으켜 보려는 시도」 등과 같은 글들이 수백 가지나 되었다. 치겐할스가 열거한 이런 잡담류의 제목을 읽으면서 우리가 이상하게 생각하는 것은, 그런 것을 매일같이 읽을거리로 탐독하는 사람들이 있었다는 점도 그렇지만, 지위와 명성을 지니고 훌륭한 교양까지 갖춘 작가들이 그런 무가치한 흥밋거리의 대량 소비에 '시중드는' 일을 돕고 있었다는 사실이다. 이 '시중든다'는 표현은 정말이지 그 상황에 딱 들어맞는데, 이는 그 당시 기계에 대한 인간의 관계 또한 잘 드러내 준다. 한동안은 유명 인사에게 시사적인 질문을 하는 것이 유행하기도 했는데, 여기에 대해 치겐할스는 특별히 한 장(章)을 할애한다. 이런 질문에서는 이를테면 이름 있는 화학자나 유명한 피아니스트에게 정치에 대해 언급하게 하거나, 인기 배우나 무용가, 체조 선수, 비행사 혹은 시인에게까지 독신 생활의 장단

점이나 금융 위기의 원인이라고 추정되는 것 등에 대해 이야기하도록 만든다. 이런 일들이 노리는 것은 그저 유명인의 이름을 당면한 현실의 어떤 주제와 연결시켜 보자는 것뿐이다. 어떤 대목에서는 깜짝 놀랄 만한 예도 치겐할스는 수백 가지나 들고 있다. 이미 말했지만 이 모든 행동에는 추측건대 상당한 아이러니가 섞여 있고, 아마 그것은 심지어 어떤 마(魔)적인, 절망에서 나온 아이러니였을 텐데, 하여튼 거기까지 파고들어 생각해 본다는 것은 매우 힘든 일일 것이다. 그러나 당시 이상할 정도로 읽기를 좋아했던 것 같은 수많은 사람들에 의해 이 모든 괴상한 것들은 아무 의심 없이 선의와 진정으로 받아들여졌던 것이다. 어느 유명한 그림의 주인이 바뀌거나 귀중한 친필 원고가 경매에 붙여지거나 오래된 성이 불에 타 버리거나 유서 깊은 어느 명문가의 사람이 스캔들에 말려들거나 하면 독자들은 수많은 오락란을 통해 이른바 그 사실 자체만을 알게 되는 것이 아니었다. 그날이나 다음 날이면 벌써 그때그때의 표제어에 맞춘 상당한 양의 일화적이고 역사적이며 심리적이고 성적인 그 밖의 많은 다른 자료들을 접하게 되었다. 그날그날의 모든 사건에 대해서 급하게 성의 없이 쓴 글들이 홍수처럼 쏟아져 나왔고, 이 모든 정보를 끌어모아서 가려내고 기사화하는 일은 급속도로 무책임하게 대량 생산되는 상품과 완전히 같은 길을 밟고 있었다. 그 밖에도 오락란에는 독자층의 흥미를 유발하여 과다하게 주입된 그들의 지식 소재를 활용할 수 있도록 마련된 어떤 유희도 들어 있었는데, 여기에 관해서는 치겐할스가 '크로스워드 퍼즐'이라는 기묘한 제목으로 주석을 길게 달아 보고한 것이 있다. 당시에는 사람들 대부분이 고되게 일하고 힘든 생활을 했는데도 몇천 몇만이나 되는 사람이 여가 시간이면 글자로 된 사각형과 열십자 위로 몸을 구부리고 앉아 일정한 유희 규칙에 따라 빈칸을 메우고 있었다. 이 일에서 단지 우습거나 제정신이 아닌 면만을 보는 것은 삼가기로 하자. 또 여기에 조소를 퍼붓는 일도 그만두자. 어린애들이나 할 만한 퍼즐을 풀고, 한편으론 잡문을 읽었던 그 사람들은 결코 순진한 어린아이나 장난을 좋아하는 호사가가 아니었다. 오히려 그들은 정치, 경제, 도덕의 혼란과 동요의 한복판에서 불안해하고 있었고, 몸서리나는 전쟁과 내전을 몇 번이나 치르고 있었다. 그들의 보잘것없는 교양 유희는 즐겁기만 하고 의미 없는 어린애 장난이 아니라, 풀 길 없는 문제들과 두렵기 그지없는 몰락의 예감으로부터 두 눈을 감고 가능한 한 천진난만한 환상의 세계로 도피하고 싶은 심각한 욕구에 따른 것이었다. 그들은 끈질기게 자동차 운전이나 어려운 카드놀이를 배우며 꿈꾸듯이 크로스워드 퍼즐에 빠져 있었다. 이미 교회에서는 더 이상 위안을 얻지 못하고, 정신으로부터는 조언을 듣지 못한 채 거의 무방비 상태로 죽음과 공포, 고통과 굶주림에 직면해 있었기 때문이다. 그토록 많은 글을 읽고 강연을 들으면서도 그들은 무서움에 대하여 스스로를 강하게 만들고, 자신의 내면에서 죽음의 공포와 맞서 싸우는 데는 시간과 노력을 들이지 않았다. 그저 떨며 하루하루를 살아갔고 내일이라는 것을 믿지 않았다.

한편 강연 또한 성행했는데, 잡문의 약간 나은 변형이라고나 할 이 강연에 대해서도 간단히 언급해야겠다. 교양이란 개념이 한때 지녔던 의미를 상실한 뒤에도 여전히 교양에 매달려 있던 그 시대의 시민들에게 당시 전문가나 정신의 도둑들은 너 나 할 것 없이 논문을 쓰는 것 말고도 엄청난 수의 강연을 했다. 강연은 특별한 기회에 하는 축하 의미의 연설만이 아니라 맹렬한 경쟁을 벌이면서 상상할 수 없을 만큼 대량으로 행해졌다. 당시 중소 도시의 시민이나 그 부인은 일주일에 한 번, 대도시에서는 거의 매일 저녁 강연을 들었는데, 그들은 어떤 주제에 대한 이를테면 예술품이나 시인, 학자, 연구가, 세계 여행에 대한 이론적인 가르침을 받았다. 그런 강연에서 청중은 완전히 수동적이었고, 또 그런 강연들은 내용에 청중이 어떤 식으로든 관련이 있으며 그들이 어떤 예비지식이나 준비 자세 혹은 소화 능력 같은 것을 갖추고 있다는 것을 암묵적으로 전제하고 있었으나 대개의 경우 그런 조건은 갖추어져 있지 않았다. 개중엔 푸른 연미복을 입고 우편 마차에서 내려 슈트라스부르크*나 베츨라**의 소녀를 유혹하는 괴테에 대한 재미있고 열정적이며 재치에 넘치는 강연도 있었고, 숱한 지적 유행어가 주사위 통 속에서처럼 이리저리 굴러다니는 아랍 문화에 대한 강연도 있었는데, 청중들은 각자 그중에서 비슷하게 알아들을 말이 하나라도 있으면 기뻐했다. 사람들은 자기가 작품을 한 번도 읽어 본 적이 없고 또 읽을 생각도 해 보지 않은 시인들에 대한 강연도 들었고, 추가로 환등기로 상영해 주는 사진들까지 보았으며, 신문 오락란에서와 마찬가지로 조각나고 의미를 상실해 버린 교양 가치나 단편적 지식의 홍수

---

* 젊은 시절 괴테가 프리데리케 브리온과 사랑했던 도시의 이름.
** 괴테가 샤로테 부프와 사랑했던 도시의 이름.

속에서 허우적거렸다. 간단히 말해서 사람들은 이미 언어의 가공할 만한 가치 상실을 눈앞에 두고 있었던 것이다. 이 언어의 가치 상실은 처음엔 은밀히 아주 작은 범위의 사람들 사이에서 영웅적이고도 금욕적인 반동을 불러일으켰으며, 이러한 반동의 움직임은 그 후 얼마 지나지 않아 곧 밖으로 드러나고 강력해져서 정신의 새로운 자율과 품위를 회복하는 출발점이 되었다.

사실 그 밖의 여러 면에서는 실천력과 위대함을 과시했던 그 시대 정신생활이 보인 이런 불안정과 진실성 결여에 대해 오늘날 우리는 겉으로는 승리와 번영을 누렸던 한 시대가 끝에 가서 갑자기 허무에 직면하게 되자 정신에게 몰아닥친 공포의 징후라고 설명한다. 정신은 커다란 물질적 고통에 직면하고, 정치적으로 전운이 감도는 시기를 맞이했으며, 하루아침에 자기 자신에 대한, 자신의 힘과 품위, 아니 자신의 존재 자체에 대한 불신에 마주치게 되었던 것이다. 그러나 몰락의 분위기에 젖은 이 시기에 성과도 꽤 있었으니, 무엇보다도 우리가 그 후예임을 고맙게 여기는 음악학의 시작을 들 수 있다. 그러나 과거의 한 부분을 세계사 속에 멋지고 재치 있게 끼워 넣기는 쉬워도 현재의 자신을 그런 식으로 정리해 넣지는 못하는 법이다. 그래서 당시 정신적 요구나 업적이 갑작스레 극히 낮은 수준으로 떨어지자 정신적인 사람들 사이에는 무서운 불안과 절망감이 감돌게 되었다. 이렇게 해서 사람들은 우리 문화의 청춘과 창조적인 시기는 다 지나가고 이제 노년기와 황혼이 시작되었다는 것(니체 이래 이미 여기저기에서 예감하고 있던 것이지만)을 알게 되었다. 그리고 갑자기 모든 사람이 느끼고 많은

사람이 표명하게 된 이 통찰로부터 그 시대의 수많은 걱정스
러운 징후들을 설명했다. 삶의 메마른 기계화, 도덕의 깊은 타
락, 국민들의 믿음 상실, 예술의 진실하지 못함 등이 그것이었
다. 저 중국의 신기한 전설에서처럼 '몰락의 곡조'가 울려 퍼졌
는데, 그것은 마치 파이프오르간의 길게 끄는 저음부처럼 몇
십 년 동안 울리면서 학교나 잡지, 아카데미에는 부패의 모습
으로 흘러들었고, 아직 진실성을 잃지 않고 있던 예술가나 시
대 비평가에게는 우울증과 정신병으로 흘러들었으며, 모든 예
술에서는 거칠고 천박한 과잉 생산으로 날뛰었던 것이다. 이
미 깊숙이 침투해 더 이상 쫓아낼 수 없게 된 이 적을 대하는
태도에는 여러 가지가 있었다. 그중에는 이 쓰디쓴 사실을 말
없이 알아채고 금욕적으로 견디어 낸 이들이 있었으니, 가장
뛰어난 사람들 대부분이 이런 태도를 취했다. 진실을 슬쩍 속
여 넘기는 방법도 있었다. 이를 위해서는 문화의 몰락을 내세
우는 문인들이 편리한 쟁점을 얼마든지 제공하고 있었다. 게다
가 그런 위협적인 예언자들을 상대로 싸움을 거는 사람들은
더 많은 청중을 얻고 영향력을 확보했다. 어제까지만 해도 자
기 것이라고 여기고 자랑스러워했던 문화가 이젠 생명을 잃었
다는 사실과 시민의 사랑을 받던 교양이나 예술이 이제 더 이
상 진정한 교양도 예술도 아니라는 사실이 사람들에게는 갑작
스러운 인플레이션이나 혁명으로 재산을 위협당하는 것 못지
않게 파렴치하고 참기 힘든 일이었기 때문이다. 이 외에 거대
한 몰락의 분위기를 대하는 태도에는 냉소적인 것도 있었다.
그런 사람들은 춤이나 추러 다니고, 미래에 대한 걱정은 구닥
다리 바보들이나 하는 짓이라고 선언했다. 그들은 예술이나 학

문, 언어의 멀지 않은 종말에 대해서 정취를 물씬 풍기는 잡문들을 읊어 댔다. 그리고 자신들이 종이 위에 세운 잡문의 세계에서 모종의 자살자의 쾌감을 느끼며 정신의 완전한 타락이라든가 개념들의 인플레이션을 확언하며, 어떻게 예술과 정신, 윤리, 정직성뿐만 아니라 심지어 유럽이, 그리고 '세계'가 몰락해 가는지를 냉소적인 태연함이나 취한 듯이 홀린 태도로 바라보고 있었다. 선량한 사람들 사이에서는 조용하고 어두운 비관론이, 사악한 사람들 사이에서는 심술궂은 비관론이 성행했다. 그리고 문화가 현실적인 자기 관찰과 새로운 정리를 할 수 있게 되기 이전에 우선 정치와 전쟁으로 살아남은 자들을 재편하여 어떻게든 세계와 도덕을 개조하는 일이 선행되어야 했다.

그러나 이 문화는 수십 년의 과도기를 거치며 잠자고 있었던 것이 아니었다. 바로 이 몰락이 이루어지고 있는 동안, 즉 예술가나 교수, 잡문 기자에 의해 완전히 자포자기에 빠져 버리는 듯이 보이는 동안 그것은 개개인의 양심 속에서 첨예한 각성과 자기 점검에 이르고 있었다. 이미 잡문이 한창이던 시기에 정신에 충실하고, 좋은 전통이나 교육, 방법, 지적인 양심의 핵심을 온 힘을 다해 이 시대를 넘어 저편으로 구해 내겠다고 결심한 소규모 그룹들이 도처에 있었다. 오늘날 우리가 알 수 있는 바에 의하면 그 진행 과정, 즉 자기 검토와 사색, 몰락에 대한 의식적인 저항 과정은 주로 두 그룹 안에서 이루어졌던 것 같다. 학자들의 문화적 양심은 음악사에 대한 탐구와 교수법으로 도피해 갔는데, 이유는 이 음악사라는 학문이 당시 절정에 달해 있었고 유명해진 두 학교가 당시 잡문 세계 한가운데에서 모범적으로 깨끗하고 양심적인 연구 방법을 육성하고 있었기 때문이다. 그리고 운명이 이 작고 용감한 정예 부대의 노력에 위안에 찬 격려를 보내기라도 한 듯 우울하기 그지없는 이 시대 한가운데에, 그것 자체는 우연한 일이었지만, 신의 보증과도 같은 위력을 발휘하며 반가운 기적이 일어났다. 요한 세바스티안 바흐의 원고 열한 편이 바흐의 아들 프리데만의 유물 속에서 발견되었던 것이다! 타락에 대항한 두 번째 저항 그룹은 동방 순례자들의 결사였다. 이 결사의 형제들은 지적인 훈련보다는 영혼의 수행을 쌓았고, 경건한 마음과 외경심을 키우는 데 힘썼다. 오늘날 우리의 정신 육성과 유리알 유희 형식은 그 명상적인 측면에서 매우 중요한 자극을 받았다. 또 이 동방 순례자들은 우리 문화의 본질과 존속 가능성에 대한 새로운 이해에도 연관되어 있는데, 그것은 학문적이고 분석적인 작업에 의한 것이라기보다는 비밀 수련에 바탕을 둔, 먼 옛날로 거슬러 올라가 과거 문화의 상황 속으로 들어갈 수 있는 그들의 마법적인 능력 때문에 그렇다. 예를 들어 이들 가운데에는 이전 시대의 음악을 완전히 그때와 똑같이 연주할 능력이 있다고 단언할 수 있는 음악가와 가수가 있었다. 이 사람들은 1600년이나 1650년의 음악을 훗날 거기에 덧붙여진 온갖 유행이나 세련이나 기교를 전혀 모르는 듯 완전히 순수하게 연주하고 노래할 수 있었던 것이다. 강약법과 고조를 향한 욕구가 모든 연주를 지배하고, 지휘자의 지휘 솜씨와 '해석'에 매달려 음악 자체는 거의 잊고 있던 그 시대에 이런 일은 사실 들어 보지 못한 것이었다. 동방 순례자들의 오케스트라가 공개적으로 헨델 이전 시대의 어떤 모음곡을 처음으로 음량을 늘리거나 줄이지 않고 다른 시대, 다른 세계의 소박함과 순결함 그대로 완전히 연주했을 때, 어떤 청중들은 시종 전혀 이해하지 못했지만, 어떤 청중들은 온통 귀를 기울이며 태어나서 처음으로 음악을 듣는 느낌이 들었다고 하는 보고가 있다. 동방 순례자들의 결사에 속해 있던 어떤 사람은 브렘가르텐과 모르비오 사이에 위치한 결사의 음악 홀에 바흐 시대의 파이프오르간 한 대를 만들어 설치했는데, 어찌나 완벽했던지 요한 세바스티안 바흐가 그럴 재력과 기회만 있었더라면 하나 주문해서 가졌을 법한 것이었다. 그 오르간 제작자는 당시 결사에 이미 적용되던 원칙에 따라 본명을 밝히지 않고, 18세기에 살았던 선배의 이름을 따라 자신을 그냥 질버만이라고 부르게 했다.

이렇게 해서 우리는 오늘날의 우리 문화의 개념이 생겨나게 된 근원에 다가섰다. 가장 중요한 근원 가운데 하나는 최신의 학문인 음악사와 음악 미학이고, 그다음이 잇달아 일어난 수학의 비약적인 발전이며, 거기에 동방 순례자들의 지혜에서 나온 한 방울의 기름과, 음악의 새로운 이해와 해석에 아주 긴밀히 관련된 문화의 수명 문제에 대한 저 체념적이고도 명랑하며 의연한 태도의 확립이 더해진다. 이에 대해서는 더 이상 말할 필요가 없을 것 같다. 그런 것은 이제 누구나 알고 있다. 이 새로운 태도, 아니 그보다 문화 진행 과정으로의 이 재편이 가져온 가장 중요한 결과는 작품 창작에 있어서의 광범위한 포기와 차츰 진행된 정신적인 사람들의 세상사로부터의 유리, 그리고 그에 못지않게 중요하며 그 모든 것의 꽃이라고도 할 수 있는 유리알 유희이다.

유희의 시작에는 1900년 직후 여전히 잡문이 전성기를 이루던 시기에 이미 시작된 음악학에 대한 몰두가 참으로 큰 영향을 미쳤다. 이 학문의 후예인 우리는 저 위대한 창조적 시대, 특히 17세기와 18세기의 음악을 과거 모든 시대(고전 음악의 시대까지도 포함하여)의 사람들보다 더 잘 알고 있으며 어떤 의미에서는 더 잘 이해하고 있다고까지 믿고 있다. 물론 후손들인 우리는 고전 음악에 대해 창조적 시대의 사람들이 가졌던 것과는 전혀 다른 관계를 맺고 있다. 체념의 우울 때문에 언제나 충분히 자유롭지 못한, 이 진정한 음악에 대한 우리의 정신화된 존경은 그 음악이 생겨났던 상황과 운명을 깜빡 잊을 때마다 더 행복했던 것으로, 우리가 부러워하려는 경향이 있는 저 시대들의 즐겁고 소박한 연주의 기쁨과는 완전히 다른 것이다. 우리는 벌써 몇 세대 전부터 중세 말과 우리 시대 사이에 가로놓인 저 문화적 시기의 위대하고 영속적인 업적으로, 거의 20세기 전체가 그랬던 것처럼 철학이나 문학을 꼽는 것이 아니라 수학과 음악을 꼽고 있다. 적어도 전체적으로 보면, 우리가 저 앞 세대들과 창조적 경쟁을 포기한 이래, 또 베토벤과 초기 낭만파 음악에서 시작해 거의 두 세기 동안 음악 연주를 지배했던 화성과 순전히 감각적인 강약법에 대한 숭배를 그만둔 이래 우리는 — 물론 비창조적이고 계승적이긴 하지만 그래도 경외심에 찬 우리 나름의 방식대로! — 우리가 계승하고 있는 저 문화의 모습을 좀 더 순수하고 올바르게 보게 되었다고 생각한다. 우리는 더 이상 저 시대들처럼 도취적인 창작 욕구를 가지고 있지 않다. 15세기와 16세기의 음악 형식이 어떻게 그처럼 오랫동안 변함없이 순수성을 지킬 수 있었는지, 또 그 당시 작곡된 수많은 음악 가운데 도대체 어떻게 그처럼 불순한 것은 하나도 찾아볼 수 없는 것처럼 보이는지, 그리고 변질이 시작된 18세기가 형식이나 유행, 악파들의 불꽃놀이를 스스로 의식하면서도 비록 단명하지만 어떻게 그처럼 불꽃을 찬란하게 쏘아 올렸는지 우리로서는 거의 이해가 안 되는 연극 같기만 하다. 그러나 우리는 오늘날 우리가 고전 음악이라고 부르는 것 속에서 과거 몇 세대의 비밀과 정신, 덕성, 경건함을 이해했고, 그것을 모범으로 받아들였다고 믿는다. 예를 들어 오늘날 우리는 18세기 신학이나 교회 문화 또는 계몽주의 시대의 철학을 전적으로 혹은 거의 중요하게 여기지 않지만, 바흐의 칸타타나 수난곡, 전주곡에서는 기독교 문화의 마지막 승화를 보는 것이다.

그 밖에도 우리 문화가 음악과 맺는 관계에는 아직 태곳적이고도 몹시 신성한 모범이 하나 더 있으니, 유리알 유희는 이 모범에 대해 지극한 경의를 표하고 있다. '고대 제왕들'이 다스리던 전설 시대의 중국에서는 국가와 궁정 생활에 음악이 지도적인 역할을 했음을 우리는 기억한다. 사람들은 음악이 성행하는 것을 문화나 도덕의 번성, 더 나아가 국가의 번영과 동일시했으며, 악관은 '옛 곡조'를 보존하고 순수성을 지키는 데 엄중한 주의를 기울여야 했다. 음악이 타락하면, 그것은 정부나 국가가 몰락할 분명한 징조였다. 또 시인들은 하늘을 거역하는 악마적이고 금지된 곡조, 예를 들어 정성(鄭聲)*이나 흉성(凶聲)의 음조, 즉 '몰락의 곡조'에 대한 무서운 전설을 이야기했다. 왕궁에서 그 괴이한 가락이 연주되면 금방 하늘이 어두워지고 성벽이 흔들려 무너지며, 왕과 그 나라는 망했다는 것이다. 옛 작가들의 수많은 이야기를 대신하여 여불위(呂不韋)의

---

* 춘추 시대 정(鄭)나라의 음란하고 야비한 속곡(俗曲).

『여씨춘추(呂氏春秋)』* 음악 편에 있는 몇 대목을 인용해 보기로 한다.

"음악의 기원은 멀리까지 거슬러 올라간다. 음악은 도량(度量)에서 생겨나며, 거대한 하나[太一]**에 뿌리를 두고 있다. 거대한 하나는 양극(兩極)을 낳고, 이 양극이 음과 양의 기운을 낳는다.

천하가 태평하며, 만사가 안정되고, 만물의 변화가 위[上]를 따르면, 음악이 이루어진다. 욕망과 정열이 그릇된 길로 흐르지 않으면 음악은 완성되는 것이다. 온전한 음악에는 그 이유가 있다. 온전한 음악은 평형[平]에서 나온다. 평형은 바름[公]에서 나오고, 바름은 천하의 뜻[道]에서 나온다. 그러므로 천하의 뜻을 깨달은 사람이라야 더불어 음악을 이야기할 수 있다.

음악은 천지의 조화와 음양의 일치에서 기인한다.

무너지는 나라나 몰락하는 인간에게도 음악이 없는 것은 아니나, 그 음악은 청량하지 못하다. 따라서 음악이 음란해질수록 백성은 더욱더 우울해지고, 나라는 더욱더 위태로워지며, 군주는 더욱더 천해진다. 이렇게 해서 음악의 본질 또한 잃게 되는 것이다.

성군(聖君)이 모두 음악을 숭상한 것은 음악의 청량함 때문이었다. 걸(桀)이나 주(紂) 같은 폭군들은 음란한 음악을 만들었다. 그들은 강한 음을 아름답다 하고 잡다한 울림을 흥겹다고 했다. 그들은 새롭고 신기한 음향을 구하고, 들어 본 일이

---

* 고대 중국의 거상이자 진(秦)의 재상인 여불위가 전국의 논객들과 식객들을 모아 짓게 한 일종의 백과사전.
** 우주의 근원.

없는 음조를 얻고자 애썼으며, 서로 능가하려 했고, 도(度)를 넘었다.

초(楚)나라가 망한 것은 마귀의 음악을 만들어 낸 것이 원인이었다. 그런 음악은 참으로 음란하기도 하지만, 실은 음악의 본질에서 한참 벗어나 있는 것이다. 진정한 음악의 본질에서 벗어나 있기 때문에 이런 음악은 청량하지가 못하다. 음악이 청량하지 못하면 백성은 불평하게 되고, 생활을 망치게 된다. 이 모든 일은 음악의 본질을 잘못 알고 음란한 곡조만 찾는 데서 비롯된다.

그러므로 태평 시대의 음악은 평화롭고 청량하며, 통치는 균형이 잡혀 있다. 불안한 시대의 음악은 격앙되고 난폭하며, 통치는 괴팍스럽다. 망해 가는 나라의 음악은 감상에 차 있고 슬프며, 통치는 위태롭다."

이 중국인의 글은 우리에게 거의 잊혀 버린 모든 음악의 원래 의미와 기원을 아주 명확하게 지적해 주고 있다. 춤이나 모든 예술 행위와 마찬가지로 음악은 선사시대에는 일종의 주문(呪文), 하나의 오래되고 합법적인 마법의 수단이었다. 음악은 리듬(손뼉 치기, 발 구르기, 딱따기 치기, 최초의 북 치는 기술)으로 시작해서, 여러 사람의 '호흡을 맞추어' 그들의 호흡과 맥박과 기분을 같은 박자에 맞추고, 그들이 영원한 힘들을 호소하여 불러내거나 춤을 추고 경주를 하고 전쟁에 나가고 성스러운 행동을 할 수 있도록 북돋우는 강력하고도 확실한 수단이었던 것이다. 그리고 이 원초적이고 순수하고 강력한 본질, 마법의 본질은 다른 예술보다 음악에 훨씬 더 오래 보존되어 있었다. 그리스인부터 괴테의 단편소설에 이르기까지 역사가와 시인이 음악에 대해 한 수많은 말들을 상기해 보기 바란다. 무슨 일을 할 때 행진과 춤이 의의를 잃은 적은 한 번도 없었다. 그러나 우리 본래의 주제로 다시 돌아가자!

이제 유리알 유희의 시작에 대해 가장 알아 둘 만한 가치가 있는 것을 간단히 말해 보겠다. 짐작건대 그것은 독일과 영국에서 동시에 나타났으며, 두 나라 모두 새로운 음악 이론 연구소에서 일하고 연구하던 음악학자와 음악가 들의 작은 모임에서 이른바 연주 연습의 형태로 생겨 나왔다. 유희의 초기 모습을 그 훗날이나 오늘날의 상태와 비교하는 것은 마치 음절을 구분하는 세로줄조차 없는 1500년 이전의 악보 기입법과 그 원시적인 음부(音符)를 18세기나 심지어 19세기에 쓰인 총보(總譜)와 비교하는 것이나 마찬가지이다. 19세기의 악보라는 것은 강약, 속도, 분절법 등에 관한 약호(略號)가 어지러울 정도로 들어차 있어서 이런 총보를 인쇄하려면 어려운 기술적인 문제가 발생할 지경인 것이다.

유희는 처음에는 학생들과 연주가들 사이에서 행해진 일종의 재치 있는 기억 및 조합 연습에 지나지 않았다. 그리고 이미 말했듯이 영국과 독일에서 행해지다가 이윽고 쾰른의 음악 대학에서 '발명'되어 그러한 이름을 얻게 되었는데, 이미 오래전부터 유리알과는 아무 상관이 없어졌는데도 여러 세대를 거친 오늘날까지 여전히 그 이름으로 불리고 있다. 이 유리알이란, 좀 괴짜이긴 해도 영리하고 사교적이며 사람을 좋아했던 음악 이론가인 칼브 태생의 바스티안 페로트가 발명해 문자나 숫자, 음표 또는 다른 그림 부호 대신에 사용했던 것이다. 그 외에 '대위법의 성쇠'에 관한 논문을 남기기도 한 페로트는 쾰

른의 학교에서 이미 학생들이 상당히 진전시켜 놓은 유희 습관을 접하게 되었다. 즉 학생들은 고전적 작곡에서 임의로 어떤 동기나 서두를 골라 서로 자신들의 학문에서 쓰이는 단축 형식으로 상대방을 부르는 것이었다. 그러면 부름을 받은 상대방은 그 부분을 계속하거나, 아니면 더 좋게는 상성부(上聲部)나 하성부(下聲部) 또는 대조적인 대립 주제 등으로 거기에 응답해야 했다. 그것은 기억에 따르거나 즉흥적으로 하는 연습이었으며, 한때 쉬츠*와 파헬벨**, 바흐 시대에 부지런한 음악도나 대위법을 공부하는 학생들 사이에서 성행했던 것과 비슷했을 것이다.(비록 그 형식이 이론으로 하는 것이 아니라, 실제로 쳄발로나 류트, 플루트 또는 노래를 가지고 하는 것이긴 했지만.) 수공 일을 좋아해서 직접 옛날 방식에 따라 피아노나 클라비코드를 만들기도 했던 바스티안 페로트는 아마 동방 순례자들 중의 한 사람이었을 가능성이 크다. 전해지는 말에 따르면, 그는 몹시 휘어진 활과 손으로 조인 털을 가지고 1800년 이래 잊힌 옛날 방식대로 바이올린을 연주할 수 있었다고 한다. 페로트는 구슬들을 꿰어 늘어놓아 만든 아이들용 계산 기구를 본떠 수십 개의 철사 줄이 쳐진 틀을 하나 짜고, 그 줄에 크기와 모양과 색깔이 각기 다른 유리알들을 나란히 꿰어 늘어놓았다. 철사 줄은 악보의 오선(五線)이고, 유리알은 음표에 해당하는 셈이었다. 이렇게 그는 유리알을 사용해 음악적인 인용을 나타내고, 머릿속에 떠오른 주제를 구성하고 변화시키고 변조

---

* 바흐 이전 독일의 교회음악 작곡가.
** 독일의 작곡가, 오르간 연주자.

하고 발전시켰으며, 다시 전개해 다른 것들과 대비시키기도 했다. 기술적인 면에서는 하나의 유희에 지나지 않았으나 학생들은 이것을 마음에 들어 하고 모방하여 유행이 되었으며, 영국에까지 전해졌고, 한동안 음악 연습의 유희는 이런 원시적이고도 즐거운 방식으로 이루어졌다. 가끔 있는 일이지만, 이 경우에도 영속적이고 뜻 깊은 구상이 일시적이고 부수적인 사물에서 그 이름을 얻게 되었다. 학생들의 유희와 페로트의 유리알 달린 철사 줄에서 시작된 것이 훗날 대중적이 되어서 유리알 유희라는 이름으로 오늘날까지 그대로 전해지게 되었던 것이다.

약 이삼십 년 뒤 이 유희는 음대생들 사이에서 인기를 잃었지만, 그 대신 수학자들이 물려받게 된 것 같다. 그리고 그때그때 특별히 전성기에 있거나 르네상스를 겪고 있던 학문이 언제나 이 유희를 총애하고 활용하며 계속 발전시켜 나갔다는 사실은 유희의 역사에서 오랫동안 눈에 띄는 특징으로 남아 있었다. 수학자들 사이에서 이 유희는 높은 승화력과 융통성에 다다르게 되었고, 이미 어떤 자기의식과 능력의 자각 같은 것을 획득했으며, 그 당시 문화 의식의 일반적인 발전과 평행을 이루어 나란히 나아가고 있었다. 그 문화 의식은 커다란 위기를 극복해 내고, 플리니우스 치겐할스가 표현한 대로 "이른바 고대 후기, 즉 헬레니즘과 알렉산드리아 시대의 문화 정도에 해당하는 어떤 상태, 요컨대 후기 문화에 속하는 역할 속으로 겸손한 긍지를 가지고 들어섰던 것이다."

치겐할스는 그렇게 말했다. 우리는 이제 유리알 유희의 역사에 대한 개관을 끝내고자 한다. 확실한 것은 음악 연구실에서 수학 연구실로 옮겨 감에 따라(이러한 변화는 독일보다 프랑스와 영국에서 훨씬 빨리 이루어졌지만) 유희는 발전을 거듭하여 특별한 기호와 약호를 써서 수학의 과정을 표현할 수 있게 되었다. 유희를 하는 사람들은 이 추상적인 형식들을 가지고 그것들을 서로 발전시키면서 서로 도왔고, 자기네 학문의 전개 과정과 그 가능성들을 서로 연출해 보였다. 이 수학적이고 천문학적인 형식 유희는 상당한 주의력과 긴장과 집중을 요구했던 까닭에, 당시에 벌써 수학자들 사이에서 훌륭한 유리알 유희자라는 평판은 아주 값진 것이었다. 그것은 곧 그가 훌륭한 수학자라는 것을 의미했던 것이다.

얼마 동안 이 유희는 거의 모든 학문에 받아들여져 모방되었다. 요컨대 온갖 분야에 응용된 것이다. 이러한 사실은 고전 언어학과 논리학 분야에서 입증되었다. 음악 작품의 가치를 분석적으로 고찰하는 일은 음악적 과정을 물리학적이고 수학적인 공식으로 표현하는 결과를 가져왔다. 얼마 후 언어학이 이런 방식으로 연구를 시작하더니 물리학에서 자연 현상을 측정하는 것과 같은 방식으로 언어적 형상들을 측정하기 시작했다. 여기에 또 조형 예술의 연구가 끼어들게 되었으니, 이 분야에서는 벌써 오래전부터 건축학이 수학과 관계를 맺고 있던 것이다. 그리고 그런 과정에서 얻은 추상적 공식들 사이에서 사람들은 또 언제나 새로운 관계나 유사점, 서로 상응하는 점을 발견해 냈다. 어느 학문이고 이 유희를 자기 것으로 하게 되면, 그 목적을 위해 공식과 약어(略語)와 조합 가능성들의 유희 언어를 만들어 냈고, 정신적인 엘리트에 속하는 젊은이들 사이에서는 공식의 연속이나 공식의 대화로 이루어지는 이 유희가 어디에서나 인기를 끌었다. 이 유희는 그냥 하는 연습이 아니었고, 그저 기분 전환을 위한 것도 아니었다. 그것은 정신수양을 통해 집중된 자신감을 얻기 위한 것이었다.

특히 수학자는 스포츠맨과도 같은 능숙한 솜씨와 형식의 엄격성을 구사하며 절제된 유희를 했고, 그 속에서 당시 이미 정신적인 인간으로서 세속적인 향락과 노력을 철저히 단념할 수 있도록 그들을 도왔던 즐거움을 찾아내고 있었다. 잡문을 완전히 극복하고, 정신의 정확한 훈련에 새로운 기쁨을 느끼게 하는 데 유리알 유희가 큰 역할을 하였다. 수도사처럼 엄격한 새로운 정신 훈련이 생겨난 것도 이러한 기쁨 덕택이었다. 세계는 변했다. 잡문 시대의 정신생활은 무턱대고 무성하게 뻗어 나간 이상 비대(異常肥大)의 혹들에 모든 양분을 쏟아부었기에 나중에 그것을 바로잡느라 뿌리 있는 곳까지 베어 내야 했던 변종 식물에 비교할 수 있으리라. 이제 정신적인 연구에 헌신하려는 젊은이들은 자신들이 하려는 일을 잡문 시대에 유명하고 말 잘하는 교수들이 한때 고급이었던 교양의 찌꺼기들을 권위 없이 차려 놓는 대학을 여기저기 기웃거리고 돌아다니는 것이라고 생각하지 않았다. 이제 그들은 한때 엔지니어가 공과대학에서 그래야 했던 것만큼, 아니 그보다 더 엄격하게 조직적으로 배우지 않으면 안 되었다. 그들은 가파른 길을 가야 했고, 수학을 통해, 그리고 아리스토텔레스적이고 스콜라적인 수련을 통해 사유 능력을 순화하고 강화해야 했다. 그리고 그 이전 몇 세대에 걸쳐 학자들이 추구할 가치가 있다고 여겨 왔던 모든 것을 완전히 포기하는 것도 배워야 했다. 즉 쉽고 빠르게 돈 버는 일, 세상에서 명성을 얻고 존경받는 일, 신문에서 칭찬받는 일, 은행가나 사장의 딸과 결혼하는 일, 물질적인 생활에서 호사와 사치를 누리는 일 따위를 완전히 단념해야 했다. 저서의 판을 거듭하고 노벨상을 받고 아름다운 별장을 가진 작가, 훈장을 타고 제복 입은 하인을 거느린 위대한 의사, 부유한 아내와 번쩍거리는 살롱을 가진 대학교수, 회사의 감사 위원 자리를 차지한 화학자, 잡문 공장을 가지고 있고 청중 가득한 홀에서 매혹적인 강연을 해 박수갈채와 꽃다발에 묻히는 철학자, 이런 인물들은 모두 사라져 버렸고 오늘까지도 다시 나타나지 않았다. 당시에도 재능 있는 청년으로서 이런 자들을 모범으로 여기며 부러워한 사람은 많았지만, 사회적인 존경과 부와 명성과 사치로 가는 길은 이미 더 이상 강의실과 연구실, 학위 논문들 속에 있지 않았다. 밑바닥으로 가라앉은 정신적인 직업은 세상의 눈에는 파산한 것으로 보였다. 그 대신 그러한 직업들은 정신에 대하여 마치 속죄라도 하는 듯한 광적인 헌신을 다시 얻게 되었다. 더 많은 영광과 부귀를 얻고자 애쓰는 재능 있는 자들은 인기 없어진 정신적인 직업에 등을 돌리고 안락하게 돈벌이를 할 수 있는 직업을 찾아야 했다.

정신이 자기 순화를 이룬 후에 어떤 방식으로 나라 안에서도 확고한 기반을 차지하게 되었는지를 더 자세히 설명하려 한다면 그건 좀 지나친 일이 되리라. 방종하고 비양심적인 정신의 훈련은 몇 세대 못 가서 실생활까지 완전히 해치기에 충분하다는 사실, 그리고 기술적인 직업을 포함해 모든 고급 직업에 있어서 능력과 책임감이 점점 더 희귀하게 되었다는 사실을 사람들은 곧 체험하게 되었다. 그래서 국가와 국민의 정신적 관리, 요컨대 학교 제도 전체가 차츰 더 정신적인 사람들에 의해 독점되어 갔다. 오늘날까지도 유럽 모든 나라의 학교들은 로마 교회의 감독 아래 있거나 그렇지 않으면 정신적인 엘리트들 중에서 후계자를 채우는 이름 없는 수도회 수중에 있는 것이다. 이 계급 조직의 엄격함이나 소위 말하는 오만함이 사회의 시선으로 볼 때는 이따금 상당히 불쾌할 수도 있고, 또 자주 사람들의 반발을 사기도 하지만, 이 지배는 아직도 확고하다. 정신적인 것 이외에는 모든 재물과 이익을 단념하는 고결함이 그들을 지키고 보호해 주는 것도 있지만, 문명이 존속하기 위해서는 이런 엄격한 학교가 반드시 필요하다는, 오래전부터 일반화되어 온 인식과 예견 또한 그들을 지켜 주고 있는 것이다. 생각이 순수하거나 깨어 있지 않고 정신을 존중하는 기풍이 사라지게 되면, 곧 배도 자동차도 제대로 움직이지 않게 되고 엔지니어의 계산 도구나 은행과 주식 거래소의 계산도 수상한 것이 되어 모든 타당성과 권위가 흔들리며, 뒤이어 혼란이 찾아온다는 것을 사람들은 알고 있거나 적어도 예감하고 있는 것이다. 기술이나 공업, 상업 같은 문명의 외곽 지대도 정신적 도덕이나 정직성이라는 공통의 기초를 필요로 한다는 인식에 이르기까지 어쨌든 충분히 오랜 시간이 걸린 것이다.

당시의 유리알 유희에서 아직 빠져 있던 것은 보편적이 될 수 있는 능력, 즉 여러 학문 위로 떠올라 움직일 수 있는 능력이었다. 천문학자, 그리스어 학자, 라틴어 학자, 스콜라 학자, 음악을 배우는 학생들이 제각기 재기 넘치는 규칙을 정하여 유희를 했지만, 유희에는 각 학과마다 분과마다 그리고 다시 그 분과들마다 고유의 언어와 유희 체계가 있었다. 이들 사이의 경계에 다리를 놓는 첫걸음을 내딛기까지 반세기가 걸렸다. 그렇게 시간이 걸린 원인은 의심할 여지 없이 형식적이고 기술적인 것이라기보다 도덕적인 것이었다. 즉 학문 간의 경계를 넘어 다리를 놓을 방법이야 일찌감치 발견되었겠지만, 또 '하찮은 짓'을 하게 될지도 모른다는 청교도적인 조심성, 즉 다시 장난질이나 잡문의 죄악으로 떨어지게 되지나 않을까 하는 신중하고도 근거 있는 조심성이 새로 생겨난 정신성의 엄격한 도덕 전체와 더불어 분과와 범주를 뒤섞는 일 앞에 놓여 있었던 것이다.

그런 유리알 유희가 거의 단숨에 자신의 가능성을 자각해 보편적 교양 능력의 문턱에 다다르게 된 것은 한 개인의 업적이었다. 그리고 유희에 이런 진전이 일어나게 된 것은 다시금 음악과 관련이 있다. 음악학자인 동시에 열렬한 수학 애호가였던 한 스위스인이 이 유희에 새로운 전기를 마련하였고, 그럼으로써 최고의 전개 가능성을 부여했다. 이 위대한 인물의 시민으로서의 이름은 이제 확인할 수 없다. 그가 살았던 시대에는 정신적인 영역에 이미 더 이상 개인숭배라는 것이 없었으므로, 그는 역사에는 '바젤의 유희자'라는 뜻의 '루조르(혹은 요쿨라토르) 바질리엔시스'라는 이름으로 전해 내려오고 있다. 그의 발명은, 모든 발명이 그렇듯이, 물론 개인적인 업적이요 은총이기는 하지만, 그저 사적인 필요나 노력에서만 생겨난 것이 아니라 더 강력한 원동력에서 나온 것이었다. 그 시대의 정신적인 사람들 사이에서는 도처에 그들의 새로운 사고 내용의 표현 수단을 구하려는 뜨거운 열망이 살아 있었다. 사람들은 철학을 동경했고, 종합을 동경했으며, 자신의 분과에만 틀어박히는 종래의 행복을 불충분한 것으로 여겼다. 여기저기에 전문 분과의 한계를 깨고 보편적인 것으로 나아가려고 애쓰는 학자들이 있었다. 사람들은 새로운 정신적 체험을 포착하거나 교환할 수 있는 새로운 알파벳, 새로운 상형어(象形語)를 꿈꾸었다. 그 증거로 특히 강한 인상을 주는 것은 그 무렵 파리의 어느 학자가 쓴 『중국인의 경고』라는 책자이다. 이 책의 저자는 당시 많은 사람들로부터 돈키호테라는 조롱을 받았지만, 어쨌든 자신의 분야인 중국 문헌학 분야에서는 명망 있는 학자였다. 그는 학문이나 정신 교육이 제아무리 훌륭한 태도를 취한다 할지라도 국제적인 상형어 만드는 일을 게을리하면 어떤 위험에 부딪히게 될 것인가를 설명했다. 그가 말하는 국제적 상형어란 고대 중국 문자와 비슷하며, 개인적인 공상이나 창의력을 차단하지 않으면서도 전 세계 학자들이 이해할 수 있을 만큼 가장 복잡한 것까지도 도안으로 표현해 낼 수 있는 것이었다. 이러한 요구를 충족시키는 가장 중요한 첫걸음을 요쿨라토르 바질리엔시스가 내딛은 것이다. 그는 유리알 유희를 위한 새로운 언어, 요컨대 하나의 상형어 내지는 공식어의 원칙들을 발명했는데, 거기에는 수학과 음악이 같은 비율로 들어 있었고, 그 속에서 천문학의 공식을 음악의 공식에 연결하는 일이 가능해졌으며, 수학과 음악을 공통분모로 하는 일도 가능했다. 유희의 발전이 이 정도에서 완성된 것은 아니었다 해도, 우리의 소중한 유희 역사에서 그다음에 올 모든 발전의 토대를 당시 그 무명의 바젤 사람이 마련해 놓았던 것이다.

그 옛날 어떤 때는 수학자의, 또 어떤 때는 언어학자나 음악가의 특수한 오락이었던 유리알 유희가 이제는 참된 정신을 추구하는 사람들 모두를 점점 그 영향권 내로 끌어들였다. 많은 유서 깊은 아카데미와 비밀 결사가, 특히 아주 유서 깊은 동방 순례자들의 결사가 유희에 관심을 보이게 되었다. 가톨릭 수도회 서너 곳도 여기에서 새로운 정신의 공기를 감지하고는 유희에 골몰하였다. 이를테면 베네딕투스 수도회의 수도원 몇 군데에서 유희에 상당한 관심을 보이자, 벌써 그 당시에 교회나 로마 교황청의 입장에서 이 유희를 용인할 것인지 지지할 것인지 아니면 금지할 것인지 하는 문제가 시급한 논의거리가 되었다. 이 문제는 그 후에도 이따금 제기되곤 했다.

바젤 사람의 위대한 업적 이후로 유희는 급속히 발전하여 오늘날과 같은 상태로 완성되었다. 즉 정신적인 것과 예술적인 것의 진수로, 숭고한 예배로, 분할된 모든 학문의 신비로운 합일로 완성되었던 것이다. 우리의 삶에서 유희는 부분적으로는 예술의 역할을 하기도 하고, 부분적으로는 사변적인 철학의 역할을 떠맡기도 했는데, 그것은 이를테면 플리니우스 치겐할스의 시대에는 종종 잡문 시대의 문학 작품에서 유래한 표현을 빌려, 그 시대 많은 예감에 찬 정신들이 동경하여 목표로 삼았던 이름으로 불리기도 했다. 바로 마술 극장이라는 이름으로.

유리알 유희는 기법과 소재 면에서는 처음부터 무한히 발전해 나갔고, 유희자에 대한 정신적인 요구의 측면에서는 드높은 예술과 학문이 되었지만, 저 바젤인의 시대까지는 아직도 어떤 본질적인 것이 빠져 있었다. 말하자면 그때까지는 모든 유희가 아직도 사유의 영역과 미의 영역에서 뽑아 온 집약된 표상들을 배열하고 정리하고 분류하거나 서로 대립시키는 일, 즉 시간을 넘어선 가치와 형식 들에 대한 빠른 회상, 정신의 영역들을 꿰뚫으며 날아가는 교묘한 짧은 비행에 지나지 않았다. 훨씬 뒤에야 비로소 교육 제도의 정신적인 목록 가운데서, 특히 동방 순례자들의 습관과 풍습에서 명상이라는 개념이 유희 속으로 들어오게 되었다. 특별히 내세울 만한 다른 미덕 없이 그저 뛰어난 기억력만을 가진 유희자가 사람들의 눈길을 끄는 교묘한 유희를 펼치고, 많은 표상들을 재빠르게 늘어놓아 유희 참가자들을 얼떨떨하게 만들거나 혼란스럽게 하는 폐단이 두드러지자, 이런 잔재주는 차츰 엄격히 금지되기에 이르렀다. 명상이 유희의 아주 중요한 요소가 되었으며, 어느 유희에 있어서든 청중이나 관객에게 명상은 최우선적인 것이 되었다. 이는 종교적인 것으로의 전향을 뜻했다. 이제 더 이상 유희 속에서 연이어 나타나는 이념이나 정신적 모자이크를 빠른 주의력과 숙달된 기억력을 동원해 지적으로 뒤따르는 것만으로는 안 되었고, 보다 깊은 영적 헌신이 요구되었다. 유희자가 그때그때 불러 내놓는 모든 기호를 따라 그것의 내용과 기원과 의미에 대해 조용하고도 엄중한 고찰이 이루어졌으니, 이러한 고찰은 참가자 각자에게 그 기호의 내용을 집약해서 유기적으로 눈앞에 떠올려 보지 않을 수 없게 만드는 것이었다. 이러한 명상의 기술과 훈련을 수도회의 모든 회원과 유희 단체에 소속된 사람들은, 세심한 주의를 기울여 깊이 사색하고 명상하는 기술을 가르치는 영재 학교에서 배워 오고 있었다. 그렇게 함으로써 유희의 상형문자가 단순한 글자로 퇴화하는 것을 막을 수 있었던 것이다.

유리알 유희는 학자들 사이에서 애호되었으나 그때까지도 완전히 개인적인 행위에 머물러 있었다. 유리알 유희는 혼자나 둘 혹은 여럿이서도 할 수 있었다. 물론 특히 풍부한 정신으로 잘 짜인 성공적인 유희는 이따금 기록되어 도시에서 도시로, 나라에서 나라로 알려져 칭찬받거나 비판받는 일도 있기는 했다. 그러나 유희가 서서히 공적인 축제로 변하면서 차츰 새로운 기능을 발휘하기 시작한 것은 바로 이 무렵이 되어서였다. 오늘날에도 개인적인 유희는 누구나 할 수 있고, 특히 젊은 사람들이 열심히 하고 있다. 그러나 오늘날 '유리알 유희'라고 하면 누구나 우선 웅장한 공적 유희를 먼저 떠올린다. 이 공적 유희는 어느 나라에서든 루디 마기스터, 즉 유리알 유희의 명인을 수반으로 한 소수의 뛰어난 명인들의 지휘를 받으며, 초청된 사람들이 열심히 경청하는 가운데 전 세계에서 모여든 청중들의 긴장된 주목을 받으며 행해진다. 이런 유희 중에는 며칠 또는 몇 주일을 두고 계속되는 것도 적지 않다. 유희가 집전되는 동안은 유희자도 청취자도 모두 수면 시간까지 정확하게 정해진 일정표에 따라, 가히 성 이그나티우스의 수련 대회 참가자들이 하는 엄한 규율의 참회 생활에 비견될 만한 금욕적이고도 사심 없는 절대 침잠의 생활을 하는 것이다.

이제 더 이상 말할 것도 없을 것 같다. 이 유희 중의 유희는 때로는 이 학문 때로는 저 학문, 또는 예술의 지배를 받아 가면서 일종의 세계어로 형성되어 갔고, 이 세계어를 통해 유희자들은 의미심장한 기호로 가치들을 표현하며 그것들을 서로 연관 지을 수가 있었다. 어느 시대에나 유리알 유희는 음악과 밀접한 관계에 있었으며, 대부분의 경우 음악적이거나 수학적인 규칙에 따라 행해졌다. 한 가지, 두 가지, 세 가지의 주제가 정해지고, 연주되고, 변주되었으며, 푸가나 협주곡 악장의 주제와 아주 비슷한 운명을 겪었다. 가령 유희는 천문학상의 어떤 별자리나 바흐 푸가의 한 테마 혹은 라이프니츠나 우파니

샤드*의 한 구절에서 나올 수 있었다. 그렇게 그 주제에서 출발하더라도 유희자의 의도나 천분에 따라, 이끌어 낸 주도 이념을 계속 발전시키거나 완성시키거나 또는 같은 종류의 표상을 상기시킴으로써 표현을 풍부하게 할 수 있었다. 초보자가 유희 기호를 통해 고전 음악과 자연법칙의 어떤 형식을 대비시킬 수 있었다면, 달인이나 명인은 그 유희의 첫 주제에서 출발하여 무한한 결합을 자유자재로 이끌어 나갈 수 있었다. 유희자들의 어떤 유파에서는 규칙과 자유, 개인과 사회처럼 서로 대립되는 두 개의 주제나 이념을 나란히 놓아 보고, 대치시켰다가, 마침내 조화를 이루도록 결합시키는 것을 오랫동안 즐겼다. 이런 유희에서는 두 개의 주제나 명제를 완전히 동등한 입장에서 어느 쪽으로도 치우치지 않도록 전개하고, 정(正)과 반(反)에서 가능한 한 순수하게 합(合)으로 발전시키는 데 큰 가치를 부여했다. 대체로, 아주 천재적인 예외는 제외하고, 부정적이거나 회의적이거나 조화를 이루지 못하는 결과로 끝나는 유희는 환영받지 못했으며, 때로는 완전히 금지되기까지 했다. 이런 사실은 유희가 그 전성기에 유희자에게 갖게 된 의미와 깊은 관련이 있었다. 즉 유희는 유희자에게 완전한 것을 찾아가는 어떤 상징적인 형식을, 숭고한 연금술을, 모든 형상이나 다양성을 넘어서 내면의 고유한 정신에게로, 즉 신에게로 다가가는 것을 의미했던 것이다. 옛날의 경건한 사상가들이 피조물의 삶을 신에게로 가는 도정으로 묘사하고, 현상계의 다양성을 신적인 단일성 속에서 비로소 완성되고 규명되는 것으로

---

* 산스크리트로 쓰인 고대 인도의 철학서.

보았던 것처럼, 유리알 유희의 도형과 공식은 완전한 것, 순수한 존재, 완전히 이루어진 현실을 향해 모든 학문과 예술에서 나온 세계 언어로 유희하고 노력하면서 짓고, 연주하고, 철학했던 것이다. '실현시킨다'는 말은 유희자들이 즐겨 쓰던 표현이었다. 그들은 자신들의 행위를 생성에서 존재로, 가능한 것에서 실재하는 것으로 나아가는 도정으로 느끼고 있었던 것이다. 앞에서 인용한 니콜라우스 쿠자누스의 글을 여기서 다시한 번 상기해 주기 바란다.

그 외에 기독교 신학의 표현들도 그것이 고전적으로 공식화되어 보편적인 문화재로 여겨지는 한 당연히 유희의 상형어 범주로 받아들여졌다. 그리하여 신앙의 주된 개념 중의 하나라든가 성서의 한 구절, 어떤 교부가 남긴 문장이나 라틴어 미사문 가운데 한 문장 같은 것도 기하학 공리나 모차르트의 멜로디와 마찬가지로 쉽고 정확하게 표현되어 유리알 유희 속으로 받아들여질 수 있었다. 좁은 범위의 진정한 유희자들에게는 유희가 독자적인 신학을 갖지는 않았지만 거의 신에 대한 예배와 같은 의미를 지니고 있었다 해도 지나친 말이 아닐 것이다.

하지만 비정신적인 세속의 세력들 한가운데서 존속하기 위해 싸움을 벌이면서 유리알 유희자들과 로마 교회는 서로 너무 의존하고 있었기 때문에 양쪽 중 어느 한편에서 일방적으로 어떤 태도를 취하기는 힘들었을 것이다. 그러나 그럴 기회는 충분히 있었을 것이, 두 세력의 지적인 성실성과 날카롭고 분명한 공식을 구하는 결벽스러운 욕구가 그들의 분리를 부추기고 있었기 때문이다. 하지만 그런 일은 일어나지 않았다. 로마는 유희에 대하여 때로는 호의적이고 때로는 거부하는 태도를 취하는 데 그쳤다. 사실 수도회나 고위 성직자나 최고위 성직자들 가운데서도 가장 뛰어난 천분을 가진 사람들은 유희자가 되곤 했다. 그리고 유희 자체도 공적 유희가 행해지고 유희 명인이 있게 되면서부터는 수도회와 교육청의 비호를 받고 있었다. 두 단체는 로마에 대해 언제나 정중하고도 기사다운 태도를 취했다. 추기경 시절 그 자신이 훌륭하고 열렬한 유희자였던 교황 피우스 15세는 교황이 되자 전임자가 그랬듯이 유희에 등을 돌렸을 뿐만 아니라 유희를 기소하려고까지 했다. 당시 가톨릭 교도들에게는 유희가 거의 금지될 지경에 이르렀던 것이다. 그러나 그런 일이 일어나기 전에 교황이 세상을 떠났고, 이 비범한 인물의 전기가 많이 읽혔는데, 이 전기는 유리알 유희에 대한 그의 관심이 깊고도 정열적인 것이었음을 보여 준다. 그는 교황이 되고 난 뒤 적대적인 태도를 취함으로써 간신히 그 정열을 억제할 수 있었던 것이다.

옛날 개인이나 동호인에 의해 자유롭게 행해졌던 유희가 공적인 조직을 갖게 된 것은, 물론 오래전부터 교육청의 호의 어린 장려를 받아 온 점도 있지만 우선 프랑스와 영국에서였고, 다른 나라들도 재빨리 그 뒤를 이었다. 어느 나라에서나 유희 위원회와, 유희 명인이라는 칭호를 갖는 최고 유희 지도자가 정해졌다. 그리고 명인이 친히 이끌면서 행하는 공적 유희는 정신적인 의식으로까지 고양되었다. 물론 명인은 정신의 육성에 종사하는 모든 고관이나 대관과 마찬가지로 익명이었다. 주변의 가장 가까운 몇 사람을 제외하고는 아무도 명인의 개인적인 이름을 몰랐다. 유희 명인의 책임하에 이루어지는 공식적인 대(大)유희만이 라디오나 그 밖의 공적이며 국제적인 보도 수단을 이용할 수 있었다. 공적 유희를 이끄는 일 외에도 유희자 및 유희 학교를 장려하는 일이 명인의 의무에 속했고, 무엇보다도 명인은 유희의 발전을 극히 엄중하게 감시해야 했다. 새로운 기호나 형식을 유희 목록에 받아들이는 문제(오늘날에는 이미 더 이상 일어나지 않는 일이지만), 어쩌다 생겨나는 유희 규칙의 확대 문제, 또 새로 포함되는 영역이 바람직한지 아니면 없는 편이 나은지를 가리는 문제에 대해서는 모든 나라가 참가하는 세계 위원회만이 결정을 내렸다. 유희를 정신적인 사람들이 공유하는 일종의 세계어라고 보면, 제각기 명인의 지도 아래 있는 각국의 유희 위원회는 전체로 볼 때 이 세계어의 현황이나 발전, 그 순수한 보존을 감시하는 아카데미인 셈이다. 각 국가 위원회는 유희 기록 문서, 즉 지금까지 검토되고 인가된, 이미 오래전에 고대 중국의 글자 수보다도 훨씬 많아진 기호와 비전(秘傳)을 모두 가지고 있다. 일반적으로 유희자의 예비 교육으로는 학문상의 상급 학교, 이를테면 영재 학교의 최종 시험을 보는 것으로 충분했다. 그러나 암묵적으로는 어느 하나의 중요한 학문이나 음악에 보통 이상으로 숙달되어야 한다는 것이 전제되어 있었다. 언젠가는 유희 위원회의 위원이 되거나 유희 명인까지 되는 것이 열다섯 살 난 대부분의 영재 학교 아이들이 갖는 꿈이었다. 그러나 학위 시험을 앞둔 학생들 가운데 유리알 유희와 그것의 발전에 적극적으로 이바지하겠다는 야심을 계속해서 진심으로 품는 사람은 극소수에 불과했다. 대신 이 아마추어 유희자들은 유희학과 명상을 열심히 익혔고, '대'유희가 벌어질 때면 참가자들 사이에서 경건하고 헌신적인 핵심 집단을 이루어, 공적 유희에 엄숙한 성격을 부여하고 유희가 단순히 장식적인 행위로 타락하지 않도록 지켰다. 이 원래의 유희자들, 아마추어들에게 유희 명인은 군주나 대사제였으며 거의 신과도 같은 존재였다.

그러나 모든 개별 유희자에게, 아니 명인에게 있어서조차 유리알 유희는 우선적으로 하나의 연주이다. 요제프 크네히트가 언젠가 고전 음악의 본질에 대해서 이야기했던 다음과 같은 의미에서 말이다.

"우리는 고전 음악을 우리 문화의 정수요 총화라고 여긴다. 그것은 우리 문화의 가장 뚜렷하고 독특한 몸짓이자 표명이기 때문이다. 이 음악 속에 우리는 고대와 기독교의 유산을, 명랑하고 용감한 경건함의 정신을, 탁월한 기사도의 도덕을 담고 있다. 왜냐하면 모든 고전적인 문화의 태도는 궁극적으로는 도덕을, 태도로 응축된 인간적 행동의 모범을 의미하기 때문이다. 1500년에서 1800년 사이에 정말 다양한 음악들이 만들어졌는데, 양식과 표현 수단은 가지각색이지만 그 정신, 아니 도덕은 모두 동일하다. 고전 음악으로 표현된 인간적 태도는 늘 똑같다. 그것은 언제나 같은 종류의 생에 대한 인식을 바탕으로 하고, 같은 방식으로 우연을 넘어서려고 노력한다. 고전 음악의 태도란 이런 것을 의미한다. 인간 존재의 비극을 아는 것, 인간의 운명을 긍정하는 것, 용감함, 청랑함! 그것이 헨델이나 쿠프랭*의 미뉴에트에 드러나는 우아함이든, 이탈리아 작곡가들이나 모차르트에게서 볼 수 있는 사랑스러운 몸짓으로 승화된 육감성이든, 혹은 바흐에게서 나타나는 조용하고 침착한 죽

---

* 프랑스의 작곡가이자 오르간 및 하프시코드 연주자.

음에의 각오이든 상관없이 거기엔 언제나 불굴의 의지, 죽음을 무릅쓴 용기, 기사도 정신, 초인적인 웃음소리와 불멸의 청량함이 울리고 있다. 우리의 유리알 유희에도, 우리의 전체 삶과 행위와 고뇌에도 그런 울림이 깃들어야 한다."

이 말은 크네히트의 제자 한 사람이 받아써 두었던 것이다. 이 말로써 유리알 유희에 대한 우리의 고찰을 마친다.

유희 명인
요제프 크네히트의 전기

1
소명

요제프 크네히트의 배경에 대해서는 아무것도 알려진 바가 없다. 다른 많은 영재들처럼 그도 일찍 부모를 여의었거나 교육청에 의해 불우한 여건에서 벗어나 입양되었을 것이다. 어쨌든 그는 영재 학교와 부모가 있는 집 사이의 갈등을 겪지 않아도 되었지만, 그와 같은 길을 가는 많은 아이들에게 이 갈등은 어린 시절을 짓누르는 짐이 되거나 수도회에 들어가는 일을 어렵게 하거나, 많은 경우 뛰어난 재능을 가진 아이들을 까다롭고 문제가 있는 성격으로 만들곤 했다. 크네히트는 아예 카스탈리엔*을 위해, 수도회를 위해, 교육청에 봉사하기 위해 태어났고 그 길이 예정이라도 된 것처럼 보이는 행운아에 속한다. 그에게라고 정신적인 삶의 문제점이 알려지지 않은 채 지나갔

---

* 아폴론과 뮤즈들에게 바쳐진 신비로운 샘으로, 예술가들의 영감의 원천이며, 여기서는 유리알 유희로 대표되는 정신세계 전체를 부르는 이름이다.

던 것은 아니지만, 정신에 바친 모든 삶이 갖는 내재된 비극을 그는 개인적인 쓰라림 없이 겪어 내도록 타고난 것이었다. 요제프 크네히트라는 인물을 자세히 주목하도록 우리를 끌어당기는 것은 사실 그런 비극 자체가 아니라, 오히려 그가 자신의 운명과 재능과 천명을 실현시켜 갔던 저 조용하고 청랑하며 그야말로 빛을 발하는 방식이다. 모든 뛰어난 사람이 그렇듯이 그도 자기만의 내면의 목소리와 운명애(Amor fati)를 가지고 있었지만, 그의 운명애에는 어두움과 광적인 구석이 보이지 않는다. 물론 우리도 보이지 않는 부분은 알 수 없고, 역사적 이야기를 쓰는 일이 제아무리 냉정하고 객관성을 지키려는 훌륭한 의지를 가지고 해 나간다 하더라도 언제나 창작에 그치고 역사의 세 번째 차원, 즉 허구에 불과한 것임을 잊지는 않을 것이다. 그 좋은 예로, 우리는 요한 세바스티안 바흐나 볼프강 아마데우스 모차르트가 실제로 명랑하게 살았는지 힘겹게 살았는지 알 길이 없다. 우리가 보기에 모차르트는 조숙한 사람 특유의 감동적이고 사랑을 불러일으키는 우미(優美)함을 가지고 있고, 바흐는 고통받고 죽을 수밖에 없는 운명을 아버지인 신의 뜻으로 받아들이는 가운데 믿음과 위안을 주는 순종을 보여 주지만, 우리는 이런 것을 그들의 전기나 사생활에서 전해 오는 사실들에서가 아니라 오로지 그들의 작품, 그들의 음악에서 읽어 내는 것이다. 더구나 바흐의 전기를 알고 음악을 통해 그 모습을 상상해 보며 우리는 자신도 모르는 사이에 그가 죽은 다음의 운명까지 덧붙이게 된다. 즉 생전의 바흐가 자신이 죽자마자 모든 작품이 잊히고, 악보는 휴지 조각이 되어 버리며, 자기 대신 아들 중의 하나가 '위대한 바흐'가 되어 성공을 거두고, 그런 다음 자신의 작품이 다시 주목을 받지만 곧 잡문 시대의 몰이해와 야만 속으로 빠져들게 된다는 등의 사실을 어느 정도 알고 있었으면서도 그저 잠자코 미소 짓고 있었다고 상상하는 것이다. 마찬가지로 우리는 왕성하고 건강하게 창작의 전성기에 있는 생전의 모차르트가 죽음의 손아귀에서도 자신은 안전하다는 것을 알고 있었고, 또 자신이 죽음에 휩싸여 있다는 것을 예견하고 있었으리라 덧붙이거나 뒤집어씌우고 싶어 한다. 작품이 일단 존재하게 되면 이야기를 쓰는 사람은 그것을 그 창조자의 삶과 더불어 살아 있는 단일체의 뗄 수 없는 두 쪽으로 여길 수밖에 없는 것이다. 모차르트나 바흐를 대하듯 크네히트에 대해서도 우리는 같은 입장이다. 본실적으로 비창조적인 우리 시대에 속했기에 그가 지 대가들과 같은 의미의 '작품'을 남기지는 못했다 해도 마찬가지이다.

크네히트의 생애를 그려 보는 일은 곧 그 생애의 의미를 규명하는 일이 될 것이다. 그의 생애 마지막 부분에 대해 확인된 정보가 거의 없다는 것을 역사가로서 몹시 아쉽게 생각하지 않을 수 없지만, 그래도 크네히트 생애의 마지막 부분이 전설이 되어 남아 있다는 바로 그 사실이 우리의 시도에 큰 용기를 주었다. 그 전설이 누군가 경건한 마음에서 지어낸 창작이든 아니든 상관없이 우리는 이 전설을 받아들이고 동의한다. 크네히트의 태생과 혈통에 대해 아는 바가 없듯이 그의 최후에 대해서도 우리는 아는 것이 없다. 그러나 그 최후가 우연한 것이었으리라고 추측할 만한 근거는 어디에도 없다. 알려진 한에서 그의 생애는 뚜렷한 단계를 밟아 나갔으며, 그의 최후를 추측하는 데 있어 우리가 그 전설을 기꺼이 따르고 믿을 만한 것으로 받아들인다면 그 이유는 전설이 말하는 그의 최후가 그때까지의 모든 단계에 완전히 합치되는 것으로 보이기 때문이다. 솔직히 말하자면 우리에게는 그의 생애가 마지막에 전설 속으로 녹아 들어간 것이 유기적이고 옳다는 생각까지 든다. 그것은 마치 우리 눈앞에서 사라져 '져 버린' 듯이 보이는 별이 그대로 존속한다는 사실에 전혀 의구심을 갖지 않는 것과 같다. 유리알 유희의 명인으로서 요제프 크네히트는 이 기록의 필자이자 독자인 우리가 살고 있는 이 세상에서 정신적으로 숙련되고 정신적으로 노력하는 이들의 지도자인 동시에 모범이 됨으로써 생각할 수 있는 최고의 경지에 이르렀고 자신의 사명을 완수했다. 그는 전해 내려온 정신 유산을 모범적으로 관리하고 풍부하게 했으며, 우리 모두가 신성시하는 사원(寺院)의 대사제였다. 그러나 단순히 명인이라는 영역에, 즉 우리 성직의 최정점에 있는 지위에 오르고 그것을 차지한 데 그친 것이 아니라, 그 자리를 거치고 넘어서서 우리는 그저 경외심을 가지고 짐작할 수밖에 없는 차원으로 성장했던 것이다. 때문에 그의 전기 또한 일반적인 차원을 넘어서 결국 전설 속으로 들어간 것은 우리에게는 아주 당연하고 그의 생애에 어울리는 일로 보인다. 우리는 이 사실에서 경이로운 점을 그대로 받아들이고 또 그 점을 좋아하기도 하지만, 거기에 매달려 지나칠 정도로 설명을 붙이고 싶지는 않다. 그러나 크네히트의 생애가 특정한 어느 하루에 이르기까지는 분명한 사실인 이상 그의 삶을 역사적 사실로 취급하고, 조사에서 드러난 그대로 전해 내려오는 것을 정확하게 전달하려고 애썼다.

그의 어린 시절, 다시 말해 그가 영재 학교에 입학하기 전에 대해서 우리는 그저 한 가지 사실을 알고 있을 뿐이다. 그것은 중요하고도 상징적인 사건인데, 왜냐하면 그 사건은 그에 대한 정신의 첫 번째 커다란 부름, 즉 소명(召命)의 제1막을 의미하기 때문이다. 그리고 이 첫 번째 부름이 학문이 아니라 음악 쪽에서 왔다는 사실은 주목할 만하다. 크네히트의 사생활에 대한 거의 모든 회상이 그렇듯 이 부분도 유리알 유희를 배우던 한 학생의 기록 덕분에 남아 있었는데, 이 학생은 크네히트의 충실한 숭배자로 그의 위대한 스승이 했던 말이나 이야기를 상당 부분 적어 두었던 것이다.

당시 열두 살이나 열세 살이었을 크네히트는 차버 숲 근처에 있는 조그만 도시 베롤핑엔의 라틴어 학교 학생이었다. 이 작은 도시는 아마 그가 태어난 곳이기도 했을 것이다. 이 소년은 이미 오래전부터 그 라틴어 학교의 장학생이었고, 교사회에서는 특히 음악 교사가 앞장서서 그에게 영재 학교의 입학 허가를 얻어 주려고 벌써 두세 차례나 고위 관청에 추천한 일이 있었다. 그러나 본인은 그런 일에 대해서 전혀 몰랐고, 영재라든가 더구나 최고 교육청의 관리라고는 만나 본 일조차 없었다. 어느 날 크네히트는 음악 교사에게서(그 무렵 그는 바이올린과 라우테를 배우고 있었다.) 머지않아 음악 명인이 음악 수업을 시찰하기 위해 베롤핑엔에 올 테니 열심히 연습해 선생님을 당황하게 하는 일이 없도록 하라는 말을 들었다. 이 소식에 소년은 몹시 흥분했다. 그는 이 음악 명인이 누구인지 아주 잘 알고 있었기 때문이다. 그 사람은 매년 두 번씩 모습을 나타내는 장학사처럼 교육청의 고관일 뿐만 아니라 교육청의 위대한 열두 명의 반신(半神) 가운데 한 사람, 즉 열두 명의 최고

지도자 중의 한 사람이며, 국내 음악에 관한 모든 일의 최고 결정권자라는 사실을 잘 알고 있었던 것이다. 음악의 대가, 바로 그 음악 명인이 직접 베롤핑엔에 온다지 않는가! 소년 요제프에게 세상에서 이 음악 명인보다 더 전설적이고 신비로운 인물이 있다면 그것은 유리알 유희 명인 한 사람뿐이었다. 음악 명인이 온다는 소식은 소년의 마음을 미리부터 엄청나고 불안한 외경심으로 가득 채웠다. 이 인물이 그에겐 제왕처럼 보이는가 하면 마법사처럼 보였고, 곧 다시 열두 사도 중의 한 사람이나 고전 시대의 전설적인 위대한 예술가 중 한 사람, 이를테면 미하엘 프레토리우스*나 클라우디오 몬테베르디**, J. J. 프로베르거*** 혹은 요한 세바스티안 바흐처럼 생각되는 것이었다. 그래서 이 별처럼 빛나는 인물이 나타날 순간을 마음속 깊이 기뻐하면서도 그에 못지않은 두려움을 가지고 기다렸다. 반신들, 대천사들 중의 한 사람, 정신계의 신비롭고 전능한 지배자의 한 사람이 이 작은 도시의 라틴어 학교에 몸소 나타나리라는 것, 그가 자신을 보게 되리라는 것, 어쩌면 그 음악 명인이 자기에게 말을 걸고 자기를 시험하고 나무라거나 칭찬하리라는 것, 그것은 엄청난 일이었고 하나의 기적이며 희귀한 천계의 현상이었다. 교사들은 음악 명인이 직접 이 도시와 조그만 라틴어 학교를 방문하는 것은 수십 년 만에 처음 있는 일이라고 했다. 소년은 눈앞에 닥친 일을 여러 가지 모습으로 그려 보았다. 무엇보다 공식적인 대축제라든가 언젠가 새 시장이

---

* 독일의 교회음악 작곡가이자 음악학자.
** 이탈리아의 교회음악 및 오페라 작곡가이자 바이올린 연주자.
*** 독일 태생의 오르간 연주자. 빈을 중심으로 연주, 작곡 활동을 하였다.

취임할 때 보았던 것 같은, 브라스 밴드가 있고 깃발이 휘날리는 거리에 아마 불꽃놀이까지 있을지도 모르는 환영 장면을 상상해 보았다. 크네히트의 친구들도 그러한 상상과 희망을 품고 있었다. 그런데 자신이 이 위대한 사람, 노련한 전문가 앞에 나아가 연주를 하고 답변을 함으로써 참을 수 없을 정도의 웃음거리가 될지도 모른다고 생각하자 기대에 들뜬 즐거움은 금방 흐려지고 마는 것이었다. 그러나 그 불안은 괴로운 동시에 달콤하기도 했다. 아무에게도 털어놓지 않은 혼자만의 비밀이긴 하지만, 사실 깃발을 달고 불꽃을 터뜨리리라 짐작되는 축제조차도 그에게는 벌써 그렇게 아름답고 마음을 들뜨게 하고 중대하고 그 무엇보다 즐거운 일로는 여겨지지 않았다. 그것들은 자신이, 어린 요제프 크네히트가 그 사람 앞에 나아가게 되리라는 사실, 아니 그 사람이 조금은 자기 때문에, 요제프 때문에 베롤핑엔을 방문한다는 사실에 비하면 아무것도 아니었다. 왜냐하면 그 사람이 오는 것은 음악 수업을 시찰하기 위해서이고, 음악 선생님은 그 사람이 요제프도 시험하리라는 것을 거의 확실한 일로 여기고 있기 때문이었다.

그렇지만 아아, 아마 그런 일은 일어나지 않을지도 모르고, 그건 정말 거의 있을 수 없는 일이었다. 분명 음악 명인은 조그만 사내아이에게 바이올린을 연주해 보게 하는 일보다는 훨씬 중요한 다른 볼일이 있을 터였다. 설혹 음악 명인이 그런 일을 한다 해도 자기보다 나이도 많고 실력도 가장 좋은 학생만을 만나 연주를 들어 보려 하겠지. 이런 생각을 하면서 소년은 그날이 오기를 기다렸다. 그리고 마침내 그날이 왔는데, 처음부터 실망이었다. 거리에 음악이 울리지도 않았고, 집집마다 깃발이나 화환을 내거는 일도 없었으며, 학생들은 여느 날이나 다름없이 책과 노트를 가지고 늘 받던 수업을 받으러 가야 했다. 교실에도 장식이나 축제의 기미 같은 것은 찾아볼 수 없었다. 모든 것이 여느 때와 똑같았다. 수업이 시작되었다. 선생님은 보통 때와 똑같은 옷차림이었고 위대한 손님에 대해서는 한마디도 없었다.

그러나 2교시인가 3교시인가에 그 일은 드디어 오고야 말았다. 노크 소리가 나더니 학교 사환이 들어와 선생님에게 인사하고는, 십오 분 안에 요제프 크네히트라는 학생을 음악 선생님에게 보내 달라고 전했다. 그리고 머리를 잘 빗고 손과 손톱을 깨끗이 하도록 주의해 달라고 말했다. 크네히트는 놀라서 얼굴이 창백해진 채 비틀거리며 학교를 나와 기숙사로 달려갔다. 책을 내려놓은 다음 세수를 하고 머리를 빗었다. 그러고 나서 몸을 떨며 바이올린 케이스와 연습 노트를 들고 목이 메는 듯한 기분으로 별관에 있는 음악실로 걸어갔다. 흥분한 동급생이 계단에서 그를 맞이하더니 연습실을 가리키며 "부를 때까지 여기서 기다리래." 하고 말했다.

기다림이 끝날 때까지 그리 오래 걸리지 않았는데도 그에게는 영원처럼 느껴졌다. 그런데 누군가 자신을 부르는 대신 어떤 남자가 연습실로 들어왔다. 첫눈에는 매우 나이가 들어 보였다. 그다지 크지 않은 키에 백발이 성성한 남자로 아름답고 밝은 얼굴을 하고 있었으며 꿰뚫어 보는 듯한 눈은 연한 푸른빛이었다. 두려움을 느낄 수도 있는 시선이었지만 꿰뚫어 보는 듯할 뿐 아니라 청량하게 밝았으며, 웃거나 미소를 짓는 시선이 아니라 조용히 빛을 발하는 평온하고 명랑한 시선이었다.

그는 소년과 악수하고 고개를 끄덕이더니 낡은 연습용 피아노 앞에 놓인 의자에 침착하게 앉은 다음 말했다. "요제프 크네히트지? 선생님이 만족해하시더군. 아마 네가 마음에 드신 모양이야. 자, 우리 함께 연주를 좀 해 볼까?" 크네히트는 바이올린을 미리 케이스에서 꺼내 두었다. 노인이 A음을 치자 소년은 거기에 음을 맞춘 다음 묻는 듯한 시선으로 불안하게 음악의 대가를 바라보았다.

"무슨 곡을 하고 싶지?" 명인이 물었다. 학생은 대답하지 못했다. 노인에 대한 존경심이 넘쳐날 정도로 차오르고 있었다. 이제까지 한 번도 이런 사람은 본 적이 없었다. 그는 머뭇거리면서 제 악보를 집어서 노인에게 내밀었다.

"아니, 안 보고 할 수 있는 게 좋아. 연습곡 말고 아무거나 간단한 걸로 외우고 있는 것 말이야. 네가 좋아하는 노래라든가."

크네히트는 어쩔 줄 몰랐고, 노인의 표정과 시선에 매혹되어 아무 대답도 못했다. 쩔쩔매는 게 몹시 부끄러웠지만 한마디도 할 수가 없었다. 명인은 재촉하지 않았다. 한 손가락으로 어떤 멜로디의 처음 몇 음을 치더니 아느냐고 묻는 듯이 소년을 바라보았다. 소년은 고개를 끄덕이고 바로 그 멜로디에 맞추어 즐겁게 연주했다. 그것은 학교에서 자주 부르는 옛 노래들 중의 하나였다.

"다시 한 번!" 명인이 말했다. 크네히트는 멜로디를 되풀이해서 연주했다. 노인이 이번에는 제2음부를 그 멜로디에 맞추어 넣었다. 옛 노래가 이제 두 부로 작은 연습실 안을 울렸다.

"한 번 더!"

크네히트가 연주하자 명인은 거기에 맞추어 제2음부와 제3음부를 곁들였다. 아름다운 옛 노래는 세 부로 방 안에 울려 퍼졌다.

"한 번 더!" 그리고 명인은 세 음부를 한꺼번에 쳤다.

"아름다운 노래야! 이제 알토로 한번 해 보렴!" 명인이 나직이 말했다.

크네히트는 그 말을 따랐다. 명인은 첫 음을 정해 주고 이어 세 개의 다른 음부를 연주했다. 그러고는 계속 되풀이해서 "한 번 더!" 하고 말했다. 그때마다 소리는 더욱더 즐겁게 울려 퍼지곤 했다. 크네히트는 그 멜로디를 테너로도 연주했는데, 항상 두세 가지의 대조 음부가 뒤따랐다. 두 사람은 몇 번이고 그 노래를 연주했다. 더 이상 말을 주고받을 필요가 없었다. 반복할 때마다 그 노래는 장식음과 덩굴처럼 얽히는 연주음으로 저절로 풍부해졌다. 즐거운 아침 햇살이 비쳐 드는 아무 장식 없는 작은 방에 화려한 선율이 계속 울려 퍼졌다.

얼마 후 노인이 손을 멈추었다. "이제 그만할까?" 그가 물었다. 크네히트는 머리를 젓고는 다시 시작했다. 상대방은 3음부로 밝은 소리를 울리며 끼어들었고, 그 네 개의 음부는 가늘고 맑은 선을 그으며 서로 이야기하고 받쳐 주고 엇갈리면서 청랑한 형상을 그리며 감돌았다. 소년과 노인은 이제 더 이상 아무것도 생각하지 않았다. 오로지 아름답게 어우러지는 선들과 그 선들이 이루어 내는 형상들에 몰두한 채 그 그물에 사로잡혀 연주하고, 가볍게 몸을 흔들면서 보이지 않는 지휘자를 따르고 있었다. 다시 멜로디가 끝나 음악 명인이 고개를 돌려 물어볼 때까지. "마음에 들었니, 요제프?"

고마움에 찬 눈빛을 반짝이며 크네히트가 그를 바라보았다. 환하게 빛나고 있었지만 그는 아무 대답도 못했다.

그러자 음악 명인이 물었다. "푸가가 뭔지 알고 있니?"

크네히트는 의아한 표정을 지었다. 푸가에 대해 들어 본 적은 있지만 아직 수업 시간에 배운 적은 없었다.

"좋아, 그렇다면 가르쳐 주지." 음악 명인이 말했다. "가장 빨리 배우는 건 둘이 직접 푸가를 하나 만들어 보는 거야. 자, 푸가에는 우선 주제가 필요한데, 어렵게 찾을 것 없이 방금 친 노래에서 따오기로 하자."

그는 노래의 멜로디에서 한 소절을 쳤다. 앞도 뒤도 없이 그렇게 잘라 낸 가락은 이상하게 들렸다. 그는 그 주제를 다시 한 번 쳤는데, 어느새 앞으로 나아가고 있었다. 벌써 첫 번째 삽입부가 나타났고, 두 번째 삽입부는 5도 음정을 4도로 바꾸고, 세 번째 삽입부는 첫 번째 것을 한 옥타브 올려서 반복했으며, 마찬가지로 네 번째 삽입부는 두 번째 것을 한 옥타브 올려 반복하였고, 딸림음 곡조의 종지부를 이루면서 주제의 제시부는 끝났다. 제2단계의 전개부는 더 자유롭게 다른 음조로 넘어갔고, 제3단계 전개부는 버금딸림화음의 경향을 띠며 기본음으로 종지부를 짓고 끝났다. 소년은 빠르게 옮겨 가는 연주자의 하얀 손가락을 바라보았고, 눈을 반쯤 감고 가만히 머물러 있는 그의 긴장한 얼굴에 푸가의 전개 과정이 은은히 반영되는 것을 지켜보았다. 소년의 가슴은 명인에 대한 존경과 사랑으로 울렁거렸다. 그러면서도 귀로는 푸가를 듣고 있었다. 그는 오늘 처음으로 음악을 듣는 듯한 느낌이었다. 자기 앞에 전개되고 있는 음악의 배후에서 정신을, 법칙과 자유를,

봉사와 지배를 훌륭히 조화시키는 힘을 예감하며 그는 이 정신과 명인에게 그의 온 마음을 바치고 있었다. 자기 자신과 자신의 삶이, 그리고 온 세상이 이 몇 분 동안에 음악의 정신에 이끌려 질서가 잡히고 해명되는 것을 보았다. 그리고 연주가 끝났을 때 소년은 그 숭배자요 마법사, 제왕이 반쯤 눈을 감고 얼굴은 내면으로부터 흘러나오는 은은한 빛에 싸인 채 한동안 건반 위로 몸을 가볍게 기울이고 앉아 있는 것을 보았다. 그는 이 순간의 엄청난 희열 앞에 환성을 올려야 할지 아니면 그것이 지나가 버린 것에 울어야 할지 알 수가 없었다. 그때 노인이 피아노 의자에서 천천히 일어나 맑고 푸른 눈으로 꿰뚫어 보듯이, 그러나 무어라 말할 수 없이 정답게 소년을 바라보며 말했다. "음악을 연주하는 것만큼 두 사람을 가깝게 하는 게 없지. 참 아름다운 일이야. 우리는, 너하고 나는 언제까지나 친구로 남겠지. 너도 푸가 만드는 법을 배우게 될 게다, 요제프." 이 말과 함께 노인은 소년에게 손을 내밀어 악수하곤 방을 나갔다. 문간에서 그는 한 번 더 뒤돌아보고 머리를 정중하게 약간 숙여 보이며 눈으로 작별 인사를 했다.

오랜 세월이 지난 뒤 크네히트는 제자에게 말했다. 그가 학교 건물을 나섰을 때 거리와 세계는 깃발이나 화환, 리본, 불꽃놀이로 장식된 것 이상으로 훨씬 더 많이 달라지고 마법에 걸린 것 같았다고. 그는 소명의 과정을 체험한 것이었다. 성사(聖事)라고 불러도 좋을 일이었다. 다시 말해 그때까지는 그저 어린 영혼이 부분적으로만 전해 들었고 불타는 듯한 꿈을 통해서나 알고 있던 이상 세계가 눈앞에 보이게 되고, 그를 부르는 듯 문을 활짝 연 것이었다. 그 세계는 어디 먼 곳에, 과거나 미래 어디에 존재하는 것이 아니었다. 아니, 그것은 자신이 서 있는 바로 그 자리에 있으면서 작용하고 빛을 뿜었고, 사신이나 사도 혹은 사절을, 이 노(老)명인과 같은 인물을 파견하고 있었다. 사실 명인은 요제프가 생각했던 것만큼 나이가 많지는 않았다. 이 세계가 그처럼 존경스러운 사신들 중의 한 사람을 통해 조그만 라틴어 학교 학생인 자신을 독려하고 불렀던 것이다! 그 체험은 크네히트에게 이런 것을 의미했다. 그리고 저 신성한 순간에 일어난 마법적인 일이 실제 현실에서도 그대로 일어났다는 것, 그 소명이 자신의 영혼과 양심 속에서 일어난 축복이요 예고에 그치는 것이 아니라 지상의 권력이 자신에게 내려 준 선물이자 예고임을 그가 실제로 알고 확신하기까지는 몇 주일이 걸렸다. 음악 명인의 방문이 우연도 아니고 정말 학교를 시찰하기 위한 것도 아니었다는 사실이 계속 비밀에 부쳐질 수는 없었기 때문이다. 크네히트의 이름은 이미 오래전부터 교사들의 보고를 기초로 해서 영재 학교에서 교육을 받을 자격이 있다고 생각되어 왔거나 또는 최고 관청에 추천된 학생들의 이름이 적힌 명단에 올라 있었다. 소년 크네히트는 라틴어를 잘하고 성품이 좋은 학생으로 평판이 좋을 뿐 아니라 특별히 음악 교사가 추천하고 칭찬하고 있었으므로 음악 명인은 공무상 여행을 하는 길에 몇 시간 틈을 내어 이 학생을 보러 베롤핑엔에 들르기로 했던 것이었다. 그 당시 그가 중요하게 여긴 것은 라틴어도 손가락의 숙련도도 아니었다.(이 점에서는 그는 교사들이 매긴 점수를 믿었고, 어쨌든 그것을 검토하는 데 한 시간이나 들었다.) 문제는 이 소년이 그의 본성 전체에 좀 더 높은 의미에서 음악가가 될 자질, 즉 혼신을 다해 빠져들고, 적절하게 전체에 자신을 맞추고, 공경심을 가지며, 경배에 봉사할 자질이 있는가 하는 점이었다. 공립 상급 학교의 교사들은 일반적으로 정당한 여러 가지 이유에서 결코 쉽게 학생을 '영재'로 추천하지 않았지만, 다소 불순한 의도에서 호의를 베푸는 일도 전혀 없지는 않았다. 또 교사가 안목이 없어서, 부지런하고 공명심 있고 선생에게 영리하게 구는 것 말고는 아무런 장점도 없는 학생을 자기가 아낀다는 이유로 고집스럽게 추천하는 일도 드물지 않았다. 바로 이런 일이 음악 명인은 아주 질색이었다. 그에게는 시험받는 학생이 스스로 그 순간이 자기 장래나 진로에 중요한 때라는 것을 의식하고 있는지 어떤지 볼 줄 아는 눈이 있었다. 그래서 너무 능란하게 굴거나 의식적으로 영리하게 행동하고 비위를 맞추려 드는 학생에게는 화가 나서 대개 시험을 보기도 전에 탈락시켜 버렸다.

그런데 크네히트라는 학생은 노명인의 마음에 들었다. 그것도 아주 대단히. 여행을 계속하면서도 그는 즐거운 마음으로 그 학생을 떠올려 보곤 했다. 그에 대한 메모나 점수를 수첩에 적어 넣는 게 아니라 그 청신하고 겸손한 소년에 대한 기억을 간직하고 있다가 여행에서 돌아가자 그 이름을 손수 명부에 적어 넣었다. 그것은 최고 당국자에 속하는 사람들이 직접 시험을 치른 후 입학할 자격이 있다고 인정한 학생들을 기록하는 명부였다.

이 명부에 대해서 — 라틴어 학교 학생들 사이에서는 '황금의 책'이라고 불렸는데, 가끔 '공붓벌레 카탈로그'라는 불손한 명칭이 붙기도 했다. — 요제프는 이따금 학교에서 들은 적이 있는데, 그 어조는 정말 가지각색이었다. 교사가 이 명부를 입에 올릴 때는, 학생에게 너 같은 녀석은 물론 꿈도 꾸지 말라는 식으로 꾸짖을 때뿐이긴 하지만, 그의 어조에는 무언지 엄숙하고 경의를 드러내는, 그러면서도 거드름을 부리는 듯한 투가 들어 있었다. 그러나 학생들이 이 공붓벌레 카탈로그를 들먹이게 되면, 대개는 건방진 태도로 어느 정도 무관심을 과장한 채 말하곤 했다. 한번은 어떤 학생이 이렇게 말하는 것을 들은 적이 있었다. "체, 그까짓 시시한 카탈로그엔 침이나 뱉어 줄 거야! 제대로 된 녀석이라면 그런 덴 끼지도 않아. 누가 봐도 알 수 있는 일이지. 선생이 그런 데 보내는 건 시키는 대로 꺼벅 죽는 놈이나 아첨꾼뿐이라고."

그 아름다운 체험에 이어 주목할 만한 시기가 뒤따랐다. 크네히트는 처음 얼마 동안 자신이 이제 수도회에서 영재 학생을 부를 때 쓰는 명칭인 '선택된 자'나 '젊은이의 꽃'에 속하게 되었다는 사실을 전혀 모르고 있었다. 또 그 체험이 자신의 운명과 일상에 가져올 어떤 실질적인 결과나 몸으로 느낄 수 있는 성과에 대해서도 생각해 본 일이 없었다. 그는 교사들에게는 벌써 탁월한 재능으로 뽑힌 학생이요 그곳을 떠날 사람이었지만, 스스로는 이 소명을 거의 자신의 마음속에서 일어난 하나의 사건으로만 체험했던 것이다. 그렇더라도 그것은 그의 생에서 뚜렷한 하나의 선을 긋는 일이었다. 그 마법사와 함께했던 시간이 마음속에 아련히 예감하고 있던 것을 실현시켜 주었거나 좀 더 가까운 사실로 만들어 주었다고는 해도, 바로 그 시간을 경계로 해서 어제는 오늘로부터, 기존의 것들은 지금 있는 것과 앞으로 다가올 것으로부터 뚜렷이 구분되었던 것이다. 흡사 꿈에서 깨어난 사람이 꿈에서 본 것과 똑같은 환경에 깨어나더라도 자신이 깨어났다는 사실은 의심할 수 없는 것이나 마찬가지였다. 소명에는 여러 종류와 형식이 있지만 그 체험의 핵심과 의미는 항상 같다. 즉 내부로부터의 꿈이나 예감 대신에 갑자기 외부로부터의 부름과 한 가닥 구체적 현실이 나타나 관여하게 됨으로써 영혼이 깨어나고, 달라지고, 고양되는 것이었다. 지금 이 경우 그 한 가닥 현실은 음악 명인의 모습을 하고 있었다. 아득하고 고귀한, 거의 신과 같은 존재로만 알고 있던 음악 명인, 천상에서도 가장 높은 대천사가 몸소 나타났고, 모든 것을 다 아는 푸른 눈을 하고 있었고, 연습용 피아노 의자에 앉아 요제프와 연주를, 기막힌 연주를 했고, 거의 말 한마디 없이 음악이 어떤 것인지를 그에게 가르쳐 주고, 그를 축복하고는 다시 사라졌던 것이다. 뒤이어 무슨 일이 일어나고 어떤 결과가 생길지 생각한다는 것은 우선은 크네히트에게 불가능했다. 그 체험의 직접적이고도 내면적인 울림에 가슴이 벅차올라 거기에 몰두해 있었기 때문이다. 이제까지 조용히 머뭇거리며 자라던 어린 식물이 흡사 어느 경이로운 순간에 문득 제 형상에 주어진 법칙을 자각하고 이제 남몰래 그 실현을 위해 갑자기 맹렬히 호흡하며 성장하기 시작한 듯 이 소년도 마법사의 손길이 닿자마자 재빨리 열렬하게 온 힘을 다 모으고 긴장하기 시작했다. 자신의 변화와 성장을 느꼈고, 자신과 세계 사이의 새로운 긴장과 조화를 느꼈다. 음악 시간, 라틴어 시간, 수학 시간에 그 또래와 그의 동급생들에겐 아직 힘겨운 과제를 몇 번이나 거뜬히 해낼 수 있었고, 그럴 때마다 무슨 일이고 할 수 있을 것처럼 느꼈다. 그런가 하면 또 다른 시간에는 모든 것을 잊고 새로운 부드러움과 몰입으로 꿈꿀 수 있었고, 아무것도 이해하지 못하지만 모든 것을 예감하면서, 공감과 호기심과 알고자 하는 욕망에 사로잡혀 자신의 자아로부터 다른 자아로, 세계로, 비밀과 신비로, 현상들의 슬프도록 아름다운 유희로 끌려 들어가, 바람 소리와 빗소리에 귀를 기울이고, 한 송이 꽃이나 흐르는 강물을 넋을 잃고 바라볼 수 있었다.

그렇게 내면에서 시작하여 내면과 외면의 만남과 확인에 이르기까지 성장하면서 요제프 크네히트에게 소명은 완전하고 순수하게 이루어졌다. 그는 소명의 모든 단계를 남김없이 통과하고, 그로 인한 기쁨과 불안을 빠짐없이 맛보았다. 갑작스러운 발표나 누설로 방해받는 일 없이 고귀한 과정, 모든 고귀한 정신이 거쳐 가기 마련인 전형적인 유년기와 그 이전의 시기가 완성되었다. 조화롭고 고르게 내면과 외부가 서로 작용하며 성장한 것이었다. 이 발전의 마지막 단계에서 이 학생이 자신의 위치와 외적인 운명을 의식하게 되었을 때, 자신이 교사들로부터 동료처럼, 아니 언제라도 떠날 귀한 손님처럼 대해지는 것을 보고, 동급생들로부터 반쯤은 경탄과 부러움의 대상이 되고 반쯤은 따돌림과 의심을 받으며, 몇몇 적수로부터는 조소와 미움을 받고, 이제까지의 친구들로부터 점점 더 유리되고 혼자 남겨지는 것을 보았을 때, 그때에는 이미 그의 마음속에서도 유리와 고립의 똑같은 과정이 오래전에 완결되어 있었다. 그의 내면에서 또 그의 느낌에서 교사들은 갈수록 윗사람에서 동료가 되고, 지난날의 친구들은 함께 걷던 길에서 이제는 뒤로 처진 사람들이 되어 갔던 것이다. 학교에서도 도시에서도 그는 더 이상 동류의 사람들 사이에, 제자리에 있는 것이 아니었다. 모든 것은 이제 어떤 알 수 없는 죽음, 비현실과 종식의 흐름 속으로 녹아 들어가 하나의 과도 상태, 낡고 작아져 더 이상 입을 수 없는 옷이 되어 버렸다. 이제까지 잘 지내 온 사랑하는 고향으로부터의 벗어남, 이제 더 이상 그에게 속하지도 맞지도 않는 생활로부터의 탈피, 최고의 행복과 빛나는 자의식의 순간에 의해 단절되어 부름을 받고 작별을 고해야 하는 이 삶은 끝으로 갈수록 그에게 점점 더 큰 괴로움이 되었고, 견디기 어려운 압박과 시련이 되었다. 왜냐하면 도대체 그 모든 것을 떠나는 것이 자기 자신인지 아닌지, 그동안 살아온 익숙하고 사랑스러운 세계가 시들고 낯설게 된 것이 자신의 공명심이나 자부심, 오만함과 불성실과 사랑의 결핍으로 인한 것은 아닌지 확실히 알기도 전에 모든 것이 그를 떠나 버렸기 때문이다. 참다운 소명에 따르기 마련인 고통 가운데 이것이야말로 가장 쓰라린 것이었다. 일단 소명을 받아들이면 그로써 그 사람은 선물이나 명령만 받는 것이 아니라 죄의식 같은 것까지도 떠맡는 것이다. 그것은 마치 동료들 가운데서 뽑혀 장교로 승진한 병사가 자기 동료들에 대해 죄의식과 양심의 가책을 느끼고, 그것이 클수록 그만큼 더 승진할 자격이 있는 것과 마찬가지이다.

그렇다고는 해도 크네히트는 이러한 발전을 아무런 방해 없이 완전히 천진난만하게 이루도록 타고난 사람이었다. 마침내 학사 위원회로부터 우수한 성적으로 영재 학교의 입학 허가가 났다는 통고를 받았을 때 그는 순간 깜짝 놀랐다. 비록 다음 순간에는 벌써 오래전부터 이 소식을 이미 알고 기대하고 있었던 것처럼 생각되었지만 말이다. 그제야 비로소 자신에게 벌써 몇 주일 전부터 이런저런 경우에 조롱 투로 '선택된 자'라든지 '영재 소년'이라는 말이 던져졌던 것이 떠올랐다. 그런 말을 들었지만 반은 흘려들으며 그저 단순히 자기를 놀리려는 말이라고밖에는 달리 생각하지 않았던 것이다. 사람들이 자기를 '선택된 자'라고 부르려던 것이 아니고 '너, 건방지게 스스로 선택받았다고 여기는 녀석!'이라고 부르고 싶었던 거라고 생각했다. 그는 가끔 자기와 친구들 사이에 갑작스레 생겨난 이 소원한 느낌에 괴로워했지만, 스스로 자신을 선택된 자라고 여긴 일은 한 번도 없었을 것이다. 소명이란 그에겐 신분 상승이 아니라 그저 내적인 독촉과 격려로 이해되고 있었던 것이다. 그럼에도 불구하고 그는 역시 그것을 알고 있었고, 항상 예감하며 수백 번도 더 감지하고 있었던 것은 아닐까? 이제 때가 되어 그의 축복은 확인되고 공적으로 인정받은 것이었다. 그가 겪은 고뇌는 의미 있었고, 참을 수 없이 낡고 작아진 옷은 벗어 버려도 좋았다. 그를 위해 새로운 옷이 준비되어 있었다.

영재로 발탁됨으로써 크네히트의 삶은 다른 차원으로 옮겨졌다. 그의 발전 과정에 최초의 결정적인 발걸음을 내딛게 된 것이다. 영재 학생이라고 해서 공식적인 발탁이 모두 소명이라는 내적 체험을 동반하는 것은 아니다. 그것은 은총이고, 흔한 말로 하자면 행운이다. 그런 행운을 만난 사람의 인생은 영혼과 육신에 특히 복된 재능을 부여받은 사람이 그런 것과 마찬가지로 무언가를 덤으로 더 가지고 있는 것이다. 영재 학교의 학생들은 대개, 아니 거의 전부가 선택받은 것을 대단한 행복이며 표창이라고 생각하고, 그것을 자랑스러워한다. 그리고 그들 중 대다수가 전부터 그 상을 받게 되기를 간절히 바란다. 그러나 고향의 정든 학교를 떠나 영재 학교로 가는 일은 선발된 대부분의 학생들에게는 생각했던 것보다 어렵기 마련이고, 많은 학생들에게 기대하지 않았던 실망을 안겨 주게 된다. 무엇보다도 집에서 행복하게 지내며 사랑을 받던 학생들의 경우 이러한 변화는 너 나 할 것 없이 쓰라린 이별이자 체념을 의미하고, 그래서 입학하고 처음 이 년 동안에는 집으로 돌아가는 학생들의 수가 상당하다. 이유는 재능이나 근면함이 부족해서가 아니라 기숙사 생활에, 그리고 무엇보다도 가족과 고향과의 관계가 갈수록 멀어지고 결국에 가서는 수도회에 소속되고 수도회를 존중하는 것 말고는 아무 다른 길이 없다는 생각에 적응할 수가 없기 때문이다. 물론 그와 반대로 영재 학교에 입학하는 주요 원인이 가정이라든가 그들에게 맞지 않아 고통스러운 학교로부터 해방되고자 하는 것인 학생들도 이따금 있었다. 이런 학생들은 이른바 엄격한 아버지나 마음에 안 드는 선생으로부터 벗어나 당분간은 안도의 한숨을 내쉬지만, 전학이 자신의 삶 전체를 변화시켜 주리라는 터무니없는 기대를 품고 있기 때문에 곧 실망하게 된다. 또 진짜 공붓벌레, 모범생, 매사에 꼼꼼한 학생이라고 해서 카스탈리엔에서 반드시 잘해 낼 수 있는 것도 아니다. 공부를 못 따라가서가 아니다. 영재들에게는 학과나 성적만 중요한 게 아니라 교양 및 예술 역시 중요한 목표로 추구되기 때문인데 이런 부류의 학생들은 그런 목표에는 두 손을 들고 마는 것이다. 그렇지만 크게 네 가지로 나눌 수 있는 영재 학교의 시스템에는 다양한 재능을 살리기 위한 수많은 과목과 활동 분야가 있기 때문에 수학이나 언어학에 치중하는 학생일지라도 그에게 진정한 학자가 될 자질만 있다면 음악이나 철학적 재능이 좀 모자라더라도 위험을 느낄 필요는 없었다. 오히려 카스탈리엔에서는 순수하고 무미건조한 전문 과학을 육성하려는 경향을 아주 강하게 드러낼 때도 있었다. 이러한 경향의 일선에 섰던 사람들은 '공상적'인 것에 대해서, 즉 음악적이고 예술적인 것에 대해서 비판적이고 조소적이었을 뿐 아니라, 때때로 자기네 동아리 내에서는 일체의 예술적인 것, 그중에서도 특히 유리알 유희를 끊거나 엄금했다.

우리가 알고 있는 한 크네히트의 삶은 카스탈리엔에서, 이 산악 지대의 가장 조용하고 상쾌한 지역, 전에는 사람들이 시인 괴테의 표현을 빌려 자주 '교육주(教育州)'라고도 불렀던 이곳에서 전적으로 이루어졌다. 그래서 간략하게나마, 이미 잘 알려진 사실을 가지고 독자들을 지루하게 만드는 위험을 무릅쓰고라도 다시 한 번 이 유명한 카스탈리엔과 그 학교 조직을 요약해 보고자 한다. 이곳의 학교들, 이른바 영재 학교라고 불리는 이 학교들은 현명하면서도 신축성 있는 선별 조직으로 그 조직을 통해 지도부(스무 명으로 구성된 이른바 '교육 위원회'로, 그 가운데 열 명은 교육청을, 열 명은 수도회를 대표한다.)는 국내 각 지방이나 학교에서 뽑힌 가장 재능 있는 학생들을 수도회나 교육 기관 및 연구 기관의 온갖 요직을 떠맡을 후진으로 양성해 낸다. 이 나라의 수많은 고등학교와 그 비슷한 학교들은 성격상 인문계이건 자연-기술계이건 학교를 다닐 시기의 청소년 열의 아홉에겐 이른바 자유 직업을 갖기 위한 예비학교인데, 졸업할 때는 대학 진학을 위한 시험을 치르게 되고, 대학에서는 각각의 전공에 따라 연구 과정을 거치게 된다. 이

것이 이 나라 학생들이면 누구나 알고 있는 일반적인 학업 과정인데, 이 학교들은 어느 정도 엄격한 기준을 정해 놓고 능력이 따르지 못하는 학생들은 탈락시킨다. 이들 학교와 병행하여 혹은 그 위에 영재 학교라는 제도가 운영되고 있고, 여기에는 재능과 성격이 뛰어난 학생들만이 시험적으로 들어간다. 영재 학교는 시험을 통해 학생을 선발하지 않는다. 영재들은 그들을 가르친 교사들의 자유로운 판단에 따라 선발되어 카스탈리엔 교육청에 추천된다. 이를테면 열한두 살 정도의 소년이 어느 날 갑자기 선생님으로부터, 다음 학기에 카스탈리엔의 어느 학교에 들어갈 수 있을지도 모르니까 그 점에 대해서 잘 생각해 보라는 말을 듣는다. 심사숙고한 학생이 가겠다고 하면, 물론 거기엔 부모의 무조건적인 동의가 필요하지만, 그 학생을 영재 학교 가운데 한 곳에서 시험 삼아 받아들이는 것이다. 이 영재 학교의 교장과 교감 들이(대학교수들이 아니라) '교육청'을 구성하고, 이 교육청이 국내의 모든 교육 및 정신적인 조직들을 이끌어 간다. 일단 영재가 된 학생은 교육 과정의 어느 한 과목에서 낙제하여 일반 학교로 되돌아가게 되지만 않는다면 이미 생계를 위한 학문이나 전공 과목 같은 것을 안중에 둘 필요가 없다. 교사에서부터 최고위직에 이르기까지 교육청의 위계 조직을 비롯해 '수도회' 전체가 영재 학생들 중에서 충원되는 것이다. 다시 말해 '명인'이라 불리는 열두 명의 연구 감독관이나 유리알 유희의 지도자인 유리알 유희의 명인까지도 이 영재 학생들 중에서 선발되는 것이다. 대체로 영재 학교의 마지막 과정은 스물두 살에서 스물다섯 살 사이에 완료되며, 수도회에 들어가는 것으로 끝난다. 그때부터 비로소 영재였던 사람들은 수도회라든가 교육청의 모든 시설과 연구소를 마음대로 이용할 수 있게 된다. 즉 그들을 위해서 개방되어 있는 영재 대학, 도서관, 문서실, 실험실 등과 함께 막강한 교사진을 비롯해 유리알 유희를 위한 온갖 시설을 자유롭게 이용할 수 있는 것이다. 학교를 다니는 동안에 언어나 철학이나 수학, 그 밖의 어떤 특수한 과목에서 특별한 재능을 나타낸 학생은 영재 학교 상급 학년 때 이미 선발되어 각자의 재능을 가장 잘 키워 줄 수 있는 교과 과정을 계속 이수하게 된다. 이러한 학생들 대부분은 나중에 공립학교나 대학의 전문 교사가 되어 설혹 카스탈리엔을 떠나게 되더라도 평생 동안 수도회의 회원으로 남는다. 다시 말해서 이들은 '일반인'(영재로서 훈련되지 않은 사람)과는 엄격히 구분된 간격을 유지하게 되며, 수도회를 탈퇴하지 않는 한 결코 의사나 변호사, 엔지니어 같은 '자유로운' 전문직에 종사할 수 없고, 일생 동안 수도회의 규칙에 예속되는 것이다. 이 규칙들 가운데 특히 중요한 것으로 재산 소유 금지와 독신 생활이 있다. 그래서 사람들은 반은 조롱조로 반은 존경 삼아 이들을 '만다린'(대관)이라고 부르기도 하는 것이다. 이런 식으로 한때 영재였던 학생들의 대다수가 자신의 최종 역할을 찾는다. 그러나 카스탈리엔의 학교들에서도 영재 중의 영재로 까다롭게 엄선된 가장 훌륭한 몇몇 학생은 무기한으로 자유로운 연구에, 명상적이고도 근면한 정신생활에 종사하게 된다. 재능은 뛰어나지만 성격이 불안정하다거나 신체상의 결함 같은 다른 이유로 인해 교직이나 책임이 막중한 교육청의 상하급 지위에 맞지 않는 사람들 중에는 평생 동안 학문이나 연구, 수집에 매달리는 경우도 많다. 당국의 연금을 받고 있는 이들의 전체적인 활동은 대개 순수한 학문적 작업으로 이루어져 있다. 어떤 사람들은 사전 편찬 위원회나 문서실, 도서관 같은 곳의 고문으로 배치되고, 또 어떤 사람들은 예술을 위한 예술이라는 모토에 따라서 학문에 종사하기도 한다. 그들 중 벌써 많은 사람들이 세상사에서 멀리 떨어진 진기한 연구에 일생을 바치기도 했다. 그런 사람으로 이를테면 로도비쿠스 크루델리스가 있는데, 그는 전래된 모든 고대 이집트 원전을 삼십 년에 걸쳐 그리스어와 산스크리트로 번역했고, 또 좀 기인이었던 카투스 칼벤시스 2세는 2절판으로 된 『12세기 말 남부 이탈리아 대학에서의 라틴어 발음』이라는 네 권의 방대한 육필 저술을 남기기도 했다. 이 저술은 원래 『12세기에서 16세기에 이르는 라틴어 발음의 역사』라는 저서의 제1부로 설정된 것이었지만, 원고가 1,000장에 이르는데도 미완성으로 그치고 말았으며, 그 뒤를 이어서 쓴 사람은 아무도 없었다. 이런 종류의 순수한 학문적 활동이 조롱거리가 되는 것을 이해하지 못하는 건 아니지만, 학문의 장래를 위해서나 민족 전체를 위해서 이러한 작업이 지니는 실제 가치는 헤아릴 수 없이 크다. 어떻든 과거에 예술이 그러했던 것처럼 학문 역시 일종의 광대한 목장 같은 것이 필요하고, 때로 연구자가 자신 이외에는 아무도 관심을 두지 않는 주제에 대하여 지식을 축적해 놓을 수 있으면, 그것은 사전이나 기록물처럼 동시대의 동료 연구자들에게 가장 가치 있는 봉사를 하는 것이었다. 이와 같은 학문적 작업들 역시 가능한 한 인쇄되었다. 진정한 학자들에게는 거의 완전한 자유 속에서 자신의 연구를 하고 그것을 마음껏 누리도록 내버려 두었고, 그 작업들 중에는 얼핏 보기엔 국민이나 사회에 아무런 직접적인 효용이 없고, 학문을 하지 않는 사람들 눈에는 사치스러운 유희로밖에 보이지 않을 것도 많았으나, 아무도 그런 것에 개의치 않았다. 이러한 학자들 중 많은 수가 그런 연구로 인해 웃음을 사긴 했어도 비난받거나 권한을 박탈당한 일은 없었다. 웃음거리가 된다고는 해도 국민들로부터 너그럽게 받아들여질 뿐 아니라 존경까지 받는 것은 그 학자들이 너나없이 그들의 정신적인 자유를 위해 치른 희생 덕분이었다. 그들은 여러 가지 생활의 보장을 받았다. 요컨대 검소한 의식주를 누릴 수 있었고, 훌륭한 도서관이라든가 수집품, 실험실을 마음대로 이용할 수 있었다. 그러나 대신 풍족한 생활뿐 아니라 결혼 혹은 가정을 포기했고, 일종의 수도승 단체로서 세상의 일반적인 경쟁을 떠나 재산도 명예도 직책도 모르는 채 물질적으로는 극히 검소한 생활에 만족하고 살았던 것이다. 단 하나의 옛 비문을 해독하는 데 평생을 바친다 해도 그것은 그 사람의 자유였고, 사람들은 그의 뒤를 밀어주기까지 했다. 그러나 안락한 생활이나 훌륭한 의복, 금전 혹은 직함을 바라는 경우 그는 준엄한 규제에 부딪혔다. 이러한 욕망이 소중한 사람은 대부분 이미 젊을 때 '속세'로 돌아가서 월급을 받는 전문 교사나 가정교사가 되거나 저널리스트가 되거나 결혼하거나 해서 어떤 방식으로든 각자 취향에 맞는 생활을 찾았다.

소년 요제프 크네히트가 베롤핑엔을 떠나게 되었을 때 역까지 그를 바래다 준 사람은 음악 선생님이었다. 이 선생님과 헤어지는 것은 가슴 아픈 일이었다. 기차가 달려가고 옛 성탑의 밝게 칠한 계단식 박공 지붕이 가물가물 멀어져 시야에서 사라졌을 때, 그의 가슴도 얼마간은 혼자 남겨진 느낌과 불안에 두근거렸다. 다른 많은 학생들은 훨씬 더 격렬한 감정에 사로잡혀 풀이 죽고 눈물을 흘리며 이 첫 번째 여행길에 오르곤 했다. 요제프는 이미 이곳보다는 저곳에 마음이 가 있었기에 그런 감정을 쉽게 이겨 낼 수 있었다. 그리고 여행은 그리 길지도 않았다.

그는 에쉬홀츠 학교에 배정되었다. 이 학교의 사진을 그는 전에 교장실에서 본 적이 있었다. 에쉬홀츠는 카스탈리엔에서 가장 크고 최근에 생긴 학교 촌락으로, 건물은 모두 새로 지은 것들이었다. 인근에 도시는 없고 울창한 숲에 둘러싸여 마을 비슷한 조그만 부락이 하나 있을 뿐이었다. 그 뒤로 탁 트인 커다란 정사각형을 에워싸듯 학교 건물이 널따랗고 평평하고 상쾌하게 펼쳐져 있었다. 그 중앙에는 주사위 위의 다섯 개 점처럼 다섯 그루의 우람한 삼나무가 거무스름한 원뿔 모양의 나무 끝을 하늘 높이 치켜들고 서 있었다. 그 거대한 광장의 일부는 잔디로, 일부는 모래로 덮여 있었는데, 흐르는 물을 끌어다 만든 두 개의 커다란 수영장이 가로질러 있었고, 편평한 계단이 수영장까지 아래로 이어져 있었다. 이 양지바른 광장의 입구에 학교 건물이 서 있는데, 이곳의 시설 중 유일하게 높은 건물로, 각각 다섯 개 기둥으로 받친 현관이 딸린 두 개의 동(棟)이 나란히 있었다. 다른 건물들은 광장 전체를 세 방향에서 간격 없이 둘러싼 형태로 모두 나지막하고 평평하고 장식도 없이 한결같이 똑같은 크기로 늘어서 있었는데, 건물의 각 부분들은 주랑과 작은 계단으로 광장까지 이어져 있었다.

그리고 주랑의 기둥 사이에는 화분들이 놓여 있었다.

도착하자마자 소년은 카스탈리엔의 풍습대로, 사환의 인도를 받아 교장이나 교사에게로 가는 게 아니라 한 학생의 마중을 받았다. 푸른 리넨 옷을 입은 키 크고 잘생긴 소년으로 요제프보다 몇 살 더 많아 보였다. 그는 요제프에게 악수를 청하고는 말했다. "나는 오스카르야. 네가 있게 될 헬라스관에서는 나이가 가장 위라서 너를 환영하고 안내하는 일을 맡았어. 학교는 내일부터 가면 되니까 모든 것을 둘러볼 시간은 충분해. 곧 익숙해질 거야. 익숙해질 때까지 당분간 나를 네 친구 겸 후견인으로 생각해도 좋아. 귀찮게 구는 녀석들이 있으면 보호자가 되어 줄 테니. 신입생이 오면 골탕을 좀 먹여야 한다고 생각하는 녀석들이 꽤 있거든. 그렇지만 그다지 심한 짓은 안 할 거야. 그건 약속할 수 있어. 이제 우리 기숙사인 헬라스관으로 먼저 안내할게. 네가 지낼 곳을 보게 될 거야."

전통에 따라 사감 선생에게 요제프의 안내자로 임명된 오스카르는 이런 식으로 신입생을 맞아 주었다. 오스카르는 자신이 맡은 역할을 훌륭히 해내려고 애썼다. 상급생에게 이 역할은 언제나 재미있는 일이기 마련이었으니, 사실 열다섯 살짜리 소년이 붙임성 있는 친구 같은 말투와 약간의 선배 행세를 하면서 열세 살짜리 소년을 사로잡기란 마음만 먹으면 가능한 일이었던 것이다. 요제프는 처음 며칠 동안 이 안내자로부터 완전히 손님으로 대우받았는데, 설사 그가 내일 당장 떠나게 된다 하더라도 이 집과 주인에 대해 좋은 인상을 받고 돌아가기를 바란다는 식이었다. 요제프는 다른 두 소년과 함께 쓸 침실로 안내되었고 비스킷과 과일 주스 한 잔을 대접받았다. 그러고는 큼직한 사각형 건물로 된 기숙사 '헬라스관'으로 안내되어, 공기욕을 할 때 수건을 걸어 두는 장소가 어딘지, 꽃을 기르고 싶을 경우 화분을 어디에 놓으면 좋은지에 대한 안내도 받았다. 어두워지기 전에 세탁장의 관리인에게도 안내되었고, 거기에서 푸른 리넨 옷 한 벌을 골라 받았다. 요제프는 첫눈에 이곳이 마음에 들어서 오스카르의 말투에 기분 좋게 자신을 맞추었다. 카스탈리엔에 이미 오래전부터 익숙한 이 연상의 소년이 물론 신처럼 우러러보이는 존재이긴 했지만, 요제프는 조금도 당황하는 기색이 없었다. 그 소년이 이따금 약간 허풍을 떨거나 일부러 장난을 치는 것도 요제프는 마음에 들었다. 이를테면 오스카르는 말을 하다가 복잡한 그리스어 인용문을 섞어 넣고는 금방 생각났다는 듯이 정중하게, 물론 신입생이라 아직 그건 모르겠지, 모르는 게 당연해, 신입생에게 누가 그런 걸 바라겠니! 하고 덧붙이는 것이었다.

그 밖의 점에서는 기숙사 생활이 크네히트에게 낯선 것이 아니었다. 그는 별로 어렵지 않게 그 생활에 적응할 수 있었다. 에쉬홀츠 시절 그의 생활에서 그다지 특기할 만한 사건으로 전해지는 것은 없다. 학교에 무서운 화재가 났을 때에도 그는 이미 거기에 없었던 것 같다. 그의 성적은 지금까지 확인할 수 있는 바로는 음악과 라틴어에서 종종 최고 점수를 받았고, 수학과 그리스어는 평균을 웃돌았다. '기숙사 일지'에는 종종 그에 대하여 "이해력과 재능이 뛰어나고 날로 꾸준히 발전하며 품행이 단정하다."거나 "타고난 재능과 진취성을 갖추고 있으며 의무 수행에 모범을 보인다." 같은 기록이 보인다. 에쉬홀츠에서 그가 어떤 벌을 받았는지는 확인할 길이 없는데, 처벌 기록부가 다른 많은 서류들과 함께 화재로 타 버렸기 때문이다. 동급생 한 사람이 나중에 확인해 준 바에 의하면, 크네히트는 에쉬홀츠에서 사 년을 보내면서 단 한 번 (매주 있는 소풍을 금지하는) 벌을 받았을 뿐인데, 그것도 금지 사항을 어긴 어떤 친구의 이름 대기를 완강히 거부했기 때문이었다고 한다. 이 일화는 믿을 만한 이야기인 것 같다. 크네히트는 의심할 여지 없이 언제나 훌륭한 학우였고, 결코 윗사람에게 아부한 적이 없었던 것이다. 하지만 사 년 동안에 단 한 번밖에 벌을 받지 않았다는 것은 어쩐지 사실 같지가 않다.

크네히트의 영재 학교 시절 초기에 대한 자료가 너무나 적기 때문에 훗날 그가 유리알 유희에 대하여 했던 강의의 한 부분을 여기 인용해 보려 한다. 입문자를 위한 것이었던 이 강의의 자필 원고는 물론 남아 있지 않지만, 한 학생이 크네히트가 즉석에서 자유롭게 했던 강의를 속기로 적어 놓은 것이 있다. 크네히트는 여기서 유리알 유희에서의 유추와 연상에 대해 말하고 있는데, 그중 연상의 경우를 '정통적인' 연상, 즉 보편적으로 이해될 수 있는 연상과 '개인적' 혹은 주관적인 연상으로 구분하고 있다. 그는 이렇게 말한다. "개인적인 연상이 유리알 유희에서 무조건 금지되고 있다고 해서 그 개인적인 가치까지 잃는 것은 아니라는 것을 여러분에게 보여 주기 위해 내가 학창 시절에 체험한 개인적 연상 하나를 이야기해 주겠다. 나는 아마 열네 살쯤이었고, 2월 아니면 3월의 이른 봄이었는데, 어느 날 오후에 한 친구가 라일락 잔가지를 몇 개 꺾으러 가는데 함께 가자고 권했다. 그는 그것을 작은 물레방아를 만드는 데 필요한 관으로 쓸 작정이라고 했다. 그래서 우리는 밖으로 나갔다. 아직도 내 기억에 남아 있고, 내게 작은 체험 하나를 안겨 주었던 것으로 보아 그날은 유난히 날씨가 좋았거나 아니면 내 기분이 그랬는지도 모르겠다. 대지는 축축했지만 눈은 녹아 있었고 개울가에는 이미 파릇파릇한 기운이 완연했다. 앙상한 덤불에서는 움이 트고 이제 막 벌어지기 시작하는 갯버들에도 제법 빛깔이 감돌고 있었다. 대기에는 향기가 넘쳐 흘렀다. 생기와 모순으로 가득 찬 향기였다. 축축한 흙냄새와 썩어 가는 나뭇잎 냄새, 식물의 새싹에서 풍겨 나오는 냄새가 났고, 아직 하나도 피지 않았지만 금방이라도 첫 제비꽃 향내가 날 것만 같았다. 라일락은 가까이 가 보니 조그만 눈이 트고 있었지만 아직 잎은 하나도 없었다. 내가 가지 하나를 꺾자 달콤 씁쓸하고 아릿한 내음이 물씬 풍겨 왔다. 마치 다른 모든 봄 향기가 한데 섞여 짙게 피어오르는 것 같았다. 나는 그 향기에 완전히 매혹되어 손에 든 칼과 내 손과 라일락 가지에서 나는 냄새를 번갈아 가며 맡고 있었다. 그토록 강렬하게 저항할 수 없는 향기를 내뿜는 것은 그 나무의 수액이었다. 우리는 거기에 대해 아무 말도 하지 않았지만, 내 친구도 오래도록 생각에 잠겨 제가 꺾은 가지의 냄새를 맡고 있었다. 그 향기는 그에게도 무엇인가를 말하고 있었던 것이다. 어떤 체험이든 그 나름의 마력을 지니고 있기 마련이다. 여기서 나의 체험이란, 축축한 들판을 잘박거리며 걸어갈 때나 흙과 싹에서 향기를 맡을 때 벌써 강하고도 행복하게 느껴졌던 다가오는 봄이 이제 라일락이라는 포르티시모*를 통해 감각적 비유로, 하나

---

* 음악 용어로 '아주 세게'라는 뜻.

의 매혹으로 응집되고 드높여졌다는 데 있다. 이 작은 체험이 그것으로 끝났다 하더라도 아마 나는 이 향기를 결코 잊지 못했을 것이다. 그렇기는커녕 앞으로 그 향기를 다시 접할 때마다, 아마 나이를 먹더라도 두고두고, 그 향기를 의식적으로 체험했던 저 최초의 기억을 떠올리곤 했을 것이다. 그런데 여기에 덧붙여 다시 두 번째 체험을 하게 되었다. 그 무렵 나는 피아노 선생님 댁에서 오래된 악보 한 권을 보았고 거기에 몹시 마음이 끌렸는데, 그것은 프란츠 슈베르트의 가곡집이었다. 어느 날 좀 오래 선생님을 기다려야 했을 때, 나는 그 악보를 여기저기 뒤적이게 되었고, 부탁을 드리자 선생님은 그것을 내게 며칠간 빌려 주셨다. 시간이 날 때마다 나는 발견의 기쁨에 들떠서 지냈다. 그때까지 나는 슈베르트의 곡을 하나도 모르고 있었는데 그때 완전히 그에게 사로잡혀 버렸다. 그러던 차에 라일락 나무가 있는 곳까지 산책 갔던 날을 전후하여 어느 날 나는 슈베르트의 봄 노래 「부드러운 대기는 눈뜨고」를 찾아냈다. 피아노 반주의 첫 화음은 무언가 알고 있던 것을 다시 만나기라도 한듯 내게 쏟아져 왔다. 그 화음은 바로 저 어린 라일락 나무가 내뿜던 것과 똑같은 향기, 그리도 달콤 쌉쌀하고 그리도 강렬하면서도 응축된, 이른 봄으로 가득 찬 향기를 내뿜었던 것이다! 그때 이후로 나에게 이른 봄과 라일락 나무 향기와 슈베르트의 화음으로 이어지는 연상은 확고부동하며 아주 자연스러운 것이 되고 말았다. 그 화음이 울리기만 하면 나는 어김없이 저 아릿한 나무의 향내를 맡게 되고, 그 둘은 함께 어우러져 이른 봄을 이루는 것이다. 나는 이 개인적인 연상에서 아주 아름다운 어떤 감정을 느끼는 까닭에 그것을 어느 무엇과도 바꾸고 싶지 않다. 그러나 '이른 봄'을 생각할 때마다 두 가지 감각적인 체험이 되살아나는 것은 나만의 개인적인 일이다. 그것은 물론 지금 내가 이 자리에서 여러분에게 이야기하듯이 남에게 전달할 수는 있다. 그러나 그 체험을 그대로 옮겨 줄 수는 없는 것이다. 나는 여러분에게 나의 연상을 이해시킬 수는 있지만, 여러분 중 그 누구에게도 내 개인적인 연상을 똑같이 타당한 기호가 되게 하거나, 신호만 보내면 어김없이 반응하고 늘 정확히 같은 과정으로 작동되는 그런 메커니즘이 되게 할 수는 없다."

크네히트의 동급생 중 뒷날 유리알 유희의 문서계 담당관까지 되었던 사람의 말에 따르면, 크네히트는 전체적으로 조용하면서도 쾌활한 소년이었고, 음악을 연주할 때면 가끔 놀라울 정도로 도취된, 혹은 행복에 찬 표정을 지었다고 한다. 격하거나 열정적인 모습을 보이는 일은 극히 드물었고, 그가 몹시 좋아했던 리듬감 있는 구기(球技)를 할 때나 잠깐 드러날 정도였다고 했다. 그러나 이 다정하고 건전한 소년이 두세 번 남의 눈길을 끌고 조소나 우려를 불러일으킨 일이 있었는데, 영재 학교의 저학년에서 자주 불가피하게 있는 일이지만, 학생이 퇴학을 당하는 일이 두세 차례 일어났을 때의 일이었다고 한다. 반 친구 하나가 수업과 유희에 빠지고, 그다음 날이 되어도 나타나지 않는 일이 처음 일어났을 때, 그리고 그가 병이 난 것이 아니라 퇴학을 당한 것이며 학교를 떠났고 두 번 다시 돌아오는 일은 없으리라는 말이 나돌게 되었을 때, 크네히트는 그냥 슬퍼만 한 것이 아니라 며칠 동안은 마치 정신이 나간 것처럼 보였다는 것이다. 나중에 몇 해가 지나고 나서 그는 그 일에 대해서 스스로 이렇게 말했다고 한다. "어떤 학생이 에쉬홀츠에서 되돌려 보내지고 우리 곁을 떠날 때면 나는 마치 누군가의 죽음이라도 보는 느낌이었어. 누군가 나에게 슬퍼하는 이유를 물었다면 이렇게 대답했을 거야. 경솔하고 태만해서 자신의 장래를 망친 그 가엾은 아이에 대한 동정심과 어쩌면 나 자신도 인젠가 그렇게 될지 모른다는 불안 때문이라고. 같은 일을 여러 번 겪으면서 그런 운명이 내게 찾아오는 일은 없으리라는 것을 믿게 된 다음에야 비로소 나는 그 일을 좀 더 깊게 보기 시작했지. 그래서 선발된 아이들의 제적을 더 이상 불행이나 처벌이라고만 느끼지 않게 되었을 뿐 아니라 퇴학당한 학생 자신이 많은 경우 아주 기뻐하며 집으로 돌아갔다는 사실도 알게 되었어. 나는 이제 거기에 경솔한 학생을 희생시키는 심판과 처벌만 존재하는 것이 아니라는 것을 감지했던 거야. 선택된 자인 우리가 일찍이 떠나온 저 바깥의 '세상'은 내가 생각했던 것처럼 존재하기를 그친 것이 아니라, 많은 아이들에게는 오히려 그들을 유혹해 다시 불러들이는 매혹에 찬 거대한 현실이었다는 것을 느꼈던 것이지. 그리고 그것은 어쩌면 한두 학생에게만 그런 것이 아니라 우리 모두에게 적용되는 일이었고, 아마 저 먼 세상에 그리도 이끌렸던 애들이 우리보다 약하거나 열등한 자들이라고 단정할 일은 전혀 아닌지도 몰라. 그 애들이 겪은 외관상의 추락은 어쩌면 전혀 추락이나 불행의 감수가 아니라 하나의 도약이요 과감한 실행이었는지 모르고, 아마 에쉬홀츠에서 잘 버티고 있는 우리야말로 진짜 약자에 겁쟁이인지도 몰라." 얼마 후 이런 생각이 그에게 아주 절실하게 다가서게 됨을 우리는 보게 될 것이다.

음악 명인을 만나는 일이 그에게는 언제나 커다란 기쁨이었다. 음악 명인은 적어도 두세 달에 한 번은 에쉬홀츠를 찾아와 음악 수업을 참관하곤 했다. 그리고 에쉬홀츠의 교사 한 사람과 친했으므로 며칠 동안 그의 손님으로 머무는 일도 가끔 있었다. 한번은 음악 명인이 몸소 몬테베르디의 저녁 예배곡 공연을 위한 마지막 연습을 지휘해 준 적도 있었다. 그러나 무엇보다도 그는 음악 수업을 받는 학생들 가운데 재능 있는 아이들을 눈여겨보았고, 크네히트는 그로부터 아버지와도 같은 따뜻한 정을 받고 있는 학생들 중의 하나였다. 이따금 음악 명인은 크네히트와 함께 연습실의 피아노 앞에 앉아 한 시간 정도 좋아하는 음악가의 작품이나 옛날 작곡 이론 중에서 모범이 되는 예를 보여 주곤 했다. "음악 명인과 함께 카논을 만들어 보거나 그가 잘못 만들어진 카논의 부조리한 부분을 지적하는 것을 듣는 일은 그 무엇에도 비할 수 없이 멋지고 신나는 일이었다. 눈물을 억누르기 힘들 때도 있었고, 웃음이 터져 나와 도무지 멈출 수 없을 때도 많았다. 그분에게 이렇게 개인적으로 음악 수업을 받고 나면 마치 목욕을 하고 마사지를 받은 느낌이었다."

크네히트의 에쉬홀츠 학창 시절이 거의 끝나 갈 무렵 — 그는 같은 학년에 있는 열두 명 정도의 다른 학생과 함께 다음 단계의 학교로 진학하게 되어 있었다. — 교장은 후보자들에게 관례적인 연설을 했다. 연설에서 교장은 졸업생들에게 카스탈리엔 학교의 의의와 규칙을 다시 한 번 주지시키고, 또 어느 정도는 수도회를 대변하는 입장에서 나중에 스스로 수도회의 일원이 될 권리를 얻게 되기까지의 과정을 설명해 주었다. 이 엄숙한 연설은 학교가 졸업생을 위해 베푸는 축하 행사 프로그램 중의 하나였다. 이 축하 행사에서 졸업생들은 교사와 학생 들로부터 손님 같은 대접을 받는다. 행사가 계속되는 며칠간은 세심하게 준비된 공연들이 있기 마련인데 — 이번에는 17세기의 웅장한 칸타타가 연주되었다. — 음악 명인도 친히 들으러 왔다. 교장의 연설이 끝나고 장식을 해 놓은 식당으로 가는 도중 크네히트는 음악 명인 곁으로 다가가 물었다. "교장 선생님께서는 저희들에게 카스탈리엔 바깥에 있는 일반 학교나 대학이 어떤지 말씀해 주셨습니다. 그곳 학생들은 대학에 들어갈 때 '자유로이' 전공을 선택할 수 있다고 하셨어요. 제가 그분의 말씀을 제대로 이해한 것이라면, 그 전공들 대부분은 여기 카스탈리엔에 있는 저희들은 전혀 모르는 것들입니다. 이 점을 어떻게 이해해야 될까요? 왜 그런 전공들을 '자유롭다'고 부르는 건가요? 그리고 왜 우리 카스탈리엔 학생들은 그런 전공들을 택할 수 없습니까?"

음악의 대가는 젊은이를 한옆으로 데려가더니 거대한 삼나무 아래에서 멈추어 섰다. 다음과 같이 대답할 때 그의 얼굴엔 거의 노회하다 싶을 정도의 미소가 떠올라 눈가에 잔주름을 만들고 있었다. "자넨 크네히트*라는 이름을 가지고 있지. 아마 그래서 '자유'라는 말이 그렇게 매력적으로 들리는 모양이야. 하지만 이 경우엔 그렇게 진지하게 받아들일 필요가 없어! 카스탈리엔 바깥의 사람들이 자유 전공에 대해 이야기한다면, 물론 그 말은 아주 진지하게, 심지어는 비장하게 들릴 수도 있

---

* '하인' 또는 '종복'이라는 의미.

지. 그러나 우리 사이에서는 그 말이 비꼬는 뜻으로 쓰이거든. 배우는 자가 스스로 전공을 선택한다는 점에서는 아마 그 전공의 자유라는 게 성립되겠지. 그렇지만 그것은 외관상의 자유일 뿐이고 실은 대개의 경우 선택은 학생 자신에 의한 것이라기보다 그 가족들에 의한 것이고, 많은 아버지들이 자식에게 정말로 그 자유로운 선택이라는 것을 하도록 내버려 두느니 차라리 자기 혀를 깨무는 편이 낫다는 입장이거든. 그러나 아마 그런 말은 중상(中傷)이겠지. 이런 반론은 그만두세! 자유가 있다고 해 두지. 그러나 그것은 전공 선택이라는 그 한 가지 행위에 한정되어 있을 뿐이야. 그러고 나면 자유는 끝이지. 대학에서 공부를 할 때는 이미 의사나 법률가나 기술자가 되기 위해 꼼짝 못할 교과 과정으로 떠밀려 들어가고, 여러 시험을 치러야 간신히 그 과정을 끝내게 되네. 시험에 합격하면 면허장을 받고, 그러면 이제 다시 자기 전공대로 나아갈 자유가 있는 것처럼 보이지. 그러나 그럼으로써 그는 저속한 힘의 노예가 되어 성공이니 돈이니 명예니 공명심이니 하는 것 따위에 매달리고, 남의 마음에 드는 일 따위에 좌우되게 된다네. 선거에 끼어들어야 하고, 돈을 벌어야 하고, 계급과 가족과 파벌과 신문 따위의 가차 없는 경쟁에도 뛰어들지 않을 수 없지. 그 대가로 그는 성공하거나 부자가 되어 패배한 자들의 증오를 받거나 아니면 그 반대가 될 자유를 얻는 것일세. 영재 학생이었다가 후에 수도회의 회원이 되는 사람의 경우는 모든 점에서 정반대이지. 그는 어떤 전공도 스스로 '선택'하지 않아. 그가 자신의 재능을 선생보다 더 잘 판단할 수 있으리라고 생각하지 않는 거지. 그는 위에서 정해 주는 대로 늘 성직 안 어딘가에 자신의 자리가 마련되고 직무가 주어지도록 내맡기네. 상황이 거꾸로 되어 그 학생의 자질이나 재능, 결함 때문에 교사가 그를 이곳저곳으로 보내야 하는 경우가 아니라면 말이지. 그런데 겉으론 이렇게 부자유스러워 보이는 가운데 그 선택된 자들은 누구나 자신의 첫 번째 과정만 마치면 무릇 생각할 수 있는 최대의 자유를 누리게 되는 거야. '자유롭게' 전공을 선택한 사람이 제 분야에서 교육을 받느라고 경직된 시험을 치르며 편협하고 고정된 교과 과정을 이수해야 한다면, 선택된 자의 경우에는 그가 독자적으로 연구를 시작하자마자 곧 폭넓은 자유가 주어지네. 개중에는 나름의 선택대로 평생을 세상사로부터 멀리 떨어져 때론 거의 어리석어 보이기까지 하는 연구에 바치는 사람도 많지. 그리고 자세를 흐트러뜨리지만 않는다면 그들을 방해할 사람은 아무도 없네. 교사가 적임인 사람은 교사로, 교육자에 맞는 사람은 교육자로, 번역가에 맞는 사람은 번역가로 등용되면서, 모두 마치 저절로 그렇게 되기라도 하듯 자신이 봉사할 수 있고 봉사하는 가운데 자유로울 수 있는 자리를 찾는 거야. 그 밖에도 그는 이제 저 무서운 예속을 의미하는 직업의 '자유'에서 평생 동안 해방되는 거지. 돈이나 명성이나 지위를 좇아서 애태울 필요도 없고, 당파를 몰라도 되며, 개인과 직책 사이의 갈등, 사적인 일과 공적인 일 간의 알력 같은 것 역시 몰라도 좋고, 성공에 연연해할 필요도 없어. 자, 이제 알겠나, 우리 아들. 사람들이 자유로운 직업에 대해 말할 때 그 '자유'는 지극히 조롱의 뜻이라는 것을."

에쉬홀츠와의 작별은 크네히트의 생애에 뚜렷한 하나의 획이 그어짐을 의미했다. 이제까지 행복한 유년 시절에 파묻혀 거의 아무런 문제 없이 질서에 순응하며 조화롭게 살아왔다면, 이제 투쟁과 발전과 문제의 시기가 시작된 것이다. 곧 상급 학교로 진학하게 된다는 통보가 그를 비롯해 몇몇 동급생에게 전해졌을 때 크네히트는 열일곱 살쯤 되어 있었다. 한동안 이들 선택된 학생들 사이에서는 각자 어느 곳으로 배정될 것인가 하는 것이 가장 중요하고도 자주 화제가 되는 문제였다. 그 장소는 관례에 따라 출발하기 며칠 전에야 각자에게 알려졌고, 졸업식이 끝난 후 출발할 때까지의 기간은 휴가였다. 그런데 이 휴가 때 크네히트에게는 아름답고 의미 깊은 사건이 하나 일어났다. 음악 명인으로부터 도보 여행으로 자기를 찾아와 며칠간 손님으로 지내 달라는 초대를 받은 것이었다. 그것은 좀처럼 얻기 힘든 대단한 영예였다. 어느 날 아침 일찍 그는 함께 졸업하게 되는 한 학생과 함께 — 왜냐하면 크네히트는 아직 에쉬홀츠의 학생이었으며, 이 단계에 있는 학생들에게는 혼자 여행하는 것이 허락되지 않았으므로 — 숲과 산이 있는 쪽으로 떠났다. 두 사람이 그늘진 숲 속으로 세 시간을 올라가 탁 트인 산꼭대기에 이르자 어느새 조그맣게 멀어진 에쉬홀츠가 한눈에 들어왔다. 거뭇하게 무리 지어 있는 다섯 그루의 거목과 거울처럼 빛나는 연못이 있는 잔디 깔린 네모진 광장, 높다란 학교 건물, 농가와 작은 촌락과 유명한 물푸레나무 숲을 멀리서도 알아볼 수 있었다. 두 젊은이는 그 자리에 서서 내려다보았다. 우리 가운데 많은 사람들은 아직도 그 정겨운 풍경을 기억하고 있다. 그 풍경은 그때도 오늘날과 크게 다를 것이 없으니, 왜냐하면 대화재가 일어난 뒤에도 건물들은 거의 전과 다름없이 다시 세워졌고, 거목 세 그루도 화재를 이기고 살아 남아 있기 때문이다. 그들은 발아래 누워 있는 학교와 이제 곧 떠나야 하는 몇 년 동안 정들었던 고향을 바라보았다. 두 사람은 그 풍경을 보면서 감동에 휩싸였다.

"여태까지 이 풍경이 얼마나 아름다운지 한 번도 제대로 보지 못했던 것 같아." 요제프의 길동무가 말했다. "아, 그래. 이제야 처음으로 저 풍경을 내가 작별하고 떠나야 할 것으로 보기 때문일 거야."

"정말 그래." 크네히트가 말했다. "네 말이 맞아. 나 역시 그런 생각이 들어. 그러나 여기서 떠난다 하더라도 우리가 정말로 에쉬홀츠를 버리고 가는 것은 아니야. 진짜 버리고 간 것은 저 영원히 떠나간 사람들뿐이지. 예를 들어 정말 놀라울 정도로 라틴어로 장난스러운 시를 지을 수 있었던 오토나 오래 잠수해서 수영할 수 있었던 샤를마뉴나 그 밖에 여럿처럼. 그들이 정말로 작별을 하고 영영 가 버린 거야. 오랫동안 그 애들 생각은 안 했는데 다시 떠오르는구나. 내 말에 웃어도 좋아. 그래도 이 탈락자들에겐 무언지 감탄할 만한 점이 있는 것 같아. 배반한 천사 루시퍼가 어딘지 위대한 구석이 있는 것처럼 말이야. 그 아이들은 잘못한 거겠지, 아니 확실히 잘못하긴 했지만, 그래도 그 아이들은 무언가를 했어, 무언가를 해낸 거야. 도약을 감행한 거지. 그건 용기가 필요한 일이야. 우린 다르지. 우린 근면하고 인내심 있고 또 이성도 있지만, 아무것도 하지 않았어. 우린 도약하지 않았어!"

"난 잘 모르겠는데." 상대방 학생이 말했다. "그 아이들 대부분은 무슨 일을 했던 것도 아니고 감행하지도 않았어. 그저 사람들이 돌려보낼 때까지 빈둥거렸지. 어쩌면 내가 네 말을 완전히 이해하지 못한 건지도 몰라. 네가 말하는 도약이란 대체 뭐지?"

"내가 말하려는 건 자신을 해방시킬 수 있는 것, 진지한 결의, 말 그대로, 도약이야! 나는 고향으로 돌아가 옛날 생활로 다시 뛰어들기를 바라지는 않아. 그것들은 나를 끌어당기지도 않고, 나는 그때 생활을 거의 잊어버렸어. 그러나 언제고 때가 되어 꼭 필요하다면, 나 역시 빠져나와 도약할 수 있었으면 좋겠어. 다만 더 하찮은 쪽이 아니라 더 높은 것을 향해 전진하면서 말이야."

"그야, 우리가 바로 그렇게 하고 있잖아. 에쉬홀츠는 하나의 단계였고, 다음 단계는 더 높을 테고, 결국에는 수도회가 우리를 기다리고 있으니까."

"그래. 하지만 내 말은 그게 아니었어. 자, 이제 계속 가 볼까. 걸어서 하는 여행은 참 좋지. 걷다 보면 다시 즐거워질 거야. 우린 우울해지고 말았구나."

이때의 분위기와 주고받았던 말은 동행했던 그 친구가 우리에게 전해 준 것인데, 거기에 이미 크네히트의 폭풍 같은 청년기가 예고되고 있었다.

두 사람은 이틀 동안의 도보 여행 끝에 당시 음악 명인이 살고 있던 몬테포르트라는 고지대에 도착했다. 음악 명인은 한때 수도원이었던 이곳에서 지휘자들을 위한 강의를 열고 있었다. 친구는 여관으로 안내되었고, 크네히트는 대가의 집에 있는 자그마한 방에 머물게 되었다. 그가 방에서 짐을 풀고 세수를 막 끝냈을 때 집주인이 들어왔다. 존경스러운 노인은 젊은

이와 악수를 나누고 나서 나직이 한숨을 지으며 의자에 앉더니 매우 피로할 때 하는 것처럼 잠깐 눈을 감았다. 그런 다음 다정한 눈길로 크네히트를 바라보며 말했다. "미안하네, 나는 그리 좋은 주인이 못 되는 모양이야. 자네도 걸어서 방금 도착했으니 피곤하겠지. 솔직히 말하자면 나도 그렇다네. 일이 좀 많아. 그러나 졸리지 않다면 지금부터 한 시간쯤 내 방으로 안내할까 하는데. 이틀쯤 여기 있게. 그리고 내일은 함께 온 친구도 식사에 초대하게. 그러나 아쉽게도 자네를 위해 많은 시간을 낼 수가 없어. 그래도 자네에게 쓸 시간을 어떻게든 마련하도록 해 봐야지. 자, 그럼 바로 시작해 볼까?"

그는 크네히트를 아치처럼 둥근 천장이 있는 커다란 방으로 데리고 갔는데, 오래된 피아노 한 대와 의자 두 개 말고는 가구가 아무것도 없었다. 두 사람은 의자에 앉았다.

"자넨 곧 다음 단계로 들어가게 되지." 대가가 말했다. "거기서 여러 가지 새로운 것들을 배우게 될 거야. 재미있는 것도 많지. 아마 곧 유리알 유희도 해 보게 될 거야. 그 모두가 아름답고도 중요한 것들이지만, 어느 무엇보다 더 중요한 게 하나 있어. 바로 명상을 배우는 일이지. 물론 겉으로는 누구나 그것을 배우는 것 같지만, 제대로 배웠는지 늘 확인할 수는 없는 일이야. 나는 자네가 그것을 제대로 훌륭하게 배웠으면 하네. 음악을 잘 배웠듯이 말이야. 그러면 나머지 모든 것은 저절로 따라오게 되어 있지. 그래서 처음의 두세 번을 내가 직접 가르쳐주고 싶어서 자네를 초대한 걸세. 오늘과 내일 그리고 모레까지 매일 한 시간씩 명상을 해 보기로 하세. 음악에 대해서 말이야. 목이 마르거나 배가 고파서 방해받지 않도록 지금 우유를 한 컵 주지. 저녁은 그 뒤에 먹도록 하고."

노크 소리가 나더니 누군가 우유 한 컵을 가져다 주었다.

"천천히, 천천히 마시게." 노인이 주의를 주었다. "시간을 두고 마셔. 그리고 아무 말도 하지 말게나." 크네히트는 아주 천천히 차가운 우유를 마셨다. 맞은편에는 존경하는 노인이 앉아 있었고, 다시금 눈을 감고 있었다. 그 얼굴은 비록 늙었지만 온화해 보였고 평화가 가득했다. 지친 사람이 따뜻한 물속에 발을 담그듯이 자기만의 생각 속으로 잠겨 들면서 노인은 내면을 향해 미소 짓고 있었다. 그에게서 평온함이 흘러나왔다. 크네히트는 그것을 느끼며 자신도 평온해졌다.

이윽고 명인은 의자 위에서 몸을 돌려 피아노에 손을 얹었다. 그는 어떤 주제를 연주하고는 그것을 변주하면서 이어 나갔는데, 어느 이탈리아 대가의 곡인 듯했다. 그는 손님에게 하나의 춤을 보듯이, 계속 이어지는 일련의 평균대 연습을 보듯이, 또 평균대의 중심에서 내딛는 크고 작은 발걸음을 보듯이 이 음악의 진행을 머릿속에 떠올려 보고, 그 발걸음들이 이루어 내는 형상에만 주의를 집중하라고 지시했다. 그는 박자들을 다시 한 번 치고 말없이 그 박자들을 따라 깊은 생각에 잠겼다가 다시 한 번 치고는, 두 손을 무릎 위에 놓고 꼼짝도 하지 않고 그대로 앉아 눈을 반쯤 감은 채 마음속으로 음악을 반복하면서 관찰하고 있었다. 학생 역시 마음속으로 음악에 귀를 기울이며, 눈앞에 음표들의 조각난 선율을 그려 보았고, 무언가 움직이고 걸어가고 춤추고 떠오르는 것을 보며 그 움직임을 인식하고, 나는 새가 그리는 곡선처럼 읽어 보려고 했다. 그러자 그것들은 뒤엉키더니 사라져 버렸고, 그는 처음부터 다시 시작해야만 했다. 한순간 집중이 풀리며 그는 텅 빈 허공 속에 있게 되었는데, 당황해 주위를 둘러보니 조용히 침잠해 있는 대가의 얼굴이 어스름 속에 창백하게 떠올라 있는 것이 보였다. 그는 자신이 빠져나왔던 저 정신의 공간으로 다시 돌아가 그 속에서 다시 음악이 울리는 것을 듣고, 그것이 걷는 깃을 보고, 움직임의 선을 그리는 것을 보았으며, 그 눈에 보이지 않는 존재의 춤추는 발들을 보았고, 생각에 잠겼다……

그가 그 공간을 다시 빠져나와 자신이 앉아 있는 의자나 매트가 깔려 있는 돌바닥 그리고 창밖의 어스름한 저녁 빛을 느꼈을 때는 이미 시간이 상당히 흐른 것 같았다. 누군가 그를 바라보고 있는 느낌이 들어 눈을 들자 주의 깊게 그를 살펴보고 있는 명인의 시선과 마주쳤다. 음악 명인은 그에게 보일 듯 말 듯 가볍게 머리를 끄덕이더니 아주 약하게 한 손가락으로 저 이탈리아 음악의 마지막 변주를 치고는 몸을 일으켰다.

"거기 그대로 앉아 있게." 그가 말했다. "다시 돌아오겠네. 그 음악을 마음속에서 다시 한 번 더듬어 봐, 그 형상에 주의하고! 그러나 억지로 무리하지는 말아. 그저 하나의 유희일 뿐이니까. 그러다가 잠이 들어도 상관없네."

그는 나갔다. 과중한 일과에 아직 남은 일이 그를 기다리고 있었다. 그것은 쉽지도 유쾌하지도 하고 싶지도 않은 일이었다. 지휘자 강의에 들어오는 학생 가운데 재주는 있지만 허영심 많고 건방진 자가 있어서 그와 대화를 나누면서 좋지 못한 버릇을 지적해 잘못을 밝혀 주고, 우월함과 염려, 권위와 사랑을 함께 보여 주지 않으면 안 되었던 것이다. 그는 한숨을 쉬었다. 아직도 마지막 질서가 잡히지 않고, 뻔한 잘못이 시정되지 않다니! 늘 끝없이 되풀이해서 똑같은 잘못과 싸우고 똑같은 잡 초를 뽑고 있어야 하다니! 품격이 없는 재주, 기교에 능하나 성 직에는 적합하지 못한 소양 등은 한때 잡문 시대의 음악 생활 에 성행하다가 음악이 르네상스를 맞이하자 근절되었는데, 어 느새 다시 푸릇푸릇 싹이 돋아난 것이었다.

할 일을 마치고 요제프와 함께 저녁 식사를 하기 위해 돌아 왔을 때, 그는 요제프가 피로한 기색은 조금도 없이 조용하면 서도 만족한 표정으로 앉아 있는 것을 보았다. "정말 좋았어 요." 소년은 꿈꾸듯이 말했다. "음악은 그동안 제게서 완전히 사라져 버렸습니다. 변해 버린 거예요."

"그 여운이 계속 울리도록 내버려 두게." 하고 말하면서 음 악 명인은 소년을 조그만 방으로 데려갔다. 그곳에는 빵과 과 일이 차려진 식탁이 마련되어 있었다. 두 사람은 식사를 했다. 그리고 음악 명인은 그에게 그다음 날 있을 지휘자 강의에 잠 시 참석해 보라고 권했다. 그는 돌아가기 전에 손님을 작은 방 으로 데려다 주면서 말했다. "명상을 할 때 무언가 보았을 거 야. 음악이 모습으로 나타난 거지. 마음이 내키면 그걸 한번 그려 보게."

크네히트는 객실 책상 위에 종이 한 장과 연필이 놓여 있는 것을 보았다. 잠자리에 들기 전에 그는 음악이 변해서 자신에 게 나타났던 형상을 그려 보려고 했다. 그는 선을 하나 긋고, 그 선에서 비스듬히 옆으로 뻗어 나간 짧은 선들을 리듬의 간 격에 따라 그어 나갔다. 그것은 흡사 나뭇가지에 잎이 나 있는 모양을 연상시켰다. 그런 것이 만족스럽지는 않았지만, 한 번 더 그리고 계속해서 그려 볼 생각이었다. 마지막에 그는 장난

삼아 그 선을 구부려 원으로 만들었다. 그리고 그 원에서 마치 화환에 꽂힌 꽃들처럼 옆선들을 바깥으로 향하도록 그렸다. 그러고는 침대로 가서 곧 잠이 들었다. 꿈속에서 그는 바로 어제 친구와 함께 쉬었던 숲 위의 산봉우리에 올라가 발아래 정든 에쉬홀츠가 누워 있는 것을 보고 있었다. 그런데 내려다보고 있는 동안 학교 건물들이 이루고 있는 정사각형이 타원형으로 변하더니, 다시 원으로 변하고, 그런 다음 화환으로 변해 천천히 돌기 시작했다. 화환은 점점 더 빨리 돌다가, 마침내 미친 듯이 빨라지더니 터져 버렸고, 반짝이는 별들 속으로 날아가 버렸다.

깨어났을 때 크네히트는 꿈에 대해서는 완전히 잊어버리고 있었다. 그러나 나중에 아침 산책을 하면서 음악 명인이 꿈을 꾸지 않았느냐고 물었을 때, 뭔가 좋지 않은 일이나 흥분되는 일을 꿈에서 체험한 듯한 느낌이 들었다. 잠시 생각해 보니 그 꿈을 다시 떠올릴 수 있었다. 그는 꿈 이야기를 하면서 그 꿈의 천진함에 자신도 놀랐다. 음악 명인은 주의 깊게 그의 이야기를 듣고 있었다.

"꿈에도 주의를 기울여야 하는 걸까요?" 요제프가 물었다. "꿈을 해석할 수 있을까요?"

명인은 그의 눈을 들여다보며 짤막하게 말했다. "모든 것에 주의를 기울여야 하지. 모든 것에 해석의 여지가 있는 법이니까." 그러고는 몇 걸음 걷다가 아버지처럼 다정하게 물었다. "그래, 어느 학교엘 제일 가고 싶지?" 그러자 요제프는 얼굴을 붉혔다. 그는 얼른 조그만 소리로 말했다. "발트첼(숲 속의 방)입니다." 명인은 고개를 끄덕였다. "나도 그렇게 생각하고 있었지. 그런데 이런 옛 속담을 알고 있나? Gignit autem artificiosam……."

아직 얼굴을 붉힌 채 크네히트는 학생이면 누구나 알고 있는 그 속담을 끝까지 말했다. "Gignit autem artificiosam lusorum gentem Cella Silvestris." 이 속담은 우리 말로 하자면 이렇다. "숲 속의 방은 유리알 유희자라는 기교가 풍부한 사람들을 낳는다."

노인은 정겨운 눈길로 그를 바라보았다. "아마 그것이 자네 길일 거야, 요제프. 잘 알고 있겠지만 누구나 다 유리알 유희를 찬성하고 있는 것은 아니야. 그런 사람들은, 유리알 유희란 예술의 대용물이고, 유희자는 대중 예술가이며, 참된 정신적 존재라기보다 그저 제멋대로 몽상에 잠기는 아마추어 예술가라고 말하지. 그 말에서 무엇이 사실인지는 차차 알게 될 거야. 아마 자네 스스로도 유리알 유희에 대해 그것이 자네에게 줄 수 있는 것 이상으로 믿고 기대를 걸고 있을지도 모르고, 혹은 그 반대일 수도 있겠지. 유희에 위험이 따른다는 것은 분명하네. 바로 그 때문에 우리는 이 유희를 사랑하는 것이지. 위험이 없는 길로는 약한 자나 보내는 법이니까. 그러나 자네는 내가 그토록 여러 번 한 말을 결코 잊어서는 안 되네. 우리의 사명은 대립을 옳게 인식하는 일이야. 우선은 대립으로서, 그러나 그다음에는 단일의 양극으로서. 이 점은 유리알 유희에서도 마찬가지야. 예술가 기질을 가진 사람은 유리알 유희를 좋아하지. 그 안에서 공상을 할 수 있으니까. 엄격한 학자들은 이 유희를 경멸한다네. 음악가 중에도 그런 사람이 많은데, 거기엔 개개의 학문이 도달할 수 있는 엄격한 규율이 빠져 있기 때문이야. 좋아, 자네도 이 대립을 알게 될 테고, 시간이 가면 그 대립이 객관적인 것이 아니라 주관적인 것이라는 점도 알게 될 거야. 예를 들어 공상을 즐기는 예술가가 순수 수학이나 논리학을 기피하는 것은 그가 그것들에 대해 어느 정도 알고 말할 수 있어서가 아니라 본능적으로 다른 데로 마음이 끌리기 때문이라네. 그렇게 본능적으로 격렬하게 좋고 싫음을 나타내는 사람들에게서는 자네도 분명히 하찮은 영혼밖에는 볼 수 없을 거야. 사실, 위대한 영혼이나 탁월한 정신에는 이러한 격정이 없지. 우리는 모두 그저 인간일 뿐이고, 각자가 하나의 시도이며 하나의 과정에 지나지 않는다네. 그렇지만 그 인간은 완성이 있는 곳으로 가고 있어야 해. 중심을 향해 노력해 가야지 가장자리로 빠져나가려 해서는 안 돼. 알아 두게. 엄격한 논리학자나 문법학자이면서도 동시에 공상이나 음악으로 가득 찰 수 있다는 것을. 음악가나 유리알 유희 연주자이면서도 온전히 법칙과 질서에 몰두할 수 있다는 것을. 우리가 마음에 두고 그렇게 되려 하는 인간이란 언제라도 자신의 학문과 예술을 다른 것으로 바꿀 수 있고, 유리알 유희 속에 가장 명쾌한 논리를, 문법 속에 가장 창조적인 환상을 빛나게 할 수 있는 사람이지. 우리는 언제 어느 자리에 놓이더라도 그에 저항하거나 당황하지 않는 사람이 되어야만 하네."

"알 것 같습니다." 크네히트가 말했다. "그러나 그렇게 좋고 싫음이 분명한 사람들은 그저 좀 더 열정적인 기질을 가진 사람들이고, 다른 사람들은 좀 더 평온하고 부드러운 성격을 가진 것은 아닐까요?"

"그럴 것 같지만 그렇지가 않아." 음악 명인이 웃었다. "무엇

에든 유능하고 모든 것에 공정하게 되려면 분명 정신력이나 활기, 열정에 있어서도 마이너스 아닌 플러스가 요구되지. 자네가 정열이라고 부르는 것은 정신력이 아니라 영혼과 외부 세계사이의 마찰일 뿐이야. 격정이 우세해지면 욕구하고 추구하는 힘에 플러스가 되는 것이 아니라, 그것이 뿔뿔이 흩어진 잘못된 목표를 향해 있기 때문에 긴장과 숨 막히는 분위기가 형성될 뿐이지. 욕망의 추진력을 극도로 집중시켜 중심으로, 참된 존재로, 완전으로 향하도록 해 놓은 사람은 격정적인 사람보다 평온해 보이기 마련인데, 그것은 그에게서 좀처럼 열정의 불꽃을 보기 힘들기 때문이네. 예를 들어 그런 사람은 논쟁을 하더라도 소리를 지르거나 팔을 휘두르지 않으니까. 그러나 그의 내면은 뜨겁게 타고 있지!"

"아아, 정말 알 수만 있다면!" 크네히트가 외쳤다. "그것이라면 믿을 수 있겠다는 그런 가르침이 있기만 하다면! 모든 것이 서로 어긋나고, 무엇이든 비껴 지나가 버리고, 어디에도 확실한 게 없어요. 모든 것이 이렇게도 해석되고 저렇게도 해석됩니다. 세계사 전체를 발전과 진보로 생각할 수도 있지만, 마찬가지로 거기서 몰락과 난센스만을 볼 수도 있으니까요. 진실이란 없는 걸까요? 진정한 궁극의 가르침이란 없는 걸까요?"

음악 명인은 크네히트가 그렇게 격정적으로 말하는 것을 한 번도 들어 본 적이 없었다. 한 구간을 더 걷고 나서 그는 이렇게 말했다. "진리는 분명 있네. 그러나 자네가 바라는 '가르침', 절대적이고 완전하고 그것만 있으면 지혜로워지는 가르침이란 존재하지 않아. 자네는 완전한 가르침이 아니라 자네 자신의 완성을 바라야 하네. 신성(神性)은 개념이나 책 속에 있는 것이 아니라 자네 안에 있어. 진리는 체험되는 것이지 가르쳐지는 것이 아니야. 싸울 각오를 하게, 요제프 크네히트. 보아하니 투쟁은 벌써 시작됐네."

그 며칠 동안에 요제프는 처음으로 사랑하는 명인의 일상과 일하는 모습을 보았다. 물론 명인의 일과 중 아주 작은 부분을 본 것에 지나지 않았지만, 그럼에도 그는 이 명인에 대해 놀라움을 금치 못했다. 그러나 무엇보다도 요제프의 마음을 사로잡았던 것은 음악 명인이 크네히트를 초대할 생각을 했고, 과중한 업무에 시달려 자주 그렇게 피로에 지쳐 보이면서도 그를 위해 어렵게 시간을 냈다는 것, 아니 시간만 내 준 것이 아니라는 사실이었다! 명상에의 입문이 그에게 그리도 깊고 지울 수 없는 인상을 남겼던 것은, 나중에 판단하게 된 것이시만, 특별히 훌륭하고 섬세한 혹은 독자적인 기술 때문이 아니라 명인 스스로 모범을 보여 주었다는 사실 때문이었다. 그다음 해에 그에게 명상 수업을 했던 교사들은 더 많은 지시를 하고 더 자세히 가르쳤으며, 더 날카롭게 통제하고, 더 많은 질문을 던지고, 더 많은 것을 고쳐줄 줄 알았다. 그러나 이 젊은 이에 대한 자신의 영향력을 잘 알고 있던 음악 명인은 거의 아무 말도 하지 않았고 가르치지도 않았다. 그는 그저 주제를 제시하고 스스로 모범을 보이며 앞으로 나아갔던 것이다. 크네히트는 그의 명인이 어떻게 그리도 자주 늙고 피곤해 보이는지, 그가 어떻게 반쯤 눈을 감은 채 자신의 내면으로 침잠하는지, 그런 뒤에 다시 어떻게 그리도 고요하고 힘 있고 청량하고 다정한 눈길로 바라볼 수 있는지를 관찰했다. 근원에 이르는 길, 불안에서 평온으로 나아가는 길을 그에게 이보다 확실하게 증명해 줄 수 있는 것은 아무것도 없었다. 명상에 대하여 명인이 말로 이야기해 주는 것은 함께 짧은 산책을 하거나 식사를 하면서 지나가는 말처럼 들곤 했다.

우리는 그때 크네히트가 음악 명인에게서 유리알 유희에 대해 몇 가지 최초의 암시와 지도를 받았다는 것을 알고 있지만, 구체적으로 전해 오는 것은 없다. 또한 요제프는 주인인 명인이 자신과 동행한 친구가 들러리라는 느낌을 받지 않도록 여러 가지로 배려한 것에도 깊은 인상을 받았다. 이 사람은 정말이지 모든 일에 생각이 미치는 것 같았다.

몬테포르트에서의 짧은 체류와 세 시간의 명상 수업, 지휘자 강의 견학, 명인과 나눈 몇 번의 대화는 크네히트에게 대단한 의미가 있었다. 확실히 음악 명인은 자신의 짧은 개입이 최고로 효과를 거둘 수 있는 시점을 선택한 것이었다. 그의 초대는 우선 이 젊은이에게 명상이라는 것을 가슴에 심어 주려는 목적도 있었지만, 그에 못지않게 중요한 것은 이 초대가 그 자체로 이미 하나의 표창이며, 이 젊은이가 주목을 받고 있고 기대를 모으고 있다는 표시라는 점이었다. 요컨대 이 일은 제2단계의 소명이었던 것이다. 이 일은 사람들이 그에게 수도회의 좀 더 깊은 내면을 들여다보도록 허락한 것이었다. 열두 명의 명인 중 한 사람이 그 단계에 있는 한 학생을 그처럼 가까이로 불렀다면 그것은 단순히 개인적인 호의만을 의미하는 것이 아니었다. 명인이 하는 일은 언제나 개인적인 의미 이상이었던 것이다.

작별할 때 두 학생은 작은 선물을 받았다. 요제프는 바흐의 성가 전주곡 두 곡이 실린 악보를, 친구는 아름다운 포켓판

(版) 호라티우스를 받았다. 떠날 때 음악 명인이 크네히트에게 말했다. "며칠 안에 자네가 어느 학교에 배정됐는지 알게 될 걸세. 그곳엔 내가 에쉬홀츠에 가던 것만큼 자주 찾아가 볼 수는 없을 거야. 그러나 내 건강이 허락한다면 거기서도 다시 만나게 되겠지. 마음이 내키면 일 년에 한 번씩 내게 편지를 써도 좋아. 특히 자네 음악 공부가 어떻게 진척되고 있는지에 대해서 말이야. 선생들에 대한 비판을 금하지는 않겠지만, 나는 그런 것에는 별 가치를 두지 않아. 많은 것들이 자네를 기다리고 있지. 잘해 내기 바라네. 우리 카스탈리엔은 단지 선택받은 집단으로 그쳐서는 안 돼. 카스탈리엔은 무엇보다도 성직 제도여야 하네. 돌 하나하나가 전체 속에서라야 그 의미를 찾게 되는 하나의 건축물이어야 해. 이 전체에서 빠져나올 길은 없어. 더 높이 올라가 더 큰 과제를 맡는 사람일수록 자유로워지는 것이 아니라 책임이 더 무거워질 뿐이지. 잘 가게, 젊은 친구. 자네가 여기 있어서 즐거웠네."

두 사람은 돌아왔다. 돌아올 때는 갈 때보다 더 명랑했고 이야기도 많이 했다. 며칠 동안 다른 공기, 다른 풍경, 다른 생활을 접했던 것이 그들의 마음을 녹여 에쉬홀츠와 그곳을 떠난다는 느낌에서 풀려나 다가올 변화와 미래를 두 배로 기대하고 갈망하게 만들었던 것이다. 숲 속이나 몬테포르트 지방의 험한 계곡에서 쉬어 가며 그들은 이따금 주머니에서 나무 플루트를 꺼내어 이중주로 노래를 몇 곡 연주하기도 했다. 그리고 에쉬홀츠의 학교 건물과 나무들이 내려다보이는 봉우리에 다시 이르렀을 때, 두 사람에게는 그들이 거기서 나누었던 대화가 이미 먼 옛날의 일처럼 느껴졌다. 모든 것을 새로운 관점에서 보게 되었던 것이다. 그들은 어느새 뒤떨어지고 아무 내용도 없게 되어 버린 당시의 감정과 말을 조금 부끄러워하며 아무 말도 하지 않았다.

에쉬홀츠에서 그들은 다음 날 벌써 자기가 어디로 가게 될지 알았다. 크네히트는 발트첼로 가게 되어 있었다.

2
발트첼

"숲 속의 방은 유리알 유희자라는 기교가 풍부한 사람들을 낳는다."라는 옛 속담은 이 유명한 학교를 두고 한 말이었다. 이곳은 제2단계, 제3단계에 속하는 카스탈리엔의 학교 중에서 가장 예술적인 정취가 있는 학교였다. 요컨대 다른 학교의 경우, 이를테면 코이퍼하임에서는 고전 언어학이, 포르타에서는 아리스토텔레스와 스콜라 학파의 논리학이, 플란바스테에서는 수학이 그런 것처럼 어느 특정 학문 하나가 단연코 지배적이었던 데 반해, 발트첼에서는 오히려 학문과 예술의 연계와 보편성으로 나아가려는 경향이 전통적으로 지켜져 왔고, 이러한 경향이 가장 상징적으로 드러난 것이 바로 유리알 유희였다. 그러나 다른 학교에서 그렇듯이 여기서도 유리알 유희를 공식적인 필수 과목으로 가르치지는 않았다. 그러나 발트첼 학생들의 개인적인 연구는 거의 유리알 유희에 집중되고 있었으며, 또 발트첼이란 작은 도시 자체가 공식적인 유리알 유희 및 그 시설들이 있는 곳이었다. 즉 여기에 공적 유희를 공연하기 위한 저 유명한 유희관이 있었고, 직원과 도서실이 갖추어진 거대한 유희 기록소가 있었으며, 또 유희 명인의 거처도 있었다. 이 시설들은 완전히 독립적으로 운영되고 학교와는 어떤 식으로도 관련이 없었지만, 그럼에도 이 지방에는 바로 이 시설들을 세우게 된 정신이 지배하고 있었고, 대기에는 저 위대한 공식 유희의 신성한 분위기 같은 것이 감돌고 있었다. 이 작은 도시 역시 학교뿐만 아니라 유리알 유희까지 유치하고 있음을 매우 자랑스럽게 여기고 있었다. 이곳 주민들은 학생들을 '대학생'이라 불렀고, 유희 학교의 연구생이나 손님으로 와 있는 사람들을 '루저'라고 불렀는데 루조레스*에서 와전된 말이었다. 그 밖에도 이 발트첼 학교는 카스탈리엔 학교들 중에서 가장 작은 학교로 학생 수도 육십 명을 넘는 법이 거의 없었다. 이런 정황이 이 학교에 무언가 특별하고도 귀족적인 색채를 부여하고 있었으며, 빼어난 집단, 영재 중에서도 가장 탁월한 영재들의 집단이라는 인상을 풍기게 했다. 그것은 실제로 지난 수십 년 동안 이 존경할 만한 학교에서 수많은 명인들을 비롯해 유리알 유희의 명인 전체가 배출된 때문이기도 했다. 물론 발트첼의 이런 눈부신 명성에 이견이 없었던 것은 아니다. 여기저기에서 발트첼 출신들은 자만심에 빠진 문예 애호가라느니, 사치에 물든 왕자들이라느니, 유리알 유희를 제외하곤 아무짝에도 쓸모가 없다느니 하는 말들도 나오고 있었다. 또 이따금 다른 여러 학교에서 발트첼 출신들에 대한 심술궂고

---

* 유희자라는 뜻.

신랄한 말들이 떠돌고는 했다. 하지만 바로 이런 가시 돋친 야유나 비판이야말로 이미 거기에 시기하고 질투할 만한 이유가 있다는 것을 드러내 주는 것이었다. 어쨌든 발트첼로 진학한다는 것은 일종의 영예를 뜻했고, 요제프 크네히트도 그것을 알고 있었다. 속된 의미의 공명심에 사로잡히지는 않았지만 그는 이 영예를 혼쾌히 자랑스럽게 받아들였다.

동기생 몇 명과 함께 크네히트는 도보 여행으로 발트첼에 도착했다. 기대와 각오로 가슴을 설레며 남문으로 들어서자마자 그는 이 고색창연한 갈색의 소도시와 한때 치스터친저 수도원이었다가 크게 확장되어 쓰이게 된 학교에 완전히 매료되고 말았다. 그래서 그는 새 옷으로 갈아입기 전에 학교 접수부 홀에서 환영의 뜻을 겸한 간단한 식사를 마치자 바로 이 새로운 고향을 살펴보기 위해 혼자 밖으로 나왔다. 한때 성벽이었던 자취가 남아 있는 곳을 지나 강 쪽으로 난 오솔길을 발견하고는 그 길을 따라가다가 아치 모양의 다리 위에 멈춰 서서 물레방아가 있는 방죽에서 흘러내리는 물소리에 귀를 기울였다. 그런 다음 묘지를 지나 보리수가 늘어선 길을 내려가자 높다란 생나무 울타리 저편으로 유리알 유희자들의 특별 구역인 비쿠스 루조룸이 보였다. 그곳에는 축제관과 기록소, 강당이며 영빈관, 교사관 등이 있었다. 그중 한 건물에서 유리알 유희자의 옷차림을 한 사람이 나오는 것을 보고 크네히트는 혼자 그가 전설적인 유희자의 한 사람이거나 어쩌면 유리알 유희의 명인일지도 모른다고 생각했다. 그러면서 이곳의 분위기가 풍기는 마법적인 힘을 느꼈다. 여기서는 모든 것이 고풍스럽고 존엄하고 신성하며 전통에 젖어 있는 것처럼 보였고, 에쉬홀츠에서보다 한 걸음 더 중심에 다가서 있었다. 유리알 유희의 특별 구역에서 돌아오며 그는 조금 전에 느낀 것보다 존경심은 덜할지 모르지만 마음을 들뜨게 하는 데는 그에 못지않은 또 다른 마력을 느끼고 있었다. 그것은 이 작은 도시였다. 변화와 거래가 이루어지고, 개와 아이들이 있고, 상점과 수공업 작업장으로부터 냄새가 풍겨 나오고, 수염 기른 시민과 가게 문 안쪽으로 뚱뚱한 부인네들이 보이며, 떠들썩하게 뛰어노는 아이들과 조롱 어린 눈빛으로 바라보는 처녀들이 있는 속세의 작은 부분이었다. 많은 것들이 그에게서 멀어져 간 이전의 세계, 베롤핑엔을 생각나게 했다. 그는 그 모든 것을 완전히 잊어버렸다고 생각했다. 그런데 이제 그의 영혼 깊은 심층이 이 모든 것, 이 광경과 소리와 냄새에 화답하고 있었다. 에쉬홀츠보다 조용하지는 않지만 여기서는 더 다채롭고 풍요한 세계가 그를 기다리고 있는 것처럼 보였다.

처음 얼마 동안 수업은 물론 새로운 과목 몇 개가 첨가되기는 했어도 전에 있던 학교에서 했던 것들의 연속이었다. 완전히 새로운 것이라고는 명상 수련뿐이었는데, 이것도 그는 이미 음악 명인의 지도로 맛본 일이 있었다. 그는 즐거이 명상 수업을 받았으나 처음 얼마 동안은 그저 긴장을 풀어 주는 상쾌한 유희 정도로만 여겼다. 나중에 가서야 — 이에 대해서는 앞으로 언급하겠지만 — 그는 그 본래의 높은 가치를 체험으로 알게 되었던 것 같다. 발트첼의 교장은 괴짜인 데다 사람들이 좀 겁내는 오토 츠빈덴이라는 사람이었는데 그때 벌써 예순 살쯤이었다. 우리가 학생 시절의 요제프 크네히트에 대해 살펴본 기록들 중 많은 부분이 바로 이 교장의 아름답고 정열적인 필적으로 작성된 것이다. 하지만 우선 이 젊은이의 호기심을 자극했던 것은 교사보다는 동급생 쪽이었다. 그는 특히 두 명의 동급생과 활발히 사귀면서 의견을 주고받았는데, 이에 대해서는 많은 증빙 자료들이 있다. 그중 한 사람으로 처음 몇 달 동안 금세 가까워진 친구는 카를로 페로몬테(나중에 그는 음악 명인 대리로 교육청의 제2인자 자리에까지 오른다.)이며 크네히트와 동갑이었다. 무엇보다도 16세기 라우테 음악의 양식사(樣式史)는 그가 이룬 업적이었다. 학교에서는 그를 '쌀벌레'라는 별명으로 불렀고, 유쾌한 놀이 친구로서 그를 아꼈다. 요제프와 그의 우정은 음악에 관한 대화를 나누면서 시작되었는데, 두 사람은 여러 해 동안 함께 연구를 하거나 연습을 쌓았다. 이 사실들에 대해서는 크네히트가 음악 명인에게 보냈던 드물긴 하나 내용이 풍부한 편지에서 부분적으로 알 수 있다. 그 가운데 첫 번째 편지에서 크네히트는 페로몬테를 "풍부한 장식과 장식음, 트레몰로* 등의 음악에 정통한 전문가"라고 부르고 있으며, 그와 함께 쿠프랭**이나 퍼셀***, 그 밖에 다른 1700년대 대가들의 곡을 연주하곤 했다. 그 편지들 중의 하나에서 크네히트는 페로몬테와 함께 했던 연습과 "그 많은 곡들 거의 모든 음부에 장식음이 달려 있는" 음악에 대해 자세히 이야기하며 이렇게 쓰고 있다. "그렇게 몇 시간 동안 계속해서 턴****과 트

---

* 음악 용어. 떤꾸밈음이라고도 한다.
** 프랑스의 작곡가이자 오르간 및 하프시코드 연주자.
*** 영국의 바로크 음악 작곡가.
**** 어떤 음을 그 위아래의 음으로 꾸미는 것. 돈꾸밈음이라고도 한다.

릴*과 모르덴트**만을 치다 보면 손가락이 전기가 통하듯 저려 옵니다."

　실제로 크네히트는 음악에서 대단한 진전을 보여 발트첼에 온 지 이삼 년 안에 모든 시대의 온갖 양식으로 된 음표, 음부기호, 생략 부호나 저음부에 딸린 숫자 따위를 상당히 능숙하게 읽으며 연주할 수 있게 되었다. 또한 서양 음악 영역에서 우리에게 보존되고 있는 독특한 방법에도 정통하게 되었으니, 그것은 정신으로 파고들기 위해서 손동작을 비롯해 감각적이고 기술적인 것들에 세심한 주의를 기울이며 그것을 돌보는 일이었다. 감각적인 것을 포착하는 데 온 힘을 기울이고, 다양한 음악 양식 속에 들어 있는 감각적이고 음향적인 것, 즉 청각적 인상에서 정신을 읽어 내려고 애쓰느라고 그는 오랫동안 유리알 유희의 초보 단계에도 들어갈 수가 없었다. 그는 훗날 언젠가 강의 중에 이런 말을 한 적이 있다. "유리알 유희를 통해 음악에서 증류해 낸 발췌 내용으로만 음악을 알고 있는 사람은 훌륭한 유리알 유희자일지는 모르나 음악가이기에는 한참 부족하다. 그리고 아마 그는 역사가도 못 될 것이다. 음악이란 우리가 그것으로부터 추상화시킨 순전히 정신적인 약동이나 형상으로만 이루어지는 것이 아니다. 음악은 전 세기에 걸쳐 우선 감각적인 것에 대한 기쁨, 숨을 내쉬고 박자를 치고 목소리들이 섞이고 악기들이 함께 연주될 때 나타나는 음색이나 마찰이나 자극에 대한 기쁨으로 이루어져 왔다. 정신이 중요하

---

* 2도 차이 나는 음 사이를 빠르게 전환하며 꾸미는 것. 떤꾸밈음이라고도 한다.
** 어떤 음을 덧붙여 특정 음을 꾸미는 것. 잔결꾸밈음이라고도 한다.

기는 하다. 새로운 악기의 발명이나 옛 악기의 개량, 새로운 음조나 구성과 화음에 새로운 규칙이나 금지 사항을 도입시키는 일은, 대중들의 옷과 유행이 한낱 겉치레에 지나지 않는 것처럼, 언제나 하나의 제스처이자 외양에 지나지 않는 것이다. 그러나 그것들로부터 그 시대와 양식을 이해하기 위해선 이 외적이고 감각적인 특징들을 감각적으로 집중해서 파악하고 맛보지 않으면 안 되는 것이다. 음악은 손과 손가락으로, 입으로, 허파로 하는 것이지 두뇌만 가지고 하는 것이 아니다. 그래서 악보는 읽을 수 있지만 악기는 어느 것 하나 완전히 다룰 줄 모르는 사람은 음악을 논해서는 안 되는 것이다. 음악의 역사 또한 추상적인 양식의 역사만으로는 결코 이해할 수 없다. 예를 들어 음악이 몰락하던 시대에는 언제나 감각적인 것과 양적인 것이 정신의 우위에 있었다는 점을 우리가 직접 느껴 깨닫지 못한다면, 음악 몰락의 시대란 전혀 이해되지 못한 채 남겨지고 말 것이다."

한동안 크네히트는 음악가 말고는 아무것도 되지 않겠다고 결심한 것처럼 보였다. 그는 음악 때문에 유리알 유희 입문을 비롯해 학생들이 재량껏 선택하게 되어 있는 과목들 전부를 소홀히 했으므로, 첫 학기가 끝날 무렵이 되자 교장은 그를 불러 그 일에 대해 해명할 것을 요구했다. 크네히트는 조금도 겁내는 기색 없이 학생의 권리를 고집스럽게 주장했다. 그는 교장에게 이렇게 말했다. "제가 만일 정규 과목을 거부한다면 꾸짖으셔도 좋습니다. 그러나 저는 선생님께 꾸중 들을 일을 한 적이 없습니다. 제 마음대로 써도 되는 시간 중에서 사 분의 삼이나 또는 그 전부를 음악에 쓴다 해도 그것은 제 권리입니다. 학칙대로 말씀드리는 겁니다." 츠빈덴 교장은 더 고집을 부리지 않을 만큼 현명한 사람이었지만, 그다음부터 이 학생을 주목하며 오랫동안 냉랭한 엄격함으로 대했다고 한다.

크네히트의 학생 시절에 이렇게 좀 색다르던 시기는 일 년이나 일 년 반쯤 계속되었다. 성적은 중간 정도였고, 조용하기는 했지만 ─ 교장과의 일이 있고 나서 그랬던 것 같은데 ─ 얼마간 도전적인 태도로 자신의 내면에 잠겨 별로 눈에 띄는 교우 관계도 보이지 않았으나, 그 대신 이상할 정도로 정열을 다해 연주에 몰두했으며, 유리알 유희를 비롯해 모든 선택 과목을 멀리하는 것이었다. 젊은이의 이런 모습에서 나타난 몇 가지 태도는 틀림없이 사춘기의 징후였다. 아마 이 시기의 그는 어쩌다 이성을 마주치게 되면 의심하는 듯한 태도를 취했을 테고, 추측건대 집에 여자 형제가 없는 많은 에쉬홀츠의 학생들이 그렇듯이 몹시 수줍어했을 것이다. 당시 그는 상당히 많은 책을 읽었는데, 특히 라이프니츠와 칸트, 독일 낭만주의 등 독일 철학자들의 책을 읽었으며, 그중에서도 그를 가장 강하게 사로잡은 것은 헤겔이었다.

이제 우리는 크네히트의 발트첼 시절 생활에서 결정적인 역할을 맡았던 청강생 플리니오 데시뇨리에 대해 자세히 이야기해야 할 단계에 이르렀다. 그가 청강생이라는 것은 영재 학교를 그저 손님으로서 다닐 뿐 계속 교육주에 머물거나 수도회에 들어가거나 할 의향은 없는 것을 의미했다. 이러한 청강생은 언제나 있어 왔지만 아주 드물었는데, 왜냐하면 교육청에서는 당연히 영재 학교를 마친 뒤 다시 가정이나 사회로 되돌아갈 생각을 하는 학생들을 가르치는 데 전혀 가치를 두지 않았기 때문이다. 그러나 카스탈리엔이 설립되던 초창기에 지대한 공헌을 한 몇몇 유서 깊은 귀족 가문이 나라 안에 있었고, 그런 가문에서는 재능이 닿기만 하면 아들 하나를 청강생으로 영재 학교에 보내어 교육시키는 관습이 있었다. 그것은 오늘날까지도 사라지지 않고 남아 있으며, 그 권리가 몇몇 가문에서는 전통이 되어 내려오고 있었다. 이 청강생들은 모든 점에서 영재 학교 학생들과 똑같은 규칙을 따랐지만, 학생들 사이에서는 이미 예외적인 존재였다. 그들은 다른 학생들처럼 해가 갈수록 고향과 가족으로부터 멀어지는 게 아니라 방학 때마다 돌아가서 지냈고, 고향의 습관이라든가 사고방식을 그대로 지니고 있었으므로 동급생들 사이에서 늘 손님이요 이방인으로 남아 있었던 것이다. 그들에게는 기다리고 있는 부모의 집과 세속적인 경력과 직업과 결혼이 있었다. 그런 청강생 중 하나가 교육주의 정신에 감동해 가족들의 동의를 얻어 결국 카스탈리엔에 남고 수도회에 들어오는 일은 아주 드물게나 일어났다. 대신 이 나라 역사상 유명한 정치인 몇 사람은 젊은 시절이곳의 청강생이었고, 이런저런 이유로 세상의 여론이 영재 학교나 수도회에 대해 비판적으로 돌아갈 때면 강력히 카스탈리엔을 옹호하고 나섰다.

몇 살 아래인 요제프 크네히트가 발트첼에서 만나게 되었던 플리니오 데시뇨리는 그러니까 이런 청강생의 한 사람이었다. 그는 재능이 뛰어난 젊은이였고, 특히 연설이나 토론에서 탁월했으며, 약간 안정되지 못한 불같은 성격의 인물로 츠빈덴 교장에게는 어지간히 골칫거리를 안겨 주었다. 그는 학생으로서는 훌륭하고 나무랄 데 없었지만 청강생이라는 자신의 예외적인 신분을 잊고, 가능한 한 눈에 띄지 않게 다른 사람들과 맞추어 가려는 노력을 하는 게 아니라 자유분방하게 도발적으로 카스탈리엔에 맞지 않는 세속적인 생각을 토로하곤 했기 때문이다. 이 두 학생 사이에 특별한 관계가 생긴 것은 사실 필연적인 일이었다. 두 사람 모두 높은 천분을 타고났고, 부름 받은 자들이었다. 따라서 다른 모든 점에서는 대조적이었지만 두 사람은 형제처럼 맺어졌다. 이로부터 생기는 문제에 대해 핵심을 파악하고 변증법의 법칙에 따라 대립 가운데, 또는 이 대립을 넘어서 끊임없는 종합을 가능하게 하려면 상당히 높은 통찰력과 수완이 있는 선생이 필요했으리라. 츠빈덴 교장도 이에 필요한 재능이나 의지가 없지는 않았을 것이다. 그는 천재를 귀찮게 여기는 부류의 선생은 아니었다. 그러나 이 경우 가장 중요한 전제 조건이 그에게는 결여되어 있었다. 그는 두 학생의 신뢰를 얻지 못하고 있었던 것이다. 아웃사이더와 혁명가의 역할을 즐기던 플리니오는 언제나 교장을 경계했고, 요제프 크네히트 역시 유감스럽게도 저 선택 과목 사건 때문에 서먹함이 있어 츠빈덴에게 조언을 구할 생각은 아마 하지도 않았을 것이다. 그러나 다행히 음악 명인이 있었다. 크네히트는 그에게 도움과 조언을 청했고, 이 현명한 노명인은 그 일을 진지하게 받아들여 게임을 능숙하게 조정했는데, 이를 우리는 곧 보게 될 것이다. 이 명인의 손에 의해 젊은 크네히트의 삶에 등장한 위기와 유혹은 하나의 특별한 과제로 바뀌었고, 크네히트는 그 과제를 감당할 능력이 있음을 보여 주었다. 요제프와 플리니오 사이의 우정과 대립, 그것은 두 주제의 음악, 또는 두 정신 사이의 변증법적 유희이기도 하며, 그 내적인 경위는 대체로 다음과 같다.

먼저 상대방의 시선을 끌고 그를 자기 쪽으로 끌어당긴 것은 물론 데시뇨리였다. 그는 나이도 위였을 뿐만 아니라 잘생기고 정열적이고 말씀씨 좋은 젊은이인 데다 무엇보다도 '밖에서 온' 사람, 비(非)카스탈리엔인, 속세인, 부모와 삼촌과 아주머니와 형제자매가 있는 사람이었다. 그에게는 이 모든 규칙과 전통과 이상과 함께 카스탈리엔도 그저 하나의 단계요 스쳐지나가는 과정이자 기한부 체류에 지나지 않았다. 이 흰 까마귀에겐 카스탈리엔이 세계 전부가 아니었고, 발트첼은 여느 다른 학교나 다름없이 그냥 하나의 학교였으며, 그에겐 '속세'로 돌아가는 일이 수치도 처벌도 아니었다. 그를 기다리는 것은 수도회가 아니라 입신출세와 결혼과 정치, 즉 모든 카스탈리엔 사람이 더 알고 싶은 은밀한 충동을 느끼는 저 '현실의 삶'이었다. 카스탈리엔 사람에게 '속세'란 일찍이 고행자나 수도사가 생각했던 것과 똑같이, 무가치하고 금지된 것이지만 동시에 그에 못지않게 비밀스러운 것, 유혹적인 것, 매혹적인 것이었기 때문이다. 그런데 플리니오는 자신이 이런 속세에 속하는 사람이라는 것을 숨기지 않았고 결코 부끄러워하지도 않았으며 오히려 자랑스러워했다. 반쯤은 아직 소년답고도 연극적인 열성으로, 또 반쯤은 의식적이고 나름대로 신조라고 여기는 열성을 가지고 그는 자신의 다른 방식을 강조했다. 그리고 기회가 있을 때마다 속세의 견해와 규범을 카스탈리엔의 그것과 대립시키고는 속세의 그것이 더 좋고 올바르며 자연스럽고 인간적이라고 주장했던 것이다. 그럴 때 그는 '자연'과 '건전한 인간의 오성'을 내세워 삶으로부터 멀어진 잘못된 학교 정신에 대립시키고는 했다. 그는 구호나 거창한 어조를 거침없이 썼지만, 그래도 거친 선전으로 만족하지 않고 발트첼에서 쓰이는 논쟁의 형식을 상당히 끌어다 쓸 만큼 영리했고, 지적인 취향을 갖추고 있었다. 그는 카스탈리엔의 '거만한 스콜라적 정신성'에 맞서 '속세'와 소박한 삶을 옹호하되, 자신이 그 일을 상대편의 무기를 써서 해낼 수 있다는 것을 보여 주고 싶어 했다. 정신적 교양의 정원을 맹목적으로 짓밟는 무뢰한은 안 되려고 했다.

데시뇨리가 작은 무리를 지어 모여 선 학생들 한가운데 서서 연설을 할 때면 요제프 크네히트도 청중의 한 사람으로 뒷전에서 묵묵히 주의 깊게 듣곤 했다. 호기심과 놀라움과 가슴이 조여드는 듯한 기분을 느끼며 그는 이 연설자의 말 속에서 카스탈리엔에서는 권위를 가지고 신성시되는 모든 것이 무참하게 비판되는 것을 들었으며, 자기가 믿고 있는 모든 것이 의심받고 문제시되고 웃음거리가 되는 것을 들었다. 이미 오래전부터 청중 모두가 데시뇨리의 말을 진지하게 받아들이고 있지는 않다는 것을 그도 알아채고는 있었다. 많은 학생들이 마치 장터에서 장사꾼이 떠들어 대는 말을 듣기라도 하듯 그저 반쯤은 재미 삼아 듣고 있는 게 분명했다. 또 플리니오의 공격을 비꼬는가 하면 진지하게 반론을 펴는 응수도 종종 들을 수 있었다. 그러나 언제고 몇 사람씩은 플리니오 둘레에 모여 있었고, 항상 그가 중심이었다. 반대자가 있건 없건 언제나 그는 사람을 끄는 유혹적인 힘을 발휘했다. 그리고 요제프도, 이 생기에 찬 연설가 주위에 무리 지어 서서 놀라기도 하고 웃음을 터뜨리기도 하며 그의 장광설을 듣고 있는 다른 학생들과 별다를 게 없었다. 그리고 그런 연설을 들을 때마다 가슴이 조이는 듯한, 아니 불안한 느낌이 들었지만 이상하게 마음이 끌렸다. 그것은 그 말이 재미있어서가 아니라 어쩐지 자신과 밀접하게 관계가 있는 듯했기 때문이었다. 대담한 이 웅변가에게 진심으로 동의하고 있지는 않았겠지만 자신도 의심이 가는 점은 있었고, 그런 의심이 존재하거나 가능하다는 것을 아는 것만으로도 괴로워하기에는 이미 충분했던 것이다. 처음에는 그다지 심하지 않았다. 그것은 그저 일시적인 일종의 불안이었으며, 격한 충동과 양심의 가책이 뒤섞인 감정이었다.

때는 오지 않을 수 없었다. 그리고 드디어 왔다. 데시뇨리가 청중 가운데 자신의 말을 그저 자극적이고 충격적인 흥밋거리나 논쟁욕을 만족시키는 것 이상으로 받아들이고 있는 사람이 하나 있다는 것을 알아챘던 것이다. 말수가 적은 이 금발의 미소년은 섬세하면서도 약간 수줍음을 타는 듯했고, 그가 다정하게 말을 걸면 얼굴을 붉히고 당황스레 짤막한 대답을 할 뿐이었다. 이 소년이 오래전부터 자기 뒤를 좇고 있다고 생각한 플리니오는 이제 다정한 태도로 그에 대해 보상을 해 주고 완전히 마음을 사로잡을 작정으로 그날 오후 자기 방으로 초대했다. 그러나 이 수줍고도 까다로운 소년은 그리 쉽게 그의 뜻대로 되지 않았다. 플리니오는 그가 자기를 피하며 대답조차 잘 하지 않으려는 것을 보고는 놀랐다. 물론 상대는 초대도 받아들이지 않았다. 그런데 이것이 다시 나이가 위인 소년의 마음을 자극했고, 그날부터 그는 이 말없는 요제프의 마음을 얻으려고 애쓰기 시작했다. 처음에는 자기 체면을 차리기 위해 그랬겠지만 나중에는 진심으로 우정을 구했으니, 그는 이 소년에게서 자신의 상대가 될 맞수를, 어쩌면 장차 친구가 될지도 모르고 혹은 그 반대가 될지도 모를 상대역을 직감했기 때문이었다. 그는 계속해서 요제프가 자기 주위에 나타나는 것을 보았고, 또 열심히 귀를 기울이는 것을 느꼈지만 그가 가까이 가려고만 하면 이 수줍은 소년은 언제나 물러서 버리는 것이었다.

이런 태도에는 그럴 만한 이유가 있었다. 벌써 오래전부터 요제프는 이 상대에게서 어떤 중요한 것을 감지하고 있었다. 어떤 아름다운 것이거나 시야를 넓혀 주는 것, 혹은 어떤 인식이나 계몽이 자기를 기다리고 있는 것 같았다. 그것은 유혹이고 위험한 일인지도 모르지만, 하여튼 넘어가야 할 그 무엇이었다. 플리니오의 이야기를 들으면서 처음으로 마음속에서 일깨워지고 움직이기 시작한 의혹이나 비판 욕구를 그는 친구인 페로몬테에게 털어놓은 적이 있었다. 그러나 페로몬테는 그것을 거의 문제시하지도 않고, 건방지고 주제넘게 잘난 체하는 놈의 말은 들을 필요도 없다고 딱 잘라서 말하고는 바로 음악 연습에 몰두해 버리는 것이었다. 요제프는 자신의 의혹과 불안을 가지고 가서 털어놓고 심판을 구할 사람이 교장일지도 모르겠다는 느낌이 들었다. 그러나 지난번의 그 작은 대결이 있은 뒤로 그는 교장과 이미 마음을 터놓을 사이가 아니었다. 그는 교장이 자기를 이해하지 못할 것 같아 두려웠고, 그보다 더 두려운 것은 교장이 저 반역아 플리니오에 대한 이야기를 결국 일종의 고자질로 받아들일지도 모른다는 점이었다. 플리니오의 우정 어린 접근으로 점점 더 곤혹스러워하고 있던 요제프는 마침내 자기의 보호자이며 수호신이나 다름없는 음악 명인에게 장문의 편지를 보내 도움을 청했다. 우리에게 보관되어 있는 그 편지에서 크네히트는 이렇게 쓰고 있다. "플리니오가 저를 동지로 삼으려는 건지, 아니면 그저 말상대나 삼으려는 건지 아직 잘 모르겠습니다. 저는 후자이기를 바라고 있습니다. 그의 생각 쪽으로 저를 전향시킨다는 것은 사실 저를 배신으로 유혹하여 일단 카스탈리엔에 뿌리내린 제 삶을 파괴하는 것이기 때문이지요. 설령 제가 그런 바람을 가지게 되더라도 저에겐 돌아갈 수 있는 부모도 친구도 바깥세상에 없습니다. 그러나 플리니오의 무례한 언사가 저를 전향시키고 제게 영향을 미치려는 게 아니라고 하더라도 저는 그 이야기들에 당황하고 있습니다. 그 까닭은, 존경하는 선생님, 아주 솔직하게 말씀드리자면, 플리니오가 생각하는 방식에 제가 간단히 아니라고 대답해 버릴 수 없는 무엇인가가 있고 그것이 제게 다가오고 있기 때문입니다. 그가 제 마음속에 있는 어떤 목소리에 호소하면, 그 목소리는 가끔 그의 말이 옳다고 인정해 주려는 쪽으로 기울어지곤 합니다. 아마 그것은 자연의 목소리인 것 같은데, 제가 받은 교육이나 저희들에게 익숙한 견해와는 극단적으로 대립하고 있습니다. 플리니오가 우리의 선생님들과 명인들을 사제 계급이라 부르고, 저희 학생들을 마음대로 부려지는 거세된 가축 무리라고 부를 때도, 물론 거칠고 과장된 말이기는 하지만, 그래도 거기에 뭔가 진실 같은 것이 들어 있는 것 같습니다. 그렇지 않다면 그 말들이 저를 이렇게 불안하게 하지 않겠지요. 플리니오는 또 이런 놀랍고 기죽이는 소리까지 합니다. 이를테면 유리알 유희는 잡문 시대로의 전락이며, 여러 가지 예술과 학문의 언어들을 용해시켜 만든 문자들을 가지고 하는 무책임한 유희에 불과하고, 순전히 연상들로만 이루어져 있으니 단지 유추들을 가지고 노는 거라고요. 또 이렇게도 말합니다. 우리가 창조적인 작업을 단념해 버린 것이 우리의 정신적 교양과 태도 전체가 아무 가치도 없다는 것을 입증하고 있다고요. 예를 들어 우리는 음악의 모든 양식이나 시대에 깃들어 있는 법칙과 기교를 분석은 하지만 스스로 새로운 음악을 만들어 내지는 못한다고 말합니다. 또 우리가 핀다로스*나 괴테를 읽고 설명은 해도 직접 시를 짓는 일은 부끄러워한다고요. 이 비난들을 저는 웃어넘길 수가 없습니다. 게다가 이것들은 가장 심한 것도, 제게 가장 큰 상처를 입힌 것도 아닙니다. 정말 힘든 것은 그가 이런 말을 할 때입니다. 우리 카스탈리엔 사람들은 인공적으로 사육되는 노래하는 새의 삶을 살고 있으며, 스스로 먹을 빵을 벌지도 않고, 삶의 고난과 투쟁을 알지도 못하며, 그 노동과 가난이 우리의 사치스런 존재의 밑거름이 되고 있는 인류의 일부에 대해선 아무것도 모르고 알려고도 하지 않는다고요." 편지는 이러한 말로 끝을 맺고 있다. "가장 존경하는 스승이시여, 저는 아마 당신의 호의와 친절을 남용했는지도 모르겠습니다. 단단히 꾸중을 들을 각오는 되어 있습니다. 저를 나무라시고 벌을 내려 주십시오. 달게 받겠습니다. 그러나 한 말씀 조언은 꼭 필요합니다. 지금의 상태로는 그저 조금 더 견딜 수 있을 뿐 저는 그것을 현실적이고 생산적으로 발전시켜 갈 수가 없습니다. 그러기에는 제가 너무 약하고 경험이 부족하며, 아마 가장 좋지 못한 상황은 제가 저희 교장 선생님께 모든 것을 털어놓고 말씀드릴

---

* 그리스의 서정시인으로 왕후와 귀족을 위한 찬미의 시를 지었다.

수가 없다는 점일 것입니다. 당신이 제게 그렇게 하도록 명령이라도 하신다면 또 모르겠습니다만. 그래서 제게는 큰 고통이 되기 시작한 이 일을 가지고 선생님을 번거롭게 해 드리고 말았습니다."

이러한 원조 요청에 대한 음악 명인의 답신도 서면으로 구할 수 있었다면 실로 귀중한 자료가 되었을 것이다. 그러나 이에 대한 답변은 구두로 이루어졌다. 크네히트가 편지를 보내고 얼마 지나지 않아 음악 시험을 지도하기 위해 음악 명인은 몸소 발트첼을 찾았고, 그곳에 머무는 며칠 동안 최선을 다해 자신의 어린 친구를 돌봐 주었다. 훗날 크네히트가 한 이야기로 그것을 알 수 있다. 쉬운 일은 아니었다. 음악 명인은 우선 크네히트의 학교 성적과 특히 그의 선택 과목들을 세밀하게 검토하고는 그의 공부가 너무 한쪽으로 치우쳐 있다는 것을 알게 되었다. 그 점에 있어서는 발트첼 교장의 의견이 옳다고 인정했고, 크네히트에게 교장 앞에서 이 점을 시인하도록 권했다. 데시뇨리에 대한 크네히트의 태도에 대해서도 그는 면밀한 방도를 마련해 주었고, 이 문제를 츠빈덴 교장하고도 상의한 후에야 그곳을 떠났다. 그 결과 데시뇨리와 크네히트 사이에는 그 일을 함께 겪은 학생들이 잊지 못할 주목할 만한 시합이 벌어졌을 뿐만 아니라 크네히트와 교장과의 관계도 완전히 새로운 것이 되었다. 교장과의 관계는 음악 명인에 대한 관계처럼 다정하고 신비스러운 것은 아니었지만 어쨌든 명백하게 화해의 분위기가 감도는 것이었다.

이때 크네히트에게 주어진 역할은 그의 생애에 오랫동안 결정적인 영향을 미쳤다. 그는 교사들로부터 아무런 간섭이나 감독을 받지 않고, 데시뇨리의 우정을 받아들여 그의 영향 및 공격에 맞서도록 허락을 받았다. 그러나 그가 스승으로부터 받은 과제는 그 비판자에 대항해 카스탈리엔을 변호하고, 이러한 견해의 대결을 최상의 수준으로 높이는 일이었다. 그것은 요제프가 무엇보다도 카스탈리엔과 수도회를 지배하고 있는 질서의 원칙을 집약해 자기 것으로 만들어 언제든 생생하게 떠올릴 수 있어야 함을 의미했다. 서로 친구가 된 이 두 적수의 논쟁은 곧 유명해졌고, 그것을 듣기 위해 모두 모여들었다. 데시뇨리의 호전적이고 풍자적인 말투는 더욱 세련되어졌고, 표현 방식은 훨씬 더 엄격하면서도 책임 있는 것이 되었으며, 비판은 더 객관적이 되었다. 이제까지 플리니오는 이 논쟁에서 우대받는 총아였다. 그는 '속세'에서 왔고, 그곳의 경험과 방식과 공격 수단은 물론 세속의 거침없는 태도도 얼마쯤 지니고 있었다. 그는 또 집에서 어른들과 나누었던 대화로 세상이 카스탈리엔에 대해 어떤 반론들을 제기하는지 모두 알고 있었다. 그런데 이제 크네히트의 응수로 어쩔 수 없이 깨닫게 된 것은, 아닌 게 아니라 자기가 세상을 잘 알고 있고 카스탈리엔도 누구보다 잘 알고 있기는 하지만 여기 카스탈리엔을 집으로 삼고 고향이자 운명으로 알고 있는 사람들만큼은 카스탈리엔과 그 정신에 대해 잘 알지 못한다는 것이었다. 그는 깊이 보아야 한다는 것을 배웠고 자기는 이곳에서 그저 손님일 뿐 결코 뿌리박은 사람이 아니며, 바깥세계뿐만 아니라 이곳 교육주에도 수백 년에 걸친 경험과 명백한 이치가 있고 여기에도 전통이, 일종의 '자연'이 있다는 것, 그것을 자기는 일부밖에 모르며, 지금 그 대변자 요제프 크네히트를 통해 존중할 것을 요구받고 있다는 것을 점차로 인정하게 되었다. 반면 크네히트는 변호자로서의 자기 역할을 다하기 위해서 연구와 명상과 자기 수양의 도움을 받아 변호해야 할 대상을 점점 더 확실하고 깊숙하게 자기 것으로 만들고 의식화하지 않을 수 없었다. 수사(修辭)적인 면에서는 데시뇨리가 우세했다. 타고난 정열과 명예욕 외에도 속세에서 받은 훈련과 기지가 도움이 되었던 것이다. 특히 열세에 놓이게 되었을 때에도 그는 청중을 의식하며 품위 있으면서도 기지에 넘치는 마무리를 할 줄 알았다. 이에 비해 크네히트는 상대방으로부터 몰리게 되면 이런 식으로 말했다. "그 점에 대해서는 좀 더 생각을 해 봐야겠어, 플리니오. 며칠만 기다려 줘. 내가 그 점을 너에게 다시 상기시켜 주겠어."

　이러한 두 사람의 관계는 훌륭한 형태가 되어 갔고, 논쟁의 참가자에게나 청중에게나 그 당시 발트첼 학교생활에서 빠질 수 없는 요소가 되었지만, 그렇다고 해서 크네히트의 번민과 갈등이 조금이라도 줄어든 것은 아니었다. 그는 자신에게 부과된 두터운 신뢰와 책임감의 힘으로 그 일을 해냈다. 그리고 그가 별다른 상처를 입지 않고 그 일을 끝까지 해낸 것은 그의 타고난 역량과 소질을 입증해 주는 것이었다. 그러나 내면으로는 몹시 괴로워하고 있었다. 그가 플리니오에게 우정을 느꼈다면, 그 우정은 단지 매력 있고 기지에 찬 친구, 세상 물정에 밝고 달변인 플리니오에 대한 것만이 아니라, 그에 못지않게 친구이자 적수인 그가 대변하고 있는 저 외부 세계에 대한 것이기도 했던 것이다. 그는 플리니오의 모습과 언동에서 저 낯선 세계를 알고 어렴풋이 짐작하게 되었던 것이다. 그것은 소위 말하는 '현실'의 세계였고, 애정에 넘치는 어머니들과 아이들, 굶주린 사람들과 극빈자 구호소, 신문과 선거전이 있는 곳이었다. 그곳은 원시적이면서도 세련된 세계였으며, 크네히트가 카스탈리엔에 머물면서 친구들과 산책이나 수영을 하고 프로베르거*의 리체르카레**를 연습하고 헤겔을 읽는 동안, 플리니오가 방학 때마다 돌아가 부모 형제를 만나고 처녀들에게 사랑을 속삭이고 노동자 집회에 참석하거나 점잖은 사교 클럽의 손님이 되는 곳이었다.

요제프로서는 자기가 카스탈리엔에 속하는 사람이라는 것, 그리고 카스탈리엔의 삶, 즉 가족도 없고 갖가지 전설 같은 오락이나 신문도 없으며 그러나 또한 고통도 굶주림도 없는 이곳의 생활을 올바르게 해 나가는 것이 전혀 문제가 되지 않았다. 게다가 영재 학생들이 무위도식하고 있다고 그렇게 비난해 대는 플리니오도 실은 이제껏 굶주려 본 적도 제 손으로 밥벌이를 해 본 적도 없었다. 그렇다. 플리니오의 세계는 더 나은 것도 더 옳은 것도 아니었다. 그러나 그 세계는 거기에 있었고, 엄연히 존재하고 있었다. 세계 역사를 보면 알 수 있듯이 그 세계는 언제나 존재해 왔고, 언제나 지금과 비슷했다. 많은 민족들은 그 세계 이외의 다른 세계는 알지 못했고, 영재 학교도 교육주도 수도회나 명인들, 유리알 유희에 대해서도 아는 것이 없었다. 지구상에 있는 인류의 대다수가 카스탈리엔에서와는 다른 생활을 하고 있었으니, 그들은 더 단순하고 더 원시적으로 더 위험하고 더 보호받지 못한 채 더 무질서하게 살고

---

* 독일의 작곡가이자 오르간 연주자, 하프시코드 연주자.
** 16세기 초기에 나온 기악곡으로 성악 모테트의 양식을 응용해서 만들어졌다.

있었다. 그 원시적인 세계는 모든 사람에게 태어날 때부터 주어지는 것이어서 사람들은 모두 가슴속에 그 세계에 대한 어떤 감정, 즉 호기심과 향수와 동정심을 느끼는 것이다. 그 세계를 바르게 평가하고, 그 세계에 대한 나름의 권리를 가슴속에 간직하되, 그 세계 속으로 빠져들지는 않는 것, 그것이 과제였다. 왜냐하면 그 세계와 나란히 그리고 그 위쪽에 제2의 세계인 카스탈리엔적 정신의 세계가, 인공적이지만 보다 질서가 잡히고, 더 잘 보호되어 있으나 끊임없는 감독과 훈련을 필요로 하는 세계, 성직의 질서가 있기 때문이었다. 거기에 봉사하면서도 저 다른 세계에 대하여 부당한 태도를 취하거나 경멸하지 않고, 또 애매한 소망이나 향수를 가지고 그쪽을 곁눈질하지 않는 것이 옳은 일일 것이었다. 왜냐하면 이 작은 카스탈리엔의 세계는 저 커다란 세계에 봉사하고, 그곳에 교사와 책과 방법을 공급하고 있었으며, 정신이 제 기능을 다하고 도덕이 순수하게 유지되도록 주의를 기울이고, 또 인생을 정신과 진리에 바치는 것을 사명으로 여기는 듯한 소수의 사람들을 위해 학교로서 피난처로서 문을 열고 있기 때문이었다. 그런데 왜 이 두 세계는 조화를 이루고 형제처럼 서로 돕고 교류하며 살지 못하는 것처럼 보일까? 왜 사람들은 이 두 세계를 자신 속에 품어 하나로 만들지 못하는 것일까?

한번은 좀처럼 있기 힘든 음악 명인의 방문이 마침 요제프가 자신의 사명에 지치고 녹초가 되어 마음의 평정을 찾으려고 무진 애를 쓰고 있던 때에 이루어진 적이 있었다. 명인은 청년의 말 몇 마디에서 그것을 알아챌 수 있었지만, 더 분명하게는 그의 지나치게 긴장한 모습이나 불안정한 눈빛, 어딘지 산만한 태도에서 그것을 읽어 냈다. 명인은 시험 삼아 몇 마디 질문을 던져 보았으나 청년의 별로 내키지 않아 하는 태도와 거북함에 부딪히자 질문을 그만두고 진심으로 걱정하게 되었고, 조그만 음악적 발견을 하나 알려 주겠다는 핑계로 요제프를 연습실로 데리고 갔다. 그는 요제프에게 클라비코드를 하나 가져오게 해서 음정을 맞춘 다음, 청년이 드디어 어느 정도 자신의 고민을 잊고 끌려들면서 긴장을 풀고 감사해하며 그의 말과 연주에 귀를 기울이게 될 때까지 소나타 형식의 성립에 대하여 오랫동안 개인적인 특강을 했다. 요제프에게 결여되어 있다고 여긴 준비 태세가 갖추어질 때까지 음악 명인은 끈기 있게 시간을 두고 기다렸다. 그리고 그것이 갖추어지자 그는 강의를 마치고 마지막으로 가브리엘리*의 소나타 한 곡을 연주한 다음 자리에서 일어나 좁은 방 안을 천천히 거닐면서 말했다.

"오래전 이 소나타에 아주 푹 빠져 버린 일이 있었지. 내가 아직 교사로 부름을 받고, 그 후 다시 음악 명인으로 부름을 받기 전 자유롭게 연구에 몰두하던 시절의 일이야. 그 당시 나는 소나타의 역사를 새로운 관점에서 다시 정리해 보겠다는 야심을 품고 있었네. 그런데 더 앞으로 나아갈 수가 없었을 뿐만 아니라, 도대체 이 모든 음악적, 역사적 연구가 가치가 있는 것인지, 이 모든 게 한가한 사람들의 공허한 유희이거나 혹은 진정하고 생생한 삶의 겉만 번지르르한 정신적이고 예술적인 대용물에 불과한 것은 아닌지 점점 회의가 들기 시작하는 시

---

* 이탈리아의 작곡가이자 오르간 연주자.

기가 닥쳐왔네. 간단히 말해 온갖 연구라든가 정신적인 노력, 도대체 정신이라는 것 전체가 의심스러워지고 가치 없이 느껴지는 위기의 한때를 겪게 된 거야. 그땐 밭 가는 농부나 저녁에 나란히 걸어가는 연인들, 심지어 나무에서 노래하는 새나 여름날 풀숲에서 울어 대는 찌르레기까지 부러웠지. 그들이 우리 눈엔 너무도 자연스럽고 충실하고 행복하게 살아가는 것처럼 보이는 데다 그들의 번뇌나 생의 쓰라림, 위험과 고통을 우리는 하나도 모르는 것 같았기 때문이었어. 요컨대 나는 상당히 마음의 균형을 잃어버렸던 거야. 그것은 결코 즐거운 상태라고 할 수 없는, 정말이지 견디기 어려운 지경이었네. 그래서 거기서 달아나 자유로워지려고 내 딴에는 아주 놀라운 가능성들을 생각해 냈어. 악사가 되어 세상으로 나가 결혼식에 모여 춤추는 사람들을 위해 연주나 해 주자는 생각을 했던 거야. 그때 옛날 소설에 나오는 것처럼 외국의 징병관이 내 앞에 나타나 제복을 입고 군대를 따라 전쟁에 나가지 않겠느냐고 유혹했다면, 나는 아마 따라나섰을 거야. 그리고 그런 경우가 흔히 그렇듯이 나는 완전히 길을 잃어서 혼자서는 더 이상 어떻게 해 볼 도리가 없었기 때문에 누군가의 도움이 필요했지.”

음악 명인은 잠시 멈추어 서서 혼자 웃었다. 그러고는 말을 이었다. “물론 규정대로 내게도 연구를 위한 조언자가 있었어. 그 사람에게 조언을 구하는 것이 마땅한 순서이고 또 내 의무이기도 했을 거야. 그러나 일이란 게 그렇다네, 요제프. 어려움에 빠져 정상적인 궤도에서 벗어나 올바른 전환이 가장 필요한 때일수록 사람들은 정상적인 길로 돌아가 제대로 된 수정을 받는 것에 지독한 거부감을 갖기 마련이야. 내 연구 조언자는 당시 나의 삼 개월분 연구 보고서에 만족하지 않았고, 내게 심각하게 이의를 제기했지만, 나는 스스로 새로운 발견과 인식의 도상에 있다고 믿고 있었기 때문에 그의 반대를 꽤 안 좋게 받아들였지. 간단히 말해 나는 그에게 가기 싫었고, 그가 옳다는 것에 승복하고 싶지 않았던 거야. 또 친구들에게도 속을 털어놓고 싶지 않았다네. 그런데 이웃에 이상한 사람이 하나 있었지. 나는 그 사람을 그저 먼발치로 보고 소문을 통해 알고 있을 뿐이었는데, '요가 수행자'라는 별명을 가진 산스크리트 학자였어. 내 상태가 더 이상 참을 수 없을 정도로 악화되었을 무렵, 나는 그의 어딘지 고독하고 특이한 모습이 우습기도 했지만 그래도 내심 경탄하고 있었기에, 그 남자를 찾아 갔지. 그의 조그만 방으로 찾아가 말을 붙이려고 하다가 나는 그가 명상에 들어 있는 것을 보게 되었네. 그때 그는 인도식 수행 자세를 취하고 있었는데 내가 어떻게 이르러 볼 도리 없이 엷은 미소를 머금은 채 완전히 현실을 벗어난 곳에서 떠돌고 있었네. 문간에 서서 그가 침잠으로부터 돌아오기를 기다리는 수밖에 없었지. 한참이 걸렸어. 한 시간인가 두 시간인가 계속되자 나는 마침내 지쳐서 스르르 미끄러져 앉았고, 바닥에 앉아 벽에 기댄 채 계속 기다렸네. 드디어 그가 천천히 깨어나는 광경을 보았지. 머리를 약간 움직이더니 어깨를 펴고 포갠 다리를 서서히 풀더군. 그러고는 일어서려다가 나를 보게 된 거야. '무슨 일이지?' 그가 물었네. 나는 일어서서 내가 무엇을 말하려는지 잘 생각해 보지도 않고 확실히 알지도 못한 채 '안드레아 가브리엘리의 소나타입니다.'라고 대답했어. 그는 몸을 완전히 일으키더니 하나밖에 없는 의자에 나를 앉히고 자기는 탁자 끝에 걸터앉아서 말했네. '가브리엘리라니? 그 소나타들이 자네에게 어쨌다는 말인가?' 나는 그에게 내가 어떤 상태를 지나왔는지 말하고 지금 어떤 상태에 있는지 고백하기 시작했네. 그는 지나치게 꼼꼼하다 싶을 정도로 내 신상과 가브리엘리의 소나타 연구에 대해 낱낱이 캐물었지. 내가 아침 몇 시에 일어나는지, 몇 시간이나 책을 읽는지, 연주는 얼마나 하며, 언제 식사를 하고 잠자리에 드는지 물었어. 나는 그에게 전부 털어놓았지. 아니 털어놓았다기보다는, 사실 그에게 매달린 것은 나니까 꾹 참고 대답할 수밖에 없었는데, 대답하기가 몹시 부끄러웠네. 질문은 점점 더 가차 없이 세세히 파고들었고, 최근 수 주일, 수 개월 동안의 내 정신적, 도덕적 생활이 샅샅이 분석되었지. 그런 다음 그는, 그 요가 수행자는 갑자기 말을 끊고 침묵해 버렸네. 나는 영문을 모르고 기다리고 있었는데 그가 어깨를 으쓱하더니 '잘못이 어디 있는지 그래도 모르겠나?' 하는 것이었어. 정말 나는 알 수가 없었네. 그러자 그는 내게 물었던 모든 것을 놀랄 만큼 정확히 되짚어 가면서 피로와 불쾌감, 정신적 침체의 첫 징후에까지 거슬러 올라갔지. 그러고는 이런 증세는 지나치게 자유분방하게 계획 없이 연구에 몰두하는 자에게나 일어나는 일이라는 것, 잃어버린 스스로에 대한 제어 능력을 내가 이제 다른 사람의 힘을 빌려 되찾아야 할 시기에 이르렀다고 알려 주었네. 내가 아마 규칙적인 명상 연습을 멋대로 그만두어 버렸을 테고, 처음 좋지 않은 결과들이 나타났을 때 적어도 바로 그 소홀함을 상기해 내어 고쳤어야 했던 거라고 그가 지적해 주었지. 전적으로 그의 말이 옳았어. 나는 벌써 오래전부터 명상을 게을리하고 있었을 뿐 아니라 한가한 때가 없고 언제나 마음이 불쾌했으며 산만해 있거나 연구에 빠져 흥분해 있었던 거야. 게다가 시간이 지나면서 내가 계속 명상을 하지 않고 있다는 죄의식마저 완전히 잃어버렸어. 거의 파탄에 빠지고 절망하게 된 시점에 와서야 비로소 다른 사람을 통해 그 사실을 떠올리게 되었던 거네. 사실 그때부터 나는 그 둔한한 상태에서 빠져나오기 위해 무진 애를 썼고, 집중해 침잠하는 능력을 서서히 회복시키기 위해서만이라도 학교에서 하는 명상의 기초 연습으로 돌아가야 했네."

명인은 나직이 한숨을 쉬며 걸음을 멈추더니 이렇게 말을 맺었다. "당시 내 상태가 그랬지. 지금도 그 이야기를 하자니 부끄럽군. 그러나 사실은 이런 것일세, 요제프. 우리가 자신에게 요구하는 것이 많고, 또 그때그때의 과제가 우리 자신에게 요구하는 것이 많을수록, 우리는 그만큼 더 명상이라는 힘의 원천에, 정신과 영혼의 끝없이 새로워지는 화해에 의지하게 되는 것이지. 그리고 그 밖에도 그런 예를 많이 알고 있지만, 우리가 어떤 과제에 몰두하게 되어 흥분하고 격앙되고 피로해지고 압박받는 정도가 심할수록, 그만큼 더 우리는 이 원천을 소홀히 하기 쉬운 법이라네. 그것은 마치 사람이 어떤 정신적인 일에 깊이 빠져들게 되면 육신과 그것을 돌보는 일에 소홀해지기 쉬운 것과도 같지. 세계 역사에 진실로 위대했던 인물들은 모두 명상할 줄 알고 있었거나 혹은 명상을 통해 우리가 이르게 되는 그곳으로 가는 길을 무의식적으로 알고 있었네. 그렇지 못한 자들은 아무리 재능이 뛰어나고 힘이 있었다 해도 결국은 모두 실패하고 패배했지. 과제나 야망의 포로가 되어 이성을 잃고, 눈앞의 현실적인 것에서 벗어나 늘 그것에 거리를 둘 수 있는 힘을 잃어버렸기 때문이야. 자네도 이미 알겠지. 그런 건 처음 연습할 때 배우는 것이니까. 피할 수 없는 사실이야. 그것이 얼마나 엄연한 사실인가 하는 것은 한번 길을 잃어 보면 그때 비로소 알게 되지."

이 이야기는 요세프의 마음에 적지 않은 영향을 미쳤다. 그는 자신이 처한 위험을 알아차리고 새로운 마음으로 훈련에 전념했다. 음악 명인이 처음으로 전적인 자기 사생활의 한 부분을, 그의 청년기와 연구 시절의 이야기를 해 준 것에 요제프는 깊은 인상을 받았다. 거의 신이나 다름없는 음악 명인도 한때는 젊었고 길을 잘못 들 수 있었다는 것을 처음으로 알게 되었던 것이다. 그리고 존경하는 명인이 그 고백을 통해 얼마나 깊은 신뢰를 자신에게 보여 준 것인지를 느끼며 감사했다. 길을 잃고 지치고 잘못을 저지르고 규칙을 어길 수도 있지만, 그래도 다시 그것을 정리하고 올바른 길을 찾아야 마침내 명인이 될 수 있는 것이었다. 요제프는 그 위기를 극복해 냈다.

플리니오와 요제프 사이에 우정이 오간 발트첼의 이삼 년 동안 학교에서는 이들의 전사(戰士)다운 우정의 광경들을 마치 한 편의 연극처럼 함께 체험했다. 거기에는 교장에서부터 가장 어린 학생에 이르기까지 모두가 조금씩 참여하고 있었다. 두 개의 세계, 두 개의 원리가 크네히트와 데시뇨리에게서 구체화되었다. 각자 상대를 고양시켰고, 논쟁은 그 하나하나가 모든 사람에게 관련되는 엄숙하고도 대표적인 성격을 띠는 시합이 되었다. 그리고 플리니오가 방학 때마다 고향의 품에 안겨 새로운 힘을 얻어 오듯이 요제프도 사색과 독서와 명상 훈련에서, 그리고 음악 명인과의 만남에서 새로운 힘을 얻었고, 점점 더 자격 있는 카스탈리엔의 대표자요 변호자가 되어 갔다. 옛 날 어렸을 적에 그는 첫 번째 소명을 체험한 적이 있었다. 이제 그는 두 번째 소명을 겪고 있었으며, 이 시기는 그를 단련해 완벽한 카스탈리엔 사람의 모습으로 만들어 내고 있었다. 그때 그는 이미 오래전에 유리알 유희의 초보 과정을 마치고, 방학 동안 유희 지도자들 가운데 한 사람의 지도를 받으며 자신의 고유한 유리알 유희를 고안하고 있었다. 그런데 거기서 그는 기쁨과 내면의 화해를 가져다주는 가장 풍요한 샘을 하나 찾 아내게 되었다. 카를로 페로몬테와 함께 지칠 줄 모르고 쳄발 로와 클라비코드를 연습하던 때 이후로 이 유리알 유희의 빛 나는 세계로 첫발을 내딛게 된 것만큼 그를 즐겁게 하고 상쾌 하게 만들며 강하게 해 주고 확신과 행복을 준 것은 아무것도 없었다.

페로몬테가 베껴 놓은 필사본으로 남아 있는 젊은 요제프 크네히트의 시들은 바로 이 무렵에 쓰인 것이다. 우리에게 전 해져 오고 있는 것보다 실제 그의 시들은 더 많았을지도 모른 다. 그리고 초기의 시들은 크네히트가 아직 유리알 유희를 시 작하기 전에 쓰였던 것으로, 그가 자신의 맡은 바 역할을 완 수하고 저 위태로웠던 몇 년을 극복해 내는 데 도움이 되었으 리라고 여겨진다. 읽는 사람이면 누구나, 부분적으로는 상당 히 기교적이면서도 또 부분적으로는 일필휘지로 단숨에 써 내 려간 것이 역력한 이 시들 곳곳에서 당시 크네히트가 플리니 오의 영향을 받으며 겪어 낸 깊은 동요와 위기의 흔적을 보게 될 것이다. 여러 구절에서 깊은 불안과 함께 자기 자신이나 자기 존재의 의미에 대한 근본적인 회의가 울려 나오고 있지만, 「유리알 유희」라는 시에 이르러서는 경건한 헌신의 자세가 이루어졌던 것 같다. 그렇지만 그가 이런 시들을 썼고 때때로 친구들에게 보여 주곤 했다는 사실 자체가 이미 플리니오의 세계에 대한 일종의 인정과 카스탈리엔의 규칙에 대한 어느 정도의 반항을 내포하고 있다. 왜냐하면 카스탈리엔에서는 일반적으로 예술 창작이 포기되고 있었으므로(음악을 만드는 것도 이곳에서는 형식상 엄격히 제한된 작곡 훈련으로만 허용되고 있을 뿐이었다.) 시를 쓴다는 일은 도대체 있을 수 없는, 가장 우습고도 엄하게 금지된 일로 여겨졌기 때문이다. 따라서 이 시들은 유희도 아니고, 한가로운 끼적거림이나 허식도 아니었다. 이러한 창작력에 물꼬를 터 흘러가게 하기 위해서는 고도의 욕구가 필요했고, 이런 시들을 써서 자기 것이라고 밝히는 데도 일종의 반항적인 용기가 있어야 했던 것이다.

우리는 플리니오 데시뇨리 또한 자기 적수의 영향을 받아 상당한 변화와 발전을 이루게 되었다는 것을 언급하지 않을 수 없다. 그것도 단순히 그의 논쟁 방법의 순화라든가 하는 교육적인 의미에서만이 아니었다. 학창 시절 우호적이면서도 적대적인 토론이 이루어지는 동안 그는 자신의 상대가 끊임없이 상승하며 나무랄 데 없는 카스탈리엔 사람으로 성장해 가는 것을 지켜보았고, 그에겐 교육주의 정신이 이 친구의 모습을 통해 차츰 더 뚜렷하고 생생하게 다가왔던 것이다. 자신이 속한 세계의 분위기로 상대를 전염시켜 비등점까지 끓어오르게 했던 꼭 그만큼 그 자신도 실은 카스탈리엔의 공기를 마시고 그 매력과 영향에 굴복했던 것이다. 학창 시절의 마지막 해인 어느 날, 유리알 유희의 최상급반 학생들 앞에서 두 사람이 수도사 생활의 이상과 위험에 대해서 장장 두 시간에 걸친 논쟁을 하고 난 후 그는 요제프를 산책길에 데리고 나섰고 도중에 이런 고백을 했다. 그것을 페로몬테의 편지에서 인용해 보기로 하겠다. "나는 물론 오래전부터 네가 천진하기만 한 유리알 유희자도 이 교육주의 거룩한 성자도 아니라는 것을 알고 있어, 요제프. 넌 그 역할을 정말 훌륭하게 해내고 있지만 말이야. 우리는 각자 이 싸움에서 외부로 노출된 자리에 서 있어. 그리고 각자 자기가 싸우는 대상이 정당하게 존재하는 것이며 부정할 수 없는 가치를 가지고 있다는 것을 알고 있지. 너는 정신을 고도로 함양하는 편에, 나는 자연스러운 삶의 편에 서 있는 거야. 우리의 논쟁에서 너는 자연스러운 삶에 들어 있는 위험을 탐지하여 그것을 겨누는 법을 배웠어. 네 임무는 자연스럽고 소박한 삶이라는 게 정신적인 훈련이 따르지 않으면 어떻게 수렁이 되어 버리고, 동물적인 것 그리고 그보다 더한 것으로 추락할 수밖에 없는가 하는 것을 지적하는 거지. 그런가 하면 나는 또 순전히 정신만을 지향하는 삶이 얼마나 큰 모험이고 위험이며, 결국 아무 열매도 맺을 수 없는가 하는 점을 계속해서 상기시켜야 하는 거고. 그래, 각자 자신이 최선이라고 믿는 것을 옹호하는 거야. 너는 정신을 나는 자연을. 나쁘게 생각하지는 말고 들어. 나는 자주 이런 생각이 든다. 네가 나를 진짜로 단순하게 너희 카스탈리엔 제도의 적이나 뭐 그런 것으로 여기고 있다고 말이야. 그리고 내가 이런저런 이유에서 너희들의 연구니 훈련이니 유희니 하는 것들을 얼마동안 함께하고는 있지만, 그런 것들은 나에게 근본적으로 그저 겉치레에 지나지 않는다고. 아, 친구여, 만약 네가 정말 그렇게 믿고 있다면, 그건 아주 잘못 생각한 거야! 내가 너희들의 성직에 대해 아주 바보 같은 사랑을 품고 있다는 것, 그 성직이 때때로 마치 행복 그 자체인 양 나를 사로잡고 유혹한다는 것을 네게 고백하겠어. 그리고 또 한 가지, 몇 달 전 얼마 동안 집에 가 있을 적에 아버지와 심하게 언쟁을 벌여 내가 학교를 마칠 때, 그때까지도 그것이 소원이고 결심이라면, 카스탈리엔 사람으로 남아 수도회에 들어가도 좋다는 허락을 얻어 냈다는 것도 고백하지. 아버지가 마침내 이 일에 동의해 주셨을 때 난 행복했어. 그런데 그 동의가 필요 없게 되리라는 걸 요즈음 알게 되었지. 오, 아니, 내게 그럴 의욕이 사라졌다는 게 아냐! 차츰 알게 된 거야. 너희들 곁에 남는 일이 내게는 하나의 도피를 의미한다는 걸. 아마 점잖고 고귀한 도피이긴 하겠지만 그러나 역시 도피임에는 틀림없어. 나는 돌아가서 세속의 인간이 될 거야. 그러나 너희 카스탈리엔에 대해 고마움을 간직하고, 너희가 하는 훈련 대부분을 계속해 나가면서 매년 유리알 유희의 대공연에 참가하는 세속인이 되겠어."

크네히트는 깊은 감동을 숨기지 않은 채 플리니오의 이 고백을 친구 페로몬테에게 이야기했다. 이에 대해 페로몬테는 편지 속에 다음과 같은 말을 덧붙이고 있다. "그에 대해 내가 늘 공정한 평가를 하고 있던 것은 아니었지만 플리니오의 이 고백은 음악가인 내게는 마치 하나의 음악적 체험과도 같았어. 세계와 정신이라는 대립 혹은 플리니오와 요제프라는 대립이 내 눈앞에서 서로 용납하지 않는 두 원칙의 투쟁을 통해 하나의 협주곡으로 승화하는 것이었네."

사 년 동안의 학교 과정을 마치고 집으로 돌아가게 되었을 때 플리니오는 교장에게 자기 아버지의 편지를 내놓았다. 요제프 크네히트를 방학 동안 초대한다는 내용이었다. 그것은 이례적이고 무리한 부탁이었다. 물론 방학 동안 여행을 하고 교육주 바깥에 체류하는 일이 있기는 했고, 특히 연구를 목적으로 한 것일 경우 아주 드문 일은 아니었다. 그렇더라도 그것은 예외에 속하는 일이며, 더 나이가 많은 연구생 가운데 수련을 쌓은 사람의 경우에나 가능했지 학생에게는 한 번도 허락된 적이 없었다. 그래도 츠빈덴 교장은 너무 지체 높은 가문에서 나온 초대였으므로 중요하게 여겨 자신이 직접 거절하지 않고 교육청 위원회에 자문을 구했고, 교육청은 바로 간단한 부정의 답변을 내려보냈다. 두 친구는 작별해야 했다.

"나중에 다시 초대해 볼게. 언젠가 한 번은 성공할 테지. 너도 언제고 한번 우리 집과 식구들을 만나 보고, 우리도 똑같은 사람이며 그저 세속적이거나 장사꾼 같은 무리가 아니라는 걸 알아야 해. 네가 없다는 게 아쉬울 거야. 그런데 요제프, 너 이 복잡한 카스탈리엔에서 빨리 출세하도록 해 봐. 너는 성직에 적합한 사람인데, 내 생각에는 아무리 네 이름이 크네히트라도 시중드는 조수보다는 보스에 걸맞거든. 네 빛나는 장래를 예언해 볼까. 너는 언젠가는 명인이 되어 고관들 사이에 끼게 될 거야." 플리니오가 말했다.

요제프는 슬프게 그를 바라보았다.

"실컷 비웃어!" 아쉬운 작별의 감정과 싸우며 크네히트가 말했다. "나는 너처럼 야심만만하지 않아. 내가 언제고 무슨 직책을 맡았을 때쯤이면 너는 벌써 오래전에 대통령이나 시장이나 대학교수나 연방 장관이 되어 있을걸. 우리와 카스탈리엔을 다정히 기억해 줘, 플리니오. 우리에게서 아주 멀어지지는 마! 아무튼 저 바깥세상에서 우리에 대해 던지는 농담 이상으로 우리를 알고 있는 사람이 몇 명쯤은 거기 바깥에도 있어야 하니까."

두 사람은 악수를 나누었고, 플리니오는 떠났다. 발트첼에서 보낸 마지막 일 년 동안 요제프의 주위는 아주 조용했다. 어느 정도 공적인 인물로서 노출되었던 긴장된 역할은 갑작스럽게 끝났고, 카스탈리엔은 이제 변호자를 더 이상 필요로 하지 않았다. 이 일 년 동안 그는 자유 시간을 주로 유리알 유희에 바쳤는데, 유희는 점점 더 그를 사로잡았다. 그 무렵 유희의 의미와 이론에 대해 수첩에 기록해 놓은 메모들은 이런 문장으로 시작하고 있다. "육체적인 것이든 정신적인 것이든 삶은 전체가 하나의 역동적인 현상이다. 유리알 유희는 근본적으로 그 역동적 현상의 미학적인 측면을 파악하는 것이고, 그것도 주로 리드미컬한 진행 과정이라는 형태로 파악하는 것이다."

3
연구 시절

　요제프 크네히트의 나이 스물넷이 되었다. 발트첼을 졸업하
면서 학창 시절은 끝났고 자유롭게 연구할 수 있는 시기가 시
작되었다. 순진했던 에쉬홀츠의 소년 시절을 제외하면 이 시기
야말로 그의 생애에서 가장 즐겁고 행복한 때였다. 학교라는
굴레에서 처음으로 벗어나 아직 어떤 환상도 깨지지 않은 상
태에서, 끝없이 몰두할 수 있는 자신의 능력과 정신세계의 무
한함에 대해서 어떤 의혹도 없이 정신계의 무한한 지평선을
향해 나아가며, 알아내고 정복하고자 하는 욕구로 방황하는
청년의 모습에는 언제나 어떤 경탄스러움과 감동적인 아름다
움이 감돈다. 재능이 한 가지뿐이라서 일찌감치 어느 특정 분
야에 집중할 수밖에 없는 경우와는 달리, 그 본성이 전체와 종
합과 보편성을 지향하는 바로 이 요제프 크네히트와 같은 천
성의 소유자에게 자유로운 연구라는 봄날은 흔히 커다란 행복
의, 아니 거의 도취의 한때이기 마련이다. 앞서 받은 영재 학교

에서의 훈련과 명상 훈련으로 지키는 영혼의 건강, 그리고 교육청의 부드럽고 노련한 감독이 없다면 이런 자유는 그와 같은 재능을 가진 사람에게는 몹시 위험할 뿐 아니라, 많은 사람에게 불운이 될 것임에 틀림없다. 그것은 실제로 오늘날과 같은 질서가 세워지기 이전의 시기, 즉 카스탈리엔이 생기기 이전의 수백 년 동안 수많은 재능 있는 사람들에게 일어난 일이었다. 그 시절의 대학에는 젊은 파우스트 같은 인물이 아주 많았다. 그들은 돛에 바람을 잔뜩 안고 학문과 연구의 자유라는 대양으로 나아갔고, 너나없이 방종한 아마추어리즘으로 난파했다. 파우스트야말로 실은 천재적 아마추어리즘과 그 비극의 전형이었다. 그런데 카스탈리엔에서 연구자의 정신적 자유는 과거 어느 시대의 대학과도 비교가 안 되게 거의 무한에 가까울 정도로 컸으니, 마음대로 할 수 있는 연구의 가능성들이 훨씬 더 풍부하기 때문이었다. 게다가 카스탈리엔에서는 물질적인 고려나 명예욕, 불안감, 부모의 가난, 밥벌이나 입신출세의 전망 등에 영향을 받거나 제약을 받을 일이 전혀 없었다. 교육주 내의 대학과 연구소, 도서관, 기록소, 실험실에서 모든 연구자는 그의 출신이나 앞으로의 전망이 어떠하든 완전히 평등했다. 성직은 순전히 학생들의 지적이고 성격적인 천분과 자질에 의해 직분이 달라질 뿐이었다. 속세의 대학에서 흔히 수많은 천재들을 희생물로 만드는 자유나 유혹, 위험 같은 것들이 물질적인 것이든 정신적인 것이든 카스탈리엔에는 거의 없는 것이다. 물론 이곳에도 위험이나 마적인 것, 현혹이 있을 만큼은 있다. ── 인간이란 존재가 그것들에서 헤어날 곳이 대체 어디 있단 말인가? ── 그러나 카스탈리엔의 학생들에겐 탈선과 환멸과 파멸에서 벗어날 수 있는 가능성이 더 많았다. 술에 빠지는 일도 있을 수 없고, 옛날 어떤 시대의 대학생들처럼 허풍을 일삼거나 비밀 결사에 휩쓸려 청춘과 세월을 허비하는 일도 있을 수 없었다. 또 어느 날 자신의 대학 졸업장이 잘못된 것임을 알게 된다든지, 연구 시절에 접어들어서야 자신의 예비 교육에 돌이킬 수 없는 허점이 있음을 발견한다든지 하는 일도 일어날 수 없었다. 카스탈리엔의 질서가 이러한 폐단을 막아 주기 때문이었다. 여자나 스포츠에 탐닉하여 시간을 낭비할 위험도 그다지 크지 않았다. 여자에 관해서라면 카스탈리엔의 학생들에겐 유혹과 위험을 동반한 결혼이라는 것이 아예 없었으며, 학생들은 성적인 금욕을 강요하거나 돈으로 살 수 있는 여자들에게로 관심을 돌리게 했던 지나간 시대 여자들의 새침한 체하는 태도도 몰랐다. 카스탈리엔 사람들에겐 결혼이라는 것이 없었으므로 결혼을 목적으로 한 애정 윤리 같은 것도 없었다. 카스탈리엔 사람은 돈이나 재산이 없기 때문에 사랑을 돈을 주고 사는 일도 없었다. 이 교육주에선 시민의 딸들이 너무 일찍 결혼하지 않는 것이 풍습이었고, 결혼 전에는 학생이나 학자를 애인으로 삼는 것이 바람직하다고 생각하는 것 같았다. 이런 청년들은 상대의 출신이나 재산을 따지지 않았고, 적어도 정신적인 능력을 생명력과 동등하게 보았으며, 대부분 상상력과 유머는 있지만 돈이라곤 없었기 때문에 다른 사람들보다 더 스스로를 대가로 지불할 수밖에 없었던 것이다. 카스탈리엔에 애인을 둔 처녀들도 그 애인이 자기와 결혼해 줄까 하는 생각 따위는 하지 않았다. 아니, 그는 그녀와 결혼하지 않을 것이었다. 그러나 실제 그런 일이 일어나기도 했다. 드문 일이기는 하지만 때로 영재 학교의 학생이 결혼이라는 길을 통해 카스탈리엔과 수도회에 소속되기를 포기하고 시민의 세계로 돌아가기도 했다. 그러나 그런 소수 변절자의 경우는 학교와 수도회의 역사에서 호기심거리 이상의 역할은 하지 못했다.

예비 학교를 졸업한 영재 학생들이 온갖 학문 및 연구 분야를 결정할 때 누리는 자유와 자율성의 수준은 실제로 상당히 높다. 자유 연구를 하는 사람에게 이 자유는, 처음부터 그의 재능과 관심이 좁은 범위에 국한되어 있지만 않다면, 그때그때 반년 치의 연구 계획서를 제출해야 하는 의무 외에는 아무 제한이 없었다. 그 진행에 관한 교육청의 감독은 너그러운 편이었다. 다방면에 재능과 관심이 있는 사람은, 요제프 크네히트도 여기 포함되는데, 연구 시절의 처음 몇 년 동안 이 폭넓게 주어진 자유에 무어라 말할 수 없이 이끌리고 매혹된다. 다방면에 관심을 기울이는 바로 이런 사람들에게 교육청은 그들이 태만에 빠져 어슬렁거리지만 않는다면 거의 천국과도 같은 자유를 허용한다. 학생은 마음 내키는 대로 모든 학문을 둘러보고 다녀도 좋고, 여러 연구 분야를 섞어도 상관없었으며, 여섯 개나 여덟 개의 학문에 동시에 빠져들어도 되고, 아니면 처음부터 선택의 범위를 좁혀서 해 나가도 전혀 문제될 것이 없었다. 교육주와 수도회에서 통용되는 일반적인 도덕적 생활 규범을 지키는 것 외에 요구되는 것이라곤 일 년에 한 번 그가 들은 강의나 읽은 책, 그리고 연구소에서 한 연구 등에 대해 보고하는 것뿐이다. 그의 성과를 상세하게 심사하고 검토하기 시작하는 것은 전문적인 학문 과정에 들어가 연구실에 다니게 된 뒤부터이다. 유리알 유희와 음악 대학의 과정도 여기 포함되어 있다. 물론 이 전문 과정에 이르면 공식적인 시험을 치러야 하고, 당연한 일이지만 연구 실장이 요구하는 일을 해야 한다. 그러나 이 전문 과정에 들어가라고 강요하는 사람은 아무도 없다. 몇 학기고 몇 년이고 마음 내키는 대로 도서관에 앉아 있을 수도 있고 강의를 들을 수도 있다. 그런 학생들은 개개의 학문 분야에 묶여 오래도록 연구하기 때문에 수도회에 들어가는 일이 지연되기도 하지만, 가능한 한 모든 학문과 연구 방법을 섭렵하도록 관용이 베풀어지며 심지어 장려되기까지 한다. 도덕적으로 반듯하게 처신하는 것 외에 그들에게 요구되는 일이란 매년 한 편씩 '이력서'를 쓰는 것이 전부이다. 종종 조롱을 받기도 하는 이 오래된 관습 덕분에 크네히트가 연구 시절에 썼던 세 편의 이력서가 남아 있게 된 것이다. 이 이력서들은 발트첼 시절에 쓰인 시들처럼 완전히 자의적이고 비공식적인 것, 은밀하고 금지된 종류의 것이 아니라 정상적이고 공식적인 문학적 작업이다. 아직 수도회에 들어가지 않은 젊은 연구생들에게 이따금 일종의 독특한 논문이나 글을 쓰게 하는 이 관습은 이미 교육주의 초창기부터 있어 왔다. 이것이 소위 말하는 '이력서'로, 원하는 과거의 어느 시대로 자신을 옮겨 놓는 가상의 자서전이다. 학생에게는 지나간 시대의 어떤 환경과 문화, 정신적 풍토 속으로 옮겨 가 그 속에서 자신에게 맞는 존재 양식을 생각해 내는 과제가 주어진다. 각자 시대와 취향에 따라 제정 시대의 로마나 17세기의 프랑스, 15세기의 이탈리아, 페리클레스* 시대의 아테네나 모차르트 시대의 오스트리아가 선호되었다. 언어학자들의 경우에는 그

들이 옮겨 간 그 시대와 나라의 언어와 양식을 사용해 자기들
삶의 이야기를 쓰는 것이 관례로 되어 있었다. 그래서 이따금
약 1200년경 로마 교황청의 공용어나 수도사들의 라틴어 문체,
『데카메론』**'풍의 이탈리아어나 몽테뉴***풍의 프랑스어, 또는
슈반 폰 보버펠트****의 바로크풍 독일어를 아주 능숙하게 구
사한 이력서들이 나오곤 했다. 고대 아시아의 윤회나 영혼 회
귀 사상의 잔재가 이 자유롭고 유희적인 형태 속에 계속 살아
남아 있었다. 교사나 학생 모두가 현재의 자신이 이전에도 다
른 몸으로, 다른 시대에, 다른 조건 아래 존재했을 수 있다는
생각에 익숙해 있었다. 그것은 물론 엄격한 의미에서의 믿음
은 아니었고, 학설은 더더구나 아니었다. 그저 자기 자신을 다
른 조건과 환경에다 놓고 떠올려 보게 하는 상상력의 훈련이
요 유희였다. 그러는 가운데 사람들은 많은 문체 비평 연구나
유리알 유희에서 하는 것처럼 과거의 문화나 시대나 나라 속
으로 신중하게 들어가 보는 연습을 했던 것이고, 스스로를 엔
텔레케이아*****의 가면으로, 무상한 껍질로 관찰하는 법을 배
웠던 것이다. 이처럼 이력서를 쓰는 관습은 나름의 매력과 많

---

* 고대 그리스 아테네 최대 정치가로 민주정치의 기초를 마련했다.
** 이탈리아의 작가 지오반니 보카치오가 쓴 사랑에 관한 음탕한 이야기들이
수록된 유명한 우화적 작품집.
*** 프랑스의 르네상스기를 대표하는 철학자이자 문학자. 『수상록』에서 인간
의 거짓 없는 모습을 그렸다.
**** 독일의 시인 마르틴 오피츠를 가리킨다. 전기 바로크 문학의 정신적 지도
자이자, 문학에서의 계몽적 실천 활동을 추구하였다.
***** 아리스토텔레스 철학의 개념으로 내재된 소질, 생명, 영성 등의 원만한
실현 및 완성 작용을 뜻함.

은 장점을 가지고 있었으며, 그렇지 않았다면 그렇게 오래도록 지속되지는 못했을 것이다. 또 이런 윤회 이념을 어느 정도 믿을 뿐 아니라 스스로 생각해 낸 이력서가 사실이라고 믿는 학생도 적지 않았다. 왜냐하면 이 상상 속의 전생들 대부분은 단순한 문체 연습이나 역사 연구에 그치는 게 아니라 그들이 마음속으로 바라는 이상의 모습이요 한껏 드높인 자화상이었기 때문이다. 이력서의 필자들 대부분은 자기가 평소 이상으로 생각하고 되기를 바랐던 모습으로 치장하고 그런 성격을 가진 자신을 그려 냈다. 한 걸음 더 나아가 이 이력서들은 교육적으로도 꽤 괜찮은 생각이었으니, 젊은 날 문학적인 창작 욕구에 하나의 합법적인 통로가 되어 주었던 것이다. 몇 세대 전부터 원래의 진지한 창작은 금지되었고, 부분적으로 학문이나 유리알 유희를 통해 대치되어 왔다고는 해도, 청춘기의 예술적인 충동, 형상화하고자 하는 충동이 다 해소되는 것은 아니었다. 자주 웬만한 소설 분량으로 늘어나기도 하는 이 이력서들에서 그 충동은 허락된 활동 무대를 찾곤 했다. 많은 이력서 집필자들은 그러면서 자기 인식의 영역에 첫발을 내딛기도 했다. 그런가 하면 연구생들은 그들의 이력서를 당시의 세계나 카스탈리엔에 대해 비판적이고도 혁명적인 생각을 드러내는 데 이용하는 경우도 종종 있었는데, 그런 일들도 교사들은 호의적인 이해와 함께 받아들였다. 그 밖에도 연구생이 최대의 자유를 누리며 철저한 감독을 받지 않고 지내는 동안 이 글들은 교사들에게 여러 가지로 참고가 되었으니, 그것을 쓴 사람의 정신적 도덕적 생활과 상태를 종종 놀라울 정도로 분명하게 드러내 주곤 했던 것이다.

요제프 크네히트의 이력서는 세 편이 보존되어 있으며, 우리는 그것들을 원문 그대로 전하고자 한다. 아마 이 책에서 가장 가치 있는 부분이 될 것이다. 그가 단지 이 세 편의 이력서만을 썼는지, 혹 한두 편 없어진 것은 아닌지에 대해서는 여러 가지 추측이 가능하다. 우리가 확실히 알고 있는 것은, 크네히트가 그의 세 번째 것인 '인도의' 이력서를 제출하고 나서 교육청 사무국으로부터 다음 이력서를 쓸 때에는 역사적으로 좀 더 가깝고 자료가 풍부한 시대로 옮겨 가서 역사적인 세부 사항에 유의하라는 권고를 받았다는 사실뿐이다. 그래서 그가 실제로 18세기를 배경으로 한 이력서를 쓰기 위해 준비 작업을 했다는 사실이 이런저런 이야기나 편지에서 드러난다. 거기서 그는 슈바벤의 한 신학자로 등장할 생각이었는데, 나중에 예배를 음악으로 대체하는 이 신학자는 요한 알브레히트 벵겔*의 제자이자 외팅거**의 친구이고 한동안 친첸도르프*** 교단의 손님이었던 것으로 되어 있다. 또한 그 무렵 그가 교회 제도나 경건주의 및 친첸도르프, 당시의 예배 의식이나 교회 음악에 대하여 오래되고 부분적으로는 머나먼 지방의 문헌들을 상당히 많이 읽고 발췌해 놓았다는 사실을 우리는 알고 있다. 또 크네히트가 저 마법적인 주교 외팅거라는 인물에 푹 빠져 있었고, 대가 벵겔에 대해서는 진정한 사랑과 존경을 바쳤다는 것 — 그는 그의 초상을 사진으로 찍어 한동안 책상 위에 세워 놓기도 했다. — 그리고 친첸도르프에 대해서는 흥미를 느끼면서도 반

---

* 독일의 신교 신학자. 『신약성경』의 주석가로 유명했다.
** 18세기 독일의 신학자로, 신비주의자이자 경건주의자.
*** 독일의 종교 개혁가. 루터를 신봉하고 경건주의의 전도에 헌신했다.

감을 가지고 있었기 때문에 그를 평가하기 위해서 몹시 애썼다는 사실도 알고 있다. 그러나 그는 결국 배운 것만으로 만족하고 그 일에서 손을 놓고 말았으며, 너무 자세한 점들까지 파고들었고, 세부적인 자료를 너무 많이 모은 탓에 이력서를 쓰는 것이 자기로선 불가능해졌다고 설명했다. 이 말은 이미 쓰인 세 개의 이력서가 학자의 연구라기보다는 시적이고 고귀한 인품을 지닌 한 인간의 작품이요 고백이라고 보는 편이 옳다는 것을 입증해 준다. 물론 이런 생각으로 그의 이력서들을 부당하게 취급하자는 것은 아니다.

크네히트에게는 자율적으로 연구하도록 해방된 학생의 자유 말고도 또 다른 자유와 긴장에서의 해방이 있었다. 그전의 그는 사실 다른 모든 학생처럼 그냥 단순한 생도에 그치는 것이 아니었다. 그는 단지 엄격한 학교 수업의 질서라든가 정확하게 나뉜 일과, 교사들이 쏟는 세심한 감독과 관찰만 받은 게 아니었고, 또 영재 학생으로서의 모든 노력만 기울이면 되는 것도 아니었다. 이런 모든 것과 더불어, 또 그것을 훨씬 넘어서서 그에겐 플리니오와의 관계로 인해 하나의 역할과 책임이 주어졌던 것이다. 이 책임은 그에게 정신과 영혼의 가능한 어떤 한계에 이르도록 박차를 가하기도 하고, 하나의 능동적이면서도 대표적인 역할과 책임을 수행하도록 짐을 지우기도 했다. 사실 그것은 그의 나이나 역량을 넘어서는, 그가 종종 상당히 위험한 고비를 넘으면서 그저 넘치는 의지력과 재능으로 감당해 낼 수 있었던 책임이었다. 먼 곳으로부터의 원조가 없었다면, 즉 음악 명인이 아니었다면 아마 도저히 그 책임을 다할 수 없었을 것이다. 그리하여 그 유다른 발트첼의 학창 시절을 끝마쳤을 때, 우리는 나이에 비해 숙성하고 좀 과로한 빛은 있으나 놀랍게도 눈에 띌 정도로 손상되지는 않은 그를, 스물네 살짜리 젊은이를 보게 된다. 그러나 이러한 역할과 책임으로 그의 전 존재가 얼마나 깊게 휘둘렸는지를, 사실 그가 거의 기진맥진할 지경이었다는 사실을 증명하는 직접적인 증거가 있는 것은 아니지만, 우리는 학교를 졸업한 그가 그토록 얻으려 했고 종종 그리도 깊이 갈망했던 자유를 처음 몇 년간 어떻게 썼는지 보면서 금방 알 수 있는 것이다. 학창 시절의 마지막 몇 년을 그리도 눈에 띄는 자리에 섰고 벌써 어느 정도 공적인 인물이 되어 있던 크네히트는 그 자리에서 즉시 완전히 물러나 버렸다. 그 무렵 생활의 자취를 더듬어 보면 그가 가능한 한 남의 눈에 띄지 않으려 했다는 인상을 받게 된다. 그 어떤 주위 사람이나 모임도 그에게는 부담스러운 것 같았고, 그 어떤 존재 방식도 그에게는 충분히 사적이지 못한 듯했다. 그래서 데시뇨리의 길고 격정적인 몇 통의 편지에도 처음에는 짧게 내키지 않는 듯이 답장을 쓰다가 그나마 그것도 아주 그만두고 말았다. 유명한 학생 크네히트는 사라졌고 이제 더 이상 눈에 띄지 않았다. 그저 발트첼에서만 그의 명성은 계속 꽃을 피웠고, 시간이 흐르면서 거의 전설이 되어 갔다.

그런 이유로 연구 시절 초기에 크네히트는 발트첼을 피했고, 따라서 유리알 유희의 상급 및 고급 과정을 당분간 접어 두고 있었다. 당시 피상적인 관찰자들은 크네히트가 이상하게 유리알 유희를 등한시한다고 확신했을지 모르나 사실은 정반대였다. 그의 자유 연구에서 드러나는 그 모든 변덕스럽고 산만하며 어쨌거나 특이해 보이는 과정은 그 전체가 유리알 유희의 영향을 받았을 뿐 아니라 결국 유희와 유희에 대한 봉사로 귀착되었다는 것을 우리는 알고 있다. 이러한 경향은 특징적인 것이므로 조금 더 자세히 이야기하는 것이 좋겠다. 요제프 크네히트는 가장 놀랍고도 고집스러운 방식으로 연구의 자유를 활용했는데, 그것은 당혹스러울 정도로 청년답고 천재적인 방식이었다. 발트첼 시절에 그는 관례대로 유리알 유희의 공식 입문 과정 및 복습 과정을 마쳤다. 그때 그는 마지막 학년을 보내면서 친구들 사이에서 이미 탁월한 유희자라는 평판을 얻었는데, 이 유희 중의 유희에 걷잡을 수 없이 매혹되어 그 뒤에 이어지는 과정까지 마치고는 영재 학생의 신분으로 제2급의 유희자들 사이에 끼게 되었던 것이다. 그것은 아주 유례가 드문 특별 대우를 의미했다.

몇 년 후, 정규 복습 과정에서의 동료였고 친구이자 나중에 그의 대리인이 된 프리츠 테굴라리우스에게 크네히트는 유리알 유희자로 자신의 운명을 결정지었을 뿐만 아니라 연구 과정에도 막대한 영향을 끼친 체험 하나를 이야기했다. 전해지는 편지의 그 대목은 이렇다. "우리 두 사람이 같은 조에 배치되어 유리알 유희의 첫 단계 구성에 열심히 몰두했던 그 시절 어느 날에 했던 유희 하나를 회상해 보겠네. 우리 조의 유희 지도자는 다양한 문제들을 내놓으며 온갖 주제를 제시하고 선택하게 했지. 우리는 마침 천문학과 수학과 물리학에서 언어학과 역사학으로 넘어가는 까다로운 과정에 있었어. 그 지도자는 호기심에 가득 차 있는 우리 같은 초심자들에게 덫을 놓아 우리를 허용되지 않는 추상이나 유추의 함정으로 이끌어 가는 재주에서는 명인이었어. 그는 유혹적인 어원학이나 비교언어학의 장난거리를 우리에게 슬며시 쥐여 주고 우리 중의 누군가 그 함정에 걸려들면 재미있어하곤 했지. 지치도록 그리스어의 음절 수를 세고 있노라면 갑자기 발밑이 꺼지는 느낌이 들곤 했는데, 운율에 따라 시구를 나누어 읽는 대신 억양을 붙여서 읽지 않으면 안 된다든가, 뭐 그런 식이기 때문이었어. 내 마음에는 들지 않았지만 그는 자신의 일을 형식적으로는 뛰어나게 아주 정확하게 해치웠네. 그는 우리에게 잘못된 길을 가르쳐 주고 우리를 잘못된 사색으로 유혹해 들였지. 우리에게 무엇이 위험한지 알게 하려는 선의에서 그런 것이었지만, 거기에 얼마간은 어리석은 우리를 비웃고, 특히 가장 열심히 하는 사람의 감격에 되도록 많이 회의를 부어 넣겠다는 의도도 들어 있었을 거야. 그런데 그 지도자 밑에서 복잡한 수수께끼 같은 실험을 하고 있던 바로 그 순간, 그때 우리는 반밖에 알지 못하는 유희 문제를 불안하게 더듬으며 윤곽을 세워 보려 하던 중이었는데, 난 갑자기 한꺼번에 우리가 하는 유희의 의미와 위대함을 깨닫고 속속들이 충격을 받았지. 우리는 언어사적인 어떤 문제를 파헤치면서 한 언어의 절정기와 전성기를 가까이에서 바라보고 그 언어가 수백 년 동안 걸어온 길을 몇 분 동안 따라가고 있었는데, 무상(無常)의 광경이 나를 강렬하게 사로잡았어. 거기 우리 눈앞에 복잡하고 오래된, 여러 세대에 걸쳐 서서히 이루어진 존경할 만한 하나의 유기체가 꽃을 피우고 있는 것 같았어. 그런데 그 꽃은 이미 몰락의 싹을 품고 있었지. 의미 깊게 체계를 이룬 전체 구조가 허물어지고 변질되고 몰락을 향해 비틀거리기 시작했어. 그런데 그 순간 기쁜 경악과 전율이 전신을 관통하며, 그 언어의 몰락과 죽음이 그럼에도 불구하고 무(無)로 떨어지지 않았다는 것, 그것이 자라나고 꽃피고 시들어 간 것은 우리의 기억 속에, 그 언어와 그것의 역사에 대한 우리의 지식 속에 보존되어 있고, 그것은 학문의 기호나 공식에는 물론 유리알 유희의 신비로운 표현 속에 계속 살아남아 언제라도 다시 구성될 수 있다는 것을 깨달은 거야. 그 언어에서는, 혹은 적어도 유리알 유희의 정신에서는 모든 것이 실제로 우주적인 의미를 띠게 된다는 것, 즉 모든 상징과 그 상징들의 결합은 이쪽이나 저쪽으로 하나하나의 예와 실험과 증명으로 나아가는 것이 아니라 중심으로, 세계의 신비와 핵심으로, 근원적인 지식으로 통한다는 것을 갑자기 알게 된 거야. 소나타에서 보이는 장조에서 단조로의 모든 이행, 신화나 예배의 모든 변화, 고전적 예술 형식 하나하나는 진정한 명상의 눈으로 보면 들숨과 날숨, 하늘과 땅, 음과 양 사이를 오가며 신성한 것이 영원히 이루어지고 있는 세계의 신비 안쪽으로 통하는 직접적인 길 외에 아무것도 아니라는 것을 그 순간 번개처럼 깨달은 거지. 그 무렵 나는 이미 훌륭하게 짜여 공연된 유희를 청중으로서 여러 번 체험했고, 그때마다 커다란 정신적 고양과 행복한 통찰을 나눠 받곤 했어. 하지만 그때까지는 유희 자체가 가지는 원래의 가치와 위치에 의혹을 품기 일쑤였지. 그래, 수학 문제를 훌륭하게 잘 푸는 것은 결국 언제나 정신적인 만족을 안겨 주고, 좋은 음악을 듣거나 더 나아가 연주를 할 때면 영혼이 고양되고 넓어지게 되며, 경건하게 명상을 하면 마음이 편안해지고 만물과 조화를 이루게 돼. 그러나 바로 그렇기 때문에 유리알 유희는 그저 형식적인 기술이나 재치 있는 기교, 혹은 기지 넘치는 결합에 불과한 것이 아닌가 의심하고 있었어. 그렇다면 이 유리알 유희를 하느니 차라리 깔끔한 수학이나 아름다운 음악에 열중하는 게 더 낫지 않겠느냐고. 그런데 이제 처음으로 유리알 유희 자체에서 흘러나오는 내면의 목소리를 듣고 그 의미를 알게 되었던 거야. 그것은 나에게 와 닿아 내 속으로 스며들었고, 그 때부디 나는 우리의 이 장엄한 유희가 정말로 링구아 자크라(lingua sacra), 즉 하나의 신성하고 신적인 언어라는 것을 믿게 되었어. 너도 기억할 거야. 당시 내 안에 어떤 변화가 일어났고, 어떤 부름이 내게 이르렀다는 것을 알아챈 것도 너였으니까. 나는 이 부름을 단지, 옛날 어린 소년이던 내가 음악 명인에게 시험을 받고 카스탈리엔으로 불려 올려지던 때 느낀, 마음과 삶을 변화시키고 드높여 주던 잊을 수 없는 부름에나 비교할 수 있을 뿐이야. 너는 그것을 눈치채고 있었어. 넌 거기에 대해 한마디도 하지 않았지만, 당시 나는 느끼고 있었어. 그러나 오늘은 그 얘기는 그만하기로 하자. 이제 네게 부탁이 하나 있어. 그 부탁을 설명하기 위해 이제 그동안 아무도 몰랐고 또 알아서는 안 될 일을 너에게 말해야겠어. 당시 내가 이것저것 번갈아 가며 연구했던 것은 결코 변덕에서 그랬던 게 아니야. 오히려 아주 확고한 계획 하나가 그 밑에 깔려 있었어. 그 당시 우리가 세3과정 학생으로서 지도자의 도움을 받으며 구성했던, 그리고 그 도중에 내가 저 부름의 목소리를 듣고 유희자로의 소명을 체험했던 유리알 유희를 넌 적어도 어렴풋이나마 기억하고 있을 거야. 그 연습 유희는 어느 푸가의 테마를 리듬 면에서 분석하는 것으로 시작해 중간에 공자(孔子)의 문장이 들어 있었지. 그 유희 전체를 지금 처음부터 끝까지 연구하고 있는 중이야. 다시 말하면, 그 유희의 문장 하나하나를 조사하여 그것을 유희 언어로부터 원래의 언어로, 즉 수학이나 장식술, 중국어, 그리스어 등으로 번역하는 거지. 평생에 적어도 이번 한 번만큼은 어떤 유리알 유희의 내용 전체를 전문적으로 철저히 재검토해서 재구성해 보고 싶어. 제1부는 이미 마쳤는데, 이 년이 걸렸어. 물론 앞으로도 몇 년 더 걸릴 거야. 그러나 우리에겐 카스탈리엔의 저 유명한 연구의 자유가 있으니 그걸 이런 식으로 써 보려고 해. 이에 대한 반대 의견들은 나도 알고 있어. 우리 선생님들 대부분은 이렇게 말하겠지. 우리는 몇 세기에 걸쳐 유리알 유희를 고안하고 완성했다. 모든 정신적이고 예술적인 가치와 개념을 표현하고 그것들을 공통의 척도로 다루기 위한 하나의 우주적 언어이자 방법으로 말이다. 그런데 이제 와서 네가 그것이 맞는지 시험해 보겠다니! 네 평생이 걸릴 테고 후회하게 될 거다. 뭐 이런 식이겠지. 그런데 나는 이 일로 일생을 보내지도 않을 거고, 그것으로 후회하기를 바라지도 않아. 그래서 부탁인데, 너는 지금 유희 기록소에서 일하고 있고, 나는 이유가 좀 있어서 아직 얼마간 발트첼을 피하고 싶으니, 네가 그때그때 내가 보내는 질문들에 대답을 해 주어야겠어. 필요할 때마다 여러 가지 테마에 대한 공식적인 열쇠와 기호를 문서실에서 찾아내어 생략되지 않은 형태로 내게 보내 주었으면 해. 나는 너를 믿어. 그리고 내가 너에게 해 줄 일이 있으면 너도 즉시 내게 연락하리라고 믿는다."

크네히트의 편지 중에서 유리알 유희에 관련된 다른 부분도 이 자리를 빌려 전하는 것이 좋을 것 같다. 하긴 음악 명인에게 보낸 이 편지는 위의 것보다 한두 해 뒤에 쓰인 것이긴 하다. 크네히트는 자신의 보호자에게 다음과 같이 쓰고 있다. "저는 이렇게 생각하고 있습니다. 유희 본연의 신비와 그 궁극적인 의미를 알지 못한다 하더라도 아주 훌륭하고 능숙한 유희자가 될 수 있을 뿐만 아니라, 어쩌면 정말 유능한 유리알 유희의 명인까지도 될 수 있을 거라고 말입니다. 오히려 그것을 예감하거나 알고 있는 사람이야말로 유리알 유희 전문가나 지도자가 될 경우 전자보다 유희에 더 위태로운 결과를 가져오게 될 수도 있을 것입니다. 왜냐하면 유희의 내면과 그 비의(秘儀)는 다른 모든 비의가 그렇듯이 완전한 유일자 속으로, 영원의 숨결이 끝없이 들고 나는 가운데 스스로를 온전히 다스려가는 저 깊은 곳으로 들어가는 것을 목표로 하기 때문입니다. 유희의 의미를 끝까지 체험한 사람은 이미 진정한 의미에서의 유희자라 할 수 없을 것입니다. 그는 더 이상 다양함 속에 있지 않을 것이고, 고안에도 구성에도 결합에도 기쁨을 느낄 수 없을 겁니다. 전혀 다른 쾌락과 기쁨을 알고 있기 때문이지요. 저는 유리알 유희의 의미에 가까이 다가가 있다고 생각되기 때문에 유희를 제 천직으로 삼는 대신 음악에 몰두하는 편이 저나 다른 사람에게 더 나으리라고 생각됩니다."

좀처럼 편지를 쓰는 일이 없는 음악 명인이었지만 이 말에는 분명히 불안해져서 거기에 대해 부드러운 경고가 담긴 교시를 보냈다. "자네 스스로 유희 명인에게 자네가 뜻하는 의미의 그런 '비의'를 터득한 자이기를 바라지 않는 것은 좋네. 자네가 그 말을 풍자적으로 한 것이 아니기를 바라니까. 어느 유희의 명수나 교사가 자기가 그 '핵심적인 의미'에 충분히 가까이 있는지 어떤지를 우선 문제 삼는다면, 그는 아주 형편없는 선생일 테니까. 나 자신을 예로 든다면, 솔직히 말해서 평생 동안 한 번도 학생들에게 음악의 '의미'에 대해서는 말해 본 적이 없다네. 만약 그런 게 있다면 아마 나 따위는 필요도 없겠지. 오히려 나는 내 학생들이 8분 음표나 16분 음표를 정확히 헤아리게 하는 데 항상 큰 비중을 두어 왔네. 자네는 교사가 되든 학자가 되든 음악가가 되든 그 '의미'에 존경심은 가지되, 그것을 가르칠 수 있는 것이라고 생각하지는 말게. '의미'를 가르치려고 했기 때문에 지난날 역사철학자들은 세계사의 절반을 망쳐 놓았고, 잡문 시대를 야기했으며, 많은 피를 흘리게 한 잘못들에 끼어들게 되었던 것이야. 학생들에게 호메로스*나 그리스 비극 작가들을 소개한다 해도 나라면 그들에게 작품을 신적인 것이 현상으로 나타난 형태라고 암시하는 게 아니라 언어 및 운율적인 수단에 대한 정확한 지식을 통해 그들이 작품에 다가설 수 있도록 노력하겠네. 교사와 학자가 할 일은 수단을 찾아내고 전해 내려오는 것을 보호하고 방법을 순수하게 지키는 일이지, 더 이상 말로 설명할 수 없는 체험을 자극하거나 촉진하는 게 아니야. 그런 체험은 선택받은 사람들, 흔히 패자이고 희생자이기도 한 이들을 위한 것일세."

아무튼 그 시절 그다지 많지는 않았던 것 같은, 또 부분적으로 없어진 것도 있는 크네히트의 편지들에는 유리알 유희나 그 '비의'의 해석을 언급한 대목은 없다. 그의 편지들 중 가장 많고 또 잘 보존되어 있는 것은 페로몬테와 주고받은 것들인데, 거기서는 거의 대부분 음악과 음악 양식의 분석이 다루어

---

* 고대 그리스의 시인. 『일리아드』와 『오디세이』의 작자.

지고 있다.

이처럼 크네히트의 연구 과정이 보여 주는 독특한 굴곡은 단 하나의 유희 도식을 정확히 따라가며 여러 해 동안 철저히 연구하고 있는 것에 불과하지만, 우리는 그 속에서 하나의 뚜렷한 의지가 관철되고 있음을 보게 된다. 언젠가 학생 시절에 연습할 목석으로 며칠간 작업했던 이 유희 도식은 유리알 유희의 언어로는 십오 분이면 읽어 치울 정도의 것이지만, 크네히트는 이 하나의 도식이 품고 있는 내용을 자기 것으로 만들기 위해 여러 해 동안 강의실과 도서관에 앉아 프로베르거*나 알레산드로 스카를라티**, 푸가나 소나타의 구성을 연구하고, 수학을 복습하고, 중국어를 익히고, 음형 체계를 공부하고, 색도(色圖)와 음정의 대응에 관한 포이스텔의 이론을 독파했던 것이다. 그럼 어째서 그가 이토록 힘들고 고집스럽고, 무엇보다도 고독한 길을 택했는가 하는 의문이 들지 않을 수 없다. 왜냐하면 그의 최종 목표는(카스탈리엔 밖에서라면 직업 선택이라고 말하겠지만) 의심할 여지 없이 유리알 유희였기 때문이다. 그가 우선 임시 청강생으로 아무 제약 없이 비쿠스 루조룸, 즉 발트첼에 있는 유리알 유희자 구역에 위치한 어느 연구소에 들어갔더라면, 유희에 관한 특별 연구는 훨씬 쉬웠을 것이고, 의문 하나하나에 대해 언제고 성실한 조언과 안내를 받았을 것이며, 마치 자진해서 추방된 사람처럼 혼자서 고통받는 대신 친구들과 동료들 틈에서 연구에 전념할 수 있었을 것이다. 그

---

* 독일의 작곡가이자 오르간 및 하프시코드 연주자.
** 신 나폴리악파 최고의 작곡가.

런데 그는 자기만의 길로 나아갔다. 짐작건대 그가 발트첼을 피한 것은 거기서 그가 학생으로서 맡았던 역할과 그것에 대한 기억을 자신은 물론 다른 사람들에게서도 가능한 한 지워 버리기 위해서였을 뿐만 아니라, 유리알 유희자 사회에서 또다시 그와 비슷한 역할을 새로이 맡지 않으려 했기 때문이었을 것이다. 왜냐하면 그때부터 그는 이미 운명과도 같은 것, 이끌어 가고 대표하도록 미리 정해진 숙명 같은 것을 자신의 내부에서 감지하고 있었고, 닥쳐오는 이 운명을 어떻게든 피해 넘겨 보려고 할 수 있는 모든 일을 다 했기 때문이다. 그는 책임이라는 것의 무거움을 예감하고 있었고, 그때 이미 그에게 열광하는 발트첼의 학생들에게서 징후를 느끼고는 그들을 멀리했다. 특히 자신을 위해서라면 불속에라도 뛰어들 것이라는 걸 잘 아는 테굴라리우스에 대해 그런 것을 느끼고 있었다. 운명이 그를 앞으로, 대중 속으로 밀어내려는 데 반해 그는 숨어서 정관할 곳을 찾았던 것이다. 우리는 그 무렵 크네히트의 심경을 그렇게 짐작하고 있다. 그러나 그가 유리알 유희의 일반 상급 과정을 멀리하고 아웃사이더가 되고자 한 데에는 또 하나의 이유 내지는 중요한 동기가 있었다. 그것은 가라앉힐 수 없는 탐구욕으로, 그 근저에는 한때 그가 유리알 유희에 대해 품었던 의혹이 도사리고 있었다. 물론 크네히트는 유리알 유희가 가장 높고 성스러운 의미에서 연주될 수 있음을 체험하고 맛본 일이 있었다. 그러나 대다수의 유희 연기자나 학생 들이, 심지어 일부 유희 지도자나 교사 들까지도 결코 저 높고 신성한 의미의 유희자는 아니라는 것, 그들은 유희 언어를 링구아 자크라, 즉 신비한 언어로 보는 게 아니라 일종의 재치 있는 속기술로 보며, 유희를 재미있고 흥겨운 오락이나 지적인 스포츠나 명예를 얻기 위한 시합으로 하고 있다는 사실 또한 알고 있었다. 사실 음악 명인에게 보낸 그의 편지에서 드러나듯이, 그는 아마 궁극의 의미에 대한 탐구가 언제나 유희자의 우열을 결정짓는 것은 아니며, 유희 또한 외면적인 것을 필요로 하고, 기술이고 학문이고 사회 제도라는 것을 예감하고 있었다. 간단히 말해, 거기엔 의혹과 분열이 존재하고 있었던 것이다. 유희란 그에게는 사활이 걸린 문제였고, 당장은 그의 생애에서 가장 커다란 문제였기에, 그는 자신의 싸움을 호의적인 조언자의 도움을 받아 가볍게 해 보겠다거나 다정하게 생각을 돌려 주려는 교사의 미소 따위로 하찮게 만들어 버리고 싶은 생각은 추호도 없었던 것이다.

물론 그는 이미 연주된 수만 가지의 유희와 실연 가능한 수백만 가지의 유희 가운데서 어느 것이든 마음에 드는 것을 자기 연구의 토대로 삼을 수 있었을 것이다. 그것을 알면서도 그는 학생 시절 유희 수업에서 그와 친구들이 짰던 우연히 만들어진 유희 계획에서 출발했다. 그것은 그가 처음 유리알 유희의 의미를 깨닫고 유희자로의 소명을 체험했던 바로 그 유희였다. 이 유희 가운데 그가 일반 속기 부호로 적어 두었던 도식 하나가 몇 년 동안 끊임없이 그를 따라다녔다. 거기에는 유희 언어에서 쓰이는 기호나 풀이 공식, 부호나 생략 기호로 쓴 천문 수학의 공식이나 옛 소나타의 형식 원리나 공자의 말 등이 직혀 있었다. 유리알 유희에 대한 지식이 없는 독자는 그런 유희 도식을 장기판에서 볼 수 있는 도형과 비슷한 것으로 생각하면 될 것이다. 다만 여기서는 등장하는 장기말의 의미나 상호 관계나 작용 가능성이 훨씬 복잡하다고 생각할 수 있고, 장기말 하나하나의 배치나 움직임에는 실제적인 움직임이라든지 상대적 배치 등에 의해 상징적으로 표시된 내용이 덧붙여지는 것이다. 그런데 연구 시절의 크네히트는 유희 계획에 들어 있는 내용과 원리, 작품과 체계를 아주 자세히 알아내고, 그것들을 배우는 가운데 수백 년에 걸친 다양한 문화와 학문, 언어, 예술의 통로를 거슬러 올라가며 익히는 것만을 과제로 삼은 것이 아니었다. 이에 못지않게 그는 그의 선생들 누구에게도 알려지지 않은 것을 과제로 삼고 그것을 대상으로 유리알 유희의 기술적 체계와 표현 가능성을 극도로 정밀하게 시험해 보고 있었던 것이다.

결과를 미리 말하자면 이렇다. 여기저기에서 결함이라든가 불충분한 점을 찾아내기는 했지만, 전체적으로 볼 때 우리의 유리알 유희는 그의 끈질긴 시험을 통과했던 것이 분명하다. 그렇지 않았다면 그가 결국 유리알 유희로 돌아오는 일은 없었을 것이다.

우리의 일이 문화사적인 연구를 기록하는 것이라면, 크네히트의 연구 시절에 관계된 장소나 장면 가운데는 적어 둘 가치가 있는 것들이 적지 않을 것이다. 그는 될 수 있으면 혼자서 또는 아주 소수의 사람들만 모여서 연구하는 장소를 좋아했고, 그중 몇 군데에 대해서는 감사하는 마음과 깊은 애착을 품고 있었다. 크네히트는 자주 몬테포르트에 머물곤 했는데, 때로는 음악 명인의 손님으로, 때로는 음악사(音樂史) 세미나의 참가자로 머물렀다. 수도회 본부가 있는 히르스란트에도 그는 두 번 모습을 나타냈는데, 십이 일에 걸쳐 단식과 명상을 하는

'대수련회'에 참가하기 위해서였다. 훗날 크네히트는 아주 기뻐하며 친한 친구에게 그가 『역경(易經)』을 공부한 무대인 그윽한 암자 '죽림(竹林)'에 대해 애틋함을 보이며 이야기한 적이 있었다. 거기서 그는 결정적인 것을 배우고 체험했을 뿐만 아니라, 어떤 경이로운 예감이나 인도에 이끌려 아주 독특한 환경으로 둘러싸인 장소와 한 비범한 인물을 만났는데, 그는 '노형(老兄)'이라 불리는, 중국식 암자인 죽림을 만들고 거기에 살고 있는 사람이었다. 그의 연구 시절에 있었던 이 주목할 만한 일화를 어느 정도 자세히 이야기해야 할 것 같다.

크네히트는 유명한 동아시아 학관에서 중국어와 중국 고전을 연구하기 시작했는데, 이곳은 여러 세대에 걸쳐 고대 언어학자인 성(聖) 우르반의 학교에 부속되어 있있다. 그는 중국어를 읽고 쓰는 데 빠른 진전을 보였고, 거기서 공부하고 있던 중국인 몇 명과 친해지기도 했으며, 체류한 지 이 년쯤 되어서 그가 변화의 책인 『역경』에 갈수록 깊은 흥미를 느끼게 되었을 무렵에는 『시경(詩經)』에 있는 노래들을 줄줄 외울 수 있었다. 중국인들은 그의 요청으로 여러 가지 안내를 해 주기는 했지만, 『역경』의 내용에 대해서는 좀처럼 말해 주지 않았다. 그 내용을 가르칠 교사가 학관 안에는 없었던 것이다. 그러나 크네히트가 『역경』을 근본적으로 배워 볼 만한 선생님을 소개해 달라고 여러 번 부탁하자, 사람들은 '노형'과 그의 암자에 대해 이야기해 주었다. 크네히트는 얼마 전부터 변화의 책에 대한 자신의 관심이 그곳 학관에 있는 사람들은 알려고 하지도 않는 영역으로 나아가고 있다는 것을 잘 알고 있었으므로 조심스럽게 그 인물에 대해 알아보았다. 그리고 이 전설적인 노형에 대해서 알아보는 동안 이 은둔자가 일종의 존경을, 아니 명성을 누리고 있다는 것, 그런데 학자로서라기보다는 기묘한 아웃사이더로서 그렇다는 것을 알게 되었다. 크네히트는 이 일에 있어서는 혼자 해 나갈 수밖에 없다는 것을 감지했고, 시작해 놓은 세미나 하나를 가능한 한 빨리 마무리하고는 그곳에 작별을 고했다. 그는 아마 현자요 명인이거나 혹은 어쩌면 바보일지도 모를 그 비밀에 찬 인물이 언젠가 죽림을 세웠다는 곳을 향해 걸어서 길을 떠났다. 크네히트가 그에 대해 들어서 알게 된 것은 대충 이런 것이었다. 그 남자는 약 이십오 년 전 중국어문학과에서 가장 촉망받는 학생이었다. 그는 마치 그 공부를 하기 위해 태어나고, 그 학문에 소명을 받은 사람처럼 보였다. 서예나 고(古)문서를 해독하는 능력에서 그는 중국 태생이나 서양인을 막론하고 최고라는 선생들을 능가했고, 그러면서 외모까지도 중국인이 되려고 애를 쓰는 열성을 보여서 사람들 눈에 조금 기이한 인상을 주었다. 이를테면 연구실의 지도자에서 명인에 이르기까지 모든 윗사람에게 말을 걸 때 보통 연구생이 부르는 대로 또는 규정에 따라 선생님이라고 부르는 대신 고집스럽게 '노형'이라는 호칭으로 불렀기 때문에, 그것이 결국은 그의 별명이 되어 영원히 그 자신에게 붙어 다니게 되었던 것이다. 그는 『역경』의 예언에 관한 유희에 특별한 주의를 기울여 전통적인 쑥대를 가지고 점을 치는 데 아주 능숙했다. 그가 이 예언서에 대한 옛 주석서 다음으로 애독한 것은 장자(莊子)의 책이었다. 그런데 학관의 중국어문학과에는, 크네히트도 이미 겪어 알고 있지만, 합리주의적이고 반(反)신비주의적이라 할 수 있는 엄격하게 공자적인 정신이 그 당시 벌써 분명히 드러나고 있었던 것 같다. 왜냐하면 노형은 어느 날 그를 전문 교사로 기꺼이 받아들였을 학관을 떠나 붓과 벼루와 두세 권의 책만 챙겨 들고 홀연히 방랑길에 올랐기 때문이다. 그는 남쪽으로 내려가 여기저기에 있는 수도회의 형제들을 찾아 손님으로 머물며 자기가 계획하고 있는 암자에 적합한 장소를 물색했고, 마침내 그곳을 찾아냈다. 그러고는 끈질기게 청원서를 내고 구두로 설명한 끝에 세속의 관청과 수도회로부터 그 장소에 정착할 권리를 얻어 냈다. 그 이후로 그는 거기서 때로는 기인으로 웃음을 사기도 하고, 때로는 일종의 성인으로 존경을 받기도 하며 엄격하게 중국식으로 꾸며진 전원시와도 같은 환경에서 자기 자신과는 물론 세상과도 평화를 누리며 살았다. 그리고 세심하게 가꾸어 놓은 중국식 작은 정원을 북풍으로부터 보호해 주는 죽림을 돌보는 데 시간을 빼앗기지 않는 한 명상하고 두루마리로 된 고문서들을 정서하면서 하루하루를 보냈다.

요제프 크네히트는 걸어서 그곳으로 갔다. 가끔 쉬기도 하고, 고개를 넘었을 때 남쪽으로부터 다가오는 푸르고 안개 어린 풍경에 넋을 잃기도 하면서 햇볕 내려쪼이는 계단식 포도밭과 도마뱀들이 우글거리는 갈색 담장, 울창한 밤나무 숲 등 남쪽 지대와 고산 지대의 향취가 한데 뒤섞인 풍경에 감탄하며 걸었다. 죽림에 도착했을 때는 늦은 오후였다. 안으로 들어선 그는 기묘한 정원 한가운데에 서 있는 중국식 정자를 경탄의 눈길로 바라보았다. 샘물이 나무 대롱에서 졸졸거리며 흘러나와 자갈이 깔린 바닥 위를 지나 가까이에 있는 돌로 쌓아 만든 연못을 채우고 있었다. 돌 틈에는 온갖 풀이 우거져 있고, 맑고 잔잔한 물속에는 금붕어 몇 마리가 헤엄치고 있었다. 가늘지만 힘 있게 뻗은 대나무 줄기에서는 댓잎이 한들한들 평화롭게 나부끼고, 잔디는 드문드문 놓인 고전적 서체의 비문이 새겨진 평평한 포석에 의해 양쪽으로 나뉘어져 있었다. 잿빛 도는 누런 베옷을 입고 여유로워 보이는 푸른 눈매에 안경을 쓴 여윈 남자 하나가 허리를 굽히고 있던 화단에서 몸을 일으키더니 천천히 손님에게 걸어왔다. 그는 무뚝뚝하게 보이지는 않았지만 은자나 혼자 사는 사람에게서 흔히 볼 수 있는 어딘지 서투르고 수줍은 듯한 빛을 띠고 크네히트에게 묻는 듯한 눈길을 던지며 상대방의 말을 기다렸다. 크네히트는 인사로 생각해 두었던 것을 중국어로 조금 긴장하며 말했다. "젊은 제자가 감히 노형을 찾아뵈려고 왔습니다."

"예의 바른 손님을 환영합니다. 젊은 동료는 언제고 한 잔의 차와 잠시 즐거운 대화로 환영하지요. 원한다면 재워 드릴 수도 있습니다." 노형이 말했다.

크네히트는 머리 숙여 감사를 표했고, 작은 정자로 안내되어 차를 대접받았다. 그런 다음 정원이며 비문이 새겨진 포석들이며 연못이며 금붕어를 구경했고, 노형은 금붕어의 나이를 말해 주었다. 저녁 식사 때까지 두 사람은 살랑거리는 대나무 아래 앉아서 점잖게 인사를 나누고, 고전 작가의 시가(詩歌)와 격언에 대하여 이야기를 주고받고, 꽃을 바라보고, 산봉우리에서 장밋빛으로 사라져 가는 석양을 즐겼다. 그러고 나서 집으로 돌아왔다. 노형은 빵과 과일을 가져오더니 조그만 화로에 구부리고 앉아 자기와 손님을 위해 맛있는 팬케이크를 하나씩 구워 냈다. 식사가 끝나자 그는 학생에게 찾아온 목적을 독일어로 물었고, 학생도 독일어로 자신이 찾아오게 된 이유와 원하는 바를, 즉 노형의 허락을 받아 이곳에 머물며 그의 제자가 되고 싶다는 이야기를 했다.

은자는 "그 이야기는 내일 하기로 합시다."라고 말했고, 손님에게 잠자리를 권했다. 아침이 되자 크네히트는 금붕어를 보려고 연못가에 앉아 명암이 있고 신비로운 색채들이 어우러진 조그맣고 서늘한 세계를 들여다보았다. 짙은 청록과 잉크빛 어둠 속에서 금빛 몸체들이 이리저리 움직이다가 온 세상이 마법에 걸려 영원히 잠들고 꿈의 궤도로 들어간 것처럼 보였다. 그러다 이따금씩 유연하고 탄력 있으면서도 깜짝 놀라게 하는 움직임과 함께 저 잠든 듯한 어둠을 뚫고 수정과 황금의 번쩍이는 빛이 비쳐 나왔다. 그는 연못을 들여다보는 동안 점점 깊은 생각에 잠겼지만, 명상을 한다기보다는 꿈속에 빠져들고 있었고, 노형이 조용한 걸음으로 집에서 나와 멈춰 서서는 그렇게 침잠해 있는 손님을 오래도록 바라보고 있는 것도 알아채지 못했다. 크네히트가 이윽고 생각을 털어 내고 몸을 일으켰을 때 노형은 이미 그 자리에 없었다. 그러나 곧 집 안에서 차를 마시라고 부르는 소리가 들렸다. 두 사람은 짧은 아침 인사를 나누고 차를 마신 다음, 자리에 앉은 채 아침의 정적을 뚫고 들려오는 찰랑이며 흐르는 샘물 소리를, 그 영원의 멜로디를 듣고 있었다. 그러다가 은자는 일어서서 불규칙하게 꾸며진 방 안 여기저기를 분주하게 돌아다니며 일하더니, 눈을 깜박이면서 크네히트 쪽을 건너다보고 불쑥 물었다. "신을 신고 계속 여행할 준비는 되었소?"

크네히트는 망설였으나 이내 대답했다. "꼭 그래야 한다면 준비는 되어 있습니다."

"그리고 얼마 동안 여기에 머물게 된다면, 순종하고 금붕어처럼 조용히 있을 준비도 되어 있소?" 학생은 다시 그렇다고 대답했다.

"좋소. 그렇다면 산(算)가지를 놓고 점괘를 보기로 하지." 노형이 말했다.

크네히트가 자리에 앉아 호기심과 커다란 존경심을 품고 '금붕어처럼' 조용히 바라보고 있으려니까 노형은 필통처럼 생긴 둥근 나무 통에서 산가지를 한 움큼 꺼냈다. 그것은 쑥대였는데, 그는 그것을 주의 깊게 세더니 다발의 일부를 도로 통 속에 넣고, 한 개를 옆으로 빼놓았다. 그러고는 다른 다발을 똑같은 크기의 두 묶음으로 갈라서 한 묶음을 왼손에 쥐고, 갸름하고 예민한 오른손 손가락으로 아주 작은 묶음을 왼손에서 떼어 내어 헤아려 본 다음 한옆으로 내려놓았다. 그는 그것을 왼손 두 손가락 사이에 낀 대가 몇 개 안 남을 때까지 계속했다. 한 다발을 그렇게 격식에 맞춰 몇 개 안 남을 때까지 줄여 나간 다음, 그는 다른 다발도 똑같은 방식으로 했다. 그는 다 헤아리고 난 대를 내려놓고, 다시 두 묶음을 만들어 하나씩 차례로, 두 손가락 사이에 대가 몇 개 안 남을 때까지 새로이 세어 나갔는데, 이 모든 것을 그저 손가락을 아주 조금씩만 움직여 가며 조용하고 민첩하게 해 나갔기 때문에 마치 엄격한 규칙의 지배를 받는, 몇 천 번이고 연습해 노련한 경지에 이른 신비한 묘기처럼 보였다. 그렇게 여러 번을 되풀이하자 세 개의 작은 다발만 남았고, 다발에 남은 대의 수로 어떤 표시를 읽더니 뾰족한 붓으로 작은 종이에 적었다. 그런 다음 복잡한 과정 전체가 다시 시작되었다. 산가지들은 두 개의 똑같은 다발로 나뉘어 헤아려지고, 몇 개는 치워지고, 몇 개는 손가락 사이에 끼워졌으며, 결국 다시 세 개의 작은 다발이 남았고, 그 결과가 두 번째 표시가 되었다. 춤추듯이 움직이는 대들은 아주 작고 메마른 소리를 내면서 서로 부딪치고 자리를 바꾸고 다발을 이루다가는 나뉘고 다시 헤아려졌는데, 이 대들은 리듬을 타며 귀신같이 정확하게 움직였다. 한 번의 과정이 끝날 때마다 손가락으로 한 개씩 표시를 기록해 나갔고, 결국 음양의 표시가 여섯 행으로 나타났다. 마술사는 쑥대들을 모아 조심스럽게 통 속에 도로 넣더니 갈대로 짠 돗자리 위에 웅크리고 앉아 점의 결과가 적힌 종이를 앞에다 놓고 오랫동안 물끄러미 들여다보았다.

"몽괘(夢卦)로군." 노형이 말했다. "이 괘는 청춘의 어리석음이라는 이름을 가지고 있소. 위에는 산, 아래는 물, 위는 간(艮)*, 아래는 감(坎)**, 산 밑에서 샘물이 솟아나니, 이는 청춘을 비유하는 것이고, 풀어 보면 이런 뜻이오.

청춘의 어리석음이 뜻을 이룬다.
내가 젊고 어리석은 자를 구하는 것이 아니라,
젊고 어리석은 자가 나를 구한다.
첫 점으로 가르치긴 하겠으나
여러 번 물으면 번거롭고

---

* 8괘 중 일곱 번째 괘로 '산'을 상징한다.
** 8괘 중 여섯 번째 괘로 하나의 양(陽)이 두 음(陰) 속에 빠져서 험난함을 나타내고 '물'을 상징한다.

번거롭다면 나는 가르치지 않을 것이니
인내가 필요하리라."

크네히트는 주의를 집중하고 잔뜩 긴장한 채 숨을 죽이고
있었다. 정적이 감돌자 그는 자기도 모르게 깊은 숨을 내쉬었
다. 감히 물어볼 엄두가 나지 않았다. 그러나 알아들을 것 같
았다. 젊고 어리석은 자가 찾아왔고, 머물러도 된다는 것이었
다. 의미는 모르겠으나 분명히 깊은 뜻이 있어 보이던 그 손가
락과 쑥대들의 섬세한 꼭두각시놀음에 마음을 빼앗기고 있는
동안 결과가 나왔던 것이다. 점괘는 그에게 유리한 판결을 내
리고 있었다.

크네히트가 친구들이나 학생들에게 종종 기분 좋게 이 이야
기를 하지 않았다면 우리도 이 일화를 이렇게까지 자세히 기
술하지는 않았을 것이다. 이제 다시 실질적인 이야기로 돌아가
보자. 크네히트는 몇 달 죽림에 머물면서 거의 스승과 같은 수
준으로 완벽하게 쑥대 다루는 법을 배웠다. 스승은 하루에 한
시간씩 그와 함께 작은 대를 세는 연습을 하고, 점괘에서 사용
되는 언어의 문법과 상징을 가르쳤으며, 육십사괘를 쓰고 외우
도록 연습시켰다. 또 오래된 주해서에서 구절들을 읽어 주고,
이따금 기분이 내킬 때면 장자에 대한 이야기도 해 주었다. 그
밖에도 제자는 정원을 손질하고 붓을 빨고 먹을 가는 법을 배
웠으며, 국이나 차를 끓이고 나무를 하고 날씨를 살피고 중국
달력을 읽는 법도 배웠다. 크네히트는 가끔 그들의 말수 적은
대화에 유리알 유희와 음악을 끌어들이려는 노력도 해 보았지
만 아무 소용이 없었다. 마치 귀먹은 사람에게 말을 건 것 같

거나 아니면 너그러운 미소와 함께 옆으로 치워지거나, 또는 "구름이 짙으면 비가 내리지 않는 법"이라든가 "귀인에겐 흠이 없다."는 등의 격언을 대답 대신 듣곤 했다. 그러나 크네히트가 몬테포르트로 조그만 클라비코드 한 대를 보내 달라고 하여 받은 뒤 매일 한 시간씩 연주를 하는 데 대해서는 별말이 없었다. 한번은 크네히트가 스승에게 『역경』의 체계를 유리알 유희로 만들어 보고 싶다고 말했다. 노형은 웃으면서 "어디 해 보게!" 하고 말했다. "그럼 알게 되겠지. 아담한 대나무 정원 하나를 세상으로 옮기는 일이야 물론 가능하다네. 그러나 세상을 자신의 죽림 속에 세우는 일이 정원사에게 과연 가능할지, 그건 좀 의심스러운걸." 이것으로 충분할 것 같다. 한 가지 덧붙이자면, 몇 년이 지나 크네히트가 발트첼에서 이미 상당히 존경받는 인물이 되었을 때 노형에게 발트첼에서 교직을 맡아 달라고 초빙한 적이 있었다. 그러나 노형은 아무런 응답이 없었다.

훗날 크네히트는 죽림에서 보낸 몇 달이 자신의 인생에서 특히 행복했던 시절이었을 뿐만 아니라 '각성의 시작'이었다고 종종 표명했다. 그때부터 그의 말에는 각성이라는 표현이 더 자주 나타나는데, 그것은 그가 옛날 소명이라는 표현을 썼을 때와 비슷하기는 하지만 완전히 같은 의미는 아니었다. 이 '각성'이란 그때그때의 자기 자신을 인식하는 것, 카스탈리엔의 질서와 인간적인 질서 전체 속에서 자기가 차지하는 위치를 인식하는 것을 의미한다고 추측되지만, 어쨌든 점차 자기 인식 쪽으로 초점이 옮겨 가고 있었던 것으로 보인다. 그것은 크네히트가 '각성의 시작'에서부터 차츰 자신의 특별하고도 유일한 위치와 사명을 자각하기 시작했다는 것을 의미했다. 반면에 전통적으로 내려오는 일반적인 성직, 특히 카스탈리엔적인 성직에 대한 개념과 범주는 그에게 점점 상대적인 것이 되어 갔다.

중국 연구는 죽림을 떠나고서도 끝나지 않고 계속 이어졌는데, 그중에서도 크네히트는 고대 중국 음악에 대해 알고자 노력했다. 고대 중국 문인들의 글에서 그는 음악이 모든 질서와 도덕과 미와 건강의 근원으로서 찬미되고 있다는 사실을 알게 되었다. 음악을 이처럼 폭넓게 도덕적으로 해석하는 것은 이미 음악 명인을 통해 크네히트에겐 오래전부터 친숙해 있던 것인데, 음악 명인이야말로 그러한 태도의 화신이라 할 수 있었던 것이다. 크네히트는 프리츠 테굴라리우스에게 보낸 편지로 우리가 알게 된 그의 연구의 기본 계획을 포기하지 않은 채 자신에게 본질적인 것을 찾을 수 있는 곳, 즉 '각성'의 길에서 더 나아간 것이라고 보이는 곳이면 어디가 되었든 대담하고 힘차게 부딪쳐 갔다. 그가 '노형' 곁에서 보낸 배움의 시기에서 얻은 실제적인 성과 중의 하나는 그때부터 그가 발트첼로 돌아가기를 꺼려하지 않게 되었다는 것이다. 그는 매년 그곳에서 열리는 고급 강의에 참석했으며, 어느새 자신도 모르는 사이에 비쿠스 루조룸에서 주목과 인정을 받는 인물이 되어 있었고, 유희 조직 전체에서 가장 내면적이고 가장 민감한 조직에 속하게 되었다. 인정받은 유희자들로 이루어진 익명의 모임인 그 조직은 사실 그때그때의 유희의 운명, 또는 적어도 그때그때의 경향이나 유행을 좌우할 수 있었다. 이 유희자 모임에는 유희관의 관리들도 없지 않았지만 세력을 부리는 일은 전혀 없었고, 주로 유희 문서실 뒤편에 있는 조용한 공간에 모여 유희의 비판적인 연구에 몰두했다. 그들은 새로운 분야를 유희에 받아들이거나 혹은 멀리하는 문제를 놓고 논쟁을 벌였고, 유리알 유희의 형식이나 외적인 조정 또는 스포츠적인 면 등 늘 변하는 취향에 대하여 찬반 토론을 벌이기도 했다. 여기에 속하는 사람들은 각자 유희의 달인이었고, 서로 상대방의 재능이나 징기를 아주 세세히 알고 있어서 마치 내각이나 귀족 클럽에서 장래의 군주나 책임자가 서로 만나 사귀는 것 같았다. 그들은 은근하고 세련된 어조로 말했고, 겉으로 드러내진 않지만 모두 야심에 차 있었으며, 지나칠 정도로 주도면밀하고 비판적이었다. 비쿠스 루조룸에서 자라 온 이 엘리트들은 많은 카스탈리엔 사람들뿐만 아니라 카스탈리엔 바깥의 사람들에게도 카스탈리엔 전통이 낳은 최후의 징화(精華)요 극도로 귀족적인 정신의 정수로 여겨지고 있었다. 그리고 많은 젊은이들이 언젠가는 이들 틈에 끼어 보겠다고 여러 해를 야심만만하게 꿈꾸곤 했다. 그러나 또 다른 사람들에게는 유리알 유희의 성직에서 좀 더 높은 자리를 노리는 이들 선발된 무리가 왠지 밉고 타락한 존재로 여겨졌다. 콧대는 높으면서 아무것도 하지 않는 무리요, 재기 있게 놀이로 시간을 보내지만 삶과 현실의 참뜻은 모르는 천재들이며, 우아하고도 야심에 찬 사람들의 주세넘으면서도 근본적으로는 기생적인 단체였고, 그들의 일이나 삶의 내용도 그저 유희일 뿐 결국 아무 결실도 맺지 못하는 정신의 자기만족에 지나지 않는 것으로 보였던 것이다.

크네히트는 이 두 견해 중 어느 것에도 신경을 쓰지 않았다. 자신이 학생들 사이에서 놀라운 인물로 경탄의 대상이 되든 출세하려고 안간힘을 쓰는 야심가로 조롱을 받든 아무 상관이 없었던 것이다. 그에게 중요한 것은 오로지 자신의 연구밖에 없었고, 그것이 이제는 모든 것을 유희의 영역으로 끌어들이고 있었다. 그 밖에 그에게 중요한 것이 있었다면, 그것은 아마도 유일하게, 유희라는 것이 정말 카스탈리엔에서 가장 고귀한 것이며 자신의 생을 거기에 바쳐도 좋을 가치가 있는 것인가 하는 문제 정도였다. 왜냐하면 유희 법칙과 가능성의 점점 더 깊은 비밀 속으로 뚫고 들어가도, 또 기록과 유희 상징의 복잡하게 얽힌 내면세계의 미로에 익숙해져도 그는 자신의 의혹을 온전히 잠재울 수 없었기 때문이다. 의혹과 믿음은 하나로 묶여 있는 것이며 들숨과 날숨처럼 서로를 조건 짓고 있다는 것을 그는 이미 마음속으로 체험하고 있었고, 유희라는 소우주의 모든 영역에서 발전해 가면서 자연히 유희의 온갖 문제에 대한 그의 안목이나 감각도 성숙했던 것이다. 죽림에서 보낸 목가적인 생활은 아마 잠시 그를 진정시켰거나 혹은 혼란스럽게 했는지도 몰랐다. 노형의 예는 그에게 이 모든 문제성으로부터의 탈출구가 있음을 보여 주었던 것이다. 예를 들어 사람들은 노형처럼 중국인이 되어 생나무 울타리 뒤에 들어박힌 채 적당히 아름다운 완벽한 삶을 꾸려 갈 수 있었다. 아마 피타고라스학파*의 사람이나 수도승, 스콜라 철학자가 될 수도 있었으리라. 그러나 그것은 어디까지나 도피였다. 그저 몇 안 되는 사람에게나 가능하고 또 허용되는 보편성의 포기였고, 완벽하지만 그러나 지나간 과거의 것을 위해 오늘과 내일을 포기하는 일이었다. 일

---

* 기원전 5세기부터 기원전 4세기까지, 피타고라스와 그의 철학을 계승하여 활동했던 학파. 영혼 불멸과 윤리를 믿었고 수(數)를 만물의 기원으로 보았다.

종의 세련된 도피였던 것이다. 그때쯤 크네히트는 그것이 자기가 갈 길은 아님을 느끼고 있었다. 그러면 어떤 것이 그의 길이었던가? 음악에 대한, 그리고 유리알 유희에 대한 재능 외에 그는 다른 힘이 자신의 내부에 있음을 알고 있었다. 그것은 일종의 내적 독립심, 고도의 자기의식으로, 그에게 봉사하는 것을 절대 금하거나 어렵게 하지는 않았으나 단지 최상의 주인에게만 봉사할 것을 요구하고 있었다. 그리고 그의 내면에 들어 있는 이 힘, 이 독립심, 이 자기의식은 그의 모습에 드러나는 하나의 특징에 그치는 것이 아니었다. 그것은 내면을 향해 힘을 발휘하고 있을 뿐 아니라 외부로도 작용했다. 요제프 크네히트는 이미 학생 시절에, 이를테면 플리니오 데시뇨리와 겨루고 있던 때, 친구들 중 많은 동년배의 학생들이, 특히 더 나이 어린 학생들이 그를 따르고 그의 우정을 얻으려 했을 뿐 아니라 그의 지도를 받고 조언을 구하고 영향을 받으려 했던 일을 자주 경험했다. 이런 경험은 그 후로도 자주 되풀이되었다. 이 체험에는 사실 상당히 기분 좋고 달콤한 면이 있었으니, 그것은 명예심을 만족시켰으며 자의식을 강화시켰다. 그러나 여기에는 또 다른 일면, 어둠침침하고 무서운 면도 있었다. 왜냐하면 조언과 지도와 모범을 구하는 이 친구들을 그들이 약하며 사기의식이나 품위가 모자란다는 이유로 업신여기려는 마음, 아니 이따금씩 나타나는 그들을 (최소한 생각으로라도) 마음대로 부릴 수 있는 노예로 삼고 싶은 은밀한 쾌감부터가 벌써 금지된 것이요 그 자체로 추한 어떤 것을 가지고 있기 때문이었다. 게다가 모든 빛나는 대표적인 자리가 얼마나 많은 책임과 긴장과 심적 부담이 따르는 것인지를 그는 플리니오와 함께했던 그 시절에 충분히 맛보았다. 그는 또 이따금 음악 명인이 지위라는 짐을 얼마나 무겁게 져 내고 있는지도 알고 있었다. 사람들에게 힘을 행사하고 다른 사람들보다 두드러져 빛을 발하는 일은 멋지고 마음 끌리는 구석이 있었다. 그러나 거기에는 마성(魔性)과 위험 또한 들어 있었다. 사실 세계 역사는 거의 예외 없이 훌륭하게 시작해서 좋지 않게 끝을 맺는 군주와 지도자, 권력자, 통솔자로 빽빽하게 메워져 있으니, 그들은 모두 겉으로는 좋은 일을 위해 권력을 잡았다고 하지만 나중에는 그것에 사로잡히고 마비되어 권력 자체를 목적으로 사랑하게 되었던 것이다. 태어날 때부터 주어진 힘을 성직에 봉사함으로써 성스럽고 이롭게 쓰는 것은 크네히트에게는 언제나 당연한 일이었다. 그러나 그의 능력이 최고로 발휘되어 봉사하고 결실을 맺을 수 있는 자리가 어디였을까? 다른 사람들, 특히 나이 어린 사람들의 마음을 끌고 많건 적건 영향력을 행사하는 능력은 장교나 정치가에겐 가치 있는 것이겠지만, 여기 카스탈리엔은 그럴 곳이 못 되었다. 여기서 그런 능력이라면 선생이나 교육자에게 도움이 될 만하지만, 크네히트는 그런 활동에 거의 흥미를 느끼지 못했다. 마음대로 할 수만 있다면 그는 무엇보다도 독립된 학자로서의 삶, 또는 유리알 유희자로서의 삶을 택했으리라. 그러자 오래도록 마음에 걸리던 그 물음에 직면하게 되는 것이었다. 이 유희가 정말 가장 고귀한 것, 정신계의 여왕이 맞는가? 무어라 해도 역시 그저 유희에 지나지 않는 것은 아닐까, 이것이 정말 완전한 헌신으로 평생을 봉사할 만한 가치가 있는 것일까 하는 문제였다. 이 유명한 유희는 여러 세대 전 어느 때인가 일종의 예술의 대용으로 시작되어 적지 않은 사람들에게, 적어도 개념상으로는 차츰 일종의 종교가 되어 있었다. 고도로 숙련된 지성인들에게는 정신의 집중과 고양 및 예배 수단이 되었던 것이다. 우리는 여기서 크네히트의 내부에서 일어나고 있는 것이 저 해묵은 미학과 윤리학의 싸움임을 본다. 한 번도 완전히 표현된 적 없지만 결코 한 번도 완전히 잠잠해진 적도 없었던 이 물음은, 발트첼에서 썼던 그의 학생 시절의 시들 여기저기에서 그리도 암울하고 위협적으로 드러났던 바로 그 물음이었고, 그것은 유리알 유희만이 아니라 카스탈리엔 전체를 향한 것이었다.

이런 문제가 몹시 부담이 되고, 데시뇨리와 대결하는 꿈을 종종 꾸곤 하던 바로 그 무렵, 그가 발트첼 유희자 마을의 널찍한 광장을 지나가는데 뒤에서 그의 이름을 큰 소리로 부르는 목소리가 들려왔다. 누구인지 바로 알아채지는 못했지만 알 듯한 목소리였다. 돌아보니 그를 향해 질풍처럼 달려오는 사람은 얼굴에 수염을 기른 키가 훌쩍 큰 청년이었다. 플리니오였다. 옛 추억과 정다운 마음이 솟아올라 그들은 반갑게 인사를 나누었다. 그리고 저녁에 만나기로 약속했다. 벌써 오래전에 대학을 졸업하고 관리가 된 플리니오는 이미 몇 년 전에도 한 번 그랬듯이 짧은 휴가 기간 동안 유리알 유희 코스 하나를 듣기 위해 청강생으로 와 있었다. 그러나 저녁에 자리를 같이했을 때 두 친구는 곧 당황하게 되었다. 플리니오는 청강생이었고, 외부에서 온 그저 관대하게 봐 주어야 하는 아마추어에 지나지 않았다. 대단한 열성으로 따라간다고 해도 그 코스는 외부인과 아마추어를 위한 것이었고, 두 사람 사이의 간격이 너무 컸다. 플리니오는 유리알 유희에 대한 친구의 관심을 배려해 친절히 상대해 주고 있음을 숨길 수 없는, 그리고 자신이 이곳에선 동료가 아니라 남들은 속속들이 알고 있는 학문을 그저 가장자리에서 맴돌며 만족을 찾고 있는 아이라는 것을 느낄 수밖에 없게 하는 한 딜통한 전문가와 마주하고 있었던 것이다. 크네히트는 화제를 유희에서 다른 쪽으로 돌려 보려 했다. 그래서 플리니오에게 그의 직책과 일, 바깥세상에서의 생활에 대해 이야기해 달라고 청했다. 그러자 이번에는 요제프가 엉뚱한 질문을 던지고 상대방에게 배려 깃든 가르침을 받는 뒤처진 자요 어린아이가 되었다. 플리니오는 법률가였고, 정치적인 세력을 얻기 위해 애쓰고 있었으며, 어느 정당 지도자의 딸과 약혼할 생각을 하고 있었다. 그는 요제프가 그저 반 정도밖에는 이해할 수 없는 말들을 했다. 자주 등장하는 많은 어휘들이 그저 공허하게 울릴 뿐 적어도 그에겐 아무 내용이 없는 것처럼 들렸다. 그래도 플리니오가 바깥 자기 세계에서는 꽤 인정을 받고 있고, 그 내막에 환하며, 야심만만한 목표를 가지고 있다는 것은 알 수 있었다. 하지만 십 년 전 한때 두 젊은이가 호기심과 어느 정도의 호감을 가지고 만나 교감했던 두 세계는 이제 도저히 합치될 수 없을 만큼 낯설게 벌어져 있었다. 이 세속인인 정치가가 카스탈리엔에 모종의 애착을 지켜 왔고, 벌써 두 번이나 휴가를 유리알 유희에 바쳤다는 것은 알아 줄 만했다. 그러나 결국 그것은, 어느 날 자기가 플리니오가 근무하는 곳에 나타나 호기심에 찬 손님 입장으로 법정을 방청하거나, 공장이나 복지시설을 둘러보는 것과 별반 다르지 않을 것이라는 생각이 들었다. 두 사람 모두 실망했다. 크네히트는 옛 친구가 거칠어지고 피상적이 되었다고 느꼈고, 반면에 데시뇨리는 옛날의 자기 친구가 배타적인 정신성과 비교(秘敎) 속에서 아주 교만해졌다고 생각했으며, 자기도취에 빠지고 제가 하는 놀이에만 정신이 팔린 '정신뿐인 인간'이 되어 버린 것처럼 보였다. 그래도 두 사람은 노력했다. 데시뇨리는 공부와 시험, 영국과 남부로 여행했던 일, 정치 집회와 국회 등 여러 가지 이야기를 했다. 그러다가 한번은 위협 내지는 경고처럼 들리는 발언을 했는데, 이렇게 말하는 것이었다. "곧 알게 되겠지만, 얼마 안 가서 곧 불안한 시기가 닥쳐올 거야. 아마 전쟁이 일어날지도 모르고. 전체 카스탈리엔의 존속 문제가 언제고 다시 심각하게 거론되는 것도 불가능한 일이 아니야." 요제프는 이 말을 그리 심각하게 받아들이지는 않고 다만 이렇게 물었다. "그럼 자네는, 플리니오? 자넨 카스탈리엔 편에 설 건가, 아니면 반대편에 설 건가?"

"아하." 플리니오는 짐짓 웃으면서 말했다. "아무도 내 의견 따위는 묻지 않을 거야. 그렇더라도 물론 나는 카스탈리엔이 아무 지장 없이 존속하기를 바라. 그렇지 않다면 여기 있지도 않겠지. 하지만 물질적인 면에서 자네들의 요구가 아무리 검소한 것이라 해도, 어쨌든 카스탈리엔은 해마다 국가에 상당한 액수를 치르게 하고 있거든."

"그래." 요제프가 웃었다. "그 액수라는 게 내가 들은 바로는 전쟁이 많았던 시기에 국가에서 해마다 무기와 군수품에 들인 액수의 십 분의 일 정도라더군."

두 사람은 그 후에도 몇 번 더 만났다. 그리고 플리니오의 코스가 끝나 갈수록 서로에게 더욱 다정하게 잘해 주려고 애썼다. 그러나 이삼 주일이 지나 플리니오가 떠나자 두 사람 다 마음이 홀가분해짐을 느꼈다.

　그 당시의 유리알 유희 명인은 토마스 폰 데어 트라베였다. 여행을 많이 하고 세상 물정에 밝은 유명한 인물이었는데 자신에게 다가오는 모든 사람에게 협조적이고 친절하게 대했지만, 유희에 관해서라면 더할 나위 없이 치밀하고 금욕적으로 엄격했으며 엄청나게 일을 많이 하는 사람이었다. 대유희의 지휘자로서 예복을 입고 나타나거나 외국의 사절을 맞이하는 대표 지위에 있는 모습만을 아는 사람들은 짐작도 못할 면을 가지고 있는 것이었다. 그는 냉정하고, 싸늘하기까지 한 이성적 인물로 예술적인 문제에는 그저 의례적인 태도를 취할 뿐이라고 뒷말을 하는 사람들도 있었다. 유리알 유희에 열광하는 젊은 아마추어 애호가들 사이에서는 이따금 그에 대해 거의 비난에 가까운 평판이 돌기도 했지만 그것은 틀린 판단이었다. 그가 열정적이지 않고, 공식적인 대유희에서 거창하고 이목을 집중시키는 주제에 손 대기를 가급적 피했다 하더라도 뛰어난 구성으로 형식에 있어서는 아무도 따를 자가 없는 그의 유희들은 전문가의 눈에는 유희 세계의 심오한 문제들에 정통해 있음을 보여 주고 있었기 때문이다.

　어느 날 유희 명인이 요제프 크네히트를 자기 집으로 불렀다. 그러고는 평상복 차림으로 그를 맞이해, 앞으로 얼마 동안 매일 그 시간에 하루 삼십 분씩 자신을 찾아올 수 있는 형편인지 크네히트에게 물었다. 크네히트는 그때까지 한 번도 혼자서 그를 찾아간 일이 없었으므로 놀라워하며 그 지시를 받아들였다. 명인은 그날의 일거리로 크네히트에게 두툼한 서류를 내놓았는데, 그것은 어느 오르간 연주자가 명인에게 제출한, 수없이 많은 제안서들 가운데 하나였다. 제안서를 검토하는 일은 최고 유희 관청이 맡고 있었다. 대개가 새로운 소재를 기록소에서 받아들여 달라는 신청이었다. 이를테면 어떤 사람은 마드리갈*의 역사를 아주 꼼꼼하게 연구해 그 양식의 발전에서 하나의 곡선을 발견하고 그것을 음악적, 수학적 기호로 그려 냈는데 그것이 유희 언어의 용어집에 받아들여졌다. 또 어떤 사람은 율리우스 카이사르가 썼던 라틴어의 운율을 연구하던 중 그것이 비잔틴 교회 성가의 이미 잘 알려져 있는 음정의 연구 결과와 놀라울 정도로 일치한다는 것을 알아내기도 했다. 또 어떤 열광적인 사람은 15세기 기보법(記譜法)에 대한 새로운 비법을 다시 고안해 냈는가 하면, 심지어 괴테와 스피노자**의 탄생 별자리를 비교하여 기가 막힌 결론을 끌어내고는 아주 아름답고 그럴싸해 보이는 채색의 기하학적 도형들을 첨부한, 옆길로 샌 듯한 실험가들의 열화 같은 편지들도 있었다. 크네히트는 그날 유희 명인이 내준 것을 열심히 살펴보았다. 비록 써 보낸 일은 없었지만 자신도 이미 여러 번 이런 종류의 제안을 머릿속에 그려 본 적이 있었다. 활동적인 유리알 유희자라면 누구나 유희 영역을 전 세계를 포괄할 정도로 끊임없이 확대해 가는 것을 꿈꾸는 것이다. 사실 이런 유희자는 마음속으로나 개인적으로 유희를 연습하며 늘 이런 확대를 해 나가고 있으며, 그럴 가치가 있다고 생각되는 것에 대해서는 그것이 자기의 개인적인 확대를 넘어서 공적인 확대가 되었으

---

* 다성(多聲)으로 된 성악곡.
** 네덜란드의 철학자. 데카르트의 합리주의에 입각하여 물심 평행론과 범신론을 제창했다.

면 하는 소원을 품게 된다. 높은 경지에 이른 유희자의 개인적인 유희가 가지는 본연의 궁극적인 묘미는 유희 법칙의 표현하고 명명하고 형상화하는 힘을 자유자재로 능숙하게 구사하여 임의의 유희 속에 객관적이고 역사적인 가치를 불어넣으면서도 동시에 완전히 개인적이고 일회적인 심상들을 수용하는 데 있다. 이에 대해 한 유명한 식물학자가 재미있는 말을 한 적이 있다. "유리알 유희에서는 모든 것이 가능하다. 가령 일개 식물이 린네* 선생과 라틴어로 이야기 나누는 일도 가능하다."

그리하여 크네히트는 명인을 도와 앞에 놓여 있는 도식들을 분석했다. 삼십 분은 금방 지나갔다. 다음 날에도 그는 정확한 시간에 나타났으며, 그렇게 이 주일 동안 매일 삼십 분씩 유희 명인과 단둘이서 작업했다. 그런데 며칠이 지나기도 전에 벌써 크네히트에게는 명인이 그에게 얼핏 훑어보아도 쓸모없다는 것을 알 수 있는 아주 무가치한 제안서까지도 끝까지 세심하고 비판적으로 살펴보도록 시키는 것이 눈에 보였다. 명인이 그런 일로 시간을 보낸다는 것이 이상했다. 그러다가 그는 차츰 여기서는 명인을 도와 그의 일거리를 좀 덜어 주는 것이 중요한 게 아니라, 비록 필요하다고는 해도 이 일은 젊은 달인인 자신을 가장 점잖은 방식으로 지극히 세심하게 시험해 보는 기회가 틀림없다고 깨닫기 시작했다. 그에게 지난날 소년 시절 음악 명인이 나타났을 때와 비슷한 일이 일어났다. 그는 그것을 요즈음 갑자기 달라진 친구들의 태도에서도 눈치챘다. 그에 대한 그들의 태도는 조심스러워지고 소원해졌으며, 때로 비꼬는

---

* 스웨덴의 박물학자이자 식물학자. 현대 생물 분류학의 기초를 확립했다.

듯하면서도 공손한 모습이었다. 그는 무슨 일인가가 준비되고 있다는 것을 감지했다. 다만 그때만큼 그렇게 행복한 마음이 일지는 않았다.

　마지막 일이 끝났을 때 유희 명인은 약간 높으면서도 억양이 정확한 예의 바른 목소리로 격의 없이 말했다. "좋아, 내일부터는 오지 않아도 되네. 우리 일은 당장은 이것으로 되었네. 그러나 곧 다시 자네의 수고를 빌리게 될 거야. 함께 일해 줘서 고마웠네. 큰 도움이 되었어. 그런데 이제 자네도 수도회에 입회 신청을 해야 할 것 같은데. 큰 어려움은 없을 거야. 내가 이미 본청에는 이야기해 두었으니까. 이의는 없겠지?" 그런 다음 일어서면서 덧붙였다. "한마디만 더 할까. 대개의 훌륭한 유리알 유희자가 젊은 시절 그렇듯, 자네도 이따금 우리의 유희를 철학을 하기 위한 일종의 도구로 삼으려는 경향이 있는 것 같아. 내가 말한다고 해서 나아지진 않겠지만 그래도 말해 두지. 철학은 오로지 거기에 맞는 적합한 수단, 즉 철학을 가지고 해야 하는 것일세. 우리의 유희는 철학도 아니고 종교도 아니야. 하나의 독특한 훈련으로, 성격상 예술에 가장 가깝지. 특수한 예술이네. 이 점을 유의하면, 백 번 실패한 다음에 깨닫는 것보다 잘해 나갈 수 있을 거야. 이미 잊혀 가고 있지만 대단한 두뇌의 소유자였던 철학자 칸트는 신학적으로 철학하는 것을 '환영(幻影)의 환등'이라고 불렀지. 유리알 유희가 그렇게 되도록 해서는 안 되네."

　요제프는 깜짝 놀랐다. 그는 흥분을 억누르느라 이 마지막 부분의 경고를 거의 놓칠 뻔했다. 번개처럼 스치고 지나가는 것이 있었다. 그 말은 자신의 자유에 종말이 왔다는 것, 연구 시절이 끝났다는 것, 수도회에 들어간다는 것, 그리고 머지 않아 성직의 대열에 오르게 된다는 것을 의미했다. 크네히트는 머리를 깊이 숙여 감사를 표하고, 바로 발트첼의 수도회 사무국으로 가 보았다. 그리고 거기서 새로 입회 히기기 나온 사람들의 명단에 이미 자기 이름이 올라 있는 것을 알았다. 같은 단계의 다른 연구생들과 마찬가지로 수도회의 규칙에 대해 이미 상세히 알고 있었던 그는 고급 서열에 공직을 맡고 있는 수도회 회원이면 누구나 입회식을 집행할 자격이 있다는 규정을 떠올렸다. 그래서 그 의식을 음악 명인에게 받고 싶다는 희망을 말하고, 증명서와 짧은 휴가를 얻어 이튿날 자신의 보호자 겸 친구가 있는 몬테포르트를 향하여 길을 떠났다. 존경스러운 옛 스승은 몸이 좀 불편했지만 기뻐하며 그를 맞았다.

"때맞춰 잘 왔네. 머지않아 나는 자네를 젊은 형제로서 수도회에 가입시킬 수 있는 자격을 잃게 되거든. 자리에서 물러날 생각이야. 이미 승인이 났어." 노인이 말했다.

의식 자체는 간단했다. 다음 날 음악 명인은 규정에 정해진 대로 수도회 회원 둘을 증인으로 초대했다. 이에 앞서 크네히트는 수도회 규칙 중 한 조항을 명상 연습 과제로 받았다. 그 조항은 이랬다. "상급 관청으로부터 보직을 받으면 다음과 같은 것을 명심하라. 직책이 높아진다는 것은 언제나 자유로 한 걸음 다가서는 것이 아니라 속박으로 한 걸음 다가서는 것이다. 직책이 높을수록 속박은 점점 더 심해진다. 직권이 커질수록 직무는 점점 더 엄격해진다. 개성이 강할수록 자유 의지는 더욱 엄하게 금지된다." 드디어 사람들이 명인의 음악실로 모였다. 지난날 크네히트가 명상법의 첫 입문을 체험했던 방이었다. 명인은 신입자에게 그 순간을 축하하기 위해 바흐의 합창 서곡을 연주하게 했다. 이어서 증인 중의 한 사람이 요약된 수도회의 규칙을 낭독했고, 음악 명인이 직접 의식에 필요한 질문을 하고 젊은 친구로부터 서약을 받았다. 그는 의식이 끝나고도 한 시간가량 크네히트를 위해 할애했다. 그들은 정원에 가서 앉았고, 명인은 크네히트에게 어떠한 정신으로 수도회의 규칙을 지키고 그에 따라 생활해야 하는지 친절하게 가르쳐 주었다. "잘된 일이야." 대가가 말했다. "마침 내가 물러나는 순간에 자네가 그 빈자리를 메워 주는군. 장차 나를 대신해서 일을 맡아 나갈 아들을 가진 기분인걸." 그러고는 요제프의 표정이 슬퍼지는 것을 보더니 말을 이었다. "자, 슬퍼하지말게, 나도 그러지 않을 테니. 정말 피곤했는데 여가를 얻게 되어서 기쁘네. 여가를 마음껏 누릴 생각이야. 자네도 종종 함께 즐기게 되었으면 좋겠네. 다음에 만날 땐 나를 허물없이 두*로 부르게. 내가 관직에 있는 동안에는 이런 제안을 할 수가 없었지." 그는 요제프가 이미 이십 년 동안 알고 있던, 예의 그 마음을 사로잡는 미소를 지어 보이며 헤어졌다.

크네히트는 서둘러 발트첼로 돌아왔다. 휴가가 사흘밖에 안 되었던 것이다. 돌아오자마자 유희 명인이 그를 불렀다. 명인은 마치 동료를 맞이하듯 명랑한 태도로 그가 수도회에 들어온 것을 축하해 주었다. 명인이 말했다. "우리가 완전히 동료가 되어 함께 일하려면, 자네가 우리 조직의 일정한 자리에 앉아야겠어." 요제프는 좀 놀랐다. 그러니까 이제 자유를 잃어야 하

---

* 'du'는 가까운 사이에 서로 부르는 호칭.

는 것이다. 요제프는 수줍은 듯이 말했다. "그렇다면 어디 눈에 띄지 않는 자리가 좋을 것 같습니다. 솔직히 말씀드려 아직 얼마 동안은 자유롭게 연구할 수 있기를 바라고 있습니다." 명인은 영리하고도 가볍게 비웃는 듯한 미소를 띠고 크네히트의 눈을 뚫어지게 바라보았다. "얼마 동안이라니, 그게 얼마나 오래인가?" 크네히트는 당황한 나머지 웃었다. "잘 모르겠습니다." "그럴 줄 알았네." 명인이 맞장구를 쳤다. "아직도 연구생처럼 말하고 연구생처럼 생각하는군, 요제프 크네히트. 지금은 그것이 자연스럽지만, 곧 더 이상 자연스럽지 않게 될 거야. 우리에겐 자네가 필요하니까. 자네도 알다시피 훗날, 아니 우리 관청에서 최고의 자리에 올랐을 때라 해도, 관청에 가치를 납득시킬 수만 있다면 연구 목적으로 휴가를 얻을 수가 있네. 내 전임자이자 스승이었던 분은 유희 명인으로서 노인이 된 후에도 런던 기록실에서 연구하기 위해 만 일 년 동안 휴가를 얻으셨다네. 그러나 그분은 '얼마 동안' 하는 식이 아니라 몇 달, 몇 주, 며칠 식으로 기간을 정해서 휴가를 받으셨어. 자네도 앞으로 그런 식으로 하지 않으면 안 돼. 그런데 자네에게 한 가지 제안을 해야겠네. 가까운 몇 사람 말고는 아직 아무도 모르는 일인데, 특별한 임무를 맡아 줄 책임 있는 인물이 필요해."

그 임무란 다음과 같은 것이었다. 이 나라에서 가장 오래된 교육 기관 중의 하나인 베네딕투스 수도회 소속의 마리아펠스 수도원은 카스탈리엔과 친밀한 관계를 유지해 왔고, 특히 수십 년 전부터 유리알 유희에 호감을 보여 왔다. 그런데 이 마리아펠스에서 얼마 동안 유희 입문과 수도원에 있는 몇몇 상급 유희자들을 고무시키는 일을 맡아 줄 젊은 교사 한 사람을 파견해 줄 것을 요청해 왔다. 그래서 명인은 요제프 크네히트를 선택한 것이었다. 그 때문에 명인이 크네히트를 그토록 주의 깊게 시험했던 것이고, 그런 이유에서 그의 수도회 입회를 서둘렀던 것이다.

4
두 수도회

여러 면에서 그의 주변은 지난날 음악 명인이 방문하고 난 다음의 라틴어 학교 시절과 비슷해졌다. 마리아펠스로 가게 된 것이 특별히 명예로운 일이며 성직 제도의 계단 위로 내딛는 힘찬 첫걸음을 뜻한다는 것을 요제프는 아마 상상도 못했으리라. 지금은 그래도 그때보다는 안목이 있어서 이런 것을 동기생들의 태도와 행동에서 분명히 읽을 수 있었다. 그가 얼마 전부터 유리알 유희의 엘리트들 중에서도 핵심권에 속해 왔던 건 사실이지만, 지금은 그 예사롭지 않은 위임을 받음으로써 상부에서 주목하고 있는, 그리고 그럴 만한 자격이 있는 인물로 모든 사람 앞에 두드러지게 되었던 것이다. 어제까지의 친구와 경쟁자가 당장 거리를 두고 물러선다거나 불친절하게 대하지는 않았다. 그러기엔 이 지극히 귀족적인 그룹 안에서는 너무도 깍듯하게 예절이 지켜지고 있었다. 그러나 거리는 생겼다. 여기서는 어제의 동료가 내일의 상관이 될 수 있었고, 이러한 상호 관계의 위계와 구별을 이곳 사람들은 지극히 섬세한 진동으로 그리고 표현해 냈다.

하나 예외가 있다면 요제프 크네히트의 생애에서 페로몬테 다음으로 가장 충실한 친구였다고 할 수 있는 프리츠 테굴라리우스였다. 재능으로 보아서는 최고의 자리에도 오를 만했으나 건강과 균형과 자신감의 결여가 큰 장애가 되었던 이 남자는 크네히트와 또래이지만 수도회에 입회한 것은 서른네 살이 되어서였다. 십 년쯤 전 어느 유리알 유희 강습에서 그를 처음 만났을 때, 그때 벌써 크네히트는 이 조용하면서도 좀 우울해 보이는 청년이 얼마나 자기에게 끌리고 있는지를 감지했다. 무의식적이긴 했지만 그 무렵 크네히트는 이미 사람을 보는 눈을 갖게 되어서 이러한 사랑이 본질적으로 어떤 종류의 것인지도 느끼고 있었다. 그것은 무조건 헌신하고 복종할 각오가 되어 있는 우정과 존경이었으며, 거의 신앙에 가까운 열정으로 타오르지만 내적인 고귀함과 동시에 자기 내면의 비극에 대한 예감 때문에 가려지고 억제되고 있었다. 그 무렵 크네히트는 데시뇨리와 대결하던 시기 이후로 마음이 어수선하고 민감해진 데다 의심이 깊어져 있었기 때문에 이 흥미롭고 예사롭지 않은 친구에게 마음이 끌렸지만 아주 엄격한 거리를 두고 대했다. 크네히트가 훗날 최고 관청에 참고가 되도록 작성한 직무상의 비밀 기록 가운데 한 페이지를 보면 테굴라리우스의 성격을 이해하는 데 도움이 될 것이다. 거기엔 이렇게 쓰여 있다.

"테굴라리우스. 보고자와 개인적으로 친분이 있음. 코이퍼하임에서 여러 번 뛰어난 성적을 보였던 학생으로, 훌륭한 고전어 학자이고, 철학에 깊은 관심을 가지고 있으며, 라이프니츠와 볼차노*, 그리고 후에는 플라톤을 연구했다. 본인이 아는 가장 뛰어난 재능을 지닌 눈부신 유리알 유희자이다. 건강한 몸과 알맞은 성격만 지녔더라면 천부적인 유희 명인이 되었을 것이다. 테굴라리우스는 결코 지도자나 내표자, 통솔자의 지리에 앉아서는 안 된다. 그것은 그에게나 직책을 위해서나 불행한 일이 될 것이다. 그의 결함은 육체적으로는 우울증이나 불면증 또는 신경통이 있을 때 나타나며, 정신적으로는 가끔 우울증이 도지거나 고독을 그리워할 때, 의무와 책임에 대해 불안을 느끼거나 혹 자살을 생각할 때 드러난다. 그는 심각한 위기 상태에서도 명상과 대단한 자제력으로 용감하고 굽히지 않는 태도를 취하기 때문에, 주위 사람들은 대개 그의 고통과 쓰라림을 모르며 그저 그가 매우 수줍고 어울리지 못하는 성격이라는 정도로 알고 있을 뿐이다. 안타깝게도 높은 직책을 이끌어 가기엔 적격이 아니지만, 테굴라리우스는 유희자 마을의 보석이요 무엇으로도 대신할 수 없는 보물이다. 그는 위대한 음악가가 자신의 악기를 다루듯 익숙하게 유희 기술을 구사할 뿐 아니라 제아무리 섬세한 뉘앙스라도 눈을 감고도 찾아내며, 교사로서도 아주 비중 있는 존재이다. 상급, 최상급의 복습 강좌에 이 사람이 없다면 — 하급반을 맡기기엔 그는 너무 아깝다. — 어떻게 해 나갈지 난감할 지경이다. 그가 젊은 사람들의 유희를 분석하면서 보여 준, 결코 기죽이지 않으면서도 그들이 쓰는 잔재주를 귀신같이 알아차려 모방이나 장식

---

* 체코의 철학자이자 성직자. 독일 관념론에 반대하여 객관주의적이며 비역사적인 논리학의 구상을 전개하였다.

에 지나지 않는 것을 모조리 가려내고 폭로하며, 또 기초는 잘 잡혀 있으나 아직 불안정하고 구성이 위태로운 유희에서 결함의 원인을 찾아내 해부학의 표본처럼 빈틈없이 제시하는 능력은 참으로 비할 데가 없다. 분석하고 수정할 때 보여 주는 이 명확하고 날카로운 통찰이야말로 그에게는 학생들과 동료들의 존경을 무엇보다 확실하게 보장해 주는 요인인 것이다. 그렇지 않았더라면 그 존경도 불안정하고 변덕스러우며 수줍은 듯 움츠리는 그의 태도 때문에 의문시되었을 것이다. 유리알 유희자로서 테굴라리우스의 천재적인 소질은 실로 비길 데 없는 것이지만, 지금까지 말한 것을 하나의 실례를 들어 설명해 보겠다. 서로 친구가 되었을 무렵 우리 두 사람은 이미 강의에서는 기술적으로 더 배울 것이 없었다. 특별히 서로 마음이 잘 맞았던 어느 날 그는 자신이 구상한 유희 몇 가지를 보여 주었다. 나는 첫눈에 그 유희들이 탁월하게 고안되었고 양식에 있어서도 참신하고 독창적이라는 것을 알아보았다. 그래서 연구를 위해 기록해 놓은 도식을 보여 달라고 청했고, 진정한 문학 작품에 버금가는 그 유희들의 구성에서 참으로 경탄할 만하고 독특한 면을 보았기에 여기서 그 점에 대해 이야기해야만 할 것 같다. 그 유희들은 거의 완전히 독백 구조로 된 짤막한 희곡이었는데, 작자의 개인적이고 천재적인 동시에 또 그만큼 위태롭기도 한 정신생활을 한 폭의 완벽한 자화상처럼 반영하고 있었다. 유희의 토대가 된 다양한 주제와 주제의 그룹들은 아주 기지에 넘치는 연속과 대비를 보여 주고 있으면서도 그 사이에서 변증법적 조화와 대립을 불러일으키고 있었고, 게다가 대립적인 성부(聲部)끼리의 종합과 조화도 보통 해 오던 대로 고전적인 방식으로 마무리되어 가는 것이 아니라 오히려 이 조화가 수많은 우여곡절을 겪는 가운데 지치고 절망하기라도 한 듯 매번 대단원에 이르러서는 의문과 의혹 속으로 사라져 가는 것이었다. 그리하여 그 유희들은 본인이 아는 한 그때까지 아무도 감행한 적이 없는 자극적인 색조를 띠고 있었을 뿐만 아니라 유희 전체가 비극적인 회의와 체념을 표현해 내고 있었다. 요컨대 모든 정신적 노력이 의심스러운 것임을 비유적으로 확증하고 있었던 것이다. 그런데도 이 유희가 그 정신적 성격이나 유희 기술의 표현력과 완성도에서 비상하게 아름다웠기 때문에 보는 사람은 눈물을 걷잡을 수 없을 지경이었다. 하나하나의 유희가 진정으로 간절하게 해결을 찾아 애를 쓰다가도 마지막에 가서는 너무도 고귀한 단념으로 해결을 포기했기 때문에, 마치 모든 아름다움 속에 깃든 무상함과 모든 고귀한 정신적 목표에 궁극적으로 내재하는 의혹을 노래하는 완벽한 비가(悲歌)처럼 들렸다. 테굴라리우스가 나보다 혹은 나의 임기보다 오래 살게 될 경우, 가장 섬세하고 값지면서도 동시에 위태로운 보물인 그에게 다음과 같이 해 주도록 권하는 바이다. 그에게는 마음껏 누릴 자유가 주어져야 하며, 중요한 모든 유희 문제에 있어서는 그의 조언을 들어야 할 것이다. 그러나 절대로 테굴라리우스 혼자서 학생 지도를 맡도록 해서는 안 된다."

이 주목할 만한 인물은 세월이 흐르면서 실제로 크네히트의 벗이 되었다. 크네히트의 정신 말고도 지배자적 기질 같은 것에 경탄하던 그는 눈물겨운 헌신으로 벗을 대했다. 우리가 크네히트에 대해 알게 된 사실 중 상당 부분은 그에 의해 전해진 것이다. 그는 아마 젊은 유리알 유희자들로 구성된 핵심 그룹 내에서 임무 때문에 크네히트를 질투하지 않은 유일한 사람일 것이다. 그리고 크네히트가 얼마나 오랜 기간이 될지 기약 없이 떠나 버린 것에 견딜 수 없는 깊은 고통과 상실을 느낀 유일한 사람일 것이다.

요제프는 사랑하는 자유를 갑자기 잃게 된 데 대한 얼마간의 놀람이 극복되자 곧 새로운 상태에 기쁨을 느꼈고, 여행에 대한 즐거움, 활동에 대한 흥미와 함께 자신이 파견될 낯선 세계에 대한 호기심이 생겼다. 하지만 사람들은 이 젊은 수사를 곧장 마리아펠스로 보내지는 않았다. 크네히트는 우선 삼 주 동안 '경찰'에 들어가 있어야 했다. 교육청의 기구 중에서 정치부나 외무부라고 불릴 만한 작은 부서를 연구생들은 그렇게 불렀는데, 사실 이처럼 작은 부서에는 그런 거창한 이름이 좀 지나친 감이 있었다. 거기서 크네히트는 수사들이 바깥세상에 머무는 동안 지켜야 할 지침을 배웠다. 그 부서의 장인 뒤부아 씨가 직접 크네히트를 위해 거의 매일 한 시간씩 시간을 내었다. 이 양심적인 사람에게는 아직 시련을 겪어 보지 못한 세상 물정 모르는 자를 그런 외직에 내보내는 것이 염려스러웠던 것이다. 그는 자신이 유희 명인의 결정에 찬성하지 않는다는 것을 숨기지 않았고, 젊은 수사에게 세상의 위험이라든가 그런 위험에 대처하는 방법을 자상하게 설명하기 위해 두 배는 더 애썼다. 아버지처럼 걱정해 주는 부장의 성실한 태도와 자진해서 배우려는 젊은이의 마음가짐이 매우 잘 어울렸으므로, 세상과 관계를 맺을 때 지켜야 할 규칙에 대해 가르침을 받는 이 시간에 크네히트는 선생의 마음에 들게 되었고, 나중에는 선생도 안심하고 그를 완전히 믿으면서 임무를 다하도록 떠나보낼 수 있었다. 뿐만 아니라 이제는 정책을 위해서라기보다는 호의에서 크네히트에게 자신이 주는 일종의 임무까지 함께 맡기려 했다. 뒤부아 씨는 카스탈리엔 안의 소수 '정치가' 중의 한 사람이었고, 법률적 또는 경제적으로 카스탈리엔의 존속 문제와 외부 세계에 대한 관계 및 의존을 생각하고 연구하는 몇 명 안 되는 관리 가운데 한 사람이었다. 카스탈리엔 사람들은 관리라 할지라도 대부분 학자나 연구생 못지않게 자신들의 교육주와 수도회를 확고하고 영원하며 자명한 세계로 여기면서 살고 있었다. 물론 이 세계가 늘 거기 있어 온 것이 아니라 언젠가 생겨났다는 것, 그것도 심각한 고통을 당하고 있던 시절에 서서히 만들어진 것이며 혹독한 투쟁을 거치며 생겨난 것임을 그들은 잘 알고 있었다. 그것이 전쟁이 빈번했던 시대가 끝날 무렵 정신적인 인간들의 금욕적이고도 영웅적인 성찰과 노력에 의해 이룩된 것이며, 동시에 지칠 대로 지치고 피 흘린 의지할 데 없는 사람들이 질서와 규범, 이성과 법칙과 척도를 절실히 바라던 가운데 성립된 것이라는 것도 잘 알고 있었다. 또 세상의 모든 수도회와 교육을 담당하고 있는 주(州)들이 맡고 있는 기능을, 다시 말해 지배와 경쟁을 단념하고, 대신 모든 척도와 법칙의 정신적 토대가 영원히 지속되도록 지켜야 한다는 것도 알고 있었다. 그러나 이러한 사물의 질서는 결코 저절로 생기는 것이 아니라 속세와 정신 사이의 조화를 전제로 한다는 것, 그리고 그 조화는 언제라도 깨질 수 있다는 것, 간단히 말해 세계사란 바람직한 것이나 합리적인 것 또는 아름다운 것을 얻고자 하고 비호하는 것이 아니라, 기껏해야 이런 것들을 그때그때 예외적으로 관대하게 눈감아 주는 데 불과하다는 사실을 그들은 모르고 있었다. 카스탈리엔의 존속이 안고 있는 은밀한 문제점들을 대부분의 카스탈리엔 사람들은 알아채지 못하고 있었고, 그런 것은 정치적 두뇌를 가진 몇몇 사람에게 위임되고 있었는데, 뒤부아 부장은 이런 사람들 가운데 하나였다. 크네히트를 믿게 되자 뒤부아는 그에게 카스탈리엔의 정치적 입지를 대충 설명해 주었다. 수도회의 다른 수사들처럼 그도 처음에는 이런 이야기가 불쾌하고 관심 없었지만, 얼마 전 데시뇨리가 카스탈리엔이 위기에 처할 수도 있다고 한 말이 떠올랐고 그러면서 이미 모두 극복되고 잊어버린 줄로만 알았던, 데시뇨리와 벌였던 논쟁의 쓰디쓴 뒷맛도 고스란히 되살아났다. 그러자 갑자기 이 이야기가 정말 중요하다는 생각이 들었고, 이 일은 그에게 각성을 해 가는 또 하나의 단계가 되었다.

마지막으로 자리를 같이했을 때 뒤부아는 이렇게 말했다. "이젠 자네를 보내도 될 것 같군. 자네는 유희 명인으로부터 받은 명령은 물론 우리가 여기서 자네에게 준 지침도 잘 지키리라 믿네. 자네에게 도움이 될 수 있어서 기쁘네. 여기서 머무른 삼 주가 결코 시간 낭비가 아니었음을 알게 될 거야. 그리고 내게서 얻은 지식과 나를 알게 된 것에 만족하고 언제고 그것을 표시하고 싶은 생각이 든다면, 방법을 하나 가르쳐 주겠네. 베네딕투스 수도원에 가 한동안 머물면서 신부들의 신임을 얻게 되면 그 존경할 만한 사람들과 손님들 사이에서 정치적인 이야기도 듣게 되고 정치적인 분위기도 느끼게 될 거야. 혹 마음이 내키거든 그것을 내게 이따금 보고해 주면 고맙겠네. 내 말을 오해하지는 말게. 자네는 결코 자신을 첩자라고 생각해선 안 돼. 신부들의 신임을 저 버려서도 안 되고. 자네 양심이 허락하지 않는 보고를 해 달라는 것이 아니야. 정보를 받으면 그건 오직 수도회와 카스탈리엔의 이익을 위해 이용할 것임을 내가 보증하겠네. 사실 우리는 정지가도 아니고 권력자도 아니야. 그러나 세상이 우리를 필요로 하건 관대하게 참아주건 간에 어쨌든 우리 역시 세상에 의존하고 있는 건 사실이거든. 경우에 따라서는 어느 정치가가 수도원을 찾아왔다든가 교황이 병에 걸렸다든가 혹은 추기경 후보 명단에 새로운 인물들이 올랐다든가 하는 사실을 아는 것이 우리에게 도움이 될 수가 있지. 물론 우리는 자네의 정보에만 의지하는 것은 아니야. 정보가 들어오는 곳은 많으니까. 그러나 정보망이 하나 더 는다고 나쁠 것은 없지 않겠나. 자, 그럼 이제 가 보게. 내 제안에 대해 오늘 당장 승낙 여부를 말할 필요는 없네. 무엇보다 직무를 훌륭히 이행하고 신부들 사이에서 우리의 명예를 위해 힘써 주기 바라네. 잘 다녀오게."

여행을 떠나기 전 크네히트는 쑥대로 점을 쳐 『역경』에 있는 괘를 보았다. '나그네'를 뜻하는 여괘(旅卦)였다. 풀이하면 '작은 일로써 이룬다. 나그네는 인내하면 길하다.'는 내용이었다. 그는 육이(六二)장을 발견하자 책을 펴 들고 해석을 더듬었다.

> 길을 떠나 숙소에 이르니
> 여비는 충분하고
> 어린 하인이 충실하다.

작별은 명랑하게 이루어졌다. 다만 테굴라리우스와 나눈 마지막 대화만은 두 사람에게 의연함을 얼마나 지켜내느냐에 대한 혹독한 시험이었다. 프리츠는 억지로 자제하고 무리하게 냉정을 지키느라 딱딱하게 굳어 버렸다. 크네히트가 떠나가는 것이 그에게는 자신이 아끼는 최상의 보물을 잃는 것이나 마찬가지였다. 크네히트로서는 그토록 열정적으로 유독 어느 한 친구에게만 매달리는 일은 기질상 불가능했다. 만일의 경우엔 친구 없이도 지낼 수 있었고, 자신의 호감을 새로운 대상이나 사람에게 얼마든지 돌릴 수 있었다. 그에겐 작별이 그렇게 가슴을 에는 상실은 아니었다. 그러나 그는 그때 이미 자신의 친구를 충분히 알고 있었기에 이 이별이 친구에겐 얼마나 큰 시련이며 시험을 의미하는지를 짐작하고 걱정했다. 그는 이 우정에 대해 자주 생각해 왔고, 이에 대해 음악 명인과 이야기한 적도 있었기에 이미 어느 정도 자신의 체험과 느낌을 객관화하고 비판적으로 바라볼 수 있었다. 그의 마음을 끌어 열렬한 우정을 불러일으키고 있는 것이 이 친구가 가진 재능이나 꼭 그 재능 때문만이 아니라, 실은 이 재능이 심각한 결함과 커다란 약점을 동반하고 있다는 데 있음을 깨닫게 되었다. 또 테굴라리우스가 자신에게 보여 주고 있는 일방적이고도 배타적인 사랑에는 아름답기만 한 게 아니라 한편 위험스럽기도 한 매력과 면모가 있음을 알게 되었던 것이다. 다시 말해, 우정으로 보자면 자기 못지않지만 힘에서 딸리는 사람에게 이따금 힘을 행사하려는 욕구가 자신에게 있음을 알게 된 것이다. 그는 이 우정에서 끝까지 절제하고 자제하는 것을 자신의 의무로 여겼다. 자기보다 훨씬 강하고 안정된 친구에게 매혹되는 이런 연약한 자들과의 우정을 통해 그동안 많은 사람들에게 행사해 온 자신의 사람을 끄는 매력과 힘에 대해 아무것도 배우지 못했더라면, 테굴라리우스는 비록 크네히트의 마음에 들었다 할지라도 그의 삶에서 그렇게 깊은 의의를 차지하지는 못했을 것이다. 다른 사람의 마음을 끌고 영향력을 발휘하는 힘은 본질적으로 교사나 교육자의 재능에 속하는 것이며, 여기에는 위험과 책임이 따른다는 것을 그는 깨달았다. 테굴라리우스는 사실 여러 사람 중의 하나에 지나지 않았다. 크네히트는 자신을 따르는 수많은 시선에 둘러싸여 있음을 알았다. 동시에 유희자 마을에서 살았던 마지막 해에 그가 경험한 극도로 긴장된 분위기가 점점 더 분명히, 더 자각적으로 느껴졌다. 공식적인 것은 아니지만 그는 아주 엄격히 제한된 집단 내지는 계급에 속해 있었다. 그것은 유리알 유희의 후보자나 복습 지도 교사 중에 극히 소수로 선발된 집단으로, 그중 한두 사람이 명인이나 기록소 및 유희 강습의 조수로 뽑혀 가는 일은 있었지만, 그들 중 누구도 중간 이하의 관리나 교사로 임명되는 일은 없었다. 그들은 지도적인 지위에 오르기 위해 대기하는 자들이었다. 여기서는 모두가 서로에 대해 너무나 속속들이 지나칠 정도로 잘 알고 있어서 재능이나 성격이나 능력에 대해 서로 잘못 판단하는 일은 거의 없었다. 그리고 유희 연구를 하는 복습 지도 교사나 상위 관직으로 나아갈 후보자는 모두 평범하지 않은 주목할 만한 인재로, 능력이나 지식이나 성적에 있어 가히 최고라고 할 수 있었다. 바로 그 때문에 지도자 또는 성공한 자로 예정된 이 인물들의 특징이나 성향은 특히 중요하고 주의 깊게 관찰되는 부분이었다. 명예심이나 훌륭한 태도, 체격이나 아름다운 용모 등에 있어서의 더하고 못함, 혹은 매력,

후배 또는 관청에 대한 영향력, 친절한 태도 등에 있어서의 조그만 차이가 여기선 커다란 비중을 차지했고 경쟁에서 승패를 갈라놓았다. 그래서 가령 프리츠 테굴라리우스가 지도자로서의 천분이 확실히 결여되어 있었기 때문에 아웃사이더나 손님 내지는 관용의 대상 정도로 그저 그 주변에 속해 있는 데 불과했다면, 크네히트는 완전히 핵심권에 속한 인물이었다. 그가 젊은 사람들 사이에서 인기가 있고 예찬되었던 것은 신선함과 젊은이다운 우미함을 지니고 있었기 때문이다. 겉으로 보기에는 정열에 이끌리지 않고 유혹에 넘어가지 않았지만 한편으로는 어린애처럼 무책임한 듯한 일종의 순진함을 가지고 있었던 것이다. 그리고 선배들이 그를 좋아했던 것은 이런 순진함의 다른 일면, 즉 명예욕이나 야심이 전혀 없다는 점이었다.

처음엔 후배들에게서 시작하여 나중엔 차츰 선배들에게도 미치게 된 자신의 인격이 지닌 영향력을 이 젊은이가 깨닫게 된 것은 최근의 일이었다. 깨달은 자의 입장에서 돌이켜볼 수 있게 되자 그는 이 두 개의 선이 소년 시절까지 거슬러 올라가며 자신의 생애를 꿰뚫고 형성되어 왔음을 알게 되었다. 하나는 동료들과 후배들이 보내오는 적극적인 우정이요, 다른 하나는 많은 윗사람들이 그를 대할 때 보여 준 호의적인 태도였다. 츠빈덴 교장과 같은 예외도 있었으나, 그 대신 음악 명인의 사랑이라든가 최근에 있었던 뒤부아 선생과 유희 명인이 보여 준 사랑과 같은 특별 대우도 있었다. 모든 사실이 명백했음에도 크네히트는 한 번도 완전히 그것을 보거나 인정하려 들지 않았다. 어디에서나 마치 저절로 아무 노력 없이 그렇게 되는 것처럼 엘리트들 사이에 끼고, 친구들에게서 예찬을, 윗사람들에게서 사랑을 받게 되는 것이 그에겐 분명히 미리 정해진 길이었다. 성직 제도의 그림자 속에 안주하는 것이 아니라 끊임없이 정상을 향해 위로 그 밝은 빛 쪽으로 나아가는 것이 그의 길이었다. 그는 하급 관리나 재야의 학자가 아니라 지배자가 될 사람이었다. 비슷한 입장에 있는 다른 사람들보다 늦게 이 점을 깨달은 것은 어딘지 순진한 구석이 있는 그의 매력에 상당한 보탬이 되었다. 그런데 그는 이 모든 것을 왜 그토록 늦게, 그렇게 내키지 않아 하며 알게 된 것일까? 그것은 그가 이 모든 것을 얻으려고 애쓴 적이 없을뿐더러 전혀 바라지도 않았기 때문이다. 그는 지배하려는 욕구도 없었고 누구에게 명령하는 것도 좋아하지 않았다. 활동적인 생활보다는 명상적인 생활을 훨씬 더 원했고, 평생은 아니더라도 적어도 몇 년은 더 눈에 띄지 않는 연구자로 남기를 바랐으며, 과거의 성전이나 음악의 대사원 그리고 신화와 언어와 사상의 뜰과 숲을 찾아다니는 호기심에 찬 경건한 순례자로 남기를 바랐다. 그러나 이제 어쩔 수 없이 활동적인 생활 속으로 떠밀려 들어온 것을 알았고, 지금까지보다 훨씬 더 팽팽한 노력과 경쟁과 명예심의 긴장을 주변에서 느꼈으며, 자신의 순진함도 위협을 받아 더 이상 지탱할 수 없게 되었음을 알았다. 그는 지난 십 년 동안 누려 오다가 잃게 된 자유에 대한 향수와 포로라도 된 듯한 기분을 극복하기 위해서는 본의 아니게 자신에게 주어진 몫을 스스로 바라고 긍정해야 한다는 것을 깨달았다. 그리고 아직은 마음의 준비가 충분하지 않았으므로 잠시나마 발트첼과 주(州)를 떠나 바깥세상으로 여행을 떠나게 된 것이 구원처럼 느껴졌다.

마리아펠스 수도원은 몇 백 년에 걸쳐 서양의 역사와 운명을 같이해 왔다. 전성기와 쇠퇴기, 재생과 새로운 침체를 겪으면서 몇 번이나 여러 분야에서 유명해지고 그 빛을 떨치기도 했다. 한때 스콜라 철학과 토론술의 중심이었던 수도원은 오늘날까지도 중세 신학에 관한 방대한 장서를 소장하고 있었으며, 무기력과 나태의 시대가 지나자 그다음에는 음악을 돌보고 합창을 장려하여 찬사를 얻었고, 신부들이 직접 작곡하고 공연한 미사곡과 오라토리오로 새로운 광채를 발했다. 그 후로 이 수도원은 훌륭한 음악적 전통을 지켜 왔고, 호두나무로 짠 여섯 개의 궤를 그득 채운 악보와 이 나라에서 가장 아름다운 파이프오르간을 가지고 있었다. 이어서 수도원의 정치적 시대가 시작되었고, 이 시대 역시 하나의 전통과 관습을 남겼다. 전쟁으로 극심하게 황폐해졌던 시절에 마리아펠스는 종종 성찰과 이성의 작은 섬이 되곤 했기에, 서로 적대적인 당파의 지도자들은 여기에 와서 조심스럽게 접촉하며 협상의 길을 모색하기도 했다. 그리고 한번은 — 그것이 마리아펠스 역사의 마지막 황금기였다. — 평화 협상 체결의 산실이 되어 지칠 대로 지친 여러 국민들의 평화에 대한 갈구를 한동안 가라앉혀 주었다. 이어서 새로운 시대가 시작되고 카스탈리엔이 창설되자 수도원은 방관적이고 심지어는 거부적이기까지 한 태도를 취했는데, 그것은 짐작건대 로마의 지시에 의한 것 같았다. 카스탈리엔 교육청이 얼마 동안 수도원의 스콜라 학파 도서관에서 연구하기를 원하는 학자들을 위해 손님으로서의 대우를 청했을 때도, 음악사에 관한 학술회의에 대표를 보내 달라는 초청을 했을 때도 수도원 측에서는 정중하게 거절했다. 나이가 많이 든 후에 유리알 유희에 상당한 관심을 기울이게 되었던 피우스 원장 이후에야 수도원과 카스탈리엔 사이에 비로소 교류와 왕래가 시작되었는데, 그 후로 활발하다고는 할 수 없으나 우호적인 관계가 맺어졌다. 시적이 교환되고 서로 빈객으로서 대접했던 것이다. 크네히트의 후원자인 음악 명인도 젊었을 때 몇 주일 동안 마리아펠스에 머물면서 필사본으로 된 악보들을 베끼고 그 유명한 파이프오르간을 연주한 일이 있었다. 크네히트도 그 사실을 알고 있었기 때문에 존경하는 스승이 이따금 즐겁게 이야기해 준 일이 있는 곳에 가서 머물게 된 것을 기쁘게 여겼다.

수도원에서 기대했던 것 이상으로 친절하고 정중한 대접을 받은 그는 어리둥절할 지경이었다. 사실 카스탈리엔이 수도원을 위해 엘리트들 중에서 유리알 유희를 가르칠 교사를 뽑아 기한을 정하지 않고 보낸 것은 처음 있는 일이었다. 크네히트는 뒤부아 부장으로부터, 특히 손님 자격으로 있게 된 처음 얼마 동안은 자신을 개인이 아니라 카스탈리엔의 대표자라고 생각하고, 친절하게 대하든 거리를 두고 대하든 상관하지 말고 오직 사절로서 그에 응하라는 지도를 받았었다. 그 덕택에 어느 정도 처음부터 당황하지 않을 수 있었고, 낯설고 불안한 감정과 거의 잠을 이루지 못했던 처음 며칠 밤의 가벼운 흥분도 다스릴 수 있었다. 또 게르바지우스 원장이 다정하고도 쾌활한 호의로 그를 대해 주었기 때문에 곧 새로운 환경에 적응하게 되었다. 이곳 풍경이 지닌 신선함과 활력도 크네히트에겐 기쁨을 주었으니, 가파른 벼랑이 있는 험준한 산악 지형에 아름다운 가축들이 노니는 완만한 목초지가 중간에 자리 잡고 있었다. 수백 년의 역사를 읽을 수 있는 낡은 건물의 묵직함과 널찍한 공간도 그를 즐겁게 했다. 그는 기다란 객사 건물 2층에 있는 방 두 개를 거처로 배정받았는데, 아름다움과 소박한 쾌적함이 마음에 들었다. 두 개의 교회, 회랑, 문서실, 도서관, 원장이 거처하는 건물, 여러 개의 안뜰, 살찐 가축들로 가득 찬 넓은 축사, 물이 계속 솟아나는 샘, 천장이 둥근 커다란 포도주 창고와 과일 창고, 두 개의 식당, 유명한 상임 평의회 회의실, 손질이 잘된 정원, 가장 큰 안뜰을 둘러싸면서 조그만 마을을 이루고 있는 나무통 만드는 집이며 구둣방, 양복점, 대장간, 수도사의 일터, 그런 갖가지 것들이 있는, 마치 조그만 나라 같은 이곳을 살펴보며 돌아다니는 일이 유쾌했다. 그는 벌써 도서관에도 들어가 보았으며, 오르간 연주자는 그에게 그 화려한 파이프오르간을 보여 주었을 뿐만 아니라 연주까지 하도록 허락해 주었다. 악보가 든 궤도 상당히 그의 마음을 끌었는데, 그는 거기에 아직 발표되지 않았고 또 일부는 전혀 알려져 있지 않은 막대한 양의 옛 악보들이 기다리고 있다는 것을 알고 있었다.

수도원에서는 그의 직무상의 활동을 성급히 기다리는 것 같지 않았다. 그가 이곳에 머물게 된 본래의 목적에 다가가기까지는 며칠, 아니 몇 주일이 걸렸다. 하기야 첫날부터 몇몇 신부가, 특히 원장도 요제프와 유리알 유희에 대해 즐겨 이야기를 나누었지만 수업이나 그 밖의 활동에 대해서는 아무 언급이 없었다. 이들 성직자들의 거동이나 생활 방식이나 교제의 태도에서 그는 이제까지 몰랐던 템포, 일종의 존경할 만한 느긋함과 태연자약한 인내심을 알아차렸다. 이런 점은 개인적으로 결코 활기가 없어 보이지 않는 신부들도 공통적으로 지니고 있었다. 그것이 이 수도회의 정신이었고, 또 아주 오래되었으며 특권을 누리고 행복과 고난을 수없이 겪으며 지켜 온 질서와 공동체 안에서 이루어진 천 년의 숨결이기도 했다. 그들은 마치 꿀벌들이 벌통의 운명과 안부를 나누어 지고 함께 잠을 자고 함께 고난을 겪고 함께 괴로움을 나누는 것처럼 이 공동체에 관여하고 있었다. 카스탈리엔의 생활양식과 비교하면 이 베네딕투스 수도원의 경우는 첫눈에 그렇게 정신적이거나 민첩하거나 절박하거나 활동적으로 보이지는 않지만, 그 대신 훨씬 더 안정되어 있고 외부의 영향에 좌우되지 않으며 오래되고 견고하여 오래전에 자연으로 돌아간 정신과 감각이 이곳을 지배하고 있는 것처럼 보였다. 크네히트는 호기심과 커다란 흥미를 느끼는 동시에 몹시 감탄하면서 이 수도원 생활을 받아들였다. 이러한 생활은 아직 카스탈리엔이 생겨나기 전에도 거의 오늘날과 다를 것 없이 이루어져 왔고, 벌써 천오백 년이나 계속돼 온 것으로, 크네히트의 명상적인 기질에는 잘 맞았다. 그는 손님으로서 존경받았고, 그것은 의당 받으리라고 기대한 정도를 훨씬 넘어서는 것이었다. 그러나 이 존경은 형식과 습관에서 나온 것이며, 크네히트 개인에 대한 것도 카스탈리엔이나 유리알 유희의 정신에 대한 것도 아니라는 것을 분명히 느끼고 있었다. 요컨대 노대국(老大國)이 어린 나라에게 보여 주는 위엄 있는 정중함 정도의 것이었다. 크네히트는 이 점에 대해서는 마음의 준비가 충분히 되어 있지 않았다. 마리아 펠스에서의 생활이 매우 안락했음에도 얼마쯤 지나자 그는 불안해져서 자신이 취할 태도에 대하여 좀 더 상세히 지시해 줄 것을 교육청에 요청했다. 그러자 유희 명인이 직접 몇 줄을 적어 보냈다. "그런 일에 개의치 말게. 그곳에서 생활하면서 마음이 내키는 시간에는 연구를 하게. 일과를 이용하여 힘써 배울 것이며, 그곳에서 받아들여지는 한 아낌을 받는 유용한 사람이 되도록 하게. 그렇다고 너무 서두르지는 말게. 절대로 초조한 빛을 보여서는 안 되고, 주인 못지 않게 여유를 보이도록 하게. 자네를 손님으로 맞이한 첫날과 똑같이 일 년을 대하더라도 말없이 응할 것이며, 이 년이 되었든 십 년이 되었든 아무 상관 없다는 듯이 행동하게. 그것을 인내심을 겨루는 시합으로 여기도록 하게. 주의 깊게 명상하도록! 한가하게 보내는 시간이 너무 길면 하루에 몇 시간씩, 네 시간을 넘기지는 말고, 규칙적인 일에, 이를테면 악보를 연구하거나 정서하는 데 쓰도록 하게. 그러나 일을 한다는 인상을 주어서는 안 되네. 누구든 한담을 나누고 싶어 하거든 시간을 내 주도록 하게."

크네히트는 그 말을 따랐다. 그러자 곧 다시 마음이 편안해졌다. 그는 그때까지 유리알 유희 애호가들을 가르쳐야 한다는 생각에 너무 매달려 있었던 것이다. 어쨌든 그것이 이곳에서 맡은 일이기 때문이었다. 그러나 수도원의 신부들은 오히려 그를 기분 좋게 해 주어야 할 우방의 사절로서 대하는 편에 가까웠다. 그러던 어느 날 수도원장 게르바지우스가 마침내 이 교습이라는 임무를 상기해 내곤 우선 신부 몇 명을 그에게 데려왔다. 그들은 유리알 유희의 초보 교육은 이미 마쳤고, 크네히트로부터 더 진전된 강습을 받을 참이었다. 그런데 크네히트로서는 놀랍고도 처음엔 상당히 실망스러웠던 점이 있었으니, 이처럼 대접이 융숭한 곳에서 고귀한 유리알 유희

의 문화라는 것이 상당히 피상적이고 아마추어의 도락 수준
에 머물러 있는 데다 대부분 그저 유리알 유희에 대한 변변찮
은 지식을 얻는 것으로 만족한다는 사실이 드러났던 것이다.
그러면서 차츰 알게 된 것은, 자신이 이곳에 파견된 이유가 수
도원에서 유리알 유희를 가르치고 육성하기 위해서가 아니라
는 사실이었다. 유희에 그다지 열성적이지 않은 이 초보적인
신부 몇 사람을 도와 간단한 트레이닝 정도에 만족할 수 있게
해 주는 것은 아주 쉬운 일이었다. 그런 일이라면 굳이 엘리트
가 아닌 다른 유희 후보자 누구라도 해낼 수 있었을 것이다.
그렇다면 이 강습은 그가 파견된 본래 목적이 아닐 수도 있었
다. 그제야 차츰 그는 자기가 이리로 보내진 이유가 아마 가르
치는 것이 아니라 배우는 데 있을지도 모른다는 것을 깨닫기
시작했다.

　어쨌든 이러한 것을 간파했다고 여기는 순간, 그는 수도원에
서의 그의 권위는 물론 자의식도 갑자기 강해지는 것을 느꼈
다. 사실 손님 역할이 매력 있고 쾌적한 것이기는 했지만 가끔
이곳에 체류하는 일이 그에겐 무슨 견책처럼 느껴졌기 때문이
다. 그런데 하루는 원장과 대화를 하던 중 뜻하지 않게 중국
『역경』에 이야기가 미치게 되었다. 원장은 귀 기울여 듣더니
몇 가지 질문을 했다. 그러고는 그의 손님이 의외로 중국어와
변화의 책에 능통하다는 것을 알고는 기쁨을 감추지 못했다.
원장은 『역경』을 특히 좋아했다. 비록 중국어를 전혀 못하고
예언서라든가 다른 중국의 신비서에 대한 지식도 천진할 정도
로 피상적이었지만, 그리고 대체로 당시 그 수도원에 거주하던
사람들의 학문적 관심이라는 게 그런 수준에서 만족하는 것처

럼 보였지만, 그래도 아무튼 현명하며 손님에 비해 경험이 풍부하고 세상 물정에도 밝은 이 사람은 고대 중국의 정치관이나 인생관에 깃든 정신에 실제로 관련을 맺고 있음을 알 수 있었다. 그래서 유난히 활기찬 대화가 이루어졌고, 주인과 손님 사이에 지금까지 있었던 의례적인 태도가 처음으로 무너졌다. 크네히트는 이 존경할 만한 성직자로부터 일주일에 두 번 『역경』을 강의해 달라는 부탁을 받았다.

주인인 원장과의 관계가 활기를 띠고 진전되어 가는 한편 오르간 연주자와의 우정도 두터워지면서 크네히트가 자신이 몸담고 있는 이 정신적인 소국(小國)에 친숙해져 가는 동안 카스탈리엔을 떠나기 전에 쳐 보았던 점괘도 차츰 현실에 가까워지기 시작했다. 재물을 지닌 나그네인 그에게는 묵을 숙소뿐 아니라 '어린 하인의 충성'도 약속되어 있었다. 약속이 실현되어 가는 것을 나그네는 길조로 받아들일 수 있었으니, 그가 '여비를 지녔다.'라는 말은 사실, 그가 학교와 교사와 동료와 보호자와 도움을 주는 사람들을 떠나오고 고향 카스탈리엔의 자양 풍부하고 자애로운 분위기를 떠나서도 정신과 힘을 자신 속에 집중시켜 그 도움으로 활동적이고 가치 있는 삶을 향해 나아가는 것으로 생각할 수 있었던 것이다. 괘에 나온 '어린 하인'은 안톤이라고 불리는 성직 지망생의 모습으로 다가왔다. 요제프 크네히트의 생애에서 어떤 역할을 맡지는 않았다 하더라도, 이 인물은 당시 묘하게 알력이 느껴지던 최초의 수도원 시절에 어떤 암시자이자, 새롭고 보다 큰 사명을 알리기 위한 사자(使者)였으며, 다가오는 일을 미리 알리는 고지자였다. 말은 없어도 그 시선에서 정열과 재능이 읽히는 청년으로 벌써 수도사들 틈에 끼어도 될 만큼 성숙했던 안톤은 출신과 솜씨가 신비롭게만 보이던 이 유리알 유희자를 상당히 자주 만난 셈이었다. 반면 나머지 소수의 학생들은 손님이 마음대로 들어설 수 없는 별채에 기거하고 있어서 크네히트에 대해 몰랐고 그의 시야에서도 멀리 벗어나 있었다. 학생들에게는 유희 강의에 들어오는 일이 허락되지 않았다. 그러나 이 안톤이라는 학생은 매주 여러 차례 도서관에서 조수로 일을 돕고 있었기 때문에 거기서 크네히트를 만나게 되었던 것이다. 둘은 가끔 한 마디씩 대화를 주고받았는데, 크네히트는 새까만 눈썹 아래로 어둡고 힘찬 눈빛을 한 이 젊은이가 누군가를 숭배하는 청년이나 학생이 그러듯 열광적이고도 헌신적인 애정을 자신에게 쏟고 있다는 사실을 차츰 눈치채게 되었다. 그는 이런 일을 벌써 수도 없이 겪었고, 그때마다 피하고 싶은 생각이 들곤 했지만, 한편으로는 그것이 수도회 생활의 생기 있고도 중요한 한 요소라는 점을 인정하고 있었다. 여기 수도원에서는 훨씬 더 신중한 태도를 취하겠노라고 그는 마음을 굳혔다. 그가 성직 교육을 받고 있는 이 학생들에게 영향력을 행사한다면 자신이 손님으로서 받는 후한 접대에 결례가 될 것이었다. 그는 또 이곳에서 엄격한 순결의 계율이 지켜지고 있다는 사실도 잘 알고 있었다. 따라서 소년다운 연모의 감정은 그만큼 더 위험한 것이 될 수도 있었다. 아무튼 그는 장애가 될 여지가 있는 것이면 무엇이든 피해야 했고, 그 원칙에 따랐다.

이따금 안톤과 만나곤 했던 유일한 장소인 도서관에서 그는 또 한 사람을 알게 되었는데, 처음에는 눈에 띄지 않는 외양 때문에 그냥 지나쳐 버리곤 했다. 그러다 시간이 흐르면서 그는 이 인물을 더 자세히 알게 되었고, 그 후로는 평생 동안 감사하는 마음으로 경의를 표하며 노 음악 명인에게 그러했듯이 그를 사랑하게 되었다. 그 사람은 야코부스 신부였다. 베네딕투스 수도회에서 가장 뛰어난 역사가로 당시 예순 살 정도 되었을 것이다. 길고 힘차 보이는 목 위로 매처럼 생긴 머리를 가진 여윈 노인이었는데, 앞에서 본 얼굴은 시력이 몹시 약했기 때문에 생기 없고 꺼져 가는 듯이 보였지만, 옆모습은 크게 휘어진 이마의 선과 콧등의 깊이 팬 굴곡, 날카로운 매부리코, 그리고 약간 짧지만 마음을 끄는 맑은 선을 가진 턱으로 인하여 아주 두드러지게 고집스런 개성을 나타내고 있었다. 가까이 지내 보면 아주 활기 있는 사람인 이 조용한 노인은 도서관 안쪽 깊숙이 자리한 조그만 공간에서 언제나 책과 원고와 지도 따위로 뒤덮인 책상 앞에 앉아 있었고, 귀중한 장서를 보유한 이 수도원에서 정말 진지하게 연구를 하고 있는 유일한 학자처럼 보였다. 요제프 크네히트가 의도치 않게 야코부스 신부를 주목하게 된 것은 예비 수도사 안톤 때문이었다. 이 학자가 자신의 연구 책상을 놓고 앉아 있는 도서관 안쪽의 공간은 거의 개인의 서재처럼 여겨져서 얼마 되지 않는 도서관 이용자들도 꼭 필요한 경우에만 그것도 공손한 태도로 살며시 발끝을 든 채 들어가곤 한다는 사실을 크네히트는 알게 되었다. 그러나 정작 거기서 연구하고 있는 신부는 그처럼 쉽게 방해받을 사람으로는 보이지 않았다. 물론 크네히트도 다른 사람들처럼 이 불문율을 따르게 되었고, 때문에 이 부지런한 노인은 그의 관찰권 밖에 머물러 있었다. 그러던 어느 날 노인은 안톤에게 책 몇 권을 가져오도록 시켰고, 크네히트는 안톤이 그 안쪽

공간에서 나오다가 열린 문가에 잠시 멈춰 선 채 책상에 앉아 연구에 골몰해 있는 노인을 돌아다보는 광경을 보게 되었다. 안톤의 꿈꾸는 듯한 표정에는 찬탄과 존경의 빛이 떠올라 있었고, 마음씨 착한 청년이 머리가 벗어진 쇠약한 노인에게 나타내는 따뜻한 배려와 돕고 싶어 하는 감정이 담겨 있었다. 처음에 크네히트는 이 광경이 흐뭇했다. 어쨌든 그 자체로도 아름다운 광경이었고, 안톤의 경우 존경할 만한 선배에게 육체적인 사랑 없이도 정열을 바칠 수 있다는 것을 그에게 보여 주었던 것이다. 그러나 다음 순간 크네히트에게는 자신도 민망할 정도의 아이러니한 생각이 떠올랐다. 이곳에서 유일하다시피 진지하고 열심히 연구하고 있는 저 학자가 이 청년으로부터 마치 무슨 신기한 동물이나 우화 속의 존재라도 되는 듯 경탄의 대상이 된다면, 이 수도원은 학문적으로 얼마나 부족하다는 걸까 하는 생각이 들었던 것이다. 어쨌든 안톤이 노인에게 쏠는 찬탄 어린 존경의 다정한 시선은 크네히트의 눈을 저 학식 높은 신부에게 향하도록 해 주었다. 그 이후로 가끔 야코부스 신부에게 눈길을 주면서 크네히트는 그의 로마인 같은 옆얼굴을 알게 되었고, 차츰 그에게서 범상치 않은 정신과 성격을 암시하는 듯한 이런저런 점들을 발견했다. 이 신부가 역사가이며 베네딕투스 수도회의 역사에 가장 정통한 전문가라는 사실은 크네히트도 이미 알고 있었다.

하루는 신부가 크네히트에게 말을 걸어왔다. 노인에게서는 이 수도원의 일반적인 말투 같은, 완곡하면서도 아주 호의적이고 듣기 좋으면서도 어딘지 아저씨 같은 말투를 찾아볼 수 없었다. 그는 저녁에 일과가 끝난 뒤 자기 방으로 찾아오라고 요제프를 초대했다. "아시리라 생각합니다만." 하고 그는 나직하고 거의 수줍어하는 듯한 그러면서도 놀랄 만큼 정확한 억양으로 말했다. "저는 카스탈리엔의 역사에 대해 아는 것도 없고 유리알 유희자는 더더구나 아닙니다. 하지만 보시다시피 서로 그리도 다른 두 수도회가 이제 서서히 친교를 맺고 있으니, 저도 여기서 고립되지 않도록 당신이 머무시는 동안 이따금 조금이라도 배우는 바가 있으면 좋겠습니다." 그는 아주 엄숙한 어조로 말했지만, 나지막한 음성과 노인다운 영리한 얼굴은 그 지나칠 정도로 정중한 말에, 마치 두 성인이나 고위 성직자가 서로 끝도 없이 절을 하고 인사를 주고받으면서 예법과 인내심을 겨룰 때나 느낄 법한 복잡한 의미를 부여하고 있었고, 그래서 그것이 대체 진정인지 빈정거림인지, 공손함인지 가벼운 조롱인지, 정열인지 장난인지를 분간할 수 없는 묘한 느낌을 주었다. 우월과 조소, 지혜와 거드름을 뒤섞는 태도는 중국인들과 교제하며 이미 익숙해진 것이었기에 크네히트에게는 청량제처럼 느껴졌다. 유리알 유희의 명인인 토마스도 능숙하게 구사하곤 했던 이런 말투를 들어 본 지도 꽤 오래되었다는 생각이 들자 그는 기쁘고 감사한 마음으로 그 초대를 받아들였다. 저녁이 되자 크네히트는 조용한 별채 끝에 멀찌감치 떨어져 있는 신부의 거처를 찾아갔다. 어느 문을 두드려야 할지 망설이고 있는데 놀랍게도 피아노 소리가 들려왔다. 그는 귀를 기울였다. 퍼셀의 소나타였다. 아무 욕심도 기교도 없이 정확한 박자로 치는 말쑥한 연주였다. 맑고도 진심에 찬 청량한 음악이 감미로운 3도 화음을 이루며 친밀하고도 다정하게 울려 나왔다. 그러자 이런 곡들을 친구 페로몬테와 함께 여러 악기로 연습했던 발트첼 시절이 떠올랐다. 그는 깊이 향유하고 귀기울여 들으면서 소나타가 끝나기를 기다렸다. 구원받지 못한 세상의 침묵 한가운데에서 모든 훌륭한 음악이 그렇듯, 그 음악은 그리도 외롭고 세상에서 멀게, 그리도 덩딩하고 순진히게, 어린애 같으면서도 의연하게 조용하고 어둑어둑한 복도에 울려 퍼졌다. 크네히트가 문을 두드리자 야코부스 신부가 "들어오십시오!" 하고 말했다. 신부는 그를 겸손하고도 품위 있게 맞아 주었다. 조그만 피아노 위에는 아직 두 개의 촛불이 타오르고 있었다. 크네히트의 물음에 야코부스 신부는 매일 저녁 삼십 분에서 한 시간 정도 피아노를 친다고 대답했다. 그는 어두워지면 일과를 마치고, 잠자리에 들 때까지 몇 시간 동안은 독서나 집필을 하지 않는다고 했다. 두 사람은 음악에 대해, 퍼셀과 헨델에 대해, 그리고 원래는 참으로 예술적인 수도회였던 베네딕투스 수도회의 예전 음악 교육에 대해 이야기를 나누었고, 크네히트는 이 수도회의 역사를 알고 싶다는 희망을 피력했다. 대화는 활기찼고, 수없이 많은 문제가 화제에 올랐으며, 노인의 역사에 관한 지식은 실로 감탄할 만했다. 그러나 그는 카스탈리엔의 역사와 그 수도회의 사상사에 대해서는 별로 다루지도 않았고 관심도 없다는 것을 부인하지 않았다. 그리고 카스탈리엔에 대한 자신의 비판적 태도를 감추려 들지도 않았다. 그는 카스탈리엔의 '수도회'가 기독교의 수도회를 모방한 것이라고 보았는데, 그나마 종교도 신(神)도 교회도 기반으로 하고 있지 않기 때문에 근본적으로 신성 모독적인 모방이라고 여기고 있었다. 크네히트는 공손한 태도로 비판에 귀를 기울였지만, 종교나 신이나 교회에 대해서는 베네딕투스 수도회나 로마 가톨릭 식의 견해 말고도 그 의욕과 노력의 순수함이나 정신생활에 미치는 깊은 영향을 인정할 수 있는 다른 견해도 있을 수 있다는 사실을 생각해 보라고 말했다.

"옳은 말입니다." 야코부스 신부가 말했다. "그것은 특히 프로테스탄트의 경우를 말하는 것이겠지요. 그들은 종교와 교회를 지탱할 수는 없었지만, 때로는 용감한 면을 보여 주었고 모범적인 인물들을 배출했지요. 저도 제 생애의 몇 년 동안은 서로 적대하는 기독교 교리나 교회 들을 화해시켜 보려던 여러 시도를 연구 대상으로 삼은 적이 있습니다. 특히 1700년경의 시대를 연구했지요. 그 시기에 철학자이자 수학자인 라이프니츠와 뒤이어 색다른 인물인 친첸도르프 백작 같은 사람이 대립하는 형제들을 재결합시켜 보려고 고심했던 것을 알 수 있어요. 18세기의 정신은 대체로 성급하고 아마추어적인 구석이 드러난다고 할 수도 있겠으나, 정신사적으로 볼 때는 상당히 흥미롭고 이중적으로 해석되는 부분이 있어서 바로 그 시대의 프로테스탄트에 대해 자주 연구하고는 했지요. 그러다 한번은 거기서 언어학자이자 교사이고 교육가였던 한 위대한 인물을 발견했습니다. 이 인물은 슈바벤의 경건주의자였는데, 그가 남긴 도덕적 감화는 이백 년에 걸쳐 뚜렷이 확인할 수 있습니다. 그러나 그건 다른 영역이고, 다시 원래 수도회의 정당성과 역사적 사명의 문제로 돌아가서 말하자면……."

"아, 아닙니다." 크네히트가 말을 막았다. "방금 말씀하시고자 했던 그 교사에 대해 조금 더 말씀해 주십시오. 저도 그 사람이 누군지 짐작할 것 같습니다."

"그렇다면 맞혀 보시지요."

"처음에는 할레 사람인 프랑케*를 생각했습니다만, 슈바벤 사람이라면 요한 알브레히트 벵겔밖에 없을 것 같습니다."

웃음소리가 나더니 노학자의 얼굴이 기쁨으로 환히 빛났다. "정말 놀랍군요." 그가 힘 있게 말했다. "제가 생각했던 사람이 바로 벵겔입니다. 어떻게 그에 대해서 알고 있습니까? 당신네 그 놀라운 교육주에서는 그렇게 오래전에 있었던 잊힌 일들도 누구나 다 알고 있는 겁니까? 단언하지만 우리 수도원의 신부나 교사나 학생 모두에게, 특히 가장 젊은 세대에게 물어보면 이 이름을 알고 있는 사람은 한 명도 없을 겁니다."

"카스탈리엔에서도 그를 알고 있는 사람은 아마 거의 없을 겁니다. 저와 제 친구 둘 정도를 제외하면 말입니다. 한때 그저 개인적인 목적으로 18세기와 경건주의 분야를 연구한 적이 있었습니다. 그때 몇몇 슈바벤의 신학자가 눈에 띄었고 제게 감탄과 경애심을 불러일으켰습니다. 그중에서도 특히 벵겔이 당시 제게는 교사나 젊은 지도자에게 이상적인 본보기가 될 것 같다는 생각이 들었습니다. 이 인물이 너무 마음에 들어 낡은 책에 있는 그의 초상화를 사진으로 찍어 한동안 제 책상 앞에 붙여 놓기까지 했습니다."

신부는 여전히 웃고 있었다. "우리의 만남은 예사로운 인연이 아니로군요. 당신과 나 두 사람이 연구 중에 이미 잊힌 사람에 대해 주의를 기울였다는 것부터가 벌써 특이하지요. 게다가 이 슈바벤의 신교도가 거의 동시에 베네딕투스 수도회의

---

* 독일의 신학자이자 교육학자. 학교와 고아원을 설립하는 등 사회복지에도 힘 썼다.

신부와 카스탈리엔의 유리알 유희자에게 영향을 미쳤다는 사실은 더 신기합니다. 게다가 당신의 유리알 유희는 많은 공상을 요하는 기술로 알고 있는데 벵겔처럼 엄격하고 냉철한 인물에게 당신이 끌렸다는 것이 놀랍군요."

이제는 크네히트도 흐뭇하게 웃었다. "「요한묵시록」에 관한 벵겔의 다년간의 연구와 이 책의 예언에 대한 그의 해석 체계를 기억하신다면 신부님께서도 우리의 이 친구에게 냉철함과는 상반되는 면이 있었다는 걸 인정하실 겁니다."

"맞는 말이오." 신부는 유쾌하게 찬성했다. "그러면 그런 모순을 어떻게 설명하시겠소?"

"농담을 허락해 주신다면 이렇게 말씀드리겠습니다. 즉, 벵겔에게 결여되어 있던 것, 그가 무엇인지 모르면서 추구하고 원했던 것은 유리알 유희라고 말입니다. 저는 그를 우리 유희의 숨은 선구자이자 조상으로 여기고 있습니다."

그러자 야코부스 신부는 다시 신중하고 진지한 태도로 돌아가 물었다. "다른 누구도 아닌 벵겔을 당신네 계보에 끌어들이다니 좀 지나치다고 생각되는데요. 그것을 어떻게 정당화하겠습니까?"

"농담이었습니다. 그러나 근거는 있는 농담입니다. 벵겔이 젊었을 시절, 광범위하게 성서를 연구하기 전의 일입니다만, 그는 언젠가 그 시대의 모든 지식을 하나의 중심을 향해 균형 있고 개괄적으로, 하나의 백과사전 같은 작업으로 정리하고 총괄해 보고 싶다는 희망을 한 친구에게 토로한 적이 있었습니다. 유리알 유희가 하는 일이 바로 그런 것입니다."

"백과사전적 사상이야말로 18세기가 시종 다루던 것이지요." 신부가 말했다.

"그렇습니다. 그러나 벵겔이 얻고자 한 것은 단순한 지식이나 연구 분야의 나열이 아니라 어떤 통일체, 하나의 유기적인 질서였습니다. 공통분모를 구하고자 했던 것이지요. 그런데 그것이야말로 바로 유리알 유희의 기본 사상 가운데 하나입니다. 더 나아가서 저는 이렇게 주장하고 싶습니다. 만일 벵겔이 유리알 유희와 비슷한 체계를 가지고 있었더라면, 예언의 수를 풀이하면서 반(反)그리스도와 천년 왕국을 고지하는 등 그렇게 크게 길을 잘못 들지는 않았을 거라고요. 벵겔은 다양한 재능을 지녔기 때문에 공동의 목적에 이르는 방향을 동경하고 찾으면서도 그것을 제대로 찾을 수가 없었습니다. 그래서 그의 수학적 재능은 언어학자로서의 통찰력과 협력하여 엄밀함과 공상의 묘한 혼합물인 '시대의 질서'를 만들어 냈습니다. 벵겔은 그 일에 여러 해를 몰두했지요." 요제프가 말했다.

"됐습니다." 야코부스 신부가 말했다. "당신은 역사가가 아니니까요. 당신은 정말이지 공상적인 경향이 있군요. 그러나 무슨 말을 하고 있는지는 알겠습니다. 제가 꼼꼼하게 따지는 것은 제 전문 분야에 한해서 뿐입니다."

수확이 많은 대화였다. 두 사람은 서로를 잘 알게 되었고, 둘 사이에는 일종의 우호 관계가 생겨났다. 그 학자에게는, 자기는 베네딕투스 수도회 사람이고 이 청년은 카스탈리엔에 속해 있는 몸이지만 두 사람이 똑같은 발견을 했다는 것, 가난한 뷔르템베르크의 수도원 교사 벵겔을, 부드러운 마음씨를 가졌지만 바위처럼 단단한 인물, 몽상적인 동시에 냉철한 남자를 찾아냈다는 사실이 우연을 넘어서는 일, 최소한 아주 특별한 우연인 것만 같았다. 두 사람을 잇는 그 무엇이, 이를테면 눈에 보이지 않는 자석 같은 것이 매우 강력하게 두 사람에게 작용한 것이 틀림없었다. 퍼셀의 소나타로 시작된 그날 저녁 이후 실제로 두 사람을 이어 주는 무엇이 존재하게 되었다. 야코부스 신부는 훈련이 잘되어 있으면서도 아직 형성 과정에 있는 젊은 지성과 교제하는 일이 즐거웠다. 그런 만족이 그에게 자주 있는 일은 아니었던 것이다. 한편 크네히트의 입장에서 보면 이 역사가와의 교제와 그 교제를 통해 시작된 배움은 각성을 향해 나아가는 도정에서 하나의 새로운 단계가 되었다. 그는 인생이라는 것을 그렇게 각성해 가는 도정이라고 생각하고 있었다. 간단히 말해, 크네히트는 신부를 통해 역사를 배웠다. 역사를 연구하고 그것을 집필하는 법칙과 모순을 알게 되었고, 몇 년 후에는 한 걸음 더 나아가 현재를, 그리고 자신의 삶을 역사적 현실로 파악하는 안목을 갖추게 되었던 것이다.

종종 두 사람의 대화는 본격적인 토론, 즉 공박과 변호로 전개되곤 했다. 물론 처음에는 대체로 야코부스 신부가 공격적인 성향을 보였다. 신부는 젊은 친구의 정신을 깊이 알수록, 이토록 고귀한 것이 약속된 듯 보이는 젊은이가 종교 교육의 훈련을 받지 못하고, 지적이고 미적인 정신의 피상적인 훈련이나 받고 자라는 것이 못내 유감스러웠다. 크네히트의 사고방식에서 비난할 점이라도 발견하면 신부는 그것을 '현대적인' 카스탈리엔 정신, 즉 현실에서 유리되어 있는 것과 유희적인 추상화 경향의 탓으로 돌렸다. 그리고 크네히트가 아직 건전한, 자신의 생각과 비슷한 견해나 말로 자신을 놀라게 할 때면 신부는 젊은 친구의 좋은 성품이 카스탈리엔의 교육에 그토록 힘차게 저항해 왔다는 사실에 의기양양해하는 것이었다. 요제프는 카스탈리엔에 대한 비판을 조용히 받아들였으나 노인이 정열에 휩쓸려 지나칠 정도에 이르렀다 싶으면 차갑게 대응했다. 그러나 카스탈리엔을 업신여기는 신부의 말 가운데에는 요제프가 인정하지 않을 수 없는 부분도 있었다. 어떤 면에서 크네히트는 마리아펠스에 머무는 동안 완전히 새롭게 공부한 셈이었다. 문제는 카스탈리엔의 정신이 세계사에 대해 맺고 있는 관계, 신부가 '역사적 감각의 완전한 결여'라고 불렀던 점이었다. 신부는 이런 식이었다. "당신네 수학자들과 유리알 유희자들은 말이요, 스스로 세계사를 완전히 증류시켜 버리고 말았어요. 거기엔 이제 정신사와 예술사만 남아 있을 뿐이지. 당신네 역사에는 피도 현실도 없어요. 당신들은 2, 3세기경에 일어난 라틴어 문장 구조의 붕괴에 대해서는 자세히 알고 있을지 모르나, 알렉산드로스나 카이사르, 예수 그리스도가 어떤 사람이었는지에 대해서는 짐작조차 못하지. 당신들은 수학자가 수학을 하듯 세계사를 취급하고 있어요. 거기엔 그저 법칙과 공식이 있을 뿐, 현실도 선악도 시간도 어제도 내일도 없지. 있는 것이라곤 오로지 영원한, 피상적이고 수학적인 현재가 있을 뿐."

크네히트가 물었다. "하지만 역사에 질서를 부여하지 않고 어떻게 역사를 연구할 수 있습니까?"

"분명 역사에 질서는 부여해야지." 야코부스 신부는 호통이라도 치듯이 대답했다. "학문이란 무엇보다도 질서를 세우는 일, 단순화하는 일, 정신이 소화할 수 없는 것을 소화되도록 만드는 일이오. 우리는 역사에서 몇 가지 법칙을 알아냈다고 믿고 역사적 진리를 탐구할 때 그 법칙을 참고하려 들지. 그건 마치 해부학자가 육체를 해부할 때 전혀 생각지도 않았던 놀라운 것을 발견하는 게 아니라, 피부 밑에 기관과 근육과 핏줄과 뼈의 세계가 있는 것을 보고 이미 머릿속에 가지고 있던 도식과 그것이 같은지를 확인하는 것이나 마찬가지오. 만일 이 해부학자가 자신이 가진 도식만을 보고 그로 인해 자기 앞에 놓인 대상이 보여 주는 한 번뿐인 개별적인 실상을 등한시한다면, 그는 카스탈리엔 사람이요, 유리알 유희자요, 가장 그렇게 해서는 안 될 대상에 수학을 적용하고 있는 꼴이지. 내 생각에 역사를 고찰하는 사람은 질서를 가져오는 정신과 방법의 힘을 철석같이 믿어야 하지만, 그것을 넘어 역사적 사건의 이해할 수 없는 진실이나 현실, 일회성(一回性)을 존중할 줄도 알아야 해요. 역사를 연구하는 것은 장난도 무책임한 유희도 아니오. 그러므로 역사를 연구하는 것은 어떤 불가능한 것, 그럼에도 불구하고 반드시 필요하고 가장 중요한 것을 얻고자 애쓰는 일이라는 것을 아는 것이 전제가 되지. 역사 연구는 이를테면 혼돈에 몸을 내맡기면서도 질서와 의미에 대한 믿음을 지키는 일이라오. 참으로 진지하면서도 어쩌면 비극적이기도 한 과제지."

그 무렵 크네히트가 친구들에게 간략히 편지로 전했던 신부의 말 중에 특징적인 것 하나를 더 들어 보자.

"위인들은 젊은 사람들에겐 세계사라는 과자 속에 든 건포도와 같지. 그들 또한 그 세계사라는 과자의 실체를 이루고는 있소. 틀림없어요. 그런데 참으로 위대한 인물을 그저 겉보기에 위대한 인물과 구별하는 일은 사람들이 생각하듯 전혀 그렇게 간단하지도 쉽지도 않단 말이오. 거짓 위인들의 경우에 그들을 위대한 것처럼 보이게 해 주는 것은 역사적인 순간과 그 순간을 알아보고 포착하는 일이지. 저널리스트는 말할 것도 없지만, 역사가나 전기 작가 가운데에도 이러한 역사적 순간을 알아채고 포착하는 것, 그 한순간의 성공을 위대함의 상표로 보려는 사람이 없지 않소. 하루아침에 독재자가 된 하사관이나, 천하를 지배하는 자의 기분을 잠시 동안이나마 좌지우지했던 궁녀 같은 사람은 그런 역사가들이 즐겨 다루는 인물이지요. 그런데 이상적인 생각을 품은 젊은이는 그와 정반대로 대개 비극적인 실패자, 순교자, 한발 일렀거나 한발 늦게 당도했던 사람들에게 애착을 느끼지. 물론 이 베네딕투스 수도회에 소속된 역사가인 나로서야 세계사에서 가장 마음이 끌리고, 감탄스럽고, 연구할 만한 가치가 있는 것은 인물도, 놀랄 만한 사건도, 그 어떤 성쇠도 아니라오. 내 사랑과 지칠 줄 모르는 호기심을 불러일으키는 것은 바로 우리 수도회와 같은 일종의 현상이오. 이를테면 정신과 영혼으로 사람들을 끌어 모으고 교육하고 개조해 보려는 시도가 이루어지는, 그래서 그들을 우생학이 아니라 교육을 통해서, 혈통이 아니라 정신을 통해서, 다스릴 줄도 알고 섬길 줄도 아는 고귀한 족속으로 만들어 보려는 시도가 행해지는 아주 수명이 긴 그런 조직 말이오. 그리스 역사에서 내 마음을 끈 것은 밤하늘의 별들처럼 찬란하게 빛나는 영웅들도, 광장에서 들려오는 끝없는 외침 소리도 아닌, 피타고라스 학파나 플라톤의 아카데미 같은 시도들이었소. 중국의 경우엔 공자 학설의 긴 수명만큼 내 관심을 끈 것이 없었지. 우리 서양사에서 가장 역사적 가치가 있다고 생각되는 것은 무엇보다도 기독교 교회와 그것에 봉사하며 그 안에 세워진 수도회들이라오. 모험가가 운이 좋아 한 나라를 정복하거나 세워 이십 년이나 오십 년, 심지어 백 년 동안을 유지한 일, 혹은 선한 이상주의자인 왕이나 황제가 공정한 정치를 펼치거나 문화적인 희망에 찬 꿈을 실현시키려 했던 일, 혹은 민족이나 단체가 심한 압박 속에서도 전대미문의 업적을 이루기 위해 인내한 일, 이런 모든 일도 내겐 우리의 수도회 같은 조직을 만들기 위한 거듭된 시도나 그런 시도 가운데 몇 가지가 천 년 혹은 이천 년 동안 보존되어 내려올 수 있었던 일에 비하면 그다지 흥밋거리가 되지 못해요. 저 신성한 교회 자체에 대해서는 말하지 않겠소. 그것은 우리 신앙인들에겐 토론의 범주를 넘어서 있으니까. 그러나 베네딕투스나 도미니쿠스, 후에 예수회 같은 수도회가 수백 년 동안 이어져 내려오면서도 여전히, 온갖 발전과 타락과 순응과 압제에도 제 얼굴과 목소리와 동작과 개별적인 영혼을 지켜 왔다는 사실이 내게는 가장 주목하고 존경할 만한 역사의 현상이오.”

크네히트는 신부가 여전히 노여운 어조로 말하는 것에 놀랐다. 당시만 해도 그는 야코부스 신부가 어떤 인물인지 전혀 모르고 있었다. 그저 심오하고도 천재적인 학자로 여겼을 뿐, 이 신부가 스스로 의식을 가지고 세계사의 한복판에 서 있고, 세계사의 형성에 힘쓴 사람이며, 이 수도회의 지도적 정치가이자, 정치사라든가 현재의 정치 상황에 대한 전문가로서 다방면에서 정보와 조언과 중재 요청을 받고 있는 인물이라는 사실은 아직 모르고 있었다. 첫 휴가를 받을 때까지 약 이 년 동안 크네히트는 그저 학자로서의 신부와 교제했을 뿐이므로 그의 생활과 활동과 명성과 영향력에 대해서는 자신이 접하고 있는 면만을 알고 있었다. 이 박학한 성직자는 우정을 맺는 가운데에서도 침묵을 지킬 줄 알았다. 수도원 내의 다른 신부들도 요제프가 그들이 이 신부에 대해 알고 있으리라고 생각한 것 이상으로 그런 점을 잘 알고 있었다.

이 년쯤 지나자 크네히트는 손님이자 이방인으로서 할 수 있는 만큼은 수도원 생활에 완전히 익숙해졌다. 그는 때때로 오르간 연주자를 도와 작은 모테트* 합창을 연주했는데, 그때마다 매우 오래되고 존경할 만한 이 훌륭한 전통을 조심성 있게, 가는 실을 더듬듯이 지속시키는 일에 힘썼다. 또 수도원의 음악 문서실에서 발견한 몇 가지 옛 악보의 사본을 발트첼로, 특히 몬테포르트로 보냈다. 그는 유리알 유희의 초급반을 구성해 가르쳤는데, 안톤이란 젊은이도 가장 열성적인 학생으로 거기 끼어 있었다. 또한 원장 게르바지우스에게 중국어까지는 아니더라도 쑥대를 조작하는 방법이라든가 예언서의 격언에 대해 명상하는 좀 더 나은 방법들을 가르쳤다. 원장은 그와 매우 친해져서 처음에는 종종 포도주를 마시자고 부르기도 했지만, 그 일은 이미 단념한 지 오래였다. 유리알 유희 명인의 공식적인 물음에 원장은, 마리아펠스에서 사람들이 크네히트에 대해 얼마나 만족하고 있는지 반년마다 답신을 보냈는데, 그 내용은 온통 칭찬으로 가득했다. 카스탈리엔에서는 이런 보고보다는 크네히트가 하는 유희 강의의 진도라든가 성적표 같은 것들을 훨씬 꼼꼼하게 검토했다. 수준은 그다지 높지 않았지만 교사가 이러한 수준과 무엇보다도 수도원의 풍습과 정신에 적

---

* 중세 르네상스 시대 종교 음악으로 주로 사용되던 무반주 다성 성악곡.

응해 나가는 방식에 그들은 만족해했다. 그러나 카스탈리엔 교육청에 있는 사람들이 가장 만족하고 몹시 놀란 일은, 크네히트가 저 유명한 야코부스 신부와 종종 만나는 허물없는 사이일 뿐 아니라 마침내 우정 어린 교제에까지 이르게 되었다는 사실이었다. 물론 그들은 이 사실을 크네히트에게는 내색도 하지 않았다.

이 교제는 여러 가지 결실을 가져왔다. 그 이야기를 미리 앞질러서 하나 하자면, 우선 크네히트가 무엇보다 반가워할 결실에 대해 말해야 하리라. 그 열매는 아주 서서히 익어 갔다. 고산 지대에서 자라는 나무의 씨를 비옥한 저지대에 가져다 뿌렸을 때처럼 그것은 서두르지 않으면서 믿기지 않는다는 듯이 조심스레 자랐다. 비옥한 토지와 온화한 기후에 내맡겨진 이 씨는 그 조상이 가지고 자란 조심스러움과 의심해 보는 정신을 유산으로 물려받고 있었다. 성장하는 속도가 느린 것은 유전적 성질 때문이었다. 자신에게 영향을 미칠 만한 것이면 무엇이든 믿지 못하고 일단 이리저리 다루어 보는 습관이 있는 그 현명한 노인은 반대 방향의 동료인 젊은 친구가 카스탈리엔의 정신이라며 그에게 가져온 모든 것을 망설여 가며 그저 아주 조금씩만 자기 마음에 뿌리를 내리게 놔두었다. 그런데도 그것은 차츰차츰 싹을 틔워 나갔다. 크네히트가 수도원 시절에 체험한 가장 좋고 귀중한 일은 경험 풍부한 이 노인이 그렇게 가까스로나마 신뢰해 주며 가슴을 열어 준 일이었다. 그 나마도 처음엔 도저히 가망 없어 보이는 상태에서 아주 망설여 가며 자라 나온 것이었다. 또 노인이 자기에게 탄복하고 있는 이 젊은 찬미자에 대해서 뿐만 아니라 그 인물에 각별히 드러나 있는 카스탈리엔적 특징에 대해서도 서서히 이해를 싹틔우고, 아주 늦은 속도이긴 했지만 인정하기에 이른 것도 귀중한 일이었다. 얼핏 보기에는 제자나 그저 듣고 배우는 사람에 지나지 않아 보이던 이 젊은이가 처음에는 '카스탈리엔적'이라든가 '유리알 유희자'라는 말을 비꼬는 투로, 아니 거의 욕설로만 쓰던 이 신부를 조금씩 이끌어 그러한 카스탈리엔적 정신도 그 수도회도, 또 그러한 종류의 정신적 귀족을 길러 내려는 시도도 인정하지 않을 수 없도록 만들었던 것이다. 처음에는 그저 관용을 베푸는 것으로 시작됐지만 결국은 존경을 표하며 그것을 긍정하도록 만들고 만 것이었다. 이백 년밖에 되지 않은 카스탈리엔은 물론 베네딕투스에 비하면 천오백 년이나 뒤떨어져 있었으나 신부는 이제 이 수도회의 젊은 나이를 트집잡지 않게 되었다. 또 유리알 유희를 그저 미적인 호사로 보기를 그만두었고, 연대가 상당히 떨어진 두 수도회가 앞으로 친분이나 동맹을 맺는 것은 불가능하다고 거부하지도 않게 되었다. 이렇게 부분적으로나마 신부를 설득시킨 것을 크네히트는 개인적인 행운으로 생각하고 있었으나, 교육청은 그것을 마리아펠스에서 요제프가 이룬 최고의 사명이자 업적으로 여겼다. 물론 크네히트는 오랫동안 그것을 눈치채지 못하고 있었다. 때때로 그는, 대체 이 수도원에서 자신의 임무가 무엇인지, 도대체 자기가 여기서 무슨 일을 하고 있으며 그게 소용이 있는 것인지, 이곳으로 파견된 게 처음에는 무슨 우대나 승진인 양 동료들의 부러움을 사기도 했지만 오래 계속된다면 도리어 명예롭지 못한 한직이나 바라볼 것 없는 막다른 궤도로 밀려난 것을 뜻하는 것은 아닌지 생각해 보았지만 답을 얻을 수가 없었다. 어디를 가나 무엇이든 배우기 마련인데, 이곳이라 해서 배우지 못하란 법은 없지 않은가. 그러나 카스탈리엔의 눈으로 볼 때 이 수도원은 야코부스 신부 한 사람을 제외하면 학문의 전당도 아니고 모범도 될 수 없었다. 그리고 대체로 작은 성과에 만족해 버리고 마는 아마추어들 사이에 고립되어 있었기 때문에 자신이 유리알 유희에서 벌써 녹슬기 시작했거나 퇴보한 것은 아닌지조차 제대로 알 수가 없었다. 그러나 이런 불확실한 상황에서도 그에게 공명심이 없다는 사실과 그 무렵 벌써 자신의 운명에 대한 사랑이 상당히 강해져 있었던 것이 그를 도왔다. 그에게는 무엇보다도 이처럼 오래되고 안락한 수도원의 세계에서 손님이자 일개 전문 교사로서 생활하는 것이 명예심에 불타는 무리들 틈에 끼어 살았던 저 마지막 발트첼 시절보다 훨씬 쾌적한 것이었다. 그리고 설혹 운명이 그를 영원히 이 하찮고 부속된 지위에 머물도록 정했다 하더라도 그는 이곳에서의 생활을 약간 바꾸는 데 만족했을 것이다. 예컨대 친구 한 사람을 이곳에 오도록 수를 써 보든가, 적어도 매년 한 번은 장기 휴가를 얻어 카스탈리엔에 가도록 해 본다든가 했을 테지만, 그 외의 것들에 대해서는 만족했을 것이다.

이 간략한 전기를 읽는 독자들은 아마도 크네히트의 수도원 체험의 다른 일면, 즉 종교적인 면에 대한 보고를 기대하고 있을 것이다. 이 점에 대해서는 조심스러운 암시만으로 그치도록 하겠다. 크네히트가 마리아펠스에서 종교에 대해, 다시 말하자면 매일 실천되는 기독교에 대해 심적으로 더 다가서게 되었다는 것은 가능한 일일 뿐만 아니라 사실 그 뒤의 그의 여러 가지 언동으로 보아도 분명한 사실이었다. 그러나 그가 과

연 거기서 기독교 신자가 되었는지, 되었다면 어느 정도로 되었는가 하는 물음에는 답변을 보류하지 않을 수 없다. 이 영역은 우리가 연구할 수 있는 범위를 벗어나 있는 것이다. 그는 카스탈리엔에서 교육받은 종교에 대한 존경을 넘어서서 일종의 외경심을 가슴에 품고 있었으니, 그것은 경건함이라고 불러도 좋을 만한 감정이었다. 또 기독교 교리라든지 그 고전적 형식에 대해서는 이미 학교 시절에, 특히 교회 음악을 연구하면서 충분히 수업을 받은 일이 있었고, 무엇보다도 미사 때의 성사라든가 장엄 대미사의 의식에 대해서는 잘 알고 있었다. 그런데 베네딕투스 수도원에서 그때까지는 이론으로, 역사적으로만 알고 있던 종교를 아직 살아 있는 것으로 접하고는 놀라움과 외경의 마음을 금할 수 없었던 것이다. 그는 자주 미사에 참석했다. 야코부스 신부가 쓴 책 두세 권을 잘 읽어 보고, 또 직접 대화를 나누면서 신부의 영향을 받아들이게 된 후로 그에겐 이 기독교라는 현상이 과연 무엇인지가 확연해졌다. 여러 세기 동안 그렇게 여러 번 비현대적이고 뒤떨어지고 낡아빠지고 경직된 것이 되었으면서도 언제나 다시 그 근원을 되짚어 어제까지만 해도 현대적이고 승리감에 취해 있던 것을 앞지르며 그 근원으로부터 새로워지곤 했던 이 종교를 이해하게 되었던 것이다. 그리고 어쩌면 카스탈리엔의 문화도 기독교적 서양 문화가 세속화된 일시적이고 파생적인 말기 형식에 지나지 않으며, 언젠가는 다시 기독교에 흡수되고 환원될지도 모른다는 생각을 이따금 신부가 대화 중에 내비쳐도 정색하고 맞서지는 않았다. 언젠가 그는 신부에게 이렇게 말했다. 그야 신부에게는 그렇게 생각될지도 모르지만 자신이 설 자리와 봉사할 곳은 베네딕투스가 아니라 카스탈리엔의 질서 안에 정해져 있으며 자기가 속해 있는 질서가 영원을 지향하든 아니면 그저 오랜 지속을 바라든 상관없이 자신은 그 속에서 함께 일하며 스스로의 존재를 확인해야 할 것이라고. 개종이란 별로 품위 있어 보이지 않는 일종의 도피로밖에는 생각할 수 없노라고. 저 존경하는 알브레히트 벵겔도 당시에는 조그마하고 보잘것없는 교회에 봉사하고 있었지만 그러면서도 영원에 대한 봉사에는 조금도 소홀함이 없었노라고. 경건함이란 목숨을 바칠 정도의 신앙에 찬 봉사와 충성을 뜻하지만 이는 어느 종파에서도 어느 단계에서도 가능한 일이며 이 봉사와 충성이야말로 모든 개인적 경건함의 진실성과 가치를 결정하는 유일하고도 유효한 증거라고.

크네히트가 신부들 곁에 묵은 지 거의 이 년쯤 지났을 때 한번은 어떤 손님이 수도원에 나타났다. 그런데 이 손님을 크네히트로부터 멀리 떼어 놓기 위해 수도원에서 온갖 세심한 주의를 기울이는 것이었다. 심지어는 그 손님을 가볍게 소개하는 일조차 없었다. 그래서 부쩍 호기심이 생긴 크네히트는 그저 며칠 머물렀을 뿐인 이 낯선 손님을 관찰하며 온갖 추측을 다 해 보았다. 그는 손님이 입고 있던 수도사 복장은 변장에 불과하다고 생각했다. 이 미지의 인물은 수도원장과 특히 야코부스 신부와 문을 닫은 채 오랫동안 회합을 가졌으며, 빈번히 급사(急使)를 맞아들이고 또 보내는 것이었다. 이 수도원의 정치적 관계나 그러한 전통에 대해 얼마간 풍문으로 들어 알고 있던 크네히트는 이 손님이 비밀 임무를 띤 고위 정치가이거나 신분을 감추고 다니는 군주일 것이라고 짐작했다. 그런데 이렇게 자신이 관찰한 사실을 더듬어 보다가 문득 지난 몇 달 동안에도 몇 사람인가 손님이 찾아왔었다는 사실에 생각이 미치게 되었고, 그 손님들도 지금 와서 생각해 보니 마찬가지로 비밀에 싸여 있거나 무슨 중대한 뜻이 있는 듯했다. 그러자 '경찰'의 부장이, 그 친절했던 뒤부아 씨가 문득 머리에 떠올랐다. 그리고 수도원에서 일어나는 바로 이런 일들을 수시로 주의해 보아 달라던 부탁도 생각났다. 크네히트는 여전히 그런 보고가 내키지도 않았고 그래야 할 의무도 느끼지 않았지만, 자신에게 호의를 가지고 있는 사람에게 그토록 오래 편지를 보내지 않아 아마 몹시 실망했으리라는 생각이 들자 양심의 가책을 느꼈다. 그는 뒤부아 부장에게 긴 편지를 썼다. 자신이 그동안 침묵했던 것에 대한 변명도 할 겸 편지에 약간의 실질적인 내용을 넣기 위해 야코부스 신부와 자신의 교제에 대해서도 얼마간 썼다. 이 편지가 구석구석 얼마나 세심하게, 누구에 의해 읽히게 될지는 상상조차 하지 못한 채.

5

사명

크네히트가 맨 처음 수도원에 체류했던 것은 이 년 동안이
었고, 당시 그의 나이 서른일곱이었다. 마리아펠스 수도원에
손님으로 머무는 일이 끝나 갈 무렵, 뒤부아 부장에게 긴 편
지를 써 보낸 지 이 개월쯤 지난 어느 날 아침 크네히트는 수
도원장의 응접실로 불려 갔다. 그는 친근한 느낌의 원장이 중
국에 대해 이야기를 나누고 싶어 하는 것이라 생각하고 곧 그
를 찾아갔다. 게르바지우스 원장은 손에 편지 한 통을 들고 크
네히트를 맞았다. "당신에게 이 말을 전할 영광이 내게 돌아왔
구려." 하고 원장은 보호자 같은 다정한 태도로 말했지만, 이
내 비꼬고 조롱하는 투로 바꾸었다. 이런 태도는 아직 완전히
드러나지 않은 이 종교적 수도회와 카스탈리엔 수도회 사이의
관계를 표현하는 것이었는데, 원래 야코부스 신부가 만들어 낸
것이었다. "아무튼 당신네 유희 명인에게는 탄복했소! 정말이
지 편지를 쓸 줄 아는 분이오! 그 양반이 내게 라틴어로 편지

를 보내왔어요. 어째서 라틴어인지는 모르겠지만 말이오. 당신들 카스탈리엔 분들이 무슨 일을 할 때면 그것이 예절을 의도한 건지 조롱을 하려는 건지, 경의를 표하는 건지 가르치겠다는 건지 통 알 수가 없어요. 그래 이 거룩하신 분께서 라틴어로 편지를 보내셨는데, 그것도 현재 우리 수도회를 통틀어 아무도 할 수 없는 그런 라틴어란 말이오. 기껏 야코부스 신부한 사람이나 예외가 될까. 키케로*한테 직접 전수받은 것 같은 라틴어인데, 거기에 교회에서 쓰는 라틴어가 적당히 향수처럼 살짝 뿌려져 있단 말이오. 이 또한 그분이 우리 수도사들을 꼬이기 위해 미끼를 던진 건지 아니면 비꼬는 건지, 그렇지 않으면 그저 유희를 하고 문체를 꾸미고 장식을 하고 싶은 억제하지 못할 충동에서 그런 것인지 물론 알 길이 없구려. 그 존경할 만한 분이 이렇게 쓰셨소. 저쪽 사람들은 이쪽에서 다시 한번 당신을 보고 포옹하는 동시에 당신이 거의 야만인이나 다름없는 우리 사이에서 오래 머무는 동안 도덕이나 형식적인 면에서 어느 정도나 훼손됐는지 알아보는 게 바람직하겠답니다. 간단히 말해, 이 장문의 문학 작품을 내가 제대로 이해하고 해석한 거라면, 당신은 휴가를 얻은 것이고, 나는 내 손님인 당신을 무기한으로 발트첼에 돌려보내 달라는 요청을 받은 거지요. 그러나 영원한 휴가는 아니오. 이쪽에서 좋다고만 하면 당신을 곧 다시 돌려보내는 것이 어디까지나 저쪽 당국의 의향인 것 같소. 한데 유감스럽게도 나는 도저히 이 편지의 미묘한 점들

---

* 고대 로마의 문인이자 철학자, 정치가. 카이사르와 반목하여 정계에서 쫓겨나 문필에 종사했다.

을 제대로 해석해 낼 수가 없구려. 토마스 명인도 설마 그런 것을 내게 기대하진 않을 테지. 여기 있는 이 편지는 당신에게 전해 달라는 말씀이었소. 자, 그러면 돌아가서 떠날 것인지, 떠난다면 언제 떠날 것인지 생각해 보구려. 당신이 가 버리면 우린 서운할 거요. 그리고 너무 오랫동안 돌아오지 않으면, 당신을 돌려보내 달라고 저쪽 교육청에 요구하게 될 거고.”

크네히트가 받은 편지에는, 휴식도 취하고 또 윗사람들과 상의할 일도 있어 휴가를 주선했으니 즉시 발트첼로 돌아오라는 내용이 짤막하게 교육청의 이름으로 통보되어 있었다. 초보자들에게 실시해 온 유희 강의는 원장이 특별히 끝내 달라고 말하지 않는 한 고려하지 않아도 좋다는 것이었다. 전(前) 음악 명인이 안부를 전한다는 내용도 들어 있었다. 이 구절을 읽다 말고 요제프는 생각에 잠겼다. 편지를 쓴 유희 명인이 어떻게 직무상의 편지에는 어울리지 않는 이런 인사말을 전해 달라는 부탁을 받게 되었을까? 과거의 명인들까지 모두 참석한 총회가 열렸던 것이 틀림없었다. 사실 교육청의 회합이나 결의 사항은 그에게는 아무래도 좋은 일이었지만, 이런 인사말이 이상하게 그의 마음을 흔들었다. 아무래도 그 말투는 동료를 대하는 식이었던 것이다. 총회에서 어떤 안건을 논의했든 상관없는 일이지만, 이런 인사말은 고위층에서 이 기회에 요제프 크네히트에 대한 이야기도 했다는 사실을 증명하는 것이었다. 새로운 일이 닥치는 것일까? 소환되는 것인가? 그렇다면 이 소환은 승진인가 좌천인가? 그러나 편지에는 휴가에 대한 말 이외에는 없었다. 사실 크네히트는 이 휴가를 진정으로 기뻐하고 있었고, 마음 같아서는 당장 다음 날이라도 떠나고 싶었다. 그러나 적어도 학생들과는 작별을 해야 하고, 지시를 남겨야 했다. 안톤은 그가 떠나는 것을 몹시 슬퍼할 것이었다. 그리고 신부들 중 몇 사람에게도 개인적으로 작별 인사를 해야 했다. 그런데 야코부스 신부에게 생각이 미치자 스스로도 놀랍게 가슴속에 아릿한 고통이 느껴졌다. 이 동요는 그가 스스로 의식하고 있는 것 이상으로 마리아펠스에 애착을 가지고 있다는 것을 말해 주는 것이었다. 이 수도원에는 그가 익숙하고 소중하게 여겼던 많은 것들이 결여되어 있었고, 카스탈리엔은 이 년의 세월이 흐르는 동안 멀리 떠나 있음을 아쉬워했던 까닭에 그의 상상 속에서 더욱 아름다운 곳이 되어 있었다. 그러나 그 순간 크네히트는 분명히 깨달았다. 자기가 야코부스 신부와의 교제에서 얻는 것이 그 무엇으로도 대체할 수 없는 것이며, 카스탈리엔에서는 그것을 얻을 수 없으리라는 것을. 그러자 자신이 이곳에서 무엇을 체험하고 배웠는지도 전보다 훨씬 뚜렷하게 의식되었다. 그러고는 발트첼로의 여행, 재회, 유리알 유희, 휴가 등을 생각하자 기쁨과 기대감이 걷잡을 수 없이 밀려왔다. 하지만 다시 돌아온다는 확신이 없었더라면 이 기쁨은 덜했으리라.

그는 문득 결심하고 야코부스 신부를 찾아가 휴가를 떠나게 되었다고 이야기했다. 그리고 귀향과 재회에 대한 기쁨 한 구석에 자기가 벌써 다시 이곳으로 돌아오는 것에 기쁨을 느끼고 있다는 사실에 스스로도 깜짝 놀랐으며, 이 기쁨은 무엇보다도 존경하는 신부님으로 인한 것이므로 감히 용기를 내어 큰 부탁을 하나 드리겠노라고 말했다. 돌아온 후에 일주일에 한두 시간이라도 좋으니 제자로 삼아 얼마만이라도 가르침을 주었으면 한다고. 야코부스 신부는 거절의 뜻으로 웃으며 자기처럼 단순한 수도자는 탁월하고 다양한 카스탈리엔의 교양을 대하면 그저 말문이 막힐 정도로 감탄한 나머지 놀라움에 머리를 저을 수밖에 없노라고 다시 한 번 저 훌륭하면서도 조롱 섞인 치렛말을 늘어놓았다. 그러나 요제프는 이미 이 거절이 진심이 아님을 알아차렸다. 그가 손을 내밀어 작별 인사를 하자 신부는 다정스럽게, 부탁한 일에 대해서는 걱정할 것 없다고, 그를 위해서라면 무슨 일이든 기꺼이 하겠노라고 말하고는 진심으로 그와 작별을 나누었다.

크네히트는 휴가를 맞아 즐겁게 귀향길에 올랐다. 자신의 수도원 시절이 결코 무익한 것이 아니었음을 속으로 확신하며. 출발할 때 그는 소년이라도 된 듯 느꼈지만, 곧 자기가 이제는 소년도 청년도 아니라는 것을 깨달았다. 방학을 맞아 해방된 학생의 즐거운 기분이 갑자기 밀려와 무슨 동작이나 외침, 어린애 같은 가벼운 행동을 하려고 한 순간 속으로 부끄러움과 저항감이 느껴졌기 때문이다. 그랬다. 한때는 나무 위의 새들에게 환성을 지르고, 큰 소리로 행진곡을 부르며 박자에 맞춰 몸을 흔들며 춤을 추듯 걷는 것도 당연하고 신나는 일이었겠지만, 더 이상은 안 될 일이었다. 어울리지 않고 꾸며 낸 듯할 테고, 어리석고 유치할 터였다. 그는 이제 자신이 어른인 것처럼 느껴졌다. 기분도 젊고 힘도 젊었지만 순간적인 기분에 빠지기에는 이제 어딘지 어색하고 부자연스러웠으며, 언제나 정신을 똑바로 차려야 하고 어디엔가 구속되어 있고 책임을 지고 있는 느낌이었다. 무엇 때문이었을까? 직책 때문에? 수도원 사람들 앞에서 자신의 주(州)와 수도회를 대표해야 하는 임무 때문에? 아니, 그것은 수도회 그 자체 때문이었다. 그리고 이 갑작스런 자기 성찰의 순간 자신도 모르는 사이에 자기가 그 안에서 자라나 자리 잡았음을 깨닫게 된 성직 제도 때문이었다. 많은 젊은이들을 나이 들어 보이게 하고 많은 노인들을 젊어 보이게 하는 것은 다름 아닌 책임이었고, 그들이 보편적인 것, 더 높은 것들에 둘러싸여 있기 때문이었다. 그것은 사람을 꽉 붙잡아 주고 받쳐 주긴 했지만 동시에 어린 나무를 묶고 있는 버팀목처럼 그에게서 자유를 앗아가 버렸고, 더욱더 지극한 순결을 요구하면서도 순진함을 빼앗아 버렸던 것이다.

몬테포르트에서 크네히트는 전 음악 명인을 찾아가 인사했다. 젊은 날 한때 마리아펠스의 손님이었고 거기서 베네딕투스의 음악을 연구했던 음악 명인은 크네히트를 보자 여러 가지를 물었다. 크네히트는 이 노인이 어딘지 좀 더 부드러워지고 마음이 세상을 떠나 있는 것 같은 생각이 들었다. 그러나 겉모습은 지난번보다 더 힘 있고 명랑해 보였으며 얼굴엔 피로한 기색이 말끔히 가셔 있었다. 직무에서 물러난 후 노인은 더 젊어진 것은 아니지만 훨씬 더 정답고 자상해져 있었다. 이상한 것은 노인이 마리아펠스의 파이프오르간이나 악보가 들어 있는 궤들이나 합창에 대해 물어보고 또 회랑에 있던 나무가 여전히 그 자리에 있는지 알고 싶어 하면서도, 크네히트가 그곳에서 한 활동, 유리알 유희 강의라든가 휴가의 목적 등에 대해서는 전혀 호기심이 없어 보인다는 점이었다. 그러면서도 노인은 그가 다시 떠나기 전에 의미심장한 말을 해 주었다. 노인은 농담이라도 하듯이 말했다. "듣자 하니, 무슨 외교관처럼 된 모양이던데. 그것은 사실 별로 아름다운 직업이 아니지만, 사람들은 모두 자네에게 만족해하는 것 같더군. 그 점에 대해서는 마음대로 생각하게! 그러나 그 직업에 영원히 남는 게 자네 야심이 아니라면, 조심하게, 요제프. 사람들은 자네를 잡아 두려고 하는 것 같더군. 저항하게. 자네에겐 그럴 권리가 있어. 아니, 묻지 말게. 더 이상 말하지 않겠어. 자네도 알게 될 거야."

이 주의는 그의 가슴에 가시처럼 박혔으나, 그래도 발트첼에 도착하자 크네히트는 그때까지 한 번도 그런 적이 없을 만큼 강하게 고향에 돌아와 사람들을 다시 만나는 기쁨을 느꼈다. 발트첼은 그의 고향이요 세상에서 가장 아름다운 곳일 뿐 아니라 자신이 떠나 있는 동안 더 아름답고 마음을 끄는 곳이 된 것 같았다. 혹은 그가 새로워진 눈과 고양된 안목을 가지고 돌아온 것 같은 생각도 들었다. 그리고 이런 것은 비단 문이나 탑, 나무, 강, 안뜰, 홀, 인물, 낯익은 얼굴에 대해서만이 아니었다. 발트첼의 정신과 수도회, 그리고 유리알 유희에 대해서도 그는 이 휴가 기간 동안 여행을 하고 고향에 돌아온 자, 그리하여 한층 원숙하고 현명해진 자의 높아진 감수성과 감사가 가득한 성숙한 이해심을 느꼈다. "난 말이지." 크네히트는 친구 테굴라리우스에게 발트첼과 카스탈리엔에 대해 생기에 찬 예찬을 잔뜩 늘어놓은 후 말했다. "마치 그 모든 세월을 여기서 잠을 자면서 보내 버린 느낌이야. 행복하긴 해도 아무런 의식 없이 그렇게. 그러다가 이제 막 잠에서 깨어나 모든 것을 선명하고 뚜렷하게 현실로 확인하며 보고 있는 느낌이 들어. 이 년 동안 외지에 나가 있었던 일이 이렇게 눈을 밝혀 놓다니!" 크네히트는 휴가를 축제처럼 즐겼다. 특히 유희자 마을의 엘리트 그룹에 속해 있는 친구들과 유희와 토론을 즐겼고, 발트첼을 지키는 정신이라고 할 수 있는 그들과의 재회를 즐겼다. 그러나 이런 행복하고 기쁜 기분이 한껏 고조되어 절정에 이른 것은 유리알 유희 명인의 집에서 대접을 받고 난 뒤였다. 그때까지는 기쁨에 아직 어느 정도 불안이 섞여 있었던 것이다.

유희 명인은 크네히트가 예상했던 것보다는 별로 질문을 하지 않았다. 초보자들을 위한 유희 강습과 음악 문서실에서 했던 크네히트의 연구에 대해서도 거의 언급이 없었다. 다만 야코부스 신부에 대한 것만은 아무리 들어도 충분치 않다는 듯 계속 화제를 그리로 돌리곤 했다. 요제프가 이 인물에 대해 이야기하면 어떤 이야기든 중단시키는 법이 없었다. 사람들이 크네히트에 대해, 베네딕투스 수도원에서 그가 수행한 임무에 대해 만족하고 있다는 것, 그것도 상당히 만족하고 있다는 것을 그는 명인의 친절한 태도에서 알 수 있었을 뿐 아니라 명인의 지시로 찾아가 만난 뒤부아 씨의 태도에서 더 확연히 알 수 있었다. 뒤부아 씨는 "일을 아주 눈부시게 해냈네."라고 말하더니 낮게 웃으면서 덧붙였다. "수도원에 자네를 파견하는 데 내가 반대를 했다니, 한참 눈이 모자랐던 거지. 자네가 원장뿐 아니라 저 대단한 야코부스 신부의 마음까지 사로잡아서 카스탈리엔에 호의적인 태도를 갖게 만든 것은 정말 대단한 일이야. 어느 누구도 감히 엄두 내지 못하던 일이었네." 이틀 후 유리알 유희의 명인은 뒤부아 씨와 츠빈덴 교장의 후임인 그 당시 발트첼의 영재 학교 교장과 함께 크네히트를 식사에 초대했다. 식사를 마치고 대화를 나누고 있을 때, 예기치 않게 새로 임명된 음악 명인과 수도회의 기록소장도 나타났다. 교육청의 최고 관리 두 사람이 더 온 셈이었는데, 그중 한 사람은 크네히트를 객실로 데리고 가 오랜 시간 이야기를 나누었다. 이 초대로 인하여 크네히트는 처음으로 공공연하게 고관 후보들의 좁은 범주 안으로 들어가게 되었고, 그와 일반 영재 유희자들 사이에는 금방 감지할 수 있는 장벽이 생겨났다. 눈이 뜨인 크네히트는 그것을 예민하게 알아차렸다. 그 밖에도 그는 임시로 사 주의 휴가와 교육주 내의 숙소에서 통용되는 관리용 증명서를 발부받았다. 그에겐 아무런 의무도 지워지지 않았고, 어디에 도착해 신고할 의무조차 부여되지 않았지만, 그래도 그는 상부로부터 예의 주시되고 있음을 분명히 느낄 수 있었다. 왜냐하면 그가 코이퍼하임이나 히르스란트의 동아시아 연구원으로 짧은 여행이라도 하게 되면, 이내 그곳의 고관으로부터 초대를 받곤 했기 때문이다. 실제로 그는 이 몇 주 동안 수도회의 모든 관청 고관과 명인과 연구 책임자 대부분을 알게 되었다. 이처럼 매우 공식적인 초대와 모르던 사람을 만나 알게 되는 일들이 아니었다면 이 짤막한 여행들은 크네히트에게 옛날 연구 시절의 세계와 자유 속으로 되돌아감을 의미했을 것이었다. 그러나 그는 무엇보다도 친구 테굴라리우스를 생각해서 이 여행들을 제한했다. 테굴라리우스가 그와 잠시라도 떨어져 있는 것을 힘들어했기 때문이다. 그러나 여행을 줄인 것은 유리알 유희 때문이기도 했다. 이곳에서 다시 최근 행해지는 유희 연습과 문제 제출에 참가해 자신의 실력을 확인하는 일이 그에겐 몹시 중요했기 때문이다. 이 점에서 테굴라리우스는 다시 없는 봉사를 해 주었다. 그의 또 다른 가까운 친구 페로몬테는 새 음악 명인의 참모 가운데 한 사람이 되어 있었기 때문에 이번에는 두 번밖에 볼 수 없었다. 크네히트는 그가 연구에 즐겁게 몰두하고 있다는 것을 알았다. 음악사에 있어서 하나의 커다란 과제, 즉 그리스 음악과 그것이 발칸 반도 여러 나라의 춤과 민요에 어떻게 계승되었는지 하는 문제가 그에게서 풀리고 있었던 것이다. 페로몬테는 알려 주는 기쁨에 잔뜩 들떠서 친구에게 자신이 최근 연구하고 발견한 것에 대해 이야기했다. 그것은 바로크 음악이 서서히 쇠퇴하던 18세기 말엽 슬라브 민족 음악 쪽에서 새로운 음악의 본질이 밀려오던 것을 다룬 것이었다.

하지만 축제와도 같은 휴가의 대부분을 크네히트는 발트첼에 머물면서 유리알 유희를 하면서 보냈다. 명인이 최근 두 학기 동안 상급반에서 행한 특강 노트를 프리츠 테굴라리우스와 함께 복습하면서 이 년 동안 접하지 못했던 고귀한 유희의 세계에 다시 한 번 온 힘을 다해 파고들었다. 이 세계가 가지는 매력은 음악의 매력과 마찬가지로 그의 삶에서 떼어 놓을 수도 없고 없어서도 안 될 것처럼 보였다.

휴가가 거의 끝날 무렵이 되어서야 유희 명인은 요제프를 다시 마리아펠스로 파견하는 일과 앞으로의 당면 과제에 대해 이야기를 꺼냈다. 처음에는 그저 잡담하듯 시작했으나 점점 진지하고도 긴박한 태도로 당국의 계획을 설명해 주었다. 그것은 대부분의 명인들과 뒤부아 씨에게는 아주 중요한 일로, 장차 로마 교황 밑에 카스탈리엔의 대표를 상주시키려 한다는 것이었다. 토마스 명인은 그 특유의 마음을 끄는 논리 정연한 말투로 다음과 같은 이야기를 펼쳐 놓았다. 로마와 수도회 사이의 오랜 간격에 다리를 놓게 될 역사적 순간이 적어도 가까운 장래에 닥쳐올 것이다. 앞으로 어떤 위험이 닥치게 되면 이 두 세력은 틀림없이 공동의 적을 맞이하여 서로 운명을 함께하는 자연스러운 동맹자가 될 것이다. 정신과 평화를 지키고 보호하는 것을 역사적 임무로 삼고 있는 세계의 두 세력이 이제까지 그래 왔듯 나란히 서로 낯선 존재로 계속 지내는 것은 오래가지도 못할 것이며 도대체가 품위 없는 일이다. 로마 교회는 지난날 엄청난 전쟁이 있던 시절의 타격과 위기를 심한 손실을 입으면서도 넘어섰고, 그럼으로써 새로워지고 순화되었지만, 당시 학문과 교양의 세속적인 교육 기관들은 문화가 몰락하면서 함께 휩쓸리고 말았다. 그 폐허 위에 비로소 수도회와 카스탈리엔의 사상이 일어난 것이다. 그런 이유로 해서, 그리고 그 존경할 만한 연조 때문에라도 로마 교회의 우위는 인정되어야 한다. 로마 교회는 우리 수도회보다 오랜 연륜을 쌓았고, 보다 고귀하고, 더 큰 폭풍들을 여러 차례 겪어 내며 그 존재를 인정받은 세력이다. 우선 중요한 것은, 두 세력 간의 동질성과, 이 두 세력이 앞으로 닥쳐올 모든 위기에서 피차 서로 의지할 수 있는 존재라는 의식을 로마 쪽에도 일깨우고 배양시키는 것이다.

(여기서 크네히트는 생각했다. '아, 그러니까 나를 로마로 보내려는 것이구나. 그것도 될 수 있으면 영원히 거기 눌러앉도록!' 그리고 전 음악 명인의 경고를 떠올리곤 즉시 속으로 방어할 준비를 했다.)

토마스 명인은 계속했다. 카스탈리엔 쪽에서 이미 오래전부터 노력해 온 이러한 발전의 중요한 한 걸음이 마리아펠스에서 맡았던 크네히트의 사명을 통해 이루어지게 되었다. 그 자체로는 그저 하나의 시도이자 정중한 제스처일 뿐 아무런 의무도 없는 이 사명은 그쪽 관계자의 초청을 토대로 별다른 의도 없이 이루어졌다. 그렇지 않았다면 정치적으로는 전혀 감조차 없는 유리알 유희자가 아니라 틀림없이 뒤부아 씨 휘하의 젊은 관리가 보내졌을 것이다. 그런데 이 시도가, 이 작고 해로울 것 없는 사명이 놀랍게도 좋은 결과를 낳았다. 이 일로 인해 오늘날 가톨릭의 지도적 인물인 야코부스 신부가 카스탈리엔의 정신에 대해 좀 더 자세히 알게 되었고, 그가 지금까지 거부해 온 이 정신에 대해 훨씬 호의적인 생각을 품게 되었다. 요제프 크네히트가 여기서 맡은 역할에 대해서는 모두가 감사하고 있다. 여기에 바로 그가 맡은 사명의 의의와 성과가 있는 것이다. 이것을 토대로 접근이 시도되어야 할 뿐 아니라 크네히트의 사명과 일도 계속 고찰되고 추진되어야 할 것이다. 원한다면 휴가는 앞으로 얼마간 더 연장해 줄 수도 있다. 사람들은 크네히트와 간담을 나누었고, 상부 관리들 대부분이 그를 만나 보았다. 상부에서는 그에게 신뢰를 표명했으며, 특별 임무와 함께 더 많은 권한을 주어 다행히도 그가 환영받을 것이 확실한 마리아펠스로 돌려보낼 것을 유리알 유희의 명인인 자신에게 의뢰해 왔다고 했다.

명인은 듣는 사람에게 질문할 여유를 주려는 듯 잠깐 말을 끊었다. 하지만 이쪽은 그저 정중하고 공손하게 자신은 주의해서 귀 기울이고 있으며 주어질 임무를 기다리고 있을 뿐이라는 태도를 보이고 있었다.

그러자 명인이 말했다. "내가 자네에게 맡길 임무란 이런 것일세. 우리는 조만간 바티칸에 우리 수도회의 상설 대표부를 둘 생각이네. 가능하다면 상호 간에 설치했으면 하는 바람이지. 우리는 로마에 대해 후배로서 비굴하지는 않지만 아주 공손한 태도를 취할 용의가 있네. 저편에 1위를 양보하고 우리는 기꺼이 2위를 차지할 생각이야. 교황은 아마 — 난 뒤부아 부장만큼은 잘 모르지만 — 우리 제의를 오늘이라도 받아들일 거야. 그러나 저쪽에서 거절하는 회답을 받는 것은 무슨 일이 있어도 피해야 해. 그런데 우리가 잘 알고 있고 접근해 볼 수 있는 인물로 그의 말이라면 로마에선 지대한 비중이 있는 사람이 있는데, 그게 바로 야코부스 신부라네. 자, 자네 임무는 이걸세. 베네딕투스 수도원으로 돌아가 전처럼 거기서 연구하고 생활하며 무난하게 유리알 유희 강의를 하되, 야코부스 신부를 서서히 우리 편으로 만들어서 그가 우리 계획을 로마에 주선해 보겠다고 약속하도록 하는 것이야. 이 점을 염두에 두고 모든 주의를 기울여야 하네. 이번에는 자네를 파견하는 최종 목표에 분명한 윤곽이 지어졌어. 이 일을 달성하는 데 시간이 얼마나 걸리는지는 그리 중요하지 않아. 적어도 앞으로 일 년은 더 걸리겠지만, 이 년 혹은 그 이상이 될 수도 있네. 자네 베네딕투스식의 템포를 잘 알지 않나, 거기 적응하는 법도 배웠고. 어떠한 경우에도 초조해하거나 안달하는 인상을 주어서는 안 돼. 일이 무르익어서 저절로 말이 나오는 것으로 해야지, 그렇지 않겠나? 자네가 이 임무를 받아들여 주리라 믿네. 이의가 있으면 털어놓고 말해 보게. 원한다면 며칠 생각할 시간을 주겠네."

이미 다른 여러 대화를 통해 꽤 많은 이야기를 들은 뒤여서 크네히트는 이 임무 때문에 새삼스럽게 놀라지는 않았다. 그는 생각할 시간은 필요하지 않다고 말하고 순순히 임무를 받아들였다. 그러나 이런 말을 덧붙였다. "알고 계시겠지만, 이런 종류의 임무는 위촉받은 사람이 마음속에 무슨 저항감이나 거부를 느끼지 않을 때라야 최선의 성공을 거두게 됩니다. 임무 자체에 대해서는 저도 아무 이의가 없고 그 중요성도 잘 알고 있으며, 제대로 수행할 수 있기를 바랄 뿐입니다. 그러나 제 장래에 대해서는 일종의 두려움과 압박감을 느끼지 않을 수 없습니다. 부디 저 개인의 이기적인 희망과 고백을 들어 주셨으면 합니다. 명인께서도 아시다시피 저는 유리알 유희자입니다. 그런데 꼬박 이 년을 신부들에게 파견되어 지내는 동안 저는 연구에서 뒤처졌고, 아무것도 새로 배우지 못했으며, 기술에도 둔한했습니다. 그런데 적어도 앞으로 일 년이나 어쩌면 그 이상의 기간이 거기에 보태지게 되었습니다. 이번만큼은 더 이상 퇴보하고 싶지 않습니다. 그러니 짧은 휴가라도 좀 더 자주 얻어 발트첼의 명인 연구실에서 열리는 상급 강의와 특강을 언제라도 들을 수 있도록 허락해 주셨으면 합니다.”

“기꺼이 그렇게 해 주겠네.” 하고 명인이 말했는데, 그 어조에는 벌써 작별의 기미가 들어 있었다. 그래서 크네히트는 좀 더 목소리를 높여 다른 것도 이야기했다. 즉 마리아펠스 계획이 제대로 성사되고 나면 자신이 로마로 보내지거나 아니면 다른 외교적인 일에 투입되는 것은 아닌지 염려된다고 말했다. 그러고는 이렇게 말을 맺었다. “그런 전망이 보인다면, 그것은 저와 수도원에서의 제 활동에 압박이 되고 지장을 줄 것입니다. 왜냐하면 언제까지나 외교 업무로만 내몰리는 일은 결코 제가 바라는 바가 아니기 때문입니다.”

명인은 눈살을 찌푸리더니 나무라듯 손가락을 세웠다. “자넨 내몰린다고 말하는데, 그 표현은 정말 잘못 고른 거야. 자네를 밀어낸다고 생각하는 사람은 아무도 없네. 특별 대우로 끌어올릴 생각이라면 몰라도. 나중에 자네를 어디에 쓸지 알려 주거나 약속할 만한 권한은 내게 없어. 그러나 자네의 고민이 무엇인지는 알 수 있네. 만일 자네가 두려워하는 일이 결국 옳은 것이라면, 아마 내가 자네를 도와줄 수 있을 거야. 그런데 내 말을 들어 봐. 자네는 사람에게 호감을 주고 남의 마음을 끌어당기는 일종의 재주가 있네. 악의가 있는 사람이라면 자네를 마술사 같은 자라고 할 거야. 아마 이런 재주 때문에 당국에서 자네를 다시 수도원에 파견하기로 한 것일 거야. 그러나 그 재주를 지나치게 쓰지 않도록 하게, 요제프. 그리고 자네가 이룬 업적을 너무 내세우려 하지 말게. 만일 야코부스 신부와의 일이 잘된다면, 그때가 바로 자네가 개인적인 청원을 당국에 할 수 있는 적절한 때일 거야. 오늘 그런 청원을 한 것은 너무 이른 것 같군. 출발 준비가 되면 내게 알려 주게."

요제프는 말없이 그 말을 받아들였다. 그것을 꾸지람이라기보다는 숨겨진 호의로 여겼던 것이다. 얼마 후 그는 마리아펠스로 돌아갔다.

그곳에서 그는 정확히 한계가 정해진 임무에서 오는 안정감을 매우 고맙게 느꼈다. 더군다나 이 임무는 중요하고 명예로운 일이었다. 그리고 가능한 한 야코부스 신부와 가까이 사귀고 그의 완전한 우정을 얻어야 하는 이 일은 한편으로는 일을 맡은 자신의 소망과도 일치하는 것이었다. 그의 새로운 사명이 이곳 수도원에서 진지하게 여겨지고 그의 지위가 높아졌다는 사실은 수도원에 있는 고위 성직자들의 태도, 특히 원장의 달라진 태도에서 증명되고 있었다. 그들은 여전히 변함없이 친절했지만 확연히 느껴질 정도로 존경의 태도가 더해져 있었다. 요제프는 이미 출신이나 그의 인격에 대한 호의 때문에 친절한 대접을 받는 아무 지위 없는 젊은 손님이 아니라 이제 카스탈리엔의 고관으로, 이른바 전권 대사 같은 인물로 받아들여지고 대접받고 있었던 것이다. 그도 이젠 이런 일들을 모르지 않았고, 그런 데서 나름의 결론을 내리고 있었다.

하지만 야코부스 신부에게서는 아무것도 달라진 점을 찾을 수 없었다. 신부는 다정하고 기쁘게 그를 맞아 주었으며, 크네히트가 청하거나 재촉하기도 전에 약속했던 공동 연구 건을 먼저 상기시켰기 때문에 크네히트는 깊은 감동을 받았다. 크네히트의 일에 대한 계획과 일과는 휴가 전과는 본질적으로 다른 양상을 띠게 되었다. 일의 계획을 세우고 의무를 수행하는 데 있어서 유리알 유희 강의는 이제 더 이상 우선순위를 차지하지 못했고, 음악 문서의 연구나 오르간 연주자와의 동료로서의 공동 작업도 더 이상 문제가 되지 않았다. 야코부스 신부에게서 받는 수업이 이제 맨 위에 올라 있었다. 역사학의 여러 분야를 동시에 배우게 되었는데, 야코부스 신부가 자기 마음에 든 제자에게 베네딕투스 수도회의 전사(前史)와 초기 역사뿐만 아니라 중세 초의 문헌학 입문을 함께 가르쳤기 때문이다. 그 밖에도 신부는 따로 시간을 내어 옛날 연대기 작가의 저술 하나를 크네히트와 함께 원문으로 읽어 나갔다. 신부는 크네히트가 안톤이라는 젊은이도 수업에 참가할 수 있도록 해 달라고 간곡히 부탁하는 것이 마음에 들었지만, 최상의 의욕을 가진 경우라 해도 제삼자가 이런 개인 수업에 끼어들면 방해가 되기 마련이라는 것을 크네히트에게 납득시키기는 어렵지 않았다. 그래서 안톤은 크네히트의 주선이라고는 짐작도 못한 채 연대기 작가의 원문 강독에만 참석하도록 초대를 받았고, 그 것만으로도 몹시 기뻐했다. 그의 삶에 대해 우리로서는 그 이상 아는 바가 없지만, 아무튼 그 젊은 수사에게 이 시간이 하나의 영예요 최상의 즐거움이자 자극이었다는 점은 의심할 여지가 없다. 안톤은 초보적인 청강생으로서 그들의 연구와 의견 교환에 약간이나마 참여할 수 있게 된 것이지만 그 두 인물은 당대의 가장 순수한 정신과 독창적인 머리를 가진 사람들이었던 것이다. 자신이 받는 수업에 대한 보답으로 크네히트는 이따금 신부의 금석학(金石學)이나 문헌학 강의에 뒤이어서 카스탈리엔의 역사와 조직, 그리고 유리알 유희의 주된 이념을 개론으로 강의했는데, 이때에는 학생이 선생이 되고, 그 존경받는 스승은 주의 깊은 청강생이 되어 종종 지칠 줄 모르고 질문을 던지며 비판을 가하곤 했다. 전체적인 카스탈리엔 기질에 대한 신부의 불신은 여전히 가시지 않고 있었다. 카스탈리엔에 본래 종교적 태도가 없음을 알고 있기에 신부는 아무리 이 크네히트라는 인물에게서 카스탈리엔 교육의 고귀한 성과를 보고 있다고는 해도, 정말로 인정할 만한 인간형을 교육할 역량과 자격이 카스탈리엔에 있는가 하는 점에 대해서는 여전히 의심을 품고 있었다. 크네히트의 수업과 그 인물 됨됨이를 보면서 이미 어느 정도는 마음을 돌렸고, 또 카스탈리엔을 로마에 접근시키는 일을 주선하겠다고 벌써부터 결심하고 있었다고는 해도, 이러한 불신이 완전히 잠들지는 않았던 것이다. 크네히트의 기록에는 그때그때 즉석에서 적어 넣은 이에 관련한 노골적인 실례들이 가득한데, 그중 하나를 여기에 인용해 보기로 한다.

신부: "당신네 카스탈리엔 사람들은 대단한 미학자들이오. 당신들은 옛 시 한 편에서 모음(母音)의 비중을 재고 그 공식을 어느 별의 궤도에 연관시키기도 하지. 그런 일은 매혹적이긴 하지만 유희에 지나지 않소. 유희야말로 당신네들 최고의 비밀이자 상징이지. 저 유리알 유희 말이오. 당신들이 이 멋진 유희를 성사나 혹은 최소한 교화의 수단으로까지 끌어올리려고 애쓴다는 사실은 나도 인정하오. 그러나 성사란 그런 식의 노력에서 생겨나는 게 아니오. 유희는 그저 유희일 뿐이지."

요제프: "우리에겐 신학의 기반이 결여되어 있다는 말씀이시군요, 신부님?"

신부: "아, 신학에 대해서는 말할 것도 없소. 당신들은 신학에서 너무 멀리 떨어져 있으니까. 당신들에게라면 그보다 간단한 몇 가지 기반이 더 요긴할 거요. 이를테면 인류학이 그런 것인데, 인간에 대한 실질적인 가르침이요 지식이지. 당신들은 인간에 대해서, 그 수성(獸性)이라든가 신성(神性)에 대해 모르고 있소. 당신들이 알고 있는 건 오로지 카스탈리엔 사람, 그 특종(特種), 배타적인 사회 계층, 진기한 교육 실험뿐이지."

카스탈리엔을 위해 신부의 마음을 얻고 동맹 관계의 가치를 증명해야 하는 과제를 안고 있는 만큼, 크네히트로서는 이럴 때 더할 나위 없이 유리하고 폭넓은 대화의 장을 얻는 셈이었으므로 사실 그것은 대단한 행운이었다. 이렇게 만들어진 상황은 더 이상 바랄 수도 또 생각할 수도 없는 유리한 것이었지만, 그 때문에 그는 얼마 안 가 양심의 가책을 느꼈다. 왜냐하면 이 존경하는 인물은 자기를 완전히 믿고 열중한 채 마주 앉아 있거나 나란히 회랑을 이리저리 거닐곤 하는데, 자신은 그를 은밀한 정치적 의도와 업무의 대상이요 목적으로 삼는다는 것이 부끄럽고 천하게 여겨졌기 때문이다. 크네히트는 이런 상태를 더 이상 말없이 견디고만 있을 수 없을 것 같았으므로 어떤 식으로 자신의 정체를 폭로해야 할지만을 생각하고 있었다. 그런데 놀랍게도 노인이 그를 앞질러 버렸다.

"이보시오, 친구." 노인이 어느 날 지나가는 말처럼 말했다. "우리는 정말이지 아주 즐겁고도 결실이 풍부한 교제 방법을 생각해 낸 거요. 내게 평생 가장 소중한 것이었던 두 가지 활동, 즉 배우는 일과 가르치는 일이 우리가 공동으로 연구하는 가운데 훌륭하고도 새로운 방식으로 결합되었으니 말이오. 그것은 내겐 정말 알맞은 때에 이루어진 거라오. 나는 이제 늙어 가고 있고, 우리가 함께 시간을 보내는 것보다 더 나은 요양법이나 활력을 얻는 방법을 찾을 수는 없을 테니까. 그러니 내 입장에서 보자면 우리 교제에서 이득을 보는 건 아무튼 내 쪽이지. 반면에 친구여, 당신도, 특히 당신을 사절로 보낸 그분들도 이 일에서 바라는 만큼의 이익을 얻을 수 있을지 어떨지 나로서는 확실치 않구려. 나는 나중에 실망을 주는 일은 하고 싶지 않소. 우리 사이에 꺼림칙한 관계가 생겨나게 하고 싶지도 않고. 그래서 이 나이 든 사람이 한 가지 물어보고 싶은 게 있소. 당신이 우리 수도원에 묵고 있는 것은 나로서는 얼마든지 기꺼운 일이지만 나는 벌써 여러 번 이 점에 대해 생각하지 않을 수 없었소. 바로 얼마 전까지, 그러니까 요전에 휴가를 얻어 돌아갈 때까지만 해도 당신은 자신이 우리 수도원에 머물고 있는 의미와 목적을 확실히 알지 못했으리라고 생각되는데,

내가 옳게 본 거요?"

크네히트가 시인하자 그는 말을 이었다. "그래, 그런데 당신이 휴가에서 돌아온 후 사정이 달라졌소. 당신은 이제 자신이 이곳에 있는 목적에 대해서는 아무런 생각도 하지 않고 걱정도 하지 않지. 그리고 그 목적을 아주 잘 알고 있소. 맞지요? 좋소, 그렇다면 내 짐작이 틀린 건 아니로군. 아마 당신이 이곳에 머무는 목적에 대해 내가 짐작한 것도 맞을 것 같소. 당신은 외교적인 임무를 띠고 있는 거요. 그리고 그 대상은 우리 수도 원도 아니고, 원장도 아니고, 바로 나일 테지. 자, 이제 당신의 비밀 중에선 남은 게 별로 없을 텐데. 이런 상태를 완전히 청산하기 위해 마지막 한 걸음을 내딛으며 권하는 것이니, 남아 있는 비밀을 모두 털어놓구려. 당신 임무가 대체 어떤 거요?"

너무 놀라고 당황한 나머지 크네히트는 자리에서 벌떡 일어났다. "신부님 말씀이 맞습니다." 그는 외쳤다. "그러나 제 마음을 홀가분하게 해 주셨습니다. 저를 앞지르셔서 부끄럽게 만들기도 하셨고요. 저도 벌써 얼마 전부터 어떻게 하면 우리 관계를 분명하게 할 수 있을지 궁리하고 있었습니다. 신부님께서 이렇게 신속하게 처리해 주셨지만요. 다만 한 가지 다행한 점은 제가 신부님께 학문 지도를 부탁드리고 그렇게 하기로 결정되었던 일이 제가 휴가를 떠나기 전에 일어났었다는 사실입니다. 그렇지 않았더라면 이 모든 것이 저의 외교술에 의한 것이요, 우리 연구도 한낱 구실에 지나지 않는 것으로 보였을 테니 말입니다!"

노인은 다정하게 젊은이를 위로해 주었다. "나는 우리 두 사람이 한 걸음 더 앞으로 나아가도록 돕고 싶었을 뿐이오. 당신의 의도가 순수했다는 것에 대해서는 아무런 보증도 필요 없소. 내가 선수를 쳤고, 그게 당신이 바라던 바와 다를 게 없다면, 모든 일이 잘된 것 아니오." 크네히트가 자신이 맡은 임무의 내용을 말하자 신부는 이렇게 말했다. "카스탈리엔에 있는 당신 상관들은 천재적이라고 할 수는 없지만 그래도 그만하면 괜찮은 외교관들이고, 운도 좋소. 당신이 맡은 임무에 대해서는 내 조용히 생각해 보리다. 그리고 내 결정은 부분적으로는, 당신이 나를 당신들의 카스탈리엔의 제도와 관념 세계 속으로 얼마만큼이나 이끌고 들어가 그것들을 내게 믿을 만한 것으로 납득시키느냐에 달려 있소. 그 일에 대해선 어디 충분히 시간을 갖도록 해 봅시다." 크네히트가 여전히 조금 당황해 있는 것을 보자 그는 큰 소리로 웃음을 터뜨리고는 이렇게 말했다. "그게 낫겠다면, 내가 선수를 친 일도 일종의 수업으로 받아들일 수 있지 않겠소. 우린 두 외교관이고, 이 회합은 우호적인 형태를 취하는 경우에도 언제나 일종의 싸움이니까. 이 싸움에서 나는 잠시 불리한 입장에 있었소. 나는 어떻게 처신해야 좋을지 모르고 있었고, 당신은 나보다 더 많이 알고 있었거든. 그것이 이제야 조정된 거요. 내가 장기말을 제대로 놓은 것이 성공을 가져온 거지."

카스탈리엔 당국의 의도대로 신부를 자기 편으로 끌어들이는 일도 가치 있고 중요한 일이긴 했으나, 그래도 크네히트는 스스로 가능한 한 많은 것을 신부 밑에서 배우고 동시에 자기가 이 학식 있고 유력한 인물을 카스탈리엔의 세계로 나아가게 하는 신뢰할 만한 안내자가 되는 것이 훨씬 더 중요한 일로 여겨졌다. 여러 면에서 크네히트는 주위의 친구들과 학생들로부터 부러움의 대상이 되었는데, 그것은 아주 탁월한 인물들도 그들의 내적인 위대함이나 활력 때문만이 아니라 눈에 보이는 행운이나 운명의 총아인 듯한 인상 때문에 부러움을 사는 것과 같은 경우였다. 소인은 위대한 사람에게서 그저 자신이 볼 수 있는 만큼밖에는 보지 못한다. 사실 요제프 크네히트의 이력과 승진은 누가 보더라도 어딘지 비상하게 찬란하고, 빠르고, 얼핏 보기에 아무 노력 없이 이루어진 것처럼 보이긴 했다. 그의 생애에서 이 시기를 두고 사람들은 아마 그가 운이 좋았다고 말하려 들지도 모르겠다. 우리 또한 이 '행운'에 대해 외적인 상황에 의해 그렇게 될 수밖에 없었던 결과라거나 또는 그가 지닌 특별한 덕성에 대한 일종의 보상이라는 식의 합리적이고 도덕적인 설명을 할 생각은 없다. 행운이란 합리나 도덕에 연관이 있는 것이 아니라 그 본질상 어딘가 마술적인 것이고, 인류의 유년기에 속하는 어떤 것이다. 요정의 선물을 받았다든지 신의 총애를 받아 버릇없어진 단순한 행운아는 이성적 고찰의 대상이 될 수 없고, 따라서 전기적 고찰의 대상도 아니다. 그런 인간은 상징이고, 개인적인 것이나 역사적인 것을 넘어서 있다. 그럼에도 불구하고 그 생에서 '행운'을 떼어 놓고 생각할 수 없는 탁월한 인간들이 있다. 그것이 인물과 그 인물에게 맞는 과제가 실제 역사적으로나 전기적으로 서로 잘 맞아떨어져, 그들이 너무 이르지도 늦지도 않게 시대를 잘 타고 태어난 경우에 한해서라고 해도 말이다. 크네히트는 이런 사람들에 속하는 것처럼 보인다. 그의 생애는, 적어도 어느 한 시기만큼은 모든 바람직한 것이 저절로 품속으로 굴러 들어온 듯한 인상을 주고 있기 때문이다. 우리는 이러한 관점을 부인하거나 지워 없앨 생각은 없다. 또 그것을 그저 전기적인 방법만으로 납득 가능하게 설명할 수도 있겠으나, 그런 것은 우리 식이 아닐뿐더러 카스탈리엔에서 바람직하게 여기지도 허락되지도 않는 방법이다. 그러자면 가장 개인적이고 사적인 것들, 즉 건강과 질병, 생활 정서 및 자아 감정의 동요나 굴곡 등을 거의 끝도 없이 파고들게 되기 때문이다. 우리에겐 재고의 여지도 없는 이런 전기적 방법은 그의 '행운'과 고난이 완전히 균형을 이룬다는 사실을 증명해 주기야 하겠지만, 역시 그의 인간상이나 삶의 모습을 잘못 전하게 되리라는 것을 우리는 확신한다.

여담은 이 정도로 끝내자. 앞에서 우리는 크네히트가 그를 알거나 그의 이야기를 전해 들어 알고 있는 많은 사람들로부터 부러움을 샀다는 이야기를 했다. 그러나 그의 생활에서 소인들이 무엇보다도 부러워했던 것은 아마 저 베네딕투스 수도회의 노신부와의 관계였을 것이다. 그것은 제자이자 스승인 관계, 받으면서 동시에 주는 관계, 정복되는가 하면 정복하는 관계, 친구이자 긴밀한 협력 관계였다. 크네히트 자신도 죽림에서 노형과 만난 이후로 이처럼 압도당하며 즐거운 적이 없었고, 이처럼 명예로우면서도 동시에 부끄럽고, 많은 것을 받으면서 고무되는 느낌을 받은 적이 없었다. 훗날 그에게 특히 사랑받았던 제자들은 하나같이 그가 얼마나 자주 또 얼마나 즐거워하면서 야코부스 신부의 이야기를 했는지 말하고 있다. 크네히트는 신부에게 당시 카스탈리엔에서는 거의 배울 수 없었던 것들을 배웠다. 그는 역사 인식 및 역사 연구의 방법과 수단에 대한 개관, 그리고 그것들을 응용하는 기초 훈련을 받았을 뿐

만 아니라, 거기서 훨씬 더 나아가 역사를 지식의 영역으로서
가 아니라 현실로, 삶으로 얻고 체험했으며, 자신의 고유한 개
인적 생에 있어서의 변화와 상승을 역사에 맞추어 가게 되었
던 것이다. 이런 것을 그저 단순한 역사학자에게서는 배울 수
없었으리라. 야코부스 신부는 학식을 훌쩍 넘어서서 역사를
통찰하는 자, 현자에 그치지 않고 거기서 더 나아가 체험하
는 자요 함께 창조하는 자였으니, 그는 운명이 자신에게 부여
한 자리를 이용해 관찰자의 안락함을 누리는 게 아니라, 세계
의 바람을 자기 서재로 불어 들어오게 하고 그 시대의 고난과
예감을 자신의 가슴속으로 흘러들도록 하는 사람이었다. 그는
자기 시대의 사건들에 동참하여 일했고, 그 짐을 나누어 지고,
함께 책임졌다. 그러면서도 벌써 오래전에 일어난 사건들을 개
관하고 정리하고 해석하는 일에, 또 이념에 관여하는 일에만
그치지 않고, 그 이상으로 물질과 인간의 다루기 힘든 일에 끼
어들었다. 그의 동료이자 적수로서 얼마 전 세상을 떠난 예수
회의 한 신부와 나란히 그는 로마 교회가 체념과 극심한 곤궁
을 겪은 후 다시 찾은 저 외교적이고도 도덕적인 권력과 상당
한 정치적 명망의 기반을 닦은 인물로 여겨지고 있었다.

스승과 제자 사이에 오간 대화에는 현재의 정치 문제에 대
한 화제는 없었지만 ─ 과묵하고 삼가는 신부의 생활 습성
도 그렇지만, 외교와 정치 문제에 끌려 들어가기 싫어하는 젊
은 사람 쪽의 꺼림도 그 못지 않게 장애가 되었다. ─ 그렇다
고는 해도 이 베네딕투스 수도회 신부의 지위와 활동은 세계
사를 낱낱이 꿰뚫어 볼 수밖에 없도록 되어 있어서, 복잡하게
돌아가는 세계적 사건들에 대한 그의 견해나 시각의 곳곳에

는 항상 실제적 정치가의 입장이 가미되어 있었다. 이 정치가는 물론 야심가도 음모가도 아니었고, 통치자나 지도자도, 그렇게 되려고 애쓰는 사람도 아니었다. 오히려 조언자요 중개자로, 그의 활동은 지혜에 의해 온건해지고 그의 노력은 인간의 불완전성과 어려움에 대한 깊은 통찰에 의해 부드러워진 인물이었던 것이다. 그러나 그의 명성, 경험, 인간과 상황에 대한 지식, 그리고 그 이상으로 그의 사심 없음과 성실한 인품이 그에게 상당한 힘을 부여하고 있었다. 크네히트는 마리아펠스에 처음 왔을 때 그런 여러 가지 일에 대해서 까맣게 모르고 있었다. 신부의 이름조차 몰랐다. 대부분의 카스탈리엔 사람들은 정치적으로는 순진해서 아무것도 모르고 살았는데, 이런 일은 이전 시대에도 학자 계급에선 그리 드문 일이 아니었다. 그들은 적극적인 정치적 권리나 의무를 가지지도 않았고 신문을 보는 일도 거의 없었던 것이다. 그리고 이것이 일반 카스탈리엔 사람들의 태도이고 습관이라면, 유리알 유희자들의 경우는 실제 일어나고 있는 일들과 정치, 신문을 더욱 꺼렸다. 그들은 스스로를 교육주의 엘리트요 정수라고 자부했고, 자신들의 학자적이고 예술적인 존재 방식이 지닌 담백하고 승화된 분위기를 그 무엇으로도 흐리려 들지 않았던 것이다. 처음 수도원에 왔을 때 크네히트는 외교적인 임무를 띤 사람으로서가 아니라 유리알 유희 교사로서 왔던 것이고, 정치적인 지식이라고는 뒤부아 씨에게서 몇 주 교육받은 것이 전부였다. 그때에 비하면 지금이야 상당한 지식을 갖추게 되었지만, 그래도 실제 정치에 관여하는 데 대한 발트첼 사람 특유의 반감은 전혀 버리지 못하고 있었다. 야코부스 신부와의 교제로 정치적인 면에 눈을 뜨게 되고 교육을 받았다고는 하지만, 그것은 그가 역사에 대해 배우려는 강한 욕구를 느꼈던 만큼 정치를 배워야 할 무슨 필요를 느껴서가 아니라 불가피하게 부수적으로 그렇게 된 것일 터였다.

카스탈리엔에 대해 강의하며 야코부스 신부를 제자로 삼는 영예로운 임무를 제대로 수행하기 위해, 또 그 일을 해내기 위한 무장을 갖추기 위해 크네히트는 교육주의 제도와 역사 및 영재 학교 조직과 유리알 유희의 발달사에 관한 문헌들을 발트첼에서 가져왔다. 문헌들 가운데 몇 권은, 그 후로 다시 읽은 적은 없지만, 이미 이십 년 전 플리니오 데시뇨리와 논쟁을 할 때 사용했던 것이었다. 그 밖의 문헌들은 특별히 카스탈리엔의 관리들을 위해 쓰인 것이었으므로 당시의 그에겐 아직 차례가 돌아오지 않았던 것인데, 그는 그것들을 이번 기회에 처음으로 읽어 보았다. 동시에 그의 연구 영역이 매우 확장되었기 때문에 크네히트는 자신의 정신적이고 역사적인 기초를 새로이 고찰하고 이해하고 강화하지 않을 수 없었다. 그런데 수도회와 카스탈리엔 조직의 본질을 최대한 간단명료하게 신부의 눈앞에 제시하려고 하자 이내 자신은 물론 카스탈리엔 교양 전체가 지닌 최대의 약점과 어쩔 수 없이 부딪히게 되고 말았다. 요컨대, 한때 수도회의 설립과 거기에 따른 온갖 일을 가능하게 하고 촉진시켰던 세계사의 상황이란 것이 그 자신에게조차 명백한 구체성과 질서가 결여된 채 도식화된 창백한 모습으로밖에 떠오르지 않는다는 것을 알게 되었던 것이다. 하지만 신부는 수동적인 제자가 아니었기에 이 문제는 공동 연구로, 아주 활발한 교류로 발전했다. 즉, 크네히트가 카스탈리엔 수도회의 역사를 강의해 보려고 애쓰는 동안 야코부스 신부는 그를 도와 여러 관점에서 카스탈리엔의 역사를 처음으로 바로 보게 해 주고, 체험하게 해 주었으며, 또 일반 세계사나 정치사에서 그 뿌리를 찾아낼 수 있게 해 주었던 것이다. 우리는 신부의 기질 덕분에 종종 격한 토론으로까지 치닫곤 하던 이 격렬한 논의들이 여러 해가 지난 후 결실을 맺고, 그 후로도 크네히트 일생의 마지막까지 생생하게 작용해 나가는 것을 보게 된다. 한편 신부가 얼마나 주의 깊게 크네히트의 상세한 설명을 따라갔고, 그로 인해 어느 정도까지 카스탈리엔을 알고 인정하게 됐는지는 이후 그가 취한 모든 태도에서 드러난다. 로마와 카스탈리엔의 친선 관계가 호의적인 중립과 이따금 있는 학문적 교류로 시작되어 진정한 협력과 동맹으로까지 발전해서 오늘날까지 존속하는 것은 이 두 사람 덕택인 것이다. 신부는 심지어 처음엔 웃으면서 물리쳤던 유리알 유희의 이론까지도 나중에는 배우고 싶어 했다. 그것을 통해서 수도회의 비밀과 어느 정도까지는 그 신앙이나 종교를 찾아볼 수 있으리라고 느꼈기 때문이다. 그때까지는 그저 전해 듣고서 알 뿐이고 거의 공감할 수 없었던 이 세계를 한번 캐 보고 싶은 생각이 들자 그는 특유의 힘차고도 빈틈없는 방식으로 대담하게 중심을 향해 돌진해 들어갔다. 비록 신부가 유리알 유희자가 되지는 않았다 하더라도 — 그러기에는 너무 나이가 많았다. — 유희와 수도회의 정신이 카스탈리엔 밖에서 이 위대한 베네딕투스 수도회 신부보다 더 진지하고 귀중한 벗을 얻은 일은 일찍이 없었다.

크네히트가 수업을 마치고 작별을 고할 때면 이따금 신부는 그날 밤 집에서 기다리고 있겠노라는 암시를 보내곤 했다. 그것은 힘든 강의와 긴장된 토론 뒤에 갖는 아늑한 시간이었다. 그럴 때면 크네히트는 종종 클라비코드나 바이올린을 들고 갔다. 그러면 노인은 부드러운 촛불 빛을 받으며 피아노 앞에 앉았다. 초에서 풍기는 달콤한 밀랍 향기는 두 사람이 교대로 혹은 함께 연주하는 코렐리*나 스카를라티, 텔레만**, 바흐의 음악과 함께 작은 방 안을 가득 채우곤 했다. 노인은 일찍 잠자리에 들었지만, 크네히트는 음악으로 치른 이 조그만 저녁 기도로 다시 힘을 얻어 수도원에서 규정상 허락한 시간까지 늦도록 공부 시간을 연장하곤 했다.

신부 밑에서 배우고 가르치며 수도원에서 한가하게 유희 강습을 하고 이따금 게르바지우스 원장과 중국에 대한 대담을 나누는 일 이외에 크네히트는 그 무렵 또 매우 큰일에 몰두하고 있었다. 최근에 두 번이나 불참했던, 발트첼의 엘리트 유희자들 사이에서 해마다 열리는 경연에 참가한 것이다. 이 경연에서는 서너 가지로 정해진 주제에 따라 유리알 유희의 초안을 만들어 내야 했다. 형식 면에서 최고의 순수성과 서법(書法)을 지키면서 주제를 새롭고 대담하고 독창적으로 결합하는 데 가치를 두는 경연이다. 이 경연은 참가자들에게 규범을 벗어나는 일도 허용하는 유일한 기회였다. 이를테면 아직 공식법전이나 상형문자 보감에 오르지 않은 새로운 부호를 사용해도 좋았던 것이다. 따라서 이 경연은 공적으로 거행되는 장엄한 대유희 다음으로 유희자 마을에서 가장 흥분을 불러일으

---

* 이탈리아의 작곡가이자 바이올린 연주자.
** 독일의 후기 바로크 시대 작곡가.

키는 행사이기도 했지만, 새로운 유희 기호를 창안할 가장 유망한 후보들끼리 벌이는 경쟁이기도 했다. 이 경쟁에서 우승자가 받는 최고의 영예는, 극히 드물게밖에는 주어지지 않았지만, 자신의 유희가 그해 최상의 후보 유희로서 축전처럼 상연될 뿐 아니라 그가 새롭게 만든 유희 문법이나 어휘가 승인되어 유희 기록소에서 유희 언어로 채택되는 것이었다. 약 이십오 년쯤 전에 현재의 유희 명인인 토마스 폰 데어 트라베가 이 희귀한 영예를 얻은 적이 있었는데, 그는 황도십이궁(黃道十二宮)의 연금술적 의미를 나타내는 새로운 약어를 만들어 내어 이 영예를 안았다. 토마스 명인은 그 후로도 많은 것을 시사하는 비밀어로서 연금술을 알리고 정리해 넣는 데 지대한 공을 남겼다. 크네히트도 다른 모든 후보자처럼 여러 가지 새로운 유희 기호를 준비했지만 이번에는 그것을 활용하는 것을 포기했다. 원래 그에겐 익숙한 것이었을 심리적 유희법을 이번 기회에 드러내는 일도 하지 않았다. 그가 구성한 유희는 실로 현대적이고 개성적인 구조와 주제를 가지면서도 투명할 정도로 유난히 맑고 고전적인 구성을 보였고, 치밀하게 균형을 이루면서도 장식은 평범한 옛 명인다운 우아한 전개를 보이는 것이었다. 아마 그렇게 된 이유는 발트첼과 유희 기록소에서 멀리 떨어져 있었던 것도 작용했겠고, 역사 연구에 온 힘과 시간을 바쳐 전념한 때문이기도 했을 것이며, 가능하면 스승이자 친구인 야코부스 신부의 취향에 맞도록 유희를 만들려는 바람도 다소 의식적으로 작용했을 테지만, 진정한 이유가 무엇이었는지는 우리로서는 알 수 없다.

여기서 '심리적 유희법'이라는 표현을 썼는데 아마 대부분의 독자에게는 그 말이 잘 이해되지 않을 것이다. 그것은 크네히트 시대에는 자주 들을 수 있는 말이었다. 유리알 유희에 정통한 사람들 사이에서는 어느 시대나 경향과 유행, 싸움, 견해나 의미 부여에 따른 변화가 있기 마련이었고, 그 시대에는 특히 유희의 해석에 두 가지 관점이 있었는데, 그것을 둘러싸고 토론과 논쟁이 벌어지고 있었다. 사람들은 유희 형태를 형식적인 유희와 심리적인 유희, 두 가지로 나누고 있었다. 우리는 크네히트가, 테굴라리우스도 마찬가지였지만, 이런 논쟁에는 끼어들지 않았으나 심리적 유희 형태를 신봉하고 추진하는 편에속했던 것으로 알고 있다. 다만 크네히트는 '심리적'이라는 표현 대신 '교육적'이라고 말하기를 더 좋아했다. 형식적 유희는각 유희의 구체적인 내용, 즉 수학적, 언어적, 음악적 내용 등에서 가능한 한 꽉 짜이고 빈틈없는, 형식적으로 완전한 통일성과 조화를 이루어 내려고 힘쓰는 것이었다. 이에 비하여 심리적 유희는 통일성과 조화, 우주적 혼연일체와 완성을 내용의 선택과 배열, 조직, 연결, 대립 같은 것에서 찾지 않고 유희의 각 단계에 이어지는 명상에서 찾고 거기에 전력을 기울이는 것이었다. 이러한 심리적 유희 혹은 크네히트가 즐겨 쓰는 표현대로 교육적 유희는 외적으로 완벽하다는 인상을 주는 것이 아니라, 정확하게 지시된 명상을 따름으로써 완전한 것, 신적인 것을 체험하도록 유희자를 이끌어 가는 것이었다. 크네히트는 언젠가 전 음악 명인에게 보낸 편지에서 이렇게 썼다. "제가 생각하는 유희는 명상을 마치고 나면 마치 구(球)의 표면이 중심을 감싸듯 유희자를 감싸 우연으로 가득 찬 혼란한 세계로부터 한 치의 빈틈도 없이 균형 잡히고 조화 이룬 세계를 자신 속에 받아들였다는 느낌이 남도록 하는 것입니다.”

그런데 크네히트가 대경연에 가지고 나온 유희는 심리적으로 구성된 것이 아니라 형식적으로 구성된 것이었다. 어쩌면 그는 그럼으로써 마리아펠스에서 손님 역할을 하며 외교적 사명을 다하는 동안 자신이 유리알 유희자로서 숙련과 탄력성과 우아함과 세련미를 잃은 것이 아니라는 점을 상부는 물론 자기 자신에게 입증하고 싶었는지 모른다. 그리고 그는 이것을 증명하는 데 성공했다. 크네히트는 자신의 유희 초안을 마지막으로 완결시켜 정서(淨書)해 주도록 친구인 테굴라리우스에게 부탁했는데, 그런 일은 발트첼의 유희 기록소가 아니면 할 수 없기 때문이었다. 실은 테굴라리우스도 경연 참가자의 한 사람이었다. 이때 크네히트는 원고를 친구에게 건네어 함께 검토하고, 친구의 원고 또한 함께 살펴볼 수 있었는데, 그것은 사흘 동안 프리츠를 수도원으로 데려오는 데 성공했기 때문이다. 토마스 명인이 그제야 비로소 앞서 이미 두 번이나 신청된 일이 있던 청을 들어주었던 것이다. 테굴라리우스는 이 방문을 무척 기뻐하며 카스탈리엔이라는 섬나라 주민으로서 잔뜩 호기심에 부풀어 찾아왔지만, 수도원에서는 극도의 불쾌감만을 맛보았다. 사실 이 예민한 인물은 온통 서먹서먹한 인상을 주는 데다가 친절하다고는 해도 단순하고 건강하고 어딘지 좀 거친 데가 있는, 그의 생각이나 걱정거리, 문제 따위에는 아랑곳도 하지 않을 이곳 사람들 틈에서 거의 병이라도 날 지경이었다. “자넨 아주 딴 세상에서 살고 있군.” 테굴라리우스는 친구에게 말했다. “여기서 삼 년이나 견뎠다는 게 이해가 안 돼. 놀라워. 신부들은 내게 친절하게 굴지만, 나는 여기서 모두에게 거절당하고 내밀리는 느낌이야. 무엇 하나 기분 좋게 다가오는 게 없고, 무엇 하나 자연스럽고 당연한 게 없어. 저항과 고통 없이 동화되는 게 하나도 없어. 여기서 두 주일을 살아야 한다면 내겐 지옥일 거야." 크네히트는 친구를 위해 여러 가지로 애써 주었다. 한편 처음으로 방관자의 시선으로 이 두 수도회, 두 세계 사이의 상극을 불편한 마음으로 함께 보고 느꼈다. 또 그의 지나치게 민감한 친구가 불안해하고 어쩔 줄 몰라하기 때문에 여기 사람들에게 좋은 인상을 주지 못한다는 것도 느꼈다. 그러나 두 사람은 경연에 내놓을 자신들의 유희 계획을 철저히 비판적으로 검토해 나갔다. 그런 한때를 보낸 후 별관에 있는 야코부스 신부를 찾아가거나 식사를 하러 가거나 하면, 크네히트는 갑자기 고향 땅을 벗어나 풍토와 기후와 별까지도 완전히 다른 낯선 곳으로 옮겨진 느낌이 들었다. 프리츠가 돌아갔을 때 크네히트는 신부에게 그를 본 인상을 말해 달라고 했다. "내 바람으로는 카스탈리엔 사람 대부분이 당신 친구보다는 당신을 닮았으면 좋겠구려. 당신이 그 친구를 통해 우리에게 보여 준 것은 붙임성 없고, 지나치게 훈련되고, 연약한, 게다가 아무래도 좀 거만하기까지 한 인간형이었소. 앞으로도 나는 당신을 기준으로 삼아야겠소. 그렇지 않으면 당신네들한테 부당하게 될 것 같아서. 그 가련하고 민감하고 지나치게 영리하고 침착하지 못한 인간은 당신네 교육주 전체를 다시 싫어하게 만들 수도 있겠으니 말이오."

크네히트는 말했다. "그렇지만 베네딕투스 수도회 사람들 가운데에도 몇 세기에 한 번쯤은 제 친구처럼 병적이고 육체적으로 연약하기는 하지만 오히려 그 때문에 정신적으로 아주 가치 있는 인물이 있었을 텐데요. 약점을 보는 데는 날카로우면서도 장점을 볼 줄 아는 눈이 없는 이곳으로 친구를 초대한 것이 현명하지 못한 일이었던 것 같습니다. 그는 여기 옴으로써 친구로서 제게 커다란 일을 해 준 것입니다." 그는 이어서 자기가 경연에 참가하기로 한 이야기를 했다. 신부는 크네히트가 자기 친구를 변명해 주는 것을 보고 흡족해했다. "좋소!" 하고 신부는 다정하게 웃었다. "그런데 당신에겐 보아하니 다루기 힘든 친구들만 있는 것 같아." 크네히트가 무슨 말인지 몰라 의아한 표정을 짓는 걸 보고 즐거워하더니 신부는 이렇게 한 마디 덧붙였다. "이번에는 다른 사람을 말하고 있는 거요. 당신 친구 플리니오 데시뇨리의 근황을 알고 있소?" 요제프의 놀라움은 더욱 커졌고, 깜짝 놀라 설명을 청했다. 그 내용은 이랬다. 데시뇨리가 어느 정치적 논쟁문에서 맹렬히 반가톨릭적 신념을 토로하는 가운데 야코부스 신부를 신랄하게 공격했다. 신부는 가톨릭 신문사에 있는 친구를 통해 데시뇨리에 관한 정보를 구했는데, 거기에 그의 카스탈리엔 시절 및 크네히트와의 관계도 언급되어 있었던 것이다. 요제프는 플리니오의 논문을 보여 달라고 부탁했다. 그리고 이때 처음으로 그와 신부 사이에 현실 정치 문제에 대한 대화가 이어졌는데, 그런 대화는 그 후로도 극히 드물게밖에는 갖지 못했다. "놀랍고도 거의 경악스러웠지."라고 크네히트는 페로몬테에게 쓰고 있다. "우리 친구 플리니오의 모습이, 그리고 들러리로 내 모습까지 갑작스레 세계 정치 무대에 올려진 것을 보는 것은. 그런 상황이 있으리라곤 꿈에도 생각지 못했으니까." 그런데 신부는 오히려 데시뇨리의 논쟁문을 인정해 주는 것이었다. 아무튼 화내지 않고 자기 의견을 말했는데, 데시뇨리의 문체를 칭찬하면서, 그를 보면 영재 학교 출신이라는 것을 알아볼 수 있으며, 그렇지 않은 경우의 사람들은 일상의 정치판에서 그 정신이나 수준이 훨씬 낮은 단계에 머물러 있다고 말했다.

그 무렵 크네히트는 친구 페로몬테로부터 훗날 유명하게 된 그의 논문 제1부의 사본 한 부를 받았는데, 그것은 「요제프 하이든 이후 독일 순수 음악에 있어서의 슬라브 민속악 수용」이라는 제목을 가지고 있었다. 논문을 받고 나서 크네히트가 쓴 답장에는 특히 이런 대목이 있다. "내가 한동안 함께 연구한 적도 있던 이 일에 자넨 명쾌하게 결말을 지었군. 슈베르트에 관한, 특히 사중주에 관한 두 장은 근래에 내가 알고 있는 음악사 가운데 가장 훌륭한 것이야. 가끔 내 생각을 해 주게. 나는 자네가 거둔 것 같은 결실에서 멀리 떨어져 있지. 아무리 이곳에서의 내 생활이 만족할 만하다 해도 — 마리아펠스에서의 내 임무가 그리 헛된 일 같지는 않기 때문이야. — 내가 속한 발트첼의 친구들과 교육주에서 이렇게 오랫동안 떨어져 있는 것이 종종 마음 아프게 느껴진다네. 나는 여기서 많이, 정말로 많이 배우고 있지만, 그 배움으로 확신이나 전문적 능력이 늘어난 게 아니라 문제가 늘어났다네. 물론 시야도 넓어졌지. 특히 여기서 처음 이 년을 지내면서 느끼곤 했던 불확실함과 서먹함, 신뢰와 명랑함, 자신감의 결여, 그 밖의 다른 언짢은 감정에 대해서는 이제 물론 훨씬 안정을 찾았네. 최근에, 겨우 사흘뿐이지만 테굴라리우스가 이곳에 왔었어. 하지만 아무리 나를 만나 기쁘고 또 마리아펠스에 호기심을 느꼈어도 이틀째가 되니 벌써 압박감과 이질감에 못 견뎌 하더군. 수도원이란 곳이 보호되고 평화롭고 정신에 우호적인 세계라면 세계였지 무슨 감옥이나 병영이나 공장이 아닌데 그러니, 나는 이번 경험으로 우리 교육주 사람들이 스스로 알고 있는 것보다 훨씬 더 호강에 겹고 민감하다는 결론을 내렸네.”

카를로에게 편지를 보낸 바로 그 무렵 크네히트는 야코부스 신부에게 부탁해 카스탈리엔 수도회 본부로 짤막한 편지 한 장을 써 보내게 했다. 자신은 예의 외교상의 문제에 대해 응낙하지만 덧붙일 청이 하나 있는데, ‘여기서 모두의 사랑을 받는 유리알 유희자 요제프 크네히트’는 자신에게 카스탈리엔의 사정에 대해 개인 강의를 해 주고 있으니 한동안 더 여기에 머무르도록 해 주기 바란다는 내용이었다. 물론 저쪽에서는 그 부탁을 영광으로 생각하고 받아들였다. 그러나 자기 ‘수확’에 이르기에는 아직 멀었다고 생각하고 있던 크네히트는 수도회 본부와 뒤부아 씨의 서명이 든 편지 한 통을 받았다. 그가 임무를 다한 것을 칭찬하는 편지였다. 매우 공적인 이 편지에서 순간 그에게 가장 중요하고 커다란 기쁨을 준 것은(크네히트는 프리츠에게 짤막한 편지로 거의 환호하다시피 이 소식을 알렸다.) 수도회는 유리알 유희 명인을 통해 유희자 마을로 돌아가고 싶다는 그의 희망을 전달받았으며, 현재의 임무를 마치면 그 희망을 들어주겠다는 내용의 짤막한 문장이었다. 그는 이 부분을 야코부스 신부에게도 읽어 주고는 자기가 이 소식을 얼마나 기뻐하고 있는지 털어놓은 뒤에, 카스탈리엔에서 추방된 채 있다가 로마로 보내질까 봐 얼마나 두려워했는지 모른다고 고백했다. 신부는 웃으면서 말했다. “그래, 수도회에는 그런 면이 있지. 사람들은 그 변두리에서나 혹은 아주 추방되어 지내는 것보다는 그 품 안에서 살고 싶어 하지. 당신은 여기서 정치라는 불순한 것에 좀 가까워졌지만 정치가가 아니니 그런 것은 깨끗이 잊어버려도 좋을 거요. 그러나 역사에 대해서만은 불성실해져서는 안 되오. 설사 그것이 당신에게 언제까지나 부수적인 분야요 취미의 영역으로 남게 된다 하더라도. 당신은 분명히 역사가가 될 소질이 있으니까. 자, 그러니 당신이 여기 있는 동안이나마 우리 서로 도움이 되도록 해 봅시다."

발트첼에 자주 들러도 좋다는 허가를 크네히트는 그다지 이용하지 않았던 것 같다. 그러나 라디오를 통해 실습 중계를 들었고, 여러 강연과 유희 중계를 들었다. 그렇게 그는 멀리 떨어진 수도원의 품위 있는 객실에 앉아 유희자 마을의 공연장에서 거행된 경연 수상자를 발표하는 '예식'에 함께할 수 있었다. 그는 아주 개성적이거나 혁명적이지는 않지만 견실하고도 고도로 우아한 작품을 제출했고, 스스로도 가치를 인정할 만한 작품이었기에 찬사를 받거나 아니면 3등이나 2등 상쯤 받으리라고 예상하고 있었다. 그런데 놀랍게도 그에게 1등 상이 수여된다는 발표를 들었다. 그리고 그 놀라움이 정작 기쁨으로 바뀌기도 전에, 벌써 유희 명인 사무국의 대변자는 그 깊고도 아름다운 목소리로 계속 읽어 나가며 2등 상 수상자로 테굴라리우스의 이름을 불렀다. 두 사람이 나란히 이 경연의 영광스러운 우승자가 되다니, 정말 가슴 벅차고 황홀한 체험이 아닐 수 없었다! 그는 벌떡 일어나 그다음은 더 듣지도 않고 계단을 달려 내려가 발소리 울리는 복도를 지나 밖으로 나왔다. 그 무렵 그가 옛 음악 명인에게 보낸 편지에는 이렇게 쓰여 있다. "존경하는 스승이시여, 짐작하시는 대로 저는 너무나 행복합니다. 우선 제가 맡은 사명을 다하여 수도회 본부로부터 영예로운 칭찬을 받은 데다 이제 외교적 임무에서 벗어나 머지않아 고향과 친구들과 유리알 유희 곁으로 돌아간다는, 제겐 몹시 중요한 전망도 얻었고, 형식 면에서 공을 들이긴 했어도 몇 가지 이유에서 제가 할 수 있는 모든 것을 남김없이 쏟아 붓지는 못했던 유희로 1등 상을 받았습니다. 게다가 이 성공을 친구와 함께 나누게 된 기쁨까지, 정말 한꺼번에 너무 많은 기쁨이 닥쳐왔습니다. 저는 행복합니다. 그러나 즐겁다고는 말씀드릴 수 없을 것 같습니다. 짧은 순간이 지나자 이러한 성취가 제 가장 내면적인 감정에는 왠지 너무 갑작스럽고 너무 넘치는 것처럼 여겨졌습니다. 제 감사하는 마음에는 일종의 불안이 섞여 있습니다. 마치 가장자리까지 물이 가득 채워진 그릇에 한 방울이라도 더 떨어지면 전체가 다시 불안해지는 것과 같다고나 할까요. 그러나 이 말은 듣지 않은 것으로 해 주십시오. 이미 무슨 말을 해도 너무 지나친 것 같습니다."

이 넘칠 듯이 채워진 그릇에 머지않아 한 방울이 더 떨어지게 됨을 우리는 보게 될 것이다. 그러나 그렇게 되기까지의 짧은 기간 동안 크네히트는 닥쳐올 커다란 변화를 예감이라도 한듯 행복과 거기 뒤섞인 불안에 자신을 내맡긴 채 맹렬하게 살았다. 야코부스 신부에게도 이 몇 달 동안은 행복하고 활기찬 시간이었다. 제자이자 동료인 이 사람을 곧 잃어야 한다는 것은 그에게 안타까운 일이었다. 신부는 공부 시간에는 물론 자유로운 대화를 나눌 때에도 연구와 사색에 몰두해 온 자신의 삶을 통해 인류와 모든 민족의 흥망성쇠에서 얻은 통찰을 그에게 물려주어 보내려고 온 정성을 쏟았다. 또한 크네히트의 이번 사명의 의의와 결과에 대해, 그리고 로마와 카스탈리엔 사이의 친교와 정치적 합의의 가능성과 가치에 대해서도 종종 이야기를 나누곤 했다. 또 신부는 카스탈리엔 수도회가 창설되고 로마가 굴욕적인 시련의 시기에서 서서히 회복하는 등의 결실을 거둔 시대에 대해서 연구해 볼 것을 그에게 권했다. 신부는 또 16세기의 종교 개혁과 교회 분열에 관한 책 두 권을 읽어 보라고 권하면서, 원칙적으로 원전을 직접 연구하고 연구 범위를 그때그때 수시로 조망할 수 있는 소단위로 한정하는 것이 두꺼운 세계사를 읽는 것보다 낫다고 간곡하게 타일렀다. 그러면서 모든 역사철학에 대한 자신의 깊은 불신을 감추려 하지 않았다.

6

유희 명인

크네히트는 해마다 있는 유희의 제전이자 예식인 유리알 유희의 공식 대회가 열리는 봄까지 발트첼로 돌아가는 일을 연기하기로 결심했다. 몇 주를 두고 유희가 계속되며 전 세계 유명 인사들과 대표자들이 찾곤 하던 저 기념할 만한 유희 역사의 절정기가 지났고 그런 일은 영원히 역사 속의 일이 되어 버렸다고는 해도, 십 일 내지 십사 일 동안 장엄 유희가 계속되는 춘계 대회는 여전히 카스탈리엔을 통틀어 일 년 중 가장 성대한 축제 행사였다. 이 축제에는 고도의 종교적이고 도덕적인 의미 또한 없지 않았다. 왜냐하면 이 축제가 항상 똑같은 것을 지향하지만은 않는, 카스탈리엔의 모든 사고방식과 경향을 대표하는 사람들을 조화라는 명분 아래 하나로 통합시키기 때문이었다. 그것은 개개의 규율이 지닌 에고이즘을 완화하고, 그 다양성 너머에 있는 통일성을 상기하게 했다. 이 축제는 신앙이 있는 사람에게는 참된 정화의 성사와도 같은 힘을 발휘했

고, 신앙이 없는 사람에게도 최소한 종교의 대용이 되어 주었
는데, 어느 쪽이나 순수한 아름다움의 샘물로 목욕을 한다는
점에서는 다를 것이 없었다. 이와 비슷한 방식으로 한때 요한
세바스티안 바흐의 수난곡도 — 이 일은 수난곡이 만들어진
때보다도 다음 세기에 그것이 재발견되었을 때 한층 더 두드러
졌는데 — 그것을 연주하는 사람과 청중에게 한편으로는 참된
종교적 행위이자 정화가 되어 주었고, 또 한편으로는 기도이자
종교의 대용이 되어 동시에 모든 사람에게 예술과 그 창조자
의 정신을 장엄하게 드러낸 적이 있다.

크네히트는 그다지 힘들이지 않고 수도원 사람들이나 고향
의 본부로부터 자기 결심에 대한 동의를 얻어 낼 수 있었다.
유희자 마을이라는 작은 공화국으로 돌아간 뒤에 자신이 차
지하게 될 지위가 어떤 것일지 아직 짐작할 수 없었지만, 지금
의 자리에 오래 머물지 않고 아주 가까운 장래에 어떤 직책이
나 임무를 맡아 존경받는 자리에 오르게 되리라는 것은 추측
할 수 있었다. 아무튼 당장은 고향으로 돌아가 친구들을 만날
일과 다가오는 축제를 즐겁게 기다리며 야코부스 신부와 함께
지내는 마지막 시간을 즐기고 있었다. 그는 원장과 수도사들이
작별의 뜻으로 베푸는 여러 가지 호의의 표시를 기분 좋게 받
아들였다. 그런 다음 그곳을 떠났다. 정든 곳을 떠난다는, 생의
한 시기를 뒤로하고 떠난다는 서운함이 없는 것은 아니었지만,
축제 유희를 대비해 명상에 힘썼기 때문에 그의 마음은 벌써
축제 기분에 잠기고 있었다. 그러니까 그는 지도자나 동료 없
이 혼자서 주어진 지시에 따라 정확하게 축제 유희를 대비한
명상을 해 오고 있었던 것이다. 비록 유희 명인이 오래전부터

연례 유희에 초대해 온 야코부스 신부를 설득해 함께 떠나도록 하는 데에는 실패했지만, 그것 역시 이러한 기분을 깨뜨리지는 못했다. 크네히트는 오랫동안 반카스탈리엔주의자로 지내온 노인의 삼가는 듯한 태도를 이해할 수 있었다. 그리고 한순간 모든 의무나 속박에서 벗어나 자기를 기다리고 있는 축제에 완전히 기분이 동화되는 것을 스스로 느꼈다.

축제란 독특한 것이다. 고위 권력이 달갑지 않은 간섭을 하는 경우를 제외하면 참다운 축제가 완전히 실패하는 일은 일어나지 않는다. 경건한 사람들에게는 비를 맞으면서 하는 행렬도 여전히 신성하고, 축제 음식이 좀 잘못되었더라도 그것으로 인해 축제의 흥이 깨지는 법은 없다. 그렇듯 유리알 유희자들에게 있어 연례 유희는 축제요 신성한 행사인 것이다. 모두가 알다시피, 무슨 이렇다 할 특별한 이유가 없는데도 마치 기적처럼 모두가 클라이맥스와 내적인 체험으로 고양되는 연극이나 음악 공연이 있듯이, 전체 모든 것의 호흡이 하나하나 딱맞아떨어져 서로 높이고 박차를 가하며 상승되어 가는 축제나 유희가 있는가 하면, 준비에서는 무엇 하나 부족함이 없었음에도 그저 수수한 정도의 성과로 끝나는 것이 있다. 체험자의 심적 상태가 그런 높은 체험을 가능하게 하는 요인의 하나라는 점에서 보자면, 요제프 크네히트는 아마 생각할 수 있는 최상의 준비가 되어 있었다고 해야 할 것이다. 아무 근심도 없이 명예를 거머쥐고 고향으로 돌아와 즐거운 기대감에 차서 다가오는 행사를 기다리고 있었던 것이다.

그러나 이번의 장엄 유희는 저 기적의 숨결에 싸여 신성과 광휘의 독특한 경지로 피어오르지 못했다. 뿐만 아니라 하나도 즐겁지 않은, 확실히 운 나쁜, 거의 실패라고 해야 할 정도의 유희가 되어 버렸다. 그럼에도 불구하고 많은 참가자들은 감격과 거룩함을 느꼈겠지만, 이런 경우 언제나 그렇듯이 대표자, 주최자, 책임자 들은 그럴수록 이 축제의 하늘을 뒤덮은 저 둔탁하고 은총이 빠져 버린 실패의 분위기, 장애와 불운의 분위기를 가차 없이 느끼고 있었다. 크네히트도 물론 그러한 분위기를 감지했고 잔뜩 부풀었던 기대가 무너지는 실망감을 맛보기는 했지만, 그래도 이 불운을 가장 절감한 사람들 축에 끼지는 않았다. 이 유희의 협력자도 공동 책임자도 아니었던 그는 며칠 동안 비록 전처럼 화려하고 은총이 따르는 것은 아니었다 할지라도 경건한 참가자로서 기지에 넘치게 구성된 유희를 감탄하면서 따라갈 수가 있었던 것이다. 그는 아무 방해도 받지 않고 명상에 잠길 수 있었으며, 축제와 희생의 체험, 신의 발밑에서 참가자 전체가 신비로운 일체가 되는 체험을 감사하는 마음으로 성취할 수 있었다. 이러한 체험은 유희에 참가하는 손님들은 누구나 잘 아는 것이고, 소수의 정통한 전문가들 사이에서는 '실패'로 간주되는 축제 행사에서도 맛볼 수 있는 것이었다. 그러나 이번 축제를 좌우한 불운에 대해서 그 역시 무관심할 수는 없었다. 유희 명인 토마스의 유희 모두가 그렇지만, 이번 유희 역시 계획과 구성에 있어서는 나무랄 데 없었고, 뿐만 아니라 가장 인상적이고 가장 단순하고 가장 직접적으로 심금을 울리는 유희였다. 그러나 실제 상연은 대단한 불운을 겪고 말았고, 이 일은 발트첼 역사에서 아직도 잊을 수 없는 일로 남아 있다.

대유희가 시작되기 일주일 전 크네히트가 유희자 마을에 도착해 신고를 했을 때, 그를 맞이한 사람은 유리알 유희의 명인이 아니라 대리자인 베르트람이었다. 베르트람은 정중하게 그를 맞이하면서, 무심한 말투로 짤막하게, 존경하는 명인이 최근 며칠째 병석에 누워 있고 자신은 크네히트의 사명에 대해 보고를 받을 만큼 잘 알지를 못하니 히르스란트의 수도회 본부에 가서 돌아왔음을 알리고 명령을 받으라고 말했다. 자리를 뜨면서 크네히트가 목소리나 태도에 자기도 모르게 이렇게 짧고 냉랭하게 맞아지는 게 뜻밖이라는 기미를 보이자 베르트람은 변명을 했다. 동료를 실망하게 했다면 미안하다. 특별한 사정이 있어 그런 것이니 이해해 주기 바란다. 명인은 병석에 누워 있고, 연례 대유희는 코앞에 닥쳤는데, 명인이 직접 유희를 지휘할 수 있을지 아니면 대리자인 자기가 대신 일을 해야 할지 아직 전혀 예상할 수가 없다. 명인의 병환은 가장 형편이 좋지 못한 때 일어난 것으로, 여느 때처럼 명인을 대신해 모든 일을 보살필 각오는 되어 있지만 이렇게 짧은 기간 안에 대유희의 준비를 빠짐없이 갖추고 그 지휘를 맡는다는 것은 역시 힘에 부치는 일이 아닐지 염려된다는 것이었다.

크네히트는 눈에 띄게 기가 죽어 있는 데다 좀 불안정하기까지 한 이 남자가 불쌍하다는 생각이 들었다. 그러나 이 감정 못지않게 어쩌면 축제의 모든 책임이 이 사람 손에 맡겨질지도 모른다는 것이 유감스러웠다. 그는 발트첼을 너무 오래 떠나 있었기 때문에 베르트람의 걱정이 어느 정도 근거가 있는 것인지 알 수 없었다. 왜냐하면 이 남자는 얼마 전부터, 그건 대리자로서는 언제나 가장 힘든 경우이지만, 영재들, 즉 복습 교사들로부터 신뢰를 잃고 곤경에 빠져 있었기 때문이다. 크네히트는 고전적 형식과 아이러니의 대가이며 완벽한 명인이자 카스탈리엔 사람인 유리알 유희의 명인을 생각하며 걱정에 잠겼다. 그는 사실 명인의 영접을 받고 보고를 한 다음 다시 유희자들의 작은 공동체에 끼게 되고, 어쩌면 신임받는 어떤 자리에 앉게 될지도 모른다는 생각에 즐거워하고 있었다. 명인 토마스의 주도로 축제가 진행되는 것을 보고, 그 밑에서 일을 계속하면서 그의 인정을 받는 것이 크네히트가 바라던 바였다. 그런데 명인은 병의 뒤편으로 숨어 버리고 자신은 다른 관청을 찾아가야 하다니 괴롭고 실망스러웠다. 그래도 수도회의 서기관과 뒤부아 씨가 경의를 담은 호의로, 아니 동료의 태도로 그를 맞이하고 보고를 들어 주었기에 아쉬움을 좀 덜 수 있었다. 또 그들과의 첫 대담에서 그는, 우선 당국이 로마에 대한 계획에 그를 더 기용할 의향이 없다는 것, 그리고 유희자로 복귀하여 남고 싶다는 그의 소원을 고려하고 있다는 것을 바로 확인할 수 있었다. 우선 당국은 그가 유희자 마을의 객사에 숙소를 정하고, 먼저 이곳 형편을 살펴본 다음 연례 유희에 참가하도록 친절히 초대해 주었다. 그는 친구 테굴라리우스와 함께 유희가 시작되기 전 며칠을 단식과 명상으로 보냈다. 그러고는 많은 사람들에게 별로 즐거운 인상을 남기지 못한 저 괴상한 유희에 경건하고 감사한 마음으로 참가했다.

'그림자'라고 불리는 명인 대리자의 지위, 그중에서도 특히 음악 명인 직과 유희 명인 직의 대리자 지위란 아주 독특한 것이다. 이 명인들은 각각 대리자를 거느리고 있는데, 대리자는 수도회 당국이 명인을 보좌하도록 배치하는 게 아니라 명인 자신이 얼마 안 되는 후보자들 가운데서 뽑으며, 대리자의 행동이나 서명에 대해서는 명인이 모든 책임을 지게 되어 있었다. 그렇기 때문에 명인에게 대리자로 임명되는 것은 후보자로서 대단한 명예이며 가장 신뢰를 받는다는 표시이기도 했다. 그로써 대리자는 전권을 쥔 명인의 친밀한 협력자요 오른팔로 인정받고, 명인에게 사정이 생기면 대신 파견되어 언제든지 그 직무를 대행하는 것이었다. 그러나 모든 직무를 다 대행하는 것은 아니었다. 예를 들어 최고 본부에서 결재를 받을 때, 그는 명인의 이름으로 가부(可否)를 전할 뿐 발언자나 제안자로 나서는 일은 결코 있을 수 없었다. 그 비슷한 주의 사항은 그 외에도 몇 가지가 더 있다. 한편 누구를 대리자로 임명하는 것은 그 사람을 매우 높긴 해도 가끔 상당히 바람을 타는 자리에 앉히는 것이기도 했으며, 동시에 그의 세력을 빼앗는 것을 의미하기도 했다. 그 임명은 관청의 성직 내부에서는 예외로 취급되기 때문이었다. 그것은 임명된 사람에게 자주 중요한 직무를 맡기고 높은 영예를 차지하도록 하지만 또 한편으로는 그와 나란히 경쟁하는 다른 사람들 모두가 누리는 권리와 가능성을 빼앗는 것이었다. 특히 두 가지 점에서 대리자의 예외적 지위는 분명하게 드러난다. 즉 대리자는 자신이 수행하는 직무에 책임을 지지 않으며, 성직 내부에서 그 이상은 승진할 수 없다는 점이다. 이러한 규칙은 성문화되어 있는 것은 아니지만 카스탈리엔의 역사를 보면 드러난다. 명인이 세상을 뜨거나 사임했을 때 그 자리에 그의 '그림자'가 추대된 일은 한 번도 없었던 것이다. 그림자였기에 수없이 명인을 대신해 일을 했고 그림자라는 존재 자체가 그를 후계자로 예정해 놓고 있는 듯이 보이는데도 말이다. 카스탈리엔의 이 풍습은 겉보기에는 유동적이고 융통성 있는 한계나 제한을 일부러 넘을 수 없는 것으로 강조하려는 것처럼 보인다. 명인과 대리자 사이에 그어진 경계는 이를테면 관직과 개인 사이의 경계에 대한 비유와도 같은 것이었다. 왜냐하면 카스탈리엔 사람 누군가 대리자라는 신임받는 높은 직책을 맡게 되면, 그것은 그가 언제고 스스로 명인이 되어 이따금 대리자 자격으로 입고 쓰는 명인의 관복이나 인장을 정말로 자기 것으로 만들 수 있으리라는 희망을 포기하는 것이기 때문이었다. 그러나 동시에 아주 애매한 권리를 얻게 되는데, 직무를 수행하다가 무슨 잘못이라도 저지르게 되면 책임은 그 자신이 아니라 그를 보증한 명인에게 돌아가도록 되어 있었다. 실제로 자신이 뽑은 대리자가 저지른 커다란 과실로 인해 자리에서 물러나는 희생을 치러야 했던 명인도 있었다. 발트첼에서 유리알 유희 명인의 대리자에게 붙인 명칭은 그 독특한 지위나 명인과의 관계, 즉 명인과 거의 일심동체이면서 직무상으로는 껍데기만 있을 뿐 속은 비어 있는 관계를 아주 잘 나타내 주고 있다. 사람들은 이 대리자를 '그림자'라고 불렀다.

명인 토마스 폰 데어 트라베는 오래전부터 베르트람이라는 이름의 '그림자'에게 일을 맡기고 있었는데, 이 사람에게는 재능이나 선량한 뜻이 없었다기보다 운이 따르지 않았던 것처럼 보인다. 당연한 일이지만 베르트람은 뛰어난 유리알 유희자였고 적어도 미숙하지는 않은 교사이자 양심적인 관리로 명인에게는 무조건 복종했다. 그런데도 그는 지난 몇 년 동안 관리들 사이에서 미움을 샀고, 후배인 가장 젊은 영재층과 적대적인 관계에 있었다. 그는 자기 명인과 같은 기사다운 맑은 성품을 지니지 못해 태도가 확실하지도 편안하지도 못했다. 명인은 그를 떨쳐 내지는 않았지만, 마찰을 빚지 않도록 몇 년 동안 영재들에게서 떼어 놓았으며, 공식 석상에 내보내는 일을 점점 줄이고 가급적 사무소나 기록소 일을 보도록 시켰다. 그래서 별 탈 없이 그럭저럭 지내는 왔지만 남들의 호감을 얻지 못했던, 아니면 그 당시로 봐서는 영 인기 없었던 이 남자가 정말 운수 사납게도 자기 명인의 병 때문에 갑자기 유희자 마을에서 맨 앞에 서게 된 것이었다. 그가 정말로 연례 유희를 이끌게 된다면 축제 기간 동안 교육주 전체에서도 가장 눈에 띄는 자리에 서는 것이었다. 유리알 유희자나 특히 복습 교사들 대다수가 신뢰하고 지지하는 경우라면 그는 아마도 이 막중한 임무를 감당해 낼 수 있었겠지만, 유감스럽게도 그렇지가 못했다. 그래서 이번의 장엄 유희는 발트첼로서는 하나의 어려운 시련이자 거의 재앙이 되어 버리고 말았던 것이다.

유희가 시작되기 전날에야 비로소 명인의 병이 위중해서 유희를 이끌 수 없다는 사실이 공표되었다. 공표가 이렇게 늦어진 것이, 병석에 있는 명인이 혹시 마지막 순간까지도 자신이 자리를 털고 일어나 유희를 감독이나마 할 수 있기를 희망하여 그 뜻을 따른 것인지 아닌지 여부는 우리로서는 알 수 없다. 그러나 그런 생각을 하기에는 명인의 병이 너무 깊었다는 것, 그리고 그의 '그림자'가 마지막 순간까지 카스탈리엔으로 하여금 발트첼의 상황을 모르고 있도록 내버려 두는 실수를 범했다는 것이 사실에 가까운 것 같다. 물론 이 망설임이 과연 실수였는지에 대해서도 논란의 여지는 있었다. 의심할 것도 없이 그것은 선의에서, 이를테면 축제에 미리 불신을 품어 명인 토마스를 숭배하는 사람들이 불참하는 일이 없도록 하기 위해 취해진 일이었다. 그리고 모든 일이 잘 되어 갔다면, 즉 발트첼의 유희자 집단과 베르트람 사이에 신뢰가 있었더라면, 그 '그림자'는 ─ 충분히 그럴 수 있는 일이었다. ─ 정말 대리자가 되어 명인이 그 자리에 없다는 사실조차 사람들이 눈치채지 못하게 할 수 있었을 것이다. 이 일에 대해 더 이상 추측을 계속하는 것은 쓸데없는 짓이리라. 다만 저 베르트람이라는 사람이 당시 발트첼의 평판처럼 그렇게 얼토당토않게 무능하거나 심지어 자격이 없는 인물이 아니었다는 것만은 암시하고 지나가야 할 것 같다. 그는 죄인이라기보다는 차라리 희생자였다.

해마다 그렇듯이 이번 대유희에도 수많은 손님들이 밀려들었다. 대부분의 사람들은 아무것도 모르고 왔지만, 그중에는 유희 명인의 안부를 걱정하며 축제의 경과에 대해 불안한 예감을 품고 온 사람들도 있었다. 발트첼과 인근 마을은 사람들로 가득 찼고, 수도회 본부와 교육청 사람들도 대부분 참석했다. 국내 먼 곳이나 외국에서 축제 기분에 젖은 여행객들이 모여들었고, 여관들은 손님으로 넘쳐날 지경이었다. 예년과 마찬가지로 축제는 유희가 시작되기 전날 밤의 명상 시간으로 막을 열었다. 종소리를 신호로 사람이 가득 찬 식장 일대는 깊고 경건한 침묵 속으로 잠겨들었다. 다음 날 아침에는 첫 번째 음악 연주와 더불어 첫 번째 유희 명제가 고시되었고, 그 명제의 음악적인 주제 두 개에 대한 명상이 있었다. 유리알 유희 명인의 예복을 입은 베르트람은 침착하고 절제된 모습으로 등장했으나 아주 창백한 얼굴을 하고 있었는데, 하루하루 시간이 지나면서 점점 더 피로에 지친, 힘들고 체념하는 기색이 짙어지더니 마지막 며칠 동안은 정말 그림자처럼 되어 버렸다. 유희 둘째 날에는 벌써 토마스 명인의 병세가 악화되어 생명이 위독하다는 소문이 퍼지기 시작했다. 바로 그날 저녁 소식통들을 통해 어디를 가나 병석에 있는 명인과 그의 '그림자'에 대해 퍼져 가는 전설 같은 소문을 들을 수 있었다. 그 전설은 유희자 마을의 핵심을 이루는 복습 교사들로부터 나온 것이었다. 내용은 이랬다. 명인은 유희 지휘자로서 임무를 다할 생각이었고 또 그럴 힘도 있었지만, '그림자'의 명예심 때문에 희생을 감수하고 그에게 축제의 임무를 맡겼다. 그런데 이제 베르트람은 그 막중한 역할을 감당해 낼 능력이 안 되는 것 같고 유희는 실망으로 끝나게 생겼으니, 병상의 명인은 유희와 자기 '그림자'와 그의 무능에 책임을 느끼고 자기가 '그림자' 대신 잘못에 대한 속죄를 하기로 작정했으며, 그게 바로 그의 건강이 급속히 악화되고 열이 오르게 된 이유라는 것이었다. 물론 이것이 그 전설의 유일한 설(說)은 아니었지만 하여간 영재들의 설은 그랬고, 그것은 영재라고 불리는 그 열렬한 신진들이 사태를 비극적으로 받아들이고 있으며 그 비극을 돌리거나 밝게 만들거나 미화하는 데 협조할 의사가 없음을 보여 주고 있었다. 명인에 대한 존경과 '그림자'에 대한 반감이 평형을 이룬 채, 그로 인해 명인이 함께 타격을 받아야 한다 할지라도 그의 '그림자'가 실패하고 파멸하기를 바라는 것이었다. 그리고 또 하루가 지나자 명인은 병상에서 그의 대리자와 영재들 가운데 우두머리 격인 두 연장자에게 서로 평화를 유지하고 축제를 위태롭게 하지 말 것을 당부했다는 이야기가 전해졌다. 그다음 날에는 명인이 자기의 마지막 유언을 받아 적게 했으며 당국에 자기 후계자로 인물을 지명했다는 주장이 돌았고, 그 이름까지 거명되었다. 점점 더 악화되어 가는 명인의 상태에 대한 보고와 함께 갖가지 소문이 나돌았고, 유희를 포기하고 떠나는 사람은 없었지만 식장에서나 객사에서나 분위기는 나날이 가라앉아 갔다. 행사장 전체에 무겁고 어둡고 짓누르는 기운이 드리워졌지만 겉으로는 아무 이상 없이 정확하게 진행되었다. 그러나 축제에 언제나 따르기 마련이며 기대되던 기쁨이나 고양된 기분은 거의 느낄 수 없었다. 마지막 유희가 벌어지기 전날 이 축제 유희를 만든 토마스 명인이 영원히 눈을 감았을 때, 당국의 노력에도 그 소식이 퍼지는 것을 막을 수는 없었다. 그리고 사건의 매듭이 이렇게 풀리자 많은 참가자들은 이상하게도 해방감을 느꼈다. 유희 학교 학생들과 특히 영재들은 장엄 유희가 끝나기 전에는 상복을 입는 것도, 공연과 명상을 번갈아 하도록 엄격하게 짜인 일정을 중단하는 것도 전혀 허용되지 않았건만, 마지막 행사와 일정을 모두 한결같이 마치 존경하는 고인의 장례식에라도 참가한 듯한 태도와 분위기로 치러 냈다. 그리고 지칠 대로 지치고 수면 부족으로 창백한 얼굴에 반쯤 눈을 감은 채 직무를 계속하고 있는 베르트람 주변에는 얼음 같은 고립의 분위기가 감돌도록 만들었다.

요제프 크네히트는 테굴라리우스를 통해 영재들과 활발히 접촉하고 있었고 또 경력이 오랜 유리알 유희자로서 그러한 흐름과 분위기를 모두 감지하고는 있었지만, 그런 것이 자기 심경 속으로 유입되지는 않도록 했으며, 나흘째인가 닷새째부터는 친구 프리츠에게 명인의 병세에 대한 소식은 자신에게 알리지 말아 달라고 부탁했다. 그는 축제에 드리운 비극적인 그림자를 충분히 느끼고 이해했으며 깊은 걱정과 슬픔으로 명인을 생각하는 한편, 마치 함께 사형 선고라도 받은 듯한 '그림자' 베르트람에 대해서는 불쾌감과 동정심을 품기도 했지만, 사실이든 전설이든 이러한 보고의 영향을 받지 않으려고 계속 강하게 저항했다. 그는 힘껏 정신을 집중하여 훌륭하게 짜인 유희의 연습과 진행에 몰두함으로써 그 모든 부조화와 어두운 그림자에도 불구하고 참으로 장엄한 축제를 체험했다. '그림자' 베르트람은 축제의 마지막에 언제나 하도록 되어 있는 부(副) 명인으로서 축하객들과 관청 사람들을 접견하는 일만은 면제받았다. 그리고 으레 있어 온 유리알 유희를 배우는 사람들의 축일도 이번에는 그냥 지나치고 말았다. 축제의 맨 마지막 음악의 장이 막을 내리자마자 당국은 명인의 죽음을 발표했다. 그리고 유희자 마을에서는 장례일이 시작되었으며, 객사에 머물던 요제프 크네히트도 함께 조의를 표했다. 오늘날까지도 높이 존경받고 있고 공적이 많은 명인의 장례식은 카스탈리엔의 풍습대로 간소하게 치러졌다. 그리고 축제 기간 동안 마지막 힘을 다해 어려운 역할을 끝까지 해낸 베르트람은 자신의 처지를 알아차렸고, 휴가를 얻어 산악 지방으로 여행을 떠났다.

유희자 마을뿐 아니라 발트첼 전체가 슬픔에 잠겼다. 아마고인이 된 명인과 친밀하고 특별히 다정스러운 관계를 맺고 있던 사람은 없었을 것이다. 그러나 그 고귀한 인품의 우월성과 명료함은 그의 총명함과 형식에 대한 세련된 감각과 더불어 그를 지도자로 만들고 대표자가 되게 했다. 기본적으로 철저하게 민주적인 카스탈리엔에서도 그런 인물을 언제나 배출하는 것은 아니었다. 누구나 그를 자랑스러워했다. 이 인물은 정열이나 사랑, 우정 같은 영역을 벗어나 있는 것처럼 보였는데, 그럴수록 더 청년들의 숭배 욕구에 적절한 대상이 되었다. 이 위엄과 제후와도 같은 우아함은 그에게 반쯤은 애정 어린 '각하'라는 별명을 붙여 주었고, 격심한 반대가 있었음에도 세월이 흐르자 고등 위원회와 교육청 회의 및 공동 사업회에서는 그에게 상당히 높은 지위를 안겨 주었다. 그가 비운 높은 직책을 다시 채우는 문제는 부지런히 거론되었고, 그 어느 곳보다도 유리알 유희 영재들 사이에서 가장 열성적으로 논의되었다. '그림자'가 자리에서 물러나 떠나간 후에, '그림자'의 실각을 꾀하고 그 바람을 이룬 영재들은 투표로 뽑은 세 명의 임시 대리자에게 명인 직무의 기능을 분담시켰다. 그러나 그것은 유희자 마을 내부 기능에 한정된 것일 뿐 교육 위원회에서의 관청의 기능은 다른 문제였다. 관례에 의하면 교육 위원회는 명인의 자리를 삼 주 이상 비워 둘 수 없었다. 죽거나 사임하는 명인이 결정적인, 경쟁의 여지가 없는 후계자를 남길 경우 그 자리는 심지어 즉시, 관청의 단 한 번의 전체 회의를 거쳐 새로 채워지기도 했다. 그러나 이번에는 아마 더 오래 걸릴 것이었다.

장례가 계속되는 동안 요제프 크네히트는 이따금 친구들과 어울려 지난번 유희와 그 이상하게 침체되었던 경과에 대해 이야기를 나누었다.

크네히트는 말했다. "대리자 베르트람은 자기 역할을 간신히라고는 해도 끝까지 해냈네. 다시 말해 진정한 명인 역할을 끝까지 해내려 했을 뿐 아니라 내가 보기엔 그 이상의 일을 했어. 그는 자기의 마지막이자 가장 엄숙한 직무 수행인 이 장엄 유희에 자신을 제물로 바친 거야. 자네들은 그에게 너무 심했어. 아니 잔인했지. 자네들은 축제를 구하고 베르트람을 구할 수도 있었을 텐데, 그렇게 하지 않았네. 그렇다고 그 일에 대해 왈가왈부할 생각은 없어. 그럴 만한 이유가 있었겠지. 그러나 그 불쌍한 베르트람도 자리에서 물러났고, 자네들 뜻하던 바를 이루었으니 이제는 좀 관대해져야 하지 않겠나. 다시 나타나거든 그를 제대로 대해 주고 그의 희생을 알고 있다는 것을 보여 주어야 할 거야."

테굴라리우스는 고개를 저었다. "우리는 알고 있었어. 그리고 받아들인 거야. 자네는 다행히도 손님 자격으로 중립적인 입장에서 이번 일에 참가했고, 그러니 경과에 대해서 자세히 모르지. 아니야, 요제프. 이제 베르트람에 대한 어떤 감정을 우리가 행동으로 나타낼 일은 더 이상 없을 거야. 그는 자기희생이 불가피했다는 것을 알고 있고, 그것을 되돌려 보려는 시도는 하지 않을 걸세."

그제야 비로소 크네히트는 베르트람을 완전히 이해했고, 우울해져서 입을 다물었다. 그는 자신이 이번 유희를 사실 진정한 발트첼 사람이나 동료로서가 아니라 정말 무슨 손님처럼 체험한 데 지나지 않는다는 것을 깨달았다. 그리고 그제야 비로소 베르트람의 희생이 대체 어떻게 해서 일어나게 된 것인지를 이해했다. 그때까지 그의 눈에 비친 베르트람은 야심가이고, 자기 능력으로 감당하지 못하는 직무를 보다가 쓰러진 사람으로, 더 이상의 야심을 버리고 자기가 한때 명인의 '그림자'였고 연례 유희의 지휘자였다는 사실을 잊도록 노력해야 할 사람이었다. 그런데 이제 친구의 마지막 말을 듣고 그는 — 그 순간 입을 다물어 버렸지만 — 베르트람이 그의 심판관들로부터 최종 선고를 받은 것이며, 다시 돌아오지 않으리라는 것을 알아차렸다. 사람들은 그가 축제 유희를 끝까지 해내도록 허락했고, 심지어 아무 잡음 없이 진행되도록 지원까지 했지만, 그것은 베르트람을 지키기 위해서가 아니라 발트첼을 아끼기 때문이었던 것이다.

'그림자'라는 위치는 명인의 전폭적인 신뢰가 있어야 했지만 — 그 점에서 베르트람은 부족할 게 없었다. — 그 못지않게 영재들의 신뢰가 있어야 했다. 그런데 이 가련한 남자는 그것을 얻을 수가 없었던 것이다. 그는 자기 주인이자 모범인 사람의 경우와는 달리 잘못을 저질렀을 때 자기를 감싸 줄 성직 제도가 배후에 있는 것도 아니었다. 그래서 과거의 친구들로부터 완전한 인정을 받지 못하면 어떤 권위도 그를 도울 수 없었고, 친구인 복습 교사들은 그의 심판관이 되었다. 그들이 용납하지 않으면 '그림자'는 끝난 것이었다. 실제로 베르트람은 산으로 여행을 떠난 뒤 다시는 돌아오지 않았고, 얼마 후 절벽에서 떨어져 죽었다는 말이 나돌았다. 그는 더 이상 화제에 오르지도 않았다.

그러는 동안 수도회 본부와 교육청의 고관들과 최고위 관료들이 매일 유희자 마을에 나타났다. 관리들이나 영재들 중 누군가 아무 때고 불려 가 질문을 받곤 했으며, 그 내용에 대해서는 영재들 사이에서만 이런저런 얘기가 돌았다. 요제프 크네히트도 종종 불려 가 질문을 받곤 했다. 한번은 수도회 본부에서 나온 두 사람에게서, 또 한번은 언어 명인으로부터, 그다음엔 뒤부아 씨로부터, 그러고는 다시 두 사람의 명인으로부터 질문을 받았다. 마찬가지로 그 비슷한 경우로 불려 갔다 온 테굴라리우스는 기분 좋게 흥분해 교황 뽑는 밀실 회의에라도 들어간 기분이더라고 익살을 부렸다. 요제프는 연례 유희가 진행되는 동안 한때 그가 영재들과 맺고 있던 친밀한 관계가 얼마나 희미해졌는지 잘 알게 되었지만, 이 밀실 선거가 진행되는 동안 그것을 더 분명히 느끼게 되었다. 그는 외부인처럼 객사에 머물고 있었을 뿐만 아니라, 윗사람들은 그를 마치 대등한 사람 대하듯 했다. 한편 영재들이나 복습 교사단은 그를 다시 격의 없는 친구의 태도로 맞는 게 아니라, 비웃는 듯 정중한 태도를 취하거나 아니면 적어도 방관적으로 냉담하게 대했다. 그가 마리아펠스로 초청되었을 때 그들은 이미 그에게서 멀어져 있었다. 그것은 당연하고도 자연스러운 일이었다. 이를테면 자유로부터 직무 속으로, 학생이나 복습 교사 신분에서 성직으로 한번 발을 들여놓은 사람은 이미 동료가 아니라 상관이며 보스의 길을 걷는 것이었다. 그는 더 이상 영재들의 동료가 아니었고, 당분간은 영재들이 자신에 대해 비판적인 태도를 취하게 되리라는 것도 알아야 했다. 그의 입장에 있는 사람이라면 누구라도 마찬가지였을 것이다. 다만 당시 그가 이러한 거리감과 냉기를 특히 강하게 느꼈을 뿐이다. 한편으로는 당시 영재들이 보호자를 잃은 채 새로운 명인을 맞아야 하는 시점이라서 두 배는 더 강하게 방어의 진을 치고 단결하고 있었기 때문이었고, 다른 한편으로는 조금도 양보할 줄 모르는 그들의 결의를 '그림자' 베르트람의 운명에서 그리도 가차 없이 읽었던 때문이었다.

어느 날 저녁 테굴라리우스는 몹시 흥분해 객사로 달려와 요제프를 찾아내 빈방으로 끌고 가더니 문을 닫고 뿜어 내듯

빠르게 지껄였다. "요제프! 요제프! 오, 세상에, 내 이럴 줄 미리 알 만도 했는데, 틀림없이 알았어야 했는데, 사실은 그렇게 엉뚱한 일도 아니었지……. 아아, 난 지금 정신이 하나도 없어. 기뻐해야 할지 어떤지도 모르겠어." 유희자 마을의 모든 정보에 환한 그는 허겁지겁 이야기했다. 요제프 크네히트가 유희 명인으로 뽑히리라는 것은 가능한 일 정도가 아니라 이미 확정된 일이라는 것이었다. 많은 사람들에게 명인 토마스의 후계자로 여겨지던 기록소장은 이미 이틀 전 좁혀진 후보자 범위에서 밀려났고, 지금까지 맨 위에서 이름이 거론되었던 영재 중의 세 후보 어느 사람도 명인이나 수도회 본부의 특별한 호의나 추천을 받고 있는 것 같지 않다고 했다. 반면 크네히트는 수도회 본부의 두 위원과 뒤부아 씨가 보증을 서고 있는 데다 전 음악 명인의 중요한 언질이 있었으리라는 것이었다. 최근 몇 사람의 명인이 개인적으로 전 음악 명인을 방문한 게 확실하다고도 했다.

"요제프, 그들이 자네를 명인으로 뽑는 거야." 테굴라리우스는 다시 한 번 급하게 말했다. 그러자 친구는 그의 입을 손으로 막았다. 요제프는 그런 추측을 듣고 처음에는 프리츠 못지 않게 깜짝 놀랐고, 전혀 있을 수 없는 일같이 여겨졌지만, 프리츠가 '밀실 선거'의 상태나 경과에 대한 유희자 마을의 의견들을 말하는 사이에 벌써 친구의 추측이 틀리지 않다는 것을 깨닫기 시작했다. 오히려 마음속에 그것을 긍정하는 무엇이 있음을 느꼈다. 자기는 그것을 알고 기대하고 있었으며, 그것은 당연하고도 자연스러운 일이라는 느낌이었다. 그는 흥분한 친구의 입에 손을 대고 갑자기 거리가 멀어진 것처럼 낯설게 명령하는 듯한 눈초리로 바라보며 말했다. "이보게, 그렇게 떠들지 말아. 그런 수다는 듣고 싶지 않네. 자네 친구들한테 가 봐."

테굴라리우스는 할 말이 많았지만 크네히트의 눈초리를 보고 입을 다물고 말았다. 그것은 생전 처음 보는 사람이 쏘아보는 듯한 눈초리였다. 테굴라리우스는 얼굴이 하얗게 질려 밖으로 나가 버렸다. 그가 나중에 이야기하기를, 크네히트의 이상한 평온함과 차가움은 처음엔 한 대 맞거나 모욕을 당한 것처럼, 따귀라도 한 대 맞은 것처럼 느껴졌다고 했다. 그들의 오랜 우정과 신뢰에 대한 배신 같았고, 머지않아 오르게 될 최고 상관으로서의 지위를 한발 앞서 이용하여 미리부터 너무 지나친 행동을 하는 것으로 생각되었다고 했다. 사실 그는 정말 매라도 맞은 듯이 그 자리에서 물러났지만, 가면서 비로소 그 잊을 수 없는 눈초리, 그 멀고 왕과도 같은 그러면서도 그만큼 괴로워하고 있는 눈초리의 의미를 알게 되었다고 했다. 그는 친구가 자기에게 주어진 것을 거만한 태도가 아니라 겸손하게 받아들였다는 것을 알았고, 얼마 전 요제프 크네히트가 베르트람과 그의 희생에 대해 물었을 때의 생각에 잠긴 눈초리와 그 목소리에 담긴 깊은 동정의 울림을 생각하지 않을 수 없었다고 했다. 마치 크네히트 자신이 저 '그림자'처럼 자기를 희생하고 꺼버리기라도 하려는 듯, 친구를 바라보는 그의 얼굴은 긍지에 차 있으면서도 겸손하고, 숭고하면서도 순종으로 가득 차 있으며, 고독하면서도 운명을 받아들일 채비가 되어 있어서, 마치 그때까지 있었던 카스탈리엔 명인 전부의 기념비와도 같았다고. "자네 친구들한테 가 봐."라고 그는 친구에게 말했다. 그러니까 자신의 새로운 지위에 대해 처음 듣는 순간 벌써 그는 모르는 사람들의 대열에 끼어 새로운 중심에서 세계를 바라보고 있었던 것이며, 그들은 더 이상 친구가 아니었고, 다시는 그리 될 수도 없었던 것이다.

크네히트는 이 임명을, 이 마지막 최고의 소명을 아마 그 자신이 충분히 예측하거나 적어도 가능하고 일어날 수 있는 일로 알아챌 만도 했건만, 그럼에도 이 일은 이번에도 그를 놀라게, 아니 경악하게 했다. 그는 나중에, 전혀 생각할 수 없는 일도 아니었다고 혼잣말을 하며, 처음부터 예상은 못했더라도 결정이 나고 발표되기 며칠 전 그것을 짐작하고는 예언하며 흥분하는 테굴라리우스에 대해 미소를 지었다. 사실 나이가 젊다는 것을 빼고는 요제프가 최고 관청으로 뽑혀 올라가는 데 걸릴 것이 하나도 없었다. 그의 동료들은 대개 마흔다섯이나 쉰 살에 그 같은 고위직에 올랐지만, 요제프는 아직 마흔도 되지 않았던 것이다. 그러나 그렇게 빠른 임명을 금지하는 법률은 없었다.

그래서 프리츠가 그의 관찰을 종합한 결과로 친구를 놀라게 했을 때, 그것은 사실 발트첼이라는 작은 공동체의 복잡한 기구를 세부에 이르기까지 속속들이 알고 있는 노련한 영재 유희자의 관찰이었으므로, 크네히트는 곧 상대방의 이야기가 옳다는 것을 깨닫고 자신의 선출과 운명을 이해하고 받아들였다. 그러나 "그런 수다는 듣고 싶지 않네."라고 말해 친구를 돌려보낸 것이 그 소식을 접한 그의 첫 반응이었다. 상대방이 당황하여 거의 모욕이라도 당한 듯이 자리를 뜨자 요제프는 마음을 가다듬기 위해 명상하는 장소를 찾았다. 그의 성찰은 때마침 이상하리만큼 강하게 그의 마음을 사로잡은 추억의 광경으로 시작되었다. 그 영상 속에 보인 것은 텅 빈 방과 그곳에 놓인 피아노였다. 창문으로는 차고 맑은 아침 햇살이 스며들고 있었다. 방 입구에 고귀하고 다정하게 보이는 남자가 나타났다. 나이가 지긋해 머리는 희끗희끗했지만 친절하고 품위가 넘쳐흐르는 맑은 얼굴이었다. 요제프는 조그만 라틴어 학교 학생이었으며, 반은 겁을 먹고 반은 흥분하여 방 안에서 음악 명인을 기다리고 있었다. 영재 학교가 있는 전설적인 교육주에서 온 존경하는 사람, 명인을 그는 지금 처음으로 보는 것이었다. 그리고 그에게 음악이 무엇인지를 보여 주기 위해 왔던 이 명인은 그를 한 걸음 한 걸음 그의 교육주 안으로, 그의 나라 안으로, 영재들 속으로, 수도회 안으로 이끌어 가고 맞아들였다. 그는 이제 이 명인의 동료가 되고 형제가 되었다. 반면에 노인은 자기의 마법 지팡이, 명인의 표지를 내려놓고 다정하면서도 말이 없는, 여전히 친절하고 품위 있으며 신비스러운 노인으로 바뀌었다. 그의 시선과 모범이 요제프의 삶을 굽어보고 있었다. 이 노인은 품위와 겸허함, 능란함과 신비에 있어서 언제나 한 세대 혹은 인생의 몇 단계, 아니 헤아릴 수 없을 만큼 크네히트를 능가하면서도, 그의 보호자이자 모범으로서 마치 하나의 별이 뜨고 지면서 형제 별들을 끌어 모으듯 자기 뒤를 따르도록 재촉하고 있었다. 크네히트는 처음에 긴장이 풀리면서 꿈결처럼 나타나는 영상의 흐름에 무심의 상태로 몸을 내맡기고 있었다. 그러자 그 흐름에서 나와 상당히 오래 머물러 있는 두 가지 심상이나 영상 혹은 상징 혹은 두 가지 비유라 할 만한 것이 있었다. 그중 한 영상은 이런 것이었다. 소년 크네히트는 안내자로서 앞서 걷고 있는 명인 뒤를 따라 온갖 길을 걸어

가고 있다. 명인은 뒤돌아볼 때마다 얼굴이 더욱 고요하고 기품 있게 바뀌어 갔는데, 시간을 초월한 지혜와 품위의 이상적인 모습에 눈에 띄게 가까워졌다. 한편 요제프 크네히트는 이 모범에 온 마음을 다해 복종하며 따라갔지만, 언제나 변함없이 똑같은 소년이었고, 그 점에 대해 그는 금방 부끄러워했다가 금방 또 일종의 기쁨을 느끼기도 했고, 고집 센 만족감 같은 것을 번갈아 맛보기도 했다. 두 번째 영상은 이런 것이었다. 피아노가 놓인 방의 광경이 나타나고 노인이 소년에게 다가온다. 이 일이 끊임없이 몇 번이고 되풀이되었다. 명인과 소년은 기계 장치의 철사 줄에 묶여 있기라도 한 것처럼 서로 뒤를 좇고 있기 때문에, 누가 오고 누가 가는지, 누가 이끌고 누가 따르는지, 누가 노인이고 누가 소년인지 이내 구별할 수 없게 되었다. 어떤 때는 나이와 권위와 기품에 대해 존경과 복종을 나타내는 것은 소년인 것 같았다. 또 어떤 때는 청춘과 시작, 명랑함의 모습으로 상대를 가볍게 앞서 가며 봉사하고 감탄하며 따라갈 의무가 있는 것은 노인인 것 같았다. 그리고 이 무의미하면서도 의미심장한 꿈의 회전을 바라보고 있는 동안 꿈을 꾸는 사람은 어떤 때는 노인과 한 몸이 되고 어떤 때는 소년과 한 몸이 되었다. 어느 때에는 존경을 바치는 자가, 어느 때에는 존경을 받는 자가 되었으며, 때로는 안내자가 되고 때로는 복종하는 자가 되었다. 그리고 이 어지러운 변화가 계속되는 가운데 어느 순간이 오자 그는 둘 다가 되어 명인인 동시에 어린 학생이었고, 아니 그렇다기보다 그는 그 둘 위에 서 있었다. 즉 이 순환, 노인과 소년 사이에 헛되이 빙글빙글 돌아가며 벌어지는 경쟁의 주최자이자 고안자, 조정자, 관람자였으며, 마음 내키는 대로 속도를 늦추거나 극도로 빠르게 몰아대곤 했다. 이 단계에서 새로운 심상이 펼쳐지기 시작했다. 그것은 이미 꿈이라기보다는 상징이었고, 영상이라기보다는 인식이었다. 명인과 학생 사이의 무의미한 이 회전, 지혜는 청춘을 구하고 청춘은 지혜를 구하며 무한히 비약하는 이 유희는 바로 카스탈리엔의 상징이었다. 사실 그것은 노소, 주야, 음양으로 나뉘어서 흐르는 인생 자체의 유희이기도 했다. 그러자 여기서부터 명상자는 영상의 세계에서 안정의 세계로 통하는 길을 발견했고, 오래 지속된 침잠 끝에 힘차고 밝은 마음이 되어 돌아왔다.

며칠 후 수도회 본부에서 호출이 오자 그는 편안한 마음으로 찾아갔다. 그리고 최고 상관이 악수와 의미 있는 포옹으로 형제처럼 인사하자 침착한 태도로 밝고 진지하게 받아들였다. 그는 유리알 유희의 명인으로 임명되었다는 통고와, 취임 선서를 하기 위해 이틀 후 유희 회관으로 나오라는 명령을 받았다. 얼마 전 별세한 명인의 대리자가 금으로 장식되어 제물로 바쳐지는 짐승처럼 고달픈 축제를 치러 냈던 바로 그 회관이었다. 취임 전날은 두 상관의 지도와 감독 아래 의례적인 명상과 함께 선서 양식과 '명인 규칙'을 자세히 배우며 보냈다. 이번에 지도와 감독을 맡은 사람은 수도회 총장과 수학 명인이었다. 그 힘든 하루를 보내며 낮에 잠깐 쉴 때 요제프는 수도회에 처음 입회할 때의 일과 그에 앞서 음악 명인에게 지도받던 때의 일이 생생하게 떠올랐다. 물론 이번의 채용 의식은 해마다 수백 명이 치르는 것처럼 넓은 문을 통해 커다란 집단으로 인도되는 것이 아니라 바늘귀를 통과해 가장 높고도 좁은 명인들의 영역으로 들어가는 일이었다. 나중에 그가 전 음악 명인에게 털어놓기를, 집중적인 자기반성을 하던 그날 참으로 우습고도 하찮은 생각이 떠올라 자신을 괴롭혔노라고 했다. 즉 다른 명인에게서 정말 너무나도 젊은 나이에 최고의 지위에 올랐다는 말을 듣게 될까 봐 두려웠다는 것이다. 그는 정말로 이 두려움, 이 어린아이 같은 쓸데없는 생각과 싸워야 했다. 누가 자신의 나이를 가지고 뭐라고 하면, "그러니 그냥 조용히 나이 들어 가게 놔두시지요. 저야말로 이 승진을 바란 적이 없습니다."라고 대답하고 싶은 충동과 싸웠다. 그러나 좀 더 자세히 자신을 검토해 보니, 무의식중이라고는 하지만 임명되리라는 생각과 임명되었으면 하는 바람은 그다지 멀리 있는 것이 아니라는 것을 알 수 있었다. 그는 이 사실을 인정하고, 자기의 허영심을 깨닫고는 그 생각을 버렸다. 그리고 실제로 그날이나 그 후로도 동료들로부터 나이에 대한 말은 한 번도 들은 적이 없었다.

그러나 그때까지 크네히트와 겨루었던 사람들 사이에서는 그만큼 더 새로운 명인의 선발에 대한 논의와 비판이 활발하게 오갔다. 그에겐 뚜렷이 드러난 적수는 없었지만 경쟁자는 있었고, 그중 몇 사람은 그보다 나이가 많았다. 그들은 어디까지나 경쟁과 시험을 해 본 뒤에, 적어도 극도로 엄정한 비판적 관찰을 한 뒤에야 비로소 임명을 인정하겠다는 태세였다. 거의 언제나 새로운 명인의 취임과 취임 초기에는 정죄(淨罪)의 불길을 지나는 것과 같은 과정이 있기 마련이었다.

명인의 취임은 공식적인 의식이 아니다. 최고 교육청과 수도회 본부를 제외하곤 상급 학생들과 새로 명인을 맞이하는 분과의 후보자들과 관리들만 의식에 참석한다. 식장 의식에서 유리알 유희의 명인은 직무 선서를 하고, 이어서 몇 개의 열쇠와 인장으로 되어 있는 직무 표지를 관청으로부터 받는다. 그런 다음 수도회 본부의 대표자로부터 명인의 의복을 받아 입게 되어 있다. 이것은 예식 때 입는 상의인데 최고 의식, 특히 연례 유희 축제 때 명인이 입는 것이다. 이 의식에는 공적 축제에서 볼 수 있는 흥분이나 가벼운 도취 같은 것은 없으며 성격상 의례적이고 오히려 무미건조한 편이지만, 그 대신 두 최고 관청의 전원이 참석하기 때문에 예사롭지 않은 무게가 의식에 가해진다. 즉 유리알 유희자들의 작은 공화국이 전체 관청에 대하여 자신을 대표하는 새 주인을 맞이하는 중대하고 흔하지 않은 행사인 것이다. 학생들과 젊은 연구생들은 그 중대한 의의를 아직 충분히 이해하지 못하고 이 의식을 그저 단순한 의례나 눈요깃감으로 여길지도 모르지만, 다른 참석자들은 모두 그 중대성을 의식하고 소속 단체와 일체가 되어 있기 때문에 그 성과를 마치 자신의 몸이나 삶의 한 과정처럼 느끼는 것이다. 이번에는 예식의 기쁨이 전임 명인의 사망과 그로 인한 슬픔뿐만이 아니라 이번 연례 유희의 불안한 분위기와 대리자 베르트람의 비극으로 흐려져 있었다.

명인의 예복을 입혀 주는 의식은 수도회 본부의 대표자와 유희 기록소장에 의해 거행되었다. 그들은 함께 예복을 높이 들어 신임 유리알 유희 명인의 어깨에 걸쳐 주었다. 짧은 축사를 한 사람은 코이퍼하임의 고전어 대가인 문법 명인이었고, 영재들 중에서 뽑혀 나온 발트첼의 대표가 열쇠와 인장을 건네주었다. 파이프오르간 옆에는 노령의 전 음악 명인이 친히 서 있었다. 그는 사랑하는 제자가 명인 예복을 입는 모습을 보기 위해서, 또 뜻밖의 참석으로 제자에게 기쁜 놀라움을 안겨 주기 위해서, 그리고 아마 두세 가지 조언을 해 주기 위해서 취임식장까지 나온 것이었다. 할 수만 있다면 노인이 직접 축하 연주를 했을 테지만, 이젠 그런 힘든 일을 할 자신이 없었기 때문에 연주는 유희자 마을의 오르간 연주자에게 맡기고 자신은 뒤에서 악보를 넘겨 주었다. 그는 따뜻한 미소를 지으며, 요제프가 명인 예복과 열쇠를 받아 드는 것을 보았다. 그리고 그가 선서를 하고 나서 장래의 협력자와 관리와 학생 들을 향해 격의 없이 인사말 하는 것을 들었다. 소년 요제프가 오늘처럼 사랑스럽고 대견하게 보인 적은 없었다. 그는 이제 옛날의 요제프가 아니라 예복과 직책을 걸머진 자가 되었다. 왕관의 보석이요, 성직 제도라는 건물의 기둥이 된 것이었다. 노인은 안타깝게도 그의 요제프하고는 잠시밖에 이야기를 나누지 못했다. 그는 환하게 미소를 지으며 요제프에게 단단히 일렀다. "앞으로 서너 주일을 잘 넘기도록 주의하게. 무척 많은 일들을 해야 할 테니까. 항상 전체를 염두에 두고, 개별적인 일은 좀 소홀히 하더라도 이젠 그리 문제가 되지 않는다는 걸 잊지 말게. 영재들에게 모든 힘을 기울여야 해. 다른 일은 생각할 필요 없어. 자네를 보살피도록 두 사람이 파견될 거야. 한 사람은 요가 선생인 알렉산더인데, 내가 가르치고 있지. 그 사람의 말을 잘 듣도록 하게. 그는 자기 할 일을 잘 알고 있지. 자네에게 필요한 것은, 윗사람들이 자네를 동료로 이끌어 올린 것이 옳은 일이었다는 바위처럼 확고한 신념을 갖는 일이야. 상관을 믿어. 자네를 돕기 위해서 파견되는 사람들도 믿어야 해. 자신의 힘을 무조건 믿게. 하지만 영재들에 대해서는 명랑하면서도 빈틈없이 경계심을 가지고 대하도록 하게. 그들도 당연히 자네가 그렇게 나올 것을 예상하고 있으니까. 자넨 이길 거야, 요제프. 난 그것을 알고 있어."

명인의 직무란 대부분 새 명인도 잘 알고 있고 숙달된 일이었다. 이미 조수나 협력자의 자격으로 그 일들을 다루어 본 경험이 있었던 것이다. 그중 가장 중요한 것은 유희 강의였다. 학생들과 초보자들을 위한 강의, 휴가 강의, 내빈 강의, 거기에 다시 영재들을 위한 실습과 강의와 세미나에 이르기까지 다양했다. 마지막 것을 제외하면 새로 임명된 명인이라도 누구나 큰 어려움 없이 해낼 수 있는 일들이었다. 반면에 실제 한 번도 해 볼 기회가 없었던 새로운 직무에는 훨씬 많은 걱정과 수고가 따르지 않을 수 없었다. 요제프도 마찬가지였다. 가능하다면 그는 우선 이 새로운 의무에만 온 힘을 기울이고 싶었다. 그것은 명인만이 할 수 있는 일, 즉 최고 교육 위원회에 협력하고, 명인 위원회와 수도회 본부의 공동 사업에 종사하며, 모든 관청에 대해 유리알 유희와 유희자 마을을 대표하는 일이었다. 그는 이 새로운 직무에 능숙해지고, 자신이 알지 못하는 미지의 위협적인 국면을 파악하려고 애썼다. 우선 몇 주 동안은 헌법이나 예식, 회의 기록 등을 자세하게 연구하는 데 전념하고 싶었다. 그는 이 분야에서 사정을 알려 주고 가르침을 줄 사람으로 뒤부아 씨 외에도 명인의 예법과 전통에 대해 가장 풍부한 경험을 쌓은 전문가이자 대가가 있음을 알고 있었다. 수도회 본부의 대변자인 이 사람은 명인은 아니고 직급으로 볼 때 명인보다 아래였지만, 관청의 모든 회의를 주재하고 왕궁의 의전 장관처럼 전통적인 질서를 올바르게 세워 나가는 일을 돕고 있었다. 이 영리하고 경험 많고 눈부시도록 정중하지만 속을 뚫어 볼 수 없는 사람, 요전에 엄숙하게 명인의 예복을 입혀 주었던 바로 이 사람에게 크네히트는 얼마나 개인 교습을 받고 싶었던가. 그가 반나절이나 걸리는 히르스란트가 아니라 발트첼에 살기만 했던들! 또 잠시 몬테포르트로 빠져나가 전 음악 명인에게 이러한 문제들에 대해 얼마나 지도를 받고 싶었던가! 그러나 어림도 없는 일이었다. 그런 사적이고 학생 같은 소원을 품는 일은 명인에게 허락되지 않았다. 오히려 처음엔 아무 어려움도 없으리라고 생각했던 직무에 온갖 주의를 다해 힘을 쏟고 정성을 기울여야 했다. 축제 유희가 벌어지는 동안 베르트람이 자기가 속한 집단, 즉 영재들의 눈 밖에 난 명인으로서 진공과도 같은 상태 속에서 싸우다가 질식하는 것을 보면서 예감했던 것, 그리고 취임식 날 몬테포르트에서 온 노인의 말이 확인해 주었던 것이 이제 직무를 보는 순간순간 그에게 나타났고, 자기 처지를 생각해 볼 때마다 드러났다. 즉 다른 어떤 일보다 영재들이나 복습 교사들에게, 유희 최상급 반의 연구와 세미나 실습에 정성을 기울여야 하며, 복습 교사들과의 아주 사적인 접촉에 있어서도 정성을 다해야 한다는 것을 알게 된 것이다. 기록소는 기록관들에게, 초보자 강습은 지금 있는 교사들에게, 우편물은 비서들에게 맡길 수가 있었다. 그렇게 해도 별다른 지장은 없을 것이었다. 그러나 영재들은 잠시도 내버려 두어서는 안 되었다. 그는 그들에게 헌신하고 적극적으로 다가가 자신의 존재 가치를 인식시키고, 자기 능력과 의지의 순수함을 확신시켜 주며, 그들을 사로잡고 그들의 마음을 얻고, 그들 가운데 해 볼 생각이 있는 후보자 누구

와도 힘겨루기를 해야 했다. 그리고 그와 겨루어 보려는 후보
자들도 없지 않았다. 그러자 전에는 별로 도움이 되지 않으리
라 여겼던 일들이 도움이 되었다. 무엇보다 그가 발트첼과 영
재들을 오랫동안 떠나 있었다는 사실이 도움이 되었다. 그는
지금 여기서 거의 새로운 사람이나 다름없었기 때문이다. 테굴
라리우스의 우정까지도 유용하다는 것을 알았다. 왜냐하면 테
굴라리우스는 재치는 있지만 허약한 아웃사이더로서 출세의
길을 따라가는 사람들에게는 전혀 문제가 되지 않았고, 야심
이라곤 없어 보였으므로 새 명인에 의해 어느 정도 끌어올려
진다 해도 경쟁자들로서는 불리해질 것이 없었기 때문이다. 그
래도 유희의 세계에서 맨 위에 있는, 가장 활기차고 가장 불안
하고 가장 예민한 층을 잘 살피며 그 속으로 뚫고 들어가 기
수가 뛰어난 말을 자유자재로 부리듯이 그들을 다루려면 대부
분의 중요한 일은 크네히트 자신이 직접 처리해야 했다. 유리
알 유희의 경우뿐만 아니라 카스탈리엔의 시설 안에서는 어디
를 가나, 교육은 마쳤지만 아직 자유로이 연구에 종사하며 교
육청이나 수도회 근무에 배치되지 않은 후보자인 영재들을 복
습 교사라고 부르고 있었다. 그들은 가장 귀중한 존재로 진정
한 예비원이었고, 카스탈리엔의 꽃이며 미래였다. 그리고 유희
자 마을에서뿐만 아니라 어디에서고 이들 거만한 차세대의 정
수들은 새로운 교사나 상관에 대해 쌀쌀하면서도 비판적인 감
정을 드러냈고, 새로운 책임자에 대해서도 최소한의 예의와 복
종만을, 그것도 아주 인색하게 나타냈다. 따라서 새 명인이 그
들에게 인정받고 자기의 지휘를 자발적으로 따르게 하려면, 어
디까지나 개인적으로 자기를 몽땅 바치다시피 해서 그들을 자

기편으로 끌어들여 감복하게 만들고 정복해 나가야 했다.

크네히트는 별 불안감 없이 이 과제를 대했으나, 막상 일이 어렵다는 것을 알고 놀라지 않을 수 없었다. 그러나 그것을 풀어 내고 엄청나게 힘든, 아니 몸과 마음을 온통 기진맥진하게 만드는 이 게임에서 이겨 나가는 동안, 오히려 그가 염려하고 있었던 다른 의무와 과제는 저절로 뒷전으로 물러나 별로 큰 주의를 요구하지 않는 것처럼 보였다. 그가 어느 동료에게 털어놓은 것을 들어 보면, 관청의 첫 총회에 급행열차를 타고 간신히 시간에 대어 갔다가 끝나자마자 급행열차로 돌아왔는데, 정작 회의는 마치 꿈속에서 치른 듯 나중에는 아무것도 더 생각할 수가 없더라는 것이다. 그만큼 그는 당면한 일에 마음을 빼앗기고 있었다. 뿐만 아니라 회의가 진행되는 동안에도, 그 의제에 관심이 있었고 또 관청에 처음 나갔던 것이니만큼 약간은 불안한 기분으로 참석하고 있었는데도, 머릿속은 거기서 동료들과 어울려 토의를 하는 것이 아니라 발트첼 기록소의 파란 칠을 한 방에 있다는 사실을 깨닫고 몇 번이나 깜짝 놀랐다는 것이다. 당시 그는 그 방에서 사흘에 한 번씩 겨우 다섯 명의 참가자를 상대로 변증법 세미나를 열고 있었는데, 거기서 보내는 한 시간이 나머지 근무 시간을 모두 합친 것보다도 더 큰 긴장과 노력을 요구하고 있었다. 그렇다고 나머지 근무 시간도 쉬운 것은 아니었으며 아무 데로도 피할 곳이 없었다. 전 음악 명인이 말했던 것처럼 그에겐 처음 얼마 동안 관청에서 보내 준 감독이 딸려 있었기 때문이다. 이 감독에게는 그의 일과를 매 시간 점검하고, 시간 배정을 조언하며, 치우치거나 무리하지도 않도록 그를 보호할 의무가 있었다. 크네히트는 이 사람에게 감사했다. 그리고 그 이상으로 그가 고맙게 생각한 사람은 수도회 본부에서 파견된 평판 높은 명상 술의 대가 알렉산더였다. 이 사람은 있는 대로 긴장해서 일하는 크네히트가 매일 세 번씩 '간단한' 또는 '짤막한' 연습을 하고, 그 연습의 과정과 지속 시간을 엄밀히 지키도록 보살펴 주었다. 이 두 사람, 즉 적응 훈련을 시켜 주는 사람과 명상을 가르치는 수도회 사람과 함께 크네히트는 매일 저녁 명상 직전에 하루의 직무를 되돌아보고 반성하여 진보와 실패를 확인하고, 명상 선생의 표현대로 '맥을 짚어' 보아야 했다. 즉 자기 자신과 현재의 상태, 건강, 힘의 안배, 희망, 걱정 등을 인식하고 재어보고 자신을 돌아보고 하루하루의 직무를 객관적으로 바라보며, 무엇이든 해결되지 않은 일을 밤과 다음 날로 넘기지 않도록 해야 하는 것이었다.

복습 교사들이 반은 동정 반은 도전으로 관심을 가지고 명인이 해내는 엄청난 작업을 지켜보며 기회를 놓칠세라 그의 역량과 인내력, 기지를 수시로 시험해 보고 격려도 했다 방해도 했다 하는 동안, 테굴라리우스 주변에는 불쾌한 진공이 생겨났다. 크네히트가 지금 그를 위해서는 어떠한 주의도 시간도 생각도 관심도 가질 여유가 없다는 걸 잘 알고 있었지만, 갑자기 자기가 친구에게서 완전히 잊힌 존재가 되었다는 건 너무 가혹하고 무정한 일이 아닐 수 없었다. 게다가 날이 갈수록 점점 더 친구를 잃어버리는 것 같았을 뿐 아니라, 다른 친구들로부터도 불신 같은 것을 느낀 데다 아무도 말을 걸어 오지 않았기 때문에 더 그랬다. 그것도 이상할 것은 없었다. 테굴라리우스가 비록 야심가들의 길을 막는 존재가 될 수는 없다 해도 젊은 명인과 한통속이었고 그의 신임을 받고 있었기 때문이다. 그 모든 것은 크네히트도 알 만한 일이었다. 그러나 다른 모든 사적인 일처럼 이 우정도 잠시나마 끊는 것이 현재 그가 당면한 과제의 하나였다. 그러나 나중에 친구에게 털어놓았듯이, 그는 그것을 뻔히 알면서도 일부러 그랬던 것이 아니라 그냥 단순히 친구를 잊어버렸던 것이다. 그는 자신을 완전히 도구로 만들어 버렸기 때문에 우정이니 뭐니 하는 사적인 것은 있을 수 없는 일로 자취를 감추어 버렸다. 어딘가에서, 이를테면 다섯 사람이 참가하는 세미나에 프리츠의 모습이나 얼굴이 나타나도, 그것은 테굴라리우스도 친구도 아는 사람도 아니고 그저 영재들 중의 한 사람이며 연구생에 지나지 않았을 뿐 아니라 후보자이고 복습 교사였으며, 일과 임무의 한 가닥이었고, 훈련시켜 함께 데리고 싸워 이기는 것이 목적인 군대의 한 병사였다. 프리츠는 명인이 처음 그런 식으로 말을 건넸을 때 오싹 소름이 끼치는 것을 느꼈다. 명인의 눈초리로 보아 이런 낯설고 객관적인 태도는 결코 꾸민 것이 아니라 진정이고 알 수 없는 것이며, 지금 앞에서 정신 바짝 차리고 자기를 객관적으로 정중하게 대하는 이 남자는 이미 친구 요제프가 아니라 교사이자 시험관이고 유리알 유희자일 뿐이라는 것을 느꼈다. 마치 불 속에서 그릇이, 주위에 부어져 단단하게 굳은 반짝이는 에나멜에 싸이듯 그가 진지함과 엄격함에 둘러싸여 격리되어 있음을 느꼈다. 이 흥분된 몇 주일이 지나는 동안 테굴라리우스에게 조그만 사건이 하나 일어났다. 그 일로 잠도 못 자고 마음의 고통을 겪던 그는 작은 세미나에서 예의에 어긋나는 사소한 감정 폭발을 일으켰다. 명인 때문이 아니라 조롱하는 말투로 그의 신경을 긁어 댄 한 동료 때문이었다. 크네히트는 그것을 알아챘고, 말썽을 일으킨 자가 상당히 과민한 상태에 있다는 것도 눈치챘다. 그는 말없이 손가락을 치켜드는 것으로 그를 제자리로 돌려놓았지만, 나중에 이 다루기 힘든 사람의 마음을 가라앉혀 주기 위해 자신의 명상 선생을 그에게 보내 주었다. 테굴라리우스는 이 배려를 몇 주일이나 버려 둔 끝에 다시 눈뜬 우정의 첫 표시로 여겼다. 왜냐하면 그는 이 일을 자기에게 사적으로 베푼 친절로 여기고 기꺼이 치료를 받았기 때문이다. 그러나 사실 크네히트는 자기가 그 배려를 누구에게 하고 있는지 거의 의식하지 못하고 단지 명인으로서 할 일을 한 것에 지나지 않았다. 다시 말해 그는 어느 복습 교사 한 사람이 흥분해 자제력을 잃은 것을 보고 그 일에 교육적으로 반응했을 뿐, 이 복습 교사를 사적으로 자신과 관련지어 생각한 적은 한순간도 없었다. 몇 달 뒤에 친구가 이때의 장면을 그에게 상기시키고, 그 호의의 표시가 자기를 얼마나 기쁘게 하고 위로해 주었는지 모른다고 했을 때, 그 일을 까맣게 잊고 있던 크네히트는 아무 말 않고 그냥 오해하는 대로 내버려 두었다.

마침내 목적은 이루어졌고, 싸움은 승리로 끝났다. 이들 영재들을 꼼짝 못하게 만들고, 지칠 정도로 훈련시키고, 야심가들을 제어하는 한편, 아직 생각이 정해지지 않은 자들을 자기 편으로 끌어들이고, 거만한 자들에게 존경심을 갖도록 만드는 것은 실로 엄청난 작업이었다. 유희자 마을의 후보자들이 명인을 인정하고 그에게 복종하게 되자 갑자기 모든 일이 쉽게 풀려 나갔다. 마치 기름 한 방울이 부족했다는 듯이. 감독은 크네히트와 함께 마지막 작업 계획을 짜고 나서 당국의 찬사를 전하고는 떠나갔다. 명상 선생 알렉산더도 마찬가지였다. 아침에 마사지를 받는 대신 다시 산보를 할 수 있었고, 당분간 연구나 독서 같은 일은 생각할 수 없었지만, 밤에 잠자리에 들기 전에 잠시 음악을 연주할 수도 있게 되었다. 그 이후 관청에 나갔을 때 크네히트는 아무 말도 듣지는 못했지만, 자기가 동료들 사이에서 인정받고 동등한 자로 여겨지고 있음을 뚜렷이 느낄 수 있었다. 자신의 진가를 드러내기 위한 불꽃 튀는 싸움에 온 힘을 다 쏟고 나자 이제는 각성과 차분한 평온이 찾아왔다. 그는 자신이 카스탈리엔의 중심에, 성직 제도의 최고위층에 있다는 것을 알았다. 그리고 이처럼 희박하기 이를 데 없는 공기 속에서도 숨을 쉴 수 있다는 것, 그리고 마치 다른 공기가 있다는 건 알지도 못하는 듯 그 공기를 호흡하고 있는 자신이 완전히 달라졌다는 것을 깨닫자 이상하게 흥이 깨지는 느낌이었고 거의 실망스럽기까지 했다. 이것이 그동안 다른 어떤 직무나 노력 이상으로 그를 불태웠던 엄격한 시련의 결실이었다.

영재들이 그를 지배자로서 인정한 사실은 이번에는 또 하나의 특별한 형태로 나타났다. 복습 교사들의 저항이 끝나고 신뢰와 화합을 끌어내며 최대의 난관을 넘어서자 크네히트에게는 '그림자'를 선택할 시기가 왔다. 사실 거의 초인적인 힘을 내어야 했던 시련에서 갑자기 상대적인 자유 속으로 해방되고 승리를 얻은 뒤의 순간만큼 그림자의 존재와 부담의 경감이 필요한 때도 없었다. 여기까지 와서 쓰러진 사람도 이미 적지 않았다. 그런데 크네히트는 후보자 가운데서 선출하게 되어 있는 당연한 권리를 포기하고, 복습 교사단에게 직접 '그림자'를 선출해 달라고 부탁했다. 베르트람의 운명에서 받은 인상을 아직 잊지 못하고 있던 영재들은 이러한 호의를 몇 배나 진지한 태도로 받아들였다. 몇 번씩 회의를 열고 비밀리에 문의를 한 끝에 그들은 자기들 중에서 가장 뛰어난 사람을 선정해 대리자로서 명인에게 추천했다. 크네히트가 임명되기 전까지는 유망한 명인 후보자로 여겨지던 인물이었다.

그것으로 가장 고된 시련은 넘어선 셈이었다. 다시 산책도 연주도 할 수 있었고, 시간이 좀 지나면 독서도 고려해 볼 수 있을 것이었다. 또 테굴라리우스와 우정을 나눌 수도 있고, 이따금 페로몬테와 편지를 주고받는 일도 가능하며, 어쩌다 반나절 정도 자유롭게 지낼 수도 있고, 짧은 여행 휴가를 낼 수도 있을 것이었다. 다만 이 조그만 즐거움들은 다른 사람이라면 몰라도 지금까지의 요제프에게는 그리 큰 도움이 되지 못할 터였다. 열심히 연구하는 유리알 유희자이자 꽤 훌륭한 카스탈리엔 사람이라고 스스로 자부하고 있었지만, 사실 크네히트는 카스탈리엔적 질서의 핵심에 대해서는 아무것도 모른 채 너무도 무심하게 마음 내키는 대로, 아이처럼 유희적으로, 상상을 초월할 만큼 개인적으로 책임에서 벗어나 살아왔기 때문이었다. 조금만 더 자유로운 연구 생활을 했으면 좋겠다는 소망을 털어놓았을 때, 토마스 명인이 들려 주었던 조소 어린 경고의 말이 어느 날 문득 뇌리에 떠올랐다. "조금이라니, 대체 얼마나 오래? 자넨 아직 학생 같은 말을 하고 있군, 요제프." 그게 겨우 몇 해 전의 일이었다. 그때 그는 경탄과 깊은 존경의 마음으로 토마스 명인의 말을 들었다. 동시에 이 사람의 공적(公的)인 완벽성과 규율에 속으로 몸서리를 치며, 장차 카스탈리엔이 자신에게도 손을 뻗어 흡수해 들이고 언젠가는 저 토마스와 같은 사람, 명인이요 지배자 겸 봉사자, 완전한 하나의 도구로 만들려 할 것이라고 느꼈다. 그런데 이제 그가 한때 그 인물이 서 있던 자리에 있었다. 그리고 복습 교사들 중의 한 사람, 그 영리하고 노련한 유리알 유희자이자 자유 연구를 하는 학자들과 열성적이고 거만한 왕자들 중의 한 사람과 이야기를 나눌 때면, 크네히트는 다르고도 이상하게 아름다운, 경이롭고도 자유로운 세계를 넘어다보게 되는 것이었다. 한때 토마스 명인이 그를 통해 그의 경이로운 학생 세계를 들여다보았던 것처럼.

7

재직 시대

　명인 직을 맡은 것이 처음에는 이익보다 손해가 더 많은 것 같았다. 그 일은 힘과 개인 생활을 거의 다 삼켜 버렸고, 모든 습관과 취미를 없앴으며, 과로로 인해 마음속에는 차가운 공백이, 머릿속에는 현기증이 남았다. 그러나 그 뒤를 이은 회복과 숙고, 적응의 시기에는 나름의 새로운 성찰과 체험도 없지 않았다. 그중에 가장 큰 것은 저 치열한 싸움에서 이긴 후 영재들과 신뢰가 담긴 우호적인 협력을 할 수 있게 된 일이었다. '그림자'와 의논을 하고, 우선 시험적으로 서신과 문서 분야에 프리츠 테굴라리우스를 조수로 기용하고, 전임자가 남겨 놓은 학생이나 협력자에 관한 성적이나 다른 기록들을 서서히 연구하고 재검토하고 보충해 나가는 동안, 그는 급속히 솟아난 애정으로 이들 영재들에게 익숙해지게 되었다. 그들을 아주 잘 알고 있다고 여겼었지만, 실은 그들의 본질도, 유희자 마을의 모든 특성도, 카스탈리엔에서의 자신의 역할과 마찬가지로 그제야 비로소 진상을 알게 되었던 것이다. 하기야 그는 이 영재들과 복습 교사단에, 이 예술적이고도 명예심 강한 발트첼의 유희자 마을에 여러 해 동안 속해 있으면서 자신을 어디까지나 그 일부라고 느끼긴 했다. 그러나 이제는 그 일부이거나 그 공동체와 긴밀히 함께 살아가는 데 그치는 것이 아니라 자신이 공동체의 두뇌이자 의식이고 양심인 것처럼 느껴졌다. 공동체의 활동과 운명을 같이할 뿐 아니라 그것을 이끌어 나가야 하며 그것에 책임이 있었다. 한번은 초보자를 위한 유희 교사 양성 강습이 끝났을 때, 그는 고조된 분위기에서 이렇게 말했다. "카스탈리엔은 그 자체가 하나의 작은 국가이고, 우리 유희자 마을은 이 국가 안에 있는 또 하나의 작은 국가로, 크기는 작지만 역사가 오래되고 자부심 강한 공화국이다. 유희자 마을은 수도회의 다른 자매기관들과 같은 항렬이고 같은 권리를 갖지만 유난히 예술적이고도 신성한 종류의 기능으로 인해 자부심이 강하고 높다. 왜냐하면 우리는 카스탈리엔 고유의 신성한 보물, 독특한 비밀이며 상징인 유리알 유희를 지키는 영광스러운 임무를 맡고 있기 때문이다. 카스탈리엔은 우수한 음악가, 예술사가, 언어학자, 수학자와 그 밖의 학자들을 길러낸다. 카스탈리엔의 모든 시설과 카스탈리엔 사람은 단 두 가지 목적과 이상만을 알아야 한다. 그것은 자기 전문 분야에서 가능한 한 완벽을 이룰 것, 그렇게 함으로써 자기 전공과 자기 자신을 생기 있고 유연하게 유지할 것, 그래서 그것이 언제나 모든 다른 분야와 연결되어 있고 모든 것에 친밀한 내적 연관을 맺고 있음을 아는 일이다. 이 두 번째 이상, 즉 인간의 모든 정신적인 노력은 내적으로 일치한다는 보편성의 사상은 우리의 숭고한 유희에서 그 완전한 표현을 찾았던 것이다. 물리학자나 음악사가, 또 다른 어떤 학자들에겐 그의 전문 분야에 엄격하게 금욕적으로 매달리는 일이 때로 필요할지도 모르고, 또 그때그때 특수한 최고 업적을 이루기 위해서는 보편적인 교양에 대한 생각을 포기하는 것이 요구될 수도 있다. 그러나 우리 유리알 유희자들은 어떤 경우에도 이 제한과 자기만족을 인정하거나 행동으로 옮겨서는 안 된다. 왜냐하면 모든 학문과 예술을 통합하는 보편성의 사상과 그 최고 표현인 고귀한 유희를 지키며, 개개의 분야가 자기만족에 기울어지지 않도록 보호하는 것이 바로 우리의 임무이기 때문이다. 그러나 스스로 구원받지 않으려 하는 것을 우리가 어떻게 구해 낼 수 있겠는가? 그리고 우리가 어떻게 고고학자나 교육학자, 천문학자 또 그 밖의 사람들에게 자기만족적인 전문 지식을 버리고 다른 모든 분야에 문호를 개방하라고 강요할 수 있겠는가? 우리는 궁여지책으로 유리알 유희를 학교의 정규 교과목으로 만들어서 그 일을 할 수 있는 것도 아니요, 또 우리 선배들이 이 유희를 가지고 무엇을 의도했는지를 상기시키는 것만으로 그 일을 할 수도 없다. 우리의 유희와 우리 자신을 없어서는 안될 존재로 증명해 보이는 길은 단 하나밖에 없다. 우리가 항상 전체 정신생활의 정상에 머물면서 학문의 모든 새로운 성과와 새로운 시야, 문제점을 정신 차리고 우리 것으로 만들어, 우리의 보편성, 즉 우리의 고귀하지만 위험한 구석도 있는 유희를 단일성의 사상으로 늘 새롭게, 늘 또다시 너무도 사랑스럽고 설득력 있고 유혹적이면서도 매력적으로 형상화시키고 이끌어 나가, 아무리 진지한 연구자나 아무리 부지런한 전문가라도 그 경고와 유혹과 매력에 끌리지 않을 수 없도록 만드는 일이다. 한번 상상해 보자. 만약 우리 유희자들이 한동안 일에 열의를 잃어 초보자를 위한 유희 강의가 전보다 지루하고 피상적이 된다면, 또 전문학자들이 상급 과정의 유희에서 힘차게 맥박이 느껴지는 생동감이나 정신의 현실성이나 흥미로움을 느낄 수 없게 된다면, 우리의 연례 대유희가 몇 번 연이어서 손님들에게 내용 없는 겉치레에 불과하며 생동감 없고 시대에 뒤떨어진 구시대의 고리타분한 유물이라는 느낌을 주게 된다면, 얼마나 빨리 유희와 우리에게 몰락이 닥쳐올 것인지를! 우리는 이제 더 이상 한 세대 전 유리알 유희가 누렸던 절정에 있지 못하다. 그때만 해도 연례 유희는 한두 주일이 아니라 서너 주일씩 계속되었고, 카스탈리엔뿐 아니라 국가 전체로 보아서도 그해의 절정이었다. 오늘날에도 연례 대유희 때 정부 대표가 참석하긴 하지만 지루해하기 십상이다. 몇몇 도시나 의회에서도 아직은 사절을 보내오고 있지만 유희가 끝날 무렵이면 이들 세속적 세력의 대표자들은, 축제를 오랫동안 끌기 때문에 대표자를 보내지 못하는 도시가 적지 않다고, 축제를 훨씬 더 단축하거나 앞으로는 몇 년에 한 번씩만 개최하는 것이 시류에 맞는 일일 것이라고, 이따금 정중한 태도로 넌지시 비추고는 한다. 그런데 이러한 과정 혹은 쇠퇴를 우리는 막지 못하고 있는 형편이다. 얼마 안 가서 우리 유희가 바깥세상에서는 전혀 이해받지 못하고, 축제는 겨우 오 년이나 십 년에 한 번 열리든지 아니면 전혀 열리지 않게 되는 것도 얼마든지 가능한 일이다. 그러나 우리가 막아야만 하고 또 막을 수 있는 것은 유희가 자신의 고향, 즉 우리 교육주에서 신용과 가치를 잃는 일이다. 이 점에서라면 우리의 싸움은 희망이 있고 얼마든지 계속해서 승리를 거둘 수 있다. 늘 겪는 일이지만, 별 열성도 없으면서 유희 강의를 신청하고 조용히 별 감격 없이 수료해 나간 젊은 영재 학교 학생이 어느 날 갑자기 유희의 정신이나 지적 가능성, 존경할 만한 전통이나 혼을 뒤흔드는 힘에 감동되어 우리의 열정적인 귀의자요 동지가 되는 것이다. 또 지위 있고 명성 높은 학자로 많은 일을 하면서 우리 유리알 유희자들을 거만하게 내려다보고 우리 시설의 번영을 바라지 않던 사람들이 해마다 장엄한 대유희가 진행되는 동안 우리 예술의 마력에 점점 융화되고 마음이 이끌려 긴장을 늦추고 고양되고 젊어지고 비약하다가 드디어 내적으로 강화되고 감동을 받아 그동안의 몰이해를 부끄러워하며 감사의 말을 남기고 떠나는 것을 볼 수 있다. 우리의 임무를 다하기 위해 우리가 자유롭게 쓸 수 있는 수단을 고찰해 보면 거기엔 풍부하고 아름답고 정연한 기구가 있다는 것을 알게 된다. 그 심장, 중심은 유희 기록소인데, 우리 모두 언제나 이 기구를 고맙게 이용하고 있고 명인이나 기록관에서부터 말단의 조수에 이르기까지 그것에 봉사하고 있다. 우리 집단에서 가장 훌륭하고 생기 넘치는 점은 가장 우수한 자들, 즉 영재를 선발하는, 예로부터 내려오는 카스탈리엔의 원칙이다. 카스탈리엔의 학교는 전국에서 가장 우수한 학생들을 모아 교육하고 있다. 마찬가지로 유희자 마을에서는 유희에 대해 사랑과 천분을 가지고 있는 자들 중 가장 우수한 자들을 뽑아 와 그들을 확보하고 더욱 완전하게 교육하도록 힘쓰고 있다. 우리의 강의와 세미나는 수백 명을 받아들였다가 돌려보내지만, 그중에서 가장 우수한 사람은 진정한 유희자로, 유희 예술가로 계속 양성해 나간다. 여러분 모두 알다시피 다른 모든 예술과 마찬가지로 우리의 예술에도 발전의 끝이라는 건 없다. 또 각자 한번 영재의 일원이 된 이상 관리에 속하든 그렇지 않든 자기 자신과 우리 예술을 더욱 발전시키고 정련하고 심화시키는 일에 종사하게 될 것이다. 이따금 우리 영재라는 존재를 사치라고 비난하며 이제 더 이상 관리의 자리를 보충하는 데 필요한 이상으로 영재 유희자를 양성할 필요가 없다고 생각하는 사람도 있다. 그러나 관리 제도라는 것은 그 자체만으로 충분한 제도가 아니며, 뛰어난 언어학자가 반드시 교사에 적합한 것은 아닌 것처럼 사실 누구나다 관리에 적합한 것은 아니다. 어쨌든 우리 관리들은 복습 교사단이 단지 우리의 빈자리를 메우고 후계자를 제공하기 위한 재능 있고 유희에 능한 사람들의 저수지가 아니라는 것을 모두 잘 알고 확실히 느끼고 있다. 우리 교육 시설의 의의와 존재 근거가 문제가 되면, 나는 사정을 잘 알지 못하는 사람들에게, 관리란 유희 영재들에게 그저 부차적인 기능에 불과하다는 점을 강조해서 말하고 싶다. 아니, 복습 교사란 장래의 명인이나 강의 담당자, 기록소 관리이기에 앞서 우선 그들 자체가 목적이며, 그들 소수 집단은 유리알 유희 본래의 고향이요 미래다. 이들 수십 명의 가슴과 두뇌 속에서 우리 유희의 발전과 적응과 비약, 시대정신이나 개별 과학과의 대결이 이루어지고 있는 것이다. 우리 유희가 본연의 올바른 모든 가치를 있는 힘을 다해 발휘하는 것은 바로 여기서뿐이다. 유희는 여기 있는 영재들 사이에서만 그 자체가 목적이고 신성한 봉사이며, 결코 취미나 교양치레, 거드름이나 미신일 수 없는 것이다. 유희의 앞날은 여러분, 발트첼 복습 교사들에게 달려 있다. 유희는 카스탈리엔의 심장이요 핵심이며, 여러분은 우리 주(州)의 핵심이요 가장 활기찬 생명이고, 여러분이야말로 카스탈리엔의 소금이며 그 정신이고 불안이기 때문이다. 여러분의 수가 너무 많다고 해서, 여러분의 열의가 너무 강하다고 해서, 훌륭한 유희에 대한 여러분의 열정이 너무 뜨겁다고 해서 위험할 까닭은 아무것도 없다. 더 뜨겁게, 더 강하게 불태우라! 모든 카스탈리엔 사람과 마찬가지로 여러분에게는 근본적으로 단 하나의 위험이 있을 뿐이며, 우리는 그것을 매일같이 경계하지 않으면 안 된다. 우리 교육주와 수도회의 정신은 두 가지 원칙, 즉 연구의 객관성과 진리애, 그리고 명상적인 지혜와 조화의 육성에 기초하고 있다. 이 두 가지 원칙을 균형 있게 유지하는 것이 우리에게는 현명한 일이요 우리 수도회의 품위를 지키는 일이다. 우리는 학문을 사랑하고 각자 자기 학문을 사랑하지만, 학문에 헌신한다고 해서 반드시 이기심과 악덕과 어리석은 행동을 저지르지 말라는 법은 없다는 것을 모두 알고 있다. 역사는 그러한 예들로 가득하고, 파우스트 박사라는 인물은 이 위험을 문학적으로 대중화한 사람이다. 다른 세기의 사람들은 정신과 종교의 결합, 탐구와 금욕의 결합에서 이 위험으로부터의 피난처를 구했고, 그들의 문예 대학은 신학이 지배하고 있었다. 우리에게 있어서 그 피난처는 명상, 즉 다양한 단계의 요가 수업으로, 우리는 그것을 통해 우리 내부의 동물적 성격과 모든 학문에 깃들어 있는 악마적인 것을 쫓아내려 애쓴다. 자, 여러분도 나와 마찬가지로 잘 알고 있는 사실이지만, 유리알 유희 또한 그 속에 악마적인 것을 가지고 있어 그것은 헛된 기교나 예술적 허영의 자기만족, 성공주의, 타인을 누르려는 힘의 획득과 그 힘의 악용으로 이어질 수 있다. 때문에 우리는 지적인 교육 외에 별도의 교육을 필요로 하고 있으며, 정신적이고 능동적인 우리 삶을 영적이고 식물적인 꿈의 삶 쪽으로 기울게 하기 위해서가 아니라 그 반대로 정신적으로 최고의 능력을 발휘할 수 있도록 하기 위해서 우리 수도회의 계율에 복종하고 있는 것이다. 우리는 활동적인 생활에서 명상적인 생활로 도피해서는 안 되고, 그 반대 또한 안 된다. 그 양자 사이를 오가며, 양자 모두를 집으로 삼고, 양자 모두에 참여해야 한다."

크네히트의 이 말은 직무에 관한 그의 생각, 적어도 명인이 되고 난 처음 몇 해 동안의 생각을 명료하게 드러내고 있기 때문에 여기에 옮겨 보았다. 학생들은 이와 비슷한 종류의 그의 말들을 많이 기록해 간직하고 있었다. 그가 탁월한 교사였다는 사실은(처음에는 그 자신도 놀라워했다.) 우리에게 보내온 그의 강의를 적어 놓은 기록들이 엄청난 숫자라는 것만으로도 이미 증명된다. 가르치는 일이 그에게 큰 기쁨을 주고 또 쉽게 이루어진다는 사실은 그의 높은 직무가 그에게 일찌감치 시작부터 안겨 준 발견이자 놀라움에 속했다. 그 자신은 생각지도 못했던 일이었을 것이다. 사실 그때까지 그는 가르치는 일을 열망해 본 적이 한 번도 없었기 때문이다. 물론 다른 영재들처럼 그도 상급 학교 시절에 이따금 짧은 기간이긴 했지만 수업 의뢰를 받고 여러 유리알 유희 강의에 대리로 나가 가르친 일도 있었고, 또 그런 강의 참가자들에게 복습 지도 교사 노릇을 한 적도 꽤 자주 있었다. 하지만 당시의 그에게는 연구의 자유와 그때그때의 연구 분야에 혼자 집중하는 일이 너무도 소중했기 때문에, 그 당시 이미 잘 가르치는 교사로서 인기가 있었음에도, 그런 의뢰가 오면 달갑지 않아 하고 성가셔했다. 그리고 마침내 베네딕투스 수도회의 수도원에서 강의를 하게 되었지만, 그것은 확실히 그 자체로도 또 그에게도 별 의미가 없는 것이었다. 거기에서 그는 야코부스 신부의 가르침을 받고 그 신부를 사귀는 것을 제외한 나머지 모든 일은 부차적인 일로 밀어 놓을 수밖에 없었다. 훌륭한 제자가 되는 것, 배우고 받아들이고 스스로를 육성하는 것이 그 무렵 그가 최대의 노력을 기울인 일이었다. 그런데 그 학생이 이제 교사가 되어 있었다. 그리고 그는 무엇보다 교사로서 취임 초기의 가장 어려운 과제를 성공적으로 해냈다. 즉 권위를 획득하고 개인과 직무를 합치시키기 위한 싸움에서 이긴 것이다. 그 일을 해내면서 그는 두 가지를 알게 되었다. 하나는 정신적으로 획득한 것을 다른 정신에게 이식하고 그것이 변화하여 완전히 새로운 모습으로 나타나 빛을 발하는 것을 바라보는 기쁨, 즉 가르치는 기쁨이었다. 다른 하나는 연구생이나 학생의 인격과의 싸움으로, 권위와 지도력을 획득하고 행사하는 일, 즉 교육하는 기쁨이었다. 그는 이 두 가지를 별개로 나누는 법이 없었다. 명인의 자리에 있는 동안 그는 최고의 유리알 유희자들을 수없이 배출했다. 뿐만 아니라, 자신의 전례와 모범을 통해, 경고를 통해, 강인한 인내를 통해, 또 그가 지닌 본질적인 힘을 통해 제자들 대부분을 각자의 능력에 맞춰 최상의 개성적인 인격으로 뻗어 나가게 해 주었다.

앞질러 말해도 괜찮다면, 그때쯤 그가 겪은 특이한 체험 이야기를 해야겠다. 직무 활동 초기에 그는 학생들 중에서 가장 위인 영재들, 즉 연구생이나 복습 교사만을 상대했는데, 그들 중에는 그와 나이가 같은 사람도 많았고, 모두가 숙달된 유희자들이었다. 우선 영재들에 대해 마음을 놓을 수 있게 되었을 때, 그는 해마다 조금씩 조심스럽게 그들에게 쏟던 힘과 시간을 거두어들이기 시작해 드디어는 그 일을 믿고 맡길 수 있는 사람이나 협력자에게 한동안 완전히 맡겨 버릴 수 있을 정도로 만들어 놓았다. 그러기까지는 몇 년이 걸렸다. 그러고는 해마다 자기가 이끄는 강연이나 강의나 실습을 점점 더 자기에게서 먼, 더 젊은 학생층으로 거꾸로 내려가며 실시하였고, 마침내는 가장 나이가 어린, 아직 연구생도 되지 못한 학생들을 위한 초보자 강의까지도 여러 번 몸소 베풀었는데, 그것은 사실 명인으로서는 거의 유례없는 일이었다. 그러면서 그는 학생이 어리고 모르는 것이 많을수록 가르치는 기쁨은 그만큼 더 크다는 사실을 알게 되었다. 이런 세월이 흐르는 동안 그는 젊고 어린 학생을 가르치다가 연구생이나 영재로 돌아가 가르치는 일이 참으로 유쾌하지 못하고 힘들게 느껴지는 것을 여러 번 체험했다. 때로는 좀 더 거슬러 올라가서 훨씬 더 어린 학생들, 아직 강습도 유리알 유희도 모르는 아이들을 가르쳐 보고 싶은 생각까지 들었다. 이를테면 얼마 동안 에쉬홀츠나 다른 예비 학교로 가서 어린 소년들에게 라틴어나 노래, 대수를 가르칠 수도 있지 않을까 하는 바람이었다. 거기에서라면 유리알 유희의 가장 초급 강의에서보다 훨씬 더 적은 재주로도 되지만, 아이들은 훨씬 더 솔직하고 유연하고 교육하기 쉬울 것이므로 수업과 교육은 더 풍성하고 깊게 일체를 이룰 것이었다. 명인의 자리에 있던 마지막 이 년 동안 그는 편지에서 자신을 두 번이나 '선생'이라고 칭했다. 유희의 명인, 즉 마기스터 루디라는 명칭이 카스탈리엔에서는 수 세대 전부터 단지 '유희의 명인'만을 의미했지만, 원래는 선생을 가리키는 칭호였다는 사실을 상기하고 한 말이었다.

물론 이제 와서 그런 선생으로서의 바람을 실현한다는 것은 생각할 수 없는 일이었다. 그런 바람은 그저 꿈일 뿐 흐리고 썰렁한 겨울날에 한여름의 하늘을 꿈꾸는 것이나 마찬가지였다. 크네히트에게는 어떤 길도 열려 있지 않았다. 그가 수행해야 할 일들은 직책상 엄연히 결정되어 있었다. 그러나 그 의무들을 실행해 나가는 방식은 좀 더 광범위하게 그 자신의 책임에 맡겨져 있었으므로 세월이 흐름에 따라, 처음에는 물론 완전히 무의식적으로 한 일이었지만, 주된 관심을 점차 교육으로 그것도 가능한 한 가장 어린 연령층으로 돌리게 되었다. 나이가 들수록 점점 더 젊은 사람들이 그의 마음을 끌었다. 지금에 와서는 적어도 그렇게 말할 수 있으리라. 그러나 그 당시 크네히트의 직무 집행 자세를 보고 그가 자기가 좋아하는 길로 흐르거나 내키는 대로 한다는 것을 눈치채기란 비평가로서도 어려운 일이었을 것이다. 사실 그는 직무에 몰려서 늘상 영재들에게로 되돌아가야만 했다. 세미나와 기록소의 일을 거의 다 조수나 '그림자'에게 맡길 수 있게 되었을 때도, 예를 들어 연례 유희 경연이라든가 공식 연례 유희의 준비같이 오래 계속되는 일을 위해서는 매일매일 영재들과 활발하게 접촉하지 않으면 안 되었다. 언젠가 그는 친구 프리츠에게 농담 삼아 이런 말을 한 적이 있었다. "백성에 대한 가슴 아픈 사랑 때문에 평생을 힘들어한 왕들이 있었지. 마음은 언제나 농부나 목동이나 직공이나 학교 선생이나 아이에게 끌리고 있었지만 그런 사람들은 좀처럼 구경조차 할 수 없었으니까. 언제나 대신이나 신하가 주위를 에워싸 왕과 백성 사이를 성벽처럼 가로막고 있었지. 명인도 마찬가지로군. 사람을 대하고 싶은데, 보이는 건 동료들뿐이야. 학생들과 아이들을 대하고 싶은데 보이는 건 학자들과 영재들뿐이니."

그런데 이야기가 너무 앞질러 간 것 같다. 다시 크네히트의 직무 초기로 돌아가도록 하자. 영재들과 바람직한 관계를 맺은 다음 그가 친절하면서도 주의 깊은 지배자로서 자기 손안에 확보해야 했던 사람들은 다른 누구보다도 기록소 관리들이었다. 사무국도 직무 구조를 더 연구하고 정비할 필요가 있었다. 많은 양의 우편물이 끊임없이 쏟아져 들어왔고, 여러 관청의 회의나 회람이 늘 그를 의무와 과제로 끌어내곤 했다. 그런 과제들을 이해하고 제대로 해당 부서에 배치하는 일도 신참자에게는 쉽지 않은 일이었다. 그런 경우 교육주의 각 부서들이 서로 이해관계가 걸려 질시하기 쉬운 문제, 가령 권한 문제가 걸려 있는 일이 많았다. 그러나 그는 서서히 카스탈리엔이라는 국가의 살아 있는 영혼이며 그 헌법의 빈틈없는 수호자인 수도회의 기능이 얼마나 은밀하면서도 강력한 것인지 알게 되었으며, 그럴수록 놀라움을 금치 못했다.

이렇게 꼼짝할 수 없이 일로 꽉 찬 몇 달이 흘러갔다. 크네히트의 머리에는 테굴라리우스를 생각할 여지가 전혀 없었다. 그러나 반은 본능적으로, 그는 이 친구가 지나치게 한가해지지 않도록 여러 가지 일거리를 맡겼다. 프리츠는 친구를 잃고 말았다. 친구가 하룻밤 사이에 주인이자 최고 상관이 되어 이미 사적으로 다가갈 길은 없고, 복종하고 '명인님'이라는 존칭으로 부르지 않으면 안 되었던 것이다. 그래도 그는 명인이 자기에게 시키는 일들을 사적인 배려의 표시로 받아들였다. 좀 변덕스러운 외톨이인 그는 한편으로는 친구의 승진으로 인해 영재들 모두가 들떠 있는 극도의 흥분 상태에 자기도 휩쓸렸고, 다른 한편으로는 자기에게 맡겨진 일로 해서 사정이 자신에게 유리하게 돌아가는 것도 느꼈다. 어쨌든 그는 크네히트가 유리알 유희 명인으로 결정되었다는 소식을 듣고 자기를 쫓아보냈던 그 순간에 생각했던 것보다는 완전히 변해 버린 이 상황을 잘 견디고 있었다. 또 그는 총명할 뿐 아니라 동정심이 넘치는 사람이었기에, 그 무렵 자기 친구가 얼마나 엄청난 노력을 바치며 역량을 시험당하고 있는지 일부는 눈으로 직접 보았고 다른 부분도 최소한 짐작할 수는 있었다. 친구가 불 속에 서서 벌겋게 타고 있는 것을 보았고, 그 일을 당하며 느끼게 되는 감정을 어쩌면 체험하는 당사자보다 더욱 생생하게 느끼고 있었다. 테굴라리우스는 명인이 지시한 일에 대해서는 온 힘을 기울였다. 그가 자신의 약점이라든가, 자기가 직무와 책임에 부적합하다는 것을 정말로 안타깝게 여기고 결함이라고 느낀 적이 있다면, 그것은 조수로서 관리로서 '그림자'로서 저 경탄할 만한 인물 곁에 머물며 그에게 도움이 되기를 바랐던 바로 그 시기였다.

발트첼의 너도밤나무 숲이 어느덧 갈색으로 물들기 시작할 무렵, 크네히트는 어느 날 조그만 책 한 권을 들고 그의 거처에 딸린 명인의 정원으로 나갔다. 작고 아름다운 이 정원은 고인이 된 토마스 명인이 아주 소중하게 여겼던, 취미 삼아 호라티우스*풍으로 이따금 손수 손질해 놓곤 했던 곳이다. 학생이나 연구생 모두가 그렇듯 크네히트도 한때는 이 정원을 경외스러운 곳, 명인의 신성한 휴식과 정신 집중을 위한 곳으로 신비로운 뮤즈의 섬이나 산장처럼 생각했던 적이 있었다. 그런데 자신이 명인이 되어 그 정원의 주인이 된 후로는 거의 들어간 적도, 마음 편히 느긋하게 즐겨 본 적도 없었다. 지금도 식사를 마친 뒤 그저 십오 분 정도 틈을 내어 키 큰 나무들 사이를 한가한 기분으로 오락가락했을 뿐이다. 그 나무들 아래에는 그의 전임자가 남국에서 옮겨다 심어 놓은 갖가지 상록수들이 있었다. 그늘진 곳은 벌써 냉기가 돌았으므로 그는 가벼운 등의자를 햇볕 드는 쪽으로 들고 가서 걸터앉은 뒤 들고 온 작은 책을 폈다. 그것은 『유희 명인을 위한 소형 달력』이었다. 칠팔십 년 전에 당시의 유희 명인이었던 루트비히 바서말러가 작성한 것을 후계자들이 그때그때 시대에 맞도록 수정하고 삭제하고 보완해 놓은 것이었다. 이것은 명인, 그것도 취임 초기의 아직 경험이 없는 명인들을 위한 안내서로 간주되었는데, 한 해의 행사며 직무를 일주일 단위로 묶어서 명인의 가장 중요한 의무를 명시해 놓은 것이었다. 표제만 쓰여 있는 대목이 있는가 하면, 자세한 설명이나 개인적인 충고를 적어 놓은 곳도 있었다. 크네히트는 이번 주에 해당하는 페이지를 찾아서 주의 깊게 읽어 보았다. 별다른 내용은 없었지만 끝에 가서 이런 말이 적혀 있었다. "차츰 연례 유희로 생각을 돌리도

* 고대 로마 공화정 말기 최고의 서정시인.

록 하라. 좀 이른 것 같기도 하고, 너무 서두르는 느낌도 들 것
이다. 하지만 충고할 것은, 만일 유희에 대한 계획을 이미 머릿
속에 가지고 있지 않다면, 이제부터는 다가올 연례 유희에 생
각을 기울이지 않은 채 일주일을 넘겨선 안 되며, 적어도 한
달을 그대로 지나가게 해서는 안 된다. 착상이 떠오르거든 적
어 두라. 삼십 분만 틈이 나도 고전적 유희의 본보기를 만드는
데 쓰도록 하고, 직무상의 여행에도 들고 가도록 하라. 준비를
하되 좋은 착상을 억지로 짜내려 하지 마라. 몇 달 후면 아름
답고도 장엄한 임무가 기다리고 있으니 지금부터는 늘 마음을
단단히 먹고 정신을 집중하여 호흡을 맞춰 가야 한다고 생각
하면서 준비를 갖추도록 하라.”

　이 글은 삼 세대가량 앞서 유희 명인이었던 어느 현명한 노
인이 쓴 것이다. 당시는 아마 유리알 유희가 형식상 최고의 문
화 수준에 이르렀던 시대였을 것이다. 당시 유희는 후기 고딕이
나 로코코 시대의 건축 예술이나 장식 예술이 도달했던 것 같
은 화려하고 풍부한 장식법에 이르고 있었다. 약 이십 년 동안
그것은 정말 유리알을 가지고 하는 것과도 같은 유희였다. 얼
른 보기에 유리알처럼 부서지기 쉽고 내용이 빈약하고 뽐내는
듯하면서 거만해 보이는, 섬세한 치장으로 가득 차 있고 무용
이라도 하는 것 같은, 세련되기 이를 데 없는 리듬에 맞춰 아
슬아슬 줄타기라도 하는 것 같은 유희였다. 그 시절의 양식에
대해 마치 무슨 사라져 버린 마법의 열쇠라도 되는 것처럼 말
하는 유희자들도 있었고, 외적이며 지나치게 장식으로 뒤덮여
퇴폐적이고 남성적이지 못하다고 느끼는 사람들도 있었다. 명
인 달력에 자상하고 친절한 조언과 경고를 써 넣은 사람은 이

런 양식의 대가이자 그것을 만들어 낸 사람들 중의 하나였다. 그의 글을 두 번 세 번 꼼꼼히 검토하며 읽고 있던 요제프 크네히트는 가슴속에 명랑하고도 유쾌한 동요를 느꼈다. 난생처음 딱 한 번 느낀 일이 있으나 그 후로는 다시 느껴 보지 못한 기분이었다. 잘 생각해 보니 그것은 취임식 직전에 명상할 때 느꼈던 기분이었다. 그때의 저 신비로운 윤무, 음악 명인과 요제프 사이의, 대가와 초심자 사이의, 노인과 청년 사이의 윤무가 떠올랐을 때 그의 마음을 채웠던 기분이었다. "일주일을 넘겨선 안 된다."라든지 "좋은 착상을 억지로 짜내려 하지 마라."라는 글을 생각해 내고 썼던 그는 그때 이미 백발이 다 된 노인이었다. 적어도 이십 년 이상을 유희 명인이라는 가장 높은 자리에 있던 사람이며, 유희를 즐겼던 저 로코코 시대에 틀림없이 극도로 세련되고 자신감에 넘치는 영재들을 상대하면서, 한 달 동안이나 계속되던 호화로운 연례 유희를 스무 회 이상 고안해 진행시킨 사람이었다. 이 노인에게는 해마다 돌아오는 장엄 유희를 구성해 짜는 임무가 이미 더 이상 높은 명예도 기쁨도 아니었다. 그것은 오히려 자신의 기분을 그쪽으로 맞추고 잘 달래서 조율해야만 하는 무거운 짐이요 큰 고생을 의미했던 것이다. 크네히트는 벌써 여러 번 이 달력을 소중한 안내자로 삼았기 때문에, 이 현명한 노인, 경험 풍부한 충고자에게 감사에 찬 존경심을 느꼈을 뿐만 아니라 동시에 기쁘고도 즐겁고 자신만만한 우월감, 젊음의 우월감 또한 느꼈다. 그는 이미 유리알 유희 명인이 겪기 마련인 여러 걱정거리를 알게 되었지만, 제시간에 맞춰 연례 유희를 생각해 내지 못한다거나, 충분한 기쁨을 느끼며 정신을 집중해 이 임무에 임하지 못한다거나, 심지어 착상이 떠오르지 않을까 봐 걱정해 본 일은 없었기 때문이다. 사실 크네히트는 요 몇 달 동안 이따금 정말 늙어 버린 것 같은 생각이 들 때도 있었지만, 지금은 자신 속에 젊고 싱싱한 기운을 느꼈다. 그러나 그런 감미로운 기분에 오래 잠겨 있을 수는 없었다. 짧은 휴식 시간은 어느덧 끝나가고 있었다. 하지만 즐겁고 유쾌한 기분은 그대로 마음에 남았고, 그는 그 기분을 지닌 채 자리에서 일어났다. 그리하여 명인의 정원에서 잠시 휴식을 취하고 달력을 읽은 일은 무언가를 남기고 생겨나게 했다. 즉, 긴장을 풀어 주었고 잠시 즐겁고 고양된 활기를 느끼게 해 주었을 뿐만 아니라 두 가지 생각을 하게 만들었는데, 생각하는 순간 이미 결심으로 굳어지고 있었다. 첫째는, 언제고 그 또한 나이가 들어 지치고, 그래서 연례 유희의 구성을 번거로운 의무로 느끼게 되고 착상이 막히는 일이 생기면, 그때는 바로 직책을 내려놓겠다는 생각이었다. 둘째는, 그의 첫 번째 연례 유희를 위한 작업을 바로 시작할 것이며, 이 일에 친구이자 수석 조수로 테굴라리우스를 부르겠다는 생각이었다. 그것은 친구에게는 만족과 기쁨을 안겨 줄 것이고, 그 자신에게는 현재 침체 상태에 빠져 있는 우정에 새로운 형태의 생기를 불어넣는 시도의 첫걸음이 될 것이었다. 왜냐하면 그 계기를 만들고 시동을 거는 일은 테굴라리우스가 할 수 있는 일이 아니라 명인인 그에게서 시작되어야 할 일이었기 때문이다.

그렇게 되면 친구에게는 상당한 양의 일거리가 주어질 것이었다. 크네히트는 이미 마리아펠스 시절부터 품고 다니던 유희 착상이 하나 있었고, 그것을 유리알 유희 명인으로서 자신의 첫 축제 유희에 쓸 생각이었다. 이 유희의 구조와 차원에는 중국의 가옥 건축에서 쓰이는 저 옛날 공자류의 제의(祭儀) 형식을 기초로 삼았는데, 아주 멋진 착상이었다. 동서남북의 방위, 문, 귀신을 막는 벽, 건물과 안뜰의 관계와 정위, 또 그것들을 별자리나 월력이나 가정생활에 대해 배치하고 거기에 정원의 상징성과 양식 규칙을 더한 것이었다. 이러한 법칙들의 신비로운 질서와 의미가 우주의 비유로서, 또 세계 속의 인간에 대한 비유로서 그의 마음을 끌며 매력적으로 다가온 것은 지난날 그가 『역경』의 주석을 연구했을 때부터였다. 이 가옥 건축의 전통에서 그는 아주 오래 묵은 신비로운 민족혼이 사색적이고도 학구적인 관인(官人) 정신이나 명인 기질과 놀랄 만큼 내적으로 일치한다는 것을 발견했던 것이다. 적어 놓지는 않았지만, 그는 이 유희에 대한 계획을 염두에 두고 계속 신경 써서 다듬어 왔기 때문에 이미 완성된 전체를 머릿속에 그려 지니고 있었다. 명인의 자리에 오르고 나서는 더 이상 그럴 겨를이 없었을 뿐이다. 그런데 지금 이 순간 이 중국 사상을 기초로 축제 유희를 만들 결심을 굳히게 되었고, 프리츠가 이 착상에 들어 있는 정신에 눈을 뜰 수만 있으면 바로 유희 구성을 위한 연구 작업과 유희 용어로 옮기기 위한 준비를 시작해야 할 것이었다. 한 가지 장애가 있다면, 그것은 테굴라리우스가 중국어를 전혀 모른다는 것이었다. 이제부터 배우기에는 너무 늦었다. 하지만 일부는 크네히트가 직접 지도하고, 일부는 동아시아 학관에서 지도하고, 여기에 테굴라리우스가 문헌의 도움을 빌린다면 중국 가옥의 마법적인 상징 속으로 들어갈 수 있을 것이었다. 여기서는 사실 언어가 문제가 아니었다. 어쨌든 시간이 필요한 일이었고, 특히 테굴라리우스처럼 습관이 잘못 들어 매일 어김없이 일을 하리라고 보장할 수 없는 사람의 경우에는 더욱 그러했다. 그러니 즉시 일을 시작하는 것이 좋았다. 크네히트는 사려 깊은 그 노인이 소형 달력에 적어 놓은 글이 정말 맞는다고 깨닫고 기분 좋게 놀라면서 미소 지었다.

바로 그 이튿날 크네히트는 면담 시간이 일찍 끝나자 테굴라리우스를 불렀다. 테굴라리우스는 들어서더니 언제나처럼 크네히트에게 공손함과 겸손함을 좀 과장하며 몸을 굽혀 인사했는데, 여느 때 같으면 딱 할 말만 하는 말수가 몹시 적은 명인이 장난기 있게 고개를 끄덕이며 이렇게 묻자 깜짝 놀랐다. "학창 시절 우리가 무슨 문제로 싸우다시피 한 적이 있는데 그때 내가 자네 마음을 내 생각대로 돌려놓지 못했지. 그 일이 아직도 기억나나? 그것은 동아시아에 대한 연구, 특히 중국에 대한 연구의 가치와 중요성에 대한 문제였는데, 난 자네도 얼마 동안 학관에 들어가 중국어를 배웠으면 했어. 어때, 생각나지? 그런데 오늘 다시 그때 자네 마음을 돌리지 못한 게 후회되네. 자네가 지금 중국어를 할 수 있다면 얼마나 좋을까! 함께 근사한 일을 해 볼 수 있을 텐데 말이야." 이렇게 친구를 약간 놀리며 기대감을 부풀려 놓고는 자신의 제안을 꺼냈다. 자기는 곧 대유희의 구성을 시작할 텐데, 내킨다면 프리츠가 이 일의 대부분을 맡아 주었으면 좋겠다. 베네딕투스 수도회에 있을 때 장엄 유희의 경연 작품을 완성하도록 도와주었던 것처럼 도와주었으면 한다는 것이었다. 그러자 상대방은 믿기지 않는다는 듯이 크네히트를 바라보았다. 이제는 다만 주인이자 명인으로만 알고 있던 친구가 명랑한 어조로 미소를 띠며 말하는 것만으로도 그는 벌써 기쁜 놀라움으로 가슴이 설렜다. 그리고 이 제안에 담긴 존경과 신뢰를 감격스럽고 기쁘게 느꼈을 뿐만 아니라 무엇보다도 상대방이 취한 아름다운 태도의 의미를 이해하고 감동을 받았다. 그것은 자신의 아픈 마음을 치유하려는 노력이었으며, 친구와 자기 사이에 닫혔던 문을 다시 열어 보려는 것이었다. 그는 중국어에 대한 크네히트의 염려를 그다지 부담스럽지 않게 받아들였고, 명인과 그 유희를 완성하기 위해서는 무슨 일이든 달게 하겠다고 그 자리에서 동의했다. "좋아." 명인이 말했다. "자네의 약속을 받아들이겠네. 그럼 다시 시간을 정해서 같이 연구하고 일하기로 하세. 이젠 까마득히 멀어져 간 느낌이 드는 그 시절에 여러 유희를 우리가 함께 연구하고 고생하며 완성했던 것처럼 말이야. 정말 기쁘네, 테굴라리우스. 자, 이제 자네는 무엇보다도 내가 구상하고 있는 유희의 기초가 되는 개념을 이해해야 하네. 중국의 가옥이 무엇인지, 그것을 지을 때 지켜야 하는 규칙들이 무엇을 뜻하는지 알아야 해. 동아시아 학관에 소개장을 써 주겠네. 거기라면 도움이 될 거야. 아니면, 아, 더 좋은 생각이 있어. 노형에게 부탁해 볼 수도 있겠는걸. 그 무렵 내가 자네에게 늘 이야기하던 죽림의 도사 말이야. 중국어를 모르는 사람을 상대하게 하는 것이 그분에게는 아마 체면 깎이는 일이요 큰 폐가 될지도 모르지만, 아무튼 시도는 해 봐야지. 하려고만 들면 그는 자네를 중국인으로 만들어 놓을 수도 있을 걸세."

노형에게는 공식 서한이 보내졌다. 명인이 직무 때문에 방문할 시간을 낼 수 없으니, 얼마 동안 시간을 내 발트첼로 와서 명인의 손님으로 머물면서 바라는 바를 가르쳐 달라는 정중한 초대였다. 그러나 이 중국인은 죽림을 떠나지 않았고, 심부름꾼은 노형 대신 붓글씨로 쓴 짤막한 한문 서한을 가지고 돌아왔다. 거기엔 이렇게 쓰여 있었다. "대인을 뵙는 일은 실로 영광스러운 일일 것입니다. 그러나 떠나면 곤란한 일이 생깁니다. 제물(祭物)로는 두 개의 작은 사발을 쓰십시오. 귀인에게 소제(小弟)가 문안 올립니다." 크네히트는, 직접 죽림으로 가서 가르침을 청해 보도록 어렵사리 친구를 설득했다. 그러나 그 짧은 여행은 성과 없이 끝났다. 죽림의 은자는 거의 굽신거리듯이 정중하게 테굴라리우스를 맞았지만, 유희 명인이 손수 아름다운 종이에 훌륭한 추천장을 써 주었음에도 테굴라리우스의 질문에는 예외 없이 중국어로 된 친절한 문장으로 답할 뿐이었고, 그곳에 머물라는 말 한마디 없었다. 프리츠는 허탕을 치고 마음이 상해 발트첼로 돌아왔고, 명인에게 전하는 선물로 금붕어에 관한 고시(古詩)가 붓글씨로 쓰여 있는 작은 종이 한 장을 가져왔다. 그러니 이제 그는 동아시아 학관에서 운을 시험해 보는 수밖에 없었다. 여기에서는 크네히트의 추천이 훨씬 힘을 발휘했고, 사람들은 명인의 사절인 청원자에게 할 수 있는 최대한의 도움을 베풀어 주었다. 그래서 테굴라리우스는 얼마 안 가 중국어를 모르는 사람치고는 그 이상 바랄 수 없을 만큼 완벽하게 자신의 주제에 대해 교육을 받았다. 그리고 이러한 가옥의 상징을 자기 계획의 토대로 삼은 크네히트의 착상에 커다란 기쁨을 느꼈고, 따라서 죽림에서 맛본 실패의 고통도 잊게 되었다.

노형을 찾아갔다가 거절당하고 돌아온 사람의 보고를 듣고 나서 혼자서 금붕어에 대한 시를 읽고 있자니 이 인물에게서 풍기는 분위기가 크네히트의 가슴에 와 닿았다. 바람에 흔들리는 대나무 숲 속 그의 암자에서 쑥대를 다루며 머물던 추억이, 자유와 한가함과 학생 시절의 추억, 그리고 청춘 시절 꿈꾸었던 그 다채로운 낙원의 기억들이 동시에 떠오르며 사무쳐왔다. 이 굳세고 별난 은자는 어쩌면 그렇게도 잘 숨어서 자유를 지킬 줄 아는 것일까! 조용한 죽림은 얼마나 그를 세상으로부터 잘 가려 주고 있는 것일까! 그는 제2의 천성이 되어 버린 맑고 세심하고 지혜로운 중국인 기질에 싸여 얼마나 내면적이고도 강하게 살고 있는 것일까! 그의 삶이 꾸는 꿈의 마법은 얼마나 빈틈없이 응집되어 밀도 있게 몇 십 년을 두고 그를 에워싸 그의 정원을 중국으로, 오두막을 사원으로, 금붕어를 신으로, 그 자신을 현자로 만들어 버렸던가! 한숨을 쉬며 크네히트는 이 생각을 떨쳐 냈다. 그는 다른 길을 걸어왔던, 아니 이끌려 왔던 것이다. 그리고 이젠 오로지 자신에게 주어진 길을 한눈팔지 않고 충실하게 나아갈 뿐, 자신의 길을 다른 사람들의 길과 비교하지 않는 일이 남아 있을 뿐이었다.

그는 틈틈이 시간을 내어 테굴라리우스와 함께 자신의 유희를 고안하고 구성했다. 기록소에서 선별하는 작업과 초고, 재고를 만드는 일은 친구에게 일임했다. 새로운 일로 우정은 다시금 활기를 되찾고 이전과는 다른 형태를 띠게 되었다. 두 사람이 함께 만드는 유희 또한 이 독특한 친구의 개성과 예리한 상상력 덕분에 많이 달라지고 풍성해졌다. 프리츠는 결코 만족을 모르면서도 욕심은 없는 사람이었다. 다른 사람 같으면 누구나 나무랄 데 없이 잘되었다고 생각할 꽃다발이나 식탁을 그는 몇 시간이나 이것도 아니다 저것도 아니다 하며 즐거운 듯이 열의와 정성이 담긴 손길로 매만졌고, 아주 작은 일을 가지고도 부지런히 온 마음을 기울여 온종일이라도 돌볼 줄 알았다. 그 후로도 한결같았다. 장엄 대유희는 언제나 두 사람의 합작이었고, 테굴라리우스로서는 친구이자 명인인 크네히트를 위해 자신이 이처럼 중요한 일에 도움이 되는 정도를 넘어 없어서는 안 될 사람이라는 것을 보여 주고, 유희의 공식적 집행에 이름은 없지만 그래도 영재들에겐 잘 알려진 합작자로서 관여한다는 것이 이중으로 만족스러웠다.

그건 그렇고, 취임한 그해 늦가을에 친구가 처음으로 중국 연구에 시간을 보내는 동안, 명인은 어느 날 사무국 일지를 급히 훑어보던 중 이런 메모를 보았다. "몬테포르트에서 페트루스라는 학생이 도착함. 음악 명인의 추천이 있었으며, 전 음악 명인으로부터의 특별한 안부 말씀을 가져왔음. 숙소와 기록소 출입을 희망함. 학생 객사에 묵게 했음." 학생과 그의 요청은 안심하고 기록소 사람들에게 맡겨 두어도 될 일이었다. 흔히 있는 일이었던 것이다. 그러나 '전 음악 명인으로부터의 특별한 안부 말씀'은 크네히트 자신에게 관련된 일일 수 있었다. 크네히트는 학생을 불렀다. 생각 속으로 깊이 파고들 것 같고 열정적으로 보이는, 그러면서도 말이 없는 청년이었는데, 몬테포르트의 영재 가운데 한 사람이 분명했다. 적어도 명인을 만나는 일에는 익숙한 듯했다. 크네히트는 전 음악 명인이 그에게 시킨 일이 무엇인지 물어보았다. "안부입니다." 학생이 말했다. "명인님께 진심으로 경의를 표하는 인사 말씀과 함께 초대 말씀을 전하셨습니다." 크네히트는 그에게 자리를 권했다. 청년은 조심스럽게 말을 가려 쓰면서 계속 말했다. "존경하는 전 명인께서는 말씀드린 대로 명인님께 안부를 전하라고 제게 간곡히 이르셨습니다. 그리고 조만간, 가능하면 빠른 시일 내에 한 번 찾아 주셨으면 한다고 말씀하셨습니다. 명인님을 초대하신 것입니다. 가까운 장래에 한번 방문해 주시기를 바라고 계십니다. 물론 출장 여행길에 들르시어 명인님께 너무 폐가 되지 않는 것을 전제로 하신 것입니다. 대충 그런 말씀이셨습니다."

크네히트는 청년을 유심히 바라보았다. 분명히 그는 노인이 기대를 걸고 애정을 기울여 지켜 주고 있는 젊은이들 중의 하나였다. 크네히트는 주의 깊게 질문을 던졌다. "기록소에는 얼마나 오래 머물 생각인가?" 그러자 청년이 대답했다. "명인님께서 몬테포르트로 떠나시는 것을 볼 때까지 있을 생각입니다."

크네히트는 생각에 잠겼다. "좋아." 하고 그는 잠시 후 말했다. "그런데 자네는 왜 전 음악 명인께서 내게 보내시는 말씀을 문자 그대로 전하지 않는 건가? 원래 그렇게 해야 할 텐데."

페트루스는 크네히트의 시선을 고집스레 되받더니 마치 외국어로 무슨 표현이라도 하듯 천천히 주의 깊게 낱말을 골라 가면서 대답했다. "전하는 말씀은 없었습니다, 명인님." 그는 말했다. "그리고 이렇다 할 말씀도 없었습니다. 잘 아시겠지만 저의 존경하는 명인께서는 언제나 지나치리만큼 겸손하십니다. 몬테포르트에서 들은 이야기입니다만, 그분은 복습 교사였던 젊은 시절에 이미 전체 영재들 사이에서 미래의 음악 명인으로 지목을 받았는데, 그때 영재들이 그분께 붙인 별명이 '위대한 겸손'이었다고 합니다. 그런데 이 겸손함에 못지않게 경건함과 봉사하는 마음, 배려와 관용 또한 연세가 드시고 또 자리에서 물러나신 뒤로는 한층 더해지셨습니다. 명인님께선 틀림없이 저보다 더 잘 알고 계실 것입니다. 그렇게 겸손한 분이기에 그토록 간절히 바라면서도 명인님께 방문을 청하시지 않는 것입니다. 그래서 저는 그런 심부름을 할 영광을 받지 못했음에도 그분이 제게 그런 영광을 베푼 것처럼 행동했습니다. 그것이 잘못이라면, 전하는 말씀이 없었던 것을 실제 그대로 없었던 일로 생각해 주십시오. 그것은 명인님께 달려 있습니다."

크네히트는 가볍게 미소를 지었다. "그러면 유희 기록소에서의 자네 일은? 그저 구실에 불과했나?"

"오, 아닙니다. 유희를 푸는 비전(秘傳) 몇 가지를 발췌하려고 합니다. 그렇지 않아도 명인님께 부탁드릴 참이었습니다. 그렇지만 이 짧은 여행만큼은 좀 서두르시는 것이 좋을 것 같습니다."

"알겠네." 명인은 머리를 끄덕였고 다시 아주 진지한 표정이 되었다. "그렇게 서두르는 이유를 물어도 되겠나?"

청년은 이 질문이 몹시 괴로운 듯 잠시 눈을 감고 이마에 깊은 주름을 만들었다. 그런 다음 다시 그 살피는 듯한, 젊고도 비판적인 시선을 명인의 얼굴에 뚜렷이 고정시켰다.

"좀 더 구체적으로 물으신다면 모르겠지만, 그 질문에는 답변을 드릴 수가 없습니다."

"그렇다면 좋아." 크네히트가 큰 소리로 말했다. "전 명인의 건강이 나빠서 염려할 정도란 말이지?"

명인은 침착한 태도로 말했지만 학생은 노인에 대한 그의 애정 어린 염려를 읽을 수 있었다. 그러자 말을 시작한 이후 처음으로 어두운 구석이 있는 그의 눈빛에 한 가닥 호의의 빛이 나타났다. 그리고 드디어 바라는 바를 솔직하게 털어놓게 되었을 때, 그의 목소리는 좀 더 다정하고 친밀한 울림을 띠었다.

"명인님. 염려 놓으십시오. 건강이 나쁘신 건 아닙니다. 선생님은 늘 본받을 만하게 건강한 분이셨고, 연세가 있어서 많이 쇠약해지긴 하셨지만, 그래도 여전히 정정하십니다. 겉모습이 눈에 띄게 달라지거나 기력이 갑자기 떨어지거나 하신 것은 아닙니다. 가벼운 산책을 하시고, 매일 조금씩 연주도 하시며, 얼마 전까지 두 학생에게 오르간 수업까지 해 주셨습니다. 아직 초보자들이었는데, 선생님께서는 언제나 가장 어린 학생들을 곁에 두기를 좋아하시기 때문입니다. 그러나 몇 주 전부터 이 마지막 두 학생을 가르치는 일도 그만두신 것이 심상치 않은 징조로 여겨졌습니다. 그래서 그다음부터 선생님을 좀 더 주의 깊게 살펴보며 그분에 대해 여러 가지로 생각해 보았습니다. 이것이 제가 이곳에 오게 된 동기입니다. 제게 이런 생각을 하고 행동을 할 만한 자격이 있다면, 그것은 제가 전 음악 명인의 제자였다는 것, 이렇게 말씀드려도 좋다면, 이른바 아끼는 제자였다는 것, 그리고 그분의 후임자께서 저를 이미 일년 전부터 일종의 조수 겸 말상대로 연로하신 선생님 곁에 두어 그분의 용태를 보살피도록 부탁하셨다는 사실 때문일 것입니다. 그것은 제게 무척 반가운 임무였습니다. 제 옛 스승이자 보호자이신 선생님에 대해서 저만큼 존경과 애착을 품는 사람은 없기 때문입니다. 제게 음악의 비밀을 보여 주고 음악에 봉사할 수 있도록 해 준 분이 그분이었습니다. 그리고 더 나아가 수도회에 대한 이해나 생각, 성숙함, 내면적 질서 등 제가 무언가 얻은 것이 있다면 그것은 모두 그분으로부터 나온 것이며 그분 덕택입니다. 그래서 저는 거의 일 년 전부터 선생님 곁에서 살아왔습니다. 물론 어느 정도 연구도 하고 강의에도 나가고 있습니다만, 언제나 선생님 일을 보살펴 드리고 같이 식사도 하고 산책도 하고 음악 상대도 해 드리며, 밤에는 벽 하나를 사이에 두고 옆방에서 잡니다. 이렇게 가까이에서 함께 살다 보니 저는 그분의 — 예, 그분의 노쇠라고 말씀드려야 하겠군요. 하여튼 그분의 육체적 쇠약의 단계들을 아주 자세히 지켜볼 수가 있었습니다. 친구들 중에는 저 같은 젊은이가 그렇게 연로하신 분의 심부름꾼이자 삶의 동반자라는 이상한 직무를 한다고 동정이나 비웃음을 던지는 자도 있습니다. 그러나 그들은 이 명인께 어떤 종류의 노쇠가 다가오고 있는지 모릅니다. 아마 저 말고는 아무도 모를 겁니다. 어디가 편찮으신 것은 아니면서 어떻게 몸이 차츰 쇠약해지시며 갈수록 음식을 적게 드시고 가벼운 산보에서도 지쳐 돌아오시는지, 그러면서도 어떻게 그 고령의 고요함 속에서 정신과 경건함, 위엄과 소박함은 점점 더 커져 가는지 말입니다. 조수이자 간호인으로서의 제 임무에 다소 어려움이 있다면 그건 오로지 그 존경스러운 분께서 전혀 보살핌을 받으려 하지 않으신다는 점일 겁니다. 항상 주려고만 하지 결코 받으려 하지 않으십니다.”

“고맙네. 이렇게 헌신적이고 은혜를 아는 제자가 선생님 곁에 있다니 정말 기쁘군. 그러나 이제 나에게 분명히 말해 보게. 스승의 심부름을 온 것이 아니라면서 자네가 왜 그렇게 간절히 내가 몬테포르트를 방문할 것을 원하는지 말이야.” 크네히트가 말했다.

“명인께서는 아까 전 음악 명인님의 건강을 걱정하시면서 물으셨지요. 제 의도가 명인님이 생각하시는 것과 거의 비슷했기 때문입니다. 그분께서 편찮으실지도 모르니 지금이 그분을 다시 찾아뵐 가장 좋은 때일지도 모른다는 생각 말입니다. 저는 지금이 가장 적합한 때라고 믿습니다. 그 존경스러운 분께 최후가 다가왔다고 생각하지는 않습니다만, 그분께서 세상에 작별을 고하시는 방식이 뭔가 색다릅니다. 가령 몇 달째 거의 말씀을 하지 않게 되었습니다. 전에도 길게 이야기하기보다는 짧게 말씀하시는 편이기는 했지만, 지금처럼 짧게 혹은 거의 말씀을 안 하시게 되고 보니 적잖이 걱정이 됩니다. 제가 무슨 말씀을 드리거나 뭔가 여쭈어 보아도 대답하지 않으셔서 처음에는 귀가 어두워지기 시작한 거라고 생각했습니다. 하지만 제가 여러 번 시험해 본 바에 의하면 귀는 여전히 밝으십니다. 그래서 이번에는 마음이 산란해져서 이제 더 이상 주의를 집중시킬 수가 없으신가 보다고 생각했습니다. 그러나 그것 역시 충분한 설명이 되지 않습니다. 차라리 그분은 이미 오래전부터 딴 길에 접어드셨으며, 더 이상 우리와 함께 계시는 것이 아니라 완전히 자신의 세계에 살고 계신다고 해야겠습니다. 그래서 점점 더 누구를 찾아가거나 부르는 일이 드물어지고, 이제는 여러 날 동안 저 이외에는 아무도 보지 않고 지내십니다. 이런 일이 시작되고부터, 이 세상을 벗어나 더 이상 이곳에 있지 않게 되신 이후부터 저는 그분이 가장 사랑하셨다고 생각되는 몇 분의 친구를 다시 한 번 그분에게 모셔 오려고 애써 왔습니다. 명인께서 찾아 주신다면 틀림없이 나이 드신 옛 친구분께 큰 기쁨을 드리는 일이 될 것입니다. 그리고 지금이라면 명인께서 존경하고 사랑하시는 그분을 어느 정도는 만나실 수 있을 것입니다. 몇 달, 아니 몇 주만 더 지나도 명인님에 대한 그분의 기쁨이나 관심은 훨씬 줄어들어 더 이상 명인님을 알아보지도 못하거나 혹 알아보더라도 이미 무심해져 계실지도 모르겠습니다." 청년이 대답했다.

크네히트는 자리에서 일어나 창가로 갔다. 그러고는 잠시 밖을 내다보며 바람을 쐬고 서 있었다. 그가 학생에게 몸을 돌렸을 때, 학생은 면담이 끝났다고 생각했는지 자리에서 일어섰다. 명인은 그에게 손을 내밀었다.

"정말 고맙네, 페트루스. 명인에게는 여러 가지 의무가 따른다는 것을 자네도 알고 있겠지. 모자만 쓰면 여행을 떠날 수 있는 처지가 아니라네. 우선 나갈 수 있도록 일을 정리해 놓아야 해. 모레까지면 될 것 같은데. 그래도 좋겠나? 그때까지는 기록소에서 볼일을 마칠 수 있겠지? 좋아, 그러면 그때 자네를 부르러 보내겠네." 명인이 말했다.

실제로 크네히트는 며칠 후 페트루스를 데리고 몬테포르트로 떠났다. 그들이 도착해 정원으로 둘러싸인, 전 음악 명인이 살고 있는 쾌적하고 조용한 별채로 들어서자 안쪽에 있는 방에서 음악 소리가 들려왔다. 섬세하고 가늘지만 박자가 정확하고 아주 청량한 음악이었다. 노인은 방 안에 앉아 두 손가락으로 2부로 된 멜로디를 연주하고 있었는데, 크네히트는 곧 그것이 16세기 말의 2부 음곡 악보에 들어 있는 곡들 가운데 하나임에 틀림없다고 짐작했다. 그들은 음악이 끝날 때까지 기다렸고, 그런 다음 페트루스가 스승에게 자신이 돌아왔으며 손님을 한 분 모시고 왔노라고 알렸다. 그러자 노인이 문간으로 나와 인사하며 그들에게 눈길을 주었다. 음악 명인이 인사할 때 짓는 미소는 모두가 사랑했는데, 언제나 어린아이처럼 솔직하고 정다움과 친밀감을 드러내며 빛을 발하는 것이었다. 근 삼십 년 전 요제프 크네히트는 불안하면서도 환희에 찼던 그날 아침 음악실에서 처음으로 이 미소를 접하고는 이 다정한 남자에게 마음을 열었고 송두리째 바쳤다. 이후로 그는 이 미소를 종종 접했고 그때마다 큰 기쁨과 놀라운 감동을 느끼곤 했다. 다정한 명인의 희끗희끗한 머리가 완전히 회색으로 바뀌고 이윽고 하얗게 되어 가는 동안에도, 목소리가 낮아지고 악수하는 손아귀의 힘이 약해지고 걸음걸이가 조금씩 더 힘들어지는 동안에도 이 미소는 그 밝고 우아하며 맑고 진실한 빛을 조금도 잃지 않았다. 그리고 이번에도 친구이자 제자인 크네히트는 그것이 그대로임을 보았다. 푸른 눈과 뺨의 홍조는 세월과 더불어 옅어졌지만, 미소 짓는 노인의 얼굴에 드러나는 빛나면서도 마음을 끄는 점은 전에 자주 보아 왔던 그대로일 뿐만 아니라, 심지어 더 깊고 신비하고 강력해져 있었다. 이 인사를 받는 순간에야 비로소 크네히트는 학생 페트루스의 의도가 어디에 있었는지, 또 이번 일로 희생을 치른다고 여겼던 자신이 실은 얼마나 큰 선물을 받고 있는지를 제대로 이해하기 시작했다.

몇 시간 후 그가 찾아간 친구 카를로 페로몬테는 — 그때 카를로는 그 유명한 몬테포르트 음악 도서관의 사서가 되어 있었다. — 크네히트가 이 일에 대해 이야기했던 첫 번째 사람이었다. 카를로는 이때 나눈 대화를 한 편지에 적어 남겼다.

"전 음악 명인은 자네 스승이기도 하셨지. 자네는 그분을 몹시 좋아했는데, 아직도 자주 찾아뵙나?" 크네히트가 물었다.

"아니요. 물론 드물지 않게 뵙기는 하지요. 그분은 산책을 하고 저는 도서관에서 막 퇴근을 하다가 만나는 식이지요. 하지만 몇 달 전부터 그분과 이야기를 나눠 보지는 못했습니다. 점점 더 물러나 앉으셔서 이제는 더 이상 사람 만나는 것을 좋아하지 않으시는 것 같습니다. 전에는 그래도 저 같은 사람들, 이전에 당신의 복습 교사였고 지금은 몬테포르트의 관리로 일하는 사람들을 불러 저녁을 함께하기도 하셨지요. 그러나 그 일도 벌써 일 년 전부터는 그만두셨기에 전에 명인께서 취임하실 때 몸소 발트첼로 가신 것은 저희 모두에게 상당히 놀라운 일이었습니다." 카를로가 말했다.

"그래, 하지만 그래도 가끔 그분을 뵙게 되면 무언가 달라진 점 같은 게 눈에 띄지 않던가?" 크네히트가 말했다.

"아, 예, 그분의 훌륭한 모습, 명랑함, 묘한 광채를 말씀하시는군요. 물론 저희도 그것을 느꼈습니다. 기력이 쇠약해지는 반면 명랑함은 갈수록 더해지고 있지요. 저희들에게는 이미 익숙해진 일이지만, 명인께는 틀림없이 눈에 띄게 달라 보이셨을 겁니다."

크네히트가 말했다. "그분의 조수 페트루스는 자네보다 훨씬 자주 그분을 뵙고 있는데도 자네가 말하듯 그 일에 익숙해 있지는 않더군. 그가 그럴듯한 이유를 만들어서 나를 이곳에 오게 하려고 직접 발트첼로 찾아왔네. 그를 어떻게 생각하나?"

"페트루스요? 음악을 아주 잘 아는 친구지요. 천재적이라기보다는 꼼꼼한 스타일이고, 좀 가라앉아 있는 우울한 사람입니다. 전 음악 명인께라면 무조건 복종하고, 그분을 위해서라면 목숨이라도 내놓을 겁니다. 자신이 숭배하는 주인이자 우상을 받들어 모시겠다는 일념으로 가득 차 있지요. 그는 그분에게 사로잡혀 있어요. 명인께서도 그런 인상을 받지 않으셨습니까?"

"사로잡혀 있다? 그럴지도 모르지. 하지만 내가 보기에 이 젊은이는 그저 단순히 편애나 정열에 사로잡혀 있는 것 같지는 않네. 그냥 옛 스승에게 반해서 그분을 우상으로 섬기고 있는 게 아니라, 자네들 다른 사람들보다 그가 더 잘 보거나 혹은 느낌으로 더 잘 이해하고 있는 어떤 실제적이고도 참된 현상에 사로잡히고 매혹되어 있다고 생각되는데. 그것이 내게 어떻게 보였는지 이야기해 주지. 그러니까 난 오늘 반년이나 뵙지 못했던 전 음악 명인을 뵈러 왔고, 그분의 조수가 암시한 것 때문에 이 방문에 대해 거의 아무런 기대도 하지 않았네. 다만 존경하는 노인께서 머지않아 갑자기 우리 곁을 떠날지도 모른다는 불안감이 있었고, 최소한 그러기 전에 그분을 한번 뵈어야겠기에 서둘렀던 거지. 나를 알아보고 인사를 건네실 때 그분은 얼굴이 환하게 밝아지긴 했지만 내 이름을 불렀을 뿐 아무 말씀도 없으셨고, 내게 손을 내미셨는데 이 동작이, 또 그의 손이 내게는 빛을 발하는 듯했네. 그분 전체가, 아니면 그분의 눈이나 흰 머리카락이나 옅은 장밋빛 피부가 엷고 차가운 빛을 뿜는 것 같았어. 내가 앞에 앉자 그분은 눈짓으로 학생을 내보냈는데, 그때부터 내가 지금까지 겪어 본 중에서 가장 기묘한 대화가 시작되었네. 처음에는 아주 낯설고 억눌리는 기분이 들고 무안했지. 계속 말을 걸고 질문을 해도 노인은 그저 시선을 줄 뿐 아무런 응답이 없었다네. 내가 하는 말이나 질문이 그분께는 그저 성가신 소음으로 가 닿는 것인지 어떤지 분간할 수가 없었어. 그것이 나를 당황하게 했고 실망시켰으며 지치게 했지. 나 자신이 참 보잘것없고 부담스러운 존재로 느껴지더군. 명인께 무슨 말씀을 드리든 돌아오는 것은 그저 미소나 잠깐의 시선뿐이었어. 그래, 이 시선이 그토록 호의와 다정함을 담고 있지 않았다면 틀림없이 나는 노인이 속으로 나를, 내 이야기나 질문을, 거기까지 쓸데없이 찾아와 그분을 뵙고 있는 것을 비웃고 있다고 생각했을 거야. 그런데 결국 그분의 침묵과 미소는 그와 비슷한 이야기를 하고 있었던 거라네. 그 침묵이며 미소는 실제로 거절이고 질책이었지만, 조롱의 말 따위와는 다른 방식, 다른 차원, 다른 의미층에서 행해진 것이었지. 완전히 지친 후에야, 대화의 실마리를 이끌어 내 보려는 나름의 끈기 있고 정중한 노력이 완전히 수포로 돌아간 후에야 비로소 나는 노인이 나보다 백배는 더 인내심을 가지고 끈기 있고 예의 바르게 나를 대하고 있다는 사실을 깨닫기 시작했다네. 기껏해야 십오 분이나 삼십 분 정도였을 텐데 족히 반나절은 걸린 것 같은 느낌이었어. 나는 슬프고 지치고 화가 나서 여행을 떠나온 것을 후회하기 시작했고, 입 안이 바싹 말랐다네. 거기 존경하는 그분, 나의 은인이자 친구인 그분, 내가 생각이라는 걸 할 수 있게 된 이래 진심으로 마음을 기울이고 신뢰해 왔으며 내가 묻는 말에 한 번도 대답 없이 지나간 일이 없던 그분이 앉아 내 얘기를 듣고 계셨어. 아니면 내 말을 듣지 않고 계셨는지도 모르겠네. 밝음과 미소 뒤에, 금빛으로 빛나는 가면 뒤에 완전히 몸을 감추어 보루를 쌓고는, 다른 법칙이 지배하는 다른 세계로 가서 내가 다다를 수 없이 거기 앉아 계셨다네. 그리고 내가 하는 말, 이쪽 세계에서 그쪽 세계로 전하려는 말은 모두 돌 위에 빗방울이 떨어지듯 그

분에게서 흘러내릴 뿐이었어. 그런데 마침내, 내가 모든 희망
을 포기했을 때 그분이 마법의 벽을 허물고 나와 나를 도와주
셨네. 드디어 말씀하신 거야! 오늘 내가 그분으로부터 들었던
유일한 말이었네.

'자네 지쳤군, 요제프.'라고 낮은 소리로, 자네도 잘 알다시
피 저 가슴 뭉클한 다정함과 염려 가득한 목소리로 말씀하셨
지. 그게 전부였어. '자네 지쳤군, 요제프.' 너무 오랫동안 애쓰
며 힘들어하는 것을 지켜보다 못해 내게 주의를 주시려는 것
같았네. 흡사 오랫동안 말하는 데 입술을 써 본 일이 없는 것
처럼 조금 힘들게 그렇게 말씀하셨다네. 그러면서 내 팔에 손
을 얹으셨는데, 나비처럼 가벼웠어. 그러고는 내 눈을 빤히 들
여다보면서 미소를 지으셨지. 그 순간 난 그만 지고 말았어. 그
분의 맑고 밝은 고요함, 인내와 평온에서 무언가 내게로 옮아
오는 것이 있었네. 갑자기 그 노인이 이해되고, 그의 전 존재를
차지해 버린 변화를, 인간에게서 고요함으로, 언어에서 음악으
로, 생각에서 전일성(全一性)*으로 돌아선다는 것을 이해하게
되었어. 그분을 뵙는 동안 그 자리에서 내게 베풀어진 것이 무
엇인지, 그제야 그분의 미소와 밝음이 무엇인지 알게 되었지.
내게 한 시간 동안 당신의 밝음 속에 함께 있도록 허락해 주
신 그분은 바로 성자요 완성을 이룬 분이었던 거야. 그런 분께
난 미련하게도 말을 걸고, 이것저것 질문하고, 어떻게든 대화
를 이끌어 보려 했던 거지. 다행히도 너무 늦지 않게 그걸 깨
달았던 걸세. 그분은 나를 돌려보낼 수도 있었고, 그럼으로써

---

* 하나의 전체로서 통일을 이루는 성질.

영원히 거절할 수도 있었어. 그랬다면 나는 이제까지 겪어 온 중에 가장 진기하고도 멋진 체험을 놓쳐 버리고 말았겠지."

페로몬테가 진지하게 말했다. "제가 보기에 명인께서는 우리 노명인님에게서 성인과도 같은 무엇을 발견하신 것 같군요. 그 말을 제게 한 사람이 명인이시라서 다행입니다. 솔직히 말씀드려, 다른 사람에게서 그런 말을 들었다면 그가 누구든 심한 불신을 당했을 겁니다. 어쨌든 저는 신비주의적인 것을 좋아하지 않습니다. 말하자면 음악가이자 역사가로서 순수 영역의 것을 고수하고 또 그것을 즐깁니다. 카스탈리엔은 기독교 집단도 아니고, 또 힌두교나 도교(道敎)의 수도회도 아닌 만큼, 성인이라는 전적으로 종교적인 범주에 우리 중 누군가를 끌어넣는 것은 있을 수 없는 일이라고 생각합니다. 만약 자네 아닌 — 죄송합니다, 명인님 아닌 — 다른 사람이었다면 전 이런 분류를 탈선이라고 여겼을 겁니다. 그러나 명인께서 존경하시는 노명인님을 성도 명부에 넣기 위해 절차를 밟으실 일은 없으리라고 생각합니다. 우리 수도회에는 그런 일을 맡을 관청도 없을 테고요. 아니, 제 말을 막지 말아 주십시오. 저는 진심으로 드리는 말씀입니다. 농담이 아닙니다. 명인께서는 제게 체험 하나를 들려주셨습니다. 솔직히 말씀드리자면, 그 이야기가 저를 부끄럽게 했습니다. 말씀해 주신 변화는 저나 몬테포르트의 제 동료들도 전혀 눈치채지 못했던 것은 아닌데, 거의 주의를 기울이지 않고 있다가 그것이 무엇인지 이제야 겨우 알게 되었기 때문이지요. 제가 그 일에 거부감을 느끼고 냉담했던 이유를 곰곰이 생각해 보게 됩니다. 제가 노명인님의 변화를 거의 알아차리지 못했던 데 반해 명인께는 그것이 그렇게 눈에 띄고 감동적이었던 것은, 물론 그 서서히 일어나는 변화를 저는 줄곧 대해 온 반면 명인께는 그것이 기대치 않게 이미 일어난 결과로 다가왔기 때문이라는 것으로 설명되긴 합니다. 명인께서 몇 달 전에 뵈었던 그분과 오늘 뵌 그분 사이에는 큰 차이가 있지요. 하지만 바로 곁에서 살고 있는 저희로서는 이런저런 이유로 그분을 다시 뵙게 될 때 눈에 띄게 달라진 면을 알아보기 쉽지 않았던 겁니다. 그러나 솔직히 말씀드려, 그 설명으로는 뭔가 미흡한 구석이 있습니다. 어떤 기적 같은 일이 우리 눈앞에서 일어났다면 그것이 제아무리 소리 없이 천천히 진행되었다 해도, 선입견에 사로잡혀 있지 않았더라면 제가 느꼈던 것보다는 훨씬 더 강한 느낌을 받았을 테니까요. 이제 비로소 제 마음이 닫혀 있었던 원인을 알았습니다. 요컨대 제가 편파적이었던 겁니다. 제가 그 변화를 알아보지 못한 것은 알아보려는 마음이 없었기 때문이지요. 그분이 아무 말씀 없이 제 인사를 받으실 때마다, 저도 다른 사람들처럼, 존경하는 그분이 점점 더 은거해 사시는 것과 말씀이 없어지시는 것, 그러면서 점점 더 정다워지시고 얼굴엔 밝고 정신적인 빛이 더해가는 것을 알아보았습니다. 저도 다른 사람들도 모두 그것을 잘 알아차리고 있었습니다. 그러나 그 이상의 것은 보지 않으려 했지요. 그것은 노명인님에 대한 존경심이 없어서가 아니라, 한편으로는 개인숭배나 광신에 대한 거부감 때문이었고, 한편으로는 학생 페트루스가 자신의 명인이자 우상을 대하는 숭배의 태도, 그 특별한 열광에 대한 거부감 때문이었습니다. 명인님의 말씀을 듣는 동안 제게는 이런 것이 분명해졌습니다."

크네히트는 웃었다. "그렇다면 그 가련한 페트루스에 대한 자네의 반감을 스스로에게 털어놓기 위해 빙 둘러 이야기한 셈이로군. 하지만 어떤가? 나 또한 신비주의자이고 광신자인가? 나도 금지된 개인숭배나 성인 숭배를 하고 있나? 아니면 자네가 그 학생에게는 인정해 줄 수 없었던 일, 즉 우리가 보고 겪은 일이 꿈이나 환상이 아니라 현실적이고 객관적인 일이라는 것을 내게는 인정해 주겠다는 건가?"

"물론 당신께는 그것을 인정합니다." 카를로는 천천히 신중하게 말했다. "어느 누구도 당신이 체험한 일이나 그토록 믿을 수 없을 정도로 미소 지으실 수 있는 노명인님의 아름다움과 청량함을 의심하지는 않을 겁니다. 문제는 다만 이 현상을 어떻게 규정하고, 어떻게 부르고, 어떻게 설명하느냐 하는 것입니다. 학교 선생이 하는 소리처럼 들리겠지만 사실 우리 카스탈리엔 사람들은 학교 선생이나 다름없지요. 제가 명인님과 저희가 한 체험을 정리하고 이름 붙이고자 한다면, 그건 그분의 실제와 아름다움을 추상화하고 일반화함으로써 해결하려는 것이 아니라 가능한 한 확고하고 명료하게 기록해 보존하길 바라기 때문입니다. 만약 여행을 하다가 어딘가에서 농부나 아이가 흥얼거리는 알지 못하는 멜로디를 듣게 된다면, 그 또한 제게는 하나의 체험이지요. 그런데 제가 이 멜로디를 가능한 한 정확하게 악보로 옮겨 적으려 한다면, 그것은 제 체험을 떼내어 처리해 버리기 위해서가 아니라 그 체험을 존중해 영원히 간직하고자 하기 때문이지요."

크네히트는 그에게 다정하게 고개를 끄덕여 주었다. "카를로, 우리가 아주 드물게밖에는 서로 만날 수 없다는 게 유감일세. 젊었을 때의 친구들을 다시 만난다 해도 모두가 예전 같지는 않을 거야. 노명인에 대한 이야기를 가지고 자네에게 온 것도 이곳에선 자네가 그것을 함께 알고 나눌 유일한 사람이기 때문이야. 자네가 이 이야기를 어떻게 생각하든, 우리 노명인의 변용된 상태를 무어라 부르든 그건 자네 마음이지. 다만 자네가 그분을 찾아뵙고 잠시라도 그분의 서기(瑞氣) 속에 있어 보면 좋겠네. 은총이든 완성이든 노년의 지혜든 법열이든, 그분의 상태를 뭐라 부르든 간에 그건 종교적인 삶에 속하는 걸 거야. 우리 카스탈리엔 사람들에겐 종교도 교회도 없다곤 하지만, 그래도 경건함은 우리에게 낯선 것이 아니지 않나. 전 음악 명인이야말로 늘 속속들이 경건한 분이셨지. 은총을 받은 자, 완성을 이룬 자, 광휘에 싸인 자, 변용을 이룬 자의 이야기는 어느 종교에나 있는데, 우리 카스탈리엔의 경건함이라고 그러한 꽃을 피우지 말라는 법이 있겠나? 시간이 늦었군. 내일 아침 일찍 떠나야 하니 이제 가서 좀 자야겠어. 곧 다시 찾아올 생각이네만. 그 전에 짤막하게 내 이야기를 끝내도록 해 주게! 그러니까 '자네 지쳤군.'이라고 그분이 말씀하신 다음 비로소 나는 대화의 실마리를 찾으려는 노력을 그만두고 잠자코 있었네. 그리고 언어로, 대화를 통해 이 말없는 분을 살피고 그로부터 무언가 얻으려는 그릇된 목적을 버렸다네. 내가 단념하고 모든 것을 상대방에게 맡긴 그 순간부터 일은 마치 저절로 흐르듯 되어 갔지. 나중에 자네 마음대로 다 바꿔도 좋으니 지금은 내가 쓰는 표현이 불명확하거나 범주를 뒤섞는 것처럼 들리더라도 참고 들어 주게. 나는 노인 곁에 한 시간이나 한 시간 반쯤 머물러 있었네. 그분과 나 사이에 무슨 일이 있었고 무엇이 오갔는지에 대해서는 자네에게 뭐라고 이야기할 수가 없군. 말은 한마디도 없었어. 다만 저항이 꺾이고 나자 난 그분이 나를 당신의 평화와 밝음 속으로 받아들였다는 걸 느꼈지. 그분과 나는 밝음과 묘한 아늑함에 싸여 있었네. 의식적으로 한 것은 아니었지만 그건 어딘지 노명인의 삶을 주제로 한 행복하고 잘된 명상과도 같았다네. 소년인 내 앞에 처음으로 나타났을 때부터 오늘에 이르기까지 그분의 발전 과정을 보기도 하고 느끼기도 했어. 헌신과 활동으로 일관된 삶이었지만 강요도 명예욕도 없는, 음악으로 가득한 삶이었네. 그것은 마치 그분이 음악가가 되고 음악 명인이 되면서 음악을 인간의 가장 높은 목표로 나아가는, 다시 말해 내적 자유, 순수, 완성에 이르는 하나의 길로 택한 듯이 전개되었네. 그러고는 더욱 음악으로 충만하고 변화되고 정화되어 가는 모습이었어. 능숙하게 쳄발로를 타는 솜씨나 풍부하고 엄청난 음악적 기억력에서부터 심신의 모든 부분과 기관, 맥박과 호흡, 잠과 꿈에 이르기까지 모두 그러했네. 그리고 드디어는 음악의 상징, 아니 음악의 현현이나 화신인 것처럼 보였어. 적어도 나는 그분으로부터 퍼져 나오는 것, 그분과 나 사이를 율동적인 숨결처럼 맥박치며 오가는 것을 순전히 음악으로 느꼈어. 완전히 정신으로 화한 비교(秘的)적인 음악으로, 마치 다성부의 악곡이 새로 끼어들어오는 성부를 받아들이듯이 그 마법의 테두리 안으로 들어오는 사람은 누구든 받아들이는 음악이었네. 음악가가 아닌 사람에게라면 아마 이 은총은 다른 형태로 느껴졌을지도 모르지. 천문학자라면 자기가 달이 되어 어느 별을 돌고 있는 것 같았을 테고, 언어학자라면 누군가 모든 의미를 내포한 마술적인 원시어로 자기에게 말을 거는 것 같았을 테지. 자, 이제 가야겠군. 참 즐거웠네, 카를로."

이 일화를 비교적 자세히 적은 것은 전 음악 명인이 크네히트의 삶과 마음속에서 매우 중요한 위치를 차지하고 있었기 때문이다. 게다가 이때 나는 두 사람의 대화가 페로몬테의 자필 서한으로 남아 있다는 사실이 우리 마음을 그렇게 하도록 움직이고 유혹했다. 노명인의 '신성한 변용'에 대해서는 이 보고가 가장 오래되고 믿을 만한 것인데, 물론 그 후로도 이 주제를 다룬 전설이나 해석은 충분히 많이 나왔다.

8

양극

'중국 건축의 유희'라는 이름으로 오늘날까지 알려져 있으며, 종종 인용되는 이 연례 유희는 크네히트와 그의 친구에게는 일한 보람을 안겨 주었고, 카스탈리엔과 관청에게는 크네히트를 최고 직위에 앉힌 것이 옳은 일이었음을 입증해 주었다. 발트첼의 유희자 마을과 영재들은 눈부시게 한껏 달아오른 축제의 기분을 다시 한 번 마음껏 누릴 수 있었으니, 사실 연례 유희가 이처럼 성대한 행사가 된 것도 오랜만이었던 것이다. 가장 젊고 평도 많았던 명인이 처음으로 공식 석상에 나타나 진가를 드러낸 자리였고, 또 발트첼로서도 지난해 입은 손실과 실패를 만회해야 하는 자리였다. 이번에는 병석에 누운 사람도 없었고, 겁먹은 대리인이 불안에 떨며 악의와 불신에 찬 영재들의 싸늘한 감시 아래 잔뜩 긴장한 관리들의 충실하지만 감동 없는 보조를 받으며 엄청난 의식을 떠맡는 일도 없었다. 명인은 조용히 범접할 수 없이 온전히 대사제가 되어 상징들의

장엄한 장기판 위에 흰색과 황금색 예복을 입은 주인공으로서
자신과 친구의 작품을 올렸다. 그는 침착하게 힘과 품위를 발
산하며, 그 어떤 세속의 부름도 닿을 수 없이, 일을 거드는 수
많은 사람들에게 둘러싸여 식장에 모습을 나타냈고, 의식적인
몸짓으로 유희의 막을 하나씩 열어 갔다. 그가 반짝이는 황금
붓으로 앞에 있는 작은 칠판에 기호를 하나하나 아름답게 써
가면, 그것은 즉시 식장 뒷벽의 대형 화면에 백 배로 확대되
어 유희 암호로 나타나고, 수천의 속삭이는 음성이 따라 읽었
다. 대변인은 그것을 큰 소리로 읽었으며 그 소리는 전파를 타
고 국내외로 퍼져 나갔다. 제1막 끝에 이르러 명인이 그 막을
요약하는 공식을 칠판에 써서 우아하고도 인상적인 태도로 명
상 규정을 제시한 뒤 붓을 내려놓고 모범적인 자세로 명상에
들면, 식장이나 유희자 마을, 카스탈리엔뿐만 아니라 세계 각
국의 유리알 유희 신봉자들도 경건하게 명상에 들어갔고 명인
이 식장에서 다시 몸을 일으킬 때까지 계속되었다. 이 모든 것
이 전과 다름없었지만, 그런데도 모든 것이 감동적이고 새로운
느낌을 주었다. 추상적이고도 초시간적으로 보이는 유희의 세
계는 수백 가지 뉘앙스로 한 인물의 정신과 음성과 기질과 필
적에 반응할 만큼 탄력이 있었고, 그 인물은 자신의 착상들을
유희 본연의 신성한 법칙성에 앞세우지 않을 만큼 충분히 위
대하고 세련되어 있었다. 조수들과 유희 상대역과 영재들은 훈
련이 잘된 병사들처럼 시키는 대로 따르고 있을 뿐이었는데,
그들 하나하나가 그저 절을 함께 하거나 명상에 든 명인의 둘
레에 장막 치는 것을 돕는 데 지나지 않는 경우에도 마치 각
자 자신의 영감에서 우러나오는 유희를 거행하고 있는 것처럼

보였다. 그리고 식장과 온 발트첼에 넘쳐나는 군중에게서, 명인을 따라 유희의 무한한 다차원의 표상계를 지나 상상 속의 성스러운 길을 밟아간 수천의 영혼에게서 축제의 밑바탕에 깔린 화해와 마음속 깊이 울리는 나지막한 소리가 울려 나왔으니, 그것은 군중 속의 좀 더 소박한 층에게는 축제에서 맛볼 수 있었던 가장 훌륭하고 거의 유일한 체험이었고, 또한 영재들 중 유희에 정통한 대가나 비평가, 아래로 조수나 관리에서부터 위로 지도자나 명인에 이르기까지도 외경에 가까운 전율로 받아들여졌다.

훌륭한 축제였다. 외부에서 온 사절들 역시 그렇게 느끼고 인정했으며, 처음 참석했지만 이 며칠 동안에 영원히 유리알 유희의 신봉자가 된 사람도 많았다. 그러나 열흘 동안의 축제가 끝난 후 요제프 크네히트가 친구 테굴라리우스에게 체험한 것을 간단히 언급한 다음과 같은 말은 좀 기묘한 느낌을 갖게 한다. "만족해도 될 것 같네. 그래, 카스탈리엔과 유리알 유희는 정말 놀라운 거야. 거의 완벽에 가깝지. 다만 너무 완전하고 지나치게 아름다워 걱정 없이는 바라볼 수가 없다네. 이것들도 다른 모든 것처럼 언젠가는 사라지게 되리라는 건 생각하고 싶지 않은 일이지. 그래도 생각해야만 해."

우리에게 선해신 이 말은 전기 작가로 하여금 그가 해야 할 일의 가장 까다롭고도 신비로운 부분으로 다가서게 한다. 전기 작가로서야 앞으로도 얼마 동안은 그 부분에서 떨어져 우선 편안하고 기분 좋게, 서술사에게 주어진 명백한 상황, 즉 크네히트의 성공과 모범적인 직무 수행과 눈부신 삶의 절정을 끝까지 보고하고 싶을 것이다. 그러나 문제는 존경하는 명인의

존재와 삶에 내재된 이원성 또는 양극성을 테굴라리우스 말고
는 아직 그 누구도 눈치채지 못했던 그 시점에서도 우리가 그
것을 알아보고 밝히지 않는다는 것은 잘못이며 우리의 대상
에 온당치 않아 보인다는 점이다. 오히려 지금부터는 크네히트
의 영혼 속에 깃든 이 분열 혹은 좀 더 좋게 말해 끊임없이 맥
박 치는 양극성을 존경하는 이의 본성에 내재한 고유함과 특
성으로 받아들이고 긍정하는 것이 우리의 과제가 될 것이다.
카스탈리엔 명인의 전기란 그저 완전히 카스탈리엔의 영광을
위한 성자전(聖者傳)의 의미에서만 써야 한다고 생각하는 작가
에게는, 마지막 몇 순간을 빼고는 완전히 그의 업적과 의무의
완수와 성공을 찬미하는 일화들을 나열하면서 요제프 크네
히트의 명인 시절에 대한 보고를 작성하는 게 결코 어려운 일
은 아닐 것이다. 발트첼에서 유희가 가장 성행했던 시기의 명
인 루드비히 바서말러를 위시해 유리알 유희 명인 어느 누구
의 생활과 직무 수행을 훑어보더라도 기록된 사실만을 근거로
삼는 역사가의 눈에는 명인 크네히트의 생활과 직무 수행만큼
이론의 여지 없이 찬양할 만해 보이는 것도 없기 때문이다. 그
러나 이 직무 수행은 아주 이상하고도 주목을 끄는, 많은 비판
가들에게는 스캔들로 느껴지는 결말을 맞게 되는데, 그것은 우
연이나 재난이 아니라 완전히 필연적인 결과였다. 그러므로 그
결말이 존경하는 명인의 찬란하고 탁월한 업적과 성공에 결코
위배되는 것이 아님을 보여 주는 것이 우리의 과제이다. 크네
히트는 그 높은 자리에 있으면서 위대하고 모범적인 관리자요
대표자였고, 흠잡을 데 없는 유리알 유희 명인이었다. 그러나
그는 자신이 봉사하고 있는 카스탈리엔의 영광을 위태롭고 기

울어져 가는 위대함으로 보고 느끼고 있었다. 함께 생활하는 다른 카스탈리엔 사람들 대다수처럼 그 영광 속에서 아무 예감도 생각도 없이 살고 있는 것이 아니라, 그 유래와 역사를 의식하고, 그것이 시간에 내맡겨져 그 가차 없는 힘에 마모되고 흔들리는 하나의 역사적 존재임을 느끼고 있었던 것이다. 역사의 흐름을 생생히 느낄 수 있는 이 깨어 있음, 스스로의 존재와 활동을 생성하고 변화하는 흐름 속에서 함께 움직이고 활동하는 세포로 느끼는 이러한 지각은, 그 자신의 역사 연구를 통해서 그리고 위대한 야코부스 신부의 영향을 받아 성숙해지고 일깨워진 것이었다. 그러나 그 토대와 싹은 이미 오래전부터 갖추어져 있었으니, 요제프 크네히트의 인격을 생생하게 접해 본 사람, 또 이 인물의 삶에 깃든 특징이나 의미를 정말로 추적해 본 사람이라면 이러한 토대와 싹을 찾아내는 건 아주 쉬울 것이다.

그의 생애에서 가장 빛나는 순간이었던 그날 자신의 첫 번째 축제 유희가 끝났을 때, 그러니까 카스탈리엔 정신을 감명 깊게 만방에 알리는 데 이례적인 성공을 거둔 그날 그는 이렇게 말했다. "카스탈리엔과 유리알 유희가 언젠가는 사라지리라는 건 생각하고 싶지 않은 일이지. 그래도 생각해야만 해." 이 말을 한 사람은 일찍부터, 그가 역사를 깊이 이해하기 훨씬 전부터 이 세상에 생성된 것은 모두 무상하고, 인간의 정신에 의해 만들어진 모든 것은 문제를 안고 있다는 것을 세계감정(世界感情)으로 깊이 알고 있었다. 그가 아직 소년이었던 학생 시절로 거슬러 올라가면, 에쉬홀츠에서 동급생이 선생의 기대에 따르지 못해 영재 학교에서 일반 학교로 돌려보내져 모습을 감추게 될 때마다 그가 몹시 가슴 아파하고 불안을 느꼈다는 보고를 접하게 된다. 이들 퇴학생 가운데 소년 크네히트와 개인적으로 가까웠던 사람은 하나도 없었다고 하니, 그의 마음을 어지럽히고 불안한 고통에 짓눌리게 했던 것은 누가 떨어져 나가고 사라졌다는 데서 온 상실감이 아니었다. 그가 그런 고통을 받았던 것은 카스탈리엔의 질서와 그 완전성의 존속에 대한 그의 어린애다운 믿음이 가볍게 흔들렸기 때문이다. 그중에는 교육주의 영재 학교에 입학하는 행운과 은총을 받고서도 이 은총을 다시 하찮게 여기거나 내던져 버리는 소년들도 있었는데, 자신의 소명을 너무도 신성하고 진지한 것으로 받아들였던 크네히트에게 이러한 일은 무언가 마음을 뒤흔들어 놓는 것, 카스탈리엔 바깥세상의 힘을 증명하는 무엇이었던 것이다. 증명할 수는 없지만, 아마 그러한 일들이 그때까지는 교육청을 완벽하다고 여기고 있던 소년에게 처음으로 의혹을 불러일으켰는지도 모른다. 왜냐하면 바로 이 교육청이 얼마후 다시 돌려보내야만 하는 학생들까지 카스탈리엔으로 데려온 것이기 때문이었다. 이런 생각, 요컨대 권위에 대한 비판 의식이 그때 함께 일어났는지 아닌지는 알 수 없지만, 어쨌든 그런 일이 있을 때마다 영재 학교 학생의 탈선과 송환은 소년에게 하나의 불행으로 여겨졌을 뿐 아니라 있어서는 안 되는 일, 빤히 드러난 추한 오점으로 여겨졌다. 그런 오점이 존재한다는 것 자체가 벌써 비난받을 일이었고 카스탈리엔 전체가 공동으로 책임져야 할 일이었던 것이다. 바로 이 점에 학생 크네히트가 그런 일이 있을 때마다 마음의 동요와 혼란을 느낀 이유가 있었을 것이라고 우리는 생각한다. 교육주의 경계선 밖에는 카스탈리엔과 그 법칙이 통하지 않는 세계가 있었고 인간 생활이 있었다. 그것은 카스탈리엔의 질서와 계산 속으로 어울려 들어오지 않았으며, 그것에 의해 제어되지도 순화되지도 않았다. 물론 크네히트는 이러한 세계가 자신의 마음속에도 있다는 것을 알고 있었다. 그에게도 자신을 누르고 있는 법규를 거스르고 싶은 충동과 환상과 욕망이 있었고, 이런 것들을 제어하는 일은 차츰 이루어지고는 있었지만 몹시 힘이 들었다. 많은 학생들은 이러한 충동이 너무 강해져서 그 어떤 경고나 처벌도 개의치 않게 되어 버렸고, 그렇게 된 학생들은 카스탈리엔의 영재 학교에서 저쪽의 다른 세계로 돌려보내졌으니, 그곳은 교육이나 정신의 훈련이 아닌 자연의 충동에 지배되는 세계였고, 카스탈리엔의 미덕을 얻고자 애쓰는 사람들에게는 사악한 지옥이나 유혹적인 유흥장 내지 투기장처럼 보일 수밖에 없었다. 양심적인 많은 젊은이들이 오랜 세월에 걸쳐 카스탈리엔의 이와 같은 체제 속에서 죄악의 개념을 익혔다. 그리고 여러 해가 지나 성인이 되고 역사에 흥미를 가지게 되었을 때 크네히트는, 역사란 이기주의와 본능적 삶이라는 이 죄악의 세계를 재료와 동력으로 삼지 않고는 성립할 수 없다는 것, 카스탈리엔의 수도회 같은 숭고한 조직 또한 이러한 탁한 홍수 속에서 태어났고 언젠가는 다시 그 속으로 삼켜질 것임을 좀 더 확실히 깨닫지 않을 수 없었다. 그러니 카스탈리엔이 안고 있는 이 문제는 크네히트의 삶에서 그의 모든 강력한 불안과 분투와 동요의 바탕을 이루는 것이었고, 결코 단순한 사색의 문제가 아니라 다른 어느 것에도 비교할 수 없이 깊은 내면에 관계된 문제였으며, 공동의 책임을 느끼는 문제였다. 간혹 자기가 좋아하고 믿는 이념이나 사랑하는 조국이나 공동체가 병들고 고통받는 것을 보고 따르듯 자기도 병에 걸리고 쇠약해져 결국 죽기도 하는 자들이 있는데, 크네히트도 이런 부류에 속했다.

이 이야기의 실마리를 계속 더듬어 가면 크네히트의 초기 발트첼 시절에 닿게 되는데, 그것은 학생 시절 끝 무렵, 청강생 데시뇨리와 의미 깊은 만남이 이루어졌던 시기이다. 이 만남에 대해서는 이미 상세히 말한 바 있다. 카스탈리엔의 이상을 열렬히 신봉하는 아이와 속세의 아들 플리니오의 만남은 학생 크네히트에게는 격렬하면서도 오래도록 영향을 미치는 체험이었을 뿐 아니라 매우 중요하고도 비유적인 체험이었다. 왜냐하면 당시 그는 아주 중요하고도 힘이 드는 역할을 맡지 않을 수 없었으니, 그 역할이 얼핏 보면 우연히 그에게 떨어진 것 같지만 실은 크네히트의 본질에 너무나도 잘 어울려서, 이후의 그의 삶은 이러한 역할을 다시 받아들여 그 속에서 점점 더 완벽하게 커 나가는 것과 다르지 않았다고까지 말할 수 있기 때문이다. 말하자면 그것은 카스탈리엔을 옹호하고 대표하는 역할인데, 약 십 년 후에는 야코부스 신부를 상대로 새로이 그 역할을 맡았고, 또 유리알 유희 명인이 되어 마지막까지 수도회와 그 법칙의 옹호자요 대표자로 나섰지만 그럼에도 그는 언제나 상대방으로부터 배우고, 카스탈리엔을 보호막에 싸서 답답하게 고립시킨 것이 아니라 외부 세계와 활발히 교류하고 대결할 수 있도록 이끌어 내기 위한 내적인 준비를 갖추는 데 힘을 다했던 것이다. 데시뇨리와 정신적으로, 변론으로 겨룰 때는 아직 부분적으로 유희에 지나지 않았던 것이 나중에 막강한 적수이자 친구인 야코부스 신부를 상대로 하게 되었을 때는 깊고 진지한 것이 되었다. 그는 두 사람의 적수를 상대로 자신의 진가를 증명했고, 그들로 인해 성숙했으며, 그들로부터 배웠을 뿐 아니라, 이러한 싸움을 거치면서 받는 것 못지않게 주기도 했다. 애초에 이기는 것이 목적이 아니었으므로 두 번 다 상대방을 꺾지는 못했지만, 상대에게 자신의 인격과 자신에 의해 대표되는 원칙과 이상을 존경심을 품고 인정하도록 만들 수는 있었다. 박학한 베네딕투스 신부와의 대결은 카스탈리엔의 준공식 대표를 로마 교황청에 설치한다는 직접적이고 실질적인 성과를 가져오지는 못했다 하더라도 대다수 카스탈리엔 사람들이 기대했던 것보다 훨씬 높은 가치를 지닌 일이었을 것이다.

플리니오 데시뇨리와 맺은 경쟁 관계의 우정이나 저 지혜로운 노신부와의 그 비슷한 우정을 통해, 이들 외에는 카스탈리엔 바깥세계에 아무 연고가 없었던 크네히트는 외부 세계에 대해 아마 카스탈리엔 내의 그 누구도 갖지 못했을 지식이나 일종의 감 같은 것을 얻게 되었다. 사실 그에게 진짜 세속의 삶을 알게 해 줄 수는 없었던 마리아펠스 시절을 제외하면 그는 어린 시절 말고는 세속의 삶을 본 적도 경험한 적도 없었다. 그러나 데시뇨리를 통해, 그리고 야코부스 신부와 한 역사 연구를 통해 현실에 대한 또렷한 감을 가지게 되었고, 대부분 직관적으로 생겨난 것으로 그다지 경험이 수반된 것은 아니었지만, 이러한 감 덕분에 그는 당국을 포함해 대부분의 카스탈리엔 동료들보다 세상 물정을 더 많이 알고 열린 마음을 갖게 되었다. 늘 진정한 의미에서 카스탈리엔 사람이었고 또 충실하게 카스탈리엔 사람으로 남아 있었지만 그는 카스탈리엔이 비록 가장 가치 있고 소중한 것이라고는 해도 그것이 그저 한 부분, 세계의 작은 한 부분에 불과하다는 것을 결코 잊지 않았다.

그러면 프리츠 테굴라리우스와의 우정은 어떤 것이었는가? 까다롭고 문제 많은 인물이며 유리알 유희의 달인이고 응석받이에 신경질적이고 카스탈리엔밖에 모르는 사람, 옛날 잠깐 동안 마리아펠스를 방문했을 때 투박한 베네딕투스 수도회 사람들 사이에서 너무 불쾌하고 처량한 기분이 되어 그런 곳에선 일주일도 견디지 못하겠다고 말하며 거기서 무려 이 년이나 잘 지내고 있는 친구를 보고 감탄을 금치 못했던 사람과의 우정은 어땠는가? 우리는 이 우정에 대해 여러 가지로 생각해 보았다. 그중에는 필요 없다고 생각되는 것도 적지 않지만 몇 가지는 여전히 쓸모가 있어 보인다. 그 생각들은 모두 여러 해 이어져 온 이 우정의 뿌리가 무엇이고 그 의미가 무엇인지 밝혀보려는 것이었다. 무엇보다도 우리가 기억해야 할 점은, 크네히트의 우정이라는 것이 베네딕투스 수도회 신부와의 관계를 제외하면 전부 자기 쪽에서 찾고 구하고 필요로 했던 것이 아니라는 사실이다. 그는 그저 자신의 고귀한 인품으로 사람을 끌어당기고, 경탄과 부러움과 사랑을 받았다. 그리고 '각성'의 어느 단계에서부터는 그 스스로도 자신의 이러한 소질을 의식하게 되었다. 그래서 연구생 시절 초기에 테굴라리우스 또한 경탄하고 사랑을 구하며 접근해 왔지만, 크네히트는 항상 그와 일정한 거리를 두었다. 하지만 크네히트가 이 친구에게 실제로 호의를 보였다는 것을 말해 주는 증거는 얼마든지 있다. 우리 생각에 크네히트의 마음을 끈 것은 단지 테굴라리우스의 비범한 재능이나 유리알 유희의 모든 문제에 대처하는 친구의 끊임없는 천재성만은 아니었던 것 같다. 오히려 크네히트의 강하고도 지속적인 관심은 친구의 대단한 재능만이 아니라 그 이상으로 그의 결점, 발트첼의 다른 사람들에게는 거슬리고 참을 수 없게 여겨지던 약점에 쏠리고 있었다. 이 별난 인간은 그야말로 카스탈리엔 사람이어서 그의 존재 방식이란 아마 카스탈리엔을 벗어나서는 생각할 수도 없었을 것이다. 그만큼 카스탈리엔의 분위기와 높은 교양을 전제로 하고 있었으므로 그 까다롭고도 별난 성격만 아니었다면 테굴라리우스야말로 정통 카스탈리엔 사람이라 해도 손색이 없었을 것이다. 그러나 이 정통 카스탈리엔 사람은 동료들과 잘 어울리지 못했고, 마찬가지로 상관들과 관리들에게서도 사랑받지 못했으며, 언제나 방해가 되고 좌충우돌이었기 때문에 만약 크네히트라는 용감하고 슬기로운 친구의 보호나 인도가 없었더라면 일찌감치 파멸하고 말았을 것이다. 사람들이 지적한 그의 병은 결국 나쁜 습관이요 반항심이요 성격적 결함이었는데, 이를테면 근본적으로 성직에 맞지 않는 철저히 개인주의적인 사고방식과 생활양식이 있었다. 그는 오로지 수도회에서 버텨 내기 위해 필요한 만큼만 기존의 질서에 복종했다. 학식에 있어서나 유리알 유희의 기교에 있어서 다방면으로 끊임없이 노력하는 지칠 줄 모르는 열성적인 정신을 지니고 있다는 점에서는 훌륭하고 찬란한 카스탈리엔 사람이었지만, 성격에 있어서나 성직, 수도회의 도덕에 대한 태도에 있어서는 극히 평범한, 아주 형편없는 카스탈리엔 사람이었다. 그의 가장 나쁜 버릇은 개인을 바로잡아 주는 데 그 의의가 있는 명상을 계속 경시하고 게을리하는 것이었다. 명상을 충실하게 해 나갔더라면 그의 신경증도 능히 치료될 수 있었으리라. 일정 기간 좋지 않은 행동을 하거나 초조해하고 우울한 태도를 보이면 윗사람들은 벌로 그에게 누군가의 감시하에 엄격한 명상 훈련을 받게 했는데, 그때마다 그 처방은 작고 세세한 일들에 효력이 있었고, 그를 염려하고 아끼는 크네히트도 자주 그 방법을 쓰곤 했다. 사실 테굴라리우스는 제멋대로이고, 변덕스럽고, 진지하게 어떤 질서를 따를 마음이 없는 사람이었다. 끊임없이 발랄한 정신력을 발휘하고, 기분이 고조된 순간 그 비관적인 위트가 뿜어져 나올 때는 그 착상의 대담함과 음울한 화려함에 어느 누구도 끌리지 않을 수 없는 매력을 발산하긴 했지만, 근본적으로 불치의 병에 걸려 있었다. 치유되기를 원치 않고, 조화나 질서를 대수롭게 여기지 않으며, 오로지 자신의 자유와 영원한 연구생 생활 말고는 사랑하는 것이 아무것도 없었던 것이다. 그리고 성직의 길로 들어서 평화에 이르는 대신 평생 번뇌하는 자, 믿을 수 없는 인간, 제 고집대로 혼자 나아가는 자, 천재적인 바보, 허무주의자이기를 원했던 것이다. 그에게 평화는 대수로운 게 아니었고, 성직 따위는 안중에도 없었으며, 남의 비난이나 고립 같은 것은 문제도 되지 않았다. 그러니 조화와 질서를 이상으로 하는 공동체에는 맞지도 않고 삭여 낼 수도 없는 최악의 구성원이 아닌가! 하지만 바로 이런 까다롭고 어울리지 못하는 성격 때문에 그는 정연하고 질서 잡힌 작은 세계 한가운데서 끊임없이 살아 움직이는 불안이자 비난, 훈계, 경고가 되었다. 또 새롭고 대담하고 금지되어 있는 불손한 아이디어의 발안자요, 양 떼 속의 고집 세고 버릇없는 못된 양이었다. 그리고 바로 이런 점으로 인해 그는 크네히트라는 친구를 얻게 된 것이라고 우리는 생각한다. 확실히 그와 크네히트의 관계에는 늘 동정도 한몫하고 있었다. 그가 위험에 처해 있다거나 대개의 경우 불행에 빠져 있다는 사실이 친구의 기사도적 감정을 자극했던 것이다. 그러나 그것만으로 크네히트가 명인의 자리에 올라 수많은 의무와 책임을 산더미처럼 짊어진 가운데에도 이 우정을 계속 부지해 나갔던 것을 설명하기는 부족할 것 같다. 이 테굴라리우스라는 인물은 크네히트의 생애에서 데시뇨리나 마리아펠스의 신부 못지않게 없어서는 안 될 중요한 존재였다는 것이 우리의 생각이다. 요컨대 그 두 사람과 마찬가지로 테굴라리우스는 크네히트에게 눈을 뜨도록 흔들어 깨우는 요소이자 새로운 전망 쪽으로 열린 하나의 작은 창문 역할을 했던 것이다. 이 특이한 친구에게서 크네히트는 하나의 인간형을 대표하는 면을 감지했고, 시간이 지날수록 그것을 더욱 뚜렷이 의식하고 알게 되었을 거라고 생각한다. 그것은 이 유일한 선구적 존재 이외에는 아직 없는 인간형으로, 요컨대 카스탈리엔의 삶이 새로운 것을 만나고 자극을 받아 다시 젊어지고 활기를 되찾지 못한다면 언젠가는 그렇게 될지도 모르는 카스탈리엔 사람의 모습이었던 것이다. 대부분의 고독한 천재들이 그렇듯 테굴라리우스도 선구자였다. 실제로 그는 아직은 존재하지 않지만 내일이면 존재할지도 모르는 카스탈리엔에 살고 있었다. 세상에 대해서는 더욱 굳게 문을 닫아걸고 안으로는 노쇠와 명상적인 수도회 도덕의 해이로 타락해 가는 카스탈리엔, 최고의 정신적 비약과 고귀한 가치에 대한 깊은 헌신이 여전히 가능하지만, 드높이 발달해 자유로이 노니는 정신이 고도로 훈련된 자신의 능력을 향유하는 것 말고는 아무 목표도 지니지 않은 한 세계에 테굴라리우스는 살고 있었던 것이다. 테굴라리우스는 크네히트에게 카스탈리엔 최고 능력의 화신인 동시에 그 타락과 몰락에 대한 경고의 조짐을 의미했다. 프리츠와 같은 인물이 있다는 것은 놀랍고도 대단한 일이었다. 그러나 카스탈리엔이 테굴라리우스 같은 인물들만이 사는 몽상국으로 녹아드는 것은 막아야 했다. 그렇게 될 위험은 아직 멀리 있었지만, 확실히 존재하고 있었다. 크네히트가 알기로, 카스탈리엔이 그 고귀한 고립의 성벽을 조금 더 높이기만 하면, 그리고 거기에 수도회 규율의 타락과 성직의 도덕적 저하가 가미되기만 하면, 그때는 테굴라리우스도 더 이상 괴상한 독보적 존재가 아닌 타락하고 멸망해 가는 카스탈리엔을 상징하는 존재가 될 것이었다. 이 미래의 카스탈리엔 사람이 바로 곁에 살고 있어서 그에 대해 세세한 것까지 알 수 없었더라면, 그러한 몰락이 시작된다거나 혹은 그럴 가능성이 존재한다는 사실에 대한 명인 크네히트의 참으로 중요한 인식과 우려는 아마 훨씬 나중에 생겼거나 아니면 끝내 생기지 않았을지도 모른다. 아직 알려지지 않은 병에 처음 걸린 환자가 현명한 의사에게 그렇듯, 이 미래의 카스탈리엔 사람도 크네히트의 눈뜬 마음에는 하나의 징후요 경고였던 것이다. 그리고 프리츠는 사실 평범한 인간이 아니라 귀족이고 높은 천분을 타고난 사람이었다. 선구자 테굴라리우스에게서 처음으로 나타났을 뿐 아직 알려지지 않은 이 병이 어느 날엔가 세상에 퍼져 카스탈리엔 사람의 모습을 바꾸고, 교육주와 수도회가 타락하여 병든 양상을 드러내면, 그 미래의 카스탈리엔 사람들은 그저 테굴라리우스와 같은 인물들로만 채워지는 데 그치지 않을 것이었다. 그들은 테굴라리우스의 뛰어난 천분이나 우울한 천재성이나 타오르는 예술혼은 갖지 못한 채 대부분 그저 그의 신뢰할 수 없는 점, 놀이에 빠지는 경향, 규율이나 공동 의식의 결핍 같은 것만을 지니게 될지도 몰랐다. 불안이 몰려올 때 크네히트는 그런 어두운 비전과 예감에 사로잡혔을 것이고, 이를 극복하기 위해 때로는 깊은 침잠에 들고 때로는 더욱 활동을 강화하며 엄청난 힘을 기울였을 것이 틀림없다.

테굴라리우스의 경우에서 우리는 크네히트가 문제가 있거나 다루기 힘들거나 병적인 사람과 마주쳤을 때 그들을 피하지 않고 극복하고 다루어 내기 위해 어떻게 노력했는가를 보여 주는 아주 훌륭하고도 교육적인 방법의 실례를 보게 된다. 크네히트의 깊은 주의력과 배려와 교육적 인도가 없었더라면 위기에 처한 친구는 아마 일찌감치 파멸했을 뿐만 아니라 유희자 마을에도 그로 인해 틀림없이 계속 성가시고 참기 힘든 일들이 일어났을 것이다. 그런 일들은 테굴라리우스가 유희 영재들 집단에 속하게 되면서 이미 계속 일어나고 있었다. 친구를 어렵사리 제 궤도에 붙들어 놓은 데 그치지 않고 그 천분을 유리알 유희에 쏠리게 함으로써 고귀한 업적으로 높여 놓은 솜씨, 친구의 변덕과 괴상한 태도를 견디면서 그 인품 속에 숨은 가치 있는 요소에 끈기 있게 호소하여 극복해 낸 그 신중함과 인내를 통해 우리는 인간을 다루는 명인의 탁월함에 감탄하지 않을 수 없다. 그 밖에도 크네히트가 재직하던 시기에 공연된 연례 유희를 양식적 특징에서 자세히 연구하고 분석해 본다면 ── 우리는 이 일을 유리알 유희 역사가에게 진지하게 권하고 싶다. ── 그것은 훌륭하고도 아마 예기치 않은 통찰을 안겨 줄 과제가 될 것이다. 그것은 품위 있고, 값진 착상과 표현으로 빛나며, 화려하고, 독창적인 리듬을 가진, 그러면서도 자기도취에 빠진 대가 기질과는 거리가 먼 유희였다. 기본적인 계획과 구성, 명상의 진행 등은 주로 크네히트의 머리에서 나온 것이었지만, 그것을 깎고 다듬어 빛내는 일이나 유희 기술상의 세부적인 일들은 대부분 협력자인 테굴라리우스의 손을 거친 것이었다. 이 유희들은 사라지고 잊힐지도 모르지만, 그로 인해 크네히트의 삶이나 활동이 후세 사람들에게 그 마음을 끄는 모범적 힘을 잃는 일은 없으리라. 그리고 다행히도 이 유희들은 없어지지 않았고 다른 공식 유희들과 마찬가지로 기록되고 보존되어 있으며, 그것도 그냥 기록소에 사장되어 있는 게 아니라 오늘날까지도 유희의 전통 속에 전해 내려오며 젊은 학생들에 의해 연구되고 수많은 유희 강의나 세미나에서 즐겨 모범으로 이용되고 있는 것이다. 그리고 그 속에는, 만약 그렇지 않았더라면 잊혔거나 기껏해야 기이한 여러 일화 속에 음산하게 등장하는 과거의 인물로나 남았을 저 협력자 테굴라리우스도 함께 살아남아 있다. 이런 식으로 크네히트는 조직 속에 끼기 힘든 친구 프리츠에게 하나의 자리와 활동 무대를 만들어 줌으로써 발트첼의 정신적 재산과 역사에 가치 있는 것을 더했고, 동시에 이 친구의 모습과 추억이 얼마간 살아 있도록 지속성을 확보해 주었던 것이다. 말이 나온 김에 우리는 이 위대한 교육가가 친구를 위해 애쓰는 가운데 그와 같은 교육적 감화를 행하는 데 필요한 가장 중요한 수단을 완전히 자각하고 있었다는 사실도 상기할 필요가 있다. 그 수단이란 친구로부터 사랑과 찬탄을 받는 일이었다. 이 찬탄과 사랑, 강하고도 조화를 이룬 인격과 지배자 기질에 바치는 이 열광을, 명인은 프리츠뿐만 아니라 많은 동료들과 제자들에게서도 받고 있다는 사실을 알고 있었다. 그리고 자신의 높은 직책보다는 언제나 그러한 찬탄이나 사랑의 바탕 위에 권위와 힘을 쌓아 갔으며, 부드럽고 온건한 성품임에도 수많은 사람들에게 그것을 행사했던 것이다. 다정하게 말을 걸거나 칭찬하는 것, 또는 멀리하고 모른 체하는 일이 어떤 효과가 있는지 그는 잘 알고 있었다. 그의 가장 열성적인 제자 가운데 한 사람이 오랜 시간이 흐른 뒤 이런 말을 한 적이 있었다. 한번은 크네히트가 일주일 동안 강의나 세미나에서 그와는 말 한마디 나누지 않고 안중에도 없다는 듯 마치 공기처럼 대한 일이 있었는데, 자신에겐 학창 시절을 통틀어 그보다 더 아프고 효과적인 벌이 없었다는 것이다.

이 전기를 읽는 독자가 크네히트의 인격에서 서로 양극을 이루는 두 가지 근본 성향을 이해하기 위해서는, 또 크네히트 인생의 절정까지 우리의 이야기를 따라온 독자가 이 풍성한 이력의 마지막 국면을 받아들일 마음의 준비를 하기 위해서는, 이쯤에서 이러한 고찰과 회고가 있어야 한다는 것이 우리의 생각이었다. 그의 삶에는 두 가지 기본 성향, 양극, 음양이 있었으니, 한편으로는 성직을 지키고 충성을 다하며 혼신의 힘을 다 바쳐 그 성직에 봉사하려는 경향이요, 다른 한편으로는 '각성하고' 앞으로 나아가며 현실을 파악하고 장악하려는 경향이었다. 확실한 믿음이 있고 봉사할 각오가 되어 있는 크네히트에게 수도회와 카스탈리엔과 유리알 유희가 신성하고 절대적 가치를 지닌 그 무엇이었다면, 각성하고 통찰하며 앞으로 나아가는 크네히트에게 그것들은 그 가치에도 불구하고 이미 형성되고 쟁취된 것이며, 존재 양식이 변할 수 있는 것, 노쇠와 불모와 멸망의 위기에 노출되어 있는 기성의 존재였다. 그 이념은 언제나 신성하지만, 그때그때의 상태는 덧없는 것이요 비판이 필요하다는 것을 그는 잘 알고 있었다. 한 정신적 공동체가 가진 힘과 의의에 경탄하고 또 거기에 자신이 봉사하고 있었지만, 그 공동체가 스스로를 순수 목적으로 여겨 국가와 세계 전체에 대해 의무가 있고 거기 협력해야 한다는 사실을 잊고, 결국 삶 전체로부터 떨어져 나와 찬란하기는 하지만 시간이 흐를수록 점점 불모라는 선고를 받게 될 위험이 그 경향 속에 내재해 있음을 보고 있었던 것이다. 그는 이 위험을 젊었을 때, 유리알 유희에 몸 바칠 것을 주저하며 불안해하던 무렵에 예감하고 있었다. 그리고 수도회 수도사들, 특히 야코부스 신부와 토론하며 그리도 훌륭하게 카스탈리엔을 옹호하긴 했지만 이 위험은 그만큼 더 절실하게 의식 속으로 파고들었다. 그런 다음 다시 발트첼에 살게 되고 유리알 유희 명인이 된 후부터는 그 위험을 늘 손에 잡힐 듯 뚜렷한 징후로 알아보지 않을 수 없었다. 많은 관청과 자기 직속 관리들의 충실하다곤 해도 세상 물정에 어둡고 완전히 형식적으로 일하는 태도에서, 발트첼 복습 교사들의 재능은 풍부하지만 거만하기 이를 데 없는 전문가 기질에서, 더구나 마음에 와 닿으면서도 겁나고 끔찍한 그의 친구 테굴라리우스라는 인물에게서 그것은 뚜렷이 나타나고 있었다. 취임 후 힘들었던 첫해 동안 그는 시간도 사생활도 모두 희생시켜야 했지만, 그 시기가 지나자 다시 역사 연구로 돌아갔다. 그리고 카스탈리엔의 역사에 대해 처음으로 눈을 뜨고 몰두하는 가운데 교육주가 자부하는 것만큼 형편이 좋지 않다는 것, 요컨대 외부 세계에 대한 관계나 국가의 생활이나 정치 및 교육과의 상호 관계가 몇 십 년 전부터 퇴보의 길을 걷고 있음을 확신하게 되었다. 물론 교육청은 연방 의회에서 학교나 교육 제도에 대해 여전히 발언권을 행사하고 있었고, 훌륭한 교사들을 길러 내보내며 학문의 모든 문제에 대해서 권위를 발휘하고는 있었지만, 이 모든 일이 습관적이고 기계적인 성격을 띠고 있었다. 카스탈리엔의 각 방면 영재들 가운데 자발적으로 외부에 있는 학교 근무를 지원하는 젊은이들은 점점 수가 줄고 열의가 식어 갔으며, 국가에서 관청이나 혹은 개인 자격으로 조언을 구하기 위해 카스탈리엔을 찾는 일도 점점 드물어지고 있었다. 전 같으면 중요한 재판이 있을 때 카스탈리엔의 의견이 기꺼이 요청되고 경청되었던 것이다. 카스탈리엔의 교양 수준을 국가의 교양 수준과 비교해 보면 그것들은 서로 접근하기는커녕 치명적으로 멀어지기만 하는 것을 알 수 있었다. 카스탈리엔의 정신성이 점점 더 다듬어지고 섬세해지고 지나치게 훈련되어 갈수록 세상은 교육주를 교육주대로 한쪽으로 밀쳐 놓는 경향이 두드러져 갔다. 교육주를 없어서는 안 될 것, 일용할 빵으로 여기는 대신 옛날 골동품을 대하듯이 어느 정도 자랑스럽기는 해도 낯선 것으로 여기게 되었던 것이다. 그렇다고 지금 당장 집어던져 버리거나 그것 없이 지내려고 하는 것은 아니었지만, 어쨌든 될수록 거리를 두고 싶어 했고, 잘 알지는 못하면서도 카스탈리엔은 현실적이고 활동적인 생활에는 더 이상 맞지 않는 정신성이나 도덕, 자의식을 가진 것이라고 여겼다. 교육주의 생활에 대한 관심이나 그 제도, 특히 유리알 유희에 대한 동포들의 참여는 카스탈리엔 사람들이 국가의 삶과 운명에 기울이는 관심과 마찬가지로 줄어들고 있었다. 여기에 잘못이 있다는 것을 크네히트는 오래전부터 잘 알고 있었고, 자신이 유리알 유희의 명인으로서 유희자 마을 안에서 오로지 카스탈리엔 사람과 전문가들만을 상대할 수밖에 없다는 것이 괴로웠다. 그래서 점점 더 초보자 강의에 힘을 기울이려 했고, 가능하면 어린 학생들을 가르치려 했다. 나이가 어릴수록 학생들은 그만큼 더 아직 세상과 삶 전체에 이어져 있었고, 그만큼 덜 길들여지고 덜 전문화되어 있었던 것이다. 자주 그는 속세와 인간과 소박한 생활에 대해 타는 듯한 갈망을 느꼈다. 미지의 외부 세계에 아직 소박한 생활이 있다는 가정하의 갈망이었지만. 이러한 동경과 공허함, 삶으로부터 너무 멀리 떨어져 희박한 공기 속에 있다는 느낌은 우리도 이따금 느끼곤 했던 것으로, 교육청에서도 이러한 어려움이 있음을 알고 최소한 그때그때 대책을 강구해 왔다. 이를테면 몸을 많이 움직이는 체조나 경기, 또는 여러 가지 공작이나 경작을 해 보도록 함으로써 그러한 결함을 조정하려 했던 것이다. 우리가 제대로 본 것이라면, 요즈음은 수도회 본부에서도 학문 연구에서 지나치게 인위적이 되었다고 생각되는 전문 분야를 제한하여 명상 훈련을 강화하는 쪽으로 나아가는 경향을 보이고 있다. 혹시 누군가, 크네히트가 우리보다훨씬 앞서서 이 공화국의 복잡 미묘한 기구를 노쇠해 가고 있으며 여러 점에서 혁신이 필요한 유기체라고 본 것은 옳은 판단이었다고 말한다 해서 그 사람을 꼭 회의주의자나 비관론자, 불량한 수도회 회원이라고 할 수는 없는 것이다.

이미 쓴 대로 그는 재직한 지 이 년째부터 다시 역사 연구를 시작했다. 카스탈리엔의 역사 이외에도 주로 야코부스 신부가 베네딕투스 수도회에 대해서 해 놓은 연구 기록을 남김 없이 읽었다. 뒤부아 씨나 관청 회의가 있을 때 늘 서기관으로 참석하는 코이퍼하임의 언어학자와 대화하며 역사에 대한 관심이 높아지기도 하고 자극을 받기도 했는데, 이러한 기회는 언제나 그에게 반가운 청량제 역할을 했고 즐거움을 가져다주었다.

그렇지만 그가 매일같이 만나는 측근들과는 그런 기회가 없었다. 그리고 역사에 관한 일이라면 무엇이든 내키지 않아 하는 측근들의 기피 현상은 실제로 그의 친구 프리츠에게서 구현되어 그에게 다가왔다. 특히 이 문제에 대한 대화를 적어 놓은 메모 하나를 우리는 찾아냈는데, 여기서 테굴라리우스는 역사란 카스탈리엔 사람들에게 있어서 전혀 연구할 가치가 없는 대상이라고 격하게 논하고 있다. 물론 재기 발랄하고 재미있게, 또 경우에 따라 아주 열정적인 방식으로 역사 해석이나 역사 철학을 해 볼 수야 있겠지만, 그야 다른 철학이나 마찬가지로 재미삼아 할 수 있는 일이고, 누군가 그 일을 즐긴다면 자기로서는 반대할 생각은 없노라고 했다. 그러나 그 자체, 이러한 재미의 대상, 요컨대 역사는 너무도 추하고, 진부하면서도 악마적이고, 끔찍하면서도 지루한 것이라 사람들은 대체 어떻게 역사에 관한 일을 하는지 모르겠다는 것이었다. 역사의 내용이란 게 순전히 인간의 이기주의이고, 언제나 똑같은, 늘 뽐내고 자화자찬하는 권력투쟁이며, 물질적이고 잔인하고 짐승 같은 힘을 위한 투쟁이라서 카스탈리엔 사람이 생각하는 세계에는 나타나지 않고 설사 나타난다 해도 아무 가치도 없는 것이라고 했다. 세계사는 약육강식에 관한 재미없고 지루하고 끝없이 긴 보고서이며, 본래의 참된 역사, 즉 시간을 초월한 정신사를 권력 지향의 야심가나 양지바른 곳이나 밝히는 출세주의자의 뻔하고 어리석은 드잡이에 결부시키거나 심지어 그것으로 설명하려는 짓은 이미 정신에 대한 배반이고, 19세기 혹은 20세기에 널리 퍼진 적이 있는 어떤 종파를 연상시킨다고 했다. 언젠가 자기는 그 종파에 대해서 들은 적이 있는데, 거기에서는 고대 민족들이 여러 신들에게 바친 제물을 그 신들, 신전, 신화와 함께, 다른 모든 아름다운 것들과 마찬가지로, 음식과 노동에서 계산해 낼 수 있는 부족이나 과잉의 결과, 즉 임금과 빵 값에서 비롯되는 긴장 상태의 결과요, 예술이나 종교는 그저 굶주림이나 배불리 먹는 것에만 정신이 팔려 여념이 없는 인류에 대한 겉치레, 즉 이데올로기라고 철석같이 믿었다는 것이었다. 이 말을 재미있게 여긴 크네히트는, 아무튼 정신사나 문화사나 예술사 또한 역사이고, 다른 역사들과 어떤 식으로든 연관이 있지 않겠느냐고 슬쩍 물어보았다. 친구는 아니라고 격하게 외쳤다. 자신은 바로 그 점을 부인한다고 했다. 세계사란 시간 속에서 하는 경쟁이요, 이익과 권력과 재산을 얻기 위한 경주이며, 문제는 누가 중요한 순간을 놓치지 않을 만큼 힘과 운과 비열함을 가졌느냐에 달렸다. 정신 활동, 문화 활동, 예술 활동은 그와 정반대이다. 그것은 매순간 시간의 속박에서 벗어나는 일, 인간이 그 본능이나 타성의 수렁에서 다른 차원으로, 시간이 없으며 시간에서 해방된 신적인 것으로, 철두철미하게 비역사적이고 반역사적인 것으로 넘어가는 일이라는 것이었다. 크네히트는 친구의 말에 기꺼이 귀를 기울였을 뿐만 아니라 그를 자극해 재치 있는 생각을 더 털어놓도록 한 다음, 다음과 같은 견해를 밝힘으로써 침착하게 대화를 끝마쳤다. "정신과 정신의 활동에 대한 자네의 사랑에 충심으로 경의를 표하는 바이네! 다만 정신적인 창조는, 많은 사람들이 생각하는 것처럼 우리가 그렇게 실제로 참견할 수 없는 어떤 일이라네. 플라톤의 대화나 하인리히 이자크의 합창곡이나, 우리가 정신 활동과 예술 작품 또는 객관화된 정신이라고 부르고 있는 모든 것들은 정화와 해방을 얻기 위한 투쟁의 마지막 결과물이며 최종적인 소산이라네. 자네 말대로 시간을 벗어나 시간이 없는 곳으로 탈출하는 것이라고 해도 좋아. 대개의 경우 작품에 앞선 싸움과 고된 투쟁을 전혀 느낄 수 없는 그런 작품이 가장 완전한 작품이지. 우리에게 이러한 작품들이 있다는 것은 커다란 행운이야. 우리 카스탈리엔 사람들이야말로 거의 전적으로 그런 작품들로써 살아가고 있는 거지. 우리는 재생산 말고는 더 이상 아무 창조력을 가지고 있지 않다네. 우리는 언제나 시간도 투쟁도 없는 저편 세상에서 살고 있지만, 그 세상도 이러한 작품들로 이루어진 것이며 그것들이 없었다면 우리에게 알려지지도 않았을 거야. 우리는 정신화를, 또는 자네가 그렇게 부르기를 원한다면 추상화를 점점 더 멀리 진행시키고 있네. 요컨대 우리는 유리알 유희에서 현인과 예술가들의 작품을 부분으로 분해한 뒤, 거기에서 양식의 법칙이라든가 형식의 틀이나 세련된 해석을 끌어내서는 마치 건축용 벽돌처럼 이러한 추상들을 가지고 작업하는 것이지. 그래, 이 모두는 매우 아름답네. 이 점에 대해서는 아무도 자네에게 이의를 제기하지 않아. 그러나 누구도 평생을 그저 추상만을 호흡하고 먹고 마시며 살 수는 없는 법이라네. 발트 첼의 복습 교사가 흥미를 느낄 만하다고 여기는 것보다는 역사는 장점이 하나 있지. 요컨대 역사는 현실을 다룬다는 점이야. 추상이 매력적이긴 하지. 하지만 사람은 누구나 공기를 호흡하고 빵을 먹기도 해야 한다는 것을 나는 지지하네."

크네히트는 종종 기회를 만들어 전임 음악 명인이었던 노인의 집을 잠깐씩 방문하고는 했다. 존경할 만한 이 노인은 이미 뚜렷하게 기운이 쇠하고 이미 오래전에 말하는 습관을 완전히 버렸으나, 마지막까지 청량한 집중 상태를 유지하고 있었다. 그는 병에 걸린 것이 아니었고, 그의 죽음은 본래 의미에서의 소멸이 아니었다. 점점 더 물질에서 벗어나고 육체의 실체와 기능은 사라지는 반면, 생명은 갈수록 눈빛과 쇠하는 노인의 얼굴에서 발하는 고요한 빛 속으로 집중되어 갔다. 몬테포르트의 주민들 대부분에게 이러한 모습은 익숙해지고 외경심으로 받아들여진 현상이었지만, 크네히트와 페로몬테, 젊은 페트루스 등 몇 사람에게는 이처럼 순수하고 사심 없는 생명의 노을과 그 꺼져 감에 참여하는 일종의 은혜가 베풀어졌다. 이들은 전임 명인이 안락의자에 앉아 있는 조그만 방 안으로 마음을 가다듬고 정신을 집중하여 들어갈 때면 그 부드러운 소멸의 빛 속에 발길을 들여놓으며 말없는 가운데 완성이 이루어지는 것을 함께 느낄 수 있었다. 마치 눈에 보이지 않는 빛의 영역에라도 들어온 것처럼, 그들은 영혼의 이 투명한 영역에서 지상의 것이 아닌 음악과 관계를 맺으면서 행복한 한 순간을 보낸

다음, 높은 산정에서 내려오듯 한층 정화되고 강화된 마음으로 자신들의 일상으로 돌아가곤 했다. 어느 날 드디어 크네히트는 그의 부고를 받았다. 서둘러 여행을 떠난 그는 자리에 누워서 고요히 잠든 사람을 보았다. 그의 조그만 얼굴은 오그라들고 쇠하여 신비로운 루네 문자나 아라베스크 무늬처럼 어떤 마법의 기호로 바뀌어, 이미 그 뜻은 읽을 수 없어도 미소와 완성된 행복을 말해 주고 있는 것 같았다. 묘 앞에서 크네히트도 음악 명인과 페로몬테에 뒤이어 인사말을 했는데, 그는 음악을 깨우친 한 사람의 현인이나 위대한 교사나 최고 관청의 자상하고 영민했던 고참 동료에 대해서가 아니라, 오로지 그의 노년과 죽음의 은총에 대해서, 최후의 날들에 그 곁을 지켰던 동료들 앞에 드러났던 정신의 불멸의 아름다움에 대해서 이야기했다.

크네히트가 여러 차례 이 전임 명인의 생애를 전기로 써 보고 싶다고 말한 일이 있음을 우리는 알고 있다. 그저 직무로 인해 그는 그러한 일을 할 수 있는 여가를 얻지 못했을 뿐이다. 그는 자신이 원하는 것들을 해 볼 여유가 없다는 사실을 잘 알고 있었다. 복습 교사 중 한 사람에게 크네히트는 언젠가 이런 말을 한 적이 있다. "자네들 연구생들은 참으로 넘치도록 호사스러운 생활을 하고 있는데, 그렇다는 사실을 제대로 모른다는 게 안타까워. 하긴 내가 연구생이었을 때도 마찬가지였어. 연구하고 일하고 빈둥거리지 않고 열심히 살고 있다고 자부할 정도지. 그러나 이러한 자유를 이용해 무슨 일이든 할 수 있다는 걸 깨닫지 못하고 있어. 그러다가 갑자기 관청의 부름을 받고 교사로 위촉되든가 임무나 직책을 받게 되지. 그때부터 조금 더 높은 자리로 오르고, 자신도 모르는 사이에 임무와 의무라는 그물에 걸렸다는 걸 알게 된다네. 빠져 나오려고 몸을 움직일수록 점점 더 조여드는 그물이지. 그 자체로야 작은 임무에 불과하지만 각각의 임무를 제시간에 처리해야 하고, 하루 근무 시간보다 임무가 더 많아. 그야 문제될 게 없고, 뭐 딱히 달라져야 할 일도 아니지. 그러나 강의실과 기록소와 사무실과 면담실, 회의와 출장 사이를 오가는 사이에 한때 소유했다가 잃어버린 자유, 명령받지 않고 일하고 제한 없이 폭넓게 연구할 수 있었던 자유의 순간을 떠올리게 되면, 순간 그 자유를 몹시도 그리워하며, 그런 자유를 다시 한 번 가지게 된다면 이번에는 그 기쁨과 가능성을 속속들이 누리겠노라고 상상하게 된다네."

그는 제자나 관리가 성직에 봉사하기에 적합한지를 판단하는 일에 매우 섬세한 감각을 지니고 있었다. 어떠한 임무를 맡기거나 어떤 자리에 사람을 앉힐 때 그는 아주 신중하게 선택했다. 또한 그가 기록해 놓은 증언이나 인물 평가는 상당히 정확한 판단이었음이 증명되었는데, 거기에는 무엇보다 먼저 인간성과 성품이 중요시되고 있었다. 그래서 까다로운 성격을 판단하거나 다룰 문제가 생기게 되면 사람들은 기꺼이 그의 충고를 구했다. 예를 들어 전임 음악 명인의 총애를 받은 마지막 제자인 학생 페트루스의 경우가 그러했다. 조용하면서도 열광적인 기질을 지닌 이 청년은 존경하는 이의 곁을 지키는 자이자 간호자, 숭배하는 제자로서의 자신의 독특한 역할을 끝까지 훌륭하게 해냈다. 그러나 전임 명인의 죽음과 함께 자연스럽게 그 역할이 끝나자 그는 처음에는 우울증과 슬픔에 빠져

들었다. 사람들은 그 점을 이해해 주고 얼마 동안은 너그럽게 대해 주었다. 그러나 곧 이러한 징조는 몬테포르트의 현재의 주인이며 음악 명인인 루드비히에게 심각한 근심을 안겨 주게 되었다. 이를테면 페트루스는 고인의 거처인 그 별관에서 계속 살기를 고집했고, 그 작은 집을 관리했으며, 집 안을 전과 조금도 다름없이 꼼꼼하게 정돈해 놓았다. 그중에서도 그는 고인이 쓰던 거실이자 임종의 장소로 안락의자, 임종 시의 침대와 쳄발로가 있는 방을 자신이 지켜야 할 불가침의 성소(聖所)로 여기고 있었다. 그렇게 세심하게 고인의 유품을 소중히 여기는 외에 그가 의무로서 염려하고 있던 일은, 자신의 경애하는 스승이 잠든 묘소를 돌보는 일이었다. 그러면서 그는 이 기념할 만한 장소에서 고인을 위해 끊임없이 예배하는 데 자신의 삶을 바치고, 신전 지기처럼 이 거룩한 장소를 보존하고, 또 어쩌면 그곳이 순례지가 되는 것을 보기 위해 생을 바치는 것을 자신의 소명이라고 여기는 듯했다. 장례식이 있은 후 며칠 동안은 명인이 최후에 드물게 드셨던 아주 적은 양의 음식 말고는 아무것도 먹으려 하지 않았다. 그래서 마치 그런 식으로 존경하는 분의 뒤를 따라 죽으려고 생각한 것처럼 보였다. 그러나 그런 일을 오래 지속할 수는 없었으므로 그는 자신이 그 집과 묘지의 관리인이며 또 이 유적지의 영원한 관리인이라는 점을 증명해 보이려는 태도로 옮아갔다. 이 모든 일로 볼 때, 그렇지 않아도 고집스럽고 이미 오래전부터 자기에게 매력적인 특별한 자리를 누려 온 이 젊은이가 그 특별한 자리를 무슨 일이 있어도 고수하고, 결코 다시는 일상적인 업무로 돌아갈 생각이 없으며, 어쩌면 자기가 더 이상 그런 일을 감당할 수 없다고 내심 느끼고 있을지도 모른다는 사실이 분명해졌다. "어쨌거나 돌아가신 전임 명인 곁에 있던 그 페트루스란 젊은 이는 실성한 것 같습니다."라고 페로몬테는 짤막하고도 냉정하 게 쪽지에 썼다.

물론 몬테포르트의 음악 학생은 발트첼의 명인이 관여할 바 가 아니었고, 크네히트는 그 학생에 대해 책임이 없었으며, 몬 테포르트의 일에 개입해서 자신의 일을 늘릴 필요를 느끼지 않았다는 것은 분명하다. 그러나 강제로 별채를 떠나야 했던 불행한 페트루스는 안정을 잃고 슬픔과 혼란에 빠져 갈수록 고립되고 현실과 유리된 상태에 처하게 되었다. 이런 상태에서 는 규칙을 어긴 데 대한 관례적인 처분을 적용할 수 없었다. 그의 상관들은 크네히트가 이 젊은이에게 호의를 품고 있다는 것을 알고 있었으므로 음악 명인의 사무국에서는 크네히트에 게 충고와 관여를 청하는 공문을 보냈다. 그러는 동안 이 굴복 하지 않는 청년은 우선 몸이 불편한 것처럼 보였으므로 병원 의 독방에서 감시를 받게 되었다. 크네히트는 이런 골치 아픈 문제에 별로 관여하고 싶지 않았지만, 한 번 생각을 해 보고 일단 도와 보기로 결심하자 일을 야무지게 직접 처리했다. 그 는 페트루스를 건강한 사람으로 다룰 것과 혼자서 여행을 떠 나도록 해 달라는 조건을 붙여, 그를 시험 삼아 자기 집에 받 아들이겠다고 제안했다. 그러곤 이 젊은이에게 짤막하고 친절 한 초대장을 동봉했다. 그 초대장에서 크네히트는 만일 괜찮 다면 잠깐 자신을 방문해 달라고 청하고, 전임 음악 명인과 마 지막으로 보냈을 때의 일을 몇 가지 듣고 싶다고 넌지시 비쳤 다. 몬테포르트의 의사는 주저했지만 결국 동의하고는, 학생에게 크네히트의 초대장을 전해 주었다. 불행한 상태에 빠진 이 청년에게는 무엇보다 괴로운 그곳을 속히 떠나는 것이 더 낫고 몸에도 좋을 것이라는 크네히트의 짐작이 맞았다. 페트루스는 즉시 여행에 동의하고는 사양하지 않고 제대로 식사를 한 다음 여행증을 받아 길을 떠났다. 그는 발트첼에 무사히 도착했다. 크네히드의 지시에 따라 사람들은 이 젊은이의 불쾌하고 산만한 점을 개의치 않고 그를 기록소의 손님들과 함께 머물도록 해 주었다. 그는 자신이 더 이상 죄인이나 환자나 이상한 사람 취급을 받지 않게 된 것을 알았다. 사실 그는 이런 유쾌한 분위기를 소중해하지 않거나 삶으로 돌아가도록 자신에게 제공된 길을 이용하지 못할 정도로 병에 걸렸던 것도 아니었다. 이곳에 머무는 몇 주일 동안 사실 그는 명인에게 짐스러운 존재였다. 명인은 그에게 스승의 마지막 음악 연습과 연구에 대해 기록하도록 과제를 주어 한편으로는 일을 하게 하면서 꾸준히 감시했고, 일부러 기록소에서 자잘한 허드렛일을 끊임없이 맡게 했다. 그리고 사람들은, 시간이 있으면 손을 좀 빌려 달라거나 몹시 바쁜데 도와줄 사람이 모자란다고 하면서 그에게 일을 부탁했다. 간단히 말해서 이 탈선한 사람을 다시금 제 궤도에 오르도록 도왔던 것이다. 이렇게 해서 그가 평정을 되찾고 자신을 바로 잡으려는 뜻을 뚜렷이 보이자, 크네히트는 비로소 짧은 대화를 나눔으로써 그에게 직접 교육적인 감화를 주는 한편, 고인에 대한 우상숭배가 신성한 일이라거나 카스탈리엔에서 가능하리라고 여기는 것은 전적으로 망상에 지나지 않는다는 것을 깨우쳐 주기 시작했다. 그래도 페트루스는 몬테포르트로 다시 돌아가는 데 대해 여전히 두려움을 느끼고 있었으므로, 치료가 끝난 듯이 보였을 때 음악 교사의 조교 자격으로 하급 영재 학교에 배치했고, 거기서 젊은이는 존경받을 만한 태도를 보였다.

크네히트의 교육적이고 영적인 의사로서의 활동에 대한 예는 그밖에도 많이 들 수 있다. 한때 크네히트 자신이 음악 명인의 힘을 입었던 것처럼, 비슷한 방식으로 젊은 연구자가 그의 부드러운 인품의 힘으로 평생 동안 진정한 카스탈리엔의 정신 속에서 살게 되는 경우도 적지 않았다. 이 모든 보기들은 유희의 명인이 성격에 문제가 있는 인물이 아니라는 사실을 증명하고, 또 그의 건강함과 균형의 증거가 된다. 다만 페트루스나 테굴라리우스처럼 불안정하고 위태로운 성격에 대하여 명인이 애정을 기울여 보살펴 준 일은, 그가 그런 질병에 걸리기 쉬운 카스탈리엔 사람의 성정에 대해 특히 주의를 기울이고 예민했다는 점을 암시하고 있는 듯하다. 카스탈리엔의 삶자체에 가로놓인 문제와 위험에 대한 주의는 최초로 그 문제에 눈을 뜨게 된 이후로 다시는 가라앉지도 잠들지도 않았다. 경솔함이나 안이함으로 인해 우리네 대부분은 이러한 위험을 제대로 보려 들지 않지만, 그런 일은 크네히트의 밝고 용기 있는 성품에는 어림도 없는 일이었다. 짐작하건대 그의 관청 동료들 대부분은 이러한 위험이 존재하고 있다는 것을 잘 알면서도 원칙적으로 존재하지 않는 것처럼 취급하는 전략을 취하고 있지만, 그러한 전략이 크네히트 자신의 것이 된 적은 한 번도 없었다. 크네히트는 이 위험과 그 이외의 많은 위험에 대해서도 잘 알고 있었다. 카스탈리엔 초창기의 역사에 밝은 그에게 이런 위험 한가운데에서 살아간다는 것은 하나의 투쟁으로 보이고, 그로 하여금 위험에 처해 있는 이러한 삶을 긍정하고 사랑하게 만들었으나, 수많은 카스탈리엔 사람들에게 그들의 공동체와 그 속에서의 삶은 그저 목가적인 것에 불과했다. 베네딕투스 수도회에 대한 야코부스 신부의 저서 가운데에서도 수도회를 투쟁적인 공동체로, 경건함을 전투적인 태도로 간주하는 생각이 나타나 있었다. "악마와 마귀가 무엇인지를 알고 그것들과 끊임없는 투쟁을 벌이지 않고는 고귀한 생활도 고양된 생활도 없다."라고 언젠가 신부는 말한 적이 있다.

최고의 지위에 오른 사람들 사이에 뚜렷한 우정이 성립되는 일은 우리의 경우 극히 드문 일이다. 따라서 크네히트가 직무의 초기 몇 년 동안 동료들 가운데 어느 누구와도 우정을 맺지 않았다 해도 놀랄 일은 못 된다. 그가 코이퍼하임의 고대 언어학자에게 공감을 표시하고 수도회 본부에 대해서는 깊은 경의를 표했다 해도, 이러한 영역에서는 개인적이고 사적인 감정은 거의 완전히 차단되고 객관화되기 때문에, 직무상의 협력을 넘어서 진심으로 가까워지거나 친분을 맺는 일은 거의 불가능했다. 그런데 크네히트는 이러한 우정도 체험하게 되었다.

교육청의 비밀 기록은 이용할 수 없게 되어 있다. 그래서 우리는 크네히트가 교육청에서 회의가 열리거나 투표가 있을 때 취한 태도라든가 활동에 대해서는 단지 그가 이따금 친구들에게 한 말에서 추측해 알 수밖에 없다. 그가 이러한 회의 때 명인 시절 초기에 취했던 침묵을 계속해서 지켜 나간 것 같지는 않지만, 그 자신이 발안자이며 신청자인 경우를 제외하면 연설을 한다거나 하는 일은 매우 드물었다. 성직의 정점을 지배하고 있는 관습적인 회화투를 그가 얼마나 빨리 자기 것으로 만들었으며, 또 이러한 예절을 실제로 행할 때 보여준 기품과 풍부한 독창성 그리고 유희처럼 즐기는 듯한 태도에 대해서는 명백한 증거가 있다. 성직의 최고봉인 명인과 수도회 본부 사람들은 모두가 알다시피 교제할 때에도 서로 예절을 주의 깊게 지킬 뿐만 아니라, 언제부터인지는 알 수 없지만 서로 간에 견해차가 크고 논쟁하는 문제가 중요할수록 그 문제들에 관해 분명히 의견을 말하면서도 더욱 엄격하고 신중하게 갈고 다듬어 놓았던 예법을 쓰는 경향, 혹은 비밀 규칙이나 유희 규칙 같은 것이 그들 사이를 지배하고 있었던 것이다. 짐작하건대 오래전부터 전해 내려온 이러한 예법은 다른 기능도 가지고 있을 수 있겠지만 무엇보다 보호 수단으로서의 기능을 가지고 있다. 다시 말해 논쟁할 때에 쓰는 극히 정중한 어조는 논쟁 당사자의 격정을 막아 주는 동시에 그들로 하여금 완전무결한 태도를 지켜 나가도록 도와준다. 그밖에도 수도회와 관청 자체의 품위를 보호해 주는 것이다. 이는 격식의 예복과 신성의 베일로 감싸 주는 것이니, 따라서 학생들로부터 종종 조롱 받는 이러한 예절 기술도 그 나름대로 좋은 의미를 가지고 있는 것이다. 크네히트의 명인 시대 이전에는 그의 전임자인 토마스 폰 데어 트라베 명인이 이러한 예법의 실로 경탄할 만한 대가였다. 하지만 크네히트를 그의 후계자라고 한다거나, 심지어 모방자라고 부르는 것은 안 될 말이다. 오히려 크네히트는 저 중국 사람의 제자였으니, 그의 예법은 더 부드러우면서도 풍자를 깔고 있었다. 동료들은 그러나 크네히트도 예법에서 당할 자가 없는 고수라고 여겼다.

9
대화

우리는 이제 이 전기에서 마지막 몇 해 동안 펼쳐진 명인의 삶에, 그가 관직과 교육주를 떠나 다른 생활권으로 넘어가 생을 마치게 되는 부분에 눈을 돌릴 시점에 이르렀다. 그는 관직을 떠나는 순간까지 모범적으로 충실하게 직무를 수행했고 마지막 날까지 제자들과 동료들의 사랑과 신뢰를 받았지만, 그의 직무 수행에 대해 더 이상 묘사하는 일은 그만두기로 하겠다. 그가 마음속으로 이 직무에 권태를 느끼고 다른 목표를 향하고 있었다는 것을 알고 있기 때문이다. 이 위대한 인물은 직책이 그에게 힘을 발휘하도록 제공하는 모든 가능성의 범위를 섭렵하고 나서, 이제 전통과 질서에 순종하는 길을 버린 채 무어라 이름 붙일 수 없는 최고의 힘을 믿고 이제껏 아무도 해 본 적도 체험한 적도 없는 새로운 일을 시도하고 그 책임을 떠맡아야 하는 단계에 이르고 있었다.

그것을 자각하자 그는 자기의 위치나 그 위치를 변화시킬 가능성을 신중하고도 냉철하게 검토했다. 크네히트는 재능 있고 야심에 찬 카스탈리엔 사람이면 누구나 바라고 추구할 만한 가치가 있다고 믿는 높은 지위에 유난히 젊은 나이에 올랐다. 그것도 야심에 찬 고투 끝에 그 자리에 이른 것이 아니라 노력도 하지 않고 의식적으로 순응한 적도 없이 거의 바라지도 않는 사이에 그렇게 된 것이었다. 왜냐하면 남의 눈에 띄지 않고, 독자적이고, 관직이라는 의무에 얽매이지 않는 학자로서의 삶이 그의 본래 바람에 더 부합했을 것이기 때문이다. 지위와 동시에 고귀한 재화와 권한이 주어졌지만, 그는 그 모든 것을 똑같이 높게 평가하지는 않았고, 그러한 영예나 권한은 취임하고 얼마 지나지 않아 차라리 없는 편이 낫다고 생각할 정도였다. 이를테면 최고 관청의 정치적이고 행정적인 일에 관여하는 것을 그는 항상 짐스러워했다. 그렇다고 그 일을 성실하게 이행하지 않았다는 것은 물론 아니다. 그의 지위에서 가장 본질적이며 특이하고 유일한 임무, 즉 완전무결한 유리알 유희자의 정예를 육성하는 일도 때로는 매우 기쁜 일이었고, 선택된 자들도 이 명인을 매우 자랑스럽게 생각했지만, 그것도 너무 오래 계속되다 보니 즐거움이기보다는 짐이었다. 그에게 기쁨과 만족을 준 것은 가르치고 사람을 키워 내는 일이었다. 그러면서 그는 학생이 어릴수록 교육의 즐거움과 성과도 그만큼 크다는 것을 체험했던 만큼 직책상 이제는 어린 사람이 아니라 청년이나 어른만을 상대해야 한다는 것을 아쉬워하고 희생으로 느꼈다. 그 밖에도 명인의 자리에 앉아 세월이 흐르는 동안 다양한 사고와 경험과 각성을 하게 되었고, 그러는 가운데 그는 자신의 일과 발트첼의 여러 상황에 대해 비판적이 되는 한편, 많은 결실을 거둘 수 있는 자기 최고의 능력을 발휘하는 데 직무가 커다란 장애가 된다고 느끼게 되었다. 그런 생각 중에는 우리 누구나가 알고 있는 것도 있고 그저 추측해 볼 뿐인 것도 있다. 명인 크네히트가 직무라는 무거운 짐에서 벗어나고자 애쓰고, 눈에 덜 띄더라도 더 보람 있는 일을 하기를 바라며, 카스달리엔의 상황을 비판하곤 한 일이 도대체 옳은 일이었는지, 또 그를 자극을 주는 촉진자이자 과감한 투사로 볼 것인지 아니면 일종의 반역자나 도망병으로 볼 것인지 하는 문제는 일단 접어 두기로 하자. 그것은 이미 지나치다 싶을 정도로 충분히 토론되어 온 문제이다. 이에 대한 논쟁은 한동안 발트첼을, 아니 주 전체를 두 편으로 갈라놓았고 그 여파는 아직도 완전히 가라앉지 않고 있다. 이 위대한 명인에 대한 감사와 경의의 마음이야 간절하지만, 우리는 어느 쪽에도 편들 생각은 없다. 요제프 크네히트라는 인물과 그의 생애에 관한 여러 대립되는 견해와 판단으로부터 하나의 종합을 이끌어 내는 일은 벌써 오래전부터 진행되어 왔다. 우리는 판정을 내리거나 누구의 생각을 바꿀 의도는 없다. 존경하는 명인의 최후를 가능한 한 진실하게 기록하고 싶을 뿐이다. 다만 그것은 완전히 사실인 이야기는 아니다. 오히려 전설이나 보고서라고 부를 만한 것이다. 그 이야기는 확실한 보고와 단순한 풍문이, 출처가 명확한 것과 명확하지 못한 것이 우리 교육주 후진들 사이에 떠돌면서 뒤섞여 형성된 것이다.

바깥세상으로 통하는 길을 찾아보려는 생각을 품기 시작했을 무렵 크네히트는 예기치 않게 한 인물을 만난다. 청년 시절 친하게 지냈지만 그 뒤로는 거의 잊고 있던 인물, 플리니오 데시뇨리를 다시 만난 것이다. 교육주에 이바지한 바가 큰 오래된 명문가의 아들로 한때 청강생이었지만 지금은 대의원이요 정치 저술가로서 유력한 인사가 된 그가 어느 날 뜻밖에도 공적인 임무를 띠고 교육주의 최고 관청에 모습을 나타냈다. 이 년마다 실시되는 카스탈리엔 재정 감사를 맡는 정부 위원회의 선거에서 데시뇨리가 위원의 한 사람으로 선출되었던 것이다. 그가 위원회 위원의 자격으로 히르스란트의 수도회 본부 건물에서 열린 회의에 처음 나타났을 때 유리알 유희의 명인도 그 자리에 참석하고 있었다. 이 만남은 그에게 깊은 인상을 남겼고 나중에까지 영향을 미쳤다. 우리는 이 일에 대하여 테굴라리우스를 통해, 그리고 명인의 생애 중 우리에게 명확히 알려져 있지 않은 이 시기에 다시 한 번 명인의 친구, 그것도 아주 가까운 친구가 된 데시뇨리를 통해 여러 가지 사실을 알게 되었다. 몇 십 년을 잊고 지내다가 다시 만난 자리에서 위원장은 새로 구성된 국가 위원회의 위원들을 명인에게 소개했다. 명인 크네히트는 데시뇨리라는 이름을 듣고 깜짝 놀랐다. 아니, 부끄러운 생각이 들었다. 오래 만나지 못했다고는 하지만 청년 시절의 친구를 한눈에 알아보지 못했기 때문이었다. 그래서 그는 허리를 굽히는 공식 예법이나 판에 박힌 인사말에 구애되지 않고 허물없이 손을 뻗으며 상대방의 얼굴을 주의 깊게 들여다보았다. 도대체 어떤 변화가 있었기에 그의 얼굴을 옛 친구도 알아볼 수 없었는지 살펴보려 했다. 회의 중에도 그의 눈길은 자꾸 지난날 그리도 친했던 친구의 얼굴로 향하곤 했다. 그 밖에도 데시뇨리가 그에게 존칭을 쓰고 명인의 칭호로 부르는 바람에 크네히트는 두 번이나 부탁하여 간신히 옛날처럼 다시 자네라고 부르게 할 수 있었다.

크네히트가 기억하는 플리니오는 격정적이고 명랑하고 말하기 좋아하는, 빛나는 청년이었다. 훌륭한 학생인 동시에 젊은 사교가로, 세상 물정에 어두운 카스탈리엔의 젊은이들에 대해 우월감을 갖고 장난삼아 그들을 자주 화나게 만들었다. 허영심이 없다고는 할 수 없으나 솔직한 성격에 소심하지 않았고, 그 또래 거의 모든 친구의 관심을 끌었던 매력적이고 사랑스러운 존재였다. 뿐만 아니라 아름다운 용모와 자신감 넘치는 행동, 그리고 청강생이자 속세의 아들이라는 이국적 향기로 많은 사람을 눈부시게 했다. 몇 년 후 학창 시절이 끝날 무렵 크네히트는 그를 다시 만난 일이 있었다. 그때 그는 평범해지고 거칠어진 데다 이전의 매력을 완전히 잃어버린 듯해 크네히트를 실망시켰다. 두 사람은 서먹해서 서로 냉랭하게 헤어지고 말았다. 그런데 지금 또 그는 완전히 다른 사람이 되어 있었다. 무엇보다도 예전의 젊음과 쾌활함, 이야기하고 논쟁하고 의견을 교환하는 기쁨, 적극적이고 노력하는 외향성 등을 완전히 벗어 버렸거나 아니면 몽땅 잃어버린 것처럼 보였다. 그렇게 다시 만났으면서도 옛 친구의 주의를 끌려 하지도 않고 먼저 나서서 인사하지도 않았듯이, 또 소개가 있고 나서도 명인에게 말을 놓지 않다가 명인이 편하게 부르라고 한사코 청하자 그저 마지못해 그에 응했듯이, 그의 태도와 시선과 말투, 표정, 동작에 지난날의 공격심이나 솔직성이나 활기는 사라지고 자제와 의기소침이 대신 그 자리를 차지하고 있었다. 그것은 겸손이나 사양, 일종의 금제(禁制)나 극도의 긴장, 아니면 그저 피로일 수도 있었다. 청춘의 매력은 그 속으로 사라져 없어졌지만, 그에 못지않게 천박함과 거친 세속성도 이미 사라지고 없었다. 사람 전체가, 특히 그의 얼굴이 지금은 한편으로는 망가지고 또 한 편으로는 고귀해진 모습으로 고뇌의 표정을 드러내고 있었다. 유리알 유희의 명인은 회의를 진행하면서도 끊임없이 이 인물을 주시했다. 그러면서 활기 있고 아름답고 낙천적이던 인간을 지배하여 이런 모습으로 만들어 버린 것은 도대체 어떤 고뇌였을까 하고 생각했다. 자신으로서는 알 수 없는 고뇌 같았는데, 알아내려 할수록 그만큼 더 이 고뇌에 찬 인물에 대한 동정과 관심이 생기는 것을 느꼈다. 이러한 동정과 사랑에는 매우 슬퍼 보이는 이 젊은 날의 벗에 대하여 자신도 무언가 잘못이 있고 그에게 보상을 해야 한다는 느낌이 어렴풋이 섞여 있었다. 플리니오의 슬픔의 원인에 대해 여러 가지 추측해 보다가 떠오른 생각은, 이 얼굴에 나타난 고뇌는 평범한 것이 아니라 고귀하고 어쩌면 비극적인 고뇌이며, 카스탈리엔에서는 찾아볼 수 없는 표정이라는 점이었다. 그는 이 비슷한 표정을 이따금 카스탈리엔 사람이 아닌 세속인의 얼굴에서 보았던 것을 기억해 냈다. 물론 이처럼 강하게 사람의 마음을 끌어당기는 표정은 아니었다. 과거 인물의 초상에도, 또 감동적이며 반은 병적이고 반은 운명적인 슬픔과 고독, 기댈 곳 없는 마음이 드러나 있는 학자나 예술가의 초상에도 그 비슷한 표정이 나타나 있음을 그는 알고 있었다. 명인은 표정의 비밀에 대해서는 아주 섬세한 예술가의 감각을, 성격에 대해서는 민감한 교육자의 감각을 가지고 있었기 때문에 체계화한 적은 없지만 이미 오래전부터 본능적으로 관상학적 특징들을 알고 있었다. 그래서 그에게는 이를테면 웃음과 미소, 명랑함에도 카스탈리엔

특유의 것과 세속 특유의 것이 있었고, 마찬가지로 고뇌와 슬픔에도 세속 특유의 것이 있었다. 그는 이러한 세속적인 고뇌를 데시뇨리의 얼굴에서 읽을 수 있다고 생각했다. 그것도 너무나 강렬하고 순수하게 나타나 있어서, 마치 많은 사람들을 대변해 그들의 고뇌와 아픔을 드러내 보이도록 정해져 있기라도 한 것 같았다. 크네히트는 이 얼굴로 인해 불안해지고 마음이 흔들렸다. 속세가 잃어버린 친구를 지금 이곳으로 보내 주었다는 사실, 플리니오와 요제프가 한때 학생의 신분으로 논쟁을 벌였듯이 이제 둘 다 유력한 신분이 되어 하나는 속세를, 다른 하나는 수도회를 대표하고 있다는 사실이 그에게는 단지 뜻 깊다는 것으로 끝나는 게 아니었다. 그에게는 속세가 이 고독하고 슬픔으로 그늘진 얼굴을 통해 웃음이나 생의 향락, 권력의 기쁨, 실팍함을 보낸 게 아니라 괴로움과 고뇌를 보내왔다는 사실이 더 중요하고 상징적인 일 같았다. 데시뇨리가 그의 마음을 얻으려 하는 게 아니라 오히려 피하려는 것처럼 보이고, 아주 서서히 그것도 몹시 저항해 가면서 자신에게 마음을 열어 오고 있는 것도 그로 하여금 생각에 잠기게는 했지만 불쾌하게 느껴지지는 않았다. 데시뇨리의 출현은 크네히트로서는 도움이 되는 일이었다. 이 학교 친구는 직접 카스탈리엔에서 교육을 받은 사람이며 카스탈리엔으로서는 매우 중요한 위원회의 위원으로, 지금까지 흔히 그랬던 것처럼 상대하기 힘들고 까다롭고 악의까지 품고 있는 위원이 아닌 것이었다. 그는 수도회를 존경하는 사람이고, 주의 후원자 가운데 한 사람이며, 주를 위해 여러 가지 도움을 줄 수 있는 사람이었다. 그러나 그는 오래전부터 유리알 유희를 포기하고 있었다.

어떻게 해서 명인이 서서히 친구의 신뢰를 다시 얻게 되었는지에 대해서는 정확하게 보고할 수 없다. 명인의 침착하고도 명랑한 성격, 다정하고도 싹싹한 성품을 아는 사람이면 나름대로 상상할 수 있으리라. 크네히트는 플리니오의 마음을 얻기 위한 노력을 결코 늦추지 않았다. 명인이 진심으로 그 일을 한다면 누가 계속 거역할 수 있겠는가.

결국 다시 만난 지 몇 달이 지나서야 비로소 데시뇨리는 발트첼을 방문해 달라는 몇 번이나 거듭된 크네히트의 초대에 응했다. 두 사람은 흐리고 바람 부는 어느 가을날 오후, 볕과 그늘이 계속 뒤바뀌는 지방을 지나 학생 시절 우정의 추억이 깃든 고장으로 갔다. 크네히트는 침착하고 명랑했고, 동행하는 손님은 조용하기는 했으나 마치 빛과 그림자가 교차하는 텅 빈 들판처럼 불안하게 재회의 기쁨과 서먹해진 데 대한 슬픔 사이를 바삐 오가고 있었다. 그들은 마을 근처에 다다르자 차에서 내려 학생 시절 함께 거닐던 옛 길을 걸으면서 친구들과 선생들, 그리고 그 옛날 주고받던 이야기들을 떠올렸다. 데시뇨리는 하루 동안 크네히트의 손님이 되었다. 크네히트가 그에게 이 하루 동안 자신의 모든 직무 수행과 업무를 옆에서 지켜보게 해 주겠다고 약속했던 것이다. 그날의 일이 끝나자 — 손님은 다음 날 아침 일찍 출발할 작정이었다. — 두 사람은 거의 예전과 같은 기분으로 크네히트의 거실에 단둘이 마주 앉아 있었다. 매 시간 이루어지는 명인의 업무를 지켜볼 수 있었던 그 하루는 손님에게 깊은 인상을 주었다. 데시뇨리는 그날 밤 그들 사이에 오간 대화를 집에 돌아오자마자 바로 적어 두었다. 거기에는 부분적으로 중요하지 않은 내용도 들어 있어서 우리의 냉철한 서술을 중단시켜 독자들에게 방해가 될지도 모르지만, 그래도 그가 기록한 그대로 전해 보려고 한다.

"꽤 여러 가지 일을 자네에게 보여 줄 생각이었는데. 이번엔 그렇게 되지 못했군. 내 아름다운 뜰을 보여 주고 싶었지. 토마스 명인의 '명인의 정원'과 식물들을 기억하나? 그래, 그런 것들 말고도 또 많아. 언제 다시 기회가 있겠지. 어쨌든 자넨 어제부터 지난날의 여러 가지 추억을 되새겨 보았고, 내 직무나 일과가 어떤 것인지도 대충 알게 되었을 거야." 명인이 말했다.

"그 점 고맙게 생각하네. 자네들이 사는 주가 과연 어떤 곳인지, 그리고 어떤 주목할 만한 커다란 비밀들을 가지고 있는지 나는 오늘에야 비로소 어렴풋이 감지하기 시작했네. 여기서 멀리 떨어져 있는 동안에도 자네가 짐작하는 것보다는 훨씬 더 많이 자네들 생각을 했다 해도 말이지. 자넨 오늘 내게 자네의 직무와 생활을 들여다보게 해 주었네, 요제프. 이것이 마지막은 아니겠지. 여기서 본 것에 대해, 그리고 오늘은 아직 말할 수 없는 일에 대해 더 자주 만나 이야기하기로 하세. 자네가 보여 준 신뢰에 보답해야겠다고 느끼고 있네. 또 내가 지금까지 입 다물고 있었던 것이 자네에겐 의아했으리라는 것도 알고 있어. 그러니 자네도 한번 나를 찾아와 내가 사는 곳을 보아 주기 바라네. 오늘은 그 이야기를 조금밖에 할 수 없어. 기껏해야 나에 대해 자네가 이미 알고 있는 정도밖에는. 그 이야기를 한다는 게 부끄럽기도 하고 벌 받는 느낌이 들기도 하지만, 약간은 마음이 가벼워질지도 모르겠네.

자네도 알다시피, 나는 이 나라에 공로가 있고 자네들의 이 교육주와 친교가 있는 집안 출신이야. 지주이자 고급 관리를 지내는 보수적인 가문에서 태어났어. 그런데 보게나, 그저 이렇게 말하는 것만으로도 벌써 심연이 자네와 나를 갈라놓지 않나! 나는 '가문'이라고 말했고, 그것으로 무언가 단순하고 자명하며 명백한 것을 말하고 있다고 생각했는데, 과연 그럴까? 자네들 교육주 사람들에게는 수도회와 성직이 있지만, 가문이라는 것은 없지. 자네들은 가문과 혈통과 출신이 무슨 의미가 있는지, 그리고 사람들이 가문이라고 부르는 것 속에 어떤 강력한 마법과 힘이 숨어 있는지 짐작도 못하네. 우리네 생활을 표현하는 대부분의 말이나 개념도 필경 그럴 거야. 요컨대 우리에게 중요한 것들 대부분이 자네들에겐 그렇지 못하고, 아주 많은 것들이 자네들에겐 통 이해가 가지 않거나, 우리에게서와는 전혀 다른 의미를 가진단 말이야. 그러니 서로 대화해야 하는 거지! 보라고, 자네와 이야기할 때는 마치 외국인이 나에게 말을 거는 것 같아. 하기야 외국인이지. 그 말을 난 소년 시절에 배웠고 스스로 쓰기도 했으니 나야 대부분 알아듣지. 그러나 그 반대의 경우는 사정이 달라. 내가 자네에게 말할 때 자넨 내 표현을 반밖에 못 알아듣고 뉘앙스나 내포된 울림은 전혀 못 알아듣고 있어. 자네의 존재 형식과는 전혀 다른 인간의 삶에 대한 이야기를 듣는 셈이지. 흥미는 있을지 몰라도 자네에게는 대부분 낯설고, 기껏해야 반밖에는 이해가 안 가는 일들이지. 학생 시절에 우리가 나누었던 수많은 논쟁과 대화를 기억하나. 내 쪽에서 보자면 그것은 자네들 교육주의 세계와 언어를 우리의 그것과 조화시켜 보려는 많은 시도 중의 하나에 지나지 않았네. 당시 그런 시도를 하면서 상대해 보았던 사람들 중에서 자네는 가장 친근하고 호의적이고 정직했지. 자넨 카스탈리엔의 권리를 용감하게 옹호하면서도 또 다른 세계인 나의 세계와 그 권리에 대해 무관심하거나 경멸하거나 하지 않았어. 우린 그 당시 상당히 가까워졌었지. 그 얘기는 나중에 다시 하기로 하세." 플리니오가 말했다.

그가 잠시 생각에 잠기며 입을 다물었기 때문에 크네히트는 조심스럽게 말문을 열었다. "이해하지 못한다는 것이 그렇게 나쁜 일만은 아닐 거야. 확실히 두 국민과 두 언어는 같은 국민, 같은 언어의 두 사람이 주고받는 말처럼 유창하고 거침없이 마음을 주고받을 수는 없겠지. 그러나 그것이 이해와 의사소통을 포기해야 할 이유는 되지 않아. 나라와 언어가 같은 사람들 사이에도 완전한 의사소통과 완전한 상호 이해를 방해하는 장벽은 있어. 교양이니 교육이니 천분이니 개성이니 하는 것들이지. 지구상의 인간들은 누구나 원칙적으로는 서로 마음을 터놓을 수 있다고 주장할 수 있어. 또 서로 간에 참으로 빈틈없는 친밀한 소통이나 이해가 가능한 두 인간은 세상에 결코 존재할 수 없다고 주장할 수도 있고. 이 주장들은 어느 쪽이나 똑같이 옳아. 그것은 음양, 밤낮과 같은 것이어서 양쪽 다 옳은 거야. 우리는 종종 양쪽을 다 생각해야 해. 물론 우리 두 사람도 언제나 완전히 속속들이 서로 이해할 수 있으리라고는 믿지 않아. 그런 점에선 자네 말에 동의하네. 자네는 서양인이고 나는 중국인이라서 서로 다른 언어로 말을 한다 치더라도, 선의를 가지고 있는 한 우리는 서로 아주 많은 것을 전할 수 있고, 또 정확하게 전달하는 정도를 넘어서 상당히 많은 것을 예감하고 짐작할 수 있을 거야. 어쨌든 한번 해 봄 직하지."

데시뇨리는 고개를 끄덕이며 말을 이었다. "우선 내 상황을 짐작이나마 하려면 알아야 할 최소한의 것들을 몇 가지 이야기하겠네. 먼저 가정이라는 것이 있지. 본인이 인정하든 않든 젊은 사람의 삶에 가장 큰 힘을 행사하는 것이지. 자네들 영재 학교의 청강생으로 있는 동안 난 가족들과 잘 지냈네. 일 년 내내 자네들에게 따뜻한 대우를 받다가 방학에 집에 돌아가면 가족들이 나를 떠받들고 응석을 받아 주었지. 나는 외아들이라네. 어머니에 대해선 애틋한, 아니 열정적이라고 해야 할 사랑을 기울이고 있었네. 그녀와 떨어져야 한다는 것이 집을 떠나올 때마다 느끼는 유일한 고통이었어. 아버지와는 좀 냉정한 편이었지만 그래도 친근한 관계를 유지했지. 적어도 자네들 곁에서 지냈던 소년 시절, 청년 시절에는 그랬어. 아버지는 옛날부터 카스탈리엔을 찬미하는 분이었고, 내가 영재 학교에서 교육받고 유리알 유희 같은 숭고한 것에 접하는 것을 자랑스러워하셨네. 고향에서 지내는 방학은 정말 즐거웠고 축제 같은 기분으로 들떠 있을 때가 많았지. 가족과 나는 마치 축제 의상을 입고 만나는 것 같은 기분이었어. 방학을 맞아 떠날 때면 나는 그런 행복을 전혀 모른 채 남아 있는 자네들이 안됐다고 생각하곤 했지. 그 무렵의 일을 많이 이야기할 필요는 없을 거야. 자네는 어느 누구보다 나를 잘 알고 있었으니. 나는 거의 카스탈리엔 사람이었어. 아마 조금 더 세속의 기쁨에 젖어 있고 조금 더 우악스럽고 경박했을지 모르지만, 행복한 자신감에 찬 감격과 열광에 들떠 있었지. 내 일생에서 가장 행복한 시절이었네. 물론 그때는 그런 줄도 몰랐지만. 발트첼 시절 나는 학교를 나와서 고향으로 돌아가면 자네들한테서 익힌 뛰어난 재주로 고향 세계를 정복할 것이고, 그때야말로 행복을 얻고 내 일생의 절정에 이르게 되리라고 잔뜩 기대하고 있었거든. 그런데 기대와는 달리 자네와 헤어진 후 내겐 대결이 시작됐네. 결국 나는 그 싸움에서 이기지 못한 채 오늘까지 살아온 셈이지. 돌아와 보니 고향은 아버지의 집만으로 이루어져 있는 것도 아니었고, 날 받아들이고 발트첼에서 익힌 고귀한 새주를 인정해 주려고 기다리고 있는 것도 아니었어. 그리고 아버지의 집에서도 얼마 안 가 환멸과 고난과 불화가 있었다네. 내가 그것을 알아채는 데는 시간이 좀 걸렸지. 나는 소박한 확신, 나와 내 행복에 대한 소년다운 신념으로 보호받고 있었고, 자네들한테서 가지고 돌아온 수도회의 도덕과 명상 습관으로 지켜지고 있었기 때문이네. 그러나 정치학을 배우려고 들어간 대학은 얼마나 나를 실망시키고 환상에 찬물을 끼얹었던지! 학생들의 교제 방식이나 일반적인 교양 및 사교 수준, 교사들의 인격 같은 것들이 자네들과 함께 지내며 익숙해졌던 것과는 얼마나 동떨어진 것이었던지! 한때 내가 자네의 세계에 맞서 우리의 세계를 변호하며, 부서진 데 없이 온전한, 소박한 삶을 침이 마르도록 예찬했던 것을 자네는 기억하고 있을 거야. 그게 벌 받을 일이었다면, 여보게, 나는 그 때문에 무거운 벌을 받은 거야. 내가 주장하던 소박하고 순진한 본능적인 삶, 소박한 인간의 어린아이 같은 천진함과 길들여지지 않은 천재성, 그런 것들은 아마 어딘가에는 있을지도 몰라. 농부나 직공 같은 사람들에게 말이야. 그러나 나는 그런 것을 만나 보지도, 그런 데 끼어 보지도 못했어. 내가 연설 속에서 카스탈리엔 사람의 거만함과 허세를 얼마나 비판했는지는 자네도 기억하겠지. 이 잘난 체하는 유약한 배타 계급은 계급적 편견과 교만한 영재 의식에 사로잡혀 있다고 말이야. 그런데 세속의 인간들도 그 못지않게 조잡한 예법과 빈약한 교양, 투박하고 시끄러운 유머, 실제적이고 이기적인 목적만을 추구하는 속이 빤한 지혜를 자랑스러워하고 있었네. 가장 젠체하는 발트첼의 모범생 못지않게 그들은 그 속 좁은 자연성을 귀중하고 신의 뜻에 부합하는, 선택된 것으로 여기고 있었어. 그들은 나를 비웃거나 내 어깨를 두드리거나 했지만, 내 속에 있는 남다른 것, 카스탈리엔적인 것에 대해서는 노골적으로 증오심을 드러내더군. 천한 것이 모든 고귀한 것에 대해 갖기 마련인 증오심이지. 나는 그 증오를 명예로 알고 받아들이기로 결심했네."

데시뇨리는 잠시 말을 멈추고 상대방이 피곤해하지 않는지 알아보려는 듯 크네히트를 바라보았다. 그의 눈길이 친구의 눈길과 마주쳤을 때, 그는 그 속에서 주의 깊고 정다움이 깃든 표정을 보았다. 그것은 그를 푸근하고 편안하게 해 주었다. 그는 상대방이 자기의 고백에 열중하고 있다는 것을 알았다. 상대방은 자기 이야기를 잡담이나 재미있는 이야기를 듣는 듯이 듣고 있는 게 아니라 명상을 하며 집중할 때처럼 온 마음을 기울여 듣고 있었다. 게다가 맑고도 진정한 호의를 가지고 듣고 있었다. 크네히트의 눈길에 담긴 그 표정은 그를 감동시켰다. 너무나 진솔하고 마치 어린아이같이 보여서 복잡한 일과와 직무를 처리하는 총명함과 권위에 하루 종일 감탄해 마지않던 바로 그 사람의 얼굴에서 이런 표정을 본다는 것에 일종의 경이에 가까운 감동을 느꼈다. 그는 마음이 가벼워져서 다시 이야기를 계속했다.

"내 삶이 아무 쓸모없는 것이요 그저 오류에 불과했는지, 아니면 무슨 의미가 있었는지 난 모르겠네. 의미가 있다면, 우리 시대의 실제 한 인간이 가장 뚜렷하고도 고통스럽게 카스탈리엔이 그 조국에서 얼마나 멀리 떨어져 있는가 하는 것을 인식하고 체험했다는 데 있을 거야. 내 쪽에서 보자면 이야기는 반대가 되지. 즉 우리 나라가 고귀한 자신의 교육주와 그 정신에 얼마나 낯설고 불충실해졌는지, 또 육체와 영혼, 이상과 현실 사이에 얼마나 깊은 간격이 파였는지, 그리고 이 양자가 서로에 대해 얼마나 모르고 있으며 또 알려고도 하지 않는지를 뼈저리게 인식하고 체험한 거야. 내 인생에 어떤 사명이나 이상이 있었다면, 그건 나라는 개인을 이 두 원칙의 종합으로 만들고, 그 둘 사이에서 매개자, 통역자, 조정자가 되는 것이었어. 난 그것을 시도했고, 실패했네. 내 삶 전체를 자네에게 이야기할 수 없고, 자네도 모든 것을 다 이해할 수는 없을 테니, 내 실패를 단적으로 드러내고 있는 상황 하나만 이야기하기로 하지. 당시 대학에서 공부를 시작한 후 내게 닥친 어려움은 카스탈리엔 사람이고 모범생이라 해서 내게 쏟아지던 조롱이나 적개심이 아니었네. 내가 영재 학교 출신이라는 것을 빛나고 특기할 만한 일로 여긴 새로운 친구들 중 몇 사람이 오히려 더 나를 괴롭히고 곤혹스럽게 했지. 아니, 정말 어렵고 어쩌면 불가능한 것 같은 일은, 세속의 한가운데에서 카스탈리엔의 정신이 깃든 삶을 계속해 가는 것이었네. 처음엔 그것을 알아채지 못한 채 자네들에게서 배운 규율을 지켜 나갔지. 꽤 오랫동안, 그 규율이 거기서도 통할 거라고 생각했어. 그것은 나를 강하게 하고 지켜 주는 것 같았고, 생기와 건전한 마음을 유지하고 내 계획을 확고하게 해 주는 것 같았어. 즉 학창 시절을 독자적으로 가능한 한 카스탈리엔 식으로 보내고, 오로지 내 지식에 대한 욕구를 따를 뿐, 학생들을 가능한 한 짧은 기간에, 가능한 한 철저하게 빵을 위한 직업 교육으로 전문화시키고 자유나 보편성 같은 것은 꿈도 꾸지 못하게 하는 것밖에 안중에 없는 교과 과정에 떠밀려 가지 않겠다는 계획이었네. 그러나 카스탈리엔이 내게 준 보호 장치가 위험하고 의심스러운 것이라는 게 드러났지. 왜냐하면 나는 체념한 은자처럼 마음의 평화와 명상적인 정신의 평온을 지키려 했던 것이 아니라, 세상을 정복하고 이해하고, 세상 또한 나를 이해하지 않을 수 없도록 만들려고 했기 때문이야. 나는 세상을 긍정하고 가능한 한 새롭게 바꾸고 싶었네. 나라는 사람 속에 카스탈리엔과 세상을 하나로 화해시키고 싶었어. 실망과 다툼, 흥분이 있고 난 뒤 명상 속으로 되돌아가면, 처음 얼마 동안 그것은 그때마다 은혜요 긴장의 완화, 심호흡, 선하고 다정한 힘으로의 복귀였지. 그러나 시간이 지나면서 이 침잠과 영혼의 수련이야말로 나를 세상에서 고립시키고, 다른 사람들에게 기분 나쁘고 낯설어 보이게 하며, 나로 하여금 그 사람들을 진정으로 이해하지 못하게 만든다는 것을 알게 되었네. 내가 그들처럼 되고, 그들보다 하나도 나을 것이 없음을 인정하며, 침잠 속으로 도피하지 않게 되어야만 비로소 세속의 사람들을 정말로 이해할 수 있으리라는 것을 알게 된 거야. 물론 이렇게 말하면 그 경위를 미화하는 게 될지도 몰라. 아마 난 같은 교육을 받은 마음 맞는 친구도 없이, 교사의 감독도 없이, 발트첼에서처럼 보호하고 치유해 주는 분위기도 없이 차츰 규율을 잃고 태만하고 부주의해지고 형식주의에 빠지게 되었는지도 모르지. 그러고는 양심의 가책을 느낄 때마다 이런 형식주의는 세상의 속성이고, 나는 그것에 몸을 맡김으로써 내 주위를 좀 더 잘 이해하게 되는 거라고 자기변명을 했던 건지도 모르겠어. 자네에게 무엇을 변명할 생각은 전혀 없네. 그러나 난 내가 방황하고 있을 때조차도 애쓰고, 노력하고, 싸웠다는 것을 부정하거나 숨기고 싶지 않아. 나는 진정이었어. 스스로 납득해 가면서 의미 있게 적응하려고 했던 내 시도가 그저 혼자만의 착각이었는지는 모르겠으나 어쨌든 당연한 일이 일어났네. 세상은 나보다 강했고, 서서히 나를 압도해 삼켜 버렸지. 마치 내가 삶에 대해 내뱉은 말을 세상에 빈틈없이 그대로 갚아야만 하는 꼴이었어. 내가 전에 발트첼에서 자네의 논리에 맞서 세상의 정당함과 소박함, 강함, 존재적 우월성을 얼마나 찬미하고 변호했었나. 자네도 기억할 거야.

그런데 이제 자네에게 다른 걸 한 가지 상기시켜야겠네. 자네에겐 별 의미가 없는 일이어서 아마 벌써 오래전에 잊어버렸는지도 모르지. 그러나 나에겐 대단히 의미 있고 중요한 일이라네. 중요할 뿐 아니라 섬뜩 물러서게 하는 일이야. 내 대학 생활은 끝이 났고, 나는 적응하고 굴복했지만 그러나 완전히 굴복한 것은 아니었어. 오히려 마음속으로 난 여전히 자네들과 농류라고 생각하고 있었고, 이런저런 적응과 마모도 내가 굴복해 감수하지 않을 수 없었다기보다는 오히려 처세술의 일환으로 자발적으로 한 것이라고 생각하고 있었지. 그래서 나는 청년 시절의 습관이나 욕구를 거의 그대로 가지고 있었는데, 거기엔 유리알 유희도 있었네. 아마 별 의미는 없었을 거야. 유리알 유희는 수준이 비슷하거나 더 나은 유희 친구와 계속 연습하고 교류하지 않으면 별로 늘지 않으니까. 혼자서 하는 유희는 혼자 묻고 대답하는 게 제대로 된 실제의 대화를 따라가지 못하는 것이나 마찬가지로 그저 흉내 내는 것에 불과하지. 나는 내 유희 기술이, 내 교양이, 내 영재 학교 기질이 어느 정도나 되는지 제대로 알지도 못하면서 이 보물을, 그래도 조금이라도 건지려고 노력했어. 그래서 유리알 유희에 대해 함께 대화는 나눌 수 있어도 유희의 정신에 대해서는 아무것도 모르는 당시의 친구들 중 하나에게 유희 양식의 초안을 만들어 보이거나 유희 명제를 분석해 주곤 했는데, 그것에 대해 전혀 지식이 없었던 그의 눈에는 틀림없이 무슨 마술 같아 보였을 거야. 대학 시절 삼 년인가 사 년째 되던 해에 난 발트첼의 유희 강습에 참가했지. 그 지방과 작은 도시, 우리의 옛 학교, 유희자 마을을 다시 보는 건 내게는 우울한 기쁨이었네. 그러나 자네는 거기 없었어. 그 무렵 몬테포르트인가 코이퍼하임 어디에서 연구를 하고 있었고, 독자적으로 열심히 공부하는 기인으로 여겨지고 있더군. 내가 받았던 유희 강습은 우리 불쌍한 속세 사람들이나 아마추어들을 상대로 한 휴가 강습에 지나지 않았지만 그래도 내겐 힘들었어. 강습이 끝나고 난 그저 보통인 '3급' 점수를 받았지만 자랑스러웠다네. 유희 성적으로는 '양호한' 편이었고, 다시 휴가 강습을 들을 자격을 얻기엔 충분한 점수였지.

그 후 몇 년 뒤 나는 다시 용기를 내어 자네의 전임자 밑에서 개최된 휴가 강습에 신청서를 냈어. 어떻게든 발트첼에 얼굴이라도 내밀려고 전력을 다했던 거야. 옛날의 연습장을 꺼내서 다시 읽고 정신을 집중하는 연습에 익숙해지려고 애도 썼어. 진정한 유리알 유희자가 연례 대유희를 목표로 삼아 하는 것과 비슷한 방식으로, 보잘것없는 수단을 다 동원해서 휴가 강습을 목표로 연습하고 분위기를 조성하고 정신을 집중했지. 그러고는 발트첼로 뛰어들었네. 벌써 몇 년 동안 들르지 않아 다시 상당히 서먹해졌지만, 동시에 매료되기도 했어. 마치 이제 발은 더 이상 통하지 않게 된, 잃어버렸던 옛 고향에 다시 돌아온 느낌이었네. 그리고 그때 자네를 다시 만나고 싶은 절실한 소망도 이루어졌지. 생각나지, 요제프?"

크네히트는 진지하게 그의 눈을 들여다보며 머리를 끄덕이고 살짝 미소를 지었지만, 말은 하지 않았다.

데시뇨리가 말을 이었다. "그래, 기억하는군. 그런데 자네가 기억하는 건 뭐지? 어느 동창과의 덧없는 재회, 짧은 만남과 실망, 그래서 그대로 지나쳐 버리고 다시는 생각하지도 않은 것이었겠지. 이렇게 몇 십 년이 지나서 상대방이 막무가내로 그 일을 상기시키지 않았다면 말이야. 그렇지 않은가? 조금은 다른 게 있나? 그 일이 자네에게 그 이상의 의미가 있었어?"

그는 자제하려고 애쓰는 것이 역력했지만 큰 흥분에 휩싸여, 여러 해 동안 쌓여 온 주체할 수 없는 감정이 폭발하려는 것처럼 보였다.

"자네는 이야기를 너무 앞질러 가고 있네." 크네히트가 신중하게 말했다. "그 일이 내게 어땠는지는 내 차례가 되면 이야기하기로 하지. 지금은 자네가 말하고 있어, 플리니오. 그 만남이 자네에게 유쾌하지 못했다는 건 알겠네. 그건 나에게도 마찬가지였어. 자, 그때 어땠는지 계속 말해 보게. 가차 없이 말해 봐!"

"그러지. 자네를 비난하려는 건 아냐. 자네가 그때 내게 흠잡을 데 없이 바르게 대해 주었다는 건 인정해. 아니, 그 이상이었지. 자네의 초대를 받아들여 두 번째 휴가 강습 이후로 다시는 찾지 않았던 발트첼로 올 때, 아니 카스탈리엔 위원회의 위원 선임을 받아들였을 때, 난 이미 자네와 그때의 체험에 정면으로 대응해야겠다고 생각했네. 그것이 우리 두 사람에게 유쾌한 것이었든 아니었든. 그럼 이야기를 계속하겠네. 난 그때 휴가 강습에 와서 객사에 방을 배정받았어. 수강자는 대부분이 내 또래였지만 훨씬 나이가 많은 사람도 몇 명 있었어. 기껏해야 스무 명 정도였는데, 대부분 카스탈리엔 사람으로 서투르고, 게으르고, 처진 유리알 유희자이거나 아니면 뒤늦게 유희에 대해 좀 배워 보겠다는 생각이 든 초보자들이었지. 그들 중에 아는 사람이 하나도 없어서 홀가분했네. 강습 지도자는 기록소 조수였는데, 상당히 노력하는 편이었고 우리에게도 아주 친절했지만, 강의 자체는 거의 처음부터 아무짝에도 쓸모없는 이류 학교 같은, 성적 나쁜 학생들이 벌로 들어야 하는 강의 같은 성격을 띠고 있었어. 어쩌다 어중이떠중이처럼 모여든 참가자들은 교사나 마찬가지로 진정한 의미나 성취 같은 건 믿지도 않고 있었어. 누구도 그걸 입 밖에 내어 말하진 않았지만 말이야. 그렇다면 이 많지도 않은 사람들이 고생해 가며 끈기 있게 해 나갈 만큼 강한 흥미도 없으면서 왜 이 힘든 일을 해 보겠다고 자진해서 모여들었는지, 또 무엇 때문에 학식 있는 전문가가 그리 대단한 성과를 기대할 수도 없는 연습을 시키고 수업을 하느라고 애쓰는지 사람들은 의아해하며 묻겠지. 그땐 몰랐지만 한참 뒤에 경험자에게 듣고 알았는데, 하필 그 강습에서 내가 운이 나빴다는 거야. 참가자들의 구성이 조금 달라지면 강습은 활기 있고 유익한, 아니 감격적인 것이 될 수도 있다더군. 그런 강습에서는, 나중에 들은 얘기지만, 서로 영감을 불어넣어 주거나 또는 전부터 잘 알고 가까이 지내는 참가자가 두 사람만 있어도 다른 참가자들과 교사까지 합심해 상당한 비약을 이루기도 한다고 들었네. 자네야 유리알 유희의 명인이니 아마 잘 알 거야. 그러니 나는 운이 없었던 거지. 우연히 모인 우리 집단에는 활기를 불러일으키는 그 작은 세포가 없었고, 결국 강습은 감격과 비약에 이르지 못하고 내내 나이 든 학생들을 위한 김빠진 복습 강의에 머물고 말았어. 날이 갈수록 실망은 더해 갔네. 그러나 거기엔 유리알 유희 말고도 아직 발트첼이 있었지. 소중히 간직해 온 내 추억이 깃든 신성한 곳 말이야. 유희 강습이 실패로 돌아간다 해도 내게는 고향에 돌아왔다는 즐거운 기분이, 옛날 친구들을 만난다는 기쁨이 남아 있었어. 그중에서도 가장 많은 자리를 차지하고 가장 강한 기억을 남겼으며 내겐 어느 누구보다도 카스탈리엔을 대표하는 친구, 바로 요제프 자네를 만날 희망이 남아 있었던 거야. 내가 거기서 다시 소년 시절과 학교 시절의 친구들을 만나고, 그토록 좋아했던 곳을 거닐다가 젊은 시절의 훌륭한 정신의 소유자들을 다시 만났더라면, 그리고 자네와도 다시 가까워져서 옛날에 대결했던 것처럼 자네와 나 사이에, 아니 그보다는 나의 카스탈리엔 문제와 나 사이에 대한 이야기를 할 수 있었더라면, 그 휴가는 아쉬울 것도 없었을 테고, 강습이나 다른 모든 일은 아무래도 상관없었을 거야.

내가 처음으로 길에서 만난 학교 친구 두 명은 순진했네. 그들은 반가워하면서 내 어깨를 두드렸고, 전설적인 내 세속 생활에 대해 어린아이 같은 질문을 던졌어. 그러나 다른 사람들은 그렇게 순진하지는 않았어. 그들은 유희자 마을에 속해 있는 젊은 영재들이었는데, 순진한 질문을 하는 게 아니라, 자네들의 저 신성한 장소들 중의 어느 한곳에서 나를 만나 피할 수 없게 되면, 깍듯하고도 어딘지 좀 지나친 감이 있는 공손한 예절로 상냥하게 인사하고, 자기들은 나 같은 사람은 알지도 못할 중요한 일에 종사하고 있으며 그래서 옛정을 되찾을 시간도 없고 호기심도 흥미도 없으며 그럴 뜻도 없다는 것을 강조하느라고 정신이 없었네. 나 또한 그들에게 귀찮게 달라붙지 않았고, 그들을 그 올림포스적이고 명랑하고 조소하는 듯한 카스탈리엔적 평온함 속에 놔두었어. 죄수가 철창 너머로 바깥세상을 건너다보듯이 혹은 가난한 자, 굶주린 자, 탄압받는 자가 귀족이나 부자를 바라보듯이 나는 그들과 그들의 바쁘고 명랑한 일상을 건너다보았지. 얼굴과 손을 잘 다듬은 이 명랑한 사람들, 점잖고 교양 있고 제대로 교육받은 자들, 편안히 휴식을 취하는 이 사람들을 말이야.

그런데 자네가 나타난 거야, 요제프. 자네를 보자 내 마음속에선 기쁨과 새로운 희망이 솟구쳤지. 자네는 안뜰을 걸어가고 있었어. 뒷모습을 보고 자네라는 것을 곧 알아본 나는 자네 이름을 불렀네. 마침내 사람을 만났군! 하고 생각했지. 드디어 친구를 만났다고 말이야. 적수일지는 몰라도 더불어 이야기할 수 있는 사람, 진정한 카스탈리엔 사람이면서도 카스탈리엔적인 것이 가면이나 갑옷으로 굳어지지 않은 사람, 한 인간, 이해할 줄 아는 사람을 만났구나! 하고. 자네도 틀림없이 알아챘을 거야. 내가 얼마나 기뻐하고, 얼마나 자네에게 기대하고 있었는지. 그래, 사실 자네도 날 아주 반갑게 맞아 주었지. 자넨 그때까지 나를 잊지 않고 있었어. 난 자네에게 아직 어떤 의미가 있는 존재였던 거야. 내 얼굴을 보고 자네는 기뻐했어. 그리고 안뜰에서 잠깐 반가운 인사를 나누는 데 그치지 않고 날 초대해 주었지. 하루저녁을 내게 바치고 희생해 주었던 거야. 하지만 여보게 크네히트, 그 저녁이 어땠나! 우리 둘 다 쾌활한 체하느라고, 예의를 갖추면서도 허물없는 친구 같은 태도를 취하느라고 얼마나 애를 썼나! 맥 빠진 대화를 이 화제 저 화제로 질질 끌고 다니느라고 얼마나 힘들었나! 다른 친구들이 내게 무관심했던 것보다 한때의 우정을 돌이켜 보겠다고 헛되이 애쓰던 자네와의 만남이 훨씬 더 안 좋고 슬펐어. 그날 저녁 내 환상은 완전히 끝장이 났던 거야. 난 친구도 동지도 아니고, 카스탈리엔 사람도 신분 높은 사람도 아니며, 아첨하는 귀찮은 바보에다 교양 없는 외지인이라는 것이 가차 없이 밝혀진 거야. 게다가 그런 일이 그렇게 확실하고 깔끔한 모양새로 진행되고, 환멸과 거북함이 그토록 흠잡을 데 없이 감춰지는 것이 내겐 가장 견딜 수 없었네. 차라리 '이봐, 자네 이 꼴이 뭐야. 어쩌다 이렇게 타락해 버렸어?'라고 자네가 날 나무라고 비난했더라면, 난 오히려 행복을 느꼈을 테고 우리 사이의 얼음은 깨졌을 거야. 그러나 그런 일은 일어나지 않았지. 내가 한때 카스탈리엔 사람이었다는 것, 자네들에 대한 나의 애정, 유리알 유희 공부, 우리의 우정, 이 모든 것이 아무것도 아니라는 걸 알게 된 거야. 복습 교사 크네히트는 발트첼을 찾아온 성가신 존재인 나를 맞아 하루저녁을 지루하게 힘들어하며 보냈지. 그리고 흠잡을 데 없이 아주 반듯하게 인사치레를

한 뒤에 쫓아 버린 거야." 플리니오가 말했다.

데시뇨리는 흥분을 억제하려고 애쓰면서 말을 딱 끊더니 괴로운 얼굴로 명인을 바라보았다. 명인은 조용히 주의 깊게 귀 기울이고 있었으나 조금도 흥분하지 않고 있었다. 그리고 따뜻한 정이 담긴 미소를 지으며 옛 친구를 바라보았다. 상대방이 더 이상 이야기하지 않자 크네히트는 호의에 가득 찬 표정으로, 만족스럽고도 기뻐하는 표정으로 친구에게 눈길을 주었고, 친구는 그 눈길을 한 일 분쯤 어두운 표정으로 견디고 있었다.

이윽고 플리니오가 "자네 웃나?" 하고 격하게 소리쳤는데, 화내는 것 같지는 않았다. "웃고 있어? 그 모든 게 당연하다고 생각하나?"

"말하지 않을 수 없군." 하고 말하며 크네히트는 미소를 지었다. "자네는 그때의 일을 훌륭하게 표현해 냈네. 정말 훌륭해. 정말 자네가 묘사한 그대로였어. 그런데 그 장면을 풀어서 완벽하게 마치 다시 눈앞에서 벌어지듯 펼쳐 보여 주려면, 아마 자네 목소리에 모욕당한 사람의 비난하는 것 같은 감정의 흔적까지 담아야 할 거야. 보아하니 자네는 아직도 그 일을 어느 정도는 그때의 시선으로 보고 있고 무언가 극복되지 않은 게 남아 있는 것 같아 유감이긴 하지만, 그래도 객관적으로 옳게 말해 주었네. 그것은 난감한 상태에 처했던 두 청년에 관한 이야기지. 두 사람 다 조금은 자기를 꾸미지 않을 수 없었는데, 둘 중 하나인 자네 역시 그 상황에서 가면극을 깨뜨리는 대신 진짜 절실한 괴로움을 쾌활한 태도로 감춰 버리는 잘못을 저지른 거야. 게다가 자네는 오늘도 그 만남이 아무 결실이 없었던 것이 자네보다는 내 탓이었다고 생각하는 모양인데, 그 상황을 바꾸는 건 전적으로 자네에게 달려 있었어. 정말 그걸 몰랐나? 하지만 묘사는 아주 훌륭했어. 그건 인정하지 않을 수 없네. 실제로 난 그 묘했던 저녁의 짓눌린 듯이 답답하고 난처했던 기분을 고스란히 느꼈어. 그리고 일순간 대처할 태도를 취해야겠다고 생각했고, 우리 두 사람이 조금 부끄럽게 여겨지기도 했다네. 아니, 사실 정확히 자네 말 그대로야. 그렇게 이야기하는 걸 들으니 기쁘네."

"그렇군." 플리니오는 좀 뜻밖이라는 얼굴로 말했다. 그의 목소리에는 아직도 불쾌와 불신의 여운이 남아 있었다. "내 이야기가 적어도 우리 둘 중 한 사람에게는 재미있는 것 같아 다행이로군. 한데 나로선 전혀 재미있으라고 한 말이 아니라는 건 자네도 알아야 하네."

크네히트가 말했다. "하지만 지금 우리 두 사람이 그다지 자랑스러울 것 없는 이야기를 얼마나 명랑한 기분으로 대할 수 있게 됐는지는 자네도 알겠지? 그런 일은 웃고 넘어갈 수도 있는 거라네."

"웃어? 어째서?"

"왜냐하면 한때 카스탈리엔 사람이었던 플리니오가 유리알 유희를 위해 애쓰고 옛 친구의 칭찬을 받으려 했다는 이 이야기는 지난 일이고 완전히 끝난 일이기 때문이지. 점잔 빼는 복습 교사 크네히트에 관한 이야기도 마찬가지야. 그는 카스탈리엔의 온갖 예법을 잘 알고 있었음에도 갑작스레 나타난 플리니오 앞에서 당황한 기분을 숨길 수가 없었기 때문에, 오랜 세월이 지난 오늘도 마치 거울에 비치기라도 한 듯 그 당황한 표정을 다시 눈앞에서 본 거야. 다시 말하지만, 플리니오, 자네는 기억력이 좋고, 설명도 잘했네. 나라면 그렇게까지는 못했을 거야. 이 이야기가 완전히 끝나고 우리가 그 일을 웃어넘길 수 있다는 것은 서로를 위해 행복한 일이야."

데시뇨리는 당황했다. 그는 명인의 유쾌한 기분이 비웃음과는 거리가 먼 것이며 진심에서 우러난 유쾌함이라는 것과, 그렇게 명랑한 기분의 안쪽에는 아주 진지한 데가 있다는 것도 느낄 수 있었다. 그래도 그는 이야기하는 동안 그 체험의 쓰라림을 너무나 고통스럽게 다시 맛보았고, 그의 이야기가 고해와도 같은 성격을 띠고 있었기 때문에 쉽게 어조를 바꿀 수가 없었다.

"아마 잊고 있는 모양이군." 그는 벌써 마음이 반쯤은 풀렸으면서도 망설이며 말했다. "내겐 자네처럼 받아들일 수 없는 일이었어. 자네에겐 기껏해야 불쾌한 일에 지나지 않았겠지만 나로선 패배요 몰락이었어. 그리고 그것은 내 인생에서 중요한 변화의 시작이었네. 그때 강의가 끝나고 발트첼을 떠나며, 다시는 이곳에 돌아오지 않겠다고 결심했지. 난 카스탈리엔과 자네들 모두를 증오할 지경이었네. 환상을 잃었고, 내가 더 이상 자네들에게 속하는 사람이 아니며, 어쩌면 전에도 내 생각과는 다르게 자네들한테 완전히 속하지는 않았을지도 모른다는 것을 깨달았던 거야. 나는 거의 변절자, 자네들의 공공연한 적이 될 판국이었네."

친구는 명랑하면서도 꿰뚫는 듯한 눈초리로 그를 바라보고 있었다.

"그랬겠지. 그 이야기도 다음번에 모두 해 주게나. 그러나 오늘 우리의 입장은 이런 거겠지. 우린 젊은 시절 친구였는데, 헤어져 서로 전혀 다른 길을 갔어. 그런데 자네의 운 없었던 휴가 강습 때 다시 만났지. 자네는 반쯤 혹은 거의 완전히 속세 사람이 되어 있었고, 나는 좀 거만하고 카스탈리엔적 형식을 차리는 발트첼 사람이 되어 있었지. 우리는 오늘 실망스럽고 부끄러운 당시의 재회 광경을 떠올려 보았어. 그리고 그때 당황하던 우리 모습을 다시 보았고, 참고 웃어넘길 수가 있었지. 이제는 모든 것이 완전히 달라졌으니까. 사실 그때 자네가 준 인상이 날 몹시 당황하게 했다는 걸 숨길 생각은 없네. 참 불쾌하고 싫은 인상이었어. 난 그런 자네를 어떻게 대해야 할지 몰랐네. 자네는 예기치 않게, 당황스럽고도 도발적으로 내 앞에 나타났고, 미숙하고 거칠고 세속적인 모습을 하고 있었어. 난 젊은 카스탈리엔 청년으로 세속을 알지 못했고, 알려고도 하지 않았지. 그리고 자네는 젊은 이방인이었는데, 난 도대체 자네가 왜 우리를 찾아왔고, 무엇 때문에 유희 강습을 듣는 건지 알 수가 없었네. 자네에게선 이미 영재 학교 학생의 모습이라곤 거의 찾아볼 수가 없었으니까. 그때 내가 자네에게 그랬던 것처럼 자네도 내 신경을 건드렸던 거야. 물론 자네 눈에 나는 별로 보잘 것도 없는 주제에 콧대만 높은 발트첼 사람이고, 카스탈리엔 사람이 아닌 자나 아마추어 유희자들과는 빈틈없이 거리를 두려고 애쓰는 인간으로 보였겠지. 하지만 자네도 내 눈엔 일종의 야만인이나 교양 없는 인간, 번거롭게 근거도 없이 그저 감상적으로 내 관심과 우정을 요구하는 사람으로 보였다네. 우린 서로 자신을 방어했고, 거의 미워할 지경이었지. 상대방에게 줄 것도 없었고, 상대방을 제대로 인정할 계

제도 못 되었으니, 헤어지는 수밖에 없었던 거야.

그러나 오늘은, 플리니오, 우린 묻어 버렸던 부끄러운 추억을 새로이 되새길 수도 있었고, 그때의 광경이나 우리 둘에 대해 웃어넘길 수도 있었지. 그건 우리가 오늘 다른 사람으로, 완전히 다른 의도와 가능성을 가지고 만났기 때문이야. 아무 감상도 없이, 질투나 미움의 감정을 눌러 숨길 필요도 없이, 자만심도 없이 말이야. 우린 이미 오래전에 어른이 되지 않았나." 크네히트가 말했다.

데시뇨리는 편안해져서 미소를 지었다. 그러면서도 이렇게 물었다. "그런데 정말 그럴까? 선의라면 그때도 가지고 있었어."

크네히트는 웃었다. "바로 그 말을 하려는 중이야. 그 선의를 가지고 우린 참을 수 없을 때까지 우리 자신을 괴롭히고 고생을 한 거지. 그땐 서로 본능적으로 상대방을 못 견뎌 했어. 서로 상대방이 어색하고, 눈에 거슬리고, 낯설고, 싫었지. 그저 그래야 한다는 의무 때문에, 지난 인연 때문에 하루 저녁 내내 억지로 고생스러운 희극을 했던 거야. 그 사실을 그때 자네가 왔다 간 다음에 곧 깨달았어. 옛 우정을 옛날의 적대 관계나 마찬가지로 우리 두 사람 모두 아직 진정으로 극복하지 못했던 거야. 스러지게 내버려 두는 대신 우리는 어떻게든 그것을 다시 파내어 지속시켜야 한다고 믿었던 거지. 우리 우정에 빚이 남아 있다고 느끼는데 그 빚을 어떻게 갚아야 할지 몰랐던 거야. 그렇지 않은가?"

플리니오가 생각에 잠기며 말했다. "내 생각엔, 자넨 오늘도 여전히 지나치게 정중해. '우리 두 사람'이라고 자넨 말하지만, 서로 원하면서도 찾지 못한 건 우리 두 사람이 아니었어. 구한 것도, 사랑한 것도 완전히 내 쪽이었지. 실망도 괴로움도 마찬가지고. 우리가 만난 후 자네 인생에 대체 어떤 변화가 생겼는지 묻고 싶네. 아무것도 없지! 반대로 내게 그 재회는 깊고 고통스러운 상처를 의미했네. 그래서 자네가 그것을 웃고 넘기는 데 동조할 수 없는 거야."

"용서하게." 크네히트는 다정하게 위로하듯 말했다. "내가 너무 서두른 것 같군. 그래도 시간이 흘러 자네가 결국 내 웃음에 함께하기를 바라네. 자네 말이 맞아. 자네는 그때 상처를 입었지. 그러나 자네가 생각했던 대로, 그리고 오늘도 여전히 그렇게 생각하는 것처럼 보이네만, 그 상처는 나로 인한 것이 아니야. 자네들과 카스탈리엔 사이에 가로놓인 심연과 거리감 때문이지. 우린 학생 시절 우정을 맺고 있는 동안 그 거리감을 극복한 듯했는데, 그때 갑자기 그것이 우리 앞에서 그토록 끔찍하게 커다란 입을 벌렸던 거지. 자네가 내게 개인적으로 죄를 묻고 싶은 게 있다면, 서슴지 말고 탄핵하게나."

"아, 그건 결코 탄핵이 아니었어. 비탄이었지. 자네는 그때 그걸 듣지 않았어. 보아하니 오늘도 들을 생각이 없는 것 같고. 그때도 자네는 내 비탄에 대해 웃음과 점잖은 태도로 답하더니, 오늘도 다시 그렇게 하고 있어."

그는 명인의 눈길에서 우정과 깊은 호의를 느꼈지만, 자기 생각을 강조하지 않을 수 없었다. 오랫동안 고통스럽게 참아 온 것을 이제 다 쏟아 놓지 않고는 못 견딜 지경이었던 것이다.

크네히트의 표정에는 아무 변화도 없었다. 그는 잠시 생각하더니 이윽고 신중한 어조로 말했다. "여보게, 이제 겨우 자네가 하는 말을 이해하기 시작한 것 같아. 아마 자네 말이 맞을 거야. 그리고 이 점에 대해서도 말하지 않을 수 없네. 우선 자네에게 상기시켜 주고 싶은 것은, 자네가 그 비탄을 실제로 입 밖에 내어 말했을 때라야 비로소 자네가 비탄이라고 부르는 것에 내가 관여하기를 기대할 권리가 생긴다는 거야. 그러나 자네는 그날 저녁 객사에서 대화할 때 비탄의 기색은 전혀 없이 나와 마찬가지로 아주 쾌활하고 용감한 태도를 취했고, 내게 조금도 흠잡을 데 없는 사람, 아무 비탄도 없는 사람처럼 굴었네. 하지만 지금 내가 들은 대로라면 자네는 내가 자네의 그 은밀한 비탄을 감지하고 가면 뒤에 숨겨진 진짜 자네 얼굴을 알아봐 주기를 기대하고 있었던 셈이군. 그때 난 아마 전부는 아니더라도 어느 정도는 그것을 알아챘을 수도 있어. 그러나 내가 자네를 걱정하고 동정한다는 것을 자네 자존심을 건드리지 않고 어떻게 자네에게 알릴 수 있단 말인가? 또 자네에게 손을 내밀어 본들 무슨 소용이 있었겠나? 그때 우리의 길은 그렇게도 완전히 달랐고, 내 손은 비어 있어 자네에게 조언도, 위로도, 우정도, 아무것도 줄 수가 없었는데. 아니, 그때는 자네가 쾌활한 태도 뒤에 숨기고 있던 불쾌와 불행이 내겐 짐스럽고 거슬렸네. 솔직히 말해 싫었어. 관심과 동정을 구하고 있었지만 자네의 태도는 거기에 걸맞지 않았어. 어딘가 억지를 부리는 아이 같은 데가 있었고 내 마음을 싸늘하게 식게 할 뿐이었지. 자네는 내 우정을 구하고 자신이 카스탈리엔 사람이요 유리알 유희자이길 바랐지만, 그러면서도 너무나 무절제하고 이상하고 이기심에 사로잡혀 있는 것처럼 보였어! 그게 당시의 내 판단이었네. 왜냐하면 자네에겐 카스탈리엔 사람의 기질이 거의 아무것도 남아 있지 않았고, 심지어 기본 법칙까지 잊어버린 게 분명했으니까. 좋아, 그것은 내가 상관할 바 아니었다 치세. 그런데 무엇 때문에 자네는 발트첼에 찾아와 친구로서 우리에게 인사를 하려 했나? 아까도 말했지만, 그것이 내겐 거슬리고 불쾌했던 거야. 그때 내가 애써 정중한 태도를 취한 것을 자네가 거절이라고 해석한 것은 정확했네. 그래, 나는 자네를 본능적으로 거부했지. 자네가 세속의 아들이기 때문이 아니라 카스탈리엔 사람으로서 인정받기를 요구했기 때문이야. 그 후 오랜 세월이 흐르고 자네가 최근에 다시 나타났을 때, 그런 태도는 자네에게서 더 이상 찾아볼 수 없었어. 자네는 세속인처럼 보였고, 바깥세상에서 온 사람답게 말했네. 특히 이상하게 내 마음을 움직인 것은 자네의 얼굴에 나타난 슬픔과 비애와 불행의 표정이었어. 그러나 자네의 태도도, 말도, 심지어는 슬픔까지도 모두 내 마음에 들었지. 아름다웠고 자네에게 어울리고 자네다운 것이었네. 내 마음에 거슬리는 데가 하나도 없었어. 나는 아무 갈등도 느끼지 않고 자네를 받아들여 긍정할 수가 있었네. 이번에는 과장된 예절이나 태도를 취할 필요도 없었어. 그래서 곧 친구로서 자네를 맞이하고 자네에게 애정과 관심을 보이려고 애썼지. 이번에는 그때와는 오히려 반대였어. 자네는 삼가고 있는데 오히려 내가 자네의 마음을 얻으려고 애를 썼지. 물론 나는 자네가 우리 교육주에 나타나 그 운명에 관심을 기울이는 것을 일종의 애착과 성의의 표시라고 여겼어. 자, 결국 자네도 내 의도를 받아들였고, 서로 마음을 터놓기에 이르렀으니, 이제 우리의 옛 우정을 새롭게 할 수 있었으면 좋겠네.

자넨 방금 저 청년 시절의 우리 만남이 자네에게는 고통스러운 것이었던 데 비해 내게는 아무 뜻도 없는 것이었다고 했지. 그 점에 대해 왈가왈부하는 것은 그만두기로 하세. 자네 말이 맞을지도 몰라. 하지만 여보게, 이번 만남은 내게 결코 무의미한 것이 아닐세. 내가 오늘 자네에게 이야기할 수 있는 것 이상으로, 그리고 자네가 짐작할 수 있는 것 이상으로 내겐 의미가 있네. 간단히 말해 그것은 잃어버렸던 옛 친구가 돌아오고, 지나간 시절이 새로운 힘을 얻고 변화를 향해 되살아나는 정도에서 그치는 것이 아니야. 그것은 내겐 무엇보다도 하나의 부름이요 응답일세. 이 만남은 나에게 자네들의 세계로 통하는 길을 열어 주고, 자네들과 우리의 종합이라는 해묵은 문제에 다시금 나를 마주 세워 주는 일이네. 그리고 아주 때맞추어 잘 일어난 거야. 이 부름에 나는 귀먹은 채로 있지 않을걸세. 그 어느 때보다도 맑은 정신으로 깨어 있을 거야. 왜냐하면 그것이 전혀 놀랍지가 않기 때문이네. 그건 내게 그 앞에서 마음을 여닫을 수 있는 외부에서 온 낯선 것이 아니라 마치 내 속에서 나온 부름처럼 여겨진다네. 아주 강하고도 절실해진 욕구에 대한, 내 속의 고뇌와 동경에 대한 응답인 거야. 그러나 거기에 대해서는 다음에 이야기하기로 하세. 벌써 시간이 늦었어. 우리 둘 다 쉬어야지.

자네는 앞에서 나의 명랑성과 자네의 슬픔에 대해서 말했네. 그리고 내가 자네의 '비탄'이라는 것을 웃음으로 대한다고 해서 오늘도 역시 제대로 받아들이지 않았다고 여기는 것 같아. 여기에 이해 안 가는 점이 있네. 어째서 비탄을 명랑하게 들어서는 안 되는 거지? 왜 비탄에는 미소 대신 슬픔으로 답해야 하느냐고? 자네가 비애와 무거운 마음을 안고 다시 카스탈리엔으로 나를 찾아온 것을 보면, 아마 우리의 명랑성이야 말로 자네에겐 중요한 의미가 있다고 결론지어도 좋을 것 같은데. 내가 지금 자네의 슬픔과 쓰라린 마음에 동참하지 않고 그 것에 감염되지 않으려 한다 해서 자네 감정을 인정하지 않거나 진지하게 생각하지 않는다는 뜻은 아니야. 자네가 짓는 표정, 속세에서의 삶과 운명이 자네에게 찍어 놓은 그 표정을 나는 전적으로 인정하네. 그것이 변하는 것을 보고 싶긴 하네만, 그래도 그 표정은 자네에게 어울리고 자네다우며, 내겐 마음에 들고 존중할 만한 것이야. 그런 표정이 어떻게 해서 생겼는지 나로서는 그저 짐작이나 할 뿐이지. 거기에 대해서는 나중에 적당한 범위에서 이야기해 주든지 그만두든지 좋을 대로 하게. 내가 알 수 있는 건 그저 자네가 힘들어하면서 살고 있는 것 같다는 정도야. 그런데 왜 내가 자네와 자네의 괴로움을 제대로 알려고 하지도 않고, 또 알 수도 없다고 생각하지?"

데시뇨리의 얼굴은 다시 어두워졌다. 그는 체념한 듯이 말했다. "가끔 우리는 서로 암시적으로만 다른 말로 번역될 뿐인 두 가지 다른 표현법과 언어를 가지고 있다는, 결코 상대방을 이해할 수 없으며 근본적으로 서로 다른 존재라는 생각이 들어. 그리고 우리 중 어느 쪽이 대체 진정한, 완전한 가치가 있는 인간인지, 자네들인지 아니면 우리인지, 또 우리 가운데 어느 한쪽이기는 한 것인지 의심스러울 때가 많다네. 내가 자네들 수도회 사람들이나 유리알 유희자들을 존경심과 열등감, 질투심을 느끼며 우러러본 시기가 있었지. 마치 영원히 명랑하고, 영원히 유희를 즐기는, 자신의 존재를 향유하고, 고통이 가닿지 못하는 신이나 초인을 바라보듯이 말이야. 어떤 때는 자네들이 부러웠다가 곧 불쌍하기도 하고, 또 어떤 때는 경멸스러워 보일 때도 있었어. 거세된 사람들, 인위적으로 영원히 유년 상태에 억류되어 있는 사람들로 보이기도 했지. 아무 번민도 없이, 깨끗하게 울타리를 친 잘 정돈된 놀이터나 유치원의 세계에서 어린애처럼 순진하게 지내며, 모두 말끔히 코를 닦고, 쓸데없는 감정이나 생각을 자극하는 일은 가라앉히고 억누른 채, 평생 동안 얌전하게 아무 위험 없이 피 흘리는 일 없는 유희나 하면서, 또 방해가 될 만한 모든 생명의 충동이나 격정, 진정한 정열, 격앙 따위는 명상 요법으로 즉시 제어하고 돌려 중화시키면서 사는 사람들 말이야. 이 세계는 인공적이고 살균된 세계, 학교 선생이 시키는 대로 할 뿐인 소심하고 제한된 세계, 반쪽뿐인 세계요 피상적인 세계에 불과하지 않을까? 자네들은 이 세계에서 비겁하게 무위도식하고 있는 거야. 악덕도 번뇌도 굶주림도 없고, 활기도 맛도 없는 세계, 가정도 어머니도 어린아이도, 더구나 여자라곤 거의 찾아볼 수 없는 세계에서 말이야! 본능적인 생활은 명상으로 억제하고, 위험하고 모험적이고 책임지기 어려운 일, 경제나 사법이나 정치 같은 일은 오래전부터 다른 사람에게 맡겨 버린 채 비겁하게도 잘 보호받으며 양식 걱정도 없이, 여러 가지 귀찮은 의무도 없이 왕벌처럼 게으른 생활을 영위하면서, 지루함을 모면하기 위해 온갖 학문에 열심히 달라붙고, 음절과 글자나 헤아리며, 음악을 연주하고 유리알 유희나 하면서. 바깥세상에서는 가련한 인간들이 현실의 삶을 이끌어 가고 실제적인 일을 해 나가느라 진창에서 허우적거리는데 말이야."

크네히트는 피로한 기색도 없이 우정 어린 깊은 주의를 쏟으며 귀를 기울이고 있었다.

"여보게." 크네히트가 신중하게 말했다. "자네 말을 듣고 있으려니 우리의 학창 시절과 당시 자네의 비판과 호전성이 생생히 떠오르는군! 다만 오늘은 내가 더 이상 그때의 역할을 맡고 있지 않을 뿐이지. 오늘 내 임무는 자네의 공격에 대해 수도회와 교육주를 옹호하는 게 아니야. 한때 그것 때문에 엄청난 노력을 기울인 적도 있지만 이번에는 이 임무와 아무 관련도 없다는 게 정말 좋군. 방금 자네가 했던 것 같은 그런 대단한 공격에 대답하기란 그리 쉬운 일이 아니지. 예를 들어 자네는 저 바깥세상에서 '현실의 삶을 이끌어 가고 실제적인 일을 해 나가는' 사람들에 대해 말했네. 그것은 거의 공리(公理)처럼 절대적이고 훌륭하고 진실하게 들리네. 누군가 거기에 반박한다면 정말 무례한 행동이 될 거야. 그래도 그렇게 말하는 당사자의 '실제적인 일'의 일부는 카스탈리엔의 번영과 유지를 위한 위원회에 협력하는 데 있지 않느냐고 주의를 상기시켜 주어야 할 것 같은데. 농담은 그쯤 하세! 그래도 자네의 말과 어조에서 난 자네가 우리에 대해 여전히 증오심에 차 있으면서도 절망적인 사랑과 질투, 동경 또한 느끼고 있다는 것을 알겠는걸. 자네 눈엔 우리가 겁쟁이나 게으름뱅이, 혹은 유치원에서 장난치는 어린아이로 비칠 테지만, 그러나 때때로 자넨 우리에게서 영원히 명랑한 신의 모습 또한 보았을 거야. 어쨌거나 자네 이야기에서 한 가지는 결론을 지어도 좋을 것 같군. 자네의 비애나 불행, 이름이야 어떻게 붙이든 간에, 아무튼 그것은 카스탈리엔 때문에 생겨난 것이 아니라 틀림없이 다른 데서 온 것이라는 점이야. 그게 우리 카스탈리엔 사람들 탓이라면, 우리에 대한 자네의 비판이나 반박이 오늘에 와서도 옛날 소년 시절에 벌였던 토론 내용 그대로일 수는 없을 테니까. 나중에 다시 이야기할 때 더 자세히 말해 주게나. 나는 자네를 더 행복하고 명랑하게 하거나, 적어도 자네와 카스탈리엔의 관계를 좀 더 자유롭고 유쾌한 것으로 만들 길을 찾아낼 수 있을 거라고 확신해. 지금까지 내가 본 바로는, 자네는 우리와 카스탈리엔에 대해, 더불어 자신의 젊은 날과 학창 시절에 대해 그릇되고 속박되어 있는 동시에 감상적인 관계를 맺고 있어. 자신의 영혼을 카스탈리엔적인 것과 세속적인 것으로 분열시켜 놓고, 자네에게 아무 책임도 없는 일에 지나치게 괴로워하고 있네. 그러나 막상 자신에게 책임이 있는 다른 어떤 일은 너무 가볍게 여기고 있을걸. 짐작건대 자넨 이미 오랫동안 명상 수련을 하지 않았지, 그렇지 않은가?"

데시뇨리는 쓴웃음을 지었다. "정말 날카로우시군요, 나리! 오랫동안이라고 했나? 명상의 매력을 포기한 뒤로 정말 오랜 세월이 흘렀지. 갑자기 내 염려를 다 해 주다니! 이 발트첼에서 휴가 강습을 받고 있던 나에게 자네들은 깍듯한 예절과 경멸을 보이며 우정을 구하는 나를 점잖게 물리쳤지. 그때 난 내 안에서 카스탈리엔 기질을 영원히 끊어 버리겠다고 결심하고 여기서 돌아갔네. 그때부터 유리알 유희를 포기했고 더 이상 명상도 하지 않았어. 상당히 오랫동안 음악에도 손을 대지 않았네. 대신 세속적인 즐거움을 가르쳐 줄 새 친구들을 발견했지. 우리는 술을 마시고 여자를 샀어. 손에 닿는 대로 온갖 환각제도 써 보았네. 모든 점잖은 것, 존경스러운 것, 이상적인 것에 침을 뱉고 조소를 퍼부었어. 물론 그렇게 극단적인 상태는 그리 오래가지 않았지만, 카스탈리엔의 마지막 남은 껍질까지 벗기기에는 충분했지. 그리고 몇 해 지나서 내가 너무 지나쳤다는 것을 깨닫고 어느 정도 명상 수련이 필요하리라는 걸 알았을 땐, 내 자존심이 너무 강해져 이미 다시 시작할 수 없었네."

"자존심이 너무 강했다고?" 크네히트가 나직한 목소리로 물었다.

"그래, 자존심이 너무 강했어. 나는 그동안 속세에 잠겨 속세 사람이 되고 말았어. 그 사람들 중의 하나가 되는 것 말고는 아무것도 안중에 없었고, 그들이 영위하는 삶 말고는 다른 어떤 것도 원하지 않았어. 정열적이고 순진하고 거칠고 절제하지 않는 삶, 행복과 불안 사이에서 펄럭이는 속세의 삶 외에는 바라는 것이 없었네. 자네들이 쓰는 수단을 빌려 마음의 부담을 던다든가 더 나은 상태가 되는 것을 창피하게 여겼지."

명인은 날카로운 눈으로 그를 바라보았다. "그런 생활을 오래 지속했나? 그런 생활을 끝내려고 다른 수단을 써 보지는 않았어?"

"왜, 이용했지." 하고 플리니오는 시인했다. "그리고 지금도 이용하고 있고. 다시 술을 마실 때도 있고, 대개는 잠이 들기 위해 여러 가지 마취제를 쓰곤 하지."

크네히트는 갑자기 힘이 쭉 빠지는 듯 잠깐 눈을 감았다가 다시 친구를 뚫어지게 바라보았다. 그는 아무 말 없이 상대방의 얼굴을 들여다보았다. 처음에는 무언가 살피는 듯 심각한 표정이었다가 점점 부드럽고 다정하고 명랑한 눈빛이 되었다. 데시뇨리는 그때까지 인간의 눈에서 그런 눈빛이 나타나는 걸

한 번도 본 적이 없었다고 후에 기록에 남겼다. 그것은 탐색하는 듯하면서도 애정이 넘치고, 순수하면서도 책망하는 것 같으며, 정답게 빛을 발하는, 모든 것을 알고 있는 듯한 눈길이었다. 이 시선은 처음에는 그를 당황하고 불안하게 했다가 그다음엔 마음을 평온하게 하더니 차츰 그 부드러운 힘으로 휘감아 정복해 버리고 말더라고 그는 고백하고 있다. 그래도 그는 아직 좀 더 저항해 보려 했다.

플리니오가 말했다. "자네는 나를 좀 더 행복하고 명랑하게 만들 방법을 알고 있다고 했지. 그러나 내가 정말 그렇게 되기를 원하고 있는지는 묻지 않았어."

"글쎄." 하고 요제프 크네히트는 웃었다. "우리가 어떤 사람을 행복하고 명랑하게 해 줄 수 있다면, 그 사람이 부탁을 하든 안 하든 어떤 경우라도 그렇게 해야겠지. 그리고 자네가 어떻게 그렇게 되기를 바라지 않을 수 있겠나? 그러기 위해 자네는 지금 여기 있는 거고, 그 때문에 우리가 다시 마주 보며 앉아 있는 거고, 그 때문에 자네가 우리에게 돌아온 거야. 자넨 카스탈리엔을 미워하고 멸시하지. 그것을 이성과 명상으로 덜어 보려 하기에는 자신의 세속적인 기질과 비애를 너무 자랑스러워하고. 하지만 우리와 우리의 명랑성에 대해 자네가 남몰래 품고 있는 누를 길 없는 동경은 돌아와 다시 한 번 더 우리와 시험해 보지 않을 수 없도록 자네를 내내 이곳으로 끌어당긴 거야. 이번에야말로 때맞추어 잘 왔네. 나 또한 자네들 세계에서 부르는 소리나 그쪽으로 열린 문을 간절히 찾고 있던 참이라네. 그러나 그 문제는 다음에 이야기하기로 하세! 자넨 내게 많은 것을 솔직히 말해 주었어. 고맙게 생각하네. 나도 자네에게 몇 가지 고백할 게 있는데 앞으로 듣게 될 걸세. 시간이 늦었어. 자네는 내일 아침 일찍 떠나고, 나도 다시 직무가 기다리고 있으니, 이제 곧 잠자리에 들어야지. 십오 분만 더 시간을 갖도록 하게, 부탁이야."

그는 자리에서 일어나 창가로 가더니 하늘을 올려다보았다. 흐르는 구름 사이로 여기저기 띠를 드리운 듯 짙게 갠 밤하늘이 별을 가득 담고 펼쳐져 있었다. 크네히트가 바로 자리로 돌아오지 않았기 때문에 손님도 자리에서 일어나 창가에 있는 그에게 다가갔다. 명인은 하늘을 올려다보며 규칙적인 호흡으로 가을밤의 엷고 싸늘한 공기를 향유하며 서 있었다. 그는 손을 들어 하늘을 가리켰다.

"보게. 구름이 띠를 두르고 펼쳐져 있는 저 하늘 풍경을. 얼핏 보기엔 저기 가장 어두운 곳이 심연 같겠지. 그러나 이 어둡고 부드러운 부분은 구름일 뿐, 우주 공간의 심연은 이 구름 산맥의 가장자리와 협곡에서 시작되어 끝없는 허공으로 빠져드는 거라네. 거기 우리 인간들에게 명료함과 질서의 최고 상징인 별들이 찬란하게 빛나고 있지. 우주의 심연과 신비는 구름이 검게 덮인 곳에 있는 것이 아니네. 심연은 맑음 속에, 청랑함 속에 있어. 부탁이야, 자러 가기 전에 잠시 이 별이 가득한 항만과 해협을 바라봐 주게. 그러면서 떠오르는 생각이나 꿈이 있거든, 물리치지 않도록 해 보게." 명인이 말했다.

고통인지 행복인지 알 수 없지만, 경련과도 같은 독특한 느낌이 플리니오의 가슴을 뒤흔들었다. 이제는 생각조차 할 수 없을 정도로 먼 옛날 발트첼 학창 시절의 어느 청명한 아침, 첫 명상 연습을 할 때도 이와 비슷한 말을 들었던 것이 떠올랐다.

"한마디만 더 하세." 유리알 유희의 명인은 나직한 목소리로 다시 말을 이었다. "명랑성에 대해 자네에게 조금 더 말하고 싶어. 별의 명랑성과 정신의 명랑성, 우리 카스탈리엔의 명랑성에 대해서. 자네는 명랑성에 대해 반감을 가지고 있어. 아마 슬픔의 길을 걸어야 했기 때문일 거야. 그래서 모든 밝음과 쾌활함, 특히 우리 카스탈리엔의 그것을 천박하고 유치하고 비겁하다고 생각하지. 자네에겐 그것이 현실의 두려움이나 심연을 피해 순전한 형식과 공식, 추상과 세련의 명석하고 질서 정연한 세계로 도피하는 것으로 보이는 거야. 그러나 슬픔에 찬 벗이여, 그런 도피도 있을 수 있고, 공식들을 가지고 유희나 일삼는 비겁하고 겁 많은 카스탈리엔 사람도 없지는 않겠지만, 아니, 심지어 우리 대다수가 그런 사람들이라고 하더라도, 그렇다고 해서 진정한 명랑성, 하늘과 정신의 명랑성이 가치와 빛을 잃는 것은 아니라네. 우리 가운데에도 쉽게 만족하고 외관상 명랑한 체하는 자와, 유희적이고 피상적인 의미에서가 아닌 진지하고 깊이 있는 명랑성을 가진 자는 대조가 된다네. 내가 아는 분이 하나 있는데, 우리의 전 음악 명인으로, 자네도 이따금 발트첼에서 뵌 적이 있는 분이야. 이 어른은 만년에 명랑성의 미덕을 높은 경지로 몸에 익히고 계셨기 때문에, 태양이 빛을 발하듯 명랑함이 그분에게서 비쳐 나와 호의로서, 생명의 기쁨으로서, 기분 좋음과 신뢰와 확신으로서 모든 사람에게로 옮아갔고, 그 빛을 진심으로 받아들여 마음속에 간직한 사람들에게서 계속 빛났지. 나 또한 그분의 빛을 받은 사람이야. 그분은 내게도 당신의 밝음과 심혼의 광채를 좀 나누어 주셨다네. 페로몬테에게도, 그 밖의 사람들에게도 나누어 주셨어. 이러한 명랑성에 도달하는 것이 나에겐, 그리고 나와 함께 있는 많은 사람들에게는 모든 목표 가운데 가장 높고 가장 고귀한 목표라네. 수도회 본부의 몇몇 원로에게서도 이런 명랑성을 볼 수 있을 거야. 이런 명랑성은 시시덕거림도 자기만족도 아니라네. 그것은 최고의 인식이자 사랑이고, 온갖 현실에 대한 긍정이며, 모든 심연과 나락의 절벽 끝에 서서도 정신 차리고 깨어 있는 일이야. 성인과 기사의 덕이지. 어지럽힐 수 없는 것이며, 나이를 먹고 죽음에 가까이 갈수록 한층 더해 가는 것이야. 그것은 미의 비밀이며 모든 예술의 본체라네. 인생의 찬란함과 무서움을 시구의 춤추는 걸음걸이로 찬양하는 시인이나, 그것을 순수한 실재(實在)로서 울리게 하는 음악가는 처음에는 우리를 눈물과 고통스런 긴장 속으로 이끌어 갈지 몰라도 결국 빛을 가져오는 자, 이 지상에 더 많은 기쁨과 밝음을 가져다주는 자이지. 자신의 시로 우리를 황홀하게 하는 시인은 아마 슬픈 고독자이고, 음악가도 우울한 몽상가였을지 모르지만, 그런 경우에라도 그들의 작품은 신들과 별들의 명랑성을 나누어 가지고 있는 것이라네. 그들이 우리에게 주는 것은 이미 그들의 어둠과 불안이 아니라 한 방울의 순수한 빛, 영원한 명랑성이지. 모든 민족과 언어가 신화와 우주 생성설, 종교 속에서 세계의 심오한 부분을 밝혀 보려 할 때에도, 그들이 도달할 수 있는 마지막 것, 가장 높은 것은 이 명랑성이야. 자네, 고대 인도인들을 기억하나. 우리 발트첼 선생님이 언젠가 그들에 대해 좋은 설명을 해 주셨지. 그들은 고뇌하고 사색하고 참회하고 금욕하는 민족이지만, 그들의 정신이 끝내 찾아냈던 위대한 것은 밝고 명랑했다고. 세계 정복자의 미소, 부처의 미소는 명랑하고, 그들이 펼쳐 보이는 아득한 심연의 신화들 속에 등장하는 인물들은 명랑하다고. 이 신화들이 묘사하고 있는 것처럼 세계는 처음에는 신적으로, 환희에 차서 빛을 발하며, 봄날처럼 아름답게 황금시대로 시작하네. 그런 다음 병들고 타락하고 야비해지고 처참해져서, 점점 더 깊이 가라앉는 네〔四〕 시대의 종말이 되면, 웃으며 춤추는 시바 신에 의해 짓밟히고 파괴될 시기가 무르익지. 그러나 그것으로 끝나는 게 아냐. 꿈꾸는 비슈누 신의 미소와 함께 세계는 새로 시작되는 거야. 비슈누 신은 그 능란한 손으로 새롭고, 젊고, 아름답고, 빛을 발하는 세계를 창조하지. 더할 나위 없이 총명하고 고난에 능한 이 민족이 무서움과 부끄러움을 느끼며 세계사의 이 끔찍한 유희를, 영원히 멈추지 않고 돌아가는 욕망과 고통의 수레바퀴를 지켜보고 있었다는 것은 참 놀라운 일이야. 그들은 피조물의 약함을 보았고, 인간의 탐욕과 악마성, 그리고 동시에 그들의 순수와 조화에 대한 동경을 이해했던 거라네. 그리고 피조물의 이 모든 아름다움과 비극을 나타내기 위해, 우주의 나이와 피조물의 붕괴, 타락한 세계를 춤추며 부수어 버리는 막강한 시바, 누워 졸면서 금빛으로 빛나는 신들의 꿈속에서 희롱하고 새로운 세계가 이루어지도록 하며 미소짓는 비슈누 같은 찬란한 비유들을 찾아냈던 거야.

그런데 이제 우리 고유의 카스탈리엔적 명랑성으로 말하자면, 그것은 저 위대한 명랑성의 뒤늦게 나타난 작은 변종에 불과할지는 모르지만, 그러나 어디까지나 정통이라고 할 수 있지. 학문은 원래 명랑한 것이어야 하지만 언제 어디서나 명랑하지는 못했네. 우리에게 학문, 즉 진리에 대한 숭배는 아름다움에 대한 숭배와 밀접하게 연관을 맺고 있고, 더욱이 명상적인 영혼을 돌보는 것과도 관련되어 있어서 명랑성을 완전히 잃는 일이란 있을 수 없지. 우리의 유리알 유희는 그 속에 학문, 아름다움의 숭배, 명상이라는 세 가지 원칙 모두를 통합시키고 있어. 그래서 진정한 유리알 유희자라면 익은 과일이 달콤한 과즙으로 가득 차 있듯 명랑성에 속속들이 젖어 있기 마련이지. 그는 무엇보다 음악의 명랑성을 지니게 되는데, 그 명랑성이란 바로 용감함, 세상의 공포와 화염 속을 뚫고 미소 지으며 걷고 춤추며 나아가는 일, 축제하듯 희생을 치르는 일과 다르지 않다네. 이런 명랑성은, 학생 시절과 연구생 시절에 어렴풋이 이해되기 시작한 이래 내게 그 어느 것보다 중요해졌지. 앞으로 그것을 포기하는 일은 없을 거야. 내가 아무리 불행하고 어려운 처지에 놓이게 되더라도.

자, 이제 그만 자기로 하세. 자네 내일 아침 일찍 떠나야지. 곧 다시 들르게나. 그래서 자네에 대해 더 이야기해 주게. 나도 자네에게 이야기하게 될 테고, 그러면 자네도 알게 될 거야. 발트첼이나 명인의 삶에도 문제와 환멸, 그래, 절망과 마성이 있다는 것을. 하지만 지금은 귀를 음악으로 가득 채우고 잠자리에 들도록 하게. 자기 전에 별이 가득한 하늘을 바라보고 귀를 음악으로 가득 채우는 것은 자네에게 그 어떤 수면제보다 나을 거야." 그는 자리에 앉아 주의 깊게 아주 나직한 소리로 퍼셀의 소나타 제1악장을 연주했다. 야코부스 신부가 좋아하던 곡이었다. 그 음향은 황금빛 광채의 물방울처럼 정적 속으로 떨어져 내렸다. 너무나 나지막했기 때문에 사이사이에 안뜰에 흐르는 오래된 샘물의 노랫소리가 들릴 정도였다. 그 사랑스러운 음악 소리는 부드러우면서도 엄격하게, 절제되어 있으면서도 감미롭게 서로 마주치고 얽히며 시간과 무상의 허무 속으로 씩씩하고 명랑하게 내면에서 우러나는 윤무를 계속했다. 그러고는 음악이 이어지는 그 짧은 시간 동안 공간과 밤의 시간이 넓어지며 우주만큼 부풀어 올랐다. 요제프 크네히트가 손님과 작별할 때, 손님은 그때까지와는 전혀 다른 밝은 표정을 지었다. 동시에 그의 눈에는 눈물이 맺혀 있었다.

(2권에서 계속)

세계문학전집 **273**

유리알 유희 1

1판 1쇄 펴냄 2011년 9월 25일
1판 30쇄 펴냄 2024년 9월 27일

지은이 헤르만 헤세
옮긴이 이영임
발행인 박근섭, 박상준
펴낸곳 (주)민음사

출판등록 1966. 5. 19. (제 16-490호)
서울특별시 강남구 도산대로1길 62(신사동) 강남출판문화센터 5층 (우편번호 06027)
대표전화 02-515-2000 팩시밀리 02-515-2007
www.minumsa.com

ISBN 978-89-374-6273-3 04800
ISBN 978-89-374-6000-5 (세트)

* 잘못 만들어진 책은 구입처에서 교환해 드립니다.

세계문학전집 목록

세계문학전집은 계속 간행됩니다.